cDv
DRESSLER

CORNELIA FUNKE

Tintentod

Mit Illustrationen
der Autorin

Cecilie Dressler Verlag · Hamburg

FSC
www.fsc.org
MIX
Papier aus verantwortungsvollen Quellen
FSC® C014496

Sonderausgabe 2011

Innenillustrationen: Cornelia Funke
Einband: Frauke Weise unter Verwendung
eines Musters aus der Tapeten-Manufactur HEMBUS
Schuber: Frauke Weise unter Verwendung von
Illustrationen von Cornelia Funke
Karte: Carol Lawson

Satz: CPI – Clausen & Bosse, Leck
Druck und Bindung: GGP Media GmbH, Pößneck
Printed 2011
ISBN 978-3-7915-0488-9 | Band 3

www.cecilie-dressler.de

Vielleicht ist alles nur
durch die Sehnsucht verbunden.

Für Rolf, immer – it was the best of things
to be married to Dustfinger.

Für Ileen, die alles über das Verlieren weiß
und immer da war, um den Schmerz zu verstehen
und zu lindern.

Für Andrew, Angie, Antonia, Cam und James,
Caroline, Felix, Mikki und last, but for sure not least,
Lionel und Oliver, die alle so viel Licht, Wärme
und Freundschaft in dunkle Tage brachten.

Und für die Stadt der Engel,
die mich mit Schönheit und Wildnis fütterte
und mit dem Gefühl, dass ich meine
Tintenwelt gefunden habe.

Ich bin das Lied, das den Vogel singt.
Ich bin das Blatt, das schafft das Land.
Ich bin die Flut, die zieht den Mond.
Ich bin der Strom, der bannt den Sand.
Die Wolke, die den Wind bewegt;
Erde, die zeugt der Sonne Licht;
Das Feuer, das den Flintstein schlägt.
Ich bin der Ton, der formt die Hand.
Wort bin ich, das den Menschen spricht.

Charles Causley, I Am The Song

Nichts als ein Hund und ein Blatt Papier

Horch, der Schritt der Nacht erstirbt
in der weiten Stille;
meine Schreibtischlampe zirpt
leis wie eine Grille.

Goldig auf dem Bücherstand
glühn der Bände Rücken:
zu der Fahrt ins Feenland
Pfeiler für die Brücken.
Rainer Maria Rilke, Larenopfer /
Vigilien III

Mondlicht fiel auf Elinors Morgenmantel, auf ihr Nachthemd, ihre nackten Füße und den Hund, der zu ihren Füßen lag. Orpheus' Hund. Wie er sie ansah mit seinen ewig traurigen Augen. Als fragte er sich, warum, um aller aufregenden Gerüche in der Welt, sie mitten in der Nacht in ihrer Bibliothek saß, umgeben von schweigenden Büchern, und einfach nur vor sich hin starrte.

»Ja, warum?«, fragte Elinor in die Stille. »Weil ich nicht schlafen kann, du dummes Vieh.« Den Kopf tätschelte sie ihm trotzdem. So weit ist es mit dir gekommen, Elinor!, dachte sie, während sie sich mühsam aus ihrem Sessel erhob. Verbringst die Nächte damit, dich mit einem Hund zu unterhalten. Dabei kannst du Hunde nicht mal leiden, und diesen schon gar nicht, weil er dich mit jedem hechelnden Atemzug an seinen abscheulichen Herrn erinnert!

Ja, den Hund hatte sie behalten, trotz der schmerzlichen Erinnerungen, die er hervorrief, und den Sessel auch, obwohl die Elster darin gesessen hatte. Mortola ... Wie oft glaubte sie ihre Stimme zu hören, wenn sie in die stille Bibliothek trat, wie oft sah sie Mortimer und Resa zwischen den Regalen stehen oder Meggie vor dem Fenster sitzen, ein Buch auf dem Schoß, das Gesicht verborgen hinter dem glatten hellen Haar ... Erinnerungen. Das war alles, was ihr geblieben war. Nicht greifbarer als die Bilder, die Bücher heraufbeschwören. Aber was blieb, wenn sie diese Erinnerungen auch noch verlor? Dann würde sie endgültig wieder allein sein – mit der Stille und der Leere in ihrem Herzen. Und einem hässlichen Hund.

Ihre Füße sahen so alt aus in dem blassen Mondlicht. Mondlicht!, dachte sie, während sie die Zehen darin bewegte. Wie viele Geschichten gab es, in denen es magische Kräfte hatte. Alles gelogen. Ihr ganzer Kopf war angefüllt mit gedruckten Lügen. Nicht einmal den Mond konnte sie ansehen, ohne dass ihr Blick von Buchstabenschleiern vernebelt war. Könnte man sich all die Worte doch nur aus Hirn und Herz wischen und die Welt wenigstens ein einziges Mal bloß mit den eigenen Augen sehen!

Himmel, Elinor, du bist ja wieder in einer fabelhaften Stimmung!, dachte sie, während sie auf die Vitrine zutappte, in der sie aufbewahrte, was Orpheus außer seinem Hund noch zurückgelassen hatte. Badest dich in Selbstmitleid, wie dieser dumme Hund es gern in jeder Pfütze tut.

Das Blatt Papier, das unter dem schützenden Glas lag, sah unscheinbar aus, nichts als ein ganz gewöhnliches Blatt liniertes Papier, dicht beschrieben mit blassblauer Tinte. Kein Vergleich zu den prachtvoll illuminierten Büchern, die in den anderen Vitrinen lagen – auch wenn man jedem Buchstaben ansah, wie sehr Orpheus von sich selbst beeindruckt war. Ich hoffe, die Feuerelfen haben ihm das selbstzufriedene Lächeln von den Lippen gebrannt!, dachte Elinor, während sie die Vitrine öffnete. Ich hoffe, die Gepanzerten haben ihn aufgespießt – oder noch besser: dass er elend verhungert ist im Weglosen Wald, ganz, ganz langsam. Es war nicht das erste Mal, dass sie sich Orpheus' jämmerliches Ende in der Tintenwelt ausmalte. Ihr einsames Herz genoss diese Bilder wie kaum etwas anderes.

Das Blatt vergilbte bereits. Billiges Papier. Auch das noch. Und den Wörtern darauf sah man wahrlich nicht an, dass sie ihren Verfasser in eine andere Welt befördert hatten, direkt vor Elinors Augen. Neben dem Blatt lagen drei Fotos – eins von Meggie und zwei von Resa, ein Kinderfoto und eines, erst vor wenigen Monaten aufgenommen, auf dem sie mit Mortimer zu sehen war. Wie sie beide lächelten. So glücklich. Es verging kaum eine Nacht, in der Elinor sich nicht diese Fotos ansah. Inzwischen liefen ihr dabei wenigstens nicht mehr die Tränen übers Gesicht, aber sie waren noch da, in ihrem Herzen. Salzige Tränen. Voll bis an den Rand war es damit. Ein abscheuliches Gefühl.

Verloren.

Meggie.

Resa.

Mortimer.

Fast drei Monate war es nun her, dass sie verschwunden waren. Bei Meggie waren es sogar noch ein paar Tage mehr …

Der Hund streckte sich und kam verschlafen auf sie zugetrottet. Er schob die Nase in die Tasche ihres Morgenmantels, in der Gewissheit, dass darin immer ein paar Hundekekse steckten.

»Ja, ja, schon gut«, murmelte sie, während sie ihm eins der stinkenden kleinen Dinger in die Schnauze schob. »Wo steckt dein Herr, hm?« Sie hielt ihm das Blatt Papier unter die Nase und das dumme Vieh schnupperte daran, als könnte es Orpheus tatsächlich hinter den Buchstaben riechen.

Elinor starrte die Worte an und formte sie mit den Lippen: *»In den Gassen von Ombra …«* Wie oft in den letzten Wochen hatte sie nachts so dagestanden, umgeben von Büchern, die ihr nichts mehr bedeuteten, seit sie wieder allein mit ihnen war. Sie schwiegen sie an, als wüssten sie, dass sie sie alle auf der Stelle für die drei Menschen eingetauscht hätte, die sie verloren hatte. Verloren in einem Buch.

»Ich werde es lernen, verdammt noch mal!« Ihre Stimme klang trotzig wie die eines Kindes. »Ich werde lernen, sie so zu lesen, dass sie mich auch verschlucken, ja, das werde ich!«

Der Hund sah sie an, als glaubte er ihr jedes Wort, aber Elinor glaubte sich nicht ein einziges. Nein. Sie war keine Zauberzunge. Selbst wenn sie sich ein Dutzend Jahre lang und mehr daran versuchte – die Wörter klangen nicht, wenn sie sie sprach. Sie sangen nicht. Nicht wie für Meggie und Mortimer – oder den dreimal verfluchten Orpheus. Obwohl sie sie ihr ganzes Leben lang so sehr geliebt hatte.

Das Blatt zitterte in ihren Fingern, als sie zu weinen begann. Da kamen sie wieder, die Tränen, obwohl sie sie so lange zurückgehalten hatte, all die Tränen in ihrem Herzen. Es floss einfach über. Elinor schluchzte so laut, dass der Hund sich erschrocken zusammenduckte. Wie absurd, dass einem Wasser aus den Augen tropfte, wenn einem das Herz wehtat. In Büchern waren die tragischen Heldinnen gewöhnlich furchtbar schön. Kein Wort von verquollenen

Augen oder einer roten Nase. Ich bekomm immer eine rote Nase vom Heulen, dachte Elinor. Vermutlich komm ich deshalb auch in keinem Buch vor.

»Elinor?«

Sie fuhr herum und wischte sich hastig die Tränen vom Gesicht. Darius stand in der Tür, in dem viel zu großen Morgenmantel, den sie ihm zu seinem letzten Geburtstag geschenkt hatte.

»Was ist?«, fuhr sie ihn an. Wo war denn nur dieses Taschentuch schon wieder? Schniefend zog sie es aus dem Ärmel und putzte sich die Nase. »Drei Monate, sie sind drei Monate fort, Darius! Ist das vielleicht kein Grund zu heulen? Ja. Guck mich nicht so mitleidig an mit deinen Eulenaugen. Egal, wie viele Bücher wir kaufen –«, sie wies mit weit ausladender Geste auf die wohlgefüllten Regale, »– egal, wie viele wir ersteigern, tauschen, stehlen – nicht eins von ihnen erzählt mir das, was ich wissen will! Tausende von Seiten, und auf keiner steht auch nur ein Wort über die, von denen ich hören will. Was interessieren mich all die anderen? Ich will nur ihre Geschichte hören! Wie geht es Meggie? Wie geht es Resa und Mortimer? Sind sie glücklich, Darius? Leben sie noch? Werde ich sie jemals wiedersehen?«

Darius sah an den Büchern entlang, als ließe sich die Antwort vielleicht doch in einem von ihnen finden. Aber dann schwieg er, wie all die bedruckten Seiten.

»Ich werd dir eine Milch mit Honig machen«, sagte er schließlich und verschwand in der Küche.

Und Elinor war wieder allein mit den Büchern, dem Mondlicht und Orpheus' hässlichem Hund.

Nur ein Dorf

The wind was a torrent of darkness among the gusty trees,
The moon was a ghostly galleon tossed upon cloudy seas,
The road was a ribbon of moonlight over the purple moor,
And the highwayman came riding –
  Riding – riding –
The highwayman came riding, up to the old inn-door.
Alfred Noyce, The Highwayman

Die Feen begannen schon zwischen den Bäumen zu tanzen, Schwärme winziger blauer Leiber. Ihre Flügel fingen das Sternenlicht, und Mo sah, wie der Schwarze Prinz besorgt zum Himmel blickte. Noch war er so dunkel wie die Hügel ringsum, aber die Feen täuschten sich nie. Nur der aufziehende Morgen konnte sie in einer so kalten Nacht aus den Nestern locken, und das Dorf, dessen Ernte die Räuber diesmal retten wollten, lag gefährlich nah bei Ombra. Sobald es dämmerte, mussten sie fort sein.

Ein Dutzend ärmlicher Hütten, ein paar karge, steinige Felder und eine Mauer, die kaum ein Kind fernhalten konnte, geschweige denn einen Soldaten – das war alles. Ein Dorf wie viele andere. Dreißig Frauen, männerlos, und drei Dutzend vaterloser Kinder. Im Nachbardorf hatten die Soldaten des neuen Statthalters sich vor zwei Tagen fast die gesamte Ernte geholt. Dort waren sie zu spät gekommen. Doch hier war noch etwas zu retten. Seit Stunden gruben sie, zeigten den Frauen, wie man Tiere und Vorräte unter der Erde versteckte …

Der Starke Mann brachte den letzten Sack hastig ausgegrabener Kartoffeln. Sein grobes Gesicht war rot vor Anstrengung. So färbte es sich auch, wenn er kämpfte oder betrunken war. Zusammen ließen sie den Sack in das Versteck hinab, das sie gleich hinter den Feldern gebaut hatten. In den umliegenden Hügeln quakten die Kröten so laut, als wollten sie den Tag herbeilocken, und Mo zerrte das Geflecht aus Zweigen über den Einstieg, das den Verschlag vor Soldaten und Steuereintreibern verbarg. Zwischen den Hütten wurden die Wachtposten unruhig. Auch sie hatten die Feen gesehen. Ja, es wurde Zeit, dass sie fortkamen, zurück in den Wald, wo sich jederzeit ein Versteck fand, obwohl der neue Statthalter immer mehr Patrouillen durch die Hügel streifen ließ. Der Hänfling, so hatten ihn die Witwen von Ombra getauft. Ein passender Name für den schmächtigen Schwager des Natternkopfes. Aber sein Hunger auf das wenige, das seine Untertanen besaßen, war unersättlich.

Mo fuhr sich mit dem Arm über die Augen. Himmel, er war müde. Seit Tagen hatte er kaum geschlafen. Es gab einfach zu viele Dörfer, in denen sie den Soldaten noch zuvorkommen konnten.

»Du siehst erschöpft aus.« Erst gestern hatte Resa das zu ihm gesagt, als sie neben ihm aufgewacht war, ahnungslos, dass er sich erst zu ihr gelegt hatte, als es draußen schon dämmerte. Und er hatte ihr von schlechten Träumen erzählt und davon, dass er sich die schlaflosen Stunden damit vertrieben hätte, an dem Buch zu arbeiten, das er aus ihren Zeichnungen von Feen und Glasmännern band. Auch heute hoffte er, dass Resa und Meggie schlafen würden, wenn er zurückkam zu dem einsamen Hof, auf dem der Schwarze Prinz sie untergebracht hatte, eine Wegstunde östlich von Ombra und weit entfernt von dem Land, in dem immer noch der Natternkopf herrschte, unsterblich gemacht durch ein Buch, das seine Hände gebunden hatten.

Bald, dachte Mo. Bald wird es ihn nicht mehr schützen. Aber wie oft schon hatte er sich das gesagt. Und der Natternkopf war immer noch unsterblich.

Ein Mädchen kam zögernd auf ihn zu. Wie alt mochte es sein? Sechs? Sieben? Es war lange her, dass Meggie so klein gewesen war. Verlegen blieb es einen Schritt entfernt von ihm stehen.

Der Schnapper trat aus der Dunkelheit auf das Kind zu. »Ja, sieh ihn dir an!«, raunte er der Kleinen zu. »Er ist es tatsächlich! Der Eichelhäher. Kinder wie dich frisst er zum Abendbrot!«

Der Schnapper liebte solche Scherze. Mo schluckte die Worte hinunter, die sich ihm auf die Zunge drängten. Das Mädchen war blond wie Meggie. »Glaub ihm kein Wort!«, flüsterte er ihm zu. »Warum schläfst du nicht wie die anderen?«

Das Kind sah ihn an. Dann schob es ihm den Ärmel hoch, bis die Narbe zum Vorschein kam. Die Narbe, von der die Lieder erzählten …

Mit großen Augen sah es ihn an, mit dieser Mischung aus Ehrfurcht und Furcht, die er inzwischen in so vielen Augen gesehen hatte. Eichelhäher. Das Kind lief zu seiner Mutter zurück und Mo richtete sich auf. Jedes Mal, wenn ihn die Brust dort schmerzte, wo Mortola ihn verwundet hatte, kam es ihm vor, als sei er ihm dort hineingeschlüpft – der Räuber, dem Fenoglio sein Gesicht und seine Stimme gegeben hatte. Oder war er immer schon Teil von ihm gewesen und hatte nur geschlafen, bis Fenoglios Welt ihn geweckt hatte?

Manchmal, wenn sie Fleisch zu einem der hungernden Dörfer brachten oder ein paar Sack Getreide, die sie den Verwaltern des

Hänflings gestohlen hatten, kamen die Frauen zu ihm und küssten ihm die Hände. »Geht zum Schwarzen Prinzen und bedankt euch bei ihm«, sagte er zu ihnen, aber der Prinz lachte darüber nur. »Schaff dir einen Bären an«, sagte er, »dann lassen sie dich in Frieden.«

In einer der Hütten begann ein Kind zu weinen. Die Nacht färbte sich rot, und Mo glaubte Hufschläge zu hören. Reiter, mindestens ein Dutzend, vielleicht mehr. Wie schnell die Ohren lernten, Geräusche zu lesen, so viel schneller, als die Augen es lernten, Buchstaben zu entziffern. Die Feen stoben auseinander. Die Frauen schrien und rannten auf die Hütten zu, in denen ihre Kinder schliefen. Mos Hand zog wie von selbst das Schwert. Als hätte sie nie etwas anderes getan. Es war immer noch das Schwert, das er in der Nachtburg aufgehoben, das Schwert, das einst dem Brandfuchs gehört hatte.

Morgengrauen.

Hieß es nicht, dass sie immer bei Morgengrauen kamen, weil sie das Rot am Himmel liebten? Hoffentlich waren sie betrunken, von einem der endlosen Feste ihres Herrn.

Der Prinz winkte die Räuber zu der Mauer, die das Dorf umgab, nichts als ein paar Schichten flacher Steine. Auch die Hütten würden kaum Schutz bieten. Der Bär schnaubte und stöhnte, und da kamen sie auch schon aus der Dunkelheit: Reiter, mehr als ein Dutzend, das neue Wappen von Ombra auf der Brust, ein Basilisk auf rotem Grund. Natürlich hatten sie nicht erwartet, auf Männer zu treffen. Weinende Frauen, schreiende Kinder, ja, aber keine Männer, noch dazu bewaffnet. Verdutzt zügelten sie die Pferde.

Ja, sie waren betrunken. Gut. Das würde sie langsam machen.

Sie zögerten nicht lange. Sie sahen sofort, dass sie weit besser bewaffnet waren als die zerlumpten Räuber. Und sie hatten Pferde.

Dummköpfe. Sie würden sterben, bevor sie begriffen, dass noch anderes zählte.

»Alle!«, raunte der Schnapper Mo heiser zu. »Wir müssen sie alle töten, Eichelhäher. Ich hoffe, dein weiches Herz weiß das. Kehrt auch nur einer nach Ombra zurück, dann brennt morgen dieses Dorf.«

Mo nickte nur. Als ob er das nicht wüsste.

Die Pferde wieherten schrill, als ihre Reiter sie auf die Räuber zutrieben, und Mo spürte sie wieder, wie damals auf dem Natternberg, als er Basta getötet hatte – Kaltblütigkeit. Kalt wie der Raureif zu seinen Füßen. Die einzige Furcht, die er empfand, war die Furcht vor sich selbst. Doch dann kamen die Schreie. Das Stöhnen. Das Blut. Der eigene Herzschlag, laut und viel zu schnell. Schlagen und zustoßen, das Schwert aus fremdem Fleisch ziehen, die Nässe von fremdem Blut auf seinen Kleidern, Gesichter vom Hass verzerrt (oder war es Angst?). Zum Glück sah man nicht viel unter den Helmen. Sie waren oft so jung! Zerschlagene Glieder, zerschlagene Menschen. Vorsicht, hinter dir. Töte. Schnell. Nicht einer darf entkommen.

Eichelhäher.

Einer der Soldaten raunte den Namen, bevor er ihn niederstach. Vielleicht hatte er noch beim letzten Atemzug an das Silber gedacht, das er auf der Burg von Ombra für seine Leiche bekommen würde, mehr Silber, als man in einem ganzen Soldatenleben zusammenrauben konnte. Mo zog ihm das Schwert aus der Brust. Sie waren ohne ihre Panzer gekommen. Was brauchte man Panzer gegen Frauen und Kinder? Wie kalt einem vom Töten wurde, so kalt, obwohl die Haut einem brannte und das Blut wie im Fieber floss.

Ja, sie töteten sie alle. In den Hütten war es still, als sie die Leichen den Abhang hinunterstießen. Zwei gehörten zu ihnen und würden nun ihre Knochen mit denen ihrer Feinde mischen. Es war keine Zeit, sie zu begraben.

Der Schwarze Prinz hatte einen bösen Schnitt an der Schulter. Mo verband ihn, so gut es ging, während der Bär besorgt danebensaß. Das Kind kam aus einer der Hütten, das Mädchen, das ihm den Ärmel hochgeschoben hatte. Von Weitem sah es wirklich aus wie Meggie. Meggie, Resa – hoffentlich schliefen sie noch, wenn er zurückkam. Wie sollte er sonst all das Blut erklären? So viel Blut.

Irgendwann werden die Nächte die Tage überschatten, Mortimer, dachte er. Blutige Nächte, friedliche Tage – Tage, an denen Meggie ihm all das zeigte, wovon sie ihm im Turm der Nachtburg nur hatte erzählen können; Nymphen, die Haut schuppig, in blütenbedeckten Tümpeln, Fußspuren längst verschwundener Riesen, Blüten, die flüsterten, wenn man sie berührte, Bäume, die in den Himmel wuchsen, Moosweibchen, die zwischen ihren Wurzeln auftauchten, als hätten sie sich aus der Rinde geschält ... Friedliche Tage. Blutige Nächte.

Die Pferde nahmen sie mit, und die Spuren des Kampfes verwischten sie, so gut es ging. In die Dankesworte, die die Frauen zum Abschied stammelten, mischte sich Furcht. Sie hatten mit eigenen Augen gesehen, dass ihre Helfer vom Töten ebenso viel verstanden wie ihre Feinde.

Der Schnapper kehrte mit den Pferden und den meisten Männern ins Lager zurück. Sie verlegten es fast jeden Tag. Zurzeit lag es in einer dunklen Schlucht, die selbst bei Tag kaum heller wurde.

Sie würden nach Roxane schicken, damit sie die Verwundeten versorgte. Während Mo dorthin zurückkehrte, wo Resa und Meggie schliefen, zu dem verlassenen Hof, den der Prinz für sie gefunden hatte, weil Resa nicht im Räuberlager leben wollte und auch Meggie sich nach all den heimatlosen Wochen nach einem Haus gesehnt hatte.

Der Schwarze Prinz begleitete Mo, wie so oft. »Natürlich. Der Eichelhäher reist nie ohne Gefolge!«, spottete der Schnapper, bevor sie sich trennten. Mo hätte ihn dafür fast vom Pferd gezerrt. Das Herz schlug ihm immer noch zu schnell von all dem Töten, aber der Prinz hielt ihn zurück.

Sie gingen zu Fuß. So war der Weg zwar schmerzhaft weit für ihre müden Glieder, aber ihre Spuren waren schwerer zu verfolgen als die von Pferden. Und der Hof musste sicher bleiben, denn alles, was Mo liebte, war dort.

Das Haus und die halb verfallenen Ställe tauchten jedes Mal so unerwartet zwischen den Bäumen auf, als hätte sie jemand dort verloren. Von den Feldern, die den Hof einst ernährt hatten, war nichts mehr zu sehen. Auch der Weg, der irgendwann zum nächsten Dorf geführt hatte, war längst verschwunden. Der Wald hatte alles verschlungen. Hier nannte man ihn nicht mehr den Weglosen Wald, wie südlich von Ombra. Hier hatte er ebenso viele Namen, wie Dörfer darin lagen: Feenwald, Dunkler Wald, Moosweibchenwald. Dort, wo sich das Nest des Eichelhähers verbarg, hieß er Lerchenwald, wollte man dem Starken Mann glauben. »Lerchenwald? Unsinn. Der Starke Mann nennt alles nach Vögeln! Bei ihm bekommen selbst die Feen Vogelnamen, obwohl sie Vögel nicht leiden können!«, sagte Meggie dazu nur. »Baptista sagt, er heißt Lichterwald. Das passt doch viel besser, oder hast du jemals zuvor in einem Wald so viele Glühwürmchen und Feuerelfen gesehen? Und dann all die Leuchtkäfer, die nachts oben in den Baumkronen sitzen ...«

Wie immer der Wald hieß, der Frieden unter den Bäumen verzauberte Mo jedes Mal aufs Neue und erinnerte ihn daran, dass auch das die Tintenwelt war, ebenso wie die Soldaten des Hänflings. Das erste Morgenlicht sickerte durch die Äste und sprenkelte die Bäume mit blassem Gold, und die Feen tanzten wie betrunken in den herbstkalten Sonnenstrahlen. Sie taumelten dem Bären in das pelzige Gesicht, bis er nach ihnen schlug, und der Prinz hielt sich eins der kleinen Geschöpfe mit einem Lächeln ans Ohr, als könnte er verstehen, was das schrille Stimmchen schimpfte.

War die andere Welt ebenso gewesen? Warum erinnerte er sich kaum? Hatte das Leben dort aus demselben betörenden Gemisch bestanden: aus Dunkelheit und Licht, aus Grausamkeit und Schönheit – so viel Schönheit, dass sie ihn manchmal fast betrunken machte?

Der Schwarze Prinz ließ den Hof Tag und Nacht von seinen Männern bewachen. Heute war der Gecko einer von ihnen. Er trat mit mürrischem Gesicht aus dem verfallenen Schweinestall, als sie zwischen den Bäumen hervorkamen. Der Gecko war immer in Bewegung, ein kleiner Mann mit leicht vorstehenden Augen, die ihm seinen Namen gegeben hatten. Eine seiner zahmen Krähen hockte ihm auf der Schulter. Der Prinz nutzte die Vögel als Boten, doch meist stahlen sie für den Gecko auf den Märkten. Mo verblüffte immer wieder, was sie alles in ihren Schnäbeln davontragen konnten.

Als der Gecko das Blut auf ihren Kleidern sah, wurde er blass. Doch offenbar war der einsame Hof auch in dieser Nacht unberührt geblieben von den Schatten der Tintenwelt.

Mo stolperte vor Müdigkeit fast über die eigenen Füße, als er auf den Brunnen zuging, und der Prinz griff nach seinem Arm, auch wenn er selbst vor Erschöpfung wankte.

»Das heute war knapp«, sagte er so leise, als fürchtete er, seine Stimme könnte den Frieden verscheuchen wie einen trügerischen Spuk. »Wenn wir nicht vorsichtiger sind, werden beim nächsten Dorf die Soldaten schon auf uns warten. Von dem Preis, den die Natter auf deinen Kopf ausgesetzt hat, könnte man ganz Ombra kaufen. Ich trau meinen eigenen Männern kaum noch und in den Dörfern erkennen dich inzwischen selbst die Kinder. Vielleicht solltest du für eine Weile hierbleiben?«

Mo scheuchte die Feen fort, die über dem Brunnen schwirrten, und ließ den hölzernen Eimer hinab. »Unsinn. Dich erkennen sie ebenso.«

Das Wasser schimmerte in der Tiefe, als hätte der Mond sich dort vor dem Morgen versteckt. Wie der Brunnen vor Merlins Hütte, dachte Mo, während er sich das Gesicht mit dem klaren Wasser kühlte und den Schnitt am Unterarm auswusch, den ihm einer der Soldaten beigebracht hatte. Fehlt nur noch, dass Archimedes mir gleich auf die Schulter fliegt und Wart aus dem Wald stolpert …

»Worüber lächelst du?« Der Schwarze Prinz lehnte sich neben ihm an den Brunnen, während sein Bär sich schnaubend auf der taufeuchten Erde wälzte.

»Über eine Geschichte, die ich mal gelesen habe.« Mo stellte dem Bären den Wassereimer hin. »Irgendwann erzähl ich sie dir. Es ist eine gute Geschichte. Auch wenn sie ein trauriges Ende hat.«

Aber der Prinz schüttelte den Kopf und fuhr sich mit der Hand über das müde Gesicht. »Nein, wenn sie ein trauriges Ende hat, will ich sie nicht hören.«

Der Gecko war nicht der Einzige, der den schlafenden Hof bewacht hatte. Mo lächelte, als Baptista aus der verfallenen Scheune trat. Baptista hielt nicht viel vom Kämpfen, aber von allen Räubern waren er und der Starke Mann Mo die liebsten, und es fiel ihm leichter, nachts fortzugehen, wenn einer von ihnen Resas und Meggies Schlaf bewachte. Baptista trat immer noch auf den Märkten als Possenreißer auf, auch wenn seine Zuschauer kaum eine Münze übrig hatten. »Das Lachen soll ihnen schließlich nicht ganz vergehen!«, sagte er, wenn der Schnapper ihn dafür verhöhnte. Er verbarg das pockennarbige Gesicht gern hinter seinen selbst genähten Masken, lachenden, weinenden, je nachdem, wie ihm zumute war. Doch als er zu Mo an den Brunnen trat, reichte er ihm keine Maske, sondern ein Bündel schwarzer Kleider.

»Sei gegrüßt, Eichelhäher«, sagte er mit derselben tiefen Verbeugung, mit der er sein Publikum begrüßte. »Entschuldige, dass es mit deiner Bestellung etwas länger gedauert hat. Das Garn war mir ausgegangen. Es ist Mangelware in Ombra, wie alles andere, aber zum Glück hat der Gecko«, er verbeugte sich in seine Richtung, »eine seiner schwarz gefiederten Freundinnen ausgeschickt, damit sie einem der Händler, die dank unseres neuen Statthalters immer noch reich sind, ein paar Rollen stiehlt.«

»Schwarze Kleider?« Der Prinz warf Mo einen fragenden Blick zu. »Wozu das?«

»Buchbinderkleider. Das ist immer noch mein Handwerk, hast du das vergessen? Und bei Nacht ist das Schwarz zudem eine gute Tarnung. Das hier –«, Mo zog sich das blutbefleckte Hemd aus, »– sollte ich wohl auch besser schwarz färben. Anders wird es kaum noch zu gebrauchen sein.«

Der Prinz sah ihn nachdenklich an. »Ich sag es noch mal, auch wenn du es nicht hören willst. Bleib ein paar Tage hier. Vergiss die Welt da draußen, so wie sie diesen Hof vergessen hat.«

Die Sorge in dem dunklen Gesicht rührte Mo, und für einen Moment war er fast versucht, Baptista das Bündel zurückzugeben. Aber nur fast.

Als der Prinz fort war, verbarg Mo das Hemd und die blutbefleckten Hosen in dem ehemaligen Backhaus, das er sich zur Werkstatt umgebaut hatte, und zog die schwarzen Kleider über. Sie passten tadellos, und er trug sie, als er sich ins Haus zurückschlich. Zusammen mit dem Morgen, der durch die glaslosen Fenster drang.

Meggie und Resa schliefen tatsächlich noch. Eine Fee hatte sich in Meggies Kammer verirrt. Mit ein paar leisen Worten lockte Mo sie auf seine Hand. »Seht euch das an«, sagte der Schnapper immer. »Selbst die verdammten Feen lieben seine Stimme. Ich bin wohl wirklich der Einzige, den sie nicht verhext.« Mo brachte die Fee ans Fenster und ließ sie nach draußen flattern. Er zog Meggie die Decke über die Schultern, wie in all den Nächten, in denen es nur sie und ihn gegeben hatte, und betrachtete ihr Gesicht. Wenn sie schlief, sah sie immer noch so jung aus. Wach schien sie so viel erwachsener. Sie flüsterte einen Namen im Schlaf. Farid. War man erwachsen, wenn man zum ersten Mal verliebt war?

»Wo warst du?«

Mo fuhr herum. Resa stand in der Tür und rieb sich den Schlaf aus den Augen.

»Ich hab den Feen bei ihrem Morgentanz zugesehen. Die Nächte werden immer kälter. Bald werden sie ihre Nester kaum noch verlassen.«

Das war immerhin keine Lüge. Und die Ärmel des schwarzen

Kittels waren lang genug, um die Schnittwunde an seinem Unterarm zu verbergen. »Komm mit, sonst wecken wir unsere große Tochter auf.«

Er zog sie mit sich in die Kammer, in der sie schliefen.

»Was sind das für Kleider?«

»Buchbinderkleider. Baptista hat sie mir genäht. Schwarz wie Tinte. Passend, oder? Ich hab ihn gebeten, dir und Meggie auch etwas zu schneidern. Du wirst bald ein neues Kleid brauchen.«

Er legte ihr die Hand auf den Leib. Noch sah man es nicht. Ein neues Kind, mitgebracht aus der alten Welt, doch bemerkt erst in dieser. Kaum eine Woche war es her, seit Resa es ihm erzählt hatte. »Was wünschst du dir, eine Tochter oder einen Sohn?« – »Kann ich mir das wünschen?«, hatte er zurückgefragt und versucht sich vorzustellen, wie es sein würde, erneut winzige Finger in der Hand zu halten, so winzig, dass sie kaum seinen Daumen würden umfassen können. Gerade zur rechten Zeit – bevor Meggie so groß war, dass er sie kaum noch ein Kind nennen konnte.

»Die Übelkeit wird schlimmer. Ich werd morgen zu Roxane reiten. Sie weiß bestimmt Rat.«

»Bestimmt.« Mo zog sie in seine Arme.

Friedliche Tage. Blutige Nächte.

Geschriebenes Silber

Vor allem wusste er die Schattendinge zu durchschmecken,
Wenn er im kahlen Zimmerchen, mit Wasserflecken,
Mit den geschlossnen Fensterläden, hoch und blau,
Seinen Roman las, bis sich seiner Schau
Versunkne Wälder, ockerfarbne Himmel malten,
Fleischblüten, die in Sterngehegen sich entfalten.
Arthur Rimbaud, Der Dichter von sieben Jahren

Natürlich grub Orpheus nicht selbst. Er stand da in seinen feinen Kleidern und sah zu, wie Farid schwitzte. An zwei Stellen hatte er ihn bereits graben lassen, und das Loch, an dem Farid nun schaufelte, war schon so tief, dass es ihm bis zur Brust reichte. Die Erde war feucht und schwer. Es hatte viel geregnet in den letzten Tagen, und der Spaten, den der Fleischberg besorgt hatte, taugte nichts. Außerdem war da der Gehenkte über Farids Kopf. Der kalte Wind schwang ihn hin und her an seinem verrotteten Seil. Was, wenn er herunterfiel und ihn unter seinen faulenden Knochen begrub?

An den Galgen zur Rechten schwangen drei weitere traurige Gestalten. Der neue Statthalter liebte das Hängen. Es hieß, dass der Hänfling sich aus dem Haar der Gehenkten Perücken machen ließ – und die Witwen in Ombra flüsterten, dass aus diesem Grund auch schon so manche Frau hatte hängen müssen …

»Wie lange brauchst du denn noch? Es wird schon hell! Na los, grab schneller!«, fuhr Orpheus ihn an und kickte einen Schädel zu ihm in die Grube. Wie grausige Früchte lagen sie unter den Galgen.

Es dämmerte tatsächlich schon. Verdammter Käsekopf. Fast die ganze Nacht hatte er ihn graben lassen! Ach, wenn er ihm doch bloß den blassen Hals umdrehen könnte.

»Schneller? Dann lass doch zur Abwechslung mal deinen feinen Leibwächter schaufeln!«, rief Farid zu ihm hinauf. »Auf die Art wären seine Muskeln wenigstens zu etwas gut!«

Der Fleischberg verschränkte die klobigen Arme und lächelte verächtlich zu ihm herab. Orpheus hatte den Riesen auf dem Markt gefunden. Er hatte dort für einen Bader die Kunden festgehalten, wenn er entzündete Zähne zog. »Was du wieder daherredest!«, hatte Orpheus nur herablassend erwidert, als Farid ihn gefragt hatte, wozu er *noch* einen Diener brauchte. »Selbst die Lumpenhändler in Ombra haben einen Leibwächter wegen all des Gesindels, das sich auf den Gassen herumdrückt. Und ich bin wesentlich reicher als sie!« Womit er sicherlich recht hatte – und da Orpheus besser zahlte als der Bader und dem Fleischberg von all dem gequälten Geschrei schon die Ohren schmerzten, war er ohne ein Wort mit ihnen gegangen. Oss nannte er sich, ein sehr kurzer Name für einen so großen Kerl, aber passend für jemanden, der so selten sprach, dass Farid zunächst geschworen hätte, dass sich in dem hässlichen Mund keine Zunge befand. Essen tat dieser Mund dafür umso mehr, und es kam immer öfter vor, dass der Fleischberg das, was Orpheus' Mägde Farid hinstellten, gleich mit verschlang. Anfangs hatte Farid sich darüber noch beschwert, doch nachdem Oss ihm dafür auf der Kellertreppe aufgelauert hatte, ging er lieber mit knurrendem Magen schlafen oder stahl sich etwas auf dem Markt. Ja, der Fleischberg hatte das Leben in Orpheus' Diensten nur noch trostloser gemacht. Eine Handvoll Glasscherben, in Farids Strohsack gesteckt, ein vorgestelltes Bein am

Ende einer Treppe, ein plötzlicher fester Griff ins Haar ... Vor Oss musste man ständig auf der Hut sein. Nur nachts hatte man Ruhe vor ihm, wenn er unterwürfig wie ein Hund vor Orpheus' Kammer schlief.

»Leibwächter graben nicht!«, erklärte Orpheus mit gelangweilter Stimme, während er ungeduldig zwischen den ausgehobenen Löchern auf und ab schritt. »Und wenn du weiter so trödelst, werden wir dringend einen Leibwächter brauchen. Noch vor Mittag werden zwei Wilderer zum Hängen hergebracht!«

»Na bitte! Ich sag's dir immer wieder: Lass uns die Schätze einfach hinter deinem Haus finden!« Galgenberge, Friedhöfe, niedergebrannte Höfe – Orpheus liebte Orte, die Farid schaudern ließen. Nein, vor Geistern fürchtete der Käsekopf sich wahrlich nicht. Das musste man ihm lassen. Farid wischte sich den Schweiß aus den Augen. »Du könntest wenigstens genauer beschreiben, unter welchem verdammten Galgen der Schatz liegt. Und warum, bei allen Teufeln, muss er so tief vergraben sein?«

»Nicht so tief! Hinter meinem Haus!« Orpheus spitzte verächtlich die mädchenweichen Lippen. »Wie originell! Hört sich das etwa so an, als ob es in diese Geschichte passt? Nicht einmal Fenoglio würde auf so einen Unsinn verfallen. Doch wozu erklär ich dir das immer wieder! Du begreifst es sowieso nicht.«

»Ach nein?« Farid stieß die Schaufel so tief in die feuchte Erde, dass sie stecken blieb. »Aber eins begreif ich sehr wohl. Dass du dir einen Schatz nach dem anderen herschreibst, den reichen Händler spielst und jeder Magd in Ombra nachsteigst, während Staubfinger weiter bei den Toten liegt!«

Farid spürte, wie ihm erneut die Tränen kamen. Der Schmerz war immer noch so frisch wie in der Nacht, in der Staubfinger für ihn gestorben war. Wenn er nur sein starres Gesicht hätte vergessen können! Wenn er sich nur so hätte an ihn erinnern können, wie er im Leben gewesen war, aber immer wieder sah er ihn in der verfallenen Mine liegen, so kalt und stumm, das Herz erfroren.

»Ich bin es leid, deinen Diener zu spielen!«, schrie er zu Orpheus hinauf. In seiner Wut vergaß er sogar die Gehenkten, die es bestimmt nicht mochten, wenn man an ihrem Sterbeplatz herumschrie. »Du hast deinen Teil der Abmachung ja auch nicht gehalten! Nistest dich ein in dieser Welt wie eine Made im Speck, statt ihn endlich zurückzuholen. Du hast ihn begraben wie all die anderen! Fenoglio hat recht: Du bist so nützlich wie eine parfümierte Schweinsblase! Ich werd Meggie sagen, sie soll dich zurückschicken! Sie wird es tun, du wirst schon sehen!«

Oss sah Orpheus fragend an. Sein Blick flehte um die Erlaubnis, Farid packen und auf gründlichste Weise grün und blau schlagen zu dürfen, aber Orpheus beachtete ihn nicht.

»Ah, bei dem Thema sind wir wieder!«, sagte er mit nur mühsam beherrschter Stimme. »Die unglaubliche, unübertreffliche Meggie, Tochter eines nicht weniger fabelhaften Vaters, der inzwischen auf den Namen eines Vogels hört und sich mit einer Bande verlauster Räuber im Wald versteckt, während zerlumpte Spielleute ein Lied nach dem anderen über ihn dichten.«

Orpheus rückte sich die Brille zurecht und blickte zum Himmel hinauf, als wollte er sich dort über so viel unangemessene Ehren beschweren. Er liebte den Spitznamen, den die Brille ihm eingebracht hatte: Doppelauge. In Ombra flüsterte man ihn mit Abscheu und Furcht, doch das gefiel Orpheus nur umso mehr. Außerdem galt die Brille als Beweis dafür, dass all die Lügen, die er über seine Herkunft erzählte, die reine Wahrheit waren: dass er von jenseits des Meeres kam, aus einem fernen Land, dessen Fürsten alle Doppelaugen hatten, was sie befähigte, ihrer Untertanen Gedanken zu lesen. Dass er der uneheliche Sohn des dortigen Königs war, der vor seinem eigenen Bruder hatte fliehen müssen, nachdem dessen Frau in unsterblicher Liebe zu ihm entbrannt war. »Beim Gott der Bücher. Was für eine armselige Geschichte!«, hatte Fenoglio ausgerufen, als Farid sie Minervas Kindern erzählt hatte. »Dieser Kerl ist so ein Schmalztiegel! Nicht eine originelle Idee hat er in seinem klebrigen Hirn. Nur mit den Einfällen anderer kann er herumpfuschen.«

Aber Fenoglio verbrachte seine Tage und Nächte damit, sich leidzutun, während Orpheus in aller Ruhe daran arbeitete, dieser Geschichte seinen Stempel aufzudrücken – einer Geschichte, über die er mehr zu wissen schien als ihr Erfinder.

»Weißt du, was man sich wünscht, wenn man ein Buch so sehr liebt, dass man es wieder und wieder liest?«, hatte er Farid gefragt, als sie zum ersten Mal vor dem Stadttor von Ombra gestanden hatten. »Nein. Natürlich nicht. Wie solltest du? Ein Buch bringt dich sicher nur auf den Gedanken, dass es in kalten Nächten gut brennt. Ich will dir die Antwort trotzdem verraten. Man will mitspielen, was sonst? Allerdings sicherlich nicht als der arme Hofdichter. Die Rolle überlasse ich gern Fenoglio – auch wenn er selbst darin eine jämmerliche Figur abgibt!«

Schon in der dritten Nacht hatte Orpheus sich an die Arbeit gemacht, in einem schmutzigen Gasthaus nah der Stadtmauer. Er hatte Farid befohlen, ihm Wein zu stehlen und eine Kerze, hatte ein schmutziges Stück Papier und einen Griffel unter dem Umhang hervorgezogen – und das Buch, das dreimal verfluchte Buch.

Wie Elstern, die nach glitzernden Dingen suchten, waren seine Finger über die Seiten gewandert, Wörter zusammenklaubend, mehr und mehr. Und Farid war so dumm gewesen zu glauben, dass die Wörter, mit denen Orpheus so emsig das Blatt Papier füllte, den Schmerz in seinem Herzen heilen und Staubfinger zurückbringen würden. Doch Orpheus hatte ganz anderes im Sinn gehabt. Er hatte Farid fortgeschickt, bevor er laut las, was er geschrieben hatte, und noch bevor der Morgen dämmerte, hatte Farid ihm den ersten Schatz aus der Erde von Ombra graben müssen, auf dem Friedhof gleich hinter dem Siechenhaus. Orpheus hatte sich beim Anblick der Münzen gefreut wie ein Kind. Farid aber hatte die Gräber angestarrt und die eigenen Tränen auf der Zunge geschmeckt.

Mit dem Silber hatte Orpheus sich neu eingekleidet, zwei Mägde und eine Köchin angestellt und das prächtige Haus eines Seidenhändlers gekauft. Der Vorbesitzer hatte sich aufgemacht, seine Söhne zu suchen, die mit Cosimo in den Weglosen Wald gezogen und niemals zurückgekehrt waren.

Auch Orpheus gab sich als Händler aus, ein Händler für ausgefallene Wünsche – und schon bald hatte es sich bis zum Hänfling herumgesprochen, dass der Fremde mit dem dünnen blonden Haar und der blassen Haut, blass, wie sie sonst nur die Fürsten hatten, wundersame Dinge besorgen konnte: gefleckte Kobolde, schmetterlingsbunte Feen, Schmuck aus Feuerelfenflügeln, Gürtel, besetzt mit den Schuppen von Flussnymphen, goldgescheckte Pferde für fürstliche Kutschen und andere Geschöpfe, die man in Ombra bislang nur aus Märchen gekannt hatte. In Fenoglios Buch gab es für vieles die richtigen Wörter. Orpheus musste sie nur etwas anders zusammensetzen. Ab und zu starb, was er schuf, nach wenigen Atemzügen oder stellte sich als allzu bissig heraus (der Fleischberg hatte recht oft bandagierte Hände), aber Orpheus störte das nicht. Was interessierte es ihn, wenn im Wald ein paar Dutzend Feuerelfen verhungerten, weil ihnen plötzlich die Flügel fehlten, oder eines Morgens eine Handvoll schuppenloser Nymphen tot im Fluss trieb? Faden für Faden zog er aus dem feinen Geflecht, das der alte Mann gesponnen hatte, und webte eigene Muster, setzte sie wie bunte Flicken in Fenoglios großen Teppich und wurde reich mit dem, was seine Stimme aus den Buchstaben eines anderen lockte.

Verflucht sollte er sein. Tausendundeinmal verflucht. Es war genug.

»Nichts tue ich mehr für dich! Gar nichts!« Farid wischte sich die regenfeuchte Erde von den Händen und versuchte aus dem Loch zu klettern, doch Oss stieß ihn auf einen Wink von Orpheus zurück.

»Grab!«, grunzte er.

»Grab selber!« Farid zitterte in seinem schweißnassen Kittel, ob mehr vor Kälte oder Wut, hätte er nicht sagen können. »Dein feiner Herr ist nichts als ein Hochstapler! Sie haben ihn schon mal für seine Lügen ins Gefängnis gesteckt und sie werden es wieder tun!«

Orpheus kniff die Augen zusammen. Er mochte es gar nicht, wenn man von diesem Kapitel seines Lebens sprach.

»Ich wette, du warst einer von denen, die alten Frauen das Geld aus der Tasche lügen. Und hier bläst du dich auf wie ein Ochsenfrosch, nur weil deine Lügen plötzlich wahr werden, schleimst dich ein beim Schwager vom Natternkopf und hältst dich für schlauer als alle anderen! Doch was kannst du schon? Feen herbeischreiben, die aussehen, als wären sie in einen Färberkübel gefallen, Kisten voller Schätze, Schmuck aus Elfenflügeln für den Hänfling. Aber das, wofür wir dich hergeholt haben, kannst du nicht. Staubfinger ist tot. Er ist tot. Er ist – immer – noch – tot!«

Da kamen sie wieder, die verdammten Tränen. Farid wischte sie mit seinen schmutzigen Fingern fort, während der Fleischberg so ausdruckslos auf ihn herabstarrte, wie es nur jemand tut, der kein einziges Wort versteht. Wie auch? Was wusste Oss von den Worten, die Orpheus zusammenstahl, was wusste er von dem Buch und von Orpheus' Stimme?

»*Niemand* – hat – mich – *hergeholt!*« Orpheus beugte sich über den Grubenrand, als wollte er Farid die Wörter ins Gesicht spucken. »Und bestimmt muss ich mir keine Reden über Staubfinger anhören von dem, der ihm den Tod gebracht hat! Ich kannte seinen Namen schon, als du noch nicht geboren warst, und nur ich werde ihn zurückbringen, auch wenn du ihn so überaus gründlich aus dieser Geschichte entfernt hast ... Aber wie und wann, das ist ganz allein meine Entscheidung. Und nun grab. Oder denkst du Ausbund arabischer Weisheit –«, Farid glaubte zu spüren, wie die Wörter ihn in feine Scheiben schnitten, »– dass ich mehr zum Schreiben komme, wenn ich meine Mägde nicht mehr bezahlen kann und meine Wäsche künftig selber wasche?«

Verdammt. Verdammt sollte er sein. Farid senkte den Kopf, damit Orpheus seine Tränen nicht sah. *Von dem, der ihm den Tod gebracht hat ...*

»Sag mir, warum ich die Spielleute ständig mit meinem schönen Silber für ihre jämmerlichen Lieder bezahle. Weil ich Staubfinger vergessen habe? Nein. Weil du es immer noch nicht geschafft hast, für mich herauszufinden, wie und wo man in dieser

Welt mit den Weißen Frauen sprechen kann! Also hör ich mir weiter schlechte Lieder an, steh neben sterbenden Bettlern und bestech die Heilerinnen in den Siechenhäusern, damit sie mich rufen, wenn sich dort jemand ans Sterben macht. Natürlich wäre es sehr viel leichter, wenn du die Weißen Frauen wie dein Meister mit dem Feuer rufen könntest, aber das haben wir ja wohl oft genug ohne Erfolg versucht, oder? Wenn sie dich wenigstens besuchen würden, wie sie es angeblich so gern mit denen tun, die sie einmal berührt haben. Aber nein! Auch das frische Hühnerblut, das ich vor die Tür gestellt habe, hat nichts gebracht, ebenso wenig wie die Kinderknochen, die ich für einen Beutel Silber einem Friedhofsgräber abgehandelt habe, nur weil die Wächter vorm Tor dir erzählt haben, das würde gleich ein Dutzend Weißer Frauen anlocken!«

Ja. Ja! Farid wollte sich die Hände auf die Ohren pressen. Orpheus hatte recht. Sie hatten alles versucht. Aber die Weißen Frauen zeigten sich ihnen einfach nicht, und wer sonst sollte Orpheus verraten, wie er Staubfinger vom Tod zurückholen konnte?

Farid zog wortlos den Spaten aus der Erde und begann wieder zu graben.

Er hatte Blasen an den Händen, als er endlich auf Holz stieß. Die Truhe, die er aus der Erde zerrte, war nicht allzu groß, doch wie die letzte bis an den Rand mit Silbermünzen gefüllt. Farid hatte belauscht, wie Orpheus sie herbeigelesen hatte: »*Unter den Galgen auf dem Finsteren Hügel, lange bevor der Speckfürst dort die Eichen für den Sarg seines Sohnes schlagen ließ, hatte eine Bande Wegelagerer eine Schatulle mit Silber vergraben. Danach hatten sie sich im Streit gegenseitig erschlagen, aber das Silber war noch dort, in der Erde, auf der ihre Knochen bleichten.*«

Das Holz der Truhe war morsch, und Farid fragte sich wie bei den anderen Schätzen, die er ausgegraben hatte, ob das Silber nicht vielleicht doch schon unter dem Galgen gelegen hatte, *bevor* Orpheus seine Worte schrieb. Der Käsekopf lächelte auf solche Fragen hin nur wissend, aber Farid bezweifelte, dass er die Antwort wirklich kannte.

»Na bitte. Wer sagt's denn? Für den nächsten Monat dürfte das reichen.« Orpheus' Lächeln war so selbstverliebt, dass Farid es ihm zu gern mit einer Schaufel Erde aus dem Gesicht gewischt hätte. Für einen Monat! Mit dem Silber, das er und der Fleischberg in lederne Beutel füllten, hätte man ganz Ombra für Monate den hungrigen Bauch füllen können.

»Wie lange dauert das denn noch? Vermutlich ist der Henker mit dem frischen Galgenfutter schon auf dem Weg hierher.« Wenn Orpheus nervös war, klang seine Stimme nicht allzu eindrucksvoll.

Farid verschnürte wortlos einen weiteren prall gefüllten Beutel, stieß die leere Truhe mit dem Fuß in die Grube zurück und warf einen letzten Blick hinauf zu den Gehenkten. Der Finstere Hügel war schon einmal ein Galgenberg gewesen, doch erst der Hänfling hatte ihn wieder zur Haupthinrichtungsstätte erklärt. Von den Galgen vorm Stadttor war der Leichengestank allzu oft bis zur Burg hinaufgeweht, und dieser Duft vertrug sich so gar nicht mit den feinen Speisen, die der Schwager des Natternkopfes dort zu sich nahm, während Ombra hungerte.

»Hast du Spielleute für heute Nachmittag besorgt?«

Farid nickte nur, während er Orpheus die schweren Beutel nachtrug.

»Der gestern war wirklich ein Ausbund an Hässlichkeit!« Orpheus ließ sich von Oss auf sein Pferd helfen. »Wie eine zum Leben erwachte Vogelscheuche! Und das meiste, was aus seinem fast zahnlosen Mund kam, war wieder mal das Übliche: Schöne Fürstin liebt armen Spielmann, lalalala, schöner Fürstensohn verliebt sich in Bauerntochter, lalalali ... Nicht ein brauchbares Wort über die Weißen Frauen.«

Farid hörte nur halb zu. Er war auf die Spielleute nicht mehr sonderlich gut zu sprechen, seit die meisten von ihnen für den Hänfling sangen und tanzten und den Schwarzen Prinzen als ihren König abgewählt hatten, weil er allzu offen gegen die Besatzer kämpfte.

»Immerhin –«, fuhr Orpheus fort, »– kannte die Vogelscheuche ein paar neue Lieder über den Eichelhäher. Es hat mich einiges gekostet, sie aus ihm herauszulocken, und er hat sie so leise gesungen, als stünde der Hänfling höchstpersönlich unter meinem Fenster, aber eins hatte ich tatsächlich noch nie gehört. Du bist immer noch sicher, dass Fenoglio nicht wieder schreibt?«

»Ganz sicher.« Farid hängte sich seinen Rucksack um und pfiff leise durch die Zähne, wie Staubfinger es immer getan hatte. Schleicher schoss mit einer toten Maus in der Schnauze hinter einem der Galgen hervor. Nur der jüngere Marder war bei Farid geblieben. Gwin war bei Roxane – als wollte er an dem Ort sein, an den Staubfinger am ehesten zurückkehren würde, falls der Tod ihn doch noch aus seinen bleichen Fingern entließ.

»Und warum bist du da so sicher?« Orpheus verzog angeekelt den Mund, als Schleicher Farid auf die Schulter sprang und in seinem Rucksack verschwand. Der Käsekopf verabscheute den Marder. Aber er duldete ihn, vermutlich, weil er einst Staubfinger gehört hatte.

»Fenoglios Glasmann sagt, dass er nicht mehr schreibt, und der muss es schließlich wissen, oder?«

Rosenquarz beklagte unentwegt, wie mühsam sein Dasein geworden war, seit Fenoglio nicht mehr auf der Burg, sondern wieder in Minervas Dachkammer wohnte, und auch Farid verfluchte jedes Mal die steile Holztreppe, wenn Orpheus ihn mit seinen Fragen zu Fenoglio schickte: Was für Länder liegen südlich des Meeres, das an das Reich des Natternkopfes grenzt? Ist der Fürst, der im Norden von Ombra herrscht, verwandt mit der Frau des Natternkopfes? Wo genau hausen die Riesen, oder sind sie inzwischen ausgestorben? Fressen die Raubfische in den Flüssen auch Nixen?

Manchmal ließ Fenoglio Farid nicht einmal herein, nachdem er sich mühsam all die Stufen hinaufgequält hatte, doch ab und zu hatte er so viel getrunken, dass er in redseliger Stimmung war. An solchen Tagen übergoss der Alte ihn mit einem solchen Schwall von Informationen, dass Farid der Kopf schwirrte, wenn er zu Orpheus zurückkam – und der fragte ihn dann noch einmal aus. Es war zum Verrücktwerden. Aber jedes Mal, wenn die zwei versuchten direkt miteinander zu sprechen, begannen sie nach wenigen Minuten zu streiten.

»Gut. Sehr gut! Es würde die Dinge komplizieren, wenn der Alte die Worte wieder dem Wein vorzöge! Schon seine letzten Ideen haben nur zu heilloser Verwirrung geführt.« Orpheus nahm die Zügel auf und blickte zum Himmel. Es sah nach einem weiteren regennassen Tag aus, grau und traurig wie die Gesichter in Ombra. »Masken tragende Räuber, Unsterblichkeitsbücher, ein Fürst, der von den Toten zurückkommt!« Kopfschüttelnd trieb er sein Pferd auf den Pfad zu, der nach Ombra führte. »Wer weiß, was ihm noch eingefallen wäre! Nein, Fenoglio soll sich ruhig um das bisschen Verstand trinken, das er noch hat. Ich werde mich um seine Geschichte kümmern. Ich verstehe sie eh viel besser als er.«

Farid hörte erneut nicht zu, während er seinen Esel aus dem Gebüsch zerrte. Sollte der Käsekopf nur reden. Ihm war gleich, wer von den beiden die Worte schrieb, die Staubfinger zurückbrachten. Solange es nur endlich geschah! Und wenn die ganze verdammte Geschichte dabei zum Teufel ging.

Wie immer versuchte der Esel Farid zu beißen, als er sich auf seinen knochigen Rücken schwang. Orpheus ritt eins der schönsten Pferde in Ombra – der Käsekopf war trotz seiner plumpen Gestalt ein guter Reiter –, aber natürlich hatte er, geizig, wie er war, für Farid nur einen Esel angeschafft, bissig und so alt, dass er kahl auf dem Kopf war. Den Fleischberg hätten selbst zwei Esel nicht tragen können, und so trottete Oss neben Orpheus her wie ein zu groß geratener Hund, das Gesicht schweißnass vor Anstrengung, bergauf, bergab auf den schmalen Pfaden, die die Hügel um Ombra durchzogen.

»Also gut. Fenoglio schreibt nicht mehr.« Orpheus liebte es, laut vor sich hin zu denken. Manchmal schien es fast, als könnte er seine Gedanken nur ordnen, wenn er dabei seine eigene Stimme hörte. »Aber woher stammen dann all die Geschichten über den Eichelhäher? Beschützte Witwen, Silber auf den Schwellen der Armen, gewildertes Fleisch auf den Tellern vaterloser Kinder … Ist all das tatsächlich Mortimer Folcharts Werk, ohne dass Fenoglio ihm dazu ein paar hilfreiche Worte geschrieben hat?«

Ein Karren kam ihnen entgegen. Orpheus trieb fluchend sein Pferd in die Dornen und der Fleischberg starrte mit dummem Grinsen zu den beiden Jungen hinauf, die auf dem Karren knieten, die Hände auf den Rücken gebunden, die Gesichter schmal vor Angst. Der eine hatte noch hellere Augen als Meggie, und sie waren beide nicht älter als Farid. Natürlich nicht. Wären sie älter, dann wären sie mit Cosimo gezogen und schon lange tot. Aber an diesem Morgen war ihnen das vermutlich kein Trost. Man würde ihre Leichen von Ombra aus sehen können, als mahnendes Beispiel für alle, die der Hunger zum Wildern verführte, doch die Nase des Hänflings würde sie nicht riechen.

Starb man am Galgen so schnell, dass die Weißen Frauen nicht kamen? Farid griff sich unwillkürlich an den Rücken, dorthin, wo Bastas Messer hineingefahren war. Bei ihm waren sie auch nicht gekommen, oder? Er erinnerte sich nicht. Er erinnerte sich nicht einmal an den Schmerz, nur an Meggies Gesicht, als er wieder zu sich gekommen war, und daran, wie er sich umgedreht und Staubfinger hatte daliegen sehen ... »Warum schreibst du nicht einfach, dass sie mich an seiner Stelle holen?«, hatte er Orpheus gefragt, aber der hatte nur laut gelacht. »Dich? Glaubst du allen Ernstes, die Weißen Frauen tauschen den Feuertänzer gegen einen hergelaufenen Dieb wie dich ein? Nein, da müssen wir ihnen schon einen fetteren Köder anbieten.«

Die Beutel voll Silber hüpften an Orpheus' Sattel, als er seinem Pferd die Sporen gab, und Oss' Kopf lief so rot an vor Anstrengung, dass es aussah, als würde er ihm im nächsten Moment auf dem fleischigen Hals zerplatzen.

Verfluchter Käsekopf! Ja, Meggie soll ihn zurückschicken!, dachte Farid, während er dem Esel die Fersen in die Seiten stieß. Besser heute als morgen! Aber wer sollte ihr die Worte schreiben? Und wer außer Orpheus konnte Staubfinger von den Toten zurückholen?

Er wird niemals zurückkommen!, flüsterte es in ihm. Staubfinger ist tot, Farid. Tot.

Na und?, fuhr er die leise Stimme an. Was heißt das schon in dieser Welt? Ich bin auch zurückgekommen.

Wenn er sich nur an den Weg erinnern könnte.

Tintenkleider

Mir scheint's wie gestern, dass ich glaubte,
es gäbe unter meiner Haut nur Licht.
Schnitt man mich, würde ich erstrahlen.
Doch fall ich heute auf dem Pfad des Lebens,
zerschlag ich mir die Knie, ich blute.
Billy Collins, On Turning Ten

Ein neuer Morgen weckte Meggie, mit blassem Licht, das auf ihr Gesicht fiel, und Luft, so frisch, als hätte sie niemand vor ihr geatmet. Vor ihrem Fenster zwitscherten die Feen wie Vögel, die das Sprechen gelernt hatten, und irgendwo schrie ein Eichelhäher – falls es ein Eichelhäher war. Der Starke Mann ahmte jeden Vogel so täuschend nach, dass es klang, als nistete er in seiner breiten Brust. Und sie alle antworteten ihm: Lerchen, Spötter, Spechte, Nachtigallen und die zahmen Krähen des Geckos.

Mo war auch schon wach. Sie hörte seine Stimme von draußen – und die ihrer Mutter. War Farid vielleicht endlich gekommen? Hastig erhob sie sich von dem Strohsack, auf dem sie schlief (wie hatte es sich angefühlt, in einem Bett zu schlafen? Sie konnte sich kaum noch erinnern), und lief ans Fenster. Seit Tagen schon wartete sie auf Farid. Er hatte versprochen zu kommen. Aber nur ihre Eltern standen auf dem Hof und der Starke Mann, der ihr zulächelte, als er sie am Fenster stehen sah.

Mo half Resa, eins der Pferde zu satteln, die, als sie hergekommen waren, schon in einem der Ställe gewartet hatten. Die Pferde waren so schön, dass sie bestimmt einst einem der adligen Freunde des Hänflings gehört hatten, aber Meggie vermied es, wie bei vielen Dingen, die der Schwarze Prinz ihnen besorgte, allzu genau darüber nachzudenken, wie sie den Räubern in die Hände gefallen waren. Sie liebte den Schwarzen Prinzen, Baptista und den Starken Mann, doch einige der anderen ließen sie schaudern, Männer wie der Schnapper und der Gecko, auch wenn es dieselben Männer waren, die sie und ihre Eltern auf dem Natternberg gerettet hatten. »Räuber sind Räuber, Meggie«, sagte Farid oft. »Der Prinz tut, was er tut, für andere, aber von seinen Männern wollen sich etliche einfach nur die Taschen füllen, ohne dafür auf einem Feld oder in einer Werkstatt schuften zu müssen.« Ach, Farid ... Sie vermisste ihn so sehr, dass sie sich dafür schämte.

Ihre Mutter sah blass aus. Resa war in den letzten Tagen oft schlecht gewesen. Vermutlich wollte sie deshalb zu Roxane reiten. Niemand wusste bei so etwas besser Rat als Staubfingers Witwe, außer dem Schleierkauz vielleicht, aber dem ging es selbst nicht sonderlich gut seit Staubfingers Tod – vor allem, seit er gehört hatte, dass der Natternkopf das Siechenhaus hatte niederbrennen lassen, das er so viele Jahre auf der anderen Seite des Waldes geleitet hatte. Was aus Bella und all den anderen Heilerinnen geworden war, niemand wusste es.

Eine Maus, gehörnt wie Staubfingers Marder, huschte vorbei, als Meggie nach draußen trat, und eine Fee schwirrte auf sie zu und griff ihr ins Haar, aber Meggie war inzwischen geübt darin, sie fortzuscheuchen. Je kälter es wurde, desto seltener kamen sie aus ihren Nestern, doch sie waren immer noch auf der Jagd nach Menschenhaar. »Nichts hält sie wärmer!«, sagte Baptista immer. »Außer Bärenhaar. Und das auszureißen ist gefährlich.«

Der Morgen war so kühl, dass Meggie sich fröstelnd die Arme um den Leib schlang. Die Kleider, die die Räuber ihnen besorgt hatten, wärmten nicht halb so gut wie die Pullover, in die sie sich an einem solchen Tag in der anderen Welt gehüllt hätte, und sie dachte fast mit Sehnsucht an die warmen Socken, die in Elinors Schränken auf sie warteten.

Mo drehte sich um und lächelte, als sie auf ihn zutrat. Er sah müde aus, aber glücklich. Er schlief nicht viel. Oft arbeitete er bis spät in die Nacht in seiner provisorischen Werkstatt – mit dem spärlichen Werkzeug, das Fenoglio ihm besorgt hatte. Und immer wieder ging er in den Wald, allein oder mit dem Prinzen. Er dachte, dass sie nichts davon wusste, aber Meggie hatte schon einige Male gesehen, wie die Räuber ihn abholten – wenn sie schlaflos am Fenster gestanden und auf Farid gewartet hatte. Sie riefen Mo mit dem Schrei des Eichelhähers. Meggie hörte ihn fast jede Nacht.

»Geht es dir besser?« Besorgt sah sie ihre Mutter an. »Vielleicht waren es doch die Pilze, die wir vor ein paar Tagen gefunden haben.«

»Nein, bestimmt nicht.« Resa sah Mo an und lächelte. »Roxane wird schon ein Kraut dagegen wissen. Willst du mit mir kommen? Vielleicht ist Brianna da. Sie arbeitet nicht jeden Tag bei Orpheus.«

Brianna. Warum sollte sie sie sehen wollen? Weil sie fast gleich alt waren? Brianna war nach Cosimos Tod von der Hässlichen verstoßen worden, als späte Strafe dafür, dass sie die Gesellschaft ihres Mannes der ihren vorgezogen hatte. Danach hatte Brianna zunächst Roxane auf ihren Feldern geholfen, doch nun arbeitete sie für Orpheus. Ebenso wie Farid. Orpheus hatte inzwischen ein halbes Dutzend Mägde. Farid spottete schon, dass der Käsekopf sich nicht einmal mehr die dünnen Haare selber kämmte. Orpheus stellte nur schöne Mädchen ein, und Brianna war wunderschön, so schön, dass Meggie sich in ihrer Gegenwart wie eine Ente neben einem Schwan fühlte. Und was es noch schlimmer machte – Brianna war Staubfingers Tochter. »Na und? Ich sprech nicht einmal mit ihr«, sagte Farid, wenn sie ihn nach ihr fragte. »Sie hasst mich, genau wie ihre Mutter.« Dennoch ... Er sah sie fast jeden Tag, Brianna und all die anderen. Die schönsten Mädchen von Ombra arbeiteten in Orpheus' Haus. Sie aber hatte er schon seit fast zwei Wochen nicht besucht.

»Nun, kommst du mit?« Resa sah sie immer noch fragend an, und Meggie spürte, wie sie rot wurde, als hätte ihre Mutter jeden ihrer Gedanken gehört.

»Nein«, sagte sie, »nein, ich glaub, ich bleib lieber hier. Der Starke Mann reitet doch mit dir, oder?«

»Sicher.« Der Starke Mann hatte es sich zur Aufgabe gemacht, sie und Resa zu beschützen. Meggie war nicht sicher, ob Mo ihn darum gebeten hatte oder ob er es einfach nur tat, um dem Eichelhäher seine Ergebenheit zu zeigen.

Resa ließ sich von ihm aufs Pferd helfen. Sie beschwerte sich oft darüber, wie umständlich es war, mit einem Kleid zu reiten, und wie viel lieber sie in dieser Welt Männerkleider getragen hätte, auch wenn sie das einst zu Mortolas Gefangener gemacht hatte. »Ich bin vor der Dunkelheit zurück«, sagte sie zu Mo. »Vielleicht weiß Roxane ja auch etwas gegen deine schlaflosen Nächte.«

Dann war sie mit dem Starken Mann zwischen den Bäumen verschwunden, und Meggie stand allein mit Mo da, wie früher, als es nur sie beide gegeben hatte.

»Es geht ihr wirklich nicht gut!«

»Mach dir keine Sorgen, Roxane wird Rat wissen.« Mo sah zum Backhaus hinüber, in dem er sich eine Werkstatt eingerichtet hatte. Was waren das für schwarze Kleider, die er trug? »Ich muss auch fort, aber ich bin am Abend zurück. Der Gecko und Baptista sind im Stall, und der Prinz will zusätzlich den Holzfuß herschicken, während der Starke Mann fort ist. Die drei werden besser auf dich aufpassen, als ich es kann.«

Was war das in seiner Stimme? Eine Lüge? Er hatte sich verändert, seit Mortola ihn fast getötet hatte. Er war verschlossener und oft so abwesend, als wäre ein Teil von ihm in der Höhle geblieben, in der er fast gestorben war, oder im Turmverlies der Nachtburg.

»Wo willst du hin? Ich komm mit dir.« Meggie spürte, wie er zusammenfuhr, als sie ihren Arm unter den seinen schob. »Was ist?«

»Nichts, gar nichts.« Er strich sich über den schwarzen Ärmel und wich ihrem Blick aus.

»Du bist wieder mit dem Prinzen fort gewesen. Ich hab ihn gestern Nacht auf dem Hof gesehen. Was ist passiert?«

»Es ist nichts, Meggie. Wirklich nicht.« Mit abwesendem Gesicht strich er ihr über die Wange, dann drehte er sich um und ging auf das Backhaus zu.

»Gar nichts?« Meggie folgte ihm. Die Tür war so niedrig, dass Mo den Kopf einziehen musste. »Wo hast du die schwarzen Kleider her?«

»Es sind Buchbinderkleider. Baptista hat sie mir genäht.«

Er trat an den Tisch, an dem er arbeitete. Leder lag darauf, ein paar Bögen Pergament, Faden, ein Messer und das schmale Buch, das er in den letzten Wochen aus Resas Zeichnungen gebunden hatte, Bilder von Feen, von Feuerelfen und Glasmännern, vom Schwarzen Prinzen und vom Starken Mann, von Baptista und Roxane. Von Farid war auch eines dabei. Das Buch war verschnürt, als wollte Mo es mit auf Reisen nehmen. Das Buch, die schwarzen Kleider ...

Oh, sie kannte ihn so gut.

»Nein, Mo!« Meggie griff nach dem Buch und verbarg es hinter ihrem Rücken. Vielleicht konnte er Resa täuschen, aber nicht sie.

»Was?« Er gab sich wirklich Mühe, ahnungslos dreinzuschauen. Er konnte sich besser verstellen als früher.

»Du willst nach Ombra, zu Balbulus. Bist du verrückt geworden? Das ist viel zu gefährlich!«

Für einen Moment dachte Mo tatsächlich daran, sie weiter zu belügen, doch dann seufzte er. »Also gut, ich kann dir immer noch nichts vormachen. Ich dachte, inzwischen wäre es vielleicht leichter, weil du fast erwachsen bist. Dumm von mir.«

Er schlang die Arme um sie und entwand das Buch sanft ihren Händen. »Ja, ich will zu Balbulus. Bevor der Hänfling all die Bücher verkauft hat, von denen du mir so viel erzählt hast. Fenoglio wird mich als Buchbinder auf die Burg schmuggeln. Wie viele Fässer Wein bekommt der Hänfling für ein Buch, was denkst du? Die Hälfte der Bibliothek soll schon fort sein, damit er seine Feste bezahlen kann!«

»Mo! Es ist zu gefährlich! Was, wenn dich jemand erkennt?«

»Wer? Niemand in Ombra hat mich je gesehen.«

»Einer der Soldaten könnte dich von der Nachtburg kennen. Und der Rußvogel soll dort sein! Den werden ein paar schwarze Kleider kaum täuschen.«

»Ach was! Der Rußvogel hat mich zuletzt gesehen, als ich halb tot war. Außerdem sollte er sich besser nicht wünschen, mich zu treffen.« Sein Gesicht, vertraut wie kein anderes, wurde nicht zum ersten Mal das eines Fremden. Kalt, so kalt.

»Nun sieh mich nicht so besorgt an!«, sagte er und lächelte die Kälte fort. Doch das Lächeln blieb nicht.

»Weißt du, dass mir meine eigenen Hände fremd werden, Meggie?« Er hielt sie ihr hin, als könnte sie die Veränderung sehen. »Sie tun Dinge, von denen ich nicht einmal wusste, dass sie sie tun können – und sie tun sie gut.«

Mo betrachtete seine Hände, als wären es die eines anderen. Wie oft hatte Meggie ihnen zugesehen, wenn sie Papier schnitten, Seiten hefteten, Leder spannten – oder ihr Pflaster auf ein aufgeschlagenes Knie klebten. Aber sie wusste nur zu gut, von welchen Dingen Mo nun sprach. Sie hatte ihn oft genug beobachtet, wenn er mit Baptista oder dem Starken Mann hinter den Ställen übte – mit dem Schwert, das er seit der Nachtburg trug. Dem Schwert des Brandfuchses. Er konnte es tanzen lassen, als wäre es seinen Händen ebenso vertraut wie ein Papiermesser oder ein Falzbein.

Eichelhäher.

»Ich glaube, ich sollte meine Hände daran erinnern, was ihr eigentliches Handwerk ist, Meggie. Ich möchte mich selbst daran erinnern. Fenoglio hat Balbulus erzählt, dass er einen Buchbinder gefunden hat, der seine Arbeiten so bindet, wie sie es verdienen. Aber Balbulus will diesen Buchbinder sehen, bevor er ihm seine Werke anvertraut. Deshalb werde ich auf die Burg reiten und ihm beweisen, dass ich von meiner Kunst ebenso viel verstehe wie er von der seinen. Du selbst bist schuld, dass ich es nicht erwarten kann, seine Werkstatt endlich mit eigenen Augen zu sehen! Weißt du noch, wie du mir oben im Turm der Nachtburg von Balbulus'

Pinseln und Federn erzählt hast?« Er ahmte ihre Stimme nach: »*Er ist ein Buchmaler, Mo! Auf der Burg von Ombra! Der allerbeste. Du könntest die Pinsel sehen und die Farben ...!*«

»Ja«, flüsterte sie. »Ja, ich erinnere mich.« Sie wusste sogar noch, was er erwidert hatte: *Diese Pinsel würde ich wirklich gern sehen.* Aber sie erinnerte sich auch noch an die Angst, die sie damals um ihn gehabt hatte.

»Weiß Resa, wohin du reiten willst?« Sie legte ihm die Hand auf die Brust, dorthin, wo nur noch eine Narbe daran erinnerte, dass er fast gestorben war.

Er brauchte nicht zu antworten. Sein schuldbewusster Blick sagte deutlich genug, dass er ihrer Mutter nichts von seinen Plänen erzählt hatte. Meggie betrachtete das Werkzeug, das auf dem Tisch lag. Vielleicht hatte er recht. Vielleicht war es Zeit, seine Hände zu erinnern. Vielleicht konnte er tatsächlich auch in dieser Welt die Rolle spielen, die er in der anderen so sehr geliebt hatte. Obwohl es hieß, dass der Hänfling Bücher für überflüssiger hielt als Furunkel im Gesicht. Aber Ombra gehörte dem Natternkopf. Seine Soldaten waren überall. Was, wenn einer von ihnen den Mann erkannte, der noch vor wenigen Monaten der Gefangene ihres finsteren Herrn gewesen war?

»Mo.« Wörter drängten auf Meggies Zunge. Sie hatte sie in den letzten Tagen oft gedacht, doch nie auszusprechen gewagt, weil sie nicht sicher war, ob sie sie wirklich meinte. »Denkst du nicht manchmal auch, wir sollten zurückgehen? Zurück zu Elinor und Darius. Ich weiß, ich hab dich überredet zu bleiben, aber ... der Natternkopf sucht immer noch nach dir, und du gehst nachts mit den Räubern fort. Vielleicht merkt Resa es nicht, aber ich schon! Wir haben ja alles gesehen, die Feen und die Nymphen, den Weglosen Wald und die Glasmänner ...« Es war so schwer, die richtigen Worte zu finden, Worte, die auch ihr selbst erklärten, was in ihrem Innern vorging. »Vielleicht ... vielleicht wird es Zeit. Ich weiß, Fenoglio schreibt nicht mehr, aber wir könnten Orpheus fragen. Er ist ohnehin eifersüchtig auf dich. Er wäre bestimmt froh, wenn wir fortgingen und er der einzige Vorleser in dieser Geschichte wäre!«

Mo sah sie nur an, und Meggie wusste seine Antwort. Sie hatten die Rollen getauscht. Nun war er es, der nicht zurückwollte. Auf dem Tisch, zwischen dem grob geschöpften Papier und den Messern, die Fenoglio beschafft hatte, lag die Schwanzfeder eines Eichelhähers.

»Komm her!« Mo setzte sich auf die Tischkante und zog sie an seine Seite, so wie er es unzählige Male getan hatte, als sie noch ein kleines Mädchen gewesen war. Wie lange war das her. So lange. Als wäre es eine andere Geschichte gewesen und die Meggie darin eine andere Meggie. Aber als Mo ihr den Arm um die Schulter legte, war sie für einen Moment erneut in dieser Geschichte, fühlte sich geborgen, beschützt, ohne die Sehnsucht im Herzen, die nun darin wohnte, als wäre sie schon immer dort gewesen ... Sehnsucht nach einem Jungen mit schwarzem Haar und Ruß an den Fingern.

»Ich weiß, warum du zurückwillst«, sagte Mo leise. Vielleicht hatte er sich geändert, aber er konnte ihre Gedanken immer noch ebenso gut lesen wie sie die seinen. »Wie lange war Farid schon nicht mehr hier? Fünf Tage, sechs?«

»Zwölf«, antwortete Meggie mit kläglicher Stimme und verbarg das Gesicht an seiner Schulter.

»Zwölf? Sollen wir den Starken Mann bitten, ihm ein paar Knoten in seine dünnen Arme zu machen?«

Meggie musste lachen. Was würde sie nur tun, wenn Mo irgendwann nicht mehr da war, um sie zum Lachen zu bringen?

»Ich habe noch nicht alles gesehen, Meggie«, sagte er. »Ich habe das Wichtigste noch nicht gesehen – Balbulus' Bücher. Handgeschriebene Bücher, Meggie, illuminierte Bücher, nicht befleckt vom Staub endlos vieler Jahre, nicht vergilbt und vielfach beschnitten, nein, die Farbe ist gerade erst auf ihren Seiten getrocknet, der Einband noch geschmeidig ... Wer weiß, vielleicht erlaubt Balbulus mir ja sogar, ihm eine Weile bei der Arbeit zuzusehen. Stell dir das vor! Ich habe mir so oft gewünscht, nur ein einziges Mal sehen zu können, wie eins dieser winzigen Gesichter aufs Pergament gesetzt wird, wie die Ranken beginnen sich um eine Initiale zu schlingen, und ...«

Meggie konnte es nicht ändern, sie musste lächeln. »Schon gut, schon gut«, sagte sie und presste ihm die Hand auf den Mund. »Gut«, sagte sie noch einmal. »Wir reiten zu Balbulus, aber zusammen.«

Wie früher, setzte sie in Gedanken hinzu. Nur du und ich. Und als Mo protestieren wollte, hielt sie ihm noch einmal den Mund zu. »Du hast es selbst gesagt! Damals in der eingestürzten Mine.« Der Mine, in der Staubfinger gestorben war ... Meggie wiederholte Mos Worte mit leiser Stimme. Sie schien sich an jedes Wort aus diesen Tagen zu erinnern, als hätte sie ihr jemand ins Herz geschrieben: *»Zeig mir die Feen, Meggie. Und die Nixen. Und den Buchmaler auf der Burg von Ombra. Lass uns herausfinden, wie fein seine Pinsel wirklich sind.«*

Mo richtete sich auf und begann das Werkzeug zu sortieren, das auf dem Tisch lag, so wie er es in seiner Werkstatt in Elinors Garten immer getan hatte.

»Ja. Ja, das waren wohl meine Worte«, sagte er, ohne sie anzusehen. »Aber in Ombra herrscht jetzt der Schwager des Natternkopfs. Was denkst du, was deine Mutter sagen würde, wenn ich dich in eine solche Gefahr bringe?«

Ihre Mutter. Ja …

»Resa braucht es doch nicht zu erfahren. Bitte, Mo! Du musst mich mitnehmen! Oder – oder ich sag dem Gecko, er soll dem Schwarzen Prinzen verraten, was du vorhast. Dann wirst du nie bis Ombra kommen!«

Er wandte das Gesicht ab, aber Meggie hörte, wie er leise lachte. »Oh, das ist Erpressung. Hab ich dir so etwas beigebracht?«

Er drehte sich mit einem Seufzer um und sah sie lange an. »Na gut«, sagte er schließlich. »Sehen wir uns zusammen die Federn an und die Pinsel. Schließlich waren wir auch schon gemeinsam auf der Nachtburg. So finster kann die von Ombra im Vergleich dazu nicht sein, oder?«

Er strich sich über den schwarzen Ärmel. »Was bin ich froh, dass die Buchbinder hier keine kleistergelbe Tracht tragen«, sagte er, während er das Buch mit Resas Zeichnungen in eine Satteltasche schob. »Was deine Mutter betrifft – ich will sie nach unserem Besuch auf der Burg bei Roxane abholen, aber erzähl ihr nichts von unserem Ausflug. Du denkst dir vermutlich längst, warum ihr morgens schlecht ist, nicht wahr?«

Meggie sah ihn verständnislos an – und kam sich im selben Moment so dumm vor, so unendlich dumm.

»Bruder oder Schwester? Was wäre dir lieber?« Mo sah plötzlich so glücklich aus. »Arme Elinor. Weißt du, dass sie auf die Nachricht gewartet hat, seit wir bei ihr eingezogen sind? Und nun haben wir das Kind mit in eine andere Welt genommen.«

Bruder oder Schwester … Als Meggie klein gewesen war, hatte sie eine Weile so getan, als hätte sie eine unsichtbare Schwester. Sie hatte ihr Tee aus Gänseblümchen gekocht und Kekse aus Sand gebacken.

»Aber … wie lange wisst ihr es schon?«

»Es stammt aus derselben Geschichte wie du, falls du das meinst. Aus Elinors Haus, um genau zu sein. Ein Kind aus Fleisch und Blut, keins aus Worten, keins aus Tinte und Papier. Obwohl – wer weiß. Vielleicht sind wir nur von einer Geschichte in die andere gerutscht? Was denkst du?«

Meggie sah sich um, betrachtete den Tisch, das Werkzeug, die Feder – und Mos schwarze Kleider. All das war aus Worten gemacht, oder? Fenoglios Worten. Das Haus, der Hof, der Himmel über ihnen, die Bäume, die Steine, der Regen, die Sonne und der Mond. Ja, was ist mit uns?, dachte Meggie. Woraus sind wir gemacht? Resa, ich, Mo und das Kind, das kommen wird. Sie wusste die Antwort nicht mehr. Hatte sie sie je gewusst?

Es schien, als flüsterten die Dinge um sie her von all dem, was sein würde, und all dem, was gewesen war, und als Meggie ihre Hände betrachtete, war es ihr, als könnte sie Buchstaben darin lesen, Buchstaben, die sagten: *Und dann wurde ein neues Kind geboren.*

Fenoglio tut sich leid

»Was ist es?«, fragte Harry zitternd.
»Das? Man nennt es ein Denkarium«, sagte Dumbledore. »Mir kommt es manchmal so vor, und sicher kennst du das Gefühl, dass mein Kopf einfach mit zu vielen Gedanken und Erinnerungen vollgestopft ist.«
Joanne K. Rowling, Harry Potter und der Feuerkelch

Fenoglio lag im Bett, wie so oft in den letzten Wochen. Oder waren es schon Monate? Egal. Missmutig blickte er hinauf zu den Feennestern über seinem Kopf. Fast alle waren verlassen bis auf eines, aus dem es endlos schnatterte und kicherte. Es schillerte bunt wie ein Ölfleck auf dem Wasser. Orpheus! Die Feen in dieser Welt waren blau, zum Teufel. Schwarz auf weiß war das nachzulesen. Was bildete dieser Kalbskopf sich ein, sie bunt wie den Regenbogen zu färben? Und was es noch schlimmer machte: Sie vertrieben die blauen, wo immer sie sich breitmachten. Bunte Feen, gefleckte Kobolde, angeblich liefen auch schon ein paar vierarmige Glasmänner herum. Der Kopf tat Fenoglio weh, wenn er nur daran dachte. Und es verging kaum eine Stunde, in der er das nicht tat, in der er sich nicht fragte, was Orpheus nun gerade wieder zusammenschrieb in seinem großen feinen Haus, in dem er Hof hielt, als wäre er der wichtigste Mann von Ombra!

Fast jeden Tag schickte er Rosenquarz zum Spionieren dorthin, aber man konnte nicht sagen, dass der Glasmann allzu viel Talent für diese Aufgabe bewies. Nein, wahrlich nicht. Außerdem hatte

Fenoglio den Verdacht, dass Rosenquarz statt zu Orpheus viel lieber in die Gasse der Näherinnen schlich, um dort seinen weiblichen Artgenossinnen nachzustellen. Nun, Fenoglio, dachte er mürrisch, du hättest diesen Glasköpfen eben etwas mehr Pflichtbewusstsein in ihre dummen Herzen schreiben müssen. Leider nicht dein einziges Versäumnis …

Er griff gerade zu dem Rotweinkrug, der neben seinem Bett stand, um sich über diese deprimierende Erkenntnis hinwegzutrösten, als eine kleine Gestalt etwas atemlos oben an der Dachluke erschien. Na endlich. Rosenquarz' Glieder, sonst blassrosa, waren karmesinrot angelaufen. Glasmänner konnten nicht schwitzen. Sie verfärbten sich, wenn sie sich allzu sehr anstrengten (auch diese Regel hatte natürlich er selbst aufgestellt, er konnte beim besten Willen nicht mehr sagen, warum), aber was kletterte der närrische Kerl auch über die Dächer? Was für ein Leichtsinn mit Gliedern, die schon zersplitterten, wenn die dummen Dinger vom Tisch fielen! Ja, ein Glasmann war sicherlich nicht die Idealbesetzung für einen Spion, aber andererseits waren sie bei ihrer Größe ausgesprochen unauffällig – und wenn ihre Glieder auch arg zerbrechlich waren, so war ihre Durchsichtigkeit doch mit Sicherheit eine ganz exzellente Eigenschaft für geheime Erkundungen.

»Nun? Was schreibt er? Erzähl schon!« Fenoglio nahm den Krug und tappte auf nackten Füßen zu dem Glasmann hinüber. Einen Fingerhut Rotwein verlangte Rosenquarz als Bezahlung für seine Spionagetätigkeit, die, wie er nicht müde wurde zu betonen, keineswegs zu den klassischen Aufgaben eines Glasmanns gehörte und daher zusätzlich entlohnt werden musste. Der Fingerhut war kein allzu hoher Preis, wie Fenoglio zugeben musste, aber bislang hatte Rosenquarz auch noch nicht allzu viel herausgefunden. Außerdem bekam der Wein ihm nicht. Er wurde nur noch aufmüpfiger davon – und musste stundenlang rülpsen.

»Kann ich vielleicht erst einmal zu Atem kommen, bevor ich Bericht erstatte?«, fragte er mit spitzer Stimme.

Na bitte. Aufmüpfig. Und wie schnell er immer beleidigt war!

»Du atmest doch. Und reden kannst du offenbar auch!« Fenoglio pflückte den Glasmann von der Schnur, die er ihm an der Dachluke befestigt hatte, damit er sich von dort abseilen konnte, und trug ihn zu dem Tisch, den er erst kürzlich auf dem Markt billig erstanden hatte.

»Also, noch einmal«, sagte er, während er ihm einen Fingerhut aus dem Weinkrug schöpfte. »Was schreibt er?«

Rosenquarz schnupperte an dem Wein und rümpfte die dunkelrot verfärbte Nase. »Dein Wein wird auch immer schlechter!«, stellte er mit beleidigter Stimme fest. »Ich sollte eine andere Bezahlung verlangen!«

Verärgert zog Fenoglio ihm den Fingerhut aus den gläsernen Händen. »Noch hast du dir nicht einmal den hier verdient!«, polterte er. »Gib es schon zu. Du hast erneut gar nichts herausgefunden, nicht das Geringste!«

Der Glasmann verschränkte die Arme. »Ach nein?«

Es war zum Verrücktwerden. Und man konnte ihn nicht einmal schütteln, aus Angst, ihm dabei einen Arm oder gar den Kopf abzubrechen.

Mit finsterer Miene stellte Fenoglio den Fingerhut zurück auf den Tisch.

Rosenquarz tauchte den Finger hinein und leckte ihn ab. »Er hat sich wieder einen Schatz herbeigeschrieben.«

»Schon wieder? Teufel, er verbraucht mehr Silber als der Hänfling!« Es wurmte Fenoglio immer noch, dass er nie selbst auf diese Idee gekommen war. Andererseits ... Er hätte einen Leser gebraucht, um seine Worte in klingende Münzen zu verwandeln, und er war nicht sicher, ob Meggie oder ihr Vater ihm für solch prosaische Ziele ihre Zunge geliehen hätten. »Gut, ein Schatz. Was noch?«

»Oh, er schreibt einiges, aber er scheint mit dem wenigsten zufrieden zu sein. Habe ich schon erzählt, dass jetzt zwei Glasmänner für ihn arbeiten? Der vierarmige, mit dem er sich überall gebrüstet hat –«, Rosenquarz senkte die Stimme, als wäre es zu furchtbar, es auszusprechen, »– er soll ihn vor Wut gegen die Wand geworfen haben! Jeder in Ombra hat davon gehört, aber Orpheus bezahlt gut.« Fenoglio ignorierte den vorwurfsvollen Blick, den der Glasmann ihm bei dieser Bemerkung zuwarf. »Und so arbeiten jetzt diese zwei Brüder für ihn, Jaspis und Eisenglanz. Der ältere ist ein Scheusal! Er ...«

»Zwei? Wozu braucht der Kalbskopf zwei Glasmänner? Pfuscht er nun schon so eifrig in meiner Geschichte herum, dass einer nicht ausreicht, ihm dafür die Federn zu spitzen?« Fenoglio spürte, wie der Ärger ihm den Magen säuerte. Auch wenn es eine gute Nachricht war, dass der vierarmige Glasmann das Zeitliche gesegnet hatte. Vielleicht dämmerte es Orpheus langsam, dass seine Schöpfungen nicht das Papier wert waren, auf dem er sie schuf!

»Gut. Was noch?«

Rosenquarz schwieg. Er hatte beleidigt die Arme verschränkt. Er mochte es gar nicht, wenn man ihn unterbrach.

»Herrgott, nun zier dich nicht so!« Fenoglio schob ihm den Wein etwas näher. »Woran schreibt er noch? Neue exotische Jagdbeute für den Hänfling? Gehörnte Hündchen für die Hofdamen?

Oder hat er vielleicht beschlossen, dass meiner Welt gepunktete Zwerge fehlen?«

Rosenquarz tauchte erneut den Finger in den Wein. »Du musst mir neue Hosen kaufen«, stellte er fest. »Ich hab sie mir zerrissen bei der elenden Herumkletterei. Außerdem sind sie zerschlissen. Du kannst ja gern herumlaufen, wie es dir gefällt, aber ich lebe nicht unter Menschen, um schlechter gekleidet zu sein als meine Vettern im Wald.«

Oh, an manchen Tagen hätte Fenoglio ihn am liebsten in der Mitte durchgebrochen. »Deine Hosen? Was interessieren mich deine Hosen?«, fuhr er den Glasmann an.

Rosenquarz nahm einen tiefen Schluck aus dem Fingerhut – und spuckte sich den Wein auf die gläsernen Füße. »Der ist nicht besser als Essig!«, zeterte er. »Dafür habe ich mich mit Knochen bewerfen lassen? Dafür hab ich mich durch Taubendreck und über zerbrochene Ziegel geschlichen? Ja, sieh mich nicht so ungläubig an! Dieser Eisenglanz hat mich mit Hühnerknochen beworfen, als er mich bei Orpheus' Papieren ertappt hat! Er hat versucht mich aus dem Fenster zu stoßen!«

Mit einem Seufzer wischte er sich den Wein von den Füßen. »Also gut. Da war etwas über gehörnte Wildschweine, aber ich konnte es kaum entziffern, dann irgendetwas über singende Fische, ziemlich albern, muss ich sagen, und wieder etliches über die Weißen Frauen. Das Doppelauge sammelt offenbar immer noch alles, was die Spielleute über sie singen ...«

»Ja, ja, aber das weiß ganz Ombra! Dafür warst du so lange fort?« Fenoglio vergrub das Gesicht in den Händen. Dieser Wein war wirklich nicht gut. Sein Kopf schien jeden Tag mehr zu wiegen. Verflucht.

Rosenquarz nahm einen weiteren Schluck, auch wenn er dabei gequält das Gesicht verzog. Gläserner Dummkopf! Spätestens morgen würde er wieder Magenkrämpfe haben. »Nun, wie auch immer. Dies ist mein letzter Bericht!«, verkündete er zwischen zwei Rülpsern. »Ich werde nicht noch einmal den Spion spielen! Nicht, solange dieser Eisenglanz dort arbeitet. Er ist stark wie ein Kobold und er soll schon mindestens zwei Glasleuten die Arme abgebrochen haben!«

»Ja, ja, schon gut. Du bist eh ein jämmerlicher Spion«, murmelte Fenoglio, während er zu seinem Bett zurückwankte. »Gib es zu, du bringst wesentlich mehr Leidenschaft dafür auf, den Glasfrauen in der Gasse der Näherinnen nachzuschleichen. Denk bloß nicht, dass ich das nicht weiß!«

Mit einem Stöhnen streckte er sich auf seinem Strohsack aus und starrte zu den leeren Feennestern hinauf. Gab es ein jämmerlicheres Dasein als das eines Dichters, dem die Worte ausgegangen waren? Gab es ein schlimmeres Schicksal, als zusehen zu müssen, wie ein anderer die eigenen Worte verdrehte und die Welt, die man erschaffen hatte, mit geschmacklosen bunten Tupfern versah? Kein Burgzimmer mehr, keine Truhe voll feiner Kleider und ein eigenes Pferd für den Herrn Hofdichter, nur wieder die Kammer unter Minervas Dach. Und es war ein Wunder, dass sie ihn noch einmal aufgenommen hatte – nachdem seine Worte und Lieder dafür gesorgt hatten, dass sie keinen Mann mehr hatte und keinen Vater für ihre Kinder. Ja, ganz Ombra wusste, welche Rolle Fenoglio bei Cosimos Krieg gespielt hatte. Es war schon erstaunlich, dass sie ihn noch nicht aus dem Bett gezerrt und erschlagen hatten, aber Ombras Frauen hatten wohl zu viel damit zu tun, nicht zu verhungern. »Wo sollst du denn sonst hin?«, hatte Minerva nur gesagt, als er vor ihrer Tür gestanden hatte. »Auf der Burg brauchen sie ja nun keinen Dichter mehr. Dort singen sie wohl künftig die Lieder des Pfeifers.« Womit sie natürlich recht behalten hatte. Der Hänfling liebte die blutigen Verse des Silbernasigen. Wenn er nicht gerade selbst ein paar schlecht gereimte Zeilen über seine Jagdabenteuer zu Papier brachte.

Zum Glück ließ wenigstens Violante ab und zu noch nach Fenoglio schicken. Natürlich ohne zu ahnen, dass er ihr Worte brachte, die er Dichtern einer anderen Welt gestohlen hatte. Aber schließlich bezahlte die Hässliche auch nicht sonderlich gut. Die Tochter des Natternkopfes war ärmer als die Hofdamen des neuen Statthalters, also musste Fenoglio zusätzlich als Schreiber auf dem Markt arbeiten, was Rosenquarz natürlich dazu veranlasste, jedem, der es hören wollte, zu erzählen, wie tief sein Herr gesunken war. Aber wer hörte schon der Zirpstimme eines Glasmanns zu! Sollte der dumme durchsichtige Kerl doch reden!! Und wenn er ihm auch noch so auffordernd jeden Abend ein leeres Pergament auf den Tisch legte, er, Fenoglio, hatte für alle Zeiten den Wörtern abgeschworen. Kein einziges würde er mehr schreiben – außer denen, die er anderen stahl, und dem trockenen, blutleeren Gewäsch, das man für Testamente, Verkaufsurkunden und ähnliche Nichtigkeiten zu Papier oder Pergament bringen musste. Die Zeit der lebenden Worte war vorbei. Tückisch und mörderisch waren sie, blutsaugende tintenschwarze Ungeheuer, die nichts als Unglück gebaren. Er würde ihnen nicht mehr dabei helfen, o nein. Ein Gang durch die männerlosen Gassen von Ombra, und er brauchte einen ganzen Krug Wein, um die Trübsal zu vertreiben, die ihm seit Cosimos Niederlage jede Lust am Leben nahm.

Bartlose Jungen, klapprige Alte, Krüppel und Bettler, fahrende

Händler, die noch nichts davon gehört hatten, dass in Ombra keine Kupfermünze zu holen war, oder Geschäfte mit den Blutegeln auf der Burg machten, das war alles, was man nun in den einstmals so bunten Gassen antraf. Frauen mit rot geweinten Augen, vaterlose Kinder, Männer von jenseits des Waldes, die hier auf eine junge Witwe oder eine verlassene Werkstatt hofften – und Soldaten. Ja. Soldaten gab es wahrlich genug in Ombra. Sie nahmen sich, was sie wollten, Tag für Tag, Nacht für Nacht. Kein Haus war sicher vor ihnen. Kriegsschuld nannten sie es – und hatten sie nicht recht? Schließlich war Cosimo der Angreifer gewesen, Cosimo, sein schönstes, unschuldigstes Geschöpf (zumindest hatte er das gedacht). Nun lag er tot in dem Sarkophag, den der Speckfürst für seinen Sohn hatte anfertigen lassen, und der Tote mit dem verbrannten Gesicht, der bislang darin gelegen hatte (wahrscheinlich der echte, erste Cosimo), war auf dem Friedhof oberhalb der Stadt zwischen seinen Untertanen verscharrt worden – kein schlechter Platz, wie Fenoglio fand, zumindest nicht halb so einsam wie die Gruft unter der Burg. Auch wenn Minerva behauptete, dass Violante jeden Tag hinunterstieg, offiziell, um ihren toten Mann zu beweinen, aber in Wirklichkeit (so flüsterte man zumindest), um ihre Spitzel dort zu treffen. Es hieß, dass die Hässliche ihre Spione nicht einmal bezahlen musste. Der Hass auf den Hänfling trieb sie dutzendweise zu ihr. Natürlich. Man musste sich den Kerl bloß ansehen, diesen parfümierten hühnerbrüstigen Henker, Statthalter von seines Schwagers Gnaden. Jedes Ei, dem man ein Gesicht aufmalte, hatte auf der Stelle eine ganz erstaunliche Ähnlichkeit mit ihm. Und, nein, Fenoglio hatte ihn nicht erfunden! Den Hänfling hatte die Geschichte wieder einmal ganz allein hervorgebracht.

Als erste Amtshandlung hatte er neben dem Burgtor eine Liste der Bestrafungen aufhängen lassen, die künftig in Ombra für diverse Vergehen verhängt wurden – mit Bildern, damit auch die verstanden, was ihnen drohte, die des Lesens nicht mächtig waren. Ein Auge für dies, eine Hand für jenes, Auspeitschungen und Pranger, Brandmale, Blendungen ... Fenoglio wandte jedes Mal den Kopf ab, wenn er an dem Aushang vorbeikam, und wenn er mit Minervas Kindern über den Marktplatz musste, wo die meisten Strafen vollstreckt wurden, hielt er ihnen die Augen zu (auch wenn Ivo jedes Mal protestierte). Das Geschrei hörten sie trotzdem. Zum Glück gab es nicht allzu viele, die man noch bestrafen konnte in dieser männerlosen Stadt. Selbst viele der Frauen waren fortgezogen mit ihren Kindern, weit fort vom Weglosen Wald, der Ombra nicht länger schützte vor dem Fürsten auf der anderen Seite, dem unsterblichen Natternkopf.

Ja, Fenoglio, das war unzweifelhaft deine Idee. Aber die Gerüchte mehrten sich, dass der Silberfürst wenig Freude an seiner Unsterblichkeit hatte.

Es klopfte. Wer konnte das sein? Zum Teufel, vergaß er denn inzwischen alles? Natürlich! Wo war der verdammte Zettel, den diese Krähe gestern Nacht gebracht hatte? Rosenquarz hatte sich zu Tode erschreckt, als sie plötzlich in der Dachluke gehockt hatte. Mortimer wollte nach Ombra kommen! Heute! Aber hatte er ihn nicht vorm Burgtor treffen wollen? Ein verdammter Leichtsinn war dieser Besuch. An jeder Ecke hing ein Steckbrief des Eichelhähers. Zum Glück hatte das Bild darauf nicht die geringste Ähnlichkeit mit Mortimer, aber dennoch!

Es klopfte erneut.

Rosenquarz ließ den Finger im Weinglas. Nicht einmal zum Türenöffnen taugte so ein Glasmann! Orpheus musste seine Tür bestimmt nicht selber öffnen. Angeblich war sein neuer Leibwächter so groß, dass er kaum durchs Stadttor passte. Leibwächter! Wenn ich jemals wieder schreibe, dachte Fenoglio, dann lass ich mir von Meggie einen Riesen herbeilesen, mal sehen, was der Kalbskopf dazu sagt.

Das Klopfen wurde ziemlich ungeduldig.

»Ja, ja, ich komm ja schon!« Fenoglio stolperte über einen leeren Weinkrug, als er nach seinen Hosen suchte. Mühsam stieg er hinein. Wie ihn die Knochen schmerzten! Verfluchtes Alter. Warum hatte er keine Geschichte geschrieben, in der die Menschen ewig jung blieben? Weil es langweilig wäre, dachte er, während er zur Tür hüpfte, ein Bein in den kratzenden Hosen. Zum Sterben langweilig.

»Tut mir leid, Mortimer!«, rief er. »Der Glasmann hat mich nicht rechtzeitig geweckt!«

Rosenquarz begann hinter ihm zu schimpfen, aber die Stimme, die von draußen antwortete, war nicht die von Mortimer – auch wenn sie fast ebenso schön war. Orpheus. Wenn man an den Teufel dachte! Was wollte er hier? Sich beschweren, dass Rosenquarz bei ihm herumspioniert hatte? Wenn irgendwer Grund hat, sich zu beschweren, dann ich, dachte Fenoglio. Schließlich ist es meine Geschichte, die er plündert und verdreht! Elender Kalbskopf, Milchgesicht, Ochsenfrosch, Bübchen – Fenoglio hatte viele Namen für Orpheus, und nicht einer war schmeichelhaft.

Reichte es nicht, dass er ihm den Jungen ständig auf den Hals schickte? Musste er auch noch selber kommen? Bestimmt wollte er wieder tausend dumme Fragen stellen. Selber schuld, Fenoglio! Wie oft hatte er sich inzwischen für die Worte verflucht, die er auf Meggies Drängen in der Mine geschrieben hatte: *Also rief er einen anderen, jünger als er, Orpheus mit Namen – geschickt mit den Buchstaben, auch wenn er sie noch nicht so meisterlich zu setzen verstand wie Fenoglio selbst –, und beschloss, ihn in seiner Kunst zu unterweisen, wie jeder Meister es irgendwann tut. Für eine Weile sollte Orpheus an seiner statt mit den Worten spielen, mit ihnen verführen und lügen, schaffen und zerstören, vertreiben und zurückholen – während Fenoglio darauf wartete, dass die Müdigkeit verging, dass die Lust an den Buchstaben erneut in ihm erwachte und er Orpheus zurückschicken würde in die Welt, aus der er ihn gerufen hatte, um seine Geschichte am Leben zu erhalten mit frischen, unverbrauchten Worten.*

»Jetzt gleich sollte ich ihn zurückschreiben!«, knurrte er, während er den leeren Weinkrug aus dem Weg stieß. »Auf der Stelle!«

»Schreiben? Hör ich da etwas von Schreiben?«, spottete Rosenquarz hinter ihm. Er hatte tatsächlich wieder seine normale Farbe angenommen. Fenoglio warf ein Stück angetrocknetes Brot nach ihm, aber es verfehlte den blassrosafarbenen Kopf um mehr als eine Handbreit, und der Glasmann ließ einen mitleidigen Seufzer hören.

»Fenoglio? Fenoglio, ich weiß, dass du da bist! Nun mach schon auf.« Gott, wie er diese Stimme hasste. Wie Unkraut pflanzte sie Wörter in seine Geschichte. Seine eigenen Wörter!

»Nein, ich bin nicht da!«, brummte Fenoglio. »Nicht für dich, Kalbskopf.«

Fenoglio, ist der Tod ein Mann oder eine Frau? Waren die Weißen Frauen einmal Menschen? Fenoglio, wie soll ich Staubfinger zurückbringen, wenn du mir nicht einmal die einfachsten Regeln dieser Welt erklären kannst? Zum Teufel, wer hatte ihn gebeten, Staubfinger zurückzubringen? Schließlich hätte der eh längst tot sein sollen, wäre alles so gekommen, wie er, Fenoglio, es ursprünglich geschrieben hatte. Und was die »einfachsten Regeln« betraf – seit wann, bitte sehr, waren Leben und Tod eine einfache Sache? Woher zum Henker (von denen es in Ombra inzwischen leider allzu viele gab) sollte er wissen, wie all das in dieser oder irgendeiner anderen Welt funktionierte? Er hatte sich nie Gedanken über den Tod gemacht oder über das, was danach kam. Wozu? Solange man lebte, was interessierte es einen da? Und war man erst mal tot – nun, dann interessierte einen vermutlich gar nichts mehr.

»Natürlich ist er da! Fenoglio?« Das war Minervas Stimme. Verdammt, der Kalbskopf hatte sie zu Hilfe geholt. Nicht dumm. O nein, dumm war Orpheus weiß Gott nicht.

Fenoglio versteckte die leeren Weinkrüge unter dem Bett, zwängte das zweite Bein in die Hosen und entriegelte die Tür.

»Na bitte!« Minerva musterte ihn missbilligend vom ungekämmten Kopf bis zu den nackten Füßen. »Ich hab deinem Besuch gesagt, dass du hier bist.« Wie traurig sie aussah. Und wie erschöpft. Sie arbeitete jetzt in der Küche der Burg. Fenoglio hatte Violante gebeten, sie dort unterzubringen. Aber da der Hänfling eine Vorliebe für nächtliche Gelage hatte, kam Minerva oft erst in den Morgenstunden nach Hause. Vermutlich würde sie irgendwann vor Erschöpfung tot umfallen und ihre armen Kinder als Waisen zurücklassen. Ach, was für ein Elend! Was war aus seinem wunderbaren Ombra geworden!

»Fenoglio!« Orpheus schob sich an Minerva vorbei, auf den Lippen dieses abscheulich unschuldige Lächeln, das er zur Tarnung immer dabeihatte. Natürlich hatte er auch wieder Zettel mitgebracht, Zettel voller Fragen. Wie konnte er die Kleider bezahlen, die er trug? In seinen allerbesten Hofdichterzeiten hatte Fenoglio nicht solche Kleider getragen. Hast du die Schätze vergessen, die er sich herbeischreibt, Fenoglio?

Minerva stieg wortlos wieder die steile Treppe hinunter, und hinter Orpheus zwängte sich ein Mann durch Fenoglios Tür, der selbst mit eingezogenem Kopf Mühe hatte, nicht stecken zu bleiben. Aha, sein fabelhafter Leibwächter. Fenoglios bescheidene Kammer wurde noch enger, als dieser Fleischklops darin stand. Farid dagegen nahm immer noch nicht viel Platz in Anspruch, obwohl er in dieser Geschichte bislang keine unerhebliche Rolle gespielt hatte. Farid, der Todesengel ... Er folgte seinem Herrn so zögernd durch die Tür, als schämte er sich für seine Gesellschaft.

»Also, Fenoglio, es tut mir sehr leid –«, Orpheus' überhebliches Lächeln widersprach seinen Worten, »– aber ich fürchte, ich habe noch ein paar weitere Ungereimtheiten entdeckt.«

Ungereimtheiten!

»Ich hatte Farid schon mit den entsprechenden Fragen zu dir geschickt, aber du hast ihm da ein paar sehr seltsame Antworten gegeben.« Mit wichtiger Miene rückte er sich die Brille zurecht und zog das Buch unter dem schweren Samtmantel hervor. Ja, der Kalbskopf hatte Fenoglios Buch mitgebracht in die Welt, von der es erzählte: *Tintenherz*, das allerletzte Exemplar. Aber hatte er es ihm, dem Autor, zurückgegeben? O nein. »Ich bedaure, Fenoglio«, hatte er nur gesagt mit diesem überheblichen Gesichtsausdruck, den er so meisterlich beherrschte (die Maske des eifrigen Schülers hatte Orpheus schnell abgelegt), »aber dieses Buch gehört mir. Oder willst du allen Ernstes behaupten, der Autor sei der natürliche Besitzer eines jeden Exemplars der von ihm verfassten Bücher?« Aufgeblasener, milchgesichtiger Spund! Wie er redete mit ihm, dem Schöpfer all dessen, was ihn umgab, selbst der Luft, die er atmete!

»Willst du schon wieder etwas über den Tod von mir hören?« Fenoglio zwängte die Füße in seine ausgetretenen Stiefel. »Warum? Damit du dem armen Jungen weiter vormachen kannst, dass du Staubfinger von den Weißen Frauen zurückholst, nur damit er dich weiter bedient?«

Farid presste die Lippen aufeinander. Staubfingers Marder blinzelte schläfrig von seiner Schulter – oder war es ein anderer?

»Was du wieder für einen Unsinn redest!« Orpheus klang deutlich verstimmt (es war so leicht, ihn zu beleidigen). »Sehe ich aus, als hätte ich Mühe, Diener zu finden? Ich habe sechs Mägde, einen Leibwächter, eine Köchin und den Jungen. Und ich könnte jederzeit mehr Diener haben, wenn ich sie bräuchte. Du weißt ganz genau, dass ich Staubfinger nicht für den Jungen zurückholen will. Er gehört in diese Geschichte. Sie ist nicht halb so viel wert ohne ihn, eine Blume ohne Blüte, ein Himmel ohne Sterne –«

»– ein Wald ohne Bäume?«

Orpheus wurde rot wie Klatschmohn. Ach, es war so ein Spaß, ihn zu veralbern, eine der wenigen Freuden, die Fenoglio geblieben waren.

»Du bist betrunken, alter Mann!«, fauchte Orpheus. Seine Stimme konnte sehr unangenehm klingen.

»Betrunken oder nicht, von Worten versteh ich immer noch hundertmal mehr als du. Du handelst nur mit Gebrauchtem. Du trennst auf, was du findest, und strickst es neu, als wäre eine Geschichte ein Paar alter Socken! Also erzähle mir nicht, was Staubfingers Rolle in dieser Geschichte sein sollte. Vielleicht erinnerst du dich, dass ich ihn schon hatte sterben lassen, bevor er sich selbst entschloss, mit den Weißen Frauen zu gehen! Was bildest du dir ein, hierherzukommen und mich über meine Geschichte zu belehren? Sieh dir lieber das da an!« Wütend zeigte er auf das schillernde Feennest über seinem Bett. »Bunte Feen! Seit sie ihr abscheuliches Nest über meinem Bett gebaut haben, träume ich nachts die grässlichsten Träume! Außerdem stehlen sie den blauen ihre Wintervorräte!«

»Nun!« Orpheus zuckte die plumpen Schultern. »Hübsch sehen sie trotzdem aus, oder? Ich fand es einfach eintönig, dass sie alle blau sind.«

»So, fandest du?« Fenoglios Stimme wurde so laut, dass eine der bunten Feen ihr ewiges Geschnatter unterbrach und aus ihrem geschmacklosen Nest lugte. »Dann schreib dir deine eigene Welt! Das hier ist meine, verstanden? Meine! Ich bin es leid, dass du darin herumpfuschst. Ich gebe zu, ich habe einige Fehler in meinem Leben gemacht, aber dich hierherzuschreiben war mit Abstand mein größter!«

Orpheus betrachtete gelangweilt seine Fingernägel. Sie waren abgekaut bis aufs Fleisch. »Ich kann es wirklich nicht mehr hören!«, sagte er mit bedrohlich leiser Stimme. »Dieses ›Du hast mich hergeschrieben, sie hat mich hergelesen‹-Gewäsch. Der Einzige, der hier zurzeit liest und schreibt, bin ich. Dir gehorchen die Wörter schon lange nicht mehr, alter Mann, und das weißt du!«

»Sie werden mir wieder gehorchen! Und das Erste, was ich schreiben werde, ist die Rückfahrkarte für dich!«

»Ach ja? Und wer wird diese fabelhaften Worte lesen? Soweit ich weiß, brauchst du einen Vorleser, im Gegensatz zu mir.«

»Und?« Fenoglio trat so dicht an Orpheus heran, dass er ihn irritiert mit seinen weitsichtigen Augen anblinzelte. »Ich werde Mortimer fragen! Man nennt ihn nicht umsonst Zauberzunge, auch wenn er zurzeit einen anderen Namen trägt. Frag den Jungen! Ohne Mortimer wäre er immer noch in der Wüste und würde Kameldung schaufeln.«

»Mortimer!« Orpheus brachte, wenn auch mit Mühe, ein verächtliches Lächeln zustande. »Hast du den Kopf schon so tief im Weinkrug, dass du nicht mehr weißt, was in deiner Welt vor sich geht? Er liest nicht mehr. Der Buchbinder spielt jetzt lieber den Räuber – die Rolle, die du ihm auf den Leib geschneidert hast.«

Der Leibwächter ließ ein Grunzen hören, vermutlich sollte es so etwas wie ein Lachen sein. Was für ein abstoßender Kerl – hatte er oder Orpheus ihn hergeschrieben? Fenoglio musterte den Muskelprotz einen Moment lang irritiert, dann wandte er sich wieder Orpheus zu.

»Ich habe sie ihm nicht auf den Leib geschneidert!«, sagte er. »Es ist genau umgekehrt: Ich habe Mortimer als Schnittmuster für die Rolle benutzt ... Und er spielt sie gut, nach allem, was ich höre. Aber das heißt keineswegs, dass der Eichelhäher nicht immer noch eine Zauberzunge hat. Von seiner begabten Tochter ganz zu schweigen.«

Orpheus starrte erneut auf seine Fingernägel, während sein Leibwächter sich über die Reste von Fenoglios Frühstück hermachte. »Ach ja? Und du weißt, wo er ist?«, fragte er fast beiläufig.

»Allerdings. Er kommt –« Fenoglio verstummte abrupt, als der Junge plötzlich vor ihm stand und ihm die Hand auf den Mund presste. Warum vergaß er bloß ständig seinen Namen? Weil du verkalkst, Fenoglio ...

»Niemand weiß, wo der Eichelhäher ist!« Wie vorwurfsvoll er ihn mit seinen schwarzen Augen ansah. »Niemand!«

Natürlich. Dreimal verdammter, weinseliger Dummkopf! Hatte er vergessen, dass Orpheus giftgelb anlief vor Eifersucht, sobald er

Mortimers Namen hörte, und bei dem Hänfling aus und ein ging? Fenoglio hätte sich die Zunge abbeißen mögen.

Orpheus aber lächelte. »Sieh nicht so erschrocken drein, alter Mann! Der Buchbinder kommt also her. Das ist dreist. Will er die Lieder wahr machen, die seine Tollkühnheit besingen, bevor sie ihn aufhängen? Denn so wird er enden. Wie alle Helden. Wir beide wissen das, nicht wahr? Keine Sorge: Ich habe nicht vor, ihn an den Galgen zu liefern. Das werden andere tun. Nein, ich will nur mit ihm über die Weißen Frauen reden. Es gibt nicht viele, die eine Begegnung mit ihnen überlebt haben, deshalb würde ich mich wirklich gern mit ihm darüber unterhalten. Es gibt sehr interessante Gerüchte über solche Überlebenden.«

»Ich werd es ihm ausrichten, falls ich ihn sehe«, erwiderte Fenoglio barsch. »Aber ich kann mir nicht vorstellen, dass er sich mit dir unterhalten wird. Schließlich hätte er wohl nie die Bekanntschaft der Weißen Frauen gemacht, wenn du ihn nicht so bereitwillig für Mortola hergelesen hättest. Rosenquarz!« Er schritt so würdevoll auf die Tür zu, wie das in seinen ausgetretenen Stiefeln möglich war. »Ich muss ein paar Besorgungen machen. Verabschiede unsere Gäste, aber halte dich von dem Marder fern!«

Fenoglio stolperte die Treppe zum Hof fast ebenso hastig hinunter wie an dem Tag, an dem Basta ihm einen Besuch abgestattet hatte. Bestimmt wartete Mortimer schon vorm Burgtor! Was, wenn Orpheus ihn dort entdeckte, wenn er zur Burg ging, um dem Hänfling zu erzählen, was er gehört hatte?

Der Junge holte ihn auf der Hälfte der Treppe ein. Farid. Ja, so hieß er. Natürlich. Verkalkt.

»Kommt Zauberzunge wirklich her?«, flüsterte er ihm atemlos zu. »Keine Sorge. Orpheus wird ihn nicht verraten. Noch nicht!

Aber Ombra ist viel zu gefährlich für ihn! Bringt er Meggie mit?«

»Farid!«

Orpheus blickte vom Ende der Treppe auf sie herab, als wäre er der König dieser Welt. »Falls der alte Dummkopf Mortimer nicht ausrichtet, dass ich mit ihm sprechen will, sagst du es ihm. Verstanden?«

Alter Dummkopf, dachte Fenoglio. Oh, ihr Götter der Worte, gebt sie mir endlich zurück, damit ich diesen verfluchten Kalbskopf aus meiner Geschichte tilgen kann!

Er wollte Orpheus die passende Antwort geben, aber nicht einmal seine Zunge fand mehr die richtigen Worte, und der Junge zog ihn ungeduldig mit sich.

Trauriges Ombra

Die Höflinge nannten mich den glücklichen Prinzen, und glücklich war ich in der Tat, wenn Vergnügen Glück bedeutet. So lebte und starb ich. Und nun, da ich tot bin, haben sie mich so hoch hinaufgestellt, dass ich alle Hässlichkeit und alles Elend meiner Stadt sehen kann. Und wenn auch mein Herz wie Blei ist, kann ich doch nur weinen.

Oscar Wilde, Der glückliche Prinz

Farid hatte Meggie erzählt, wie schwer es inzwischen war, nach Ombra hineinzukommen, und sie hatte Mo jedes seiner Worte wiederholt: »Die Wachen sind nicht mehr die harmlosen Dummköpfe, die dort früher standen. Wenn sie dich fragen, was du in Ombra willst, überleg dir gut, was du sagst. Was immer sie verlangen, bleib demütig und unterwürfig. Durchsuchen tun sie die wenigsten. Manchmal hat man sogar Glück, und sie winken einen einfach nur durch!«

Sie hatten kein Glück. Die Wachen hielten sie an, und Meggie hätte Mo am liebsten festgehalten, als einer der Soldaten ihn vom Pferd winkte und mit barscher Stimme eine Probe seiner Kunst verlangte. Während der Wächter das Buch musterte, das Mo aus den Zeichnungen ihrer Mutter gebunden hatte, fragte Meggie sich voll Angst, ob sie das Gesicht unter dem angelaufenen Helm schon auf der Nachtburg gesehen hatte und ob er das Messer finden würde, das Mo in seinem Gürtel verbarg. Schon für das Messer konnten sie ihn töten. Niemand in Ombra durfte eine Waffe tragen, außer den Besatzern, aber Baptista hatte den Gürtel so geschickt genäht, dass selbst die misstrauischen Hände des Torwächters nichts Verdächtiges fanden.

Meggie war froh, dass Mo das Messer dabeihatte, als sie durch das eisenbeschlagene Stadttor ritten, vorbei an den Lanzen der Wächter, hinein in die Stadt, die nun dem Natternkopf gehörte.

Meggie war nicht mehr in Ombra gewesen, seit sie mit Staubfinger zum Geheimen Lager der Spielleute aufgebrochen war. Es schien eine Ewigkeit her, seit sie durch die Gassen gerannt war, Resas Brief in der Hand, in dem stand, dass Mortola auf ihren Vater geschossen hatte. Für einen Augenblick presste sie das Gesicht gegen Mos Rücken, so glücklich darüber, dass er wieder bei ihr war, atmend und gesund, und dass sie ihm endlich würde zeigen können, wovon sie ihm so viel erzählt hatte: Balbulus' Werkstatt und die Bücher des Speckfürsten. Für einen kostbaren Moment vergaß sie alle Angst, und es schien, als gehörte die Tintenwelt nur ihm und ihr.

Ombra gefiel Mo. Meggie sah es in seinem Gesicht, daran, wie er sich umsah, das Pferd immer wieder zügelnd, Gasse für Gasse entlangblickend. Auch wenn die Spuren der Besatzer nicht zu übersehen waren – das, was die Steinmetze in Tore, Säulen und Bögen gemeißelt hatten, war Ombra geblieben. Ihre Kunst hatte man nicht fortschleppen können, und zerschlagen war sie nicht mehr wert als die Steine auf den Gassen. So blühten immer noch steinerne Blumen unter Ombras Fenstern und Balkonen, schlangen sich Ranken um Säulen und Simse, und von den sandfarbenen Mauern streckten Gesichter Zungen aus grotesk verzerrten Mündern und weinten steinerne Tränen.

Nur das Wappen des Speckfürsten war überall zerschlagen, und den Löwen darauf erkannte man nur noch an den Resten seiner Mähne.

»Die Gasse dort rechts führt auf den Marktplatz!«, flüsterte Meggie Mo zu, und er nickte wie ein Schlafwandler. Vermutlich hörte er, während er weiterritt, die Worte, die ihm einst beschrieben hatten, was ihn nun umgab. Meggie hatte von der Tintenwelt nur von ihrer Mutter gehört, doch Mo hatte Fenoglios Buch gelesen, unzählige Male, all die Male, die er versucht hatte, Resa zwischen den Wörtern zu finden.

»Ist es so, wie du es dir vorgestellt hast?«, fragte sie ihn leise.

»Ja«, flüsterte Mo zurück. »Ja – und nein.«

Auf dem Marktplatz drängten sich die Menschen, als herrschte immer noch der friedliche Speckfürst über Ombra, nur dass jetzt kaum noch Männer unter ihnen zu finden waren und es wieder Gaukler zu bestaunen gab. Ja, der Schwager des Natternkopfes erlaubte Spielleute in der Stadt. Allerdings flüsterte man, dass nur die auftreten durften, die bereit waren, für den Hänfling zu spionieren.

Mo lenkte das Pferd an einer Ansammlung von Kindern vorbei. Kinder gab es viele in Ombra, auch wenn ihre Väter tot waren.

Meggie sah eine wirbelnde Fackel über den kleinen Köpfen, zwei, drei, vier Fackeln und Funken, die in der kalten Luft verglühten. Farid?, dachte sie, obwohl sie wusste, dass er seit Staubfingers Tod nicht mehr auftrat, aber Mo zog sich rasch die Kapuze über den Kopf, und da sah auch sie das eingeölte Gesicht mit dem ewigen Lächeln.

Der Rußvogel.

Meggie krallte die Finger in Mos Umhang, doch ihr Vater ritt weiter, als stünde dort nicht der Mann, der ihn schon einmal verraten hatte. Mehr als ein Dutzend Spielleute hatte es das Leben gekostet, dass der Rußvogel von ihrem Geheimen Lager gewusst hatte, und fast wäre Mo einer der Toten gewesen. Jeder in Ombra wusste, dass der Rußvogel auf der Nachtburg aus und ein ging, dass er sich seinen Verrat hatte vom Pfeifer persönlich versilbern lassen und sich inzwischen auch mit dem Hänfling bestens verstand – und trotzdem stand er da, lächelnd, auf dem Marktplatz von Ombra, endlich wieder konkurrenzlos, seit Staubfinger tot und Farid die Lust am Feuerspucken vergangen war. Ja, Ombra hatte wahrlich neue Herren. Nichts hätte das Meggie deutlicher machen können als des Rußvogels maskenhaft lächelndes Gesicht. Es hieß, dass die Alchemisten des Natternkopfes ihn einiges über das Feuer gelehrt hatten, dass es ein dunkles Feuer war, mit dem er spielte, tückisch und tödlich wie die Pulver, mit denen er es zähmte, weil es ihm anders nicht gehorchte. Der Starke Mann hatte Meggie erzählt, dass der Rauch die Sinne betörte und so den Zuschauern des Rußvogels vorgaukelte, sie sähen dem größten aller Feuerspucker zu.

Was immer davon wahr war, die Kinder von Ombra klatschten, obwohl die Fackeln nicht halb so hoch flogen wie bei Staubfinger oder Farid, denn sie ließen sie für eine Weile ihre traurigen Mütter vergessen und die Arbeit, die zu Hause wartete.

»Mo, bitte!« Meggie wandte hastig das Gesicht ab, als der Rußvogel in ihre Richtung sah. »Lass uns umdrehen! Was, wenn er dich erkennt?«

Das Tor würden sie schließen. Durch die Gassen würden sie sie jagen wie Ratten in der Falle!

Aber Mo schüttelte nur fast unmerklich den Kopf, während er sein Pferd hinter einem der Marktstände zügelte. »Keine Sorge. Der Rußvogel ist viel zu sehr damit beschäftigt, das Feuer von seinem hübschen Gesicht fernzuhalten!«, raunte er Meggie zu. »Aber lass uns absteigen. Zu Fuß fallen wir weniger auf.«

Das Pferd scheute, als Mo es in das Gedränge führte, doch er beruhigte es mit leiser Stimme. Meggie entdeckte einen Jongleur zwischen den Ständen, der einst dem Schwarzen Prinzen gefolgt war. Viele Spielleute hatten den Herrn gewechselt, seit der Hänfling ihre Taschen füllte. Es waren keine schlechten Zeiten für sie, und auch die Händler auf dem Markt machten gute Geschäfte. Die Frauen von Ombra konnten sich nichts von dem leisten, was an den Ständen angeboten wurde, aber der Hänfling und seine Freunde kauften kostbare Stoffe mit dem, was sie Ombra abgepresst hatten: Schmuck, Waffen und Köstlichkeiten, deren Namen vermutlich nicht einmal Fenoglio wusste. Selbst Pferde konnte man kaufen ... Und Mo sah sich in dem bunten Treiben um, als gäbe es den Rußvogel nicht.

Kein Gesicht schien er sich entgehen lassen zu wollen, keine Ware, die feilgeboten wurde, aber schließlich blieb sein Blick an den Türmen hängen, die hoch über die Ziegel der Dächer ragten, und Meggies Herz zog sich zusammen. Er war immer noch entschlossen, auf die Burg zu gehen, und sie verwünschte sich dafür, dass sie ihm von Balbulus und seiner Kunst erzählt hatte.

Sie vergaß fast zu atmen, als sie an einem Steckbrief des Eichelhähers vorbeikamen, aber Mo warf dem Bild darauf nur einen amüsierten Blick zu und fuhr sich durch das dunkle Haar, das er inzwischen kurz wie das eines Bauern trug. Vielleicht glaubte er, dass diese Sorglosigkeit Meggie beruhigte, aber so war es nicht. Sie machte ihr Angst. Er war der Eichelhäher, wenn er sich so benahm, ein Fremder mit dem Gesicht ihres Vaters.

Was, wenn einer der Soldaten hier war, die ihn auf der Nachtburg bewacht hatten? Starrte der dort nicht zu ihnen herüber? Und die Spielfrau dort – sah sie nicht aus wie eine der Frauen, die mit ihnen aus dem Tor der Nachtburg gezogen waren? Geh weiter, Mo!, dachte sie und wollte ihn mit sich ziehen, unter einen der Torbögen, in irgendeine Gasse, nur fort von all den Augen. Zwei Kinder hielten sie am Rock fest und streckten ihr bettelnd die schmutzigen Hände entgegen. Meggie lächelte ihnen hilflos zu. Sie hatte kein Geld, nicht eine Münze. Wie hungrig sie aussahen. Ein Soldat bahnte sich seinen Weg durch das Gedränge. Grob stieß er die bettelnden Kinder zur Seite. Wenn wir nur erst bei Balbulus wären!, dachte Meggie – und stolperte in Mo hinein, als er abrupt stehen blieb.

Neben dem Stand eines Baders, der lautstark und mit Unterstützung zweier Gaukler seine Wundermedizin anpries, standen ein paar Jungen um einen Pranger herum. Eine Frau steckte darin, Hände und Kopf in das Holz geklemmt, hilflos wie eine Puppe. Faulendes Gemüse klebte ihr im Gesicht und an den Händen, frischer Mist, alles, was die Kinder zwischen den Ständen gefunden hatten. Meggie hatte so etwas schon gesehen, mit Fenoglio, aber Mo stand da, als hätte er vergessen, wozu er nach Ombra gekommen war. Er wurde fast so blass wie die Frau, auf deren Gesicht sich Schmutz und Tränen mengten, und für einen Augenblick hatte Meggie Angst, er würde nach dem Messer greifen, das er im Gürtel verbarg. »Mo!« Sie griff nach seinem Arm und zog ihn hastig weiter, fort von den gaffenden Kindern, die sich schon nach ihm umsahen, in die Gasse, die zur Burg hinaufführte.

»Du hast so etwas schon gesehen?« Wie er sie ansah. Als könnte er nicht glauben, dass sie bei dem Anblick so beherrscht geblieben war.

Sein Blick beschämte Meggie. »Ja«, sagte sie verlegen. »Ja, ein paar Mal. Den Pranger gab es auch beim Speckfürsten.«

Mo sah sie immer noch an. »Sag nicht, an den Anblick kann man sich gewöhnen.«

Meggie senkte den Kopf. Doch. Doch, man konnte.

Mo atmete tief ein, als hätte er das Atmen beim Anblick der weinenden Frau vergessen. Dann ging er wortlos weiter. Er sprach kein einziges Wort, bis sie auf den Platz vor der Burg kamen.

Gleich neben dem Burgtor stand ein weiterer Pranger. Dem Jungen, der darin steckte, saßen Feuerelfen auf der ungeschützten Haut. Mo drückte ihr die Pferdezügel in die Hand, bevor Meggie ihn zurückhalten konnte, und ging auf den Jungen zu. Ohne auf die Wachen zu achten, die vom Tor zu ihm herüberstarrten, oder auf die vorbeigehenden Frauen, die erschrocken den Kopf abwandten, scheuchte er die Feuerelfen von den mageren Armen. Der Junge sah ihn nur ungläubig an. Nichts als Angst war auf seinem Gesicht zu finden, Angst und Scham. Und Meggie erinnerte sich an eine Geschichte, die Farid ihr erzählt hatte – dass Staubfinger und der Schwarze Prinz einst zusammen in so einem Pranger gesteckt hatten, Seite an Seite, als sie kaum älter gewesen waren als der Junge, der seinen Beschützer so erschrocken anstarrte.

»Mortimer!«

Meggie erkannte den alten Mann, der Mo von dem Pranger zurückzerrte, erst auf den zweiten Blick. Fenoglios graues Haar war fast schulterlang, seine Augen blutunterlaufen, sein Gesicht unrasiert. Er sah alt aus – noch nie hatte Meggie das von Fenoglio gedacht, aber nun war es das Einzige, was sie denken konnte.

»Bist du verrückt geworden?«, fuhr er ihren Vater mit gesenkter Stimme an. »Hallo, Meggie!«, setzte er abwesend hinzu, und

Meggie spürte, wie ihr das Blut ins Gesicht schoss, als Farid hinter ihm auftauchte.

Farid.

Sei ganz kühl, dachte sie, doch schon hatte sich ein Lächeln auf ihre Lippen gestohlen. Fort damit! Aber wie, wenn es so guttat, sein Gesicht zu sehen? Schleicher hockte auf seiner Schulter. Er zuckte schläfrig mit dem Schwanz, als er sie sah.

»Hallo, Meggie. Wie geht es dir?« Farid strich dem Marder über das buschige Fell.

Zwölf Tage. Zwölf Tage lang kein Lebenszeichen von ihm. Hatte sie sich nicht fest vorgenommen, kein Wort zu sagen, wenn sie ihn wiedersah? Aber sie konnte ihm einfach nicht böse sein. Er sah immer noch so traurig aus. Keine Spur von dem Lachen, das früher genauso zu seinem Gesicht gehört hatte wie die schwarzen Augen. Das Lächeln, das er ihr schenkte, war nur ein trauriger Schatten davon.

»Ich wollte dich so oft besuchen, aber Orpheus hat mich einfach nicht fortgelassen!«

Er hörte kaum selbst, was er sagte. Er hatte nur Augen für ihren Vater. Eichelhäher.

Fenoglio hatte Mo mit sich gezerrt, fort von dem Pranger, fort von den Soldaten. Meggie folgte ihnen. Das Pferd war unruhig, aber Farid beruhigte es. Staubfinger hatte ihm beigebracht, wie man mit Tieren sprach. Er ging dicht an ihrer Seite, so dicht, und war doch so weit fort.

»Was sollte das?« Fenoglio hielt Mo immer noch fest, als hätte er Sorge, er würde zurück zu dem Pranger gehen. »Willst du, dass die Wachen deinen Kopf auch in das Ding da stecken? Ach was! Vermutlich würden sie ihn gleich auf eine Lanze spießen!«

»Es sind Feuerelfen, Fenoglio. Sie verbrennen ihm die Haut!« Mos Stimme war heiser vor Zorn.

»Denkst du, mir musst du das erklären? Ich hab die kleinen Biester erfunden. Der Junge wird es überleben. Vermutlich ist er ein Dieb, mehr will ich nicht wissen.«

Mo machte sich von ihm los und drehte Fenoglio so abrupt den Rücken zu, als müsste er sich zurückhalten, ihn zu schlagen. Er musterte die Wachen und ihre Waffen, die Burgmauern und den Pranger, als suchte er nach einem Weg, sie alle verschwinden zu lassen. Sieh die Wachen nicht an, Mo!, dachte Meggie. Das war das Erste, was Fenoglio ihr in dieser Welt beigebracht hatte: keinen Soldaten direkt anzusehen, keinen Soldaten, keinen Adligen, niemanden, dem erlaubt war, eine Waffe zu tragen.

»Soll ich ihnen den Appetit auf seine Haut verderben, Zauberzunge?« Farid schob sich zwischen Mo und Fenoglio.

Schleicher fauchte den alten Mann an, als entdeckte er in ihm den Grund allen Übels in seiner Welt. Farid aber lief, ohne Mos Antwort abzuwarten, auf den Pranger zu, wo die Elfen sich längst wieder auf der Haut des Jungen niedergelassen hatten. Mit einem Fingerschnippen ließ er Funken sprühen, die ihnen die schillernden Flügel versengten und sie mit wütendem Summen davonschwirren ließen. Einer der Wächter nahm die Lanze auf, aber bevor er sich in Bewegung setzte, malte Farid mit dem Finger einen Basilisken aus Feuer an die Burgmauer, verbeugte sich vor den Wachen, die ungläubig das brennende Wappentier ihres Herrn anstarrten – und schlenderte lässig zurück an Mos Seite.

»Reichlich verwegen, mein Lieber!«, knurrte Fenoglio missbilligend, aber Farid beachtete ihn nicht.

»Warum bist du hergekommen, Zauberzunge?«, fragte er mit

gesenkter Stimme. »Das ist gefährlich!« Aber seine Augen leuchteten. Farid liebte gefährliche Unternehmungen, und er liebte Mo dafür, dass er der Eichelhäher war.

»Ich will mir ein paar Bücher ansehen.«

»Bücher?« Farid blickte so fassungslos drein, dass Mo lächeln musste.

»Ja, Bücher. Ganz besondere Bücher.« Er blickte hinauf zu dem höchsten Turm der Burg. Meggie hatte ihm genau beschrieben, wo Balbulus' Werkstatt zu finden war.

»Was treibt Orpheus?« Mo sah zu den Wachen hinüber. Sie durchsuchten gerade die Lieferung eines Metzgers – wonach, schienen sie selbst nicht genau zu wissen. »Ich hab gehört, er soll reicher und reicher werden.«

»Allerdings!« Farid strich Meggie mit der Hand über den Rücken. Wenn Mo dabei war, verlegte er sich immer auf Zärtlichkeiten, die nicht allzu offensichtlich waren. Farid hatte großen Respekt vor Vätern. Aber Mo entging sicher nicht, wie rot Meggie wurde.

»Er wird reicher, aber für Staubfinger hat er immer noch nichts geschrieben! Er hat nur seine Schätze im Kopf und das, was er dem Hänfling verkaufen kann: gehörnte Wildschweine, goldene Schoßhündchen, Spinnenfalter, Blättermänner und was er sich sonst noch alles ausdenkt.«

»Spinnenfalter? Blättermänner?« Fenoglio blickte Farid alarmiert an, aber der beachtete ihn nicht.

»Orpheus will mit dir reden!«, raunte er Mo zu. »Über die Weißen Frauen. Bitte triff dich mit ihm! Vielleicht weißt du ja etwas, das ihm hilft, Staubfinger zurückzubringen!«

Meggie sah das Mitleid auf Mos Gesicht. Er glaubte ebenso wenig wie sie, dass Staubfinger jemals zurückkehren würde. »Unsinn«, sagte er, während seine Hand unwillkürlich dorthin fasste, wo Mortola ihn verwundet hatte. »Ich weiß nichts. Nichts, was nicht alle wissen.«

Die Wachen hatten den Metzger passieren lassen und einer von ihnen starrte wieder zu Mo herüber. An der Burgmauer brannte immer noch der Basilisk, den Farid auf die Steine gemalt hatte.

Mo drehte den Soldaten den Rücken zu. »Hör zu!«, raunte er Meggie zu. »Ich hätte dich nicht herbringen sollen. Wie wär's, wenn du bei Farid bleibst, während ich zu Balbulus gehe? Er kann dich zu Roxane bringen und ich treffe dich und Resa dort.«

Farid legte Meggie den Arm um die Schultern. »Ja, geh nur. Ich pass auf sie auf.«

Aber Meggie schob seinen Arm unsanft fort. Es gefiel ihr nicht, dass Mo allein gehen wollte – auch wenn sie zugeben musste, dass sie allzu gern bei Farid geblieben wäre. Sie hatte sein Gesicht so sehr vermisst.

»Aufpassen? Du musst nicht auf mich aufpassen!«, fuhr sie ihn schärfer an, als sie beabsichtigt hatte. Es machte so dumm, verliebt zu sein!

»Nein, da hat sie recht. Auf Meggie muss niemand aufpassen.« Mo nahm ihr sacht die Pferdezügel aus der Hand. »Wenn ich es recht überlege, hat sie öfter auf mich aufgepasst als ich auf sie. Ich bin bald zurück«, sagte er zu ihr. »Ich versprech es. Und kein Wort zu deiner Mutter, ja?«

Meggie nickte nur.

»Sieh mich nicht so besorgt an!«, flüsterte Mo ihr verschwörerisch zu. »Sagen die Lieder nicht, dass der Eichelhäher kaum etwas ohne seine schöne Tochter tut? Ich bin also viel unverdächtiger ohne dich!«

»Ja, aber die Lieder lügen«, flüsterte Meggie zurück. »Der Eichelhäher hat gar keine Tochter. Er ist kein Vater. Er ist ein Räuber.«

Mo sah sie für einen langen Augenblick an. Dann küsste er sie auf die Stirn, als könnte er so fortwischen, was sie gesagt hatte, und ging mit dem schon ungeduldig wartenden Fenoglio auf die Burg zu.

Meggie ließ ihn nicht aus den Augen, als er bei den Wachen stehen blieb. In den schwarzen Kleidern sah er erst recht wie ein Fremder aus – der Buchbinder aus einem fernen, fernen Land, der den ganzen weiten Weg gekommen war, um den Bildern des berühmten Balbulus endlich das passende Gewand zu geben. Wen kümmerte es da, dass er auf dem langen Weg ein Räuber geworden war?

Farid griff nach Meggies Hand, sobald Mo ihnen den Rücken zugekehrt hatte. »Dein Vater ist mutig wie ein Löwe«, flüsterte er ihr zu, »aber auch ein bisschen verrückt, wenn du mich fragst. Wär ich der Eichelhäher, dann würd ich ganz bestimmt nicht durch das Tor da gehen, schon gar nicht für ein paar Bücher!«

»Du verstehst das nicht«, antwortete Meggie leise. »Er würde für nichts anderes als für die Bücher gehen.«

Darin irrte sie sich, aber das würde sie erst später wissen.

Die Soldaten ließen den Dichter und den Buchbinder passieren. Mo sah sich noch einmal zu Meggie um, bevor er durch das Tor verschwand, das große Tor mit dem eisernen Fallgitter, das mehr als zwei Dutzend speerscharfe Spitzen auf jeden richtete, der unter ihm hindurchschritt. Seit der Hänfling auf der Burg residierte, ließen sie es herunter, sobald es dunkel wurde oder in der Burg eine der Alarmglocken geläutet wurde. Meggie hatte das Geräusch einmal gehört, und sie wartete unwillkürlich darauf, es erneut zu hören, als Mo zwischen den mächtigen Mauern verschwand: das Läuten der Glocken, das Rasseln der Ketten, die das Gitter herunterließen, das Aufschlagen der eisernen Spitzen …

»Meggie?« Farid legte ihr die Hand unters Kinn und wandte ihr Gesicht dem seinen zu. »Glaub mir! Ich wäre längst zu dir gekommen, aber Orpheus lässt mich den ganzen Tag schuften, und nachts schleich ich zu Roxanes Hof. Sie geht fast jede Nacht dorthin, wo sie Staubfinger versteckt hält, ich weiß es! Aber sie ertappt mich jedes Mal, bevor ich ihr folgen kann. Ihre dumme Gans lässt sich mit Rosinenbrot bestechen, aber wenn mich der Linchetto in ihrem Stall nicht beißt, dann verrät mich Gwin. Roxane lässt ihn inzwischen sogar in ihr Haus, dabei hat sie früher Steine nach ihm geworfen!«

Was redete er da? Sie wollte nicht über Staubfinger oder Gwin reden. Wenn du mich vermisst hast, konnte sie nur immer wieder denken, warum bist du dann nicht wenigstens einmal zu mir gekommen, statt zu Roxane zu schleichen? Wenigstens ein einziges Mal. Es gab darauf nur eine Antwort. Weil er sie nicht halb so sehr vermisste wie sie ihn. Er liebte Staubfinger mehr als sie. Er würde ihn immer lieben, auch wenn er tot war. Und trotzdem ließ sie sich von ihm küssen, während nur ein paar Schritte entfernt der Junge immer noch in dem Pranger steckte, Feuerelfen auf der Haut. *Sag nicht, an den Anblick kann man sich gewöhnen …*

Den Rußvogel sah Meggie erst, als er schon bei den Wachen stand.

»Was ist?«, fragte Farid, als sie über seine Schulter starrte. »Ah. Der Rußvogel. Ja. Er geht ein und aus auf der Burg. Schmutziger Verräter! Jedes Mal, wenn ich ihn seh, möchte ich ihm den Hals aufschlitzen!«

»Wir müssen Mo warnen!«

Die Wächter ließen den Feuerspucker passieren wie einen alten Bekannten. Meggie machte einen Schritt auf sie zu, aber Farid zog sie zurück.

»Wo willst du hin? Er wird deinen Vater nicht sehen! Die Burg ist groß, und Zauberzunge geht zu Balbulus. Dorthin verirrt der Rußvogel sich bestimmt nicht! Er hat drei Geliebte unter den Hofdamen, zu denen will er – wenn Jacopo ihn nicht abfängt. Er muss ihm zwei Vorstellungen am Tag geben, dabei ist er immer noch ein schlechter Feuerspucker, trotz all der Sachen, die man sich über ihn und sein Feuer erzählt. Elender Spitzel! Ich frag mich wirklich, warum der Schwarze Prinz ihn noch nicht umgebracht hat – oder dein Vater. Was guckst du mich so an?«, erwiderte er auf Meggies entgeisterten Blick. »Zauberzunge hat schließlich auch Basta getötet, oder? Nicht, dass ich es gesehen hätte ...«

Farid sah wie immer schnell zur Seite, wenn er über die Stunden sprach, in denen er tot gewesen war.

Meggie starrte auf das Burgtor. Sie glaubte Mos Stimme zu hören. *Und wennschon ... als der mich zuletzt gesehen hat, war ich halb tot. Außerdem sollte er sich besser nicht wünschen, mich zu treffen.*

Eichelhäher. Hör auf, ihn so zu nennen!, dachte Meggie. Hör auf damit!

»Komm!« Farid griff nach ihrer Hand. »Zauberzunge hat gesagt, ich soll dich zu Roxane bringen. Die wird sich freuen, mich zu sehen! Aber vermutlich tut sie freundlich, weil du dabei bist.«

»Nein.« Meggie befreite ihre Hand aus der seinen, so gut es sich auch anfühlte, sie endlich wieder einmal zu halten. »Ich bleibe hier. Genau hier, bis Mo wieder herauskommt.«

Farid seufzte und verdrehte die Augen, aber er kannte sie gut genug, um nicht zu widersprechen.

»Na wunderbar!«, sagte er mit gesenkter Stimme. »Und wie ich Zauberzunge kenne, guckt er sich diese verdammten Bücher bestimmt eine Ewigkeit an. Also lass mich dich wenigstens küssen, sonst fragen sich die Wächter bald, warum wir hier immer noch herumstehen.«

Ein gefährlicher Besuch

Die Frage, Gottes allwissenden Blick vorausgesetzt,
Ist: Muss das, was er voraussieht, unweigerlich wahr werden?
Oder ist mir freie Wahl des Handelns garantiert,
Etwas zu tun oder aber es bleiben zu lassen?
Geoffrey Chaucer, The Canterbury Tales

Demut. Demut und Unterwürfigkeit. Mo war nicht gut darin. Hast du das je in der anderen Welt bemerkt, Mortimer?, fragte er sich. Beug den Kopf, halt dich nicht zu gerade, lass sie auf dich herabschauen, auch wenn du größer bist als sie. Tu so, als fändest du es ganz natürlich, dass sie herrschen und die anderen arbeiten.

Es war so schwer.

»Du bist also der Buchbinder, auf den Balbulus wartet«, hatte eine der Wachen mit einem Blick auf seine schwarzen Kleider gesagt. »Was sollte das gerade mit dem Jungen? Magst du unsere Pranger nicht?«

Tiefer mit dem Kopf, Mortimer! Na los. Mach ihnen vor, dass du Angst hast. Vergiss deinen Zorn, vergiss den Jungen und sein Wimmern. »Es kommt nicht wieder vor.«

»Genau! Er – er kommt von weit her!«, hatte Fenoglio rasch hinzugefügt. »Er muss sich erst noch an die Regierungskunst unseres neuen Statthalters gewöhnen. Aber wenn ihr jetzt erlaubt – Balbulus kann sehr ungeduldig werden.« Dann hatte er sich verbeugt und Mo hastig mit sich gezogen.

Die Burg von Ombra ... Es war schwer, nicht alles zu vergessen, als er in den weiten Hof trat. So viele Szenen aus Fenoglios Buch fielen ihm ein, die an diesem Ort gespielt hatten.

»Himmel, das war knapp!«, raunte Fenoglio ihm zu, als sie das Pferd zu den Ställen führten. »Ich will dich nicht noch einmal daran erinnern müssen: Du bist als Buchbinder hier! Spiel noch einmal den Eichelhäher, und du bist ein toter Mann! Verdammt, Mortimer, ich hätte nie einwilligen dürfen, dich herzubringen. Sieh dir all die Soldaten an. Als wäre man auf der Nachtburg!«

»O nein, glaub mir, das ist immer noch ein Unterschied«, erwiderte Mo leise – und versuchte, nicht zu den Köpfen hinaufzusehen, die aufgespießt die Mauern zierten. Zwei gehörten Männern des Schwarzen Prinzen, aber er hätte sie nicht erkannt, wenn der Starke Mann ihm nicht von ihrem Schicksal erzählt hätte.

»Ich hab mir diese Burg nach deiner Beschreibung anders vorgestellt«, raunte er Fenoglio zu.

»Wem sagst du das?«, zischte der zurück. »Erst hat Cosimo alles umbauen lassen und nun hinterlässt der Hänfling seinen Stempel. Er hat die Nester der Goldspötter herunterreißen lassen, und sieh dir all die Baracken an, die sie gebaut haben, nur um zu horten, was sie zusammenrauben! Ich frag mich, ob der Natternkopf schon bemerkt hat, wie wenig davon auf der Nachtburg landet. Wenn ja, dann wird sein Schwager wohl bald Ärger bekommen.«

»Ja, der Hänfling ist ziemlich dreist.« Mo senkte den Kopf, als ein paar Stallknechte auf sie zukamen. Selbst sie waren bewaffnet. Sein Messer würde ihm nicht viel nützen, falls ihn tatsächlich jemand erkannte. »Wir haben einige Transporte aufgehalten, die für die Nachtburg bestimmt waren«, fuhr er leise fort, als sie vorbei waren, »und es war jedes Mal ziemlich enttäuschend, was wir in den Truhen fanden.«

Fenoglio starrte ihn an.

»Du tust es wirklich!«

»Was?«

Der alte Mann sah sich nervös um, doch niemand schien auf sie zu achten. »Nun, all die Dinge, von denen sie singen!«, flüsterte er. »Ich meine – die meisten Lieder sind schlecht geschrieben, aber der Häher ist immer noch meine Figur, also ... Wie fühlt es sich an? Wie fühlt es sich an, ihn zu spielen?«

Eine Magd trug zwei geschlachtete Gänse an ihnen vorbei. Das Blut troff auf den Hof. Mo wandte den Kopf ab. »Spielen? Ist es das immer noch für dich – ein Spiel?« Seine Antwort klang gereizter, als er beabsichtigt hatte.

Manchmal hätte er wirklich einiges darum gegeben, die Gedanken in Fenoglios Kopf zu lesen. Und wer weiß – vielleicht würde er sie eines Tages tatsächlich lesen, schwarz auf weißem Papier, und sich selbst dort wiederfinden, umsponnen von Worten, wie eine Fliege im Netz einer alten Spinne.

»Nun ja, ich gebe zu, es ist ein gefährliches Spiel geworden, aber ich bin wirklich froh, dass du die Rolle übernommen hast! Denn hatte ich nicht recht? Diese Welt *braucht* den Ei...«

Mo warf ihm einen warnenden Blick zu. Eine Schar Soldaten kam an ihnen vorbei und Fenoglio verschluckte den Namen, den er vor gar nicht so langer Zeit zum ersten Mal auf ein Stück Pergament geschrieben hatte. Doch das Lächeln, mit dem er den Soldaten nachsah, war das eines Mannes, der einen Sprengkörper im Haus seiner Feinde versteckt hatte und es genoss, zwischen ihnen umherzugehen, ohne als der Bombenleger erkannt zu werden.

Schlimmer alter Mann.

Mo musste feststellen, dass auch die Innere Burg nicht mehr so aussah, wie Fenoglio sie beschrieben hatte. Mit leiser Stimme wiederholte er die Worte, die er einst gelesen hatte: *»Die Frau des Speckfürsten hatte den Garten angelegt, weil sie der grauen Steine müde war, die sie umgaben. Sie pflanzte Blumen aus fremden Ländern, deren Blüten sie von fernen Meeren träumen ließen, von fremden Städten und Bergen, zwischen denen Drachen hausten. Sie ließ goldbrüstige Vögel brüten, die wie gefiederte Früchte in den Bäumen saßen, und einen Setzling aus dem Weglosen Wald pflanzen, dessen Blätter mit dem Mond sprechen konnten.«*

Fenoglio sah ihn verblüfft an.

»Ja, ich kann dein Buch auswendig«, sagte Mo. »Hast du vergessen, wie oft ich es laut gelesen habe, nachdem deine Wörter meine Frau verschluckt hatten?«

Die goldbrüstigen Vögel waren auch aus dem Inneren Hof verschwunden. In einem Steinbecken spiegelte sich die Statue des Hänflings, und der Baum, der mit dem Mond sprach, war, falls es ihn je gegeben hatte, gefällt worden. Hundezwinger standen nun dort, wo einst ein Garten gewesen war, und die Jagdhunde des neuen Herrn von Ombra drückten ihre Nasen witternd gegen die versilberten Gitter. Es ist längst nicht mehr deine Geschichte, alter Mann, dachte Mo, während er mit Fenoglio auf die Innere Burg zuschritt. Aber wer erzählte sie dann? Orpheus etwa? Oder hatte der Natternkopf das Erzählen übernommen, mit Blut und Eisen statt mit Tinte und Feder?

Tullio brachte sie zu Balbulus, Tullio, der pelzgesichtige Diener, von dem Fenoglios Buch berichtete, dass sein Vater ein Kobold und seine Mutter ein Moosweibchen gewesen war.

»Wie geht es dir?«, fragte Fenoglio ihn, als Tullio sie durch die

Korridore führte. Als hätte es ihn je interessiert, wie es seinen Geschöpfen ging.

Tullio antwortete mit einem Schulterzucken. »Sie jagen mich«, sagte er mit kaum wahrnehmbarer Stimme. »Die Freunde unseres neuen Herrn – und er hat viele Freunde. Sie scheuchen mich über die Flure und sperren mich zu den Hunden, aber Violante beschützt mich. O ja, das tut sie, auch wenn ihr Sohn fast der Schlimmste von allen ist.«

»Ihr Sohn?«, flüsterte Mo Fenoglio zu.

»Ja, hat Meggie dir nicht von ihm erzählt?«, flüsterte er zurück. »Jacopo, ein echter Satansbraten. Sein Großvater in Miniatur, auch wenn er seinem Vater von Tag zu Tag ähnlicher sieht. Hat keine Träne um Cosimo vergossen. Im Gegenteil. Er soll sein steinernes Abbild in der Gruft mit Balbulus' Farben verunziert haben und abends sitzt er an der Seite des Hänflings oder auf dem Schoß des Rußvogels statt an der Seite seiner Mutter. Angeblich bespitzelt er sie sogar für seinen Großvater.«

Über die Tür, vor der Tullio nach endlos vielen steilen Stufen etwas atemlos stehen blieb, hatte Mo nichts in Fenoglios Buch gelesen. Er streckte unwillkürlich die Hand aus und strich über die Buchstaben, mit denen sie über und über beschlagen war. »Sie sind so wunderschön, Mo«, hatte Meggie ihm zugeflüstert, als sie beide hoch oben im Turm der Nachtburg gefangen gewesen waren, »sie sind miteinander verschlungen, als hätte sie jemand mit flüssigem Silber auf das Holz geschrieben.«

Tullio hob die kleine pelzige Faust und klopfte. Die Stimme, die sie hereinrief, konnte nur die von Balbulus sein. Kalt, selbstverliebt, hochmütig ... Meggie hatte den besten Buchmaler dieser Welt nicht mit netten Worten beschrieben. Tullio stellte sich auf die Zehenspitzen, umfasste die Klinke – und ließ sie erschrocken wieder los.

»Tullio!« Die Stimme, die die Treppe heraufschallte, klang sehr jung, doch sie schien das Befehlen gewöhnt. »Tullio, wo steckst du? Du musst dem Rußvogel die Fackeln halten.«

»Jacopo!« Tullio hauchte den Namen, als wäre es der einer ansteckenden Krankheit. Er duckte sich und suchte unwillkürlich Schutz hinter Mos Rücken.

Ein Junge, vielleicht sechs, sieben Jahre alt, kam die Treppe heraufgehastet. Mo hatte den Schönen Cosimo niemals gesehen. Der Hänfling hatte all seine Statuen zerschlagen lassen, aber Baptista besaß noch ein paar Münzen mit seinem Abbild. Ein Gesicht, fast zu schön, um wirklich zu sein, so beschrieben ihn alle. Sein Sohn hatte diese Schönheit offenbar geerbt, doch sie entfaltete sich gerade erst auf dem immer noch runden Kindergesicht. Es war kein liebenswertes Gesicht. Die Augen blickten wachsam und der Mund war mürrisch wie der eines alten Mannes. Seine schwarze Tunika war bestickt mit dem züngelnden Wappentier seines Großvaters. Auch sein Gürtel war mit Silberschlangen beschlagen, doch an der ledernen Schnur, die er um den Hals trug, baumelte eine Silbernase, das Markenzeichen des Pfeifers.

Fenoglio warf Mo einen alarmierten Blick zu und stellte sich vor ihn, als könnte er ihn so vor dem Jungen verbergen.

Du musst dem Rußvogel die Fackeln halten. Was nun, Mo? Er sah unwillkürlich die Treppe hinunter, aber Jacopo war allein gekommen, und diese Burg war groß. Seine Hand wanderte trotzdem zu seinem Gürtel.

»Wer ist das?« Nur der Trotz in der hellen Stimme klang nach einem Kind. Jacopo atmete schwer von der Treppensteigerei.

»Das … ähm … das ist der neue Buchbinder, mein Prinz!«, erwiderte Fenoglio mit einer Verbeugung. »Ihr erinnert Euch sicher, wie oft Balbulus sich schon über die Stümpereien unserer heimischen Buchbinder beschwert hat!«

»Und der da ist besser?« Jacopo verschränkte die kurzen Kinderarme. »Er sieht nicht aus wie ein Buchbinder. Buchbinder sind alt und ganz blass, weil sie immer drinnen sitzen.«

»Oh, ab und zu gehen wir auch nach draußen«, erwiderte Mo, »um das beste Leder zu kaufen, neue Stempel, gute Messer oder Pergament in der Sonne zu trocknen, wenn es feucht geworden ist.«

Es fiel ihm schwer, Angst vor dem Jungen zu haben, obwohl er so viel Schlechtes über ihn gehört hatte. Cosimos Sohn erinnerte ihn an einen Jungen, der mit ihm zur Schule gegangen war und das Pech gehabt hatte, der Sohn des Schuldirektors zu sein. Er war auf dem Hof herumstolziert wie eine Kopie seines Vaters – und hatte vor allem und jedem in der Welt Angst gehabt. Schön und gut, Mortimer, dachte Mo. Aber das war nur der Sohn eines Schuldirektors. Dies ist der Enkel des Natternkopfes, also nimm dich in Acht.

Jacopo runzelte die Stirn und blickte missbilligend zu ihm auf. Offenbar gefiel ihm nicht, dass Mo so viel größer war als er. »Du hast dich nicht verbeugt! Du musst dich vor mir verbeugen.«

Mo spürte Fenoglios warnenden Blick und beugte den Kopf. »Mein Prinz.«

Es war schwer. Er hätte Jacopo lieber durch die Flure der Burg gejagt, so wie er es mit Meggie in Elinors Haus getan hatte, nur um zu sehen, ob vielleicht doch das Kind zum Vorschein kam, das sich so sorgsam hinter den Posen seines Großvaters versteckte.

Jacopo nahm seine Verbeugung mit einem großmütigen Nicken entgegen und Mo senkte den Kopf, damit er ihn nicht lächeln sah.

»Mein Großvater hat Ärger mit einem Buch«, stellte Jacopo mit hochmütiger Stimme fest. »Großen Ärger. Vielleicht kannst du ihm ja helfen.«

Ärger mit einem Buch. Mo spürte, wie sein Herz für einen Schlag aussetzte. Er glaubte das Buch erneut vor sich zu sehen, spürte das Papier zwischen den Fingern. So viele weiße Seiten.

»Mein Großvater hat schon viele Buchbinder aufhängen lassen wegen dieses Buches.« Jacopo musterte Mo, als überlegte er, wie groß die Schlinge sein musste, die um seinen Hals passen würde. »Einem hat er sogar die Haut abziehen lassen, weil er ihm versprochen hatte, dass er es heil machen kann. Willst du es trotzdem versuchen? Aber du müsstest mit mir zur Nachtburg reiten, damit mein Großvater sieht, dass *ich* dich gefunden habe und nicht der Hänfling.«

Mo kam um die Antwort herum. Die Buchstabentür öffnete sich und ein Mann trat mit verärgertem Gesicht heraus.

»Was wird das hier?«, fuhr er Tullio an. »Erst wird geklopft, aber keiner kommt herein. Dann wird geredet, dass mir der Pinsel ausrutscht. Da dieser Besuch offenbar doch nicht für mich bestimmt ist, wäre ich allen Beteiligten wirklich sehr verbunden, wenn diese Unterhaltung an einem anderen Ort fortgesetzt würde. In dieser Burg gibt es mehr als genug Kammern, in denen nicht ernsthaft gearbeitet wird.«

Balbulus ... Meggie hatte ihn sehr treffend beschrieben. Das leichte Lispeln, die kurze Nase, die plumpen Wangen, das dunkelbraune Haar, das sich über der Stirn schon zu lichten begann, obwohl er noch ein junger Mann war. Ein Buchmaler, und nach dem, was Mo von seiner Arbeit gesehen hatte, einer der besten, die es je in dieser oder seiner Welt gegeben hatte. Mo vergaß Jacopo und Fenoglio, er vergaß den Pranger und den Jungen darin, die Soldaten unten im Hof und den Rußvogel. Er wollte nur noch durch diese Tür. Schon der Blick in die Werkstatt, den er über Balbulus' Schulter erhaschte, ließ sein Herz schnell wie das eines Schuljungen schlagen. Genauso aufgeregt hatte es geklopft, als er zum ersten Mal ein Buch von Balbulus in die Hand bekommen hatte, in der Nachtburg, gefangen und vom Tod bedroht. All das hatte die Arbeit dieses Mannes ihn vergessen lassen. Buchstaben, so fließend, als gäbe es keine natürlichere Tätigkeit für die menschliche Hand als das Schreiben, und dann die Bilder. Lebendes, atmendes Pergament!

»Ich unterhalte mich, wo und wann ich will! Ich bin der Enkel des Natternkopfes!« Jacopos Stimme wurde schrill. »Ich werde meinem Onkel auf der Stelle berichten, wie impertinent du wieder warst! Ich werd ihm sagen, dass er dir all deine Pinsel fortnehmen soll!« Mit einem letzten Blick auf Balbulus drehte er sich um. »Komm, Tullio! Oder ich lass dich zu den Hunden sperren!«

Der kleine Diener trat mit eingezogenem Kopf an Jacopos Seite, und der Enkel des Natternkopfes musterte Mo noch einmal von Kopf bis Fuß, bevor er sich umdrehte und die Treppe hinunterhastete – plötzlich doch nur ein Kind, das es eilig hatte, zu einer Vorstellung zu kommen.

»Wir sollten verschwinden, Mortimer!«, raunte Fenoglio. »Du hättest niemals herkommen dürfen! Der Rußvogel ist hier! Das ist nicht gut, gar nicht gut.«

Aber Balbulus winkte den neuen Buchbinder bereits ungeduldig in seine Werkstatt. Wie sollte Mo sich da um den Rußvogel sorgen? Er konnte nur noch an das denken, was hinter der buchstabenbeschlagenen Tür wartete.

Wie viele Stunden seines Lebens hatte er damit verbracht, die Kunst der Illuminatoren zu betrachten, tief über fleckige Seiten gebeugt, bis ihn der Rücken schmerzte, mit einem Vergrößerungsglas jedem Pinselstrich folgend und sich fragend, wie man solche Wunder auf Pergament bannen konnte – all die winzigen Gesichter, all die phantastischen Geschöpfe, Landschaften, Blumen ... winzige Drachen, Insekten, so echt, dass sie von den Seiten zu kriechen schienen, Buchstaben, so kunstvoll verschlungen, als hätten die Linien erst auf den Seiten zu wachsen begonnen.

Wartete all das auf den Pulten dort?

Vielleicht. Aber Balbulus stand vor seiner Arbeit, als wäre er ihr Wächter, und seine Augen blickten so ausdruckslos, dass Mo sich fragte, wie ein Mann, der die Welt so kalt betrachtete, solche Bilder malen konnte. Bilder so voller Kraft und Feuer ...

»Tintenweber.« Balbulus nickte Fenoglio zu, mit einem Blick, der alles zu sehen schien: das unrasierte Kinn, die blutunterlaufenen Augen, die Müdigkeit im Herzen des alten Mannes. Was wird er bei mir sehen?, dachte Mo.

»Also Ihr seid dieser Buchbinder?« Balbulus musterte ihn so gründlich, als wollte er sein Abbild auf Pergament bannen. »Fenoglio berichtet ja wahrlich Wunderdinge von Eurer Kunst.«

»Tut er das?« Mo konnte nicht verhindern, dass seine Stimme abwesend klang. Er wollte endlich diese Bilder sehen, aber erneut verstellte ihm der Illuminator wie zufällig die Sicht. Was sollte das? Lass mich endlich deine Arbeit sehen!, dachte Mo. Es sollte dir schmeicheln, dass ich für sie hergekommen bin, obwohl ich meinen Hals dabei riskiere. Himmel, diese Pinsel waren wirklich unfassbar fein. Und dort waren die Farben …

Fenoglio stieß ihm warnend den Ellbogen in die Seite, und Mo riss sich widerstrebend vom Anblick all der Wunder los und blickte in Balbulus' ausdruckslose Augen.

»Entschuldigt. Ja, ich bin Buchbinder, und sicher wollt Ihr eine Probe meiner Arbeit sehen. Ich hatte kein sonderlich gutes Material zur Verfügung, aber …« Er griff unter den Mantel, den Baptista genäht hatte (es war sicherlich nicht leicht gewesen, so viel schwarzen Stoff zu stehlen), doch Balbulus schüttelte den Kopf.

»Ihr müsst mir nicht beweisen, was Ihr könnt«, sagte er, ohne Mo aus den Augen zu lassen. »Taddeo, der Bibliothekar auf der Nachtburg, hat mir in allen Einzelheiten berichtet, wie eindrucksvoll Ihr dort Euer Können bewiesen habt.«

Verloren.

Er war verloren.

Mo spürte Fenoglios entsetzten Blick. Ja, sieh mich an!, dachte er. Steht mir »leichtsinniger Dummkopf« schon tintenschwarz auf die Stirn geschrieben?

Balbulus jedoch lächelte. Sein Lächeln war ebenso ausdruckslos wie seine Augen.

»Ja, Taddeo hat mir sehr ausführlich von Euch berichtet.« Meggie hatte so gut nachgeahmt, wie seine Zunge beim Sprechen an die Zähne stieß. »Eigentlich ist er ein eher zurückhaltender Mann, aber Euer Loblied hat er mir sogar schriftlich gesungen. Nun, schließlich gibt es ja auch nicht viele Eurer Zunft, die den Tod in ein Buch binden können, nicht wahr?«

Fenoglio griff nach seinem Arm, so fest, dass Mo die Angst des alten Mannes spürte. Was glaubte er? Dass sie sich umdrehen und einfach aus der Tür gehen konnten? Bestimmt stand längst eine Wache davor, und falls nicht, dann warteten die Soldaten schon am Fuß der Treppe. Wie schnell man sich daran gewöhnte, dass sie jederzeit auftauchen konnten, ausgestattet mit der Macht, einen ungestraft mit sich zu nehmen, einzukerkern, totzuschlagen.

Wie Balbulus' Farben leuchteten! Zinnober, Siena, Umbrabraun. Wie schön sie waren. Schönheit, die ihn in die Falle gelockt hatte. Die meisten Vögel fing man mit Brot und ein paar schmackhaften Körnern, aber den Eichelhäher fing man mit Buchstaben und Bildern.

»Ich weiß wirklich nicht, wovon Ihr redet, hochverehrter Balbulus!«, stammelte Fenoglio. Seine Finger umklammerten immer noch Mos Arm. »Der ... ähem ... Bibliothekar auf der Nachtburg? Nein. Nein, Mortimer hat nie auf der anderen Seite des Waldes gearbeitet. Er kommt aus dem ... aus dem Norden, ja. Ja.«

Was für ein schlechter Lügner der alte Mann war. Musste man sich nicht aufs Lügen verstehen, wenn man Geschichten erfand?

Wie auch immer, Mo verstand erst recht nichts vom Lügen und so schwieg er. Schwieg und verfluchte seine Neugier, seine Ungeduld, seinen Leichtsinn, während Balbulus ihn immer noch ansah. Wie hatte er nur glauben können, dass er die Rolle, die ihn in dieser Welt erwartet hatte, einfach ablegen konnte, indem er ein paar schwarze Kleider anzog? Wie hatte er glauben können, dass er mit Haut und Haar in dieser Geschichte stecken und auf der Burg von Ombra trotzdem für ein paar Stunden wieder Mortimer, der Buchbinder, sein könnte?

»Ach, hört schon auf, Tintenweber!«, fuhr Balbulus Fenoglio an. »Für wie dumm haltet Ihr mich? Natürlich habe ich gleich gewusst, von wem die Rede ist, als Ihr von ihm erzählt habt. Ein wahrer Meister seiner Kunst. Habt Ihr es nicht so ausgedrückt? Ja, Worte können sehr verräterisch sein, Ihr solltet das eigentlich wissen.«

Fenoglio schwieg. Und Mo tastete nach dem Messer. Der Schwarze Prinz hatte es ihm geschenkt, als sie vom Natternberg aufgebrochen waren. »Hab es von nun an immer dabei«, hatte er zu ihm gesagt, »selbst wenn du dich schlafen legst.« Er war seinem Rat gefolgt, aber was sollte ein Messer ihm hier nützen? Er würde tot sein, bevor er den Fuß der Treppe erreichte. Wer weiß, vielleicht hatte selbst Jacopo gleich erkannt, wen er vor sich hatte, und zusätzlich Alarm geschlagen. Schnell, kommt! Der Eichelhäher ist freiwillig in den Käfig geflattert. Tut mir leid, Meggie, dachte Mo. Dein Vater ist ein Dummkopf. Dafür hast du ihn nun aus der Nachtburg geholt – damit er sich auf einer anderen Burg fangen lässt! Warum hatte er nicht auf sie gehört, als sie auf dem Marktplatz den Rußvogel gesehen hatten?

Hatte Fenoglio je ein Lied über die Angst des Eichelhähers geschrieben? Sie kam nicht, wenn er kämpfen musste. O nein. Sie kam, wenn er an Fesseln dachte, an Ketten und Kerker und die Verzweiflung hinter verriegelten Türen. So wie jetzt. Er schmeckte die Angst auf der Zunge, spürte sie im Magen und in den Knien. Nun, immerhin ist die Werkstatt eines Illuminators für einen Buchbinder der passende Ort zum Sterben, dachte er. Aber der Eichelhäher war zurück und verfluchte den Buchbinder für seinen Leichtsinn.

»Wisst Ihr, was Taddeo besonders beeindruckt hat?« Balbulus wischte sich etwas Farbpulver vom Ärmel. Gelb wie Blütenpollen klebte es auf dem dunkelblauen Samt. »Eure Hände. Er fand es ganz erstaunlich, dass Hände, die so viel vom Töten verstehen, so behutsam mit Buchseiten umgehen können. Ihr habt in der Tat schöne Hände. Seht Euch dagegen meine an!« Balbulus spreizte die Finger und betrachtete sie voll Abscheu. »Die Hände eines Bauern. Plump und grob. Wollt Ihr sehen, was sie trotzdem vermögen?«

Und endlich, mit einladender Geste, trat er zur Seite, wie ein Zauberer, der den Vorhang hebt. Fenoglio wollte Mo zurückhalten, aber wenn er schon in die Falle gegangen war, dann wollte er den Köder auch kosten, der ihn den Hals kosten würde.

Und da waren sie. Illuminierte Seiten, noch besser als die, die er auf der Nachtburg gesehen hatte. Auf der einen hatte Balbulus nur seinen eigenen Anfangsbuchstaben verziert. Das B spreizte sich auf dem Pergament, gekleidet in Gold und dunkles Grün, und beherbergte ein Nest von Feuerelfen. Auf dem Blatt daneben rankten sich Blätter und Blüten um ein kaum spielkartengroßes Bild. Mo folgte den Ranken mit den Augen, entdeckte Samenstände, Feuerelfen, bizarre Früchte, winzige Geschöpfe, für die er keinen Namen hatte. Das Bild, das mit solcher Kunstfertigkeit umrahmt war, zeigte zwei Männer, umgeben von Feen. Sie standen vor einem Dorf, eine Schar zerlumpter Männer hinter sich. Der eine war schwarz und hatte einen Bären zur Seite, der andere trug eine Vogelmaske, und das Messer in seiner Hand war das eines Buchbinders.

»Die schwarze und die weiße Hand der Gerechtigkeit. Der Prinz und der Eichelhäher.« Balbulus betrachtete sein Werk mit kaum verhohlenem Stolz. »Ich werde es wohl etwas abändern müssen. Ihr seid noch größer, als ich dachte, und Eure Haltung ... Aber was rede ich da? Ihr seid sicherlich nicht darauf erpicht, dass dieses Bild Euch allzu ähnlich sieht – auch wenn es natürlich nur für Violantes Augen gedacht ist. Unser neuer Statthalter wird es nie zu Gesicht bekommen, denn zum Glück gibt es keinen Grund für ihn, sich all die Stufen zu meiner Werkstatt heraufzuquälen. Für den Hänfling definiert sich der Wert eines Buches durch die Anzahl der Weinfässer, die man dafür einhandeln kann. Und falls Violante dieses Blatt nicht gründlich versteckt, wird er es wie alles andere, was meine Hände erschaffen haben, schon bald gegen ebendiese Fässer oder eine neue silberbestäubte Perücke eingetauscht haben. Er kann sich wahrlich glücklich schätzen, dass ich Balbulus, der Buchmaler, und nicht der Eichelhäher bin, sonst würde ich Pergament aus seiner parfümierten Haut machen.«

Der Hass in Balbulus' Stimme war so schwarz wie die Nacht auf seinen Bildern, und für einen Moment sah Mo in den ausdruckslosen Augen das Feuer, das den Buchmaler zu einem solchen Meister seiner Kunst machte.

Auf der Treppe wurden Schritte hörbar, schwer und gleichmäßig, wie Mo sie allzu oft auf der Nachtburg gehört hatte. Soldatenschritte.

»Zu schade. Ich hätte wirklich gern noch länger mit Euch geplaudert!« Balbulus stieß einen Seufzer des Bedauerns aus, als die Tür aufgestoßen wurde. »Aber ich fürchte, auf dieser Burg gibt es Personen von weit höherem Rang, die mit Euch reden wollen.«

Fenoglio sah bestürzt zu, wie die Soldaten Mo in die Mitte nahmen.

»Ihr könnt gehen, Tintenweber!«, sagte Balbulus.

»Aber das – das ist alles ein entsetzliches Missverständnis!« Fenoglio gab sich wirklich Mühe, seine Angst nicht hören zu lassen, doch er konnte nicht einmal Mo täuschen.

»Nun, vielleicht hättet Ihr ihn in Euren Liedern nicht so genau beschreiben sollen«, stellte Balbulus mit gelangweilter Stimme fest. »Soweit ich weiß, ist ihm das schon einmal zum Verhängnis geworden. Seht Euch dagegen meine Bilder an. Ich lasse ihm immer die Maske!«

Mo hörte Fenoglio immer noch protestieren, als die Soldaten ihn die Treppe hinunterstießen. Resa! Nein, um sie musste er diesmal keine Angst haben. Sie war vorerst sicher bei Roxane, und der Starke Mann war bei ihr. Aber was war mit Meggie? Hatte Farid sie schon zu Roxanes Hof gebracht? Der Schwarze Prinz würde sich um sie beide kümmern. Er hatte es ihm oft genug versprochen. Und wer weiß, vielleicht fanden sie ja zurück, zurück zu Elinor, in das alte Haus, gefüllt mit Büchern bis unters Dach, in die Welt, in der das Fleisch nicht aus Buchstaben erschaffen war. Oder vielleicht doch?

Wo er dann sein würde, daran versuchte Mo nicht zu denken. Er wusste nur eins: Der Eichelhäher und der Buchbinder würden den gleichen Tod sterben.

Roxanes Schmerz

»Hoffnungen«, sagte Schliet bitter, »die habe ich inzwischen aufgegeben.«
Paul Stewart, Twig im Auge des Sturms

Resa ritt oft zu Roxane, auch wenn es ein weiter Weg war und die Straßen um Ombra herum mit jedem Tag unsicherer wurden. Der Starke Mann war ein guter Beschützer, und Mo ließ sie ziehen, weil er wusste, wie viele Jahre sie in dieser Welt auch ohne ihn und den Starken Mann zurechtgekommen war.

Resa hatte Freundschaft mit Roxane geschlossen, als sie in der Mine unterm Natternberg gemeinsam die Verwundeten gepflegt hatten, und der lange Weg durch den Weglosen Wald in Begleitung eines Toten hatte diese Freundschaft nur vertieft. Roxane fragte nie, warum Resa in der Nacht, in der Staubfinger seinen Handel mit den Weißen Frauen schloss, fast ebenso viel geweint hatte wie sie. Sie hatten nicht durch Worte Freundschaft geschlossen, sondern indem sie teilten, wofür es keine Worte gab.

Es war Resa, die nachts zu Roxane gegangen war, wenn sie sie fern von den anderen unter den Bäumen hatte weinen hören, die sie umarmt und getröstet hatte, auch wenn sie wusste, dass es für den Schmerz der anderen Frau keinen Trost gab. Sie erzählte Roxane nicht von dem Tag, an dem Mortola auf Mo geschossen und sie mit der Furcht alleingelassen hatte, ihn für immer verloren zu haben. Denn sie hatte ihn nicht verloren, auch wenn sie es für ein paar endlose Augenblicke geglaubt hatte. Sie hatte sich nur ausgemalt, wie es sich anfühlen würde, ihn niemals wiederzusehen, nie wieder zu berühren, nie wieder seine Stimme zu hören, viele Tage, viele Nächte lang, während sie in einer dunklen Höhle gesessen und ihm die fieberheiße Stirn gekühlt hatte. Aber die Angst vor dem Schmerz war etwas ganz anderes als der Schmerz selbst. Mo lebte. Er sprach mit ihr, schlief neben ihr, schlang seine Arme um sie. Staubfinger jedoch würde Roxane nie wieder umarmen. Nicht in diesem Leben. Ihr war nichts geblieben außer Erinnerungen. Und vielleicht war das manchmal schlimmer als nichts.

Sie wusste, dass Roxane denselben Schmerz nun schon zum zweiten Mal erlebte. Beim ersten Mal, so hatte der Schwarze Prinz es Resa erzählt, hatte das Feuer Roxane nicht einmal den Toten gelassen. Vielleicht hütete sie Staubfingers Körper deshalb so eifersüchtig. Niemand wusste, wohin sie ihn gebracht hatte, wo sie ihn besuchte, wenn die Sehnsucht sie nicht schlafen ließ.

Als Mo nachts immer wieder Fieber bekam und schlecht schlief, war Resa zum ersten Mal zu Roxanes Hof geritten. In Mortolas Diensten hatte sie selbst oft Pflanzen sammeln müssen, aber nur die, die töteten. Roxane hatte sie gelehrt, ihre heilenden Schwestern zu finden, hatte ihr gezeigt, welche Blätter gegen Schlaflosigkeit halfen, welche Wurzeln gegen den Schmerz einer alten Wunde – und dass man in ihrer Welt besser eine Schale Milch oder ein Ei zurückließ, wenn man etwas zwischen den Wurzeln eines Baumes pflückte, weil man nur so die Elben versöhnte, die darin wohnten. Manche Pflanzen dufteten so fremdartig, dass Resa davon schwindelig wurde. Andere hatte sie oft in Elinors Garten gesehen, ohne zu ahnen, welche Kraft sich in ihren unscheinbaren Stängeln und Blättern verbarg. So lehrte die Tintenwelt sie, ihre eigene deutlicher zu sehen – und erinnerte sie an etwas, das Mo vor langer Zeit gesagt hatte: »Denkst du nicht auch, dass man von Zeit zu Zeit Geschichten lesen sollte, in denen alles etwas anders ist als in unserer Welt? Nichts lehrt einen besser zu fragen, warum die Bäume grün und nicht rot sind und warum man nur fünf und nicht sechs Finger hat.«

Natürlich wusste Roxane, was gegen die Übelkeit half. Sie erklärte ihr gerade, welche Kräuter später helfen würden, die Milch fließen zu lassen, als Fenoglio auf den Hof geritten kam. Resa fragte sich ahnungslos, woher wohl das schlechte Gewissen kam, das er wie eine von Baptistas Unglücksmasken auf dem faltigen Gesicht trug. Doch dann sah sie Farid und Meggie und die Angst auf dem Gesicht ihrer Tochter.

Roxane umarmte sie, als Fenoglio mit stockender Stimme erzählte, was geschehen war. Aber Resa wusste nicht, was sie fühlen sollte. Angst? Verzweiflung? Zorn? Ja. Zorn. Das war es, was sie zuallererst fühlte: Zorn darüber, dass Mo so leichtsinnig gewesen war.

»Wie konntest du ihn nur gehen lassen?«, fuhr sie Meggie an, so scharf, dass der Starke Mann zusammenfuhr.

Die Worte waren heraus, bevor sie sie bereuen konnte. Aber der Zorn blieb, Zorn darüber, dass Mo auf die Burg geritten war, obwohl er um die Gefahr wusste, Zorn, dass er es hinter ihrem Rücken getan hatte. Kein Wort hatte er zu ihr über das gesagt, was er vorhatte, aber seine Tochter hatte er mitgenommen.

Roxane strich Resa übers Haar, als sie zu schluchzen begann. Tränen voll Zorn, Tränen der Angst. Sie war es so leid, Angst zu haben. Angst vor Roxanes Schmerz.

Verräterisches Ding

»Sie wollen die Grausamkeit beenden?« fragte sie. »Und Gier und all diese Dinge? Ich glaube nicht, daß Sie das könnten. Sie sind sehr clever, aber das könnten Sie nicht, nein.«
Mervyn Peake, Gormenghast, Erstes Buch: Der junge Titus

Ein Kerker wartete auf ihn, was sonst. Und danach? Mo erinnerte sich allzu gut an das Sterben, das der Natternkopf ihm versprochen hatte. *Es kann Tage währen, viele Tage und Nächte.* Die Furchtlosigkeit, die ihn in den letzten Wochen so zuverlässig begleitet hatte, die kalte Ruhe, die der Hass und die Weißen Frauen gesät hatten – sie war verschwunden, als hätte er sie nie gefühlt. Er fürchtete den Tod nicht mehr, seit er den Weißen Frauen begegnet war. Er schien etwas Vertrautes, manchmal sogar Begehrenswertes. Doch das Sterben war eine andere Sache und das, was er fast noch mehr fürchtete: das Eingesperrtsein. Er erinnerte sich allzu gut an die Verzweiflung, die hinter vergitterten Türen wartete, und an die Stille, in der selbst der eigene Atem schmerzhaft laut war, in der jeder Gedanke quälte, jede Stunde einen in Versuchung führte, den Kopf einfach so oft gegen die Wand zu schlagen, bis man nichts mehr hörte und fühlte.

Seit den Tagen im Turm der Nachtburg konnte Mo keine geschlossenen Fenster und Türen ertragen. Meggie schien das Eingesperrtsein abgestreift zu haben wie eine Libelle ihre alte Haut, doch Resa ging es wie ihm, und wenn die Angst einen von ihnen weckte, fanden sie beide nur in der Umarmung des anderen wieder zurück in den Schlaf.

Nein, bitte nicht wieder den Kerker.

Das machte das Kämpfen so leicht – dass man dabei immer statt Gefangenschaft den Tod wählen konnte.

Vielleicht konnte er einem der Soldaten das Schwert entreißen, in einem der dunkleren Flure, fernab von den anderen Wachtposten. Sie standen überall, das Wappen des Hänflings auf der Brust. Er musste die Fäuste ballen, damit seine Finger nicht sofort taten, was er dachte. Noch nicht, Mortimer! Eine weitere Treppe, brennende Fackeln zu beiden Seiten. Natürlich, sie führten ihn hinab, in die Eingeweide der Burg. Hoch oben oder tief unten, dort lagen die Kerker. Resa hatte ihm von denen der Nachtburg erzählt, so tief im Berg, dass sie oft geglaubt hatte, nicht atmen zu können. Immerhin stießen und schlugen sie ihn nicht, wie die Soldaten dort es getan hatten. Ob sie auch beim Foltern und Vierteilen höflicher waren?

Tiefer und tiefer ging es hinab, Stufe um Stufe. Einer vor ihm, zwei hinter ihm, ihr Atem in seinem Nacken. Jetzt. Mortimer! Versuch es! Es sind nur drei! Ihre Gesichter waren so jung, die Gesichter von Kindern, bartlos, verschreckt unter der aufgesetzten Grimmigkeit. Seit wann ließen sie Kinder Soldaten spielen? Schon immer, antwortete er sich selbst. Sie sind die besten Soldaten, weil sie sich noch für unsterblich halten.

Nur drei. Aber sie würden schreien, selbst wenn er sie schnell tötete, und andere herbeirufen.

Die Treppe endete vor einer Tür. Der Soldat vor ihm öffnete sie. Jetzt! Worauf wartest du? Mos Finger streckten sich, machten sich bereit. Das Herz schlug noch etwas schneller, als wollte es ihm den Rhythmus vorgeben.

»Eichelhäher.« Der Soldat wandte sich zu ihm um. Er verbeugte sich und ließ ihm mit verlegenem Gesicht den Vortritt. Überrascht musterte Mo die anderen zwei. Bewunderung, Angst, Ehrfurcht. Dieselbe Mischung, die ihm inzwischen so oft begegnet war, geboren nicht aus seinen Taten, sondern aus Fenoglios Worten. Zögernd trat er durch die offene Tür – und begriff erst da, wohin sie ihn gebracht hatten.

Die Gruft der Fürsten von Ombra. O ja, von ihr hatte Mo ebenfalls gelesen. Fenoglio hatte schöne Worte gefunden für diesen Ort der Toten, Worte, die klangen, als träumte der alte Mann selbst davon, eines Tages in einer solchen Gruft zu liegen. Doch den prächtigsten Sarkophag hatte es in Fenoglios Buch noch nicht gegeben. Kerzen brannten zu Cosimos Füßen, hohe, honigfarbene Kerzen. Ihr Duft süßte die Luft, und sein steinernes Abbild, gebettet auf Rosen aus Alabaster, lächelte, als hätte er einen schönen Traum.

Neben dem Sarkophag, kerzengerade, als versuchte sie, ihre Zartheit wettzumachen, stand eine junge Frau, schwarz gekleidet, das Haar straff zurückgesteckt.

Die Soldaten beugten die Köpfe vor ihr, murmelten ihren Namen.

Violante. Die Tochter des Natternkopfes. Sie nannten sie immer noch die Hässliche, obwohl das Mal, das ihr den Namen eingetragen hatte, nur noch ein Schatten auf ihrer Wange war – angeblich verblasst an dem Tag, an dem Cosimo von den Toten zurückgekommen war. Nur um schon bald wieder dorthin zurückzukehren.

Die Hässliche.

Was für ein Beiname. Wie lebte es sich damit? Aber Violantes Untertanen sprachen ihn mit Zärtlichkeit aus. Es hieß, dass sie nachts heimlich die Reste aus der fürstlichen Küche in die hungernden Dörfer schaffen ließ, dass sie die Bedürftigen in Ombra speiste, indem sie Silbergeschirr und Pferde aus den fürstlichen Ställen verkaufte, auch wenn der Hänfling sie dafür tagelang in ihre Kammern sperrte. Sie sprach für die Verurteilten, die zu den Galgen gekarrt wurden, und für die, die in den Kerkern verschwanden – auch wenn ihre Worte kein Gehör fanden. Violante war machtlos in ihrer Burg, so hatte der Schwarze Prinz es Mo oft genug erzählt. Nicht einmal ihr Sohn gehorchte ihr, aber der Hänfling fürchtete sie, denn sie war immer noch die Tochter seines unsterblichen Schwagers.

Warum hatten sie ihn zu ihr gebracht – an den Ort, an dem ihr toter Mann schlief? Wollte sie sich das Kopfgeld verdienen, das auf den Häher ausgesetzt war, bevor der Hänfling es beanspruchte?

»Hat er die Narbe?« Sie wandte den Blick nicht von seinem Gesicht.

Einer der Soldaten machte verlegen einen Schritt auf Mo zu, aber er schob den Ärmel selbst hoch, so wie es erst letzte Nacht das Mädchen getan hatte. Die Narbe, die die Zähne von Bastas Hunden hinterlassen hatten, vor langer Zeit, in einem anderen Leben – Fenoglio hatte eine Geschichte daraus gemacht, und manchmal schien es Mo, als hätte der alte Mann ihm die Narbe eigenhändig mit blasser Tinte auf die Haut gemalt.

Violante trat auf ihn zu. Der schwere Stoff ihres Kleides schleifte über den Steinboden. Sie war wirklich klein, ein ganzes Stück kleiner als Meggie. Als sie in den bestickten Beutel an ihrem Gürtel griff, erwartete Mo den Beryll, von dem Meggie ihm erzählt hatte, doch Violante zog eine Brille hervor. Geschliffene Gläser, ein silbernes Gestell – Orpheus' Brille musste das Modell gewesen sein. Es war sicher nicht leicht gewesen, einen Meister zu finden, der solche Linsen schleifen konnte.

»Tatsächlich. Die vielbesungene Narbe. Verräterisches Ding.« Die Brillengläser vergrößerten Violantes Augen. Es waren nicht die ihres Vaters. »Balbulus hatte also recht. Weißt du, dass mein Vater die Belohnung auf deinen Kopf ein weiteres Mal erhöht hat?«

Mo verbarg die Narbe wieder unter dem Ärmel. »Ich habe davon gehört.«

»Und trotzdem bist du hergekommen, um dir Balbulus' Bilder anzusehen. Das gefällt mir. Offenbar ist wahr, was die Lieder über dich sagen: dass du vollkommen furchtlos bist, ja, die Gefahr vielleicht sogar liebst.«

Sie musterte ihn so ausführlich, als vergliche sie ihn mit dem Mann auf Balbulus' Bildern. Aber als er ihren Blick erwiderte, wurde sie rot, ob aus Verlegenheit oder aus Ärger, dass er wagte, ihr ins Gesicht zu sehen, Mo hätte es nicht sagen können. Abrupt drehte sie sich um, trat zu dem Sarkophag ihres Mannes und fuhr mit den Fingern über die steinernen Rosenblüten, so behutsam, als wollte sie sie zum Leben erwecken.

»Ich hätte an deiner Stelle ganz genauso gehandelt. Ich habe schon immer geglaubt, dass wir uns ähneln. Seit ich bei den Spielleuten das erste Lied über dich gehört habe. Diese Welt brütet das Unglück aus wie ein Teich die Mücken, doch man kann es bekämpfen. Wir haben das beide begriffen. Ich habe schon Gold aus der Steuerkasse gestohlen, als noch keiner von dir sang. Für ein neues Siechenhaus, eine Herberge für die Bettler oder einen Platz für die Waisen … Ich habe einfach dafür gesorgt, dass einer der Verwalter verdächtigt wurde, das Gold gestohlen zu haben. Sie verdienen eh alle den Galgen.«

Wie trotzig sie das Kinn vorschob, als sie sich wieder zu ihm umwandte. Fast so, wie Meggie es manchmal tat. Sie schien sehr alt und sehr jung zugleich. Was hatte sie vor? Würde sie ihn ihrem Vater ausliefern, um von dem Kopfgeld die Armen zu speisen oder um endlich genug Pergament und Farben für Balbulus kaufen zu können? Jeder wusste, dass sie selbst ihren Ehering für seine Pinsel verpfändet hatte. Nun, was wäre passender?, dachte Mo. Die Haut eines Buchbinders verkauft für neue Bücher.

Einer der Soldaten stand immer noch gleich hinter ihm. Die anderen zwei bewachten die Tür. Offenbar war das der einzige Ausgang der Gruft. Drei. Es waren nur drei ...

»Ich kenne alle Lieder über dich. Ich habe sie aufschreiben lassen.« Die Augen hinter den Brillengläsern waren grau und seltsam hell. Als sähe man ihnen an, dass sie nicht viel Kraft hatten. Nein, den Echsenaugen des Natternkopfes ähnelten sie wirklich nicht. Es mussten die Augen von Violantes Mutter sein. Das Buch, das den Tod festhielt, war in der Kammer gebunden worden, in der sie mit ihrer kleinen hässlichen Tochter gelebt hatte, nachdem sie in Ungnade gefallen waren. Ob Violante sich noch an die Kammer erinnerte? Bestimmt.

»Die neuen Lieder sind nicht sehr gut«, fuhr sie fort, »aber Balbulus macht das mit seinen Bildern wett. Seit mein Vater den Hänfling zum Herrn dieser Burg gemacht hat, arbeitet er meist nachts daran, und ich habe die Bücher immer bei mir, damit sie nicht verkauft werden wie all die anderen. Ich lese sie, wenn der Hänfling in der großen Halle feiert. Ich lese sie laut, damit die Worte den Lärm übertönen: das betrunkene Geschrei, das dumme

Lachen, Tullios Weinen, wenn sie ihn wieder gejagt haben … Und jedes Wort füllt mir das Herz mit Hoffnung, der Hoffnung, dass du eines Tages dort unten in der Halle stehen wirst, den Schwarzen Prinzen an deiner Seite, und sie alle tötest. Einen nach dem anderen. Während ich danebenstehe, die Füße in ihrem Blut.«

Violantes Soldaten verzogen keine Miene. Sic schienen an solche Worte von ihrer Herrin gewöhnt.

Violante machte einen Schritt auf ihn zu. »Ich habe nach dir suchen lassen, seit ich von den Männern meines Vaters hörte, dass du dich auf dieser Seite des Waldes versteckt hältst. Ich wollte dich vor ihnen finden, aber du verstehst dich darauf, unsichtbar zu bleiben. Vermutlich verstecken die Feen und Kobolde dich, genau wie es in den Liedern heißt, und die Moosweibchen heilen deine Wunden …«

Mo konnte es nicht verhindern. Er musste lächeln. Für einen Moment hatte Violantes Gesicht ihn so sehr an das von Meggie erinnert, wenn sie ihm eine ihrer Lieblingsgeschichten erzählte.

»Warum lächelst du?« Violante runzelte die Stirn und der Natternkopf blickte Mo an aus ihren hellen Augen. Nimm dich in Acht, Mortimer.

»Oh, ich weiß. Du denkst, sie ist nur eine Frau, kaum mehr als ein Mädchen, ohne Macht, ohne Mann, ohne Soldaten. Ja, die meisten meiner Soldaten liegen tot im Wald, weil mein Mann es allzu eilig hatte, gegen meinen Vater in den Krieg zu ziehen. Aber ich bin nicht so dumm! ›Balbulus‹, habe ich gesagt, ›lass verbreiten, dass du einen neuen Buchbinder suchst. Vielleicht finden wir den Eichelhäher auf die Art. Wenn er so ist, wie Taddeo erzählt hat, wird er kommen, nur um deine Bilder zu sehen. Und dann, wenn er auf meiner Burg ist, mein Gefangener, so wie er vorher ein Gefangener auf der Nachtburg war, werde ich ihn fragen, ob er mir hilft, meinen unsterblichen Vater zu töten.‹«

Violante verzog amüsiert die Lippen, als Mo ihren Soldaten einen raschen Blick zuwarf. »Schau nicht so besorgt! Meine Soldaten sind mir treu ergeben. Die Männer meines Vaters haben ihre Brüder und Väter im Weglosen Wald erschlagen!«

»Euer Vater wird nicht mehr lange unsterblich sein.« Die Worte kamen Mo über die Lippen, ohne dass er sie wirklich hatte aussprechen wollen. Dummkopf!, schalt er sich. Hast du vergessen, wer vor dir steht, nur weil etwas in ihrem Gesicht dich an deine Tochter erinnerte?

Doch Violante lächelte. »Dann ist also wahr, was der Bibliothekar meines Vaters mich hat wissen lassen«, sagte sie so leise, als könnten die Toten sie belauschen. »Als mein Vater begann, sich schlecht zu fühlen, glaubte er zunächst, eine seiner Mägde hätte ihm Gift verabreicht.«

»Mortola.« Jedes Mal, wenn Mo ihren Namen aussprach, sah er sie die Flinte heben.

»Du kennst sie?«

Violante schien den Namen ebenso ungern auszusprechen wie er. »Mein Vater hat sie foltern lassen, um von ihr zu hören, welches Gift sie ihm gegeben hat, und als sie nicht gestand, hat er sie in einen der Kerker unter der Nachtburg geworfen, doch eines Tages war sie verschwunden. Ich hoffe, sie ist tot. Sie soll meine Mutter vergiftet haben.« Violante strich über den schwarzen Stoff ihres Kleides, als hätte sie über die Qualität der Seide und nicht den Tod ihrer Mutter gesprochen. »Wie dem auch sei. Inzwischen hat mein Vater begriffen, wer schuld daran ist, dass ihm das Fleisch auf den Knochen fault. Taddeo hat schon bald nach deiner Flucht bemerkt, dass das Buch eigenartig zu riechen begann. Und dass die Seiten aufquollen. Die Schließen haben es eine Zeit lang verborgen, was du vermutlich beabsichtigt hattest, aber nun können sie die hölzernen Deckel kaum noch zusammenhalten. Der arme Taddeo ist fast gestorben vor Schreck, als er entdeckte, wie es um das Buch stand. Taddeo war der Einzige außer meinem Vater selbst, der es berühren durfte und wusste, wo es versteckt war … Er kennt sogar die drei Wörter, die man hineinschreiben muss! Jeden anderen hätte mein Vater für dieses Wissen töten lassen. Aber er vertraut dem alten Mann, mehr als jedem anderen Menschen, vielleicht, weil Taddeo viele Jahre lang sein Lehrer war und ihn als Kind oft vor meinem Großvater in Schutz genommen hat. Wer weiß. Natürlich hat Taddeo meinem Vater nichts von dem Zustand des Buches erzählt. Für so schlechte Nachrichten hätte er auch seinen alten Lehrer auf der Stelle aufhängen lassen. Nein. Taddeo rief in aller Heimlichkeit jeden Buchbinder zwischen dem Weglosen Wald und dem Meer auf die Nachtburg, und als keiner von ihnen ihm helfen konnte, ließ er auf Balbulus' Rat hin ein zweites Buch binden, dem deinen vollkommen gleich, das er meinem Vater zeigte, wenn er danach verlangte. Dem ging es derweil von Tag zu Tag schlechter. Alle Welt weiß es inzwischen. Sein Atem riecht wie abgestandenes Tümpelwasser, und er friert, als wären die Weißen Frauen so nah, dass er ihren Atem spürt. Was für eine Rache, Eichelhäher! Ein unendliches Leben mit unendlichem Leiden. Das hört sich nicht nach der Tat eines Engels an, sondern nach der eines sehr klugen Teufels. Was von beiden bist du?«

Mo antwortete ihr nicht. Trau ihr nicht!, raunte es in ihm. Doch sein Herz sagte seltsamerweise etwas anderes.

»Wie ich sagte, mein Vater verdächtigte sehr lange nur Mortola«, fuhr Violante fort. »Darüber vergaß er sogar die Suche nach dir. Doch eines Tages verriet ihm einer der Buchbinder, die Taddeo zu Hilfe gerufen hatte, wie es um das Buch stand, vermutlich in der Hoffnung, für diese Nachricht mit Silber entlohnt zu werden. Mein Vater ließ ihn töten – schließlich soll niemand erfahren, wie es um seine Unsterblichkeit steht –, aber die Neuigkeiten sprachen sich bald herum. Inzwischen gibt es kaum noch einen lebenden Buchbinder auf der anderen Seite des Waldes. Der Galgen war die Strafe für jeden, der das Buch nicht heilen konnte. Und Taddeo hat er in den Kerker unter der Nachtburg werfen lassen – ›damit dein Fleisch ebenso langsam verrottet wie das meine‹, soll mein Vater gesagt haben. Ich weiß nicht, ob er noch lebt. Taddeo ist ein alter Mann, und die Kerker der Nachtburg töten selbst Jüngere.«

Mo verspürte Übelkeit, wie damals auf der Nachtburg, als er, um Resa, Meggie und sich zu retten, das Leere Buch gebunden hatte. Schon damals hatte er geahnt, dass er ihr Leben gegen das vieler anderer eintauschte. Armer ängstlicher Taddeo. Mo sah ihn vor sich, wie er in einem der fensterlosen Kerker hockte. Auch die Buchbinder sah er, sah sie ganz deutlich, verlorene Gestalten, hin- und herschwankend, hoch oben in der Luft ... Er schloss die Augen.

»Sieh an. Genau so, wie es in den Liedern heißt«, hörte er Violante sagen. »*Ein Herz, mitfühlend wie kein zweites, schlägt in seiner Brust.* Es tut dir tatsächlich leid, dass andere für das, was du getan hast, sterben müssen. Sei nicht dumm. Mein Vater liebt es zu töten. Wenn nicht die Buchbinder, dann hätte er andere gehängt! Und schließlich war es kein Buchbinder, sondern ein Alchemist, der einen Weg fand, das Buch zu erhalten. Es soll ein sehr unappetitlicher Weg sein und er konnte nicht rückgängig machen, was du an Schaden angerichtet hast, doch zumindest fault das Buch nicht weiter, und mein Vater sucht nur umso emsiger nach dir, denn er glaubt immer noch, dass du allein den Fluch wieder von ihm nehmen kannst, den du so geschickt zwischen den leeren Seiten versteckt hast. Warte nicht, bis er dich findet. Komm ihm zuvor! Tu dich mit mir zusammen. Du und ich, Eichelhäher – seine Tochter und der Räuber, der ihn schon einmal überlistet hat. Wir können sein Verhängnis sein! Hilf mir, ihn zu töten. Gemeinsam wird es ganz leicht!«

Wie sie ihn ansah – erwartungsvoll wie ein Kind, das soeben seinen innigsten Wunsch geäußert hat. Komm, Eichelhäher, lass uns meinen Vater töten! Was muss man seiner Tochter antun, dachte Mo, um diesen Wunsch in ihr zu wecken?

»Nicht alle Töchter lieben ihre Väter, Eichelhäher«, sagte Violante, als hätte sie, wie Meggie es so oft tat, seine Gedanken gelesen. »Deine Tochter soll dich sehr lieben – und du sie. Aber mein Vater wird sie töten, deine Tochter, deine Frau, alle, die du liebst, und ganz am Ende dich selbst. Er wird nicht zulassen, dass du ihn weiter zum Gespött seiner Untertanen machst. Er wird dich finden, selbst wenn du dich weiter so geschickt versteckst wie ein Fuchs in seinem Bau, denn sein eigener Körper erinnert ihn mit jedem Atemzug an das, was du ihm angetan hast. Seine Haut schmerzt vom Licht der Sonne, seine Glieder sind so aufgeschwemmt, dass er nicht mehr reiten kann. Selbst das Gehen fällt ihm schwer. Tag und Nacht malt er sich aus, was er dir und den Deinen antun kann. Er hat den Pfeifer Lieder schreiben lassen über deinen Tod, so furchtbare Lieder, dass jeder, der sie hört, angeblich nicht mehr schlafen kann, und schon bald wird er den Silbernasigen herschicken, um sie auch hier zu singen – und um dich zu jagen. Der Pfeifer hat lange auf diesen Befehl gewartet, und er wird dich finden. Dein Mitleid mit den Armen wird sein Köder sein. Er wird so viele erschlagen, dass ihr Blut dich schließlich aus dem Wald lockt. Doch wenn ich dir helfe –«

Eine Stimme unterbrach Violante, eine Kinderstimme, die gewohnt war, dass Erwachsene ihr zuhörten. Sie hallte die endlose Treppe hinab, die in die Gruft führte.

»Er ist bestimmt bei ihr, du wirst sehen!« Wie aufgeregt Jacopo klang. »Balbulus ist ein sehr guter Lügner, der allerbeste, vor allem, wenn er für meine Mutter lügt! Aber er zupft dabei an seinen Ärmeln und guckt noch eingebildeter als sonst. Mein Großvater hat mir beigebracht, auf solche Dinge zu achten.«

Die Soldaten an der Tür sahen ihre Herrin fragend an. Doch Violante beachtete sie nicht. Sie lauschte nach draußen, und als eine zweite Stimme durch die Tür drang, sah Mo zum ersten Mal Angst in ihren so furchtlosen Augen. Er selbst erkannte die Stimme, obwohl er sie bislang nur durch Fiebernebel gehört hatte, und seine Hand griff nach dem Messer, das in seinem Gürtel versteckt war. Der Rußvogel klang, als hätte das Feuer, mit dem er so ungeschickt spielte, ihm irgendwann die Stimmbänder verätzt. »Seine Stimme ist wie eine Warnung«, hatte Resa einmal über ihn gesagt, »eine Warnung vor seinem hübschen Gesicht und dem ewigen Lächeln darauf.«

»Ja, ja, du bist ein schlauer Kerl, Jacopo!« Ob der Junge den Spott heraushörte? »Aber warum gehen wir nicht zu den Kammern deiner Mutter?«

»Weil sie nicht so dumm wäre, ihn dorthin bringen zu lassen. Meine Mutter ist schlau, viel schlauer als ihr alle!«

Violante trat an Mos Seite und griff nach seinem Arm. »Steck das Messer weg!«, flüsterte sie ihm zu. »Der Eichelhäher wird nicht in dieser Burg sterben. Das Lied will ich nicht hören. Komm mit mir.«

Sie winkte den Soldaten zu sich, der hinter Mo stand – einen hochgeschossenen Jungen mit breiten Schultern, der sein Schwert hielt, als hätte er es noch nicht allzu oft benutzt –, und hastete zwischen die steinernen Särge, so zielstrebig, als müsste sie nicht zum ersten Mal jemanden vor ihrem Sohn verstecken. Mehr als ein Dutzend Särge standen in dem Gewölbe. Auf den meisten lagen steinerne Schläfer, Schwerter auf der Brust, Hunde zu ihren Füßen, Kissen aus Marmor oder Granit unter den Köpfen. Violante hastete ohne einen Blick an ihnen vorbei, bis sie vor einem Sarg stehen blieb, dessen schlichter Deckel genau in der Mitte zersprungen war. Als hätte der Tote darin ihn irgendwann aufgestoßen.

»Wenn der Häher nicht hier ist, machen wir Balbulus ein bisschen Angst, ja? Wir gehen zurück und du lässt das Feuer an seinen Büchern lecken!« Jacopo sprach Balbulus' Namen mit solcher Eifersucht aus, als spräche er über einen älteren Bruder, den seine Mutter ihm vorzog.

Das junge Gesicht des Soldaten lief rot an vor Anstrengung, als er den unteren Teil des Sargdeckels zur Seite schob. Mo behielt das Messer in der Hand, als er in den Sarkophag stieg. Es lag kein Toter darin, aber Mo schnürte es trotzdem den Atem ab, als er sich in der kalten Enge ausstreckte. Der Sarg war eindeutig für einen kleineren Mann gemacht. Hatte Violante seine Knochen fortgeworfen, um ihre Spione darin zu verstecken? Die Dunkelheit war fast vollkommen, als der Soldat den zersprungenen Deckel zurück an seinen Platz schob. Nur durch ein paar Löcher, die das Muster einer Blume bildeten, drang etwas Licht und Luft herein. Atme,

Mo, ganz ruhig. Er hielt das Messer immer noch in der Hand. Zu schade, dass von den steinernen Schwertern, die die Toten hielten, keines zu gebrauchen war. »Glaubst du wirklich, dass es lohnt, deine Haut für ein paar bemalte Ziegenhäute zu riskieren?«, hatte Baptista ihn gefragt, als er ihn bat, ihm die Kleider und den Gürtel zu nähen.

Oh, Mortimer, was für ein Narr du bist. Hat diese Welt dich nicht oft genug spüren lassen, wie gefährlich sie ist? Aber die bemalten Ziegenhäute waren wunderschön gewesen.

Ein Klopfen. Ein Riegel wurde zurückgeschoben. Die Stimmen drangen deutlicher zu ihm. Schritte ... Mo versuchte durch die Löcher zu spähen, doch er sah nur einen anderen Sarg und den schwarzen Saum von Violantes Kleid, der verschwand, als sie davonschritt. Nein, seine Augen würden ihm nicht helfen. Er ließ den Kopf auf den kalten Stein sinken und lauschte. Wie laut sein Atem war. Gab es ein verdächtigeres Geräusch unter den Toten?

Und wenn es kein Zufall ist, dass der Rußvogel gerade jetzt auftaucht?, flüsterte es in ihm. Was, wenn Violante nur auf ihn gewartet hat? *Nicht alle Töchter lieben ihre Väter.* Was, wenn die Hässliche ihrem Vater dennoch ein ganz besonderes Geschenk machen wollte? Sieh, wen ich dir gefangen habe. Den Eichelhäher. Er hat sich als Krähe verkleidet. Was hat er gedacht, wen er damit täuscht?

»Euer Hoheit!« Die Stimme des Rußvogels hallte durch das Gewölbe, als stünde er gleich neben dem Sarg, in dem Mo lag. »Verzeiht, dass wir Eure Trauer stören. Aber Euer Sohn wollte unbedingt, dass ich einen Besucher treffe, den Ihr heute empfangen habt. Er glaubt, dass es ein alter und sehr gefährlicher Bekannter von mir ist.«

»Besucher?« Violantes Stimme klang so kühl wie der Stein unter Mos Kopf. »Der einzige Besucher hier unten ist der Tod, und es nützt nicht viel, vor ihm zu warnen, oder?«

Der Rußvogel stieß ein unbehagliches Lachen aus. »Nein, sicher nicht, aber Jacopo hat mir von einem Besucher aus Fleisch und Blut erzählt, einem Buchbinder, hochgewachsen, dunkles Haar ...«

»Balbulus hat heute einen Buchbinder empfangen«, erwiderte Violante. »Er sucht schon seit Langem jemanden, der von dem Handwerk mehr versteht als die Buchbinder, die es in Ombra gibt.«

Was war das für ein Geräusch? Natürlich. Jacopo hüpfte über die steinernen Fliesen. Offenbar tat er ab und zu doch, was andere Kinder tun. Das Hüpfen kam näher. Wie stark die Versuchung war, einfach aufzustehen. Es war schwer, den Körper stillzuhalten wie den eines Toten, wenn man noch atmete. Mo schloss die Augen, um den Stein um sich her nicht zu sehen. Atme, Mortimer, so flach du kannst, so lautlos, wie die Feen es tun.

Das Hüpfen brach ab, ganz dicht neben ihm.

»Du hast ihn versteckt!« Jacopos Stimme klang zu Mo herein, als spräche er die Worte nur für ihn. »Sollen wir in den Särgen nachsehen, Rußvogel?«

Der Gedanke schien ihn sehr zu verlocken, aber der Rußvogel lachte nervös. »Nun, das wird wohl nicht nötig sein, wenn wir deiner Mutter erklären, mit wem sie es zu tun hat. Dieser Buchbinder könnte genau der sein, den Euer Vater so verzweifelt sucht.«

»Der Eichelhäher? Der Eichelhäher ist hier auf der Burg?« Violantes Stimme klang so ungläubig, dass selbst Mo ihr die Verwunderung glaubte. »Natürlich! Ich habe es meinem Vater immer wieder gesagt: Eines Tages wird diesem Räuber die eigene Tollkühnheit zum Verhängnis werden! Untersteh dich, dem Hänfling etwas zu sagen! *Ich* will den Häher fangen, damit mein Vater endlich begreift, wer auf den Thron von Ombra gehört! Hast du die Wachen verstärkt? Hast du Soldaten zu Balbulus' Werkstatt geschickt?«

»Ähm, nein …« Der Rußvogel klang sichtlich verwirrt. »Ich meine … Er ist nicht mehr bei Balbulus, er …«

»Was? Du Narr!« Violantes Stimme wurde so scharf wie die ihres Vaters. »Das Fallgitter am Tor muss herunter. Sofort! Wenn mein Vater erfährt, dass der Eichelhäher auf dieser Burg war, in meiner Bibliothek, und einfach wieder davongeritten ist …« Wie drohend sie die Worte in der kühlen Luft verklingen ließ. O ja, sie war klug, ihr Sohn hatte recht.

»Sandro!« Das musste einer ihrer Soldaten sein. »Sag den Wachen am Haupttor, sie sollen das Fallgitter herunterlassen. Niemand verlässt die Burg. Niemand, hörst du? Ich hoffe nur, es ist nicht schon zu spät! Jacopo!«

»Ja?« Es klang Angst und Trotz aus der hellen Stimme – und eine Spur von Misstrauen.

»Wenn er merkt, dass das Tor zu ist, wo könnte der Häher sich verstecken? Du kennst doch alle Verstecke auf dieser Burg.«

»Sicher!« Nun klang Jacopos Stimme geschmeichelt. »Ich kann sie dir alle zeigen.«

»Gut! Nimm dir drei der Wachen oben vorm Thronsaal und führ sie zu den besten Verstecken, die du kennst. Ich werde mit Balbulus reden. Der Eichelhäher! In meiner Burg!«

Der Rußvogel stammelte etwas. Violante unterbrach ihn barsch und befahl ihm, mit ihr zu kommen. Die Schritte und Stimmen entfernten sich. Aber Mo glaubte sie noch eine ganze Weile zu hören auf den endlosen Stufen, die hinaufführten, fort von den

Toten, zurück in die Welt der Lebenden, ans Tageslicht, wo es sich atmen ließ …

Selbst als es wieder ganz still war, blieb er noch ein paar quälende Augenblicke lang liegen, lauschend, bis er selbst die Toten atmen zu hören glaubte. Dann stemmte er die Hände gegen den steinernen Deckel – und griff hastig nach dem Messer, als er erneut Schritte hörte.

»Eichelhäher!«

Es war nicht mehr als ein Flüstern.

Der zersplissene Deckel wurde zur Seite geschoben, und der Soldat, der ihm in sein Versteck geholfen hatte, streckte ihm die Hand entgegen.

»Wir müssen uns beeilen!«, flüsterte er. »Der Hänfling hat den Alarm ausgelöst. Es sind Wachen überall, aber Violante weiß von Ausgängen auf dieser Burg, die selbst Jacopo noch nicht gefunden hat. Hoffentlich«, setzte er hinzu.

Mo hatte das Messer immer noch in der Hand, als er aus dem Sarkophag stieg, steifbeinig von der Enge.

Der Junge starrte es an. »Wie viele habt Ihr schon getötet?« Seine Stimme klang fast ehrfürchtig. Als wäre das Töten eine hohe Kunst, wie die von Balbulus. Wie alt mochte er sein? Vierzehn? Fünfzehn? Er sah jünger aus als Farid.

Wie viele? Was sollte er darauf antworten? Noch vor ein paar Monaten wäre die Antwort so einfach gewesen: Vielleicht hätte er sogar laut gelacht über eine so absurde Frage. Jetzt sagte er nur: »Nicht so viele, wie hier liegen«, obwohl er nicht sicher war, dass das der Wahrheit entsprach.

Der Junge blickte an den Toten entlang, als zählte er sie.

»Ist es leicht?«

Der Neugier in seinen Augen nach zu urteilen schien er die Antwort wirklich nicht zu kennen, trotz des Schwertes an seiner Seite und des Kettenhemdes über der Brust.

Ja, dachte Mo. Ja, es ist leicht – wenn dir erst einmal ein zweites Herz in der Brust schlägt, eines, das kalt und scharfkantig ist wie das Schwert, das du trägst. Etwas Hass und Zorn, ein paar Wochen Angst und hilflose Wut, und schon wächst es dir. Es schlägt dir den Takt, wenn es zum Töten kommt, wild und schnell. Und erst später spürst du dann wieder dein anderes Herz, so weich und warm. Es schaudert vor dem, was du zum Takt des anderen getan hast. Es schmerzt und zittert ... Aber das ist danach.

Der Junge sah ihn immer noch an.

»Es ist zu leicht«, sagte Mo. »Sterben ist schwerer.«

Auch wenn Cosimos steinernes Lächeln etwas anderes behauptete.

»Hast du nicht gesagt, wir müssten uns beeilen?«

Der Junge wurde rot unter seinem blank polierten Helm. »Ja ... ja, sicher.«

Vor einer Nische hinter den Särgen hielt ein steinerner Löwe Wache, das Wappen von Ombra auf der Brust – vermutlich das einzige Exemplar, das der Hänfling nicht hatte zerschlagen lassen. Der Soldat schob das Schwert zwischen die gebleckten Zähne, und die Wand der Gruft öffnete sich gerade so weit, dass ein erwachsener Mann sich hindurchzwängen konnte. Hatte Fenoglio diesen Eingang nicht beschrieben? Worte kamen Mo in den Sinn, vor langer Zeit gelesen, über einen von Cosimos Ahnen, den dieser Gang mehrfach vor seinen Feinden gerettet hatte. Und wieder retten Worte den Eichelhäher, dachte er. Nun, warum nicht? Er ist aus ihnen gemacht. Dennoch strich er über den Stein, als müssten seine Finger sich versichern, dass die Gruftwände nicht nur aus Papier bestanden.

»Der Gang endet oberhalb der Burg«, raunte ihm der Junge zu. »Euer Pferd konnte Violante nicht aus den Ställen schaffen. Das wäre zu auffällig gewesen. Aber es wird ein anderes dort warten. Der Wald wird von Soldaten wimmeln, also seid vorsichtig! Das hier soll ich Euch geben.«

Mo schob die Hand in die Satteltaschen, die er ihm reichte.

Bücher.

»Violante lässt Euch ausrichten, das sei ein Geschenk an Euch, gewährt in der Hoffnung, dass Ihr mit ihr die Allianz schließt, die sie Euch anbietet.«

Der Gang war endlos, fast so beklemmend eng wie der Sarkophag, und Mo war froh, als er endlich Tageslicht sah. Der Ausgang war kaum mehr als ein Spalt zwischen ein paar Felsen. Das Pferd wartete unter den Bäumen und er sah die Burg von Ombra unter sich, die Wachen auf den Mauern, die Soldaten, die aus dem Stadttor quollen wie ein Schwarm Heuschrecken. Ja, er würde sehr vorsichtig sein müssen. Trotzdem öffnete er die Satteltaschen, verbarg sich zwischen den Felsen – und schlug eins der Bücher auf.

Als wäre nichts geschehen

Wie grausam die Erde, die Weiden schimmern,
die Birken beugen sich und seufzen.
Wie grausam, wie unermesslich zärtlich.
Louise Glück, Lament

Farid hielt Meggies Hand. Er ließ sie das Gesicht in seinem Hemd vergraben und flüsterte ihr immer wieder zu, dass alles gut werden würde. Aber der Schwarze Prinz war immer noch nicht zurück, und die Krähe, die der Gecko ausgesandt hatte, brachte dieselbe Nachricht wie Doria, der jüngere Bruder des Starken Mannes, der für die Räuber spionierte, seit der Schnapper ihn und seinen Freund vorm Hängen bewahrt hatte: Auf der Burg hatte es Alarm gegeben. Sie hatten das Fallgitter heruntergelassen, und die Torwächter prahlten, dass der Kopf des Eichelhähers bald von den Burgzinnen auf Ombra herabsehen würde.

Der Starke Mann hatte Meggie und Resa in das Lager der Räuber gebracht, obwohl sie beide hatten nach Ombra zurückkehren wollen. »Der Häher würde es so wollen!« Das war alles, was er gesagt hatte, und der Schwarze Prinz war mit Baptista zu dem Hof aufgebrochen, den sie in den letzten Wochen ihr Zuhause genannt hatten – so glücklichen Wochen, so täuschend friedlich in Fenoglios unfriedlicher Welt. »Wir holen eure Sachen«, hatte der Prinz nur geantwortet, als Resa ihn gefragt hatte, was er dort wollte, »ihr könnt nicht zurück.« Weder Resa noch Meggie fragten, warum. Sie wussten beide die Antwort – weil der Hänfling den

Eichelhäher würde verhören lassen und keiner sicher sein konnte, dass Mo nicht irgendwann verriet, wo er sich in den letzten Wochen versteckt hatte.

Auch die Räuber verlegten ihr Lager, nur wenige Stunden nachdem sie von Mos Verhaftung gehört hatten. »Der Hänfling hat ein paar sehr begabte Folterer«, stellte der Schnapper fest, und Resa setzte sich abseits unter die Bäume und vergrub das Gesicht in den Armen.

Fenoglio war in Ombra geblieben. »Vielleicht werde ich ja zu Violante vorgelassen. Und Minerva arbeitet heute Nacht in der Burgküche. Vielleicht erfährt sie dort etwas. Ich werde tun, was ich kann, Meggie!«, hatte er ihr zum Abschied versichert.

»Ach was, ins Bett wird er sich legen und zwei Krüge Wein trinken!«, hatte Farid darauf nur gesagt – und zerknirscht geschwiegen, als Meggie zu weinen begann.

Warum hatte sie Mo nur nach Ombra reiten lassen? Wenn sie wenigstens mit ihm auf die Burg gegangen wäre! Aber sie hatte ja unbedingt bei Farid bleiben wollen. In den Augen ihrer Mutter las sie dieselbe Anklage: Du hättest ihn zurückhalten können, Meggie, nur du.

Als es dämmerte, brachte der Holzfuß ihnen etwas zu essen. Sein steifes Bein hatte ihm den Namen eingebracht. Er war nicht der schnellste der Räuber, aber ein guter Koch, doch weder Meggie noch Resa brachten einen Bissen hinunter. Es wurde bitterkalt, und Farid versuchte Meggie zu überreden, sich mit ihm ans Feuer zu setzen, aber sie schüttelte nur den Kopf. Sie wollte im Dunkeln bleiben, allein mit sich selbst. Der Starke Mann brachte ihr eine Decke. Sein Bruder war bei ihm, Doria. »Er taugt nicht zum Wildern, aber er ist ein erstklassiger Spion«, hatte der Starke Mann ihr zugeraunt, als er ihn ihr vorstellte. Die beiden Brüder ähnelten einander kaum, auch wenn sie dasselbe dichte braune Haar hatten und Doria sehr stark für sein Alter war (was Farid mit Neid erfüllte). Er war nicht allzu groß, Doria reichte seinem älteren Bruder gerade mal bis zur Schulter, und seine Augen waren blau wie die Haut von Fenoglios Feen, während die Augen des Starken Mannes braun wie Eicheln waren. »Wir haben verschiedene Väter«, hatte der Starke Mann Meggie erklärt, als sie sich über so wenig Ähnlichkeit wunderte, »aber sie taugen beide nicht viel.«

»Du musst dir keine Sorgen machen.« Dorias Stimme klang schon sehr erwachsen.

Meggie hob den Kopf.

Er zog ihr die Decke um die Schultern, die sein Bruder ihr gebracht hatte, und trat verlegen zurück, als sie zu ihm aufsah, aber er wich ihrem Blick nicht aus. Doria sah jedem so gerade ins Gesicht, selbst dem Schnapper, vor dem die meisten den Kopf einzogen.

»Deinem Vater wird nichts geschehen, glaub mir. Er wird sie alle besiegen, den Hänfling, den Natternkopf und den Pfeifer.«

»Nachdem sie ihn aufgehängt haben?«, fragte Meggie. Ihre Stimme klang so bitter, wie sie sich fühlte, aber Doria zuckte nur die Schultern.

»Unsinn. Mich wollten sie auch aufhängen«, sagte er. »Er ist der Eichelhäher! Er und der Schwarze Prinz werden uns alle retten. Du wirst sehen.« Er klang, als könnte es gar nicht anders kommen. Als hätte er Fenoglios Geschichte als Einziger zu Ende gelesen.

Aber der Schnapper, der nur ein paar Meter weiter mit dem Gecko unter den Bäumen saß, lachte heiser. »Dein Bruder ist ebenso ein Dummkopf wie du!«, rief er zu dem Starken Mann herüber.

»Aber zu seinem Pech hat er nicht deine Muskeln, also wird er wohl nicht sehr alt werden. Es ist vorbei mit dem Eichelhäher! Und was hinterlässt er uns als Vermächtnis? Den unsterblichen Natternkopf!«

Der Starke Mann ballte die Fäuste und wollte auf den Schnapper los, aber Doria zerrte ihn zurück, als der Gecko sein Messer zog. Der Gecko stand trotzdem auf und machte einen drohenden Schritt auf den Starken Mann zu – die zwei gerieten oft aneinander –, doch plötzlich hoben sie beide den Kopf und lauschten. In der Eiche über ihnen schrie ein Häher.

»Er ist zurück! Meggie! Er ist zurück!« Farid kletterte so hastig von seinem Ausguck herunter, dass er fast den Halt verlor.

Das Feuer war heruntergebrannt, nur die Sterne leuchteten hinab in die dunkle Schlucht, in der die Räuber das neue Lager aufgeschlagen hatten, und Meggie erkannte Mo erst, als der Holzfuß ihm und dem Schwarzen Prinzen mit einer Fackel entgegenhinkte. Baptista war auch bei ihnen. Sie schienen alle unverletzt – und Doria wandte sich zu ihr um. Nun, Häher-Tochter, sagte sein Lächeln, was hab ich gesagt?

Resa sprang so eilig auf, dass sie über die Decke stolperte, die der Starke Mann ihr gebracht hatte, und drängte sich durch die Räuber, die Mo und den Prinzen umstanden. Meggie folgte ihr wie im Traum. Es war zu gut, um kein Traum zu sein.

Mo trug immer noch die schwarzen Kleider, die Baptista ihm genäht hatte. Er sah müde aus, aber er schien tatsächlich unverletzt.

»Es ist gut. Alles ist gut!«, hörte sie ihn sagen, während er ihrer Mutter die Tränen vom Gesicht küsste, und als Meggie vor ihm stehen blieb, lächelte er ihr zu, als käme er nur, wie früher, von einer kurzen Reise zu ein paar kranken Büchern zurück und nicht von einer Burg, auf der man ihn hatte töten wollen.

»Ich hab dir etwas mitgebracht«, raunte er Meggie zu, und nur daran, wie fest und lang er sie an sich drückte, erkannte sie, dass er ebenso viel Angst gehabt hatte wie sie.

»Nun lasst ihn schon in Ruhe!«, fuhr der Schwarze Prinz seine Männer an, als sie Mo umdrängten und wissen wollten, wie der Eichelhäher nach der Nachtburg nun auch der Burg von Ombra entkommen war. »Ihr werdet die Geschichte früh genug erfahren. Und jetzt stellt doppelte Wachen auf.«

Sie gehorchten widerstrebend, hockten sich murrend an das fast erloschene Feuer oder verschwanden in den Zelten, zusammengeflickt aus Tüchern und alten Kleidern, die nur notdürftig Schutz vor den immer kälter werdenden Nächten boten. Mo aber winkte Meggie und Resa zu seinem Pferd (es war ein anderes als das, mit dem er fortgeritten war) und griff in die Satteltaschen. Zwei Bücher zog er hervor, so behutsam, als wären es lebendige Wesen. Eines gab er Resa, eines Meggie – und lachte, als sie so hastig danach griff, dass es ihr fast aus den Händen rutschte.

»Es ist lange her, dass wir zwei ein Buch in der Hand hatten, nicht wahr?«, flüsterte er ihr fast verschwörerisch zu. »Schlag es auf. Ich versprech dir, du hast nie ein schöneres gesehen.«

Auch Resa hatte ihr Buch entgegengenommen, doch sie sah es nicht einmal an. »Fenoglio hat gesagt, dieser Buchmaler hätte den Köder für dich gespielt«, sagte sie mit tonloser Stimme. »Er hat gesagt, dass sie dich noch in seiner Werkstatt verhaftet haben ...«

»Es war nicht, was es schien. Du siehst doch, es ist nichts geschehen. Oder wäre ich sonst hier?«

Mehr sagte Mo nicht. Und Resa fragte nicht weiter. Sie sprach kein Wort, als Mo sich vor den Pferden in das kurze Gras setzte und Meggie an seine Seite zog.

»Farid?«, rief er, und Farid ließ Baptista stehen, den er offenbar gerade darüber auszuhorchen versuchte, was in Ombra geschehen war, und lief auf Mo zu, dieselbe Bewunderung auf dem Gesicht, die Meggie auch auf Dorias Gesicht gesehen hatte.

»Kannst du uns Licht machen?«, fragte Mo, und Farid kniete sich zwischen sie und ließ auf seinen Händen das Feuer tanzen, auch wenn Meggie ihm deutlich ansah, dass er nicht verstand, wie der Eichelhäher dasitzen und seiner Tochter als Allererstes ein Buch zeigen konnte, nachdem er soeben den Soldaten des Hänflings entkommen war.

»Hast du jemals so etwas Schönes gesehen, Meggie?«, flüsterte Mo ihr zu, als sie mit dem Finger über eins der vergoldeten Bilder strich. »Abgesehen von den Feen natürlich«, fügte er mit einem Lächeln hinzu, als sich eine von ihnen, blassblau wie Balbulus' Himmel, schläfrig auf den Seiten niederließ.

Mo scheuchte sie so fort, wie Staubfinger es immer getan hatte – indem er ihr sacht zwischen die schillernden Flügel blies –, und Meggie beugte sich mit ihm über die Seiten und vergaß die Angst, die sie um ihn gehabt hatte. Sie vergaß den Schnapper, ja, selbst Farid, der keinen Blick für das hatte, wovon sie die Augen nicht wenden konnte: Buchstaben, sepiabraun und so luftig, als hätte Balbulus sie auf das Pergament gehaucht, Drachen und langhalsige Vögel, die sich am Kopf der Seiten streckten, Initiale, schwer von Blattgold, wie schimmernde Knöpfe zwischen den Zeilen … Und die Wörter tanzten mit den Bildern, und die Bilder sangen für die Wörter, sangen ihr farbiges Lied.

»Ist das die Hässliche?« Meggie legte den Finger auf eine fein gezeichnete Frauenfigur. Schmal stand sie neben den Zeilen, das Gesicht kaum halb so groß wie der Nagel von Meggies kleinem Finger, und doch konnte man das blasse Mal auf ihrer Wange erkennen.

»Ja, und Balbulus hat sichergestellt, dass man sie auch in vielen hundert Jahren noch erkennt.« Mo wies auf den Namen, den der Buchmaler mit dunkelblauer Farbe deutlich sichtbar über den winzigen Kopf geschrieben hatte: Violante. Das V hatte eine haarfeine Goldkante. »Ich habe sie heute getroffen. Ich finde, sie trägt ihren Beinamen zu Unrecht«, fuhr Mo fort. »Sie ist etwas zu blass, und ich glaube, sie kann sehr nachtragend sein. Aber sie ist sehr furchtlos.«

Ein Blatt landete auf dem offenen Buch. Mo wischte es fort, doch es klammerte sich mit spinnenfeinen Armen an seinen Finger. »Sieh einer an«, sagte er und hielt es sich vor die Augen. »Ist das etwa einer von Orpheus' Blättermännern? Seine Geschöpfe verbreiten sich offenbar schnell.«

»Und sie sind selten nett«, sagte Farid. »Pass auf. Die da spucken.«

»Tatsächlich?« Mo lachte leise und ließ den Blättermann fliegen, gerade als er die Lippen spitzte.

Resa blickte dem seltsamen Geschöpf nach – und richtete sich abrupt auf. »Es ist alles Lüge!«, sagte sie. Ihre Stimme bebte bei jedem Wort. »All die Schönheit, nichts als Lüge. Sie soll uns nur von der Dunkelheit ablenken, von all dem Unglück – und dem Tod.«

Mo legte Meggie das Buch in den Schoß und richtete sich auf, aber Resa wich vor ihm zurück.

»Das hier ist nicht unsere Geschichte!«, sagte sie so laut, dass einige der Räuber sich zu ihr umwandten. »Sie erschöpft einem das Herz mit all ihrem Zauber. Ich will nach Hause. Ich will den ganzen Spuk vergessen und mich erst auf Elinors Sofa wieder daran erinnern!«

Auch der Gecko hatte sich umgedreht. Neugierig starrte er zu ihnen herüber, während eine seiner Krähen versuchte, ein Stück Fleisch aus seiner Hand zu stehlen. Der Schnapper lauschte ebenfalls.

»Wir können nicht zurück, Resa«, sagte Mo mit gesenkter Stimme. »Fenoglio schreibt nicht mehr. Hast du das vergessen? Und Orpheus kann man nicht trauen.«

»Fenoglio wird versuchen, uns zurückzuschreiben, wenn du ihn darum bittest. Er schuldet es dir! Bitte, Mo! Das hier kann kein gutes Ende nehmen!«

Mo sah Meggie an, die immer noch mit Balbulus' Buch auf dem Schoß neben Farid kniete. Was hoffte er? Dass sie ihrer Mutter widersprach?

Farid warf Resa einen wenig freundlichen Blick zu und ließ das Feuer zwischen seinen Händen erlöschen. »Zauberzunge?«

Mo sah ihn an. O ja, er hatte inzwischen viele Namen. Wie war es gewesen, als er einfach nur Mo gewesen war? Meggie konnte sich nicht erinnern.

»Ich muss zurück. Was soll ich Orpheus sagen?« Farid sah ihn fast flehend an. »Erzählst du ihm von den Weißen Frauen?« Da war sie wieder, wie ein Brennen auf seinem Gesicht – seine törichte Hoffnung.

»Ich hab es dir doch schon gesagt. Da gibt es nichts zu erzählen«, antwortete Mo, und Farid senkte den Kopf und sah seine rußigen Hände an, als hätte Mo ihm die Hoffnung selbst aus den Fingern genommen.

Er richtete sich auf. Er ging immer noch barfuß, obwohl es in den Nächten schon manchmal Frost gab. »Mach's gut, Meggie«, murmelte er und gab ihr einen flüchtigen Kuss. Dann drehte er sich ohne ein weiteres Wort um. Meggie vermisste ihn schon, als er sich auf seinen Esel schwang.

Ja. Vielleicht sollten sie wirklich zurückgehen ...

Sie schrak zusammen, als Mo ihr die Hand auf die Schulter legte.

»Schlag das Buch in ein Tuch ein, wenn du es nicht mehr ansiehst«, sagte er. »Die Nächte sind feucht.« Dann schob er sich an ihrer Mutter vorbei und ging zu den Räubern, die so stumm um das glimmende Feuer herumsaßen, als warteten sie auf ihn.

Resa aber stand da und starrte auf das Buch in ihrer Hand, als hielte sie ein anderes: das Buch, das sie vor mehr als zehn Jahren verschluckt hatte, mit Haut und Haar. Dann sah sie Meggie an.

»Was ist mit dir?«, fragte sie. »Willst du auch hierbleiben wie dein Vater? Vermisst du deine Freundinnen nicht und Elinor und Darius? Dein warmes Bett, ganz ohne Läuse, das Café unten am See, den Frieden auf den Straßen?«

Meggie hätte darauf so gern die Antwort gegeben, die Resa hören wollte, aber sie konnte nicht.

»Ich weiß nicht«, antwortete sie leise.

Und das war die Wahrheit.

Sehnsucht macht krank

Kürzlich verlor ich eine Welt,
Hat jemand sie gefunden?
Ihr kennt sie an dem Sternenkranz,
Um ihre Stirn gewunden.

Ein Reicher, der bemerkt sie kaum;
– Doch meinem schlichten Blick
Wiegt sie Dukatenschätze auf.
Oh, find sie, Herr, für mich!
Emily Dickinson, Lost

Elinor hatte schon viele, endlos viele Geschichten gelesen, in denen die Hauptperson irgendwann krank wurde, weil sie unglücklich war. Sie hatte diese Idee immer für sehr romantisch gehalten, aber als pure Erfindung der Bücherwelt abgetan. All diese hinwelkenden Helden und Heldinnen, die plötzlich das Leben verließ, nur weil sie unglücklich liebten oder sich nach etwas sehnten, was sie verloren hatten! Elinor hatte stets mit größtem Vergnügen an ihren Leiden teilgenommen – wie man das als Leser eben so tut. Schließlich war es ja genau das, was man in Büchern suchte: große, nie gefühlte Gefühle, Schmerz, den man hinter sich lassen konnte, indem man das Buch, wenn es allzu schlimm wurde, zuschlug. Tod und Verderben fühlten sich köstlich echt an, wenn jemand sie mit den richtigen Worten heraufbeschwor, und man konnte sie nach Bedarf kosten- und gefahrlos zwischen den Seiten zurücklassen.

Ja, Elinor hatte den geschriebenen Schmerz in aller Ausführlichkeit gekostet und doch nie geglaubt, dass ihr im wirklichen Leben, so mausgrau ereignislos, wie es viele Jahre lang gewesen war, ein ähnlicher Schmerz ins Herz fahren könnte. Jetzt zahlst du den Preis, Elinor!, sagte sie sich nun so manches Mal. Du zahlst den Preis für das Glück der letzten Monate. Sagten die Bücher nicht auch das: dass es für das Glück immer einen Preis zu zahlen gab? Wie hatte sie nur glauben können, dass sie es einfach so finden und würde behalten dürfen? Dumm. Dumme Elinor.

Als sie morgens nicht mehr aufstehen mochte, als ihr Herz immer öfter aus heiterem Himmel stolperte, als wäre es zu müde, regelmäßig zu schlagen, als sie selbst beim Frühstück keinen Appetit mehr hatte (obwohl sie doch stets gepredigt hatte, dass das Frühstück die allerwichtigste Mahlzeit sei) und Darius sich immer öfter mit besorgtem Eulenblick nach ihrem Befinden erkundigte, begann sie sich zu fragen, ob es vielleicht doch keine Erfindung der Bücher war, dass man krank vor Sehnsucht werden konnte. Denn fühlte sie nicht in ihrem Innern, dass nur das ihr die Kraft und den Appetit, ja selbst die Freude an ihren Büchern nahm? Die Sehnsucht.

Darius schlug ihr vor, zu verreisen, Buchauktionen zu besuchen, berühmte Buchhandlungen, in denen sie schon lange nicht mehr gewesen war. Er legte Listen der Bücher an, die in ihrer Bibliothek fehlten, Listen, die Elinor noch vor einem Jahr mit fiebrigem Entzücken erfüllt hätten. Nun aber wanderten ihre Augen so unbeteiligt über die Titel, als läse sie eine Einkaufsliste für Putzmittel. Wo war sie hin, ihre Liebe zu bedruckten Seiten und kostbaren Einbänden, zu Worten auf Pergament und Papier? Sie vermisste das Ziehen im Herzen, das sie früher beim Anblick ihrer

Bücher verspürt hatte, das Bedürfnis, ihnen zärtlich über die Rücken zu streichen, sie aufzuschlagen und sich in ihnen zu verlieren. Aber es schien, als könnte ihr Herz plötzlich nicht mehr schmecken und fühlen, als hätte der Schmerz es taub gemacht für alles außer dem einen – der Sehnsucht nach Meggie und ihren Eltern. O ja, auch das hatte Elinor inzwischen begriffen: dass die Sehnsucht nach Büchern nichts war im Vergleich zu der Sehnsucht, die man nach Menschen haben konnte. Die Bücher erzählten einem von diesem Gefühl. Die Bücher erzählten von der Liebe, und es war wunderbar, ihnen zu lauschen, aber sie konnten nicht ersetzen, wovon sie erzählten. Sie konnten nicht küssen wie Meggie, nicht umarmen wie Resa, nicht lachen wie Mortimer. Arme Bücher, arme Elinor.

Sie begann tagelang nicht aufzustehen. Sie aß zu wenig und dann wieder zu viel. Ihr Magen tat weh, ihr Kopf schmerzte, das Herz flatterte ihr in der Brust. Sie war griesgrämig, abwesend, begann bei den kitschigsten Geschichten zu weinen wie ein Krokodil – ja, natürlich, lesen tat sie immer noch. Was sollte sie sonst machen? Sie las und las und las, aber sie stopfte sich mit Buchstaben voll wie ein unglückliches Kind mit Schokolade. Es schmeckte nicht schlecht, doch das Unglück blieb. Und Orpheus' hässlicher Hund lag neben ihrem Bett, sabberte auf ihren Teppich und stierte sie mit seinen traurigen Augen an, als wäre er das einzige Wesen auf dieser Welt, das ihren Kummer nachempfinden konnte.

Nun, vielleicht war das nicht ganz gerecht. Auch Darius wusste vermutlich recht genau, wie trostlos es in ihrem Innern aussah.

»Elinor! Willst du nicht ein bisschen spazieren gehen?«, fragte er, wenn er ihr wieder einmal das Frühstück ans Bett gebracht hatte, weil sie um zwölf Uhr immer noch nicht in der Küche erschienen war. »Elinor, ich habe da diese wunderschöne Ivanhoe-Ausgabe in einem deiner Kataloge entdeckt. Wollen wir nicht doch einmal hinfahren und sie uns ansehen? Es ist gar nicht weit von hier.« Oder wie erst vor wenigen Tagen: »Elinor, ich bitte dich, geh zum Arzt! So kann das doch nicht weitergehen!«

»Zum Arzt?«, hatte sie den Ärmsten angefahren. »Ach, und was soll ich dem erzählen? Tja, Herr Doktor, es ist wohl mein Herz. Es verspürt diese idiotische Sehnsucht nach drei Menschen, die in einem Buch verloren gegangen sind. Haben Sie nicht irgendwelche Pillen gegen so etwas?«

Natürlich hatte Darius darauf nichts gesagt. Er hatte den Tee, den er ihr gebracht hatte – mit Honig und Zitrone, wie sie ihn liebte –, nur wortlos neben ihr Bett gestellt, zwischen die Berge von Büchern, die sich auf ihrem Nachttisch stapelten, und war wieder nach unten gegangen, mit so traurigem Gesicht, dass Elinor ein abscheulich schlechtes Gewissen gehabt hatte. Aber aufgestanden war sie trotzdem nicht.

Sie blieb drei weitere Tage im Bett, und als sie am vierten Tag in ihre Bibliothek geschlurft kam, immer noch in Morgenmantel und Nachthemd, um sich Lesenachschub zu holen, überraschte sie Darius mit dem Blatt in der Hand, das Orpheus an den Ort gebracht hatte, an dem Resa, Meggie und Mortimer wohl immer noch waren.

»Was machst du da?«, fragte Elinor entgeistert. »Niemand rührt dieses Blatt an, verstanden? Niemand!«

Darius legte das Blatt zurück an seinen Platz und wischte mit dem Ärmel einen Fleck von der Vitrine. »Ich habe es mir nur angesehen«, sagte er mit seiner sanften Stimme. »Orpheus schreibt wirklich nicht schlecht, oder? Obwohl es schon sehr nach Fenoglio klingt.«

»Weshalb man es wohl kaum als Schreiben bezeichnen kann«, stellte Elinor verächtlich fest. »Er ist ein Parasit. Eine Laus im Fell anderer Schriftsteller – nur dass er sich nicht von ihrem Blut, sondern von ihren Wörtern ernährt ... Selbst seinen Namen hat er einem anderen Dichter gestohlen. Orpheus!«

»Ja, vermutlich hast du recht«, sagte Darius, während er die Vitrine mit Sorgfalt wieder verschloss. »Aber vielleicht solltest du ihn eher einen Fälscher nennen. Er kopiert Fenoglios Stil so vollkommen, dass man den Unterschied auf den ersten Blick kaum bemerkt. Es wäre interessant zu sehen, wie er schreibt, wenn er ohne Vorlage arbeiten muss. Kann er seine eigenen Bilder malen? Bilder, die nicht denen eines anderen gleichen?«

Darius blickte auf die Worte unter dem Glas, als könnten sie ihm die Antwort geben.

»Was interessiert mich das? Ich hoffe, er ist tot und zertreten.« Elinor trat mit grimmiger Miene an die Regale und zog ein halbes Dutzend Bücher heraus, Nachschub für einen weiteren trostlosen Tag im Bett. »Ja, zertreten! Von einem Riesen. Oder nein, warte! Noch besser – ich hoffe, seine geschickte Zunge hängt ihm blau aus dem Hals, weil sie ihn aufgehängt haben!«

Das zauberte ein Lächeln auf Darius' Eulengesicht.

»Elinor, Elinor!«, sagte er. »Ich glaube, du würdest selbst den Natternkopf das Fürchten lehren. Auch wenn Resa immer erzählt hat, dass ihn nichts zum Zittern bringt.«

»Natürlich würde ich das!«, erwiderte Elinor. »Gegen mich sind die Weißen Frauen eine Schar Barmherziger Schwestern! Aber ich werde bis ans Ende meines Lebens in einer Geschichte feststecken, in der es keine andere Rolle für mich gibt als die der komischen Alten!«

Darauf sagte Darius nichts. Doch als Elinor am Abend noch einmal herunterkam, um sich ein weiteres Buch zu holen, stand er erneut vor der Vitrine und blickte auf Orpheus' Buchstaben.

Zurück in Orpheus' Diensten

Komm näher und betrachte die Wörter.
Ein jedes
hat tausend geheime Gesichter unter dem neutralen Gesicht
und fragt dich, gleichgültig gegen deine Antwort,
ob armselig oder schrecklich:
Hast du den Schlüssel mitgebracht?
Carlos Drummond de Andrade, Auf der Suche
nach der Poesie

Natürlich war das Stadttor von Ombra verschlossen, als Farid seinen störrischen Esel endlich um die letzte Biegung der Straße trieb. Ein schmaler Mond schien auf die Türme der Burg, und die Wachen vertrieben sich die Zeit damit, Steine nach den Knochen zu werfen, die an den Galgen vor der Stadtmauer baumelten. Die Gerippe hatte der Hänfling hängen lassen, auch wenn die Galgen aus Rücksicht auf seine empfindliche Nase nicht länger benutzt wurden. Vermutlich fand er, dass ein vollkommen leerer Galgen ein allzu beruhigender Anblick für seine Untertanen war.

»Na, wer kommt denn da?«, grunzte der eine Wächter, ein langer dünner Kerl, der sich an seiner Lanze festhielt, als könnten ihn seine Beine allein nicht tragen. »Sieh dir das braune Bürschchen an!«, sagte er und griff Farid grob in die Zügel. »Reitet mutterseelenallein in der Nacht umher! Hast du keine Angst, dass der Eichelhäher dir den Esel unter deinem mageren Hintern wegstiehlt? Schließlich hat er sein Pferd heute oben auf der Burg lassen müssen, da kann er den Esel gut gebrauchen. Und dich verfüttert er an den Bären des Schwarzen Prinzen!«

»Ich hab gehört, der Bär frisst nur Gepanzerte, weil sie so schön zwischen den Zähnen knacken.« Farids Hand wanderte vorsorglich zu seinem Messer. Er war zu müde, um unterwürfig zu sein – und vielleicht machte es ihn auch etwas leichtsinnig, dass es dem Eichelhäher tatsächlich gelungen war, heil aus des Hänflings Burg zurückzukehren. Ja. Auch er nannte Zauberzunge inzwischen immer öfter bei diesem Namen. Obwohl Meggie jedes Mal sehr ärgerlich wurde, wenn sie ihn dabei ertappte.

»Hoho, hör dir das Bürschchen an, Rizzo!«, rief der Wächter dem anderen Posten zu. »Womöglich hat er den Esel selbst gestohlen, um ihn an die Wurstmacher in der Metzgergasse zu verscherbeln – bevor das armselige Biest tot unter ihm zusammenbricht.«

Rizzo trat mit einem bösen Lächeln näher und hob seinen Speer, bis die hässliche Spitze genau auf Farids Brust wies. »Ich kenne das Bürschchen«, sagte er. Vorn fehlten ihm zwei Zähne, das ließ ihn zischen wie eine Schlange. »Hab ihn ein paar Mal auf dem Markt Feuer spucken sehen. Bist du nicht der, der sein Handwerk beim Feuertänzer gelernt haben soll?«

»Ja. Und?« Farids Magen zog sich zusammen, wie jedes Mal, wenn jemand Staubfinger erwähnte.

»Und?« Rizzo stieß ihm die Lanzenspitze vor die Brust. »Steig von deinem klapprigen Esel und vertreib uns die Langeweile. Vielleicht lassen wir dich danach in die Stadt.«

Sie öffneten ihm schließlich das Tor – nachdem er fast eine Stunde für sie die Nacht zum Tag gemacht und das Feuer hatte Blüten treiben lassen, wie er es von Staubfinger gelernt hatte. Farid liebte die Flammen immer noch, auch wenn sie ihn mit ihren knisternden Stimmen allzu schmerzhaft an den erinnerten, der ihm alles über sie beigebracht hatte. Aber er ließ sie nicht mehr öffentlich tanzen, nur noch für sich selbst. Die Flammen waren das Einzige, was ihm von Staubfinger geblieben war, und manchmal, wenn er ihn so sehr vermisste, dass sein Herz ganz taub war vor Sehnsucht, schrieb er seinen Namen mit Feuer an irgendeine Mauer in Ombra und starrte die Buchstaben an, bis sie verloschen und ihn allein zurückließen, so wie Staubfinger es getan hatte.

Ombra war nachts gewöhnlich still wie eine Stadt der Toten, seit es seine Männer verloren hatte. Doch heute lief Farid gleich mehrmals in eine Gruppe von Soldaten hinein. Der Eichelhäher hatte sie aufgestört, und sie schwirrten immer noch zornig wie ein Schwarm Wespen in ihrem Bau umher, als würde das den frechen Eindringling zurückbringen. Mit gesenktem Kopf zerrte Farid den Esel an ihnen vorbei und war froh, als er endlich vor Orpheus' Haus stand.

Es war ein prächtiges Haus, eins der prächtigsten in Ombra, und das einzige in dieser unruhigen Nacht, durch dessen Fenster noch Kerzenlicht fiel. Fackeln brannten neben dem Eingang – Orpheus hatte ständig Angst vor Dieben – und erweckten die Steinfratzen über dem Tor mit ihrem zuckenden Licht zum Leben. Farid ließ es jedes Mal schaudern, wie sie auf ihn herabstarrten mit ihren vorquellenden Augen und weit aufgerissenen Mündern, die Nasenflügel gebläht, als wollten sie ihm ins Gesicht schnauben. Er versuchte die Fackeln mit einem Flüstern einschlafen zu lassen, so wie Staubfinger es oft getan hatte, aber das Feuer hörte ihm nicht zu. Das passierte immer öfter – als wollte es ihn daran erinnern, dass ein Schüler, dessen Meister tot war, für alle Zeit nur ein Schüler blieb.

Er war so müde. Die Hunde bellten ihn an, als er den Esel über den Hof zum Stall führte. Zurück. Zurück in Orpheus' Diensten.

Dabei hätte er so viel lieber den Kopf in Meggies Schoß gelegt oder sich mit ihrem Vater und dem Schwarzen Prinzen ans Feuer gesetzt. Aber für Staubfinger kam er immer wieder hierher zurück. Immer wieder.

Farid ließ Schleicher aus dem Rucksack auf seine Schulter klettern und blickte hinauf zu den Sternen, als könnte er dort oben Staubfingers narbiges Gesicht finden. Warum erschien er ihm nicht im Traum und verriet ihm, wie er ihn zurückholen konnte? Taten die Toten das nicht manchmal für die, die sie liebten? Oder kam Staubfinger nur zu Roxane, so wie er es versprochen hatte, und zu seiner Tochter? Nein, wenn Brianna von einem Toten besucht wurde, dann von Cosimo. Die anderen Mägde sagten, dass sie im Schlaf seinen Namen flüsterte und manchmal die Hand nach ihm ausstreckte, als läge er neben ihr.

Vielleicht erscheint er mir nicht im Traum, weil er weiß, dass ich Angst vor Geistern habe!, dachte Farid, während er die Treppe zur Hintertür hinaufstieg. Der Haupteingang des Hauses, der direkt auf den Platz hinausführte, an dem es lag, war natürlich nur Orpheus selbst und seinen feinen Kunden vorbehalten. Diener, Spielleute und Lieferanten mussten sich einen Weg durch den Mist auf dem Hof suchen und die Glocke neben der unscheinbaren Tür läuten, die sich an der Rückseite verbarg.

Farid läutete dreimal, doch nichts rührte sich. Bei allen Dämonen der Wüste, wo blieb der Fleischberg? Er hatte doch nichts anderes zu tun, als ab und zu eine Tür zu öffnen. Oder schnarchte er schon wieder wie ein Hund vor Orpheus' Kammer?

Aber als der Riegel endlich zur Seite geschoben wurde, war es nicht Oss, der ihm öffnete, sondern Brianna. Seit zwei Wochen arbeitete Staubfingers Tochter nun schon für Orpheus, doch der

Käsekopf hatte vermutlich keine Ahnung, wessen Tochter ihm die Wäsche wusch und die Töpfe schrubbte. Orpheus war so blind.

Brianna hielt wortlos die Tür auf und Farid schob sich ebenso wortlos an ihr vorbei. Es gab keine Worte zwischen ihnen, nur die, die nicht ausgesprochen wurden: *Mein Vater ist für dich gestorben. Für dich hat er uns alleingelassen, nur für dich.* Für jede Träne ihrer Mutter gab Brianna ihm die Schuld, so hatte sie es ihm zugeraunt, als sie den ersten Tag zusammen in Orpheus' Diensten verbracht hatten. »Für jede einzelne Träne!«, und auch diesmal glaubte er ihren Blick wie einen Fluch in seinem Nacken zu spüren, als er ihr den Rücken zukehrte.

»Wo warst du so lange?« Oss packte ihn, als er sich gerade zu seinem Schlafplatz im Keller hinunterstehlen wollte. Schleicher fauchte und sprang davon. Mit seinem letzten Tritt hatte Oss dem Marder fast die Rippen gebrochen. »Hundertmal hat er schon nach dir gefragt! Hat mich jede verdammte Gasse nach dir absuchen lassen. Die ganze Nacht bin ich nicht zum Schlafen gekommen wegen dir!«

»Und? Du schläfst genug!«

Der Fleischberg schlug ihm ins Gesicht. »Sei nicht so frech. Los, dein Herr wartet auf dich.«

Auf der Treppe nach oben kam ihnen eine der Mägde entgegen. Sie wurde rot, als sie sich an Farid vorbeidrängte. Wie hieß sie noch mal? Dana? Sie war nett, sie hatte ihm schon so manches köstliche Stück Fleisch zukommen lassen, wenn Oss ihm wieder einmal sein Essen gestohlen hatte, und Farid hatte sie dafür ein paar Mal geküsst, in der Küche. Aber sie war nicht halb so schön wie Meggie. Oder Brianna.

»Ich hoffe, er erlaubt mir, dich ein bisschen durchzuprügeln!«, raunte Oss ihm zu, bevor er an die Tür zu Orpheus' Schreibkammer klopfte.

Orpheus hatte die Kammer so getauft, auch wenn er sich darin weit öfter aufhielt, um einer der Mägde unter den Rock zu greifen oder die üppigen Speisen in sich hineinzustopfen, die die Köchin ihm zu jeder Tages- und Nachtzeit zubereiten musste. Doch in dieser Nacht saß er tatsächlich an seinem Schreibpult, den Kopf tief über ein Blatt Papier gebeugt, während seine zwei Glasmänner mit gedämpften Stimmen diskutierten, ob man Tinte besser links- oder rechtsherum rührte. Die beiden waren Brüder, Jaspis und Eisenglanz, und verschieden wie Tag und Nacht. Eisenglanz, der ältere, liebte es, seinen jüngeren Bruder zu belehren und herumzukommandieren. Farid hätte ihm dafür schon so manches Mal gern den gläsernen Hals umgedreht. Er hatte selbst zwei ältere Brüder, sie waren einer der Gründe gewesen, warum er von zu Hause fortgelaufen war und sich den Räubern angeschlossen hatte.

»Seid still!«, fuhr Orpheus die streitenden Glasmänner an. »Was für lächerliche Geschöpfe ihr seid! Rechtsherum, linksherum! Passt lieber auf, dass ihr mir beim Rühren nicht wieder das ganze Pult voll Tinte spritzt.«

Eisenglanz warf Jaspis einen anklagenden Blick zu – natürlich! Wenn jemand Tinte auf Orpheus' Schreibpult verspritzt hatte, dann nur sein kleiner Bruder – und verfiel in grimmiges Schweigen, während Orpheus erneut die Feder aufs Papier setzte.

»Farid, du musst lesen lernen!« Wie oft schon hatte Meggie ihm das gesagt. Und ein paar Buchstaben hatte sie ihm auch mit Mühe beigebracht, B wie Bär, R wie Räuber (»Siehst du, Farid, der Buchstabe steckt auch in deinem Namen!«), M wie Meggie, F wie Feuer (war es nicht wunderbar, dass sein Name mit demselben Buchstaben begann?) und S ... S wie Staubfinger. Den Rest brachte er immer wieder durcheinander. Wie sollte man sich die seltsamen kleinen Dinger auch merken mit ihren krakeligen Gliedern, die sie in alle Richtungen streckten? AOUIKTNP ... Er bekam schon Kopfschmerzen davon, sie nur anzusehen, aber er musste es lernen, sie zu lesen! Wie sonst sollte er jemals herausfinden, ob Orpheus wirklich versuchte Staubfinger zurückzuschreiben?

»Schnipsel, nichts als Schnipsel!« Orpheus stieß Jaspis mit einem Fluch zur Seite, als der kleine Glasmann neben ihn trat, um Sand auf die frische Tinte zu werfen. Mit grimmiger Miene riss er das Blatt, das er beschrieben hatte, in winzige Fetzen.

Den Anblick war Farid gewohnt. Orpheus war selten zufrieden mit dem, was er zu Papier brachte. Er zerknüllte, zerriss, warf fluchend ins Feuer, was er geschrieben hatte, bedrohte die Glasmänner und trank zu viel. Doch wenn ihm etwas gelang, war er noch unausstehlicher. Wie ein Ochsenfrosch blies er sich dann auf, stolzierte durch Ombra wie ein frisch gekrönter König, küsste die Mägde mit seinen feuchten, selbstverliebten Lippen und verkündete, dass es keinen Zweiten gab wie ihn. »Sollen sie den Alten ruhig Tintenweber nennen!«, brüllte er dann durchs Haus. »Ja, das passt zu ihm. Er ist nichts als ein Handwerker. Ich aber, ich bin ein Zauberer. Tintenzauberer, ja, so sollten sie mich nennen. So werden sie mich einst nennen!«

Heute Nacht jedoch schien ihm das Zaubern wieder einmal nicht zu gelingen. »Krötengewäsch! Gänsegeschnatter! Worte aus Blech!«, schimpfte er, ohne den Kopf zu heben. »Wörterbrei, ja, das ist es, was du heute aufs Papier kleckerst, Orpheus, wässriger, salzloser, geschmacklos schleimiger Wörterbrei!«

Die zwei Glasmänner kletterten hastig an den Beinen des Schreibpultes hinab und begannen die zerfetzten Seiten aufzuklauben.

»Herr! Der Junge ist zurück.« Niemand konnte unterwürfiger klingen als Oss. Seine Stimme duckte sich ebenso gern wie sein massiger Leib, aber seine Finger hielten Farids Nacken umschlossen wie ein fleischiger Schraubstock.

Orpheus wandte sich mit finsterem Gesicht um und starrte Farid an, als hätte er endlich den Grund für sein Versagen entdeckt. »Wo warst du, zum Teufel? Hast du etwa die ganze Zeit mit Fenoglio zusammengesteckt? Oder hast du dem Vater deiner Liebsten dabei geholfen, sich auf die Burg und wieder hinauszustehlen? Ja, ich habe von seinem neuesten Abenteuer gehört. Vermutlich werden sie morgen schon die ersten schlechten Lieder darüber singen. Dieser Dummkopf von einem Buchbinder spielt die lächerliche Rolle, die der Alte ihm geschrieben hat, wirklich mit rührender Leidenschaft.« Neid und Verachtung mischten sich in Orpheus' Stimme, wie so oft, wenn er von Zauberzunge sprach.

»Er spielt nicht. Er *ist* der Eichelhäher.« Farid trat Oss so fest auf den Fuß, dass er seinen Nacken losließ, und stieß ihn zurück, als er ihn erneut packen wollte. Mit einem Grunzen hob der Fleischberg die grobe Faust, aber Orpheus bot ihm mit einem Blick Einhalt.

»Tatsächlich? Hast du dich jetzt auch schon der Schar seiner Verehrer angeschlossen?« Er legte ein neues Blatt Papier auf sein Pult und starrte es an, als könnte er es auf die Art mit den richtigen Wörtern füllen. »Jaspis, was treibst du da unten?«, fuhr er den Glasmann an. »Wie oft soll ich es euch noch sagen? Die Mägde können die Fetzen aufkehren. Spitz mir noch eine Feder!«

Farid hob Jaspis auf das Schreibpult und erntete ein dankbares

Lächeln. Der jüngere Glasmann musste alle unangenehmen Aufgaben erledigen, so hatte sein Bruder es eingerichtet. Das Anspitzen der Federn war die unangenehmste von allen, denn die winzige Klinge, die sie benutzten, rutschte allzu leicht aus. Erst vor ein paar Tagen war sie Jaspis tief in den streichholzdünnen Arm gefahren, und Farid hatte gelernt, dass auch Glasmänner bluten. Jaspis' Blut war durchsichtig, natürlich. Wie flüssiges Glas war es auf Orpheus' Papier getropft, und Eisenglanz hatte seinen kleinen Bruder geohrfeigt und einen ungeschickten Dummkopf genannt. Farid hatte ihm dafür Bier in den Sand gemischt, den er aß. Seither waren Eisenglanz' wasserklare Glieder (auf die er so stolz gewesen war) gelb wie Pferdepisse.

Orpheus trat ans Fenster. »Wenn du dich noch einmal so lange herumtreibst«, sagte er über die Schulter zu Farid, »werde ich Oss anweisen, dich zu prügeln wie einen Hund.«

Der Fleischberg lächelte, und Farid bedachte sie beide mit stummen Flüchen. Orpheus aber blickte mürrisch zum immer noch nachtschwarzen Himmel hinauf. »Man stelle sich das vor!«, sagte er. »Fenoglio, dieser alte Narr, hat sich nicht einmal die Mühe gemacht, die Sterne in dieser Welt zu benennen. Kein Wunder, dass mir immer wieder die Worte ausgehen! Welchen Namen hat der Mond hier? Man könnte denken, zumindest darüber hätte er sich seinen verkalkten Kopf zerbrochen, aber nein! Er hat ihn einfach ›Mond‹ genannt, als wäre es derselbe, den man in der anderen Welt von seinem Fenster aus sah.«

»Vielleicht ist es derselbe Mond. In meiner Geschichte war es auch kein anderer«, sagte Farid.

»Blödsinn, natürlich war es ein anderer!« Orpheus wandte sich wieder dem Fenster zu, als müsste er der ganzen Welt dort draußen erklären, wie schlecht sie gemacht war. »›Fenoglio‹, frage ich ihn«, fuhr er mit seiner selbstverliebten Stimme fort, der Eisenglanz immer mit so andächtigem Gesicht lauschte, als verkündete sie nie zuvor gehörte Weisheiten, »›ist der Tod in dieser Welt eine Frau oder ein Mann? Oder ist er vielleicht nichts als eine Tür, durch die man in eine ganz andere Geschichte tritt, die du leider vergessen hast zu schreiben?‹ ›Was weiß ich?‹, sagt er. Was weiß ich! Wer sonst soll es wissen, wenn nicht er! In seinem Buch steht es jedenfalls nicht.«

In seinem Buch. Eisenglanz, der zu Orpheus auf den Fenstersims geklettert war, warf einen ehrfürchtigen Blick zum Schreibpult, wo das letzte Exemplar von *Tintenherz* gleich neben dem Blatt Papier lag, auf dem Orpheus schrieb. Farid war nicht sicher, ob der Glasmann wirklich begriff, dass aus eben diesem Buch vermutlich seine ganze Welt geschlüpft war, einschließlich seiner selbst. Es lag meist aufgeschlagen da, denn Orpheus blätterte, wenn er schrieb, ständig mit rastlosen Fingern darin herum, auf der Suche nach den richtigen Wörtern. Er benutzte nie auch nur ein einziges, das sich nicht in *Tintenherz* fand, denn Orpheus war der festen Überzeugung, dass nur Wörter aus Fenoglios Buch in dieser Welt das Atmen lernten. Alle anderen waren nichts als Tinte auf Papier.

»›Fenoglio‹, frag ich ihn, ›sind die Weißen Frauen nur Dienerinnen?‹«, fuhr er fort, während Eisenglanz an seinen allzu weich geformten Lippen hing. »›Bleiben die Toten bei ihnen oder bringen sie sie an einen anderen Ort?‹ ›Vermutlich‹, antwortet der alte Narr. ›Ich hab Minervas Kindern mal von einem Knochenschloss erzählt, um sie wegen Wolkentänzer zu trösten, aber das war nur so dahergeredet‹ ... Nur so dahergeredet! Ha!«

»Alter Narr!«, wiederholte Eisenglanz wie ein Echo, kein sehr beeindruckendes allerdings angesichts seiner dünnen Glasmannstimme.

Orpheus wandte sich um und kehrte an sein Schreibpult zurück. »Hast du bei all deiner Herumtreiberei wenigstens nicht vergessen, Mortimer auszurichten, dass ich mit ihm reden will? Oder war er zu beschäftigt damit, den Helden zu spielen?«

»Er sagt, da gibt es nichts zu reden. Er sagt, er weiß nichts über die Weißen Frauen, was nicht alle wissen.«

»Na wunderbar!« Orpheus griff nach einer der Federn, die Jaspis so mühevoll gespitzt hatte, und zerbrach sie in der Luft. »Hast du ihn wenigstens gefragt, ob er sie noch manchmal sieht?«

»Bestimmt tut er das.« Jaspis' Stimme klang so zart wie seine Glieder. »Die Weißen Frauen lassen die, die sie einmal berührt haben, nie wieder los. Zumindest behaupten das die Moosweibchen.«

»Ja, ich weiß!«, versetzte Orpheus ungeduldig. »Ich habe versucht eins dieser Weibchen zu diesem Gerücht zu befragen, aber die abscheuliche Kreatur hat sich geweigert, mit mir zu reden. Sie hat mich nur mit ihren Mäuseaugen angestarrt und verkündet, dass ich zu fett esse und zu viel trinke!«

»Mit den Feen reden sie«, sagte Jaspis. »Und Feen reden mit Glasmännern. Allerdings nicht mit allen«, fügte er mit einem Seitenblick auf seinen Bruder hinzu. »Ich habe gehört, dass die Moosweibchen noch etwas anderes über die Weißen Frauen erzählen. Sie sagen, dass sie sich von jedem rufen lassen, dessen Herz sie schon einmal mit ihren kalten Fingern berührt haben!«

»Tatsächlich?« Orpheus sah den Glasmann nachdenklich an. »Davon habe ich noch nie gehört.«

»Und es stimmt nicht! Ich hab versucht sie zu rufen!«, sagte Farid. »Unzählige Male!«

»Du! Wie oft muss ich dir noch erklären, dass du viel zu schnell gestorben bist?«, fuhr Orpheus ihn verächtlich an. »Mit dem Sterben hattest du es ebenso eilig wie mit dem Zurückkommen. Außerdem bist du eine so unwichtige Beute, dass sie sich vermutlich nicht mal an dich erinnern! Nein. Du bist nicht der Richtige.« Erneut trat er ans Fenster. »Geh und mach mir einen Tee!«, befahl er Farid, ohne sich umzudrehen. »Ich muss nachdenken.«

»Tee? Was für einen Tee?«

Farid setzte sich Jaspis auf die Schulter. Wann immer er konnte, nahm er ihn mit sich, um ihn vor seinem großen Bruder in Sicherheit zu bringen. Jaspis' Glieder waren so dünn, dass Farid ständig Angst hatte, Eisenglanz könnte ihm im Streit etwas brechen. Selbst Rosenquarz, Fenoglios Glasmann, war mehr als einen Glasmannskopf größer als Jaspis. Manchmal, wenn Orpheus sie beide nicht brauchte, weil er sich mit einer der Mägde vergnügte oder sich von seinem Schneider wieder einmal stundenlang neue Kleider anpassen ließ, nahm Farid Jaspis mit in die Gasse der Näherinnen, wo die Glasfrauen den Menschenfrauen dabei halfen, Fäden in spitze Nadeln zu ziehen, Säume mit ihren winzigen Füßen glatt zu treten und Spitze auf kostbare Seide zu heften. Denn auch das hatte Farid inzwischen gelernt: Glasmänner bluten nicht nur, sie verlieben sich auch, und Jaspis war sehr verliebt in ein Mädchen mit blassgelben Gliedern, das er allzu gern und ganz heimlich durch das Werkstattfenster ihrer Meisterin beobachtete.

»Was für ein Tee? Was weiß ich? Einen, der gegen Magenschmerzen hilft!«, erwiderte Orpheus schlecht gelaunt. »Den ganzen Tag schon kneift es in meinem Leib, als säßen Hirschkäfer darin. Wie soll man dabei etwas Vernünftiges aufs Papier bringen?«

Natürlich. Orpheus klagte immer über einen kneifenden Magen oder seinen schmerzenden Kopf, wenn ihm beim Schreiben nichts gelang.

Ich hoffe, es kneift ihn die ganze Nacht, dachte Farid, als er die Schreibkammertür hinter sich zuzog. Ich hoffe, es kneift ihn so lange, bis er endlich etwas für Staubfinger schreibt.

Mitten ins Herz

Für ihn zeigte die friedlich-fröhliche Oberfläche der taufunkelnden Welt kein Stäubchen des Leids oder der Trauer.
T. H. White, Der König auf Camelot, Zweites Buch

Zumindest hat er nicht verlangt, dass du den Bader holst!« Jaspis gab sich wirklich alle Mühe, Farid aufzumuntern, als er mit ihm die steile Treppe zur Küche hinabstieg.

O ja, der Bader hinterm Stadttor. Zu dem hatte Orpheus ihn erst vor ein paar Tagen geschickt. Er warf mit Holzscheiten, wenn man ihn nachts holen wollte, oder kam mit einer der Zangen an die Tür, mit denen er Zähne zog.

»Kopfschmerzen! Magenschmerzen!«, schimpfte Farid. »Der Käsekopf hat nur wieder zu viel gegessen!«

»Drei gebratene Goldspötter, gefüllt mit Schokolade, Feennüsse, in Honig geröstet, und ein halbes Ferkel, gestopft mit Maronen«, zählte Jaspis auf – und duckte sich erschrocken zusammen, als er Schleicher neben der Küchentür hocken sah. Der Marder machte Jaspis nervös, auch wenn Farid ihm immer wieder versicherte, dass Marder Glasmänner zwar gern jagten, sie aber ganz gewiss nicht fraßen.

Nur eine Magd war noch in der Küche. Farid blieb zögernd in der Tür stehen, als er sah, dass es Brianna war. Auch das noch. Sie schrubbte die Töpfe vom Abendessen, das schöne Gesicht grau vor Müdigkeit. Für Orpheus' Mägde begann der Arbeitstag vor Sonnenaufgang und endete oft erst, wenn der Mond hoch am Himmel stand. Orpheus machte jeden Morgen einen Inspektionsgang durch das ganze Haus, auf der Suche nach Spinnweben und Staub, einem Fleck auf einem der Spiegel, die überall hingen, einem angelaufenen Silberlöffel oder einem Hemd, das auch nach der Wäsche noch einen Fleck aufwies. Wurde er fündig, zog er allen Mägden auf der Stelle etwas von ihrem kärglichen Lohn ab. Und Orpheus wurde fast immer fündig.

»Was willst du?« Brianna wandte sich um und wischte sich die nassen Hände an der Schürze ab.

»Orpheus hat Magenschmerzen«, murmelte Farid, ohne sie anzusehen. »Du sollst ihm einen Tee aufbrühen.«

Brianna ging zu einem der Regale und nahm ein Tongefäß vom höchsten Bord. Farid wusste nicht, wo er hinsehen sollte, während sie die Kräuter aufgoss. Ihr Haar hatte dieselbe Farbe wie das ihres Vaters, aber es wellte sich und schimmerte im Kerzenlicht wie das rote Gold, das der Statthalter so gern als Schmuck an seinen dünnen Fingern trug. Die Spielleute sangen Lieder über die Schönheit von Staubfingers Tochter und über ihr gebrochenes Herz.

»Was starrst du so?« Sie machte abrupt einen Schritt auf ihn zu. Ihre Stimme klang so scharf, dass Farid unwillkürlich zurückwich. »Ich sehe ihm ähnlich, nicht wahr?«

Es schien, als hätte sie die Worte geschliffen in all dem Schweigen der letzten Wochen, bis sie Klingen waren, die sie ihm übers Herz ziehen konnte.

»Du siehst ihm kein bisschen ähnlich! Ich sag es meiner Mutter immer wieder: Er ist nur ein hergelaufener Streuner, der meinem Vater so lange vorgemacht hat, sein Sohn zu sein, bis er glaubte, für ihn sterben zu müssen!«

Jedes Wort eine Klinge, und Farid spürte, wie sie ihm das Herz in Scheiben schnitten.

Briannas Augen waren nicht die ihres Vaters. Sie hatte die Augen ihrer Mutter, und sie blickten Farid ebenso feindselig an wie die von Roxane. Er hätte sie am liebsten geschlagen oder ihr den schönen Mund zugehalten. Aber sie sah Staubfinger einfach zu ähnlich.

»Du bist ein Dämon, ein böser Geist, der nichts als Unglück bringt.« Sie hielt ihm den aufgebrühten Tee hin. »Da, bring das Orpheus. Und sag ihm, er soll weniger essen, dann geht es seinem Magen besser.«

Farids Hände zitterten, als er den Becher entgegennahm.

»Du weißt gar nichts!«, sagte er mit heiserer Stimme. »Überhaupt nichts! Ich wollte nicht, dass er mich zurückholt. Es fühlte sich viel besser an, tot zu sein.«

Aber Brianna sah ihn nur an, mit den Augen ihrer Mutter. Und dem Gesicht ihres Vaters.

Und Farid stolperte mit dem heißen Becher wieder hinauf zu Orpheus' Kammer. Während Jaspis ihm mit seiner winzigen Glashand voll Mitgefühl übers Haar strich.

Nachricht aus Ombra

Und manchmal ist in einem alten Buche
ein unbegreiflich Dunkles angestrichen.
Da warst du einst. Wo bist du hin entwichen?
Rainer Maria Rilke, Improvisationen
aus dem Capreser Winter III

Meggie war gern im Lager der Räuber. Manchmal schien es Resa fast, als hätte ihre Tochter schon immer davon geträumt, zwischen zerlumpten Zelten zu leben. Sie sah Baptista zu, wie er eine neue Maske nähte, ließ sich vom Starken Mann beibringen, wie man mit einer Lerche spricht, und nahm mit einem Lächeln die wilden Blumen entgegen, die sein jüngerer Bruder ihr brachte. Es tat gut, Meggie wieder öfter lächeln zu sehen, obwohl Farid immer noch bei Orpheus war.

Aber Resa vermisste den verlassenen Hof. Sie vermisste die Stille und Abgeschiedenheit und das Gefühl, mit Mo und Meggie allein zu sein, nach all den Wochen, die sie getrennt gewesen waren. Wochen, Monate, Jahre …

Manchmal, wenn sie die zwei mit den Räubern am Feuer sitzen sah, schien es ihr fast, als sähe sie ihnen bei einem Spiel zu, das sie in all den Jahren gespielt hatten, in denen sie nicht bei ihnen gewesen war. *Komm, Mo, lass uns Räuber spielen.*

Der Schwarze Prinz riet Mo, vorerst nur im Lager zu bleiben, und für ein paar Tage folgte er diesem Rat. Doch schon in der dritten Nacht verschwand er erneut im Wald, ganz allein, als wollte er sich auf die Suche nach sich selbst machen. Und in der vierten Nacht ging er wieder mit den Räubern.

Baptista hatte ihr die Lieder vorgesungen, die in Ombra seit Mos Besuch dort in Umlauf waren. Davongeflogen sei der Eichelhäher, hieß es darin, geflohen auf des Hänflings bestem Pferd. Zehn Wachen hatte er angeblich erschlagen, den Rußvogel in die Gruft gesperrt und Balbulus seine schönsten Bücher gestohlen. »Was davon ist denn nun wahr?«, hatte sie Mo gefragt. Er hatte gelacht. »Das mit dem Fliegen stimmt leider nicht!«, hatte er ihr zugeflüstert und ihr über den Leib gestrichen, in dem, immer noch fast unsichtbar, das Kind heranwuchs. Dann war er mit dem Schwarzen Prinzen fortgegangen. Und sie lag da, jede Nacht, lauschte den Liedern, die Baptista draußen vor dem Zelt sang, und hatte Angst um ihren Mann.

Der Schwarze Prinz hatte für sie zwei Zelte gleich neben dem seinen aufschlagen lassen, zusammengeflickt aus Kleiderresten, die die Räuber mit Eichenrinde gefärbt hatten, damit sie sich nicht allzu sehr von den umgebenden Bäumen abhoben, eines für Meggie, eines für den Eichelhäher und seine Frau. Die Matten aus getrocknetem Moos, auf denen sie schliefen, waren feucht, und wenn Mo nachts fortging, schlief Resa bei ihrer Tochter, damit sie sich aneinander wärmen konnten. »Das wird ein schlimmer Winter«, sagte der Starke Mann nicht zum ersten Mal, als das Gras eines Morgens so weiß vom Raureif war, dass man die Spuren der Glasmänner darin sah.

In der Schlucht, in der das Lager war, fand man noch Fußspuren von Riesen. Der Regen der letzten Wochen hatte sie in Tümpel verwandelt, in denen goldgescheckte Frösche schwammen. Die Bäume an den Hängen der Schlucht ragten fast ebenso hoch in den Himmel wie die im Weglosen Wald. Ihre welkenden Blätter bedeckten den herbstkühlen Boden mit Gold und flammendem Rot, und in den Ästen hingen die Feennester wie überreife Früchte. Wenn man nach Süden blickte, sah man in der Ferne ein Dorf, die Mauern hell wie Pilzfleisch zwischen den kahler werdenden Bäumen, doch es war ein armes Dorf, so arm, dass selbst die gierigen Eintreiber des Hänflings sich seinetwegen nicht hierher verirrten. Wölfe heulten nachts in den Wäldern ringsum. Eulen flogen über die ärmlichen Zelte, grauweiß wie kleine Geister, und gehörnte Eichhörnchen stahlen, was es an Essen zwischen den Feuern zu stehlen gab.

Bestimmt fünfzig Männer lebten im Lager. Manchmal waren es mehr. Die jüngsten waren die zwei Jungen, die der Schnapper vorm Hängen bewahrt hatte und die nun beide für den Prinzen spionierten: Doria, der Bruder des Starken Mannes, der Meggie wilde Blumen brachte, und sein elternloser Freund Luc, der dem Gecko half, seine Krähen zu zähmen. Sechs Frauen kochten und flickten für die Räuber, doch nicht eine ging mit, wenn die Männer nachts auszogen. Resa zeichnete sie fast alle – Jungen, Männer und Frauen (Baptista hatte ihr Papier und Kreide besorgt, wo, verriet er nicht) – und fragte sich bei jedem Gesicht, ob tatsächlich nur Fenoglios Worte die Linien darauf gezogen hatten oder ob es in dieser Welt nicht doch ein Schicksal gab, das sich unabhängig von dem alten Mann vollzog.

Die Frauen waren auch selten dabei, wenn die Männer zusammensaßen und sich besprachen. Resa spürte jedes Mal die missbilligenden Blicke, wenn sie und Meggie sich wie selbstverständlich neben Mo und den Schwarzen Prinzen setzten. Manchmal erwiderte sie die Blicke, starrte dem Schnapper ins Gesicht, dem Gecko und all den anderen, die Frauen im Lager nur zum Kochen und

Kleiderflicken duldeten – und verfluchte die immer wiederkehrende Übelkeit, die sie daran hinderte, Mo wenigstens zu begleiten, wenn er mit dem Prinzen die umliegenden Hügel durchstreifte, um ein geschützteres Versteck für den Winter zu finden.

Fünf Tage und fünf Nächte waren sie in dem Lager, das Meggie das »Lager der verschwundenen Riesen« getauft hatte, als Doria und Luc um die Mittagszeit mit einer Nachricht aus Ombra zurückkehrten, die offenbar so schlecht war, dass Doria sie nicht einmal seinem Bruder anvertraute, sondern sie geradewegs ins Zelt des Schwarzen Prinzen trug. Wenig später ließ der Prinz Mo zu sich rufen, und Baptista versammelte die Männer.

Doria sah zu seinem starken Bruder hinüber, bevor er in den Kreis der Räuber trat, als müsste er sich bei ihm Mut für das holen, was er zu berichten hatte. Aber seine Stimme klang klar und fest, als er zu sprechen begann. Er klang so viel älter, als er war.

»Der Pfeifer ist gestern aus dem Weglosen Wald gekommen«, begann er, »auf der Straße, die von Westen nach Ombra führt. Er brandschatzt und plündert und lässt überall verkünden, dass er hier ist, um die Steuern einzutreiben, da der Hänfling zu wenig auf die Nachtburg geschickt hat.«

»Wie viele Gepanzerte sind bei ihm?« Der Schnapper klang barsch wie immer. Resa mochte seine Stimme nicht. Sie mochte nichts an ihm.

Doria schien den Mann, der ihm das Leben gerettet hatte, ebenso wenig zu mögen, dem Blick nach zu urteilen, den er ihm zuwarf. »Es sind viele. Mehr als wir. Viel mehr«, setzte er hinzu. »Die genaue Zahl weiß ich nicht. Die Bauern, denen der Pfeifer die Häuser angesteckt hat, hatten keine Zeit zum Zählen.«

»Nun, auch wenn sie Zeit gehabt hätten, es hätte nicht viel genützt, oder?«, erwiderte der Schnapper. »Jeder weiß, dass Bauern nicht zählen können.«

Der Gecko lachte und mit ihm einige andere, die stets in der Nähe des Schnappers zu finden waren, der Täuscher, der Greifer, der Köhler, der Elfenschreck und noch einige mehr.

Doria presste die Lippen aufeinander. Er und der Starke Mann waren die Söhne von Bauern, und der Schnapper wusste das. Sein Vater war angeblich ein Söldner gewesen.

»Sag ihnen, was du noch gehört hast, Doria.« Die Stimme des Schwarzen Prinzen klang so müde, wie Resa sie selten gehört hatte.

Der Junge sah noch einmal zu seinem Bruder hinüber. »Sie zählen die Kinder«, sagte er. »Der Pfeifer lässt alle aufschreiben, die älter als sechs und nicht größer als fünf Fuß sind.«

Ein Raunen erhob sich unter den Räubern, und Resa sah, wie Mo sich zum Prinzen hinüberbeugte und ihm etwas zuflüsterte. Wie vertraut die beiden miteinander schienen, und wie selbstverständlich Mo zwischen den zerlumpten Räubern saß. Als gehörte er zu ihnen ebenso wie zu ihr und Meggie.

Der Schwarze Prinz richtete sich auf. Sein Haar war nicht mehr lang wie an dem Tag, als Resa ihm zum ersten Mal begegnet war. Drei Tage nach Staubfingers Tod hatte er sich den Kopf kahl geschoren, wie es in dieser Welt nach dem Tod eines Freundes Sitte war. Denn am dritten Tag, so hieß es, traf die Seele eines Toten in dem Reich ein, aus dem es keine Rückkehr gibt.

»Wir wussten, dass der Pfeifer irgendwann kommen würde«, sagte der Schwarze Prinz. »Es konnte der Natter kaum entgehen, dass sein Schwager den Großteil der Steuern, die er eintreibt, für sich behält. Aber wie ihr gehört habt, kommt er nicht nur der

Steuern wegen. Wir alle wissen nur allzu gut, wofür man Kinder auf der anderen Seite des Waldes braucht.«

»Wofür?« Meggies Stimme klang so hell unter all den Männerstimmen. Man hörte dieser Stimme nicht an, dass sie schon einige Male mit ein paar Sätzen diese Welt verändert hatte.

»Wofür? Die Tunnel in den Silberminen sind eng, Häher-Tochter«, antwortete der Schnapper. »Freu dich. Du bist schon zu groß, um dort unten von Nutzen zu sein.«

Die Minen. Resas Hand fuhr unwillkürlich dorthin, wo das ungeborene Kind heranwuchs, und Mo sah zu ihr herüber, als hätte er denselben Gedanken gehabt.

»Natürlich. Der Natternkopf hat schon allzu viele Kinder in die Minen geschickt. Seine Bauern beginnen sich zu wehren. Der Pfeifer soll erst gerade einen Aufstand niedergeschlagen haben.« Baptistas Stimme klang ebenso müde wie die des Prinzen. Sie waren zu wenige gegen all das Unrecht. »Die Kinder sterben schnell dort unten«, fuhr Baptista fort. »Es ist ein Wunder, dass die Natter nicht schon eher darauf gekommen ist, sich unsere zu holen, Kinder, die keine Väter haben, nur wehrlose, waffenlose Mütter.«

»Dann müsst ihr sie eben verstecken!« Doria klang so furchtlos, wie man nur mit fünfzehn klingt. »So wie ihr es mit der Ernte gemacht habt!«

Resa sah, wie sich ein Lächeln auf Meggies Lippen stahl.

»Verstecken, aber sicher!« Der Schnapper lachte höhnisch. »Fabelhafter Vorschlag. Gecko, sag dem Milchbart, wie viele Kinder es allein in Ombra gibt. Du weißt, er ist ein Bauernsohn und kann nicht zählen.«

Der Starke Mann wollte sich aufrichten, doch Doria warf ihm einen warnenden Blick zu und sein Bruder setzte sich wieder. »Ich kann den Kleinen mit einer Hand hochheben«, sagte der Starke Mann immer, »aber er ist hundertmal klüger als ich.«

Der Gecko hatte offenbar nicht die geringste Ahnung, wie viele Kinder es in Ombra gab, ganz abgesehen davon, dass er vom Zählen auch nicht allzu viel verstand. »Na ja, es sind viele!«, stammelte er, während die Krähe auf seiner Schulter an seinen Haaren zupfte, vermutlich in der Hoffnung, ein paar Läuse zu finden. »Fliegen und Kinder – das ist das Einzige, was es in Ombra immer noch reichlich gibt.«

Keiner lachte.

Der Schwarze Prinz schwieg, und alle schwiegen mit ihm. Wenn der Pfeifer die Kinder wollte, würde er sie holen.

Eine Feuerelfe setzte sich auf Resas Arm. Sie scheuchte sie fort und sehnte sich so sehr nach Elinors Haus, dass ihr das Herz schmerzte, als hätte die Elfe es verbrannt. Sie sehnte sich nach der Küche, immer erfüllt vom Summen des viel zu großen Kühlschranks, nach Mos Werkstatt im Garten und dem Sessel in der Bibliothek, in dem man sitzen und fremde Welten besuchen konnte, ohne in ihnen verloren zu gehen.

»Vielleicht ist es nur ein Köder!«, sagte Baptista in die Stille hinein. »Ihr wisst, der Pfeifer legt gern Köder aus, und er weiß genau, dass wir nicht einfach zulassen können, dass er sich die Kinder holt. Vielleicht –«, er sah zu Mo hinüber, »– vielleicht hofft er, auf die Art endlich den Eichelhäher zu fangen!«

Resa sah, wie Meggie unwillkürlich dichter an Mos Seite rückte. Sein Gesicht aber blieb unbewegt, als wäre der Eichelhäher doch ein anderer. »Violante hat mir schon angekündigt, dass der Pfeifer sich bald auf den Weg hierher machen wird«, sagte Mo. »Aber von Kindern hat sie nichts erwähnt.«

Des Eichelhähers Stimme – die Stimme, die den Natternkopf genarrt hatte und die Feen betörte. Beim Schnapper bewirkte sie nichts dergleichen. Ihn erinnerte sie nur daran, dass er einst dort gesessen hatte, wo jetzt der Häher saß – an der Seite des Schwarzen Prinzen.

»Du hast mit der Hässlichen gesprochen? Na wunderbar. Das also hast du auf der Burg von Ombra getrieben. Der Eichelhäher unterhält sich mit der Natterntochter.« Der Schnapper verzog missbilligend das grobe Gesicht. »Natürlich hat sie dir nichts von den Kindern erzählt! Warum sollte sie? Ganz abgesehen davon, dass sie vermutlich nicht mal etwas davon weiß! Die Hässliche hat auf der Burg nicht mehr zu sagen als eine Küchenmagd. So war es schon immer, und so wird es bleiben.«

»Ich hab es dir schon oft gesagt, Schnapper.« Die Stimme des Schwarzen Prinzen klang schärfer als gewohnt. »Violante hat mehr Macht, als du denkst. Und mehr Männer – auch wenn sie alle sehr jung sind.« Er nickte Mo zu. »Erzähl ihnen, was auf der Burg passiert ist. Es wird Zeit, dass sie es erfahren.«

Resa sah zu Mo hinüber. Was wusste der Schwarze Prinz, was sie nicht wusste?

»Ja, Eichelhäher, erzähl uns endlich, wie du diesmal heil davongekommen bist!« Diesmal klang die Stimme des Schnappers so unverhohlen feindselig, dass einige der Räuber unbehagliche Blicke austauschten. »Es grenzt wahrlich an Zauberei! Erst lassen sie dich heil aus der Nachtburg und nun auch aus der in Ombra, obwohl dort unter dem Hänfling ein scharfer Wind weht. Sag nicht, den hast du, um freizukommen, auch unsterblich gemacht!«

Einige Räuber lachten, aber ihr Lachen klang unbehaglich. Resa war sicher, dass viele von ihnen Mo tatsächlich für eine Art Zauberer hielten, für einen der Männer, deren Namen man besser nur flüsterte, weil sie sich angeblich auf dunkle Künste verstanden und normale Sterbliche schon mit einem Blick verhexen konnten. Wie sonst konnte es angehen, dass ein Mann, der wie aus dem Nichts aufgetaucht war, besser mit dem Schwert umgehen konnte als die meisten von ihnen? Und schreiben und lesen konnte er auch.

»Der Natternkopf soll nicht viel Freude an seiner Unsterblichkeit haben!«, warf der Starke Mann ein.

Doria setzte sich neben ihn, den Blick finster auf den Schnapper geheftet. Nein, der Junge mochte seinen Retter wirklich nicht. Sein Freund Luc dagegen folgte dem Schnapper und dem Gecko wie ein Hund.

»Na und? Was hilft uns das? Der Pfeifer plündert und mordet schlimmer als je zuvor.« Der Schnapper spuckte aus. »Die Natter ist unsterblich. Sein Schwager hängt fast jeden Tag mindestens einen von uns. Und der Eichelhäher reitet nach Ombra und kommt unversehrt zurück.«

Es wurde sehr, sehr still. Vielen der Räuber war der Handel, den der Eichelhäher auf der Nachtburg mit dem Natternkopf geschlossen hatte, mehr als unheimlich, auch wenn es letztlich Mo gewesen war, der den Silberfürsten überlistet hatte. Unsterblich war der Natternkopf dennoch. Immer wieder machte er sich einen Spaß daraus, irgendeinem Mann, den der Pfeifer für ihn eingefangen hatte, ein Schwert in die Hand zu geben und es sich durch den Leib stoßen zu lassen – nur um den Angreifer dann mit demselben Schwert so zu verwunden, dass er lange genug zum Sterben brauchte, um die Weißen Frauen herbeizurufen. Das war die Art des Natternkopfes, zu verkünden, dass er die Töchter des Todes nicht länger fürchtete. Auch wenn es hieß, dass er es immer noch mied, ihnen allzu nahe zu kommen. *Der Tod ist der Diener der Natter.* So hatte er es über das Tor der Nachtburg schreiben lassen, mit Buchstaben aus Silber.

»Nein. Den Hänfling musste ich nicht unsterblich machen.« Mos Stimme klang kalt, als er dem Schnapper antwortete, so kalt. »Es war Violante, die mich heil aus der Burg gebracht hat. Nachdem sie mich gebeten hat, ihr zu helfen, ihren Vater zu töten.«

Resa legte die Hand auf ihren Bauch, als könnte sie die Worte so von ihrem ungeborenen Kind fernhalten. Aber in ihrem Kopf hatte nur ein Gedanke Raum: Dem Schwarzen Prinzen hat er erzählt, was auf der Burg geschehen ist, aber nicht mir. Sie erinnerte sich daran, wie gekränkt Meggies Stimme geklungen hatte, als Mo ihnen endlich erzählte, was er mit dem Leeren Buch getan hatte, bevor er es dem Natternkopf übergab. »Du hast jede zehnte Seite feucht gemacht? Aber das kann nicht sein! Ich war doch die ganze Zeit bei dir! Warum hast du nichts gesagt?« Obwohl Mo ihr all die Jahre verschwiegen hatte, wo ihre Mutter war, glaubte Meggie immer noch, dass er letztlich kein Geheimnis vor ihr haben konnte. Resa hatte das nie geglaubt. Trotzdem tat es weh, dass er dem Schwarzen Prinzen mehr anvertraut hatte als ihr. So weh.

»Die Hässliche will ihren Vater töten?« Baptistas Stimme klang ungläubig.

»Was ist daran verwunderlich?« Der Schnapper sprach so laut, als müsste er für alle sprechen. »Sie ist Natternbrut. Was hast du ihr geantwortet, Eichelhäher? Dass du erst noch darauf warten musst, dass dein verfluchtes Buch ihn nicht mehr vor dem Tod beschützt?«

Er hasst Mo!, dachte Resa. Ja, das tut er! Aber der Blick, mit dem Mo den Schnapper musterte, war nicht weniger feindselig, und

Resa fragte sich nicht zum ersten Mal, ob sie den Zorn in ihm früher einfach nur übersehen hatte oder ob er so neu war wie die Narbe auf seiner Brust.

»Das Buch wird Violantes Vater noch lange schützen.« Mos Stimme klang bitter. »Der Natternkopf hat einen Weg gefunden, es zu retten.«

Erneut erhob sich ein Raunen unter den Räubern. Nur der Schwarze Prinz schien nicht überrascht. Mo hatte ihm also auch das erzählt. Ihm und nicht ihr. Er wird ein anderer!, dachte Resa. Die Worte ändern ihn. Dies Leben ändert ihn. Auch wenn es nur ein Spiel ist. Falls es ein Spiel ist ...

»Aber das ist unmöglich. Wenn du es nass gemacht hast, schimmelt es, und du hast es selbst immer wieder gesagt: Schimmel tötet Bücher ebenso zuverlässig wie Feuer.«

Wie vorwurfsvoll Meggies Stimme klang. Geheimnisse ... Nichts frisst die Liebe schneller.

Mo sah seine Tochter an. Das war in einer anderen Welt, Meggie, sagte sein Blick. Aber sein Mund sagte etwas anderes. »Nun. Der Natternkopf hat mich eines Besseren belehrt. Das Buch wird ihn weiter vor dem Tod schützen – falls seine Seiten unbeschrieben bleiben ...«

Nein!, dachte Resa. Sie wusste, was nun kommen würde, und sie wollte sich die Hände auf die Ohren pressen, obwohl sie nichts auf der Welt mehr liebte als Mos Stimme. Sein Gesicht war ihr fast verloren gegangen in all den Jahren in Mortolas Diensten, doch an seine Stimme hatte sie sich stets erinnert. Nun aber klang sie nicht wie die ihres Mannes, sondern wie die des Eichelhähers.

»Der Natternkopf glaubt immer noch, dass nur ich das Buch retten kann.« Mo sprach nicht laut, doch die ganze Tintenwelt schien erfüllt von seiner Stimme. Sie schien schon immer hierher gehört zu haben – zwischen die endlos hohen Bäume, die zerlumpten Männer, die schläfrigen Feen in ihren Nestern. »Er würde es mir geben, wenn ich zu ihm gehe mit dem Versprechen, es zu heilen. Und dann – etwas Tinte, eine Feder, es dauert nicht länger als ein paar Sekunden, um drei Wörter zu schreiben! Was, wenn seine Tochter mir diese Sekunden verschafft?«

Seine Stimme malte die Szene in die Luft, und die Räuber lauschten, als sähen sie das Ganze schon passieren. Bis der Schnapper den Bann brach.

»Du bist verrückt! Vollkommen verrückt!«, sagte er heiser. »Vermutlich glaubst du inzwischen schon selbst, was all die Lieder über dich sagen – dass du unverwundbar bist, der unbesiegbare Eichelhäher. Die Hässliche wird dich verkaufen und ihr Vater wird dir die Haut vom Leib ziehen, wenn er dich noch einmal in die Finger bekommt. Ja, das wird er tun, und er wird sich dafür mehr als ein paar Sekunden Zeit lassen! Aber uns wird es auch alle den Hals kosten, dass du so gerne den Helden spielst!«

Resa sah, wie Mos Finger sich um den Knauf seines Schwertes schlossen, doch der Schwarze Prinz legte ihm die Hand auf den Arm.

»Vielleicht müsste er weniger oft den Helden spielen, wenn du und deine Männer es etwas häufiger täten, Schnapper«, sagte er.

Der Schnapper stand bedrohlich langsam auf, doch bevor er etwas sagen konnte, erhob der Starke Mann seine Stimme, eilfertig wie ein Kind, das den Streit seiner Eltern schlichten will. »Was, wenn der Eichelhäher recht hat? Vielleicht will die Hässliche uns ja wirklich helfen! Sie war immer gut zu uns Spielleuten! Sie ist früher sogar zu uns ins Lager gekommen! Und sie füttert die Armen und holt den Schleierkauz auf die Burg, wenn der Hänfling wieder irgendeinem armen Hund die Hand oder den Fuß hat abhacken lassen!«

»Ja, ist das nicht großzügig?« Der Gecko verzog spöttisch das Gesicht, wie so oft, wenn der Starke Mann etwas sagte, und die Krähe auf seiner Schulter ließ ein höhnisches Krächzen hören. »Was ist so großartig daran, Küchenreste zu verschenken und Kleider, die man nicht mehr tragen will? Läuft die Hässliche in Lumpen herum wie meine Mutter und meine Schwestern? Nein! Vermutlich ist Balbulus das Pergament ausgegangen, und sie will mit dem Kopfgeld für den Eichelhäher neues kaufen!«

Erneut lachten ein paar der Räuber. Der Starke Mann aber blickte unsicher auf den Schwarzen Prinzen. Sein Bruder flüsterte ihm etwas zu und warf einen feindseligen Blick zum Gecko hinüber. Bitte, Prinz!, dachte Resa. Sag Mo, dass er vergessen soll, was Violante gesagt hat. Auf dich wird er hören! Und hilf ihm auch, das Buch zu vergessen, das er ihrem Vater gebunden hat! Bitte!

Der Schwarze Prinz sah zu ihr herüber, als hätte er ihr stummes Flehen gehört. Doch sein dunkles Gesicht blieb unlesbar – so unlesbar, wie es Mos Gesicht immer öfter für sie war.

»Doria!«, sagte er. »Denkst du, du kommst an den Burgwachen vorbei und kannst dich bei Violantes Soldaten umhören? Vielleicht hat einer von ihnen gehört, was genau der Auftrag des Pfeifers ist.«

Der Starke Mann öffnete den Mund, als wollte er protestieren. Er liebte seinen Bruder und tat alles, um ihn zu beschützen. Aber Doria war in einem Alter, in dem man nicht mehr beschützt werden will.

»Sicher. Das ist leicht«, sagte er mit einem Lächeln, das zeigte, wie gern er den Auftrag des Prinzen ausführte. »Einige von ihnen kenne ich, seit ich laufen kann. Die meisten sind ja kaum älter als ich.«

»Gut.« Der Schwarze Prinz richtete sich auf. Seine nächsten Worte waren an Mo gerichtet, auch wenn er ihn nicht ansah. »Was Violantes Angebot betrifft, stimme ich dem Gecko und dem Schnapper zu. Violante mag eine Schwäche für Spielleute haben und Mitleid mit ihren Untertanen, aber sie ist die Tochter ihres Vaters und wir sollten ihr nicht trauen.«

Alle Blicke richteten sich auf den Eichelhäher.

Aber Mo schwieg.

Für Resa sprach dieses Schweigen lauter als Worte. Sie kannte dieses Schweigen ebenso wie Meggie. Resa sah die Angst auf dem Gesicht ihrer Tochter, als sie auf Mo einzureden begann. Ja. Inzwischen spürte wohl auch Meggie, wie fest diese Geschichte ihren Vater umsponnen hatte, obwohl er selbst sie einst eben davor gewarnt hatte. Tiefer und tiefer zogen die Buchstaben ihn hinab, wie ein Strudel aus Tinte, und erneut beschlich Resa der furchtbare Gedanke, der ihr immer öfter in den letzten Wochen gekommen war: dass die Weißen Frauen an dem Tag, an dem Mo in Capricorns niedergebrannter Festung gelegen hatte, verwundet auf den Tod, tatsächlich einen Teil von ihm mit sich genommen hatten, dorthin, wohin auch Staubfinger verschwunden war, und sie diesen Teil von ihm erst dort wiedersehen würde. An dem Ort, an dem alle Geschichten enden.

Laute Worte, leise Worte

Gehst du, schließt hinter dir Raum sich wie mit Wasser,
Schau nicht zurück: Um dich herum bist du allein,
Raum ist nur Zeit, die sich uns anders sichtbar macht,
Wir können Orte, die wir lieben, nie verlassen.
Ivan V. Lalić, Places We Love

»Bitte, Mo! Frag ihn!« Zuerst dachte Meggie, sie hätte die Stimme ihrer Mutter nur im Traum gehört, einem der finsteren Träume, die ihr manchmal die Vergangenheit schickte. Resa klang so verzweifelt. Doch als Meggie die Augen aufschlug, hörte sie ihre Stimme immer noch. Und als sie aus dem Zelt lugte, sah sie ihre Eltern zwischen den Bäumen stehen, nur ein paar Schritte entfernt, kaum mehr als zwei Schatten in der Nacht. Die Eiche, an deren Stamm Mo lehnte, war so groß, wie Meggie sie nur aus der Tintenwelt kannte, und Resa hielt seinen Arm umklammert, als müsste sie ihn zwingen, ihr zuzuhören.

»Haben wir es nicht immer so gemacht? Wenn einem von uns eine Geschichte nicht mehr gefiel, haben wir das Buch zugeklappt! Mo, hast du vergessen, wie viele Bücher es gibt? Lass uns ein anderes finden, das uns seine Geschichte erzählt, eins, dessen Worte Worte bleiben und uns nicht zu Fleisch von ihrem Fleisch machen!«

Meggie blickte hinüber zu den Räubern, die nur wenige Meter entfernt unter den Bäumen lagen. Viele von ihnen schliefen unter freiem Himmel, obwohl die Nächte schon sehr kalt waren, aber die verzweifelte Stimme ihrer Mutter schien keinen von ihnen geweckt zu haben.

»Wenn ich mich richtig erinnere, war ich es, der dieses Buch schon vor langer Zeit zuschlagen wollte.« Mos Stimme war so kühl wie die Luft, die durch die zerschlissenen Stoffbahnen zu Meggie hereindrang. »Aber Meggie und du, ihr wolltet von nichts anderem hören.«

»Woher sollte ich wissen, was diese Geschichte aus dir machen würde?« Resas Stimme klang, als wüsste sie kaum, wie sie die Tränen zurückhalten sollte.

Leg dich wieder schlafen!, dachte Meggie. Lass die zwei allein. Doch sie blieb sitzen, frierend in der kalten Nachtluft.

»Was redest du da? Was soll sie aus mir gemacht haben?«

Mo sprach so leise, als wollte er die nächtliche Stille nicht stören, aber Resa schien vergessen zu haben, wo sie war.

»Was sie aus dir gemacht hat?« Sie sprach lauter mit jedem Wort. »Du trägst ein Schwert am Gürtel! Du schläfst kaum und bist nächtelang fort. Glaubst du, ich kann den Schrei eines echten Eichelhähers nicht von dem eines Menschen unterscheiden? Ich weiß, wie oft Baptista oder der Starke Mann dich geholt haben, als wir noch auf dem Hof waren ... Und was das Schlimmste ist, ich weiß, wie gern du mit ihnen gehst. Du hast Geschmack an der Gefahr gefunden! Du bist nach Ombra geritten, obwohl der Prinz dich davor gewarnt hat. Und du kommst zurück, nachdem sie dich fast gefangen hätten, und tust, als wäre das alles ein Spiel!«

»Was ist es sonst?« Mo sprach immer noch so leise, dass Meggie ihn kaum verstand. »Hast du vergessen, woraus diese Welt besteht?«

»Es ist mir egal, woraus sie besteht. Du kannst sterben in ihr,

Mo. Das weißt du besser als ich. Oder hast du die Weißen Frauen vergessen? Nein. Du sprichst sogar im Schlaf von ihnen. Manchmal denke ich fast, du vermisst sie …«

Mo schwieg, aber Meggie wusste, dass Resa recht hatte. Mo hatte ihr nur ein einziges Mal von den Weißen Frauen erzählt. »Sie sind aus nichts als Sehnsucht gemacht, Meggie«, hatte er gesagt. »Sie füllen dir das Herz bis an den Rand damit, bis du nur noch mit ihnen gehen willst, wo immer sie dich auch hinführen.«

»Bitte, Mo!« Resas Stimme zitterte. »Bitte Fenoglio, uns zurückzuschreiben! Für dich wird er es versuchen. Er ist es dir schuldig!«

Einer der Räuber hustete im Schlaf, ein anderer rückte näher ans Feuer – und Mo schwieg. Als er schließlich antwortete, klang es, als spräche er mit einem Kind. Nicht einmal mit Meggie sprach er noch so. »Fenoglio schreibt nicht mehr, Resa. Ich bin nicht einmal sicher, ob er es noch kann!«

»Dann geh zu Orpheus! Du hast gehört, was Farid erzählt. Er hat bunte Feen hergeschrieben, Einhörner …«

»Und? Orpheus kann zu Fenoglios Geschichte vielleicht hier und da etwas hinzudichten. Aber um uns zu Elinor zurückzubringen, müsste er etwas Eigenes schreiben. Ich bezweifle, dass er das kann. Und selbst wenn! Nach dem, was Farid erzählt, ist er nur daran interessiert, sich zum reichsten Mann von Ombra zu machen. Hast du Geld, um ihn für seine Worte zu bezahlen?«

Diesmal schwieg Resa – so lange, als wäre sie wieder stumm, wie damals, als sie ihre Stimme in dieser Welt zurückgelassen hatte.

Mo war es, der schließlich das Schweigen brach.

»Resa!«, sagte er. »Wenn wir jetzt zurückgehen, werde ich in

Elinors Haus sitzen und tagaus, tagein an nichts anderes denken als daran, wie diese Geschichte weitergeht. Aber kein Buch der Welt wird es mir erzählen können!«

»Du willst nicht nur wissen, wie es weitergeht.« Nun war es Resas Stimme, die kühl klang. »Du willst bestimmen, was passiert. Du willst mitspielen! Aber wer sagt dir, dass du jemals wieder aus den Buchstaben herausfindest, wenn du dich noch mehr in ihnen verfängst?«

»Noch mehr? Wie das? Ich habe hier den Tod gesehen, Resa – und ein neues Leben bekommen.«

»Wenn du es nicht für mich tun willst –«, Meggie hörte, wie schwer es ihrer Mutter fiel weiterzusprechen, »– dann geh zurück für Meggie – und für unser zweites Kind. Ich will, dass es einen Vater hat! Ich will, dass er lebt, wenn es geboren wird – und dass er noch derselbe Mann ist, der seine Schwester großgezogen hat.«

Resa musste erneut lange auf Mos Antwort warten. Ein Käuzchen schrie. Die Krähen des Geckos krächzten schläfrig in dem Baum, in dem sie nachts hockten. Fenoglios Welt schien so friedlich. Und Mo strich dem Baum, an dem er lehnte, so zärtlich über die Rinde, wie er es sonst mit dem Rücken eines Buches tat.

»Woher willst du wissen, dass Meggie nicht bleiben will? Sie ist fast erwachsen. Und sie ist verliebt. Glaubst du, sie will zurück, während Farid hierbleibt? Und er wird bleiben.«

Verliebt. Meggies Gesicht begann zu brennen. Sie wollte nicht, dass Mo aussprach, was sie selbst nie in Worte gefasst hatte. Verliebt – es klang wie eine Krankheit, für die es keine Heilung gab. Und fühlte es sich nicht manchmal auch genauso an? Ja, Farid würde bleiben. Wie oft hatte sie selbst sich das schon gesagt, wenn sie den Wunsch verspürt hatte zurückzukehren: Farid wird bleiben, auch wenn Staubfinger bei den Toten bleibt. Er wird weiter nach ihm suchen und sich nach ihm sehnen, so viel mehr als nach dir, Meggie. Aber wie würde es sich anfühlen, ihn nie wiederzusehen? Würde sie ihr Herz hierlassen und künftig mit einem Loch in der Brust herumlaufen? Würde sie allein bleiben – so wie Elinor – und nur noch in Büchern vom Verliebtsein lesen?

»Sie wird darüber hinwegkommen!«, hörte sie Resa sagen. »Sie wird sich in einen anderen verlieben.«

Was redete ihre Mutter da? Sie kennt mich nicht!, dachte Meggie. Sie hat mich nie gekannt. Wie auch? Sie war ja nie da.

»Was ist mit deinem zweiten Kind?«, fuhr Resa fort. »Willst du, dass es in diese Welt geboren wird?«

Mo blickte sich um, und Meggie spürte erneut, was sie schon lange wusste: dass ihr Vater diese Welt inzwischen ebenso sehr liebte, wie sie und Resa es einst getan hatten. Vielleicht liebte er sie sogar noch mehr.

»Warum nicht?«, fragte er zurück. »Willst du, dass es in eine Welt geboren wird, in der es das, wonach es sich sehnt, nur in Büchern findet?«

Resas Stimme bebte, als sie antwortete, doch nun war es Zorn, der herausklang. »Wie kannst du so etwas sagen? Alles, was du hier findest, wurde in unserer Welt geboren. Wo sonst soll Fenoglio es herhaben?«

»Was weiß ich? Glaubst du tatsächlich immer noch, dass es nur eine wirkliche Welt gibt und die anderen nichts als blasse Ableger sind?«

Irgendwo heulte ein Wolf, und zwei andere antworteten. Eine der Wachen kam zwischen den Bäumen hervor und warf Holz auf das sterbende Feuer. Streuner nannte er sich. Keiner der Räuber trug den Namen, unter dem er geboren worden war. Mit einem neugierigen Blick auf Mo und Resa verschwand er wieder zwischen den Bäumen.

»Ich will nicht zurück, Resa. Nicht jetzt!« Mos Stimme klang entschieden, doch zugleich warb sie um ihre Mutter, als hoffte er, sie doch noch davon überzeugen zu können, dass sie am richtigen Ort waren. »Es werden noch viele Monate vergehen, bevor dieses Kind geboren wird, und vielleicht werden wir bis dahin alle wieder in Elinors Haus sitzen. Aber jetzt ist dies der Ort, an dem ich sein will.«

Er küsste Resa auf die Stirn. Dann ging er fort, hinüber zu den Wachen, die am anderen Ende des Lagers zwischen den Bäumen standen. Und Resa ließ sich dort, wo sie stand, ins Gras sinken und vergrub das Gesicht in den Händen. Meggie wollte zu ihr gehen und sie trösten, doch was sollte sie sagen? Ich will bei Farid bleiben, Resa. Ich will keinen anderen finden. Nein, das hätte ihre Mutter wohl kaum getröstet. Und Mo kam auch nicht zurück.

Das Angebot des Pfeifers

Es kommt der Moment, in dem ein Charakter etwas tut oder sagt, über das du nicht nachgedacht hattest. In dem Moment ist er lebendig und du überlässt den Rest ihm.
Graham Greene in »Advice to Writers«

Na endlich. Da kamen sie. Die Fanfaren schallten vom Stadttor herüber, blechern und anmaßend. Fenoglio fand, dass sie genauso klangen wie der Mann, den sie ankündigten. Der Hänfling – das Volk fand doch immer die passendsten Namen. Selbst ihm hätte kein besserer einfallen können, aber, nun ja, er hätte diesen blässlichen Emporkömmling auch erst gar nicht erfunden! Nicht mal der Natternkopf ließ seine Ankunft jedes Mal von langstieligen Trompeten verkünden, aber sein schmalbrüstiger Schwager ritt einmal um die Burg und schon schmetterten sie los.

Fenoglio zog Despina und Ivo dichter an seine Seite. Despina ließ das bereitwillig geschehen, aber ihr Bruder entwand sich Fenoglios Griff und kletterte flink wie ein Eichhörnchen auf einen Mauervorsprung, um in die Gasse zu lugen, die sie bald heraufkommen würden: der Hänfling und sein Gefolge, auch die Meute genannt. Ob man dem Schwager der Natter schon gemeldet hatte, dass fast alle Frauen von Ombra vor dem Burgtor auf ihn warteten? Bestimmt.

Warum zählt der Pfeifer unsere Kinder? Für diese Frage waren sie gekommen. Sie hatten sie auch schon den Wachen entgegengerufen, doch die hatten nur mit unbewegten Gesichtern die Lanzen auf die aufgebrachten Frauen gerichtet. Nach Hause gegangen waren sie dennoch nicht.

Es war Freitag, Jagdtag, und sie warteten seit Stunden auf die Rückkehr ihres neuen Herrn, der seit dem Tag seiner Ankunft daran arbeitete, den Weglosen Wald zu entvölkern. Dutzende von blutigen Rebhühnern würden seine Diener wieder durch das hungrige Ombra tragen, Wildschweine, Hirsche und Hasen, vorbei an Frauen, die kaum wussten, woher sie die Mahlzeit für den nächsten Tag nehmen sollten. Normalerweise machte Fenoglio deshalb freitags noch seltener als an anderen Tagen einen Schritt vor die Tür, aber heute hatte ihn die Neugier hergetrieben. Neugier, was für ein lästiges Gefühl ...

»Fenoglio«, hatte Minerva gesagt, »kannst du auf Despina und Ivo achten? Ich muss zur Burg. Alle gehen hin. Wir wollen sie zwingen, uns zu sagen, warum der Pfeifer unsere Kinder zählt.«

Ihr wisst die Antwort!, wollte Fenoglio sagen. Aber die Verzweiflung auf Minervas Gesicht ließ ihn schweigen. Sollte sie doch hoffen, dass sie ihre Kinder nicht für die Silberminen brauchten. Überlass es dem Hänfling und dem Pfeifer, ihr die Hoffnung zu nehmen, Fenoglio.

Ach, wie sehr er das alles leid war! Gestern hatte er es wieder mit dem Schreiben versucht – nachdem er sich über das arrogante Lächeln aufgeregt hatte, mit dem der Pfeifer in Ombra eingeritten war. Er hatte eine der gespitzten Federn in die Hand genommen, die der Glasmann ihm immer noch auffordernd hinlegte, sich vor ein leeres Blatt Papier gesetzt und Rosenquarz nach einer Stunde vergeblichen Wartens dafür beschimpft, dass er Papier gekauft hatte, dem man ansah, dass es aus alten Hosen gemacht war.

Ach, Fenoglio, wie viele dumme Ausreden werden dir noch dafür einfallen, dass du ein wortloser alter Mann geworden bist?

Ja, er gab es zu. Er wollte der Herr dieser Geschichte sein, auch wenn er es seit Cosimos Tod lautstark geleugnet hatte. Immer öfter machte er sich mit Feder und Tinte auf die Suche nach dem alten Zauber – meist, während der Glasmann in seinem Feennest schnarchte, weil es allzu peinlich war, wenn Rosenquarz Zeuge seines Versagens wurde! Er versuchte es, wenn Minerva den Kindern eine Suppe vorsetzen musste, die kaum besser als Waschwasser schmeckte, wenn die grässlichen bunten Feen so laut in ihrem Nest schnatterten, dass er keinen Schlaf fand, oder eins seiner Geschöpfe ihn – wie gestern der Pfeifer – an die Tage erinnerte, an denen er diese Welt, berauscht von der eigenen Wortkunst, aus Buchstaben gewebt hatte.

Aber das Papier blieb leer – als hätten sich alle Worte zu Orpheus hinübergestohlen, nur weil der sie auf seine Zunge nahm und abschleckte. Hatte das Leben jemals zuvor so bitter geschmeckt?

In seiner Trübsal hatte er sogar mit dem Gedanken gespielt zurückzugehen, in das Dorf in der anderen Welt, so friedlich und wohlgenährt, so wunderbar ereignis- und feenlos, zu seinen Enkeln, die sicherlich seine Geschichten vermissten (und was für fabelhafte Geschichten würde er ihnen mitbringen können!). Aber woher sollten die Worte für ein Zurück kommen? Sicherlich nicht aus seinem leeren alten Kopf, und er konnte wohl kaum Orpheus bitten, sie ihm zu schreiben. O nein, so tief war er noch nicht gesunken.

Despina zupfte an seinem Ärmel. Cosimo hatte ihm die Tunika geschenkt, aber auch sie war inzwischen mottenzerfressen und so staubig wie sein Hirn, das nicht mehr denken wollte. Was tat er hier, vor der verfluchten Burg, deren Anblick ihn nur noch deprimierte? Warum lag er nicht in seinem Bett?

»Fenoglio? Stimmt es, dass man Blut auf das Silber spuckt, das man aus der Erde gräbt?« Despinas Stimme erinnerte ihn immer an die eines kleinen Vogels. »Ivo sagt, für die Stollen, wo das meiste Silber ist, hätte ich genau die richtige Größe.«

Verfluchter Bengel! Warum erzählte er seiner kleinen Schwester solche Geschichten? »Wie oft hab ich dir schon gesagt, dass du deinem Bruder kein Wort glauben sollst!« Fenoglio strich Despina das dichte schwarze Haar hinter die Ohren und warf Ivo einen tadelnden Blick zu. Armes kleines, vaterloses Ding.

»Warum soll ich es ihr nicht erzählen? Sie hat mich gefragt!« Ivo war in dem Alter, in dem man selbst tröstende Lügen verachtet. »Dich werden sie vermutlich nicht holen«, sagte er und beugte sich zu seiner kleinen Schwester herab. »Die Mädchen sterben zu schnell. Aber mich und Beppo und Lino, sogar Mungus, obwohl der humpelt. Der Pfeifer wird uns alle mitnehmen. Und dann bringen sie uns tot zurück wie unseren –«

Despina presste ihm so hastig die Hand auf den Mund, als könnte es ihren Vater wieder lebendig machen, wenn ihr Bruder nur das schlimme Wort nicht aussprach.

Fenoglio hätte den Jungen am liebsten gepackt und geschüttelt. Doch Despina hätte nur auf der Stelle angefangen zu weinen. Beteten alle kleinen Schwestern ihre Brüder an?

»Schluss jetzt! Hör auf, deine Schwester verrückt zu machen!«, fuhr er Ivo an. »Der Pfeifer ist hier, um den Eichelhäher zu fangen. Nichts weiter. Und um den Hänfling zu fragen, warum er nicht mehr Silber auf die Nachtburg schickt.«

»Ach ja? Und warum zählen sie uns dann?« Der Junge war erwachsen geworden in den letzten Wochen. Als hätte der Kummer ihm die Kindheit vom Gesicht gewischt. Ivo war nun der Vater in der Familie, mit knapp zehn Jahren – auch wenn Fenoglio manchmal versuchte, ihm diese Rolle von den schmalen Schultern zu nehmen. Der Junge arbeitete bei den Färbern, half, den nassen Stoff aus den stinkenden Kübeln zu ziehen, tagaus, tagein, und brachte den Geruch abends mit nach Hause. Aber er verdiente auf die Art mehr als Fenoglio mit seiner Schreiberei auf dem Markt.

»Sie werden uns alle umbringen!«, fuhr er ungerührt fort, den Blick auf die Wachen geheftet, die ihre Lanzen immer noch auf die wartenden Frauen richteten. »Und den Eichelhäher werden sie in Stücke reißen, so wie sie es letzte Woche mit dem Spielmann gemacht haben, der den Statthalter mit faulem Gemüse beworfen hat. Die Stücke haben sie an die Hunde verfüttert.«

»Ivo!« Das war zu viel. Fenoglio versuchte ihn an den Ohren zu packen, aber der Junge war schneller und sprang davon, bevor er ihn sich greifen konnte. Seine Schwester jedoch stand da und presste Fenoglios Hand so fest, als könnte nichts anderes mehr ihr Halt geben in dieser zerschlagenen Welt.

»Sie fangen ihn nicht, oder?« Despinas kleine Stimme klang so zaghaft, dass Fenoglio sich zu ihr hinunterbeugen musste, um sie zu verstehen. »Der Bär beschützt den Eichelhäher jetzt genauso wie den Schwarzen Prinzen, oder?«

»Natürlich!« Fenoglio strich ihr erneut über das nachtschwarze Haar. Hufschlag klang die Gassen herauf und Stimmen drangen zwischen den Häusern hervor, so ausgelassen, als verhöhnten sie die Stummheit der wartenden Frauen, während hinter den umliegenden Hügeln die Sonne versank und Ombras Dächer rot färbte.

Die adligen Herrschaften kamen heute spät von ihrem Jagdvergnügen zurück, die silberbestickten Gewänder bespritzt mit Blut, die gelangweilten Herzen angenehm erregt vom Töten. Ja, der Tod konnte ein fabelhafter Unterhalter sein – wenn es sich um den Tod anderer handelte.

Die Frauen drängten sich enger zusammen. Die Wachen trieben sie vom Tor zurück, doch sie blieben vor den Burgmauern stehen, alte Frauen, junge Frauen, Mütter, Töchter, Großmütter. Minerva war eine der vordersten. Sie war schmal geworden in den letzten Wochen. Seine Geschichte fraß sie auf, kannibalisches Ding! Aber sie hatte gelächelt, als sie gehört hatte, dass der Eichelhäher sich auf der Burg ein paar Bücher angesehen hatte und ungestraft wieder davongeritten war.

»Er wird uns retten!«, hatte sie geflüstert und sang abends mit leiser Stimme die schlechten Lieder, die in Ombra die Runde machten. Über die weiße und die schwarze Hand der Gerechtigkeit, den Häher und den Prinzen ... Ein Buchbinder und ein Messerwerfer gegen den Pfeifer und seine Armee von gepanzerten Brandstiftern. Aber warum nicht? Klang das nicht am Ende doch nach einer guten Geschichte?

Fenoglio nahm Despina auf den Arm, als die Soldaten vorbeiritten, die die Jagdgesellschaft bewachten. Spielleute kamen hinter ihnen die Gasse herunter, Pfeifer, Trommler, Jongleure, Koboldzähmer und natürlich der Rußvogel, der sich keine Vergnügung entgehen ließ (auch wenn es hieß, dass ihm beim Blenden und Vierteilen schlecht wurde). Dann folgten die Hunde, scheckig wie das Licht im Weglosen Wald, mit den Knechten, die dafür sorgten, dass sie am Jagdtag hungrig waren, und schließlich die Jäger, ganz vorneweg der Hänfling, ein mageres Bürschchen auf einem viel zu großen Pferd, so hässlich, wie seine Schwester angeblich schön war, mit einer spitzen Nase, die zu kurz für sein Gesicht schien, und einem breiten, verkniffenen Mund. Keiner wusste, warum der Natternkopf gerade ihn zum Herrn von Ombra gemacht hatte. Vielleicht war es auf Bitten seiner Schwester geschehen, die dem Silberfürsten schließlich seinen ersten Sohn geschenkt hatte. Fenoglio vermutete allerdings eher, dass der Natternkopf seinen schwächlichen Schwager gewählt hatte, weil er sicher war, dass der sich niemals gegen ihn erheben würde.

Was für eine blasse Figur!, dachte Fenoglio verächtlich, während der Hänfling mit überheblichem Gesicht an ihm vorbeiritt. Offenbar besetzte diese Geschichte inzwischen selbst Hauptrollen mit billigen Nebendarstellern.

Die Beute der feinen Herrschaften war wie erwartet reichlich ausgefallen: Rebhühner, wie frisch gefallene Früchte von den Stangen baumelnd, an die die Jagdknechte sie gebunden hatten, ein halbes Dutzend der Rehe, die er eigens für diese Welt ersonnen hatte, das rotbraune Fell auch im hohen Alter noch gescheckt wie das eines Kitzes (nicht dass diese besonders alt geworden wären!), Hasen, Hirsche, Wildschweine …

Die Frauen von Ombra starrten das erlegte Wild mit unbewegten Gesichtern an. Manchen fuhr die verräterische Hand an den leeren Magen oder sie blickten zu ihren ewig hungrigen Kindern hinüber, die in den Toreingängen auf ihre Mütter warteten.

Und dann – trugen sie das Einhorn vorbei.

Verfluchter Käsekopf!

Es gab keine Einhörner in Fenoglios Welt, aber Orpheus hatte eins herbeigeschrieben, nur damit der Hänfling es abschlachten konnte. Fenoglio hielt Despina rasch die Augen zu, als sie es vorbeitrugen, das weiße Fell zerstochen und voll Blut. Rosenquarz hatte ihm erst vor knapp einer Woche von diesem Auftrag des Hänflings berichtet. Die Bezahlung war stattlich gewesen, und ganz Ombra hatte darüber gemutmaßt, aus welchem fernen Land das Doppelauge das märchenhafte Geschöpf herbeigeschafft hatte.

Ein Einhorn! Was hätte man darüber für Geschichten erzählen können! Doch für Geschichten bezahlte der Hänfling nicht. Ganz abgesehen davon, dass Orpheus sie nicht hätte schreiben können. Mit meinen Worten hat er es erschaffen!, dachte Fenoglio. Mit meinen Worten! Er spürte, wie die Wut sich wie ein Stein in seinem Magen ballte. Wenn er doch nur Geld gehabt hätte, um ein paar Diebe anzuheuern, die das Buch stahlen, das diesem Parasiten die Wörter lieferte! Sein eigenes Buch! Wenn er sich wenigstens selbst ein paar Schätze hätte herbeischreiben können. Doch nicht einmal das brachte er zustande – er, Fenoglio, ehemals Dichter Cosimos des Schönen und Schöpfer dieser einst so prächtigen Welt! Tränen des Selbstmitleids stiegen ihm in die Augen, und er malte sich aus, dass sie Orpheus so zerstochen und blutig an ihm vorbeitrugen wie das Einhorn. Ja!

»Warum zählt ihr unsere Kinder? Hört auf damit!«

Minervas Stimme riss Fenoglio aus seinen rachetrunkenen Träumen.

Despina umklammerte seinen Hals so fest mit ihren dünnen Ärmchen, dass es ihm fast den Atem abschnürte, als sie ihre Mutter zwischen die Pferde treten sah. War Minerva verrückt geworden? Wollte sie ihre Kinder nun vollends zu Waisen machen?

Eine Frau, die gleich hinter dem Hänfling ritt, wies mit ihrem behandschuhten Finger auf Minerva, auf ihre nackten Füße und das ärmliche Kleid. Die Wachen kamen mit ihren Lanzen auf sie zu.

Minerva, zum Teufel! Fenoglio schlug das Herz bis zum Hals. Despina begann zu weinen, aber es war nicht ihr Schluchzen, das Minerva zurückstolpern ließ. Der Pfeifer war unbemerkt zwischen die Zinnen über dem Tor getreten.

»Warum wir eure Kinder zählen?«, rief er zu den Frauen hinunter.

Er war wie immer prächtig gekleidet. Selbst der Hänfling sah gegen ihn wie ein Kammerdiener aus. Schillernd wie ein Pfau stand er zwischen den Zinnen, vier Armbrustschützen neben sich. Vielleicht hatte er schon lange dort oben gestanden, beobachtend, wie der Schwager seines Herrn mit den wartenden Frauen zurechtkam. Seine gepresste Stimme trug weit in der Stille, die plötzlich über Ombra lag.

»Wir zählen alles, was uns gehört!«, rief er. »Schafe, Kühe, Hühner, Frauen, Kinder, Männer – auch wenn ihr von denen nicht mehr allzu viele habt. Felder, Scheunen, Ställe, Häuser, jeden Baum in eurem Wald zählen wir. Schließlich will der Natternkopf wissen, worüber er herrscht.«

Die Silbernase saß ihm immer noch wie ein Schnabel im Gesicht. Es gab Geschichten, dass der Natternkopf seinem Herold auch ein Herz aus Silber hatte anfertigen lassen, aber Fenoglio war sicher, dass in der Brust des Pfeifers ein menschliches Herz schlug. Nichts war grausamer als ein Herz aus Fleisch und Blut, weil es wusste, was Schmerzen bereitet.

»Ihr wollt sie nicht für die Minen?« Die Frau, die diesmal die Stimme erhob, trat nicht hervor wie Minerva, sondern verbarg sich zwischen den anderen.

Der Pfeifer antwortete nicht sogleich. Er betrachtete seine Fingernägel. Der Pfeifer war stolz auf seine rosigen Nägel. Sie waren gepflegt wie die einer Frau, so wie Fenoglio es beschrieben hatte. Ach, es war doch immer wieder aufregend, wenn sie sich genau so benahmen, wie er es erdacht hatte.

Du badest sie abends in Rosenwasser, du Schuft!, dachte Fenoglio, während Despina den Pfeifer anstarrte wie ein Vogel die Katze, die ihn fressen will. Und du trägst sie lang wie die Frauen, die dem Hänfling Gesellschaft leisten.

»Für die Minen? Eine reizvolle Idee!«

Es war so still geworden, dass der Silbernasige nicht einmal die Stimme heben musste. Die untergehende Sonne warf seinen Schatten auf die Frauen, lang und schwarz. Sehr wirkungsvoll, dachte Fenoglio. Und wie dumm der Hänfling dreinschaute. Der Pfeifer ließ ihn vor seinem eigenen Tor warten wie einen Bediensteten. Was für eine Szene. Aber sie stammte nicht von ihm …

»Ich verstehe! Ihr denkt, deshalb hätte der Natternkopf mich hergeschickt!« Der Pfeifer stützte die Hände auf die Mauer und blickte von den Zinnen wie ein Raubtier, das sich fragte, ob ihm der Hänfling oder eine der Frauen besser schmecken würde. »Aber nein. Ich bin hier, um einen Vogel zu fangen, und ihr alle wisst, welche Farbe sein Gefieder hat. Auch wenn er, wie ich gehört habe, bei seiner letzten Frechheit schwarz wie ein Rabe war. Sobald dieser Vogel gefangen ist, reite ich zurück auf die andere Seite des Waldes. Nicht wahr, Statthalter?«

Der Hänfling sah zu ihm hinauf und rückte sich das blutige Schwert zurecht. »Wenn Ihr es sagt!«, rief er mit mühsam beherrschter Stimme und warf den Frauen vor dem Tor einen so irritierten Blick zu, als hätte er nie zuvor ihresgleichen gesehen.

»Nun, ich sage es.« Der Pfeifer lächelte überlegen auf den Hänfling herab. »Sollte sich allerdings –«, er blickte erneut auf die Frauen herab, und die Pause, die er machte, schien kein Ende zu nehmen, »– sollte sich dieser Vogel nicht fangen lassen –«, wieder machte er eine Pause, so lang, als wollte er jede der wartenden Frauen eingehend mustern, »– sollten einige der hier Anwesenden ihm gar Versteck und Obdach gewähren, ihn warnen vor unseren Patrouillen und Lieder darüber dichten, wie er uns an der Nase herumführt ...« Der Seufzer, den er ausstieß, kam aus tiefster Brust. »Nun, in dem Fall würde ich wohl doch an seiner statt eure Kinder mitnehmen müssen, denn schließlich kann ich nicht mit leeren Händen auf die Nachtburg zurückkehren, oder?«

Oh, verfluchter silbernasiger Bastard.

Warum hast du ihn nicht dümmer erschaffen, Fenoglio? Weil dumme Bösewichte sterbenslangweilig sind, gab er sich selbst zur Antwort und schämte sich dafür, als er die Verzweiflung auf den Gesichtern der Frauen sah.

»Ihr seht, es liegt ganz an euch!« Die gepresste Stimme verriet immer noch etwas von der schmalzigen Süße, für die Capricorn sie einst so geliebt hatte. »Helft mir, den Vogel zu fangen, den der Natternkopf so gern auf seiner Burg singen hören würde, und ihr könnt eure Kinder behalten. Anderenfalls –«, gelangweilt gab er den Wachen ein Zeichen, und der Hänfling ritt mit zornstarrem Gesicht auf das sich öffnende Tor zu, »– anderenfalls werde ich mich wohl leider daran erinnern müssen, dass in unseren Silberminen tatsächlich ein ständiger Bedarf an kleinen Händen besteht.«

Die Frauen starrten mit so leeren Gesichtern zu ihm hoch, als passte einfach nicht noch mehr Verzweiflung darauf.

»Was steht ihr noch da?«, rief der Pfeifer, während unter ihm die Knechte die Jagdbeute des Hänflings durch das Tor trugen. »Verschwindet! Oder ich lass euch mit heißem Wasser übergießen. Was sicherlich keine schlechte Idee wäre, da ihr alle sicher ein Bad gebrauchen könnt.«

Wie betäubt wichen die Frauen zurück, zu den Zinnen hinaufblickend, als würden dort schon die Kessel erhitzt.

Fenoglios Herz aber hatte zum letzten Mal so schnell geschlagen, als die Soldaten in Balbulus' Werkstatt erschienen und Mortimer mit sich genommen hatten. Er musterte die Gesichter der Frauen, die Bettler, die neben dem Pranger vor der Burgmauer hockten, die verängstigten Kinder, und Furcht machte sich in ihm breit. All die Belohnungen, die auf Mortimers Kopf ausgesetzt waren, hatten dem Silberfürsten keinen Verräter in Ombra kaufen können. Aber was würde nun geschehen? Welche Mutter würde den Eichelhäher nicht für ihr Kind verraten?

Ein Bettler drängte sich durch die Frauen, und als er an Fenoglio vorbeihinkte, erkannte er in ihm einen der Spitzel des Schwarzen Prinzen. Gut!, dachte er. Mortimer wird also bald wissen, welchen Handel der Pfeifer den Frauen von Ombra angeboten hat. Doch was dann?

Die Jagdgesellschaft des Hänflings zog weiter durch das offene Burgtor und die Frauen machten sich auf den Heimweg, die Köpfe gesenkt, als schämten sie sich schon jetzt für den Verrat, zu dem der Pfeifer sie aufgerufen hatte.

»Fenoglio!« Eine Frau blieb vor ihm stehen. Er erkannte sie erst, als sie das Tuch zurückschob, das sie wie eine Bäuerin über dem hochgesteckten Haar trug.

»Resa? Was machst du denn hier?« Fenoglio sah sich unwillkürlich besorgt um, aber Mortimers Frau war offenbar ohne ihren Mann gekommen.

»Ich hab überall nach dir gesucht!«

Despina umklammerte Fenoglios Hals und starrte die Fremde neugierig an. »Die Frau sieht aus wie Meggie«, flüsterte sie ihm zu.

»Ja, weil sie ihre Mutter ist.« Fenoglio setzte Despina ab, als Minerva auf ihn zukam. Sie ging so langsam, als wäre ihr schwindelig, und Ivo lief auf sie zu und legte beschützend den Arm um sie.

»Fenoglio!« Resa griff nach seinem Arm. »Ich muss mit dir sprechen!«

Worüber? Es konnte nichts Gutes sein.

»Minerva, geh schon vor!«, sagte er. »Du wirst sehen, es wird alles gut«, setzte er hinzu, aber Minerva sah ihn nur an, als wäre er eins ihrer Kinder. Dann griff sie nach der Hand ihrer Tochter und folgte ihrem vorauslaufenden Sohn mit so unsicherem Schritt, als wären die Worte des Pfeifers Glassplitter unter ihren Füßen.

»Sag mir, dass dein Mann tief, tief im Wald versteckt ist und keine weiteren Dummheiten wie den Besuch bei Balbulus vorhat!«, raunte Fenoglio Resa zu, während er sie mit sich in die Gasse der Bäcker zog. Es roch dort immer noch nach frischem Brot und Kuchen, ein quälender Duft für die meisten Bewohner von Ombra, die sich solche Köstlichkeiten längst nicht mehr leisten konnten.

Resa zog sich das Tuch wieder übers Haar und sah sich um, als fürchtete sie, der Pfeifer wäre von den Zinnen herabgestiegen und ihr gefolgt, doch nur eine magere Katze schlich vorbei. Früher hatte es auch viele Schweine in den Gassen gegeben, doch sie waren längst verspeist, die meisten oben auf der Burg.

»Ich brauche deine Hilfe!« Gott, wie verzweifelt sie klang! »Du musst uns zurückschreiben! Du schuldest es uns! Mo ist nur deiner Lieder wegen in Gefahr, und es wird mit jedem Tag schlimmer! Du hast gehört, was der Pfeifer gesagt hat.«

»Halt, halt, halt!« Auch wenn er sich selbst inzwischen oft genug Vorwürfe machte, von anderen hörte Fenoglio sie immer noch nicht gern. Und dieser war nun wirklich ungerecht. »Orpheus hat Mortimer hergebracht, nicht ich! Ich konnte nun wahrlich nicht voraussehen, dass mein Vorbild für den Eichelhäher plötzlich in Fleisch und Blut hier herumspaziert!«

»Aber es ist geschehen!«

Einer der Nachtwächter, die die Lampen anzündeten, kam die Gasse herunter. Die Dunkelheit kam schnell in Ombra, bald würden sie auf der Burg wieder mit dem Feiern beginnen und die Feuer des Rußvogels würden zum Himmel stinken.

»Wenn du es nicht für mich tust –«, Resa gab sich alle Mühe, gefasst zu klingen, aber Fenoglio sah die Tränen in ihren Augen, »– dann tu es für Meggie ... und für den Bruder oder die Schwester, die sie bald haben wird.«

Noch ein Kind? Fenoglio blickte unwillkürlich auf Resas Bauch, als könnte er den neuen Mitspieler dort schon sehen. Nahmen die Verwicklungen denn gar kein Ende?

»Fenoglio, bitte!«

Was sollte er ihr antworten? Sollte er von dem Blatt Papier erzählen, das immer noch leer auf seinem Schreibpult lag – oder gar zugeben, dass ihm gefiel, wie ihr Mann die Rolle spielte, die er ihm geschrieben hatte, dass der Eichelhäher sein einziger Trost in diesen finsteren Zeiten war, die einzige seiner Ideen, die wirklich funktionierte? Nein, wohl besser nicht.

»Hat Mortimer dich geschickt?«

Sie wich seinem Blick aus.

»Resa, will er auch fort?« Fort aus meiner Welt?, setzte er in Gedanken hinzu. Meiner fabelhaften Welt, auch wenn im Moment alles etwas drunter und drüber geht? Ja, Fenoglio wusste es nur allzu gut; er liebte sie immer noch, trotz all ihrer Finsternis. Vielleicht sogar gerade deshalb. Nein. Nein, deshalb nicht ... oder?

»Er *muss* fort! Siehst du das nicht?« Das letzte Tageslicht starb in den Gassen. Es war kalt zwischen den eng stehenden Häusern und so still, als dächte ganz Ombra über die Drohung des Pfeifers nach. Resa zog fröstelnd den Umhang zu, den sie trug. »Deine Worte ... sie verändern ihn!«

»Ach was! Wörter ändern keine Menschen!« Fenoglios Stimme klang lauter, als er beabsichtigt hatte. »Vielleicht hat dein Mann durch meine Worte Dinge über sich erfahren, von denen er noch nichts wusste, aber sie waren da, und wenn er nun Gefallen daran findet, so ist das wohl kaum meine Schuld! Also reite zurück, erzähl ihm, was der Pfeifer gesagt hat, dass er Besuche wie die bei Balbulus in nächster Zeit besser lässt und mach dir, um Gottes willen, keine Sorgen. Er spielt seine Rolle sehr gut! Er spielt sie besser als all die anderen, die ich erfunden habe, den Schwarzen Prinzen mal ausgenommen. Dein Mann ist ein Held in dieser Welt! Welcher Mann wünscht sich das nicht?«

Wie sie ihn ansah. Als wäre er ein alter Narr, der nicht wusste, was er redete. »Du weißt genau, wie Helden enden«, sagte sie mit mühsam beherrschter Stimme. »Sie haben weder Frauen noch Kinder und sie werden nicht alt. Such dir einen anderen, der in deiner Geschichte den Helden spielt, aber nicht meinen Mann! Du musst uns alle zurückschreiben! Noch heute Nacht.«

Er wusste nicht, wo er hinsehen sollte. Ihr Blick war so klar – genau wie der ihrer Tochter. Meggie hatte ihn auch immer auf diese Art angesehen. Im Fenster über ihnen flammte eine Kerze auf. Seine Welt versank in Dunkelheit. Es wurde Nacht – Vorhang zu, morgen geht es weiter.

»Es tut mir leid, aber ich kann dir nicht helfen. Ich werde nie wieder schreiben. Es bringt nichts als Unglück, und davon gibt es hier wahrlich genug.«

Was war er doch für ein Feigling. Zu feige für die Wahrheit. Warum sagte er ihr nicht, dass die Worte ihn verlassen hatten, dass sie den Falschen fragte? Aber Resa schien das ohnehin zu wissen. So viele Gefühle mischten sich auf ihrem klaren Gesicht: Zorn, Enttäuschung, Angst – und Trotz. Wie ihre Tochter, dachte Fenoglio erneut. So unbeugsam, so stark. Frauen waren anders. Ja, ohne Zweifel. Männer zerbrachen so viel schneller. Frauen zerbrach der Kummer nicht. Er nutzte sie ab, höhlte sie aus, ganz langsam, wie Minerva.

»Also gut!« Resas Stimme klang beherrscht, auch wenn sie bebte. »Dann gehe ich eben zu Orpheus. Er kann Einhörner herbeischreiben, er hat uns alle hergebracht. Warum soll er uns nicht auch heimschicken können?«

Wenn du ihn bezahlen kannst, dachte Fenoglio, aber er sprach es nicht aus. Orpheus würde sie fortschicken. Er sparte seine Worte für die Herrschaften von der Burg, die seine teuren Kleider und Mägde bezahlten. Nein, sie würde bleiben müssen, mit Mortimer und mit Meggie – und das war gut so, denn wer sonst sollte seine Worte lesen, falls sie ihm eines Tages doch wieder gehorchten? Und wer sollte den Natternkopf töten, wenn nicht der Eichelhäher?

Ja, sie mussten bleiben. Es war besser so.

»Gut, geh zu Orpheus«, sagte er. »Viel Glück dabei.« Er wandte ihr den Rücken zu, damit er die Verzweiflung in ihren Augen nicht länger sah. Entdeckte er in ihrem Blick nicht auch eine Spur von Verachtung? »Aber reite besser nicht im Dunkeln zurück«, setzte er noch hinzu. »Die Straßen werden von Tag zu Tag unsicherer.«

Dann ging er davon. Minerva wartete bestimmt schon mit dem Abendessen. Er drehte sich nicht noch einmal um. Er wusste nur zu gut, wie Resa ihm nachblicken würde. Genau wie ihre Tochter.

Die falsche Angst

Du wünschst dir etwas anderes als du willst, sagt der Traum.
Schlechter Traum. Bestraf ihn. Jag ihn aus dem Haus.
Bind ihn an die Pferde, laß ihn hinter den Pferden herlaufen.
Häng ihn. Er hat's verdient.
Fütter ihn mit Pilzen, giftigen.
Paavo Haavikko, Nur leicht atmen die Bäume

Zwei ganze Tage und Nächte hatte Mo mit Baptista und dem Schwarzen Prinzen nach einem Ort gesucht, an dem man hundert oder mehr Kinder verstecken konnte. Mithilfe des Bären hatten sie schließlich eine Höhle gefunden. Aber es war ein weiter Weg dorthin. Die Bergflanke, in der die Höhle sich verbarg, war steil und unwegsam, besonders für Kinderfüße, und in der nächsten Schlucht hauste ein Wolfsrudel; aber es bestand tatsächlich Hoffnung, dass weder die Hunde des Hänflings noch der Pfeifer sie dort finden würden. Auch wenn es keine große Hoffnung war.

Zum ersten Mal seit vielen Tagen wog Mos Herz wieder etwas leichter. Hoffnung. Nichts machte betrunkener. Und kaum eine Hoffnung schmeckte süßer als die, dem Pfeifer eine böse Überraschung zu bereiten und ihn zu demütigen vor seinem unsterblichen Herrn.

Sie würden nicht alle Kinder verstecken können, natürlich nicht, aber viele, sehr viele. Ging alles nach Plan, dann würde Ombra schon bald nicht nur männer-, sondern auch fast kinderlos sein, und der Pfeifer würde zum Kinderstehlen von einem abgelegenen Hof zum anderen ziehen müssen, hoffend, dass die Männer des Schwarzen Prinzen nicht vor ihm dort angekommen waren und den Frauen geholfen hatten, ihre Kinder zu verstecken. Ja. Wenn es ihnen gelang, die Kinder von Ombra in Sicherheit zu bringen, war viel gewonnen, und Mo fühlte sich fast übermütig, als sie zurück ins Lager kamen, doch als Meggie ihm mit besorgtem Gesicht entgegenlief, verflog diese Stimmung sofort. Offenbar gab es schon wieder schlechte Nachrichten.

Meggies Stimme zitterte, als sie ihm von dem Handel erzählte, den der Pfeifer den Frauen von Ombra angeboten hatte. *Der Eichelhäher gegen eure Kinder …* Der Prinz musste Mo nicht erklären, was das bedeutete. Statt beim Verstecken der Kinder zu helfen, würde er sich selbst verstecken müssen, vor jeder Frau, die ein Kind im richtigen Alter hatte.

»Am besten lebst du von nun an auf den Bäumen!«, lallte der Gecko ihm zu. Er war betrunken, vermutlich von dem Wein, den sie erst letzte Woche ein paar jagenden Freunden des Hänflings gestohlen hatten. »Du kannst doch einfach hinauffliegen. Sagen sie nicht, dass du so aus Balbulus' Werkstatt entkommen bist?«

Mo hätte ihn zu gern auf den betrunkenen Mund geschlagen, aber Meggie griff nach seiner Hand, und der Zorn, der inzwischen so rasch von ihm Besitz ergriff, verebbte, als er die Angst auf dem Gesicht seiner Tochter sah.

»Was wirst du nun tun, Mo?«, flüsterte sie.

Ja, was? Er wusste die Antwort nicht. Er wusste nur, dass er lieber auf die Nachtburg reiten als sich verstecken wollte. Rasch wandte er das Gesicht ab, damit Meggie ihm die Gedanken nicht von der Stirn las, aber sie kannte ihn so gut. Zu gut.

»Vielleicht hat Resa doch recht!«, flüsterte sie ihm zu, während der Gecko ihn mit blutunterlaufenen Augen anstarrte und selbst der Schwarze Prinz nicht verbergen konnte, wie besorgt er war. »Vielleicht«, setzte sie kaum hörbar hinzu, »müssen wir wirklich zurück, Mo!«

Sie hatte ihn und Resa streiten hören.

Er sah sich unwillkürlich nach Resa um, aber er konnte sie nirgendwo entdecken.

Was wirst du nun tun, Mo?

Ja, was? Sollte das letzte Lied vom Eichelhäher so lauten: *Doch sie fingen den Häher nie, sosehr sie ihn auch suchten. Er verschwand spurlos, als hätte es ihn nie gegeben. Das Buch jedoch ließ er zurück, das Leere Buch, das er dem Natternkopf gebunden hatte, und mit ihm unsterbliche Tyrannei.* Nein, das durfte nicht das letzte Lied sein. Ach nein, Mortimer? Was dann? *Eines Tages aber verriet den Eichelhäher eine Mutter, die um ihre Kinder fürchtete. Und der Häher starb den schlimmsten aller Tode, den je ein Mann auf der Nachtburg gestorben war.* War das ein besseres Ende? Gab es ein besseres?

»Komm!« Baptista legte ihm den Arm um die Schulter. »Ich schlage vor, auf die Nachricht betrinken wir uns erst mal. Falls die anderen vom Wein des Hänflings noch etwas übrig gelassen haben. Vergiss den Pfeifer, vergiss den Natternkopf, vergiss die Kinder von Ombra, ertränk sie alle in Rotwein.«

Doch Mo war nicht nach Trinken zumute. Obwohl der Wein vielleicht endlich die Stimme verstummen lassen würde, die er seit dem Streit mit Resa unentwegt in seinem Innern hörte: Ich will nicht zurück! Nein. Noch nicht ...

Der Gecko schwankte zurück ans Feuer und zwängte sich zwischen den Schnapper und den Elfenschreck. Bald würden sie sich wieder schlagen, wie immer, wenn sie betrunken waren.

»Ich leg mich schlafen, das macht den Kopf klarer als Wein«, sagte der Schwarze Prinz. »Wir reden morgen.«

Der Bär legte sich vor das Zelt, in dem sein Herr verschwand, und sah Mo an.

Morgen.

Was nun, Mortimer?

Es wurde mit jedem Tag kälter. Der Atem hing ihm weiß vorm Mund, als er sich noch einmal nach Resa umsah. Wo war sie? Er hatte ihr eine Blüte mitgebracht, flach und blassblau, eine der wenigen, die sie noch nicht gezeichnet hatte. Feenspiegel nannte man sie, weil sich morgens zwischen den weichen Blättern so viel Tau sammelte, dass die Feen ihn als Spiegel benutzten.

»Meggie, hast du deine Mutter gesehen?«, fragte er.

Aber Meggie antwortete nicht. Doria hatte ihr etwas von dem Wildschwein gebracht, das über dem Feuer briet. Es sah nach einem besonders guten Stück aus. Der Junge flüsterte ihr etwas zu, und – bildete er sich das ein oder war seine Tochter gerade rot geworden? Auf jeden Fall hatte sie seine Frage überhört.

»Meggie … weißt du, wo Resa ist?«, wiederholte Mo und gab sich große Mühe, nicht zu lächeln, als Doria ihm einen raschen und etwas besorgten Blick zuwarf. Er war ein hübscher Kerl, etwas kleiner, aber kräftiger als Farid. Vermutlich fragte er sich, ob es stimmte, was man über den Eichelhäher sang: dass er seine Tochter wie seinen Augapfel beschützte. Nein, eher wie das schönste aller Bücher, dachte Mo, und ich hoffe sehr, dass du ihr nicht ebenso viel Kummer machst wie Farid, denn sonst wird der Eichelhäher dich ohne Zögern an den Bären des Prinzen verfüttern!

Zum Glück hatte Meggie seine Gedanken diesmal nicht gelesen. »Resa?« Sie kostete das gebratene Fleisch und bedankte sich bei Doria mit einem Lächeln. »Sie ist zu Roxane geritten.«

»Zu Roxane? Aber die ist doch hier.« Mo blickte zum Krankenzelt hinüber. Einer der Räuber krümmte sich darin vor Schmerz – vermutlich hatte er giftige Pilze gegessen – und Roxane stand vor dem Zelt und sprach mit den zwei Frauen, die sich um ihn kümmerten.

Meggie sah verwirrt zu ihr hinüber. »Aber Resa hat gesagt, dass sie mit Roxane verabredet ist.«

Mo steckte ihr die Blüte ans Kleid, die für ihre Mutter bestimmt war. »Wie lang ist sie schon fort?« Er gab sich alle Mühe, beiläufig zu klingen, aber Meggie ließ sich nicht täuschen. Nicht von ihm.

»Sie ist schon gegen Mittag aufgebrochen! Wenn sie nicht bei Roxane ist, wo ist sie denn dann?«

Wie ratlos sie ihn ansah. Sie wusste die Antwort tatsächlich nicht. Er vergaß immer wieder, dass sie Resa sehr viel schlechter kannte als ihn. Ein Jahr war keine sonderlich lange Zeit, um die eigene Mutter kennenzulernen.

Hast du unseren Streit vergessen?, wollte er antworten. Sie ist zu Fenoglio geritten. Aber er schluckte die Worte hinunter. Angst machte ihm die Brust eng, und er hätte allzu gern geglaubt, dass es Angst um Resa war. Aber er verstand es ebenso schlecht, sich selbst zu belügen, wie er es mit anderen konnte. Nein, er hatte keine Angst um seine Frau, auch wenn er allen Grund dazu gehabt hätte. Er hatte Angst, dass irgendwo in Ombra bereits die Worte gelesen wurden, die ihn in seine alte Welt zurückbringen würden, wie einen Fisch, den man aus einem Fluss fängt und zurückwirft in den Tümpel, aus dem er stammt … Sei nicht albern, Mortimer!, dachte er ärgerlich. Wer soll die Worte denn lesen, selbst wenn Fenoglio sie tatsächlich für Resa geschrieben hat? Nun, wer wohl?, flüsterte es in ihm.

Orpheus.

Meggie sah ihn immer noch besorgt an, während Doria unschlüssig neben ihr stand und seine Augen nicht von ihrem Gesicht wenden konnte.

Mo wandte sich um. »Ich bin bald zurück«, sagte er.

»Wo willst du hin? Mo!«

Meggie lief ihm nach, als sie sah, dass er zu den Pferden ging, aber er drehte sich nicht um.

Was hast du es so eilig, Mortimer?, spottete es in ihm. Glaubst du etwa, du kannst schneller reiten, als Orpheus die Worte über die ölige Zunge bringt? Die Dunkelheit fiel wie ein Tuch vom Himmel, ein dunkles Tuch, das alles erstickte, die Farben, die Stimmen der Vögel ... Resa. Wo war sie? Noch in Ombra oder schon auf dem Weg zurück? Und plötzlich kam die andere Angst – ebenso schlimm wie die Angst vor den Worten. Angst vor Wegelagerern und Nachtalben, die Erinnerung an Frauen, die sie tot im Gebüsch gefunden hatten. Hatte sie wenigstens den Starken Mann mitgenommen? Mo stieß einen leisen Fluch aus. Nein, natürlich nicht. Der saß mit Baptista und dem Streuner am Feuer und war schon so betrunken, dass er zu singen begann.

Er hätte es wissen müssen. Resa war sehr still gewesen seit ihrem Streit. Hatte er vergessen, was das bedeutete? Er kannte diese Stille doch. Aber er war mit dem Schwarzen Prinzen gegangen, statt noch einmal mit ihr über das zu sprechen, was sie stumm machte – fast so stumm wie damals, als sie ihre Stimme verloren hatte.

»Mo! Was tust du?« Meggies Stimme klang schwach vor Angst.

Doria war ihnen gefolgt. Meggie flüsterte ihm etwas zu und er lief davon, zum Zelt des Prinzen.

»Verdammt, Meggie. Was soll das?« Mo zog den Sattelgurt fest. Wenn seine Finger nur nicht so gezittert hätten.

»Wo willst du sie suchen? Du kannst nicht fort! Hast du den Pfeifer vergessen?«

Sie hielt ihn fest. Und Doria kam mit dem Prinzen zurück. Mo stieß einen Fluch aus und warf dem Pferd die Zügel über den Kopf.

»Was machst du da?« Der Schwarze Prinz blieb hinter ihm stehen, den Bären neben sich.

»Ich muss nach Ombra.«

»Nach Ombra?« Der Prinz schob Meggie sacht zur Seite und griff nach den Zügeln.

Was sollte er ihm sagen? Prinz, meine Frau will Fenoglio bitten, Worte zu schreiben, die mich vor deinen Augen verschwinden lassen, Worte, die aus dem Eichelhäher wieder das machen, was er einst war – nichts als das Wortgespinst eines alten Mannes, ebenso plötzlich verschwunden, wie es aufgetaucht ist?

»Das ist Selbstmord. Du bist nicht unsterblich, wie es in den Liedern heißt. Dies ist das wirkliche Leben. Fängst du an, das zu vergessen?«

Das wirkliche Leben. Was ist das, Prinz?

»Resa ist nach Ombra geritten. Schon vor Stunden. Sie ist allein, und es wird Nacht. Ich muss ihr nach.«

… und herausfinden, ob die Worte schon geschrieben sind, geschrieben und gelesen.

»Aber der Pfeifer ist dort! Willst du dich ihm zum Geschenk machen? Lass mich ihr ein paar Männer nachschicken.«

»Wen? Die sind alle betrunken.«

Mo lauschte in die Nacht. Er glaubte die Worte schon zu hören, die ihn zurückschicken würden – ebenso mächtig wie die, die ihn damals vor den Weißen Frauen geschützt hatten. Über ihm rauschte der Wind im welken Laub, und vom Feuer drangen die betrunkenen Stimmen der Räuber zu ihm. Die Luft roch nach Harz, nach Herbstlaub und dem duftenden Moos, das in Fenoglios Wald wuchs. Selbst im Herbst war es noch bedeckt mit winzigen weißen Blüten, die wie Honig schmeckten, wenn man sie zwischen den Fingern zerdrückte. Ich will nicht zurück, Resa.

In den Bergen heulte ein Wolf. Meggie wandte erschrocken den Kopf. Sie hatte Angst vor Wölfen, ebenso wie ihre Mutter. Hoffentlich ist sie in Ombra geblieben, dachte Mo. Auch wenn das heißen würde, dass er an den Wachen vorbeimusste. *Lass uns zurückgehen, Mo. Bitte!*

Er schwang sich aufs Pferd. Meggie saß hinter ihm, bevor er es verhindern konnte. Entschlossen wie ihre Mutter ... Sie schlang die Arme so fest um ihn, dass er gar nicht erst versuchte, sie zum Bleiben zu überreden.

»Siehst du das, Bär?«, fragte der Prinz. »Weißt du, was das bedeutet? Dass es bald ein neues Lied geben wird – über die Starrköpfigkeit des Eichelhähers und darüber, dass der Schwarze Prinz ihn manchmal vor sich selbst beschützen muss.«

Es fanden sich noch zwei Männer, die nüchtern genug waren, um zu reiten. Doria kam auch mit. Ohne ein Wort schwang er sich hinter dem Prinzen aufs Pferd. Er trug ein Schwert, das zu groß für ihn war, aber er konnte recht gut damit umgehen, und er war ebenso furchtlos wie Farid. Sie würden in Ombra sein, bevor es hell wurde, auch wenn der Mond schon hoch stand.

Aber Worte waren so viel schneller als ein Pferd.

Ein gefährlicher Helfer

Den Tag lang rann der Schweiß ihm vor Gehorsam; voll
Einsicht; doch mancher Zug, Manieren schwarz und toll
Schienen bei ihm von arger Heuchelei zu reden.
Im dunklen Flur mit den verschimmelten Tapeten
Stand er mit weit herausgestreckter Zunge da (...)
Arthur Rimbaud, Der Dichter von sieben Jahren

Als Resa kam, hatte Farid Orpheus gerade die zweite Flasche Wein gebracht. Der Käsekopf feierte. Er feierte sich und sein Genie, wie er es nannte. »Ein Einhorn! Ein perfektes Einhorn, schnaubend und mit den Hufen scharrend, bereit, seinen dummen Kopf jederzeit einer Jungfrau in den Schoß zu legen! Was meinst du, warum es in dieser Welt keines gab, Oss? Weil Fenoglio sie nicht schreiben konnte! Flatterfeen, haarige Kobolde, Glasmänner, ja. Aber keine Einhörner.«

Farid hätte ihm den Wein am liebsten über das weiße Hemd gegossen, damit es sich ebenso rot färbte wie das Fell des Einhorns, das Orpheus nur in diese Welt gebracht hatte, damit der Hänfling es töten konnte. O ja, Farid hatte es gesehen. Er war auf dem Weg zu Orpheus' Schneider gewesen, um die Hosen ändern zu lassen, die dem Käsekopf schon wieder zu eng geworden waren. Auf eine Türschwelle hatte er sich hocken müssen, als sie das Einhorn vorbeitrugen, so übel war ihm geworden beim Anblick der gebrochenen Augen. Mörder.

Farid hatte gelauscht, als Orpheus es herbeigelesen hatte, mit so wunderschönen Worten, dass er wie angewachsen vor der Tür des Schreibzimmers stehen geblieben war. »*... zwischen den Bäumen trat es hervor, weiß wie die Blüten von wildem Jasmin. Und die Feen umschwirrten es in so dichten Schwärmen, als hätten sie sehnsüchtig auf seine Ankunft gewartet ...*«

Orpheus' Stimme hatte Farid das Horn sehen lassen, die gewellte Mähne, hatte ihn hören lassen, wie das Einhorn schnaubte und mit den Hufen im gefrorenen Gras scharrte. Drei ganze Tage lang hatte er tatsächlich geglaubt, es könnte am Ende doch eine gute Idee gewesen sein, Orpheus herzubringen. Drei Tage, wenn er richtig gezählt hatte – so lange hatte das Einhorn gelebt, bevor die Hunde des Hänflings es in die Lanzen gejagt hatten. Oder war es so gewesen, wie Brianna unten in der Küche erzählt hatte: dass eine Geliebte des Rußvogels es angelockt hatte mit einem Lächeln?

Oss öffnete Resa die Tür. Als Farid an ihm vorbeilugte, neugierig, wer zu so später Stunde noch klopfte, hielt er das blasse Gesicht, das aus der Dunkelheit auftauchte, zunächst für das von Meggie, so ähnlich sah sie ihrer Mutter inzwischen.

»Ist Orpheus zu Hause?«

Resa sprach so leise, als schämte sie sich für jedes Wort, das sie sagte, und als sie Farid hinter dem Fleischberg entdeckte, senkte sie den Kopf wie ein Kind, das bei etwas Verbotenem ertappt worden war.

Was wollte sie von dem Käsekopf?

»Bitte sag ihm, dass Zauberzunges Frau ihn sprechen muss.«

Als Oss sie in die Eingangshalle winkte, lächelte Resa Farid flüchtig zu, aber sie vermied es, ihn anzusehen. Der Fleischberg wies sie wortlos an zu warten und stapfte die Treppe hinauf. Resas abgewandtes Gesicht belehrte Farid, dass er von ihr nichts über den Grund ihres Besuches erfahren würde, also folgte er Oss, in der Hoffnung, in Orpheus' Kammer mehr zu hören.

Der Käsekopf war nicht allein, als sein Leibwächter ihm die nächtliche Besucherin meldete. Drei Mädchen waren bei Orpheus, keine von ihnen viel älter als Meggie, und gurrten ihm seit Stunden zu, wie klug, wichtig und unwiderstehlich er war. Die Jüngste saß auf seinen plumpen Knien, und Orpheus küsste und begrapschte sie so ausführlich, dass Farid ihm am liebsten auf die Finger geschlagen hätte. Immer wieder sandte er ihn aus, ihm die hübschesten Mädchen von Ombra zu bringen. »Was zierst du dich?«, hatte er Farid angefahren, als er sich zunächst geweigert hatte, ihm auf diese Art zu dienen. »Sie inspirieren mich. Hast du noch nie etwas von Musen gehört? Also geh schon, oder ich werde die Worte nie finden, auf die du so sehnsüchtig wartest!« Und Farid gehorchte und brachte die Mädchen, die ihm auf dem Markt und auf den Gassen nachblickten, zu Orpheus' Haus. Es blickten ihm viele nach. Schließlich waren so gut wie alle älteren Jungen in Ombra entweder tot oder dienten Violante. Die meisten kamen schon für ein paar Münzen mit. Sie alle hatten hungrige Geschwister und Mütter, die Geld brauchten. Manche wollten sich auch einfach nur endlich einmal wieder ein neues Kleid kaufen können.

»Die Frau von Zauberzunge?« Orpheus' Stimme war anzuhören, dass er schon eine ganze Flasche schweren roten Weins in sich hineingeschüttet hatte, doch seine Augen blickten immer noch erstaunlich klar durch die runden Brillengläser. Eins der Mädchen berührte die Gläser mit dem Finger, so vorsichtig, als hätte es Angst, dadurch auf der Stelle auch in Glas verwandelt zu werden.

»Interessant. Bring sie herein. Und ihr drei verschwindet.«

Orpheus stieß das Mädchen von seinen Knien und strich sich die Kleider glatt. Eitler Ochsenfrosch!, dachte Farid und tat so, als machte ihm der Korken der Weinflasche Schwierigkeiten, damit Orpheus ihn nicht aus der Kammer schickte.

Als Oss Resa hereinführte, drängten sich die drei Mädchen so hastig an ihr vorbei, als hätte ihre Mutter sie auf Orpheus' Schoß ertappt.

»Nun, das nenne ich eine Überraschung! Nimm doch Platz!« Orpheus wies auf einen der Stühle mit seinen Initialen, die er eigens hatte anfertigen lassen, und hob die Augenbrauen, um seiner Überraschung noch mehr Ausdruck zu geben. Er probte diese Geste – und nicht nur diese. Farid hatte Orpheus schon oft dabei ertappt, dass er Gesichtsausdrücke vor dem Spiegel übte.

Oss schloss die Tür und Resa setzte sich, zögernd, als wüsste sie nicht recht, ob sie tatsächlich bleiben wollte.

»Ich hoffe, du bist nicht allein gekommen!« Orpheus ließ sich hinter seinem Schreibpult nieder und beobachtete seinen Gast wie die Spinne die Fliege. »Ombra ist nicht gerade ein sicherer Ort in der Nacht, vor allem nicht für eine Frau.«

»Ich muss mit dir reden.« Resa sprach immer noch sehr leise. »Allein«, fügte sie mit einem Seitenblick auf Farid hinzu.

»Farid!«, sagte Orpheus, ohne ihn anzusehen. »Verschwinde. Und nimm Jaspis mit. Er hat sich schon wieder mit Tinte beschmiert. Wasch ihn.«

Farid schluckte den Fluch hinunter, den er auf der Zunge hatte, setzte sich den Glasmann auf die Schulter und ging zur Tür. Resa senkte den Kopf, als er an ihr vorbeiging, und er sah, dass ihre Finger bebten, als sie sich den schlichten Rock glatt strich. Was wollte sie hier?

Oss versuchte ihm vor der Tür wie immer ein Bein zu stellen, aber Farid war inzwischen auf solche Späße gefasst. Er hatte sogar einen Weg gefunden, sich für sie zu rächen. Ein Lächeln von ihm und die Mägde in der Küche sorgten dafür, dass dem Fleischberg seine nächste Mahlzeit gar nicht gut bekam. Farids Lächeln war so viel schöner als das von Oss.

Die Hoffnung, an der Tür zu lauschen, konnte er dennoch begraben. Oss stellte sich davor. Doch Farid kannte noch einen anderen Ort, an dem man belauschen konnte, was in Orpheus' Kammer vor sich ging. (Die Mägde behaupteten, die Frau des Vorbesitzers hätte von dort ihrem Mann nachspioniert.)

Jaspis warf Farid einen erschrockenen Blick zu, als er, statt mit ihm hinunter in die Küche zu gehen, auf die Treppe zuschlenderte, die nach oben führte. Oss jedoch schöpfte keinen Verdacht, denn Farid musste oft dort hinauf, um Orpheus ein frisches Hemd zu holen oder seine Stiefel zu putzen. Orpheus' Kleider hatten unterm Dach ihr eigenes Zimmer, gleich neben seiner Schlafkammer, und das Lauschloch war gleich unter den Ständern, an denen Orpheus' Hemden hingen. Sie dufteten so stark nach Rosen und Veilchen, dass Farid übel wurde, als er zwischen ihnen niederkniete. Eine der Mägde hatte ihm das Loch im Boden gezeigt, als sie ihn in die Kammer gelockt hatte, um ihn zu küssen. Das Loch war kaum so groß wie eine Münze, aber wenn man sein Ohr dagegenpresste, konnte man jedes Wort, das in der Schreibkammer gesprochen wurde, verstehen, und presste man ein Auge dagegen, sah man immerhin Orpheus' Schreibpult.

»Ob ich es kann?« Orpheus lachte, als hätte er nie zuvor eine absurdere Frage beantwortet. »Daran besteht kein Zweifel! Aber meine Worte haben ihren Preis, und der ist nicht gering.«

»Ich weiß.« Resas Stimme klang immer noch so zögernd, als hasste sie jedes Wort, das sie sprach. »Ich habe kein Silber wie der Hänfling, aber ich kann für Euch arbeiten!«

»Arbeiten? O nein, vielen Dank, ich habe keinen Mangel an Mägden.«

»Wollt Ihr meinen Ehering? Er müsste einiges wert sein. Gold ist rar in Ombra.«

»Nein. Behalte ihn. Ich habe auch keinen Mangel an Gold und Silber. Aber es gibt da etwas anderes ...« Orpheus ließ ein kleines Lachen hören. Farid kannte dieses Lachen. Es verhieß nichts Gutes.

»Es ist wirklich ganz erstaunlich, wie die Dinge sich manchmal fügen!«, fuhr Orpheus fort. »Ja, wirklich. Man könnte sagen, du kommst wie gerufen.«

»Ich verstehe nicht.«

»Natürlich nicht. Entschuldige. Ich werde auf der Stelle deutlicher. Deinem Mann – ich weiß nicht so recht, bei welchem Namen ich ihn nennen soll, er hat so schrecklich viele, nun, wie auch immer –«, Orpheus lachte erneut, als hätte er einen Scherz gemacht, den nur er verstehen konnte, »– deinem Mann sind vor nicht allzu langer Zeit, und wie ich gestehe, nicht ganz ohne mein Zutun, die Weißen Frauen erschienen. Er soll ihre Finger schon an seinem Herzen gespürt haben, aber bedauerlicherweise weigert er sich, mit mir über dieses bemerkenswerte Erlebnis zu sprechen.«

»Was hat das mit meiner Bitte zu tun?«

Farid fiel zum ersten Mal auf, wie sehr Meggies Stimme der ihrer Mutter ähnelte. Derselbe Stolz, dieselbe Verletzlichkeit, sorgsam hinter dem Stolz verborgen.

»Nun, du erinnerst dich sicherlich daran, dass ich vor kaum

zwei Monaten auf dem Natternberg geschworen habe, einen gemeinsamen Freund von uns von den Toten zurückzuholen.«

Farids Herz begann so heftig zu schlagen, dass er Angst hatte, Orpheus könnte es hören.

»Ich bin immer noch fest entschlossen, diesen Schwur zu erfüllen, doch bedauerlicherweise habe ich feststellen müssen, dass man dem Tod in dieser Welt ebenso schwer wie in der unseren in die Karten sehen kann. Keiner weiß etwas, keiner sagt etwas, und die Weißen Frauen, die man wohl nicht zu Unrecht die Töchter des Todes nennt, zeigen sich mir nicht, wo immer ich sie auch suche. Ganz offenbar reden sie nicht mit halbwegs gesunden Sterblichen, selbst wenn sie über so außergewöhnliche Fähigkeiten verfügen wie ich! Du hast sicherlich von dem Einhorn gehört, oder?«

»O ja, ich habe es sogar gesehen.« Hörte Orpheus den Abscheu in Resas Stimme? Wenn ja, so schmeichelte ihm vermutlich selbst das.

Farid spürte, wie Jaspis ihm nervös die gläsernen Finger in die Schulter bohrte. Er hatte den Glasmann fast vergessen. Jaspis hatte entsetzliche Angst vor Orpheus, noch mehr als vor seinem großen Bruder. Farid setzte ihn neben sich auf den staubigen Boden und legte warnend den Finger an die Lippen.

»Ja, es war makellos«, fuhr Orpheus mit selbstverliebter Stimme fort, »absolut makellos ... Nun, wie auch immer. Kommen wir zurück zu den Töchtern des Todes. Man sagt ihnen nach, dass sie es nicht leichtnehmen, wenn ihnen jemand durch die Finger schlüpft, dass sie diesen Sterblichen bis in ihre Träume folgen, sie aus dem Schlaf schrecken mit ihrem Flüstern, ja, ihnen selbst erscheinen, wenn sie wach sind. Schläft Mortimer schlecht, seit er den Weißen Frauen entkommen ist?«

»Was sollen all diese Fragen?« Resas Stimme klang gereizt – und verängstigt.

»Schläft er schlecht?«, wiederholte Orpheus.

»Ja.« Resas Antwort war kaum zu hören.

»Gut! Sehr gut! Was sag ich … allerbestens!« Orpheus' Stimme wurde so laut, dass Farid unwillkürlich das Ohr von dem Lauschloch nahm. Hastig presste er es wieder dagegen. »In dem Fall stimmt am Ende vielleicht doch, was ich erst neulich über die bleichen Damen gehört habe – und wir kommen zu meiner Bezahlung!«

Ja, Orpheus klang sehr erregt, doch diesmal schien das tatsächlich nichts mit der Aussicht auf Silber zu tun zu haben.

»Es gibt das Gerücht, und Gerüchte, wie du sicherlich weißt, enthalten in dieser wie in jeder anderen Welt die Wahrheit oft wie einen gut versteckten Kern –«, Orpheus sprach mit so samtener Stimme, als wollte er Resa jedes einzelne Wort schmackhaft machen, »– dass ein Mensch, dessen Herz die Weißen Frauen berührt haben –«, er machte eine kleine, wirkungsvolle Pause, »– sie jederzeit rufen kann. Kein Feuer, wie Staubfinger es benutzt hat, keine Todesangst ist vonnöten, nur die ihnen vertraute Stimme, der ihren Fingern vertraute Herzschlag … und schon erscheinen sie! Ich denke, du ahnst, auf welche Bezahlung ich hinauswill? Ich möchte, dass dein Mann mir im Austausch für die Worte, die ich dir schreiben soll, die Weißen Frauen ruft. Damit ich sie nach Staubfinger fragen kann.«

Farid hielt den Atem an. Ihm war, als hätte er dem Teufel selbst beim Handeln zugehört. Er wusste nicht, was er denken oder fühlen sollte. Empörung, Hoffnung, Angst, Freude … Er spürte alles zugleich. Doch schließlich löschte ein Gedanke alle anderen aus:

Orpheus will Staubfinger zurückholen! Er will ihn tatsächlich zurückholen!

Unten in der Kammer war es so totenstill, dass Farid schließlich statt des Ohrs ein Auge gegen das Loch presste. Doch alles, was er sah, war der sorgsam gezogene Scheitel in Orpheus' blassblondem Haar. Jaspis kniete sich mit besorgter Miene neben ihn.

»Am besten versucht er es wohl auf einem Friedhof.« Orpheus klang so zuversichtlich, als wäre der Handel schon geschlossen. »Dort erregen die Weißen Frauen weniger Aufsehen, falls sie sich tatsächlich zeigen – und die Spielleute könnten ein sehr stimmungsvolles Lied über dieses neueste Abenteuer des Eichelhähers schreiben.«

»Du bist abscheulich, genauso abscheulich, wie Mo sagt!« Resas Stimme zitterte.

»Ach, sagt er das? Ich nehme das als Kompliment. Und weißt du was? Ich glaube, er wird sie gern rufen! Wie schon gesagt, man kann darüber ein prächtiges Heldenlied schreiben! Eins, das Wunderdinge über seinen Mut berichtet und den Zauber seiner Stimme.«

»Ruf sie selbst, wenn du mit ihnen reden willst.«

»Nun, bedauerlicherweise kann ich das nicht. Ich dachte, ich hätte das deutlich ...!«

Farid hörte die Tür schlagen. Resa ging! Er griff nach Jaspis, bahnte sich einen Weg durch Orpheus' Kleider und sprang die Treppe hinunter. Oss war so verblüfft, als er an ihm vorbeischoss, dass er sogar vergaß, ihm ein Bein zu stellen. Resa stand schon in der Eingangshalle. Brianna reichte ihr gerade ihren Umhang.

»Bitte!« Farid versperrte Resa den Weg zur Tür. Er ignorierte Briannas feindseligen Blick und Jaspis' erschrockenen Aufschrei, als er ihm fast von der Schulter rutschte. »Bitte! Vielleicht kann Zauberzunge sie ja wirklich rufen. Er soll sie ja nur rufen, und Orpheus fragt sie dann, wie wir Staubfinger zurückholen können! Du willst doch bestimmt auch, dass er zurückkommt, oder? Er hat dich vor Capricorn beschützt. Er ist für dich in die Kerker der Nachtburg geschlichen. Sein Feuer hat euch alle gerettet, als Basta euch auf dem Natternberg aufgelauert hat!«

Basta – auf dem Natternberg ... Für einen Augenblick ließ die Erinnerung Farid verstummen, als hätte der Tod ihn sich erneut gegriffen.

Aber dann stammelte er weiter, auch wenn Resas Gesicht noch so abweisend blieb. »Bitte! Es ist doch nicht wie damals, als Zauberzunge verwundet war ... und nicht mal da konnten sie ihm etwas anhaben! Er ist der Eichelhäher!«

Brianna starrte Farid an, als hätte er den Verstand verloren. Sie glaubte ebenso wie alle anderen, dass Staubfinger für immer fort war, und Farid hätte sie alle dafür schlagen können!

»Es war falsch herzukommen!« Resa versuchte ihn zur Seite zu schieben, doch Farid stieß ihre Hände weg.

»Er soll sie doch nur rufen!«, schrie er sie an. »Frag ihn!«

Doch Resa stieß ihn noch einmal aus dem Weg, diesmal so unsanft, dass er gegen die Wand stolperte und der Glasmann sich an seinen Kittel klammerte. »Falls du Mo erzählst, dass ich hier war«, sagte sie, »dann schwöre ich, dass du lügst!«

Sie stand bereits in der offenen Tür, als Orpheus' Stimme sie zurückhielt. Vermutlich hatte er schon eine ganze Weile oben auf der Treppe gestanden, abwartend, wie der Streit ausgehen würde. Oss stand hinter ihm, mit der unbewegten Miene, die er immer aufsetzte, wenn er nicht verstand, worum es ging.

»Lass sie gehen! Sie will sich ganz offenbar nicht helfen lassen.« Orpheus tränkte jedes Wort mit Verachtung.

»Dein Mann wird in dieser Geschichte umkommen. Das weißt du, sonst wärst du nicht hergekommen. Vielleicht hat Fenoglio das passende Lied sogar noch selbst geschrieben, bevor ihm die Worte ausgingen, *Der Tod des Eichelhähers,* anrührend und sehr dramatisch, heldenhaft, wie es sich für einen solchen Charakter geziemt, aber am Schluss heißt es sicherlich nicht: *Und sie lebten glücklich bis an ihr Lebensende.* Wie auch immer – der Pfeifer hat heute die erste Strophe angestimmt. Und schlau, wie er ist, hat er die Schlinge für den ach so edlen Räuber aus Mutterliebe geflochten. Gibt es ein tödlicheres Material? Dein Mann wird gewiss aufs Heldenhafteste in die Schlinge hineinstolpern, so leidenschaftlich, wie er die Rolle inzwischen spielt, die Fenoglio ihm geschrieben hat, und sein Tod wird Stoff für ein weiteres sehr eindrucksvolles Lied liefern.

Du aber wirst dich, wenn sein Kopf auf einem Spieß über dem Burgtor steckt, hoffentlich daran erinnern, dass ich ihn hätte am Leben halten können.«

Orpheus' Stimme beschwor das Bild, das er beschrieb, so deutlich, dass Farid glaubte, Zauberzunges Blut die Burgmauern hinunterrinnen zu sehen, und Resa stand mit gesenktem Kopf in der Tür, als hätten Orpheus' Worte ihr den Nacken gebrochen.

Für einen Moment schien Fenoglios Geschichte den Atem anzuhalten.

Dann hob Resa den Kopf und sah Orpheus an.

»Verflucht sollst du sein«, sagte sie. »Ich wünschte, ich selbst könnte die Weißen Frauen rufen, damit sie dich auf der Stelle holen.«

Als sie die Stufen vor Orpheus' Haustür hinunterstieg, waren ihre Schritte so unsicher, als zitterten ihr die Knie, aber sie wandte sich nicht noch einmal um.

»Schließ die Tür, es wird kalt!«, befahl Orpheus, und Brianna gehorchte. Orpheus aber stand weiter oben auf der Treppe und starrte die geschlossene Tür an.

Unsicher blickte Farid zu ihm hinauf. »Glaubst du wirklich, dass Zauberzunge die Weißen Frauen rufen kann?«

»Ah, du hast gelauscht. Gut.«

Gut? Was sollte das nun wieder?

Orpheus strich sich über das helle Haar. »Du weißt doch bestimmt, wo Mortimer sich zurzeit versteckt hält, oder?«

»Natürlich nicht! Keiner ...«

»Erspar mir die Lügen!«, fuhr Orpheus ihn an. »Geh zu ihm. Erzähl ihm, warum seine Frau bei mir war, und frag ihn, ob er bereit ist, den Preis zu zahlen, den ich für meine Worte verlange. Falls du Staubfinger noch einmal wiedersehen willst, bringst du mir besser ein Ja zurück. Verstanden?«

»Der Feuertänzer ist tot!« Briannas Stimme verriet nicht, dass sie von ihrem Vater sprach.

Orpheus ließ ein kleines Lachen hören. »Nun, das war Farid auch, meine Schöne, aber die Weißen Frauen haben mit sich handeln lassen. Warum sollten sie das nicht noch einmal tun? Man muss ihnen den Handel nur schmackhaft machen, und ich glaube, ich weiß inzwischen, wie. Es ist wie beim Fischen. Du brauchst nur den richtigen Köder.«

Was für ein Köder sollte das sein? Was war begehrenswerter für die Weißen Frauen als der Feuertänzer? Farid wollte die Antwort nicht wissen. Er wollte nur an eins denken: dass vielleicht doch noch alles gut werden würde. Dass es doch richtig gewesen war, Orpheus herzuholen …

»Nun, was stehst du da noch herum? Mach dich auf den Weg!«, rief Orpheus zu ihm herunter. »Und du«, rief er Brianna zu, »bring mir etwas zu essen. Ich glaube, es wird Zeit für ein neues Eichelhäher-Lied. Und diesmal wird Orpheus es schreiben!«

Farid hörte, wie er vor sich hin summte, als er zu seiner Schreibkammer zurückkehrte.

Soldatenhände

»Wählt der Schreitende den Pfad oder der Pfad den Schreitenden?«
Garth Nix, Sabriel

Ombra schien mehr denn je eine Stadt von Toten, als Resa zu dem Stall zurückging, in dem sie ihr Pferd gelassen hatte, und in der Stille zwischen den Häusern hörte sie Orpheus' Stimme wieder und wieder dieselben Worte sagen, so deutlich, als ginge er hinter ihr: *Du aber wirst dich, wenn sein Kopf auf einem Spieß über dem Burgtor steckt, hoffentlich daran erinnern, dass ich ihn hätte am Leben halten können.* Die Tränen machten sie fast blind, während sie durch die Nacht stolperte. Was sollte sie tun? Was sollte sie nur tun? Zurückgehen? Nein. Niemals.

Sie blieb stehen.

Wo war sie? Ombra war ein Labyrinth aus Stein, und die Jahre, in denen sie sich in den engen Gassen ausgekannt hatte, lagen weit zurück.

Die eigenen Schritte hallten ihr in den Ohren, als sie weiterging. Sie trug immer noch dieselben Stiefel wie an dem Tag, an dem Orpheus Mo und sie hergelesen hatte. Er hatte ihn schon einmal fast getötet. Hatte sie das vergessen?

Ein Zischen über ihrem Kopf ließ sie zusammenfahren. Ein dumpfes Prasseln folgte, und die Nacht färbte sich über der Burg so scharlachrot, als hätte der Himmel Feuer gefangen. Der Rußvogel unterhielt den Hänfling und seine Gäste, indem er die

Flammen mit Alchemistengift und Bosheit fütterte, bis sie sich krümmten, statt wie bei Staubfinger zu tanzen.

Staubfinger. Ja, sie wünschte sich auch, dass er zurückkam, und das Herz fror ihr, wenn sie sich vorstellte, dass er bei den Toten lag. Doch es fror noch mehr bei dem Gedanken, dass die Weißen Frauen ihre Hände ein weiteres Mal nach Mo ausstrecken würden. Dennoch – würden sie ihn nicht erst recht holen, wenn er in dieser Welt blieb? *Dein Mann wird umkommen in dieser Geschichte ...*

Was sollte sie nur tun?

Der Himmel über ihr färbte sich schwefelgrün. Das Feuer des Rußvogels hatte viele Farben, und die Gasse, die sie mit immer hastigeren Schritten hinunterlief, endete auf einem Platz, den sie noch nie gesehen hatte. Die Häuser waren ärmlich. Auf einer Türschwelle lag eine verendete Katze. Ratlos trat sie zu dem Brunnen in der Mitte des Platzes – und fuhr herum, als sie Schritte hinter sich hörte. Drei Männer lösten sich aus den Schatten zwischen den Häusern. Soldaten, in den Farben des Natternkopfes.

»Sieh an, wer ist denn da so spät unterwegs?«, sagte der eine, während die anderen zwei ihr mit wenigen Schritten den Weg abschnitten. »Hab ich euch's nicht gesagt? In Ombra lässt sich Interessanteres finden als die Feuerspuckerei vom Rußvogel.«

Was nun, Resa? Sie hatte ein Messer dabei, doch was würde ihr das nützen gegen drei Schwerter, und der eine hatte zusätzlich eine Armbrust. Sie hatte allzu oft gesehen, was deren Pfeile anrichten konnten. Du hättest Männerkleider anziehen sollen, Resa! Hat Roxane dir nicht oft genug erzählt, dass keine Frau in Ombra nach Anbruch der Dunkelheit vor die Tür geht aus Angst vor den Männern des Hänflings?

»Na? Dein Mann ist doch bestimmt genauso tot wie all die

anderen, oder?« Der Soldat, der vor ihr stand, war kaum größer als sie, aber die zwei anderen überragten sie um mehr als einen Kopf.

Resa blickte an den Häusern empor, aber wer sollte ihr zu Hilfe kommen? Fenoglio wohnte auf der anderen Seite von Ombra, und Orpheus – selbst wenn er sie von hier aus hören konnte, würden er und sein riesenhafter Diener ihr helfen, nachdem sie nicht auf seinen Handel eingegangen war? Versuch es, Resa. Schrei! Vielleicht kommt wenigstens Farid dir zu Hilfe. Aber ihre Stimme gehorchte ihr nicht, wie damals, als sie zum ersten Mal in dieser Welt verloren gegangen war …

In den umliegenden Häusern war nur ein einziges Fenster erleuchtet. Eine alte Frau schob den Kopf heraus und wich hastig zurück, als sie die Soldaten sah. Hast du vergessen, woraus diese Welt gemacht ist?, glaubte Resa Mo sagen zu hören. Aber falls sie tatsächlich nur aus Worten bestand, was sagten diese Worte dann über sie? *Es gab da aber eine Frau, die verirrte sich gleich zweimal in die Welt hinter den Buchstaben, und beim zweiten Mal fand sie nicht zurück …*

Zwei der Soldaten standen jetzt gleich hinter ihr. Der eine legte ihr die Hände auf die Hüften. Es kam Resa so vor, als hätte sie das, was geschah, schon einmal gelesen, irgendwo, irgendwann … Hör auf zu zittern! Schlag ihn, drück ihm die Finger in die Augen. Hatte sie Meggie nicht noch vor Kurzem erklärt, wie sie sich wehren sollte, wenn ihr je so etwas passierte? Der Kleinste der drei trat auf sie zu, ein schmutzig erwartungsvolles Lächeln auf den schmalen Lippen. Wie fühlte es sich an, Freude an der Angst anderer zu haben?

»Lasst mich in Ruhe!« Wenigstens die Stimme gehorchte ihr

wieder. Aber solche Stimmen hörte man nachts sicherlich oft in Ombra …

»Warum sollten wir?« Der Soldat hinter ihr roch nach dem Feuer des Rußvogels. Seine Hände wanderten höher, zu ihren Brüsten. Die anderen lachten, das Lachen war fast schlimmer als die tastenden Finger. Aber durch das Lachen glaubte Resa noch etwas anderes zu hören. Schritte, leichte, schnelle Schritte. Farid?

»Nehmt die Hände weg!« Diesmal schrie sie die Worte so laut heraus, wie sie konnte, aber es war nicht ihre Stimme, die die Männer herumfahren ließ.

»Lasst sie los. Sofort.«

Meggies Stimme klang so erwachsen, dass Resa nicht sofort begriff, dass es die ihrer Tochter war. Meggie trat ebenso aufrecht zwischen den Häusern hervor, wie sie auf Capricorns Festplatz erschienen war. Nur dass sie diesmal nicht das schreckliche weiße Kleid trug, das Mortola ihr aufgezwungen hatte.

Der Soldat, der Resa festhielt, ließ die Hände sinken wie ein ertappter Junge, doch als er nichts als ein Mädchen aus der Dunkelheit treten sah, packte er nur umso gröber zu.

»Noch eine?« Der Kleinste wandte sich um und warf Meggie einen abschätzenden Blick zu. »Na, umso besser. Seht ihr? Es stimmt, was ich euch über Ombra erzählt habe. Es ist ein Nest voller Frauen.«

Dumme letzte Worte. Der Schwarze Prinz warf ihm sein Messer in den Rücken. Wie zum Leben erwachte Schatten lösten er und Mo sich aus der Nacht. Der Soldat, der Resa gepackt hielt, stieß sie fort und zog sein Schwert. Er schrie dem anderen eine Warnung zu, doch Mo tötete sie beide, so schnell, dass es Resa schien, als hätte sie keine Zeit zum Atmen gehabt. Die Knie gaben ihr nach und sie musste sich gegen die nächste Hauswand lehnen. Meggie lief auf sie zu und fragte besorgt, ob sie verletzt sei. Aber Mo sah sie nur an.

»Und? Schreibt Fenoglio schon?« Das war alles, was er sagte.

Er wusste, warum sie hergeritten war. Natürlich.

»Nein!«, flüsterte sie. »Nein, und er wird auch nichts schreiben. Weder er noch Orpheus.«

Wie er sie anblickte. Als wüsste er nicht, ob er ihr glauben konnte. Noch nie hatte er sie so angesehen. Dann drehte er sich wortlos um und half dem Prinzen, die Toten in eine der Gassen zu zerren.

»Wir gehen durch den Bach der Färber!«, flüsterte Meggie ihr zu. »Mo und der Prinz haben die Wachen dort getötet.«

So viele Tote, Resa. Nur weil du nach Hause willst. Auf dem Pflaster war überall Blut, und als Mo den Soldaten fortzerrte, der sie festgehalten hatte, schienen die Augen sie immer noch anzustarren. Tat er ihr leid? Nein. Aber es ließ sie schaudern, wie selbstverständlich auch ihre Tochter inzwischen übers Töten sprach. Und Mo? Was empfand er dabei? Gar nichts mehr? Sie sah, wie er mit dem Umhang eines der Toten das Blut von seinem Schwert wischte und zu ihr herübersah. Warum konnte sie nicht mehr in seinen Augen lesen, so wie früher?

Weil sie den Eichelhäher vor sich hatte. Und diesmal hatte sie ihn selbst gerufen.

Der Weg zu den Färbern schien endlos. Über ihnen leuchtete immer noch das Feuer des Rußvogels am Himmel, und zweimal mussten sie sich vor einer Schar betrunkener Soldaten verstecken, doch schließlich stieg ihnen der beißende Geruch der Färberbrühe in die Nase. Resa presste sich den Ärmel vor Mund und Nase, als sie zu dem Bach kamen, der die Abwässer durch ein Gitter in der Stadtmauer zum Fluss trug, und als sie Mo in die stinkende Brühe folgte, wurde ihr so übel, dass sie kaum tief genug Luft holen konnte, um unter dem Gitter hindurchzutauchen.

Als der Schwarze Prinz ihr ans Ufer half, sah sie einen der toten Wächter zwischen den Büschen liegen. Das Blut auf seiner Brust sah aus wie Tinte in der sternlosen Nacht, und Resa begann zu weinen. Sie konnte nicht aufhören, auch nicht, als sie endlich zum Fluss kamen und sich dort das stinkende Wasser notdürftig aus Haar und Kleidern wuschen.

Zwei Räuber warteten weiter unten am Ufer mit Pferden, dort, wo die Nymphen schwammen und die Frauen von Ombra ihre Wäsche auf den flachen Ufersteinen trockneten. Doria war auch da. Ohne seinen starken Bruder. Er legte Meggie seinen zerschlissenen Umhang um die Schultern, als er sah, wie nass sie war. Mo half Resa in den Sattel, aber er sprach immer noch kein Wort. Sein Schweigen ließ sie mehr frösteln als ihre nassen Kleider, und nicht er, sondern der Schwarze Prinz brachte ihr eine Decke. Hatte Mo ihm gesagt, was sie in Ombra gewollt hatte? Nein, bestimmt nicht. Wie hätte er es ihm erklären sollen, ohne ihm zu erzählen, welche Macht die Worte in dieser Welt hatten?

Auch Meggie wusste, warum ihre Mutter nach Ombra geritten war. Resa sah es in ihren Augen. Sie waren wachsam – als fragte ihre Tochter sich beunruhigt, was sie als Nächstes tun würde. Was, wenn Meggie erfuhr, dass sie sogar zu Orpheus gegangen war? Würde sie begreifen, dass nur die Angst um ihren Vater der Grund gewesen war?

Es begann zu regnen, als sie sich davonmachten. Der Wind trieb ihnen die eisigen Tropfen ins Gesicht, und über der Burg leuchtete der Himmel so dunkelrot, als schickte der Rußvogel ihnen eine Warnung nach. Doria blieb auf Weisung des Prinzen zurück, um ihre Spuren zu verwischen, und Mo ritt wortlos voran. Als er sich noch einmal umsah, galt sein Blick Meggie, nicht ihr, und Resa war dankbar für den Regen auf ihrem Gesicht, weil so niemand ihre Tränen sah.

Eine schlaflose Nacht

Wann immer ich verzweifle an der Welt
und nachts beim leisesten Geräusch erwache
aus Angst um mein und meiner Kinder Leben,
dann geh ich dorthin, wo die Brautente
in ihrer Schönheit auf dem Wasser ruht
und wo der Silberreiher fischt.
Dann finde ich den Frieden wilder Wesen,
die nicht ihr Leben schmälern durch die Sorge.
Ich komme in die Gegenwart des stillen Wassers
und spüre über mir die Sterne, blind am Tage,
still stehn mit ihrem Licht. Ich ruhe eine Weile
in der Erhabenheit der Welt, und ich bin frei.
Wendell Berry, The Peace of Wild Things

»Es tut mir leid.« Resa meinte, was sie sagte.

»Es tut mir leid.« Vier Worte. Sie flüsterte sie immer wieder, aber Mo spürte hinter den Worten, was Resa wirklich dachte: dass sie erneut gefangen war. Capricorns Festung, sein Dorf in den Bergen, die Kerker der Nachtburg – so viele Gefängnisse. Nun war es ein Buch, das sie festhielt, dasselbe Buch, das sie schon einmal gefangen hatte. Und als sie versucht hatte, ihm zu entkommen, hatte er sie zurückgebracht.

»Mir tut es auch leid«, sagte er, sagte es ebenso oft wie sie – und wusste doch, dass sie auf ganz andere Worte wartete. *Gut, lass uns zurückgehen, Resa. Wir werden schon einen Weg finden!* Aber er sagte sie nicht, und die ungesprochenen Worte brachten ein

Schweigen, wie sie es nicht einmal gekannt hatten, als Resa ohne Stimme gewesen war.

Schließlich legten sie sich schlafen, obwohl es draußen schon dämmerte, erschöpft von der Angst, die sie beide gehabt hatten, und von dem, was sie einander nicht sagten. Resa schlief schnell ein, und während er ihr schlafendes Gesicht betrachtete, erinnerte er sich an all die Jahre, in denen er sich danach gesehnt hatte, genau das zu tun. Doch selbst dieser Gedanke brachte ihm keine Ruhe – und schließlich ließ er Resa mit ihren Träumen allein.

Er trat hinaus in die Nacht, ging vorbei an den Wachen, die ihn mit dem Färbergestank aufzogen, der immer noch in seinen Kleidern hing, und streifte durch die Schlucht, in der das Lager war, als könnte die Tintenwelt ihm zuflüstern, was er tun sollte, wenn er nur aufmerksam genug lauschte.

Was er tun wollte, wusste er ja nur allzu gut …

Schließlich setzte er sich an einen der Tümpel, die einst die Fußspuren eines Riesen gewesen waren, und sah den Drachenfliegen zu, die über dem trüben Wasser schwirrten. In dieser Welt sahen sie tatsächlich aus wie winzige geflügelte Drachen und Mo liebte es dazusitzen, ihren bizarren Gestalten mit den Augen folgend, und sich auszumalen, wie groß der Riese gewesen sein musste, der einen solchen Fußabdruck hinterlassen hatte. Erst vor wenigen Tagen war er mit Meggie in einen der Tümpel gewatet, um herauszufinden, wie tief die Abdrücke waren. Die Erinnerung ließ ihn lächeln, auch wenn ihm nicht nach Lächeln zumute war. Er spürte im Innern immer noch den Schauder, den das Töten hinterließ. Ob der Schwarze Prinz ihn auch noch spürte, nach all den Jahren?

Der Morgen kam zögernd, als mischte sich Tinte mit Milch, und

Mo konnte nicht sagen, wie lange er so dagesessen hatte, darauf wartend, dass Fenoglios Welt ihm sagte, wie es weitergehen sollte, als eine vertraute Stimme leise seinen Namen rief.

»Du solltest nicht allein hier sein!«, sagte Meggie und setzte sich neben ihm ins raureifweiße Gras. »Es ist gefährlich, so weit entfernt von den Wachen.«

»Und du? Ich sollte ein strengerer Vater sein und dir verbieten, auch nur einen Schritt ohne mich aus dem Lager zu tun.«

Sie lächelte ihn nachsichtig an und schlang die Arme um die Knie. »Unsinn. Ich hab immer ein Messer dabei. Farid hat mir beigebracht, damit umzugehen.«

Sie sah so erwachsen aus. Er war ein Narr, dass er sie immer noch beschützen wollte.

»Hast du dich wieder mit Resa vertragen?«

Ihr besorgter Blick machte ihn verlegen. Manchmal war es so viel leichter gewesen, mit ihr allein zu sein.

»Ja, sicher.« Er streckte den Finger aus und eine der Drachenfliegen ließ sich darauf nieder. Sie sah aus, als bestünde sie aus blaugrünem Glas.

»Und?« Meggie sah ihn fragend an. »Sie hat beide gefragt, nicht wahr? Fenoglio und Orpheus.«

»Ja. Doch sie sagt, sie ist mit keinem von beiden einig geworden.« Die Drachenfliege bog den schlanken Leib. Er war mit winzigen Schuppen bedeckt.

»Natürlich nicht. Was hat sie gedacht? Fenoglio schreibt nicht mehr und Orpheus ist teuer.« Meggie krauste verächtlich die Stirn.

Mit einem Lächeln strich er ihr darüber. »Pass auf, sonst bleiben die Falten, und das wäre doch noch etwas früh, oder?« Wie sehr er ihr Gesicht liebte. Er liebte es so sehr. Und er wollte, dass es glücklich aussah. Es gab nichts auf der Welt, was er mehr wünschte.

»Sag mir eins, Meggie. Sag es mir ehrlich, ganz ehrlich.« Sie konnte so viel besser lügen als er. »Willst du auch zurück?«

Sie senkte den Kopf, strich sich das glatte Haar hinter die Ohren.

»Meggie?«

Sie sah ihn immer noch nicht an.

»Ich weiß nicht!«, sagte sie schließlich leise. »Vielleicht. Es ist anstrengend, so oft Angst zu haben, Angst um dich, Angst um Farid, Angst um den Schwarzen Prinzen, um Baptista, um den Starken Mann –«, sie hob den Kopf und sah ihn an, »– du weißt, Fenoglio mag traurige Geschichten. Vielleicht kommt all das Unglück daher. Es ist einfach so eine Art Geschichte …«

Eine Geschichte. Ja. Aber wer erzählte sie? Fenoglio nicht. Mo blickte auf den Raureif an seinen Fingern. Kalt und weiß. Wie die Weißen Frauen … Manchmal fuhr er aus dem Schlaf, weil er glaubte sie flüstern zu hören. Manchmal spürte er ihre kühlen Finger immer noch an seinem Herzen, und manchmal, ja, manchmal wünschte er sich fast, sie wiederzusehen.

Er blickte hinauf in die Bäume, fort von all dem Weiß. Die Sonne brach durch den Morgendunst, und an den immer kahler werdenden Zweigen leuchteten die letzten Blätter wie blasses Gold. »Was ist mit Farid? Ist er kein Grund zu bleiben?«

Meggie senkte den Kopf. Sie gab sich alle Mühe, gleichgültig zu klingen. »Farid ist es egal, ob ich hier bin. Der denkt bloß an Staubfinger. Seit er tot ist, ist es nur noch schlimmer.«

Arme Meggie. Sie hatte sich in den falschen Jungen verliebt. Aber seit wann fragte die Liebe danach?

Sie gab sich alle Mühe, ihre Traurigkeit zu verbergen, als sie ihn wieder ansah. »Was glaubst du, Mo? Ob Elinor uns vermisst?«

»Dich und deine Mutter bestimmt. Bei mir bin ich da nicht so sicher.« Er ahmte Elinors Stimme nach. *»Mortimer! Du hast den Dickens an den falschen Platz gestellt. Und wie kann es angehen, dass ich einem Buchbinder erklären muss, dass man in einer Bibliothek keine Marmeladenbrote isst?«*

Meggie lachte. Nun, wenigstens etwas. Es wurde mit jedem Tag schwerer, sie zum Lachen zu bringen.

Aber ihr Gesicht war schon im nächsten Augenblick wieder ernst. »Ich vermisse Elinor sehr. Ich vermisse ihr Haus und die Bibliothek und das Café am See, in das sie mich immer zum Eisessen mitgenommen hat. Ich vermisse deine Werkstatt und dass du mich morgens zur Schule fährst und dabei nachmachst, wie Elinor und Darius sich streiten, und dass meine Freundinnen immer zu mir kommen wollen, weil du sie zum Lachen bringst ... Ich würde ihnen wirklich gern erzählen, was uns alles passiert ist, auch wenn sie mir natürlich kein Wort glauben würden. Obwohl – vielleicht könnte ich zum Beweis einen Glasmann mitnehmen.«

Für einen Moment schien sie weit, weit fort, zurückgebracht nicht durch Fenoglios Worte oder die von Orpheus, sondern ihre eigenen. Aber sie saßen immer noch an einem Tümpel in den Hügeln um Ombra, und eine Fee schwirrte Meggie ins Haar und riss so ruppig daran, dass sie aufschrie und Mo das kleine Ding rasch fortscheuchte. Es war eine der bunten Feen, Orpheus' Schöpfung, und Mo glaubte in dem winzigen Gesicht etwas von der Bosheit ihres Schöpfers zu entdecken. Mit glücklichem Kichern trug sie ihre blassblonde Beute hinauf in ihr Nest, das ebenso vielfarbig schillerte wie sie selbst. Im Gegensatz zu den blauen Feen schien

Orpheus' Geschöpfe der nahende Winter nicht schläfrig zu machen. Der Starke Mann behauptete sogar, dass sie ihre blauen Artgenossen bestahlen, wenn die in ihren Nestern schliefen.

An Meggies Wimpern hing eine Träne. Vielleicht war die Fee die Ursache, vielleicht aber auch nicht. Mo strich sie sacht fort.

»Also doch. Du willst zurück.«

»Nein! Ich sag doch, ich weiß es nicht!« Wie unglücklich sie ihn ansah. »Was wird aus Fenoglio, wenn wir einfach fortgehen? Und was werden der Schwarze Prinz denken und der Starke Mann und Baptista? Was wird aus ihnen werden? Aus Minerva und ihren Kindern, aus Roxane … und Farid?«

»Ja, was?«, sagte Mo. »Wie würde die Geschichte ohne den Eichelhäher weitergehen? Der Pfeifer wird sich die Kinder holen, weil nicht einmal die verzweifelten Mütter den Eichelhäher für ihn finden können. Der Schwarze Prinz wird natürlich versuchen, die Kinder zu retten, er wird der wahre Held dieser Geschichte sein und seine Rolle gut spielen. Aber er hat schon allzu lange den Helden gespielt, er ist müde – und er hat nicht genug Männer. Also werden die Gepanzerten ihn und alle, die ihm folgen, töten, einen nach dem anderen: den Prinzen, Baptista, den Starken Mann und Doria, den Gecko und den Schnapper – na gut, um die zwei ist es vermutlich nicht schade. Dann wird der Pfeifer den Hänfling wahrscheinlich zum Teufel jagen und eine Weile selbst über Ombra regieren. Orpheus wird ihm Einhörner herbeilesen oder ein paar Kriegsmaschinen … Ja, bestimmt würden die dem Pfeifer eher gefallen. Fenoglio wird sich vor Kummer zu Tode trinken. Und der Natternkopf wird unsterblich sein und irgendwann über ein Volk von Toten herrschen. Ich denke, so etwa würde wohl das Ende lauten. Oder?«

Meggie sah ihn an. Ihr Haar sah aus wie gesponnenes Gold im aufziehenden Morgenlicht. Resas Haar hatte dieselbe Farbe gehabt, als er sie zum ersten Mal in Elinors Haus gesehen hatte.

»Ja. Vielleicht«, sagte Meggie leise. »Aber würde die Geschichte wirklich so viel anders enden, wenn der Eichelhäher bleibt? Wie soll er ganz allein ihr ein gutes Ende geben?«

»Eichelhäher?« Ein paar Kröten sprangen erschrocken ins Wasser, als der Starke Mann sich seinen Weg durch das Unterholz pflügte.

Mo richtete sich auf. »Vielleicht solltest du diesen Namen nicht ganz so laut durch den Wald rufen«, sagte er mit gesenkter Stimme.

Der Starke Mann sah sich so erschrocken um, als stünden die Gepanzerten schon zwischen den Bäumen. »Entschuldige«, murmelte er. »So frühmorgens arbeitet mein Kopf noch nicht, und dann all der Wein gestern ... Es ist der Junge. Du weißt schon, der, der bei Orpheus arbeitet, und den Meggie –« Er verstummte, als er Meggies Blick sah. »Ach, was immer ich sage, es ist dumm!«, stöhnte er und presste die Hand vor sein rundes Gesicht. »Einfach dumm. Aber die Worte kommen so aus meinem Mund. Ich kann gar nichts daran ändern!«

»Farid. Er heißt Farid. Wo ist er?« Meggies Gesicht leuchtete auf, auch wenn sie sich große Mühe gab, gleichgültig dreinzuschauen.

»Farid, natürlich. Seltsamer Name. Wie aus einem Lied, stimmt's? Er ist im Lager. Aber er will deinen Vater sprechen.«

Meggies Lächeln erlosch so abrupt, wie es gekommen war. Mo schlang ihr den Arm um die Schulter, aber gegen Liebeskummer half die Umarmung eines Vaters nicht. Verdammter Junge.

»Er ist furchtbar aufgeregt. Sein Esel kann kaum noch stehen, so schnell muss er geritten sein. Das ganze Lager hat er geweckt. ›Wo ist der Eichelhäher? Ich muss ihn sprechen!‹ Es war nichts anderes aus ihm herauszubekommen!«

»Der Eichelhäher!« Mo hatte Meggies Stimme noch nie so bitter gehört. »Tausendmal schon hab ich ihm gesagt, er soll dich nicht so nennen. Er ist so ein Dummkopf!«

Der Falsche. Aber was fragte das Herz danach?

Böse Worte

Oh, bitte! spürte er sein Herz zu sich selbst sagen. Oh, bitte, laß mich *fortgehen!*
John Irving, Gottes Werk und Teufels Beitrag

»Darius!« Elinor ertrug ihre eigene Stimme nicht mehr. Sie klang abscheulich – griesgrämig, gereizt, ungeduldig … So hatte sie doch früher nicht geklungen, oder?

Darius ließ fast die Bücher fallen, die er gerade hereintrug, und der Hund hob den Kopf von dem Teppich, den sie ihm eigens gekauft hatte, damit er ihren Holzfußboden nicht vollends mit seinem klebrigen Sabber ruinierte. Ganz abgesehen davon, dass man ständig darauf ausrutschte.

»Wo ist der Dickens, den wir letzte Woche gekauft haben? Zum Teufel, wie lange brauchst du, um ein Buch an den richtigen Platz zu stellen? Bezahl ich dich dafür, in meinem Sessel zu sitzen und zu lesen? Gib zu, das tust du, wenn ich nicht hier bin.«

O Elinor. Wie sie die Wörter hasste, die aus ihrem Mund kamen, so bitter und giftig, Speichel ihres unglücklichen Herzens.

Darius senkte den Kopf, wie immer, wenn er nicht wollte, dass sie sah, wie verletzt er war. »Er ist dort, wo er hingehört, Elinor«, antwortete er mit seiner sanften Stimme, die sie nur noch mehr in den Wahnsinn trieb. Mit Mortimer hatte man prächtig streiten können, und Meggie war eine richtige kleine Kriegerin gewesen. Aber Darius! Selbst Resa hatte ihr mehr Kontra gegeben, obwohl sie nicht sprechen konnte.

Eulengesichtiger Feigling. Warum beschimpfte er sie nicht? Warum warf er ihr die Bücher nicht vor die Füße, die er so hingebungsvoll an seine Hühnerbrust drückte, als müsste er sie vor ihr beschützen?

»Dort, wo er hingehört?«, wiederholte sie. »Denkst du, ich kann neuerdings nicht einmal mehr lesen?«

Wie besorgt der dumme Hund sie anblickte. Dann ließ er den plumpen Kopf mit einem Grunzen wieder auf den Teppich sinken.

Darius aber lud den Bücherstapel, den er trug, auf der nächsten Vitrine ab, trat an das Regal, in dem Dickens sich zwischen Defoe und Dumas sehr breitmachte (der Mann hatte einfach zu viele Bücher geschrieben), und zog mit zielsicherem Griff das gefragte Exemplar hervor.

Ohne ein Wort drückte er es Elinor in die Hand. Dann machte er sich daran, die Bücher einzusortieren, mit denen er die Bibliothek betreten hatte.

So dumm. So dumm kam sie sich vor, und Elinor hasste es, sich dumm zu fühlen. Das war fast noch schlimmer als traurig.

»Es ist schmutzig!«

Hör auf, Elinor. Aber sie konnte nicht. Die Worte kamen einfach aus ihrem Mund. »Wann hast du die Bücher zuletzt abgestaubt? Muss ich mich auch darum noch selbst kümmern?«

Darius kehrte ihr immer noch den schmalen Rücken zu. Er nahm die Worte so reglos in Empfang wie eine ungerechte Prügelstrafe.

»Was ist? Versagt dir deine Stolperzunge nun endgültig den Dienst? Manchmal frage ich mich, wozu du überhaupt eine Zunge hast! Mortola hätte dich statt Resa mitnehmen sollen – sie war stumm gesprächiger als du.«

Darius schob das letzte Buch ins Regal, rückte ein anderes zurecht und ging sehr gerade und mit entschlossenem Schritt auf die Tür zu.

»Darius! Komm zurück!«

Er wandte sich nicht einmal um.

Verdammt. Elinor hastete ihm nach, in der Hand den Dickens, der, wie sie zugeben musste, wirklich nicht allzu staubig war. Um es ganz ehrlich zu sagen – er war nicht im Geringsten staubig. Natürlich nicht, Elinor!, dachte sie. Als ob du nicht wüsstest, mit welcher Inbrunst Darius jeden Dienstag und jeden Freitag die Bücher noch von dem winzigsten Flöckchen Staub befreit! Ihre Putzfrau machte sich regelmäßig über den feinen Pinsel lustig, den er dafür benutzte.

»Darius! Um Himmels willen, nun stell dich nicht so an!«

Keine Antwort.

Cerberus überholte sie auf der Treppe und blickte ihr von der obersten Stufe mit hängender Zunge entgegen.

»Darius!«

Beim Sabber des dummen Hundes – wo war er?

Sein Zimmer war gleich neben Mortimers früherem Büro. Die Tür stand offen und auf dem Bett lag aufgeklappt der Koffer, den sie ihm für ihre erste gemeinsame Reise gekauft hatte. Es hatte immer Spaß gemacht, mit Darius Bücher zu kaufen (und sie musste zugeben, dass er sie schon vor so mancher Dummheit bewahrt hatte).

»Was ...?« Wie schwer ihre böse Zunge plötzlich war. »Was bei allen Teufeln tust du da?«

Nun, was wohl? Ganz offensichtlich war er dabei, die wenigen Kleidungsstücke, die er besaß, in den Koffer zu packen.

»Darius!«

Er legte die Zeichnung von Meggie aufs Bett, die Resa ihm geschenkt hatte, das Notizbuch, das Mortimer für ihn gebunden, und das Lesezeichen, das Meggie ihm aus den Federn eines Eichelhähers gebastelt hatte.

»Den Morgenmantel –«, sagte er mit stockender Stimme, während er das Foto seiner Eltern in den Koffer legte, das immer neben seinem Bett stand. »Hast du etwas dagegen, wenn ich ihn mitnehme?«

»Frag nicht so dumm! Natürlich nicht! Er war ein Geschenk, verflucht noch mal. Aber wohin willst du ihn mitnehmen?«

Cerberus trottete ins Zimmer und lief zu dem Nachtschrank neben dem Bett, in dessen Schublade Darius immer ein paar Kekse hatte.

»Ich weiß noch nicht –«

Er faltete den Morgenmantel ebenso sorgsam zusammen wie die anderen Kleidungsstücke (das Ding war ihm viel zu groß, aber woher hätte sie auch seine Größe wissen sollen?), legte die Zeichnung, das Notizbuch und das Lesezeichen in den Koffer und klappte ihn zu. Natürlich gelang es ihm nicht, die Schlösser zu schließen. Er konnte so ungeschickt sein!

»Pack wieder aus! Sofort! Das ist albern.«

Aber Darius schüttelte den Kopf.

»Himmel, du kannst mich doch nicht auch noch alleinlassen!« Elinor erschrak selbst über die Verzweiflung in ihrer Stimme.

»Du bist auch mit mir allein, Elinor«, antwortete Darius mit gepresster Stimme. »Du bist so unglücklich! Ich ertrage es nicht mehr!«

Der dumme Hund gab es auf, an dem Nachtschrank herumzuschnuppern, und blieb mit traurigem Blick vor ihr stehen. Er hat recht, sagten seine triefenden Hundeaugen.

Als ob sie das nicht wusste! Sie ertrug sich ja selbst nicht mehr. War sie früher genauso gewesen – bevor Meggie, Mortimer und Resa zu ihr gezogen waren? Vielleicht. Aber damals waren ja nur die Bücher da gewesen, und sie hatten sich nicht beschwert. Obwohl – wenn sie ehrlich war –, zu den Büchern war sie nie so grob gewesen wie zu Darius.

»Gut, geh ruhig!« Ihre Stimme begann auf die lächerlichste Weise zu zittern. »Lass mich auch noch allein. Du hast recht. Was sollst du dabei zusehen, wie ich mit jedem Tag unausstehlicher werde und weiter darauf warte, dass sie durch irgendein Wunder zurückkommen? Vielleicht sollte ich mich, statt ganz langsam und auf die jämmerlichste Weise zugrunde zu gehen, erschießen oder im See ertränken. Schriftsteller tun so etwas bisweilen und in Geschichten macht es sich auch sehr gut.«

Wie er sie ansah mit seinen weitsichtigen Augen (sie hätte ihm wirklich längst eine andere Brille kaufen müssen. Diese sah einfach zu lächerlich aus). Dann öffnete er den Koffer und starrte seine Habseligkeiten an. Er nahm das Lesezeichen heraus, das Meggie ihm gebastelt hatte, und strich über die blau gescheckten Federn. Eichelhäherfedern. Meggie hatte sie auf einen Streifen blassgelben Karton geklebt. Es sah sehr hübsch aus …

Darius räusperte sich. Er räusperte sich dreimal.

»Also gut!«, sagte er schließlich mit mühsam gefasster Stimme. »Du hast gewonnen, Elinor. Ich versuche es. Hol mir das Blatt. Vermutlich wirst du dich sonst tatsächlich eines Tages erschießen.«

Was? Was sagte er da? Elinors Herz begann zu rasen, als wollte es ihr schon vorauseilen, hinüber in die Welt aus Tinte, zu Feen und Glasmännern und denen, die sie liebte, so viel mehr als jedes Buch.

»Du meinst …?«

Darius nickte so resigniert wie ein Krieger, der zu viele Schlachten geschlagen hatte. »Ja«, sagte er. »Ja, Elinor.«

»Ich hole es!« Elinor drehte sich um. All das, was ihr Herz in den letzten Wochen bleischwer gemacht hatte und ihre Glieder zu denen einer alten Frau – es war fort! Spurlos verschwunden.

Aber Darius rief sie zurück. »Elinor! Wir sollten auch ein paar von Meggies Notizbüchern mitnehmen – und einige praktische Dinge, wie … wie ein Feuerzeug zum Beispiel.«

»… und ein Messer!«, fügte Elinor hinzu. Schließlich war Basta dort, wo sie hinwollten, und sie hatte sich geschworen, dass sie, wenn sie ihm das nächste Mal begegnete, selbst auch ein Messer in der Hand halten würde.

Sie fiel fast die Treppe hinunter, so eilig hatte sie es, zurück in die Bibliothek zu kommen. Cerberus sprang ihr nach, hechelnd vor Aufregung. Ob er in einem Winkel seines Hundeherzens ahnte, dass es an den Ort ging, an den sein alter Herr verschwunden war?

Er versucht es! Er versucht es! Elinor konnte an nichts anderes mehr denken. Sie dachte nicht an Resas verlorene Stimme, an Cockerells steifes Bein oder an Flachnases entstelltes Gesicht. Alles wird gut!, dachte sie nur, während sie Orpheus' Worte mit bebenden Fingern aus der Vitrine nahm. »Diesmal ist kein Capricorn da, um Darius Angst zu machen. Diesmal wird er ganz wunderbar lesen. O Gott, Elinor, du wirst sie wiedersehen!«

Angebissen

Hätte Jim lesen können, dann hätte er vielleicht jetzt schon einen merkwürdigen Umstand bemerkt ... Aber Jim konnte eben nicht lesen.
Michael Ende, Jim Knopf und die Wilde 13

Einen Zwerg, etwa doppelt so groß wie ein Glasmann, und auf keinen Fall haarig wie Tullio, nein, alabasterfarbene Haut sollte er haben, einen zu großen Kopf und krumme Beine. Nun, wenigstens wusste der Hänfling immer genau, was er wollte – auch wenn seine Bestellungen deutlich seltener kamen, seit der Pfeifer in der Stadt war. Orpheus überlegte gerade, ob er dem Zwerg fuchsrotes oder albinoweißes Haar geben sollte, als Oss klopfte und auf sein »Herein« den Kopf durch die Tür steckte. Oss hatte sehr abstoßende Tischmanieren und wusch sich nicht gern, aber das Anklopfen vergaß er nie.

»Da ist schon wieder ein Brief für Euch, Herr!«

Hach. Tat es nicht gut, so genannt zu werden? Herr ...

Oss trat ein, neigte den kahlen Kopf (manchmal übertrieb er es mit der Unterwürfigkeit) und reichte Orpheus ein versiegeltes Papier. Papier? Das war seltsam. Gewöhnlich schickten die feinen Herrschaften ihre Bestellungen auf Pergament; und das Siegel kam ihm auch nicht bekannt vor. Nun, wie auch immer. Es war schon die dritte Bestellung an diesem Tag, die Geschäfte gingen gut. Daran hatte auch die Ankunft des Pfeifers nichts geändert. Diese Welt war einfach wie gemacht für ihn! Hatte er das nicht immer gewusst, schon, als er Fenoglios Buch zum ersten Mal mit schwitzenden Schuljungenfingern geöffnet hatte? Hier kam er für seine meisterhaften Lügen nicht als Fälscher oder Hochstapler ins Gefängnis, hier schätzte man seine Talente – und ganz Ombra verbeugte sich, wenn er in seinen feinen Kleidern über den Markt ging. Fabelhaft.

»Von wem kommt der Brief?«

Oss zuckte die geradezu lächerlich breiten Schultern. »Ich weiß nicht, Herr. Farid hat ihn mir gegeben.«

»Farid?« Orpheus richtete sich auf. »Warum hast du das nicht gleich gesagt?«

Hastig riss er Oss den Brief aus den klobigen Fingern.

Orpheus – (natürlich, er schrieb nicht »Lieber« oder »Sehr geehrter«, der Eichelhäher log nicht einmal bei der Anrede!) *Farid hat mir berichtet, was du für die Worte verlangst, um die meine Frau dich gebeten hat. Ich gehe auf den Handel ein.*

Orpheus las die Worte drei-, vier-, fünfmal, aber ja, da stand es, schwarz auf weiß:

Ich gehe auf den Handel ein.

Der Buchbinder hatte angebissen! Konnte es tatsächlich so leicht sein?

Ja! Warum nicht? Helden sind Dummköpfe. Hatte er das nicht immer gesagt? Der Eichelhäher war in die Falle gegangen und er musste sie nur noch zuschnappen lassen. Mit einer Feder, etwas Tinte ... und seiner Zunge.

»Geh! Ich will allein sein!«, fuhr er Oss an, der gelangweilt dastand und die beiden Glasmänner mit Nüssen bewarf. »Und nimm Jaspis mit!«

Orpheus wusste, dass er allzu gern laut mit sich selbst sprach, wenn er seine Gedanken verfertigte. Also musste der Glasmann aus dem Raum. Jaspis saß allzu oft auf Farids Schultern, und von dem, was Orpheus nun zu schreiben gedachte, durfte der Junge auf keinen Fall erfahren. Zwar wünschte der dumme Bengel sich Staubfinger noch sehnsüchtiger zurück als er selbst, doch ob er dafür den Vater seiner Liebsten opfern würde, war fraglich. Nein. Farid himmelte den Eichelhäher inzwischen genauso an, wie alle anderen es taten.

Eisenglanz warf seinem Bruder einen schadenfrohen Blick zu, als Oss Jaspis mit fleischigen Fingern vom Schreibpult pflückte.

»Pergament!«, befahl Orpheus, sobald die Tür hinter den beiden zufiel, und Eisenglanz machte sich eilfertig daran, den besten Bogen auf das Pult zu spannen.

Orpheus aber trat ans Fenster und blickte zu den Hügeln, aus denen der Brief des Eichelhähers vermutlich gekommen war. Zauberzunge, Eichelhäher – sie hatten ihm großartige Namen gegeben, und, ja, Mortimer war mit Sicherheit sehr viel edler und tapferer als er selbst, aber an Schlauheit konnte es dieser Ausbund an Tugend nicht mit ihm aufnehmen, denn Tugend machte dumm.

Bedank dich bei seiner Frau, Orpheus!, dachte er, während er begann auf und ab zu gehen (nichts half besser beim Denken). Hätte seine Frau nicht so viel Angst, ihn zu verlieren, hättest du vielleicht nie den Köder bekommen, den du brauchst!

Oh, es würde phantastisch werden. Sein größter Triumph! Einhörner, Zwerge, bunte Feen … das alles war nicht schlecht, aber es war nichts gegen das, was er nun vollbringen würde! Er würde den Feuertänzer von den Toten zurückholen. Orpheus. Hatte der Name, den er sich gegeben hatte, jemals besser gepasst? Aber er würde schlauer sein als der Sänger, dem er den Namen gestohlen hatte. Er würde einen anderen an seiner Stelle ins Totenreich schicken – und dafür sorgen, dass er nicht zurückkam.

»Staubfinger, hörst du mich in dem kalten Land, in dem du bist?«, flüsterte Orpheus, während Eisenglanz mit Eifer die Tinte anrührte. »Ich habe den Köder gefangen, der dich freikaufen wird, den wunderbarsten aller Köder, geschmückt mit den prächtigsten blassblauen Federn!«

Er begann vor sich hin zu summen, wie immer, wenn er mit sich zufrieden war, und nahm erneut Mortimers Brief zur Hand. Was schrieb der Eichelhäher noch?

Es wird geschehen, wie du verlangst (beim Huf des Teufels, er schrieb schon im Stil öffentlicher Verlautbarungen, wie die Räuber alter Zeiten): *Ich werde versuchen, die Weißen Frauen zu rufen, und du schreibst im Gegenzug Worte, die meine Frau und meine Tochter zurück in Elinors Haus bringen. Über mich aber soll es nur heißen, dass ich ihnen später folgen werde.*

Nanu. Was war das?

Orpheus ließ überrascht das Blatt sinken. Mortimer wollte bleiben? Warum? Weil ihm sein edles Heldenherz nach der Drohung des Pfeifers nicht erlaubte, sich davonzustehlen? Oder gefiel es ihm einfach zu gut, den Räuber zu spielen?

»Nun, wie auch immer, edler Häher«, sagte Orpheus leise (ach, er liebte den Klang seiner Stimme!), »das Ganze wird sich anders abspielen, als du es dir vorstellst. Weil Orpheus eigene Pläne für dich hat!«

Edelmütiger Dummkopf! Hatte er denn keine Räubergeschichte zu Ende gelesen? Kein Happy End für Robin Hood, keines für Angelo Duca, für den Schinderhannes und wie sie sonst noch hießen. Wieso sollte es eines für den Eichelhäher geben? Nein. Er würde nur noch eine Rolle spielen: den Köder am Haken, schmackhaft – und zum sicheren Tode verurteilt.

Und ich werde ihm das letzte Lied schreiben!, dachte Orpheus, während er so beschwingt auf und ab schritt, als fühlte er die richtigen Worte schon in seinen Zehen. Leute, hört die höchst wundersame Geschichte vom Eichelhäher, der den Feuertänzer vom Tod zurückholte und dabei leider selbst verloren ging. Herzzerreißend. Wie Robin Hoods Tod durch die Hand der verräterischen Nonne oder Ducas Ende am Galgen, neben sich den toten Freund und auf den Schultern den Henker, der ihn zu Tode reitet. Ja. Jeder Held braucht so einen Abgang. Selbst Fenoglio würde ihn nicht anders schreiben.

Oh, dieser Brief war ja immer noch nicht zu Ende! Was schrieb er noch, der edelste aller Räuber? *Häng ein Stück blaues Tuch ins Fenster, wenn du die Worte geschrieben hast* (wie romantisch! Eine echte Räuber-Idee. Er schien sich tatsächlich immer mehr in den zu verwandeln, den Fenoglio ihm auf den Leib geschneidert hatte!), *dann werde ich dich in der darauffolgenden Nacht auf dem Friedhof der Spielleute treffen. Farid weiß, wo er liegt. Komm allein, bring höchstens einen Diener mit. Ich weiß, welch gute Verbindungen du zum neuen Statthalter hast, und werde mich erst sehen lassen, wenn ich sicher bin, dass niemand von seinen Männern bei dir ist – Mortimer* (Sieh an, er unterschrieb tatsächlich noch mit seinem alten Namen. Wem wollte er damit etwas vormachen?)

Komm allein! O ja. Ich werde allein kommen, dachte Orpheus. Die Worte wirst du nicht sehen können, die ich schon vorausgeschickt habe!

Er rollte den Brief zusammen und legte ihn unter sein Schreibpult.

»Eisenglanz, alles bereit? Ein Dutzend gespitzte Federn, die Tinte fünfundsechzig Atemzüge lang gerührt, ein Blatt vom besten Pergament?«

»Ein Dutzend. Fünfundsechzig. Das allerbeste«, bestätigte der Glasmann.

»Was ist mit der Liste?« Orpheus betrachtete seine abgekauten Fingernägel. Neuerdings badete er sie jeden Morgen in Rosenwasser, aber das machte sie leider nur schmackhafter. »Dein unnützer Bruder hat auf den B-Wörtern seine Fußabdrücke hinterlassen.«

Die Liste. Das alphabetisch sortierte Verzeichnis aller Wörter, die Fenoglio in *Tintenherz* verwendet hatte. Er hatte Jaspis erst vor Kurzem angewiesen, sie anzufertigen (sein Bruder hatte eine entsetzliche Handschrift). Aber leider war der Glasmann erst bis zum Buchstaben D gelangt. Also musste Orpheus weiter in Fenoglios Buch nachschlagen, wenn er sicher sein wollte, dass die Wörter, die er benutzte, sich auch in *Tintenherz* fanden. Sehr lästig, aber unumgänglich, und bislang hatte diese Methode sich bestens bewährt.

»Alles nachgezogen!« Eisenglanz nickte eilfertig.

Gut! Die Worte kamen schon. Orpheus spürte sie wie ein Kribbeln unter der Kopfhaut. Sobald er die Feder in die Hand nahm, konnte er sie kaum schnell genug in die Tinte tauchen. Staubfinger. Ihm schossen immer noch die Tränen in die Augen, wenn er sich daran erinnerte, wie er ihn hatte tot in der Mine liegen sehen. Unzweifelhaft einer der schlimmsten Momente seines Lebens.

Und wie ihn das Versprechen verfolgt hatte, das er Roxane gegeben hatte, den Toten zu seinen Füßen (auch wenn sie ihm kein Wort geglaubt hatte): *Ich werde Worte finden, so köstlich und betörend wie der Duft einer Lilie, Worte, die den Tod betäuben und ihm die kalten Finger öffnen, mit denen er sich sein warmes Herz gegriffen hat.* Seit seiner Ankunft in dieser Welt hatte er nach ihnen gesucht – auch wenn Farid und Fenoglio glaubten, er schreibe nur Einhörner und bunte Feen herbei. Doch schon nach den ersten vergeblichen Versuchen war ihm die bittere Erkenntnis gekommen, dass Wohlklang allein hier nicht ausreichte, dass Lilienworte Staubfinger nie zurückbringen würden und der Tod einen handfesteren Preis verlangte: einen aus Fleisch und Blut.

Unglaublich, dass er nicht eher auf Mortimer gekommen war, den Mann, der den Tod mit einem leeren Buch zum Gespött der Lebenden gemacht hatte!

Ja, fort mit ihm! Diese Welt brauchte nur eine Zauberzunge, und das war die seine. War Mortimer erst einmal an den Tod verfüttert und Fenoglios Hirn vom Alkohol zersetzt, dann würde nur er diese Geschichte weitererzählen, weiter und weiter – mit einer angemessenen Rolle für Staubfinger und einer nicht unerheblichen für sich selbst.

»Ja, ruf mir die Weißen Frauen, Mortimer!«, flüsterte Orpheus, während er das Pergament Wort um Wort mit seiner wohlgeformten Handschrift füllte. »Du wirst nie erfahren, was ich ihnen vorher in die bleichen Ohren geflüstert habe. Seht, wen ich euch mitgebracht habe! Den Eichelhäher. Bringt ihn eurem kalten Herrn mit einem schönen Gruß von Orpheus und gebt mir dafür den Feuerspucker. Ach, Orpheus, Orpheus, man kann viel über dich sagen, aber nicht, dass du dumm bist.«

Mit einem leisen Lachen tauchte er die Feder in die Tinte – und fuhr herum, als hinter ihm die Tür aufging. Farid trat herein. Verflucht, wo war Oss?

»Was willst du?«, fuhr er den Jungen an. »Wie oft soll ich dir noch sagen, dass du klopfen sollst, bevor du hereinkommst? Beim nächsten Mal werf ich dir das Tintenfass an deinen dummen Kopf. Bring mir Wein! Den besten, den wir haben.«

Wie der Bengel ihn ansah, während er die Tür hinter sich zuzog. Er hasst mich!, dachte Orpheus.

Der Gedanke gefiel ihm. Nach seiner Erfahrung wurden nur die Mächtigen gehasst, und das gedachte er, in dieser Welt zu werden.

Mächtig.

Der Friedhof der Spielleute

Auf einem Hügel läßt er sich nieder und singt. Es sind Zauberlieder, die so stark sind, daß sie die Toten zum Leben erwecken können. Leise und vorsichtig hebt sein Gesang an, dann wird er lauter und fordernder, so lange, bis der Torfboden sich öffnet und die kalte Erde Risse zeigt.
Tor Age Bringsværd, Die wilden Götter

Der Friedhof der Spielleute lag oberhalb eines verlassenen Dorfes. Carandrella. Seinen Namen besaß es immer noch, auch wenn die Bewohner schon vor langer Zeit verschwunden waren. Warum und wohin, wusste niemand mehr – eine Seuche, sagten die einen, Hunger, sagten die anderen, wieder andere erzählten von zwei verfeindeten Familien, die einander umgebracht und vertrieben hatten. Welche Geschichte auch immer die richtige war, in Fenoglios Buch fand sie sich nicht, ebenso wenig wie der Friedhof, auf dem die verschwundenen Einwohner ihre Toten zwischen denen des Fahrenden Volkes begraben hatten, sodass sie für alle Zeit nebeneinanderschliefen.

Ein schmaler, steiniger Pfad wand sich von den verlassenen Häusern den ginsterbewachsenen Hang hinauf und endete auf einem Vorsprung, von dem aus man über die Wipfel des Weglosen Waldes weit nach Süden blicken konnte, dorthin, wo irgendwo hinter den Hügeln das Meer lag. Die Toten von Carandrella, hieß es in Ombra, haben die allerbeste Aussicht.

Eine zerfallene Mauer umgab die Gräber. Die Grabsteine waren dieselben, aus denen man hier auch die Häuser baute. Steine für die Lebenden, Steine für die Toten. In einige waren Namen geritzt, ungeschickt, als hätte sich der Schreiber die Buchstaben nur beigebracht, um den Klang eines geliebten Namens dem Schweigen zu entreißen, das der Tod brachte.

Meggie schien es, als flüsterten ihr die Steine die Namen zu, als sie an den Gräbern vorbeischritt – Farina, Rosa, Lucio, Renzo … Die Steine ohne Namen schienen wie verschlossene Münder, traurige Münder, die das Sprechen verlernt hatten. Aber vielleicht war es den Toten ja auch ganz gleich, welchen Namen sie einst getragen hatten?

Mo sprach immer noch mit Orpheus. Der Starke Mann beäugte dessen Leibwächter, als wollte er abmessen, wer von ihnen die breitere Brust hatte.

Tu es nicht, Mo. Bitte!

Meggie blickte zu ihrer Mutter hinüber – und wandte abrupt das Gesicht ab, als Resa den Blick erwiderte. Sie war so zornig auf sie. Nur Resas Tränen wegen stand Mo jetzt hier und weil sie zu Orpheus geritten war.

Nicht nur der Starke Mann, auch der Schwarze Prinz war mit ihnen gekommen – und Doria, obwohl sein Bruder es ihm verboten hatte. Er stand wie Meggie zwischen den Gräbern und sah sich um, die Dinge betrachtend, die vor den Grabsteinen lagen – verwelkte Blumen, ein Spielzeug aus Holz, ein Schuh, eine Flöte. Auf einem der Gräber lag eine frische Blume. Doria hob sie auf. Die Blüte war weiß wie die Frauen, auf die sie warteten. Als er merkte, dass Meggie zu ihm herübersah, kam er auf sie zu. Er sah seinem Bruder wirklich nicht ähnlich. Der Starke Mann trug sein braunes Haar kurz, doch Dorias wellte sich bis zur Schulter, und manchmal schien es Meggie, als wäre er einem der alten Märchenbücher entstiegen, die Mo ihr geschenkt hatte, als sie gerade lesen gelernt hatte. Die Bilder darin waren vergilbt gewesen, doch Meggie hatte sie stundenlang betrachtet, in der festen Überzeugung, dass die Feen, von denen einige der Märchen erzählten, sie mit ihren winzigen Händen gemalt hatten.

»Kannst du die Buchstaben auf den Steinen lesen?« Doria hielt immer noch die weiße Blüte in der Hand, als er vor ihr stehen blieb. Zwei Finger an seiner linken Hand waren steif. Sein betrunkener Vater hatte sie ihm gebrochen, als Doria seine Schwester vor ihm beschützen wollte. So zumindest hatte der Starke Mann es erzählt.

»Ja, sicher.« Meggie sah noch einmal zu Mo hinüber. Fenoglio hatte ihm durch Baptista eine Nachricht zukommen lassen. *Du kannst Orpheus nicht trauen, Mortimer!* Alles umsonst.

Tu es nicht, Mo. Bitte!

»Ich suche einen Namen.« Dorias Stimme klang verlegener als sonst. »Aber ich kann ... ich kann nicht lesen. Es ist der Name meiner Schwester.«

»Wie heißt sie?«

Wenn der Starke Mann recht hatte, war Doria genau an dem Tag, an dem der Hänfling ihn hatte hängen wollen, fünfzehn geworden. Meggie fand, dass er älter aussah. »Na ja«, hatte der Starke Mann gesagt, »kann schon sein, dass er älter ist. Meine Mutter ist nicht sonderlich gut im Zählen! An meinen Geburtstag erinnert sie sich überhaupt nicht.«

»Sie hieß Susa.« Doria sah zu den Gräbern, als könnte allein der Name schon die heraufbeschwören, von der er sprach. »Mein Bruder sagt, sie soll hier begraben sein. Er kann sich nur nicht erinnern, wo.«

Sie fanden den Stein. Er war überwachsen mit Efeu, aber der Name war noch deutlich zu lesen. Doria bückte sich und strich die Blätter zur Seite. »Sie hatte genauso helles Haar wie du«, sagte er. »Lazaro sagt, meine Mutter hat sie fortgejagt, weil sie bei den Spielleuten leben wollte. Er hat ihr das nie verziehen.«

»Lazaro?«

»Mein Bruder. Der Starke Mann, wie ihr ihn nennt.« Doria zog die Buchstaben mit dem Finger nach. Sie sahen aus, als hätte sie jemand mit einem Messer in den Stein geritzt. In dem ersten S wuchs Moos.

Mo sprach immer noch mit Orpheus. Orpheus reichte ihm ein Blatt: die Worte, die Resa bestellt hatte. Würde Mo sie noch in dieser Nacht lesen, falls die Weißen Frauen tatsächlich erschienen? Würden sie vielleicht schon bei Elinor sein, bevor es wieder hell wurde? Meggie wusste nicht, ob sie der Gedanke mit Traurigkeit oder Erleichterung erfüllte. Sie wollte auch nicht darüber nachdenken. Sie wollte nur eins: dass Mo auf sein Pferd stieg und wieder davonritt; dass die Tränen ihrer Mutter ihn nie dazu gebracht hätten hierherzukommen.

Farid stand etwas abseits, Schleicher auf der Schulter. Bei seinem Anblick wurde Meggie das Herz ebenso kalt wie beim Anblick von Resa. Farid hatte Mo Orpheus' Forderung überbracht, wissend, in welche Gefahr das ihren Vater bringen konnte, ganz abgesehen davon, dass sie beide sich durch diesen Handel vielleicht nie wiedersehen würden. Aber all das war Farid egal. Ihm lag nur an einem Menschen, und das war Staubfinger.

»Sie sagen, ihr kommt von weit her, du und der Eichelhäher.« Doria hatte sein Messer aus dem Gürtel gezogen und kratzte das Moos vom Namen seiner Schwester. »Ist es anders dort?«

Was sollte sie darauf sagen? »Ja«, murmelte sie schließlich. »Ganz anders.«

»Tatsächlich? Farid sagt, es gibt dort Kutschen, die ohne Pferde fahren, und Musik, die aus einem winzigen schwarzen Kasten kommt.«

Meggie musste lächeln. »Ja, das stimmt«, sagte sie leise.

Doria legte die weiße Blume auf das Grab seiner Schwester und richtete sich auf. »Stimmt es, dass es in diesem Land auch Flugmaschinen gibt?« Wie neugierig er sie ansah. »Ich habe mal versucht mir Flügel zu bauen. Ich bin sogar ein Stück damit geflogen, aber nicht sehr weit.«

»Ja … Flugmaschinen gibt es dort auch«, antwortete Meggie mit abwesender Stimme. »Resa kann sie für dich zeichnen.«

Mo hatte das Blatt zusammengefaltet, das Orpheus ihm gegeben hatte. Ihre Mutter trat auf ihn zu und begann auf ihn einzureden. Wozu? Er würde nicht auf sie hören. »Es gibt keinen anderen Weg, Meggie«, hatte er nur gesagt, als sie selbst ihn angefleht hatte, nicht auf Orpheus' Angebot einzugehen. »Deine Mutter hat recht. Es ist Zeit, zurückzugehen. Es wird mit jedem Tag gefährlicher.« Was hätte sie dagegen sagen sollen? Dreimal in den letzten Tagen hatten die Räuber ihr Lager wegen der Patrouillen des Pfeifers verlegt, und auf der Burg von Ombra fanden sich angeblich jede Stunde Frauen ein, die behaupteten, sie hätten den Eichelhäher gesehen, in der Hoffnung, ihre Kinder zu retten.

Ach, Mo.

»Ihm wird nichts geschehen«, sagte Doria hinter ihr. »Du wirst sehen, selbst die Weißen Frauen lieben seine Stimme.«

Unsinn. Nichts als gedichteter Unsinn!

Als Meggie auf Mo zuging, hinterließen ihre Stiefel Spuren im

Raureif, als wäre ein Geist über den Friedhof gegangen. Mos Gesicht war so ernst. Hatte er Angst? Nun, was denkst du, Meggie? Er will die Weißen Frauen rufen! *Sie sind aus nichts als Sehnsucht gemacht, Meggie.*

Farid sah nur verlegen zur Seite, als sie an ihm vorbeiging.

»Bitte! Du musst es nicht tun!« Resas Stimme klang viel zu laut zwischen den Toten, und Mo legte ihr sacht die Hand auf die Lippen.

»Ich will es tun«, sagte er. »Und du musst keine Angst haben. Ich kenne die Weißen Frauen besser, als du denkst.« Er schob ihr das gefaltete Blatt in den Gürtel. »Da. Pass gut darauf auf. Falls ich es aus irgendeinem Grund nicht lesen kann, wird Meggie es tun.«

Falls ich es aus irgendeinem Grund nicht lesen kann ... falls sie mich töten, so wie Staubfinger, mit ihren kalten weißen Händen. Meggie öffnete den Mund – und schloss ihn wieder, als Mo sie ansah. Sie kannte diesen Blick. *Keine Diskussion. Vergiss es, Meggie.*

»Gut. Also dann. Mein Teil des Handels ist erfüllt. Ich ... ähm, ich denke, wir sollten nicht länger warten!« Orpheus war sichtlich ungeduldig. Er trat von einem Fuß auf den anderen und hatte ein klebriges Lächeln auf den Lippen. »Man sagt, sie mögen es, wenn der Mond scheint, und bevor er hinter den Wolken verschwindet ...«

Mo nickte nur und gab dem Starken Mann ein Zeichen, worauf der Resa und Meggie sanft mit sich zog, fort von den Gräbern, unter eine Steineiche, die am Rand des Friedhofs wuchs. Doria gesellte sich auf einen Wink seines Bruders zu ihnen.

Auch Orpheus machte ein paar Schritte zurück, als wäre es schon jetzt gefährlich, an Mos Seite zu stehen.

Mo wechselte einen Blick mit dem Schwarzen Prinzen. Was hatte er ihm erzählt? Dass er die Weißen Frauen nur Staubfingers wegen rufen wollte? Oder wusste der Prinz von den Worten, die der Eichelhäher mit dieser Tat kaufen wollte? Nein, sicher nicht.

Seite an Seite traten sie zwischen die Gräber. Der Bär trottete den beiden nach. Orpheus aber hastete mit seinem Leibwächter auf die Eiche zu, unter der Meggie und Resa standen. Nur Farid blieb, wo er war, wie angewurzelt, auf dem Gesicht die Angst vor denen, die Mo rufen wollte, und die Sehnsucht nach dem, den sie mit sich genommen hatten.

Ein leichter Wind strich über den Friedhof, kühl wie der Atem derer, auf die sie warteten, und Resa machte unwillkürlich einen Schritt vor, aber der Starke Mann zog sie zurück.

»Nein«, sagte er leise, und Resa blieb stehen, im Schatten der Zweige, und starrte wie Meggie auf die beiden Männer, die in der Mitte der Gräber standen.

»Zeigt euch, Töchter des Todes!«

Mos Stimme klang so gleichmütig, als hätte er die, die er rief, schon unzählige Male gerufen. »Ihr erinnert euch an mich, oder? Ihr erinnert euch an Capricorns Festung, an die Höhle, in die ihr mir gefolgt seid, und daran, wie schwach mein Herz gegen eure weißen Finger schlug. Der Eichelhäher möchte euch nach einem Freund fragen. Wo seid ihr?«

Resa presste sich die Hand aufs Herz. Vermutlich schlug es ebenso schnell wie Meggies.

Die erste Weiße Frau erschien gleich neben dem Grabstein, vor dem Mo stand. Sie brauchte nur den Arm auszustrecken, um ihn zu berühren, und sie tat es, so sacht, als begrüßte sie einen Freund.

Der Bär stöhnte auf und senkte den Kopf. Dann wich er zurück,

Schritt für Schritt, und tat, was er nie zuvor getan hatte: Er verließ seinen Herrn. Der Schwarze Prinz aber blieb stehen, dicht an Mos Seite, obwohl sein dunkles Gesicht eine Angst zeigte, die Meggie nie zuvor darauf gesehen hatte.

Mos Gesicht jedoch verriet nichts, als die blassen Finger ihm über den Arm strichen. Die zweite Weiße Frau erschien zu seiner Rechten. Sie griff ihm an die Brust, dorthin, wo sein Herz schlug. Resa schrie auf und machte erneut einen Schritt vor, aber der Starke Mann zog sie zurück.

»Sie tun ihm nichts. Sieh doch!«, raunte er ihr zu.

Eine weitere Weiße Frau erschien, dann eine vierte, eine fünfte. Sie umringten Mo und den Schwarzen Prinzen, bis Meggie beide nur noch als Schatten zwischen den nebligen Gestalten sah. Sie waren so schön – und so schrecklich, und für einen Moment wünschte Meggie, Fenoglio könnte sie sehen. Sie wusste, wie stolz er auf diesen Anblick gewesen wäre, stolz auf die flügellosen Engel, die er erschaffen hatte.

Es kamen immer noch mehr. Sie schienen sich aus dem Atem zu formen, der Mo und dem Prinzen weiß vor den Lippen hing. Warum kamen so viele? Meggie sah die Verzauberung, die sie empfand, auch auf Resas Gesicht, sie sah sie selbst auf dem von Farid, der Geister so sehr fürchtete. Doch dann begann das Flüstern – von Stimmen, die ebenso körperlos schienen wie die bleichen Frauen selbst. Es wurde lauter und lauter, und aus der Verzauberung wurde Angst. Mos Silhouette verschwamm, als löste er sich auf in all dem Weiß. Doria warf seinem Bruder einen alarmierten Blick zu. Resa rief Mos Namen. Der Starke Mann versuchte sie erneut festzuhalten, doch sie riss sich los und begann zu rennen.

Meggie rannte ihr nach, tauchte ein in den Nebel aus durchscheinenden Körpern. Gesichter wandten sich ihr zu, bleich wie die Steine, gegen die sie stolperte. Wo war ihr Vater?

Sie versuchte die weißen Gestalten zur Seite zu stoßen, aber sie griff ins Nichts, immer wieder, bis sie plötzlich auf den Schwarzen Prinzen stieß. Mit aschfahlem Gesicht stand er da, das Schwert in der zitternden Hand, und sah sich um, als hätte er vergessen, wer er war. Die Weißen Frauen aber flüsterten nicht länger. Sie lösten sich auf wie Rauch, in den der Wind fährt. Die Nacht schien dunkler, als sie fort waren. So dunkel. Und so schrecklich kalt.

Resa rief wieder und wieder Mos Namen, und der Prinz sah sich verzweifelt um, das nutzlose Schwert in der Hand.

Aber Mo war fort.

Schuld

Zeit, lass mich verschwinden. *Dann kommt zusammen, was wir immerfort entzwein, indem wir da sind.*
Audrey Niffenegger, Die Frau des Zeitreisenden

Resa wartete zwischen den Gräbern, bis der Morgen dämmerte, aber Mo kam nicht zurück.

Roxanes Schmerz war der ihre. Nur dass ihr nicht einmal ein Toter zu beweinen blieb. Mo war fort, als hätte es ihn nie gegeben. Die Geschichte hatte ihn verschlungen, und sie war schuld.

Meggie weinte. Der Starke Mann hielt sie in den Armen, während ihm selbst Tränen über das breite Gesicht liefen.

»Ihr seid schuld!« Immer wieder hatte Meggie es geschrien, hatte Resa und Farid fortgestoßen und sich selbst vom Prinzen nicht beruhigen lassen. »Ihr habt ihn überredet! Wozu hab ich ihn damals gerettet, wenn sie ihn nun doch bekommen haben?«

»Es tut mir so leid. Wirklich, es tut mir unendlich leid!«

Orpheus' Stimme klebte Resa immer noch auf der Haut wie etwas giftig Süßes. Als die Weißen Frauen verschwunden waren, hatte er dagestanden, als warte er auf etwas, das Lächeln mühsam verbergend, das sich ihm immer wieder auf die Lippen schlich. Doch Resa hatte es gesehen. O ja … Und Farid auch.

»Was hast du getan?« Er hatte Orpheus an den feinen Kleidern gepackt und ihm die Fäuste auf die Brust geschlagen. Orpheus' Leibwächter hatte Farid packen wollen, doch der Starke Mann hatte ihn festgehalten.

»Du schmutziger Lügner!«, hatte Farid schluchzend geschrien. »Du doppelzüngige Schlange! Warum hast du sie nichts gefragt? Du wolltest sie gar nichts fragen, stimmt's? Du wolltest nur, dass sie Zauberzunge holen. Fragt ihn! Fragt ihn, was er sonst noch geschrieben hat. Ich hab es gesehen! Er hat nicht nur die Worte geschrieben, die er Zauberzunge versprochen hat. Da war noch ein zweites Blatt! Er denkt, ich weiß nicht, was er treibt, weil ich nicht lesen kann, aber ich kann zählen. Es waren zwei Blätter – und sein Glasmann sagt, er hat gestern Nacht laut gelesen!«

Er hat recht!, hatte es in Resa geflüstert. O Gott, Farid hat recht!

Orpheus aber hatte sich alle Mühe gegeben, ehrlich entrüstet dreinzublicken. »Was für ein dummes Geschwätz!«, hatte er ausgerufen. »Glaubt ihr, ich bin nicht enttäuscht? Was kann ich dafür, dass sie ihn mitgenommen haben? Ich habe meinen Teil der Abmachung erfüllt! Ich habe genau das geschrieben, was Mortimer verlangt hat! Aber hatte ich Gelegenheit, sie nach Staubfinger zu fragen? Nein! Ich werde meine Worte dennoch nicht zurückverlangen. Aber ich hoffe, dass jedem der Anwesenden klar ist«, und dabei hatte er den Schwarzen Prinzen angesehen, der immer noch das Schwert in der Hand hielt, »dass ich es bin, der bei diesem Handel leer ausgegangen ist!«

Seine Worte steckten immer noch in Resas Gürtel. Sie hatte sie ihm nachwerfen wollen, als er davonritt, und sie dann doch zurück in den Gürtel gesteckt. Die Worte, die sie zurückbringen sollten … sie hatte sie nicht einmal gelesen. Sie waren zu teuer bezahlt. Mo war fort, und Meggie würde ihr niemals verzeihen. Für sie hatte sie beide erneut verloren.

Sie lehnte die Stirn gegen den Grabstein neben sich. Es war der eines Kindes, ein winziges Hemd lag auf dem Grab. *Es tut mir so leid.* Wieder glaubte sie Orpheus' weiche, dunkle Stimme zu hören, vermischt mit dem Schluchzen ihrer Tochter. Ja, Farid hatte recht. Orpheus log. Er hatte geschrieben, was passiert war, und es mit seiner Stimme wahr gemacht, hatte Mo aus dem Weg geschafft, aus Eifersucht, wie Meggie es immer gesagt hatte – und sie hatte ihm dabei geholfen.

Mit zitternden Fingern faltete sie das Papier auseinander, das Mo ihr in den Gürtel gesteckt hatte. Es war feucht vom Tau und Orpheus' Wappen spreizte sich über den Worten. Farid hatte ihnen erzählt, wie er es bei einem Wappenzeichner in Ombra in Auftrag gegeben hatte – eine Krone für die Lüge, dass er aus königlicher Familie stammte, Palmen für das ferne Land, aus dem er angeblich kam, und ein Einhorn, das gedrehte Horn schwarz von Tinte.

Auch Mos Zeichen war ein Einhorn. Resa spürte, wie ihr erneut die Tränen kamen. Die Worte verschwammen vor ihren Augen, als sie zu lesen begann. Die Beschreibung von Elinors Haus klang etwas hölzern, doch für ihr Heimweh hatte Orpheus die richtigen Worte gefunden, und auch für die Angst, diese Geschichte könnte aus ihrem Mann einen anderen machen … Woher wusste er so genau, was in ihrem Herzen vorging? Von dir selbst, Resa, dachte sie bitter. All deine Verzweiflung hast du zu ihm getragen. Sie las weiter – und stutzte: *Und Mutter und Tochter machten sich auf, zurück in das Haus voller Bücher, doch der Eichelhäher blieb – und versprach, ihnen zu folgen, wenn die Zeit gekommen war und er seine Rolle gespielt hatte …*

Ich habe genau das geschrieben, was Mortimer verlangt hat!, hörte sie Orpheus sagen, die Stimme voll gekränkter Unschuld.

Nein. Das konnte nicht sein. Mo hatte mit ihnen gehen wollen! Oder?

Du wirst die Antwort nie erfahren, Resa, dachte sie und krümmte sich über dem kleinen Grab, so sehr schmerzte sie ihr Herz. Sie glaubte das Kind in ihrem Innern ebenfalls weinen zu hören.

»Lass uns gehen, Resa!« Der Schwarze Prinz stand neben ihr. Er streckte ihr die Hand entgegen. In seinem Gesicht war kein Vorwurf zu finden, obwohl es traurig war, so traurig. Er fragte auch nicht nach den Worten, die Orpheus geschrieben hatte. Vielleicht glaubte er, dass der Eichelhäher am Ende doch ein Zauberer gewesen war. Der Schwarze Prinz und der Eichelhäher, die zwei Hände der Gerechtigkeit, die eine schwarz, die andere weiß. Nun gab es erneut nur den Prinzen.

Resa griff nach seiner Hand und kam mühsam auf die Füße. Gehen? Wohin?, wollte sie fragen. Zurück in das Lager, in dem ein leeres Zelt wartet und deine Männer mich nur noch feindseliger anstarren werden?

Doria brachte ihr Pferd. Der Starke Mann stand immer noch bei Meggie, das grobe Gesicht verweint wie das ihrer Tochter. Er wich ihrem Blick aus. Auch er gab ihr also die Schuld für das, was geschehen war.

Wohin? Zurück?

Resa hielt das Blatt mit Orpheus' Worten immer noch in der Hand. Elinors Haus. Wie würde es sich anfühlen, ohne Mo dorthin zurückzukehren? Falls Meggie die Worte überhaupt lesen würde. *Elinor, ich habe Mo verloren. Ich wollte ihn beschützen, aber …* Nein, diese Geschichte wollte sie nicht erzählen müssen. Es gab kein Zurück. Es gab nichts mehr.

»Meggie, komm.« Der Prinz winkte Meggie zu sich. Er wollte sie zu Resa aufs Pferd heben, aber Meggie wich zurück.

»Nein. Ich reite mit Doria«, sagte sie.

Doria trieb sein Pferd an ihre Seite. Farid warf dem anderen Jungen einen wenig freundlichen Blick zu, als er Meggie hinter sich aufs Pferd zog.

»Und warum bist du noch hier?«, fuhr Meggie ihn an. »Hoffst du immer noch, dass Staubfinger plötzlich wieder vor dir steht? Er kommt nicht zurück, ebenso wenig wie mein Vater, aber Orpheus nimmt dich bestimmt wieder auf, nach allem, was du für ihn getan hast!«

Farid duckte sich bei jedem Wort wie ein geprügelter Hund. Dann drehte er sich wortlos um und ging zu seinem Esel. Er rief nach dem Marder, aber Schleicher kam nicht und Farid ritt ohne ihn davon.

Meggie sah ihm nicht nach.

Sie wandte sich zu Resa um. »Glaub nicht, dass ich mit dir zurückgehe!«, fuhr sie sie an. »Wenn du einen Leser brauchst für deine kostbaren Worte, geh zu Orpheus. Das hast du schließlich schon einmal getan!«

Der Schwarze Prinz fragte auch diesmal nicht, wovon Meggie redete, obwohl Resa die Frage auf seinem müden Gesicht sah. Er blieb an Resas Seite, als sie zurückritten, den ganzen langen Weg. Die Sonne nahm einen Hügel nach dem anderen in Besitz, aber Resa wusste, dass die Nacht für sie nicht enden würde. Sie würde von nun an in ihrem Herzen wohnen. Immer und ohne Ende dieselbe Nacht. Schwarz und weiß zugleich, wie die Frauen, die Mo mit sich genommen hatten.

Ende und Anfang

*** EINE KURZE BEMERKUNG AM RANDE ***
Ihr werdet sterben.
Markus Zusak, Die Bücherdiebin

Sie brachten alles zurück: die Erinnerung an den Schmerz und die Angst, an das Brennen des Fiebers und die Kälte ihrer Hände an seinem Herzen. Doch diesmal war alles anders. Die Weißen Frauen berührten Mo, und er fürchtete sie nicht. Sie flüsterten den Namen, den sie für den seinen hielten, und es klang wie ein Willkommen. Ja, sie hießen ihn willkommen mit ihren leisen Stimmen, schwer von Sehnsucht, die er so oft in seinen Träumen hörte – als wäre er ein lang vermisster Freund, der endlich zurückgekehrt war.

Es waren viele, so viele. Ihre blassen Gesichter umgaben ihn wie Nebel, hinter dem alles andere verschwand – Orpheus, Resa, Meggie und der Schwarze Prinz, der eben noch neben ihm gestanden hatte. Selbst die Sterne verschwanden und der Boden unter seinen Füßen. Plötzlich stand er auf faulenden Blättern. Ihr Duft hing schwer und süß in der kalten Luft. Knochen lagen zwischen ihnen, bleich und blank. Schädel. Gliedmaßen. Wo war er?

Sie haben dich mitgenommen, Mortimer, dachte er. So wie Staubfinger.

Warum machte der Gedanke ihm keine Angst?

Er hörte Vögel über sich, viele Vögel, und als die Weißen Frauen zurückwichen, sah er Luftwurzeln über sich, die wie Spinnweben aus dunkler Höhe herabhingen. Er war im Innern eines Baumes, hohl wie eine Orgelpfeife, hoch wie die Burgtürme von Ombra. Pilze wuchsen aus den hölzernen Flanken, blassgrünes Licht ausscheidend, das auf Vogel- und Feennester fiel. Mo streckte die Hand nach den Wurzeln aus, um herauszufinden, ob seine Finger noch etwas fühlten. Ja, das taten sie. Er strich sich übers Gesicht, spürte die eigene Haut, unverändert, warm. Was bedeutete das? War dies doch nicht der Tod?

Was war es dann? Ein Traum?

Er wandte sich um, immer noch wie im Schlaf, und blickte auf Betten aus Moos. Moosweibchen schliefen darauf, die runzligen Gesichter im Tod ebenso alterslos wie im Leben. Auf dem letzten jedoch lag eine vertraute Gestalt, das Gesicht so still, wie er es zuletzt gesehen hatte. Staubfinger.

Roxane hatte das Versprechen gehalten, das sie in der verfallenen Mine abgelegt hatte: *Und er wird aussehen, als schliefe er, wenn meine Haare längst weiß sind, denn von der Nessel weiß ich, wie man es anfängt, den Körper zu bewahren, selbst wenn die Seele längst fort ist.*

Zögernd trat Mo auf die reglose Gestalt zu. Die Weißen Frauen machten ihm schweigend Platz.

Wo bist du, Mortimer? Ist dies doch noch die Welt der Lebenden, auch wenn die Toten hier schlafen?

Staubfinger sah tatsächlich aus, als schliefe er. Friedlich, traumlos. Besuchte Roxane ihn an diesem Ort? Vermutlich. Doch wie war er selbst hierhergekommen?

»Weil das doch wohl der Freund ist, nach dem du fragen wolltest, oder?« Die Stimme kam von oben, und als Mo hinauf in die Dunkelheit blickte, sah er einen Vogel im Gespinst der Wurzeln sitzen, goldfarben, mit einem roten Fleck auf der Brust. Mit runden Vogelaugen starrte er auf ihn herab, doch die Stimme, die aus seinem Schnabel kam, war die Stimme einer Frau.

»Dein Freund ist ein gern gesehener Gast bei uns. Er hat uns das Feuer gebracht, das einzige Element, das mir nicht gehorcht. Auch dich würden meine Töchter allzu gern zu sich holen, weil sie deine Stimme lieben, doch sie wissen, dass diese Stimme den Atem des Fleisches braucht. Und als ich ihnen trotzdem befahl, dich zu holen, zur Strafe dafür, dass du das Leere Buch gebunden hast, haben sie mich überzeugt, dich zu verschonen, und mir erklärt, dass du dir etwas vorgenommen hast, das mich versöhnen wird.«

»Und was wäre das?« Mo war die eigene Stimme fremd, als er sie an diesem Ort hörte.

»Das weißt du nicht? Obwohl du bereit bist, dich dafür von allem zu trennen, was du liebst? Du wirst mir den bringen, den du mir genommen hast. Bring mir den Natternkopf, Eichelhäher.«

»Wer bist du?« Mo blickte zu den Weißen Frauen. Er sah auf Staubfingers stilles Gesicht.

»Rate.«

Der Vogel plusterte das goldene Gefieder, und Mo erkannte, dass der Fleck auf seiner Brust Blut war.

»Du bist der Tod.« Mo spürte das Wort schwer auf der Zunge. Gab es ein schwereres?

»Ja, so nennt man mich, dabei hätte ich so viele andere Namen verdient!« Der Vogel schüttelte sich und goldene Federn fielen auf die Blätter zu Mos Füßen. Sie fielen ihm auf Haar und Schultern, und als er erneut emporblickte, saß nur noch das Skelett eines Vogels in den Wurzeln. »Das Ende und der Anfang, das bin ich.« Pelz spross auf den Knochen. Spitze Ohren wuchsen auf dem kahlen

Schädel. Ein Eichhorn blickte auf Mo herab. Mit winzigen Händen klammerte es sich an die Wurzeln, und aus dem kleinen Maul drang dieselbe Stimme, mit der auch der Vogel gesprochen hatte.

»Die Große Wandlerin, das ist der Name, der mir gefällt!« Auch das Eichhorn schüttelte sich, verlor Pelz, Schwanz und Ohren, wurde ein Schmetterling, eine Raupe zu seinen Füßen, eine Katze, gescheckt wie das Licht im Weglosen Wald – und schließlich ein Marder, der auf das Moosbett sprang, auf dem Staubfinger lag, und sich zu Füßen des Toten zusammenrollte. »Ich bin der Anfang aller Geschichten und ihr Ende«, sagte der Marder mit der Stimme des Vogels, mit der Stimme des Eichhorns. »Vergängnis und Erneuerung. Ohne mich wird nichts geboren, weil nichts stirbt ohne mich. Du aber hast meine Arbeit gestört, Eichelhäher, indem du das Buch gebunden hast, das mir die Hände fesselt. Deshalb war ich sehr zornig auf dich, furchtbar zornig.«

Der Marder bleckte die Zähne, und Mo spürte, wie die Weißen Frauen sich ihm erneut näherten. Kam er nun, der Tod? Die Brust wurde ihm eng. Das Atmen fiel schwer, wie damals, als er ihn schon einmal ganz nah gespürt hatte.

»Ja, ich war zornig«, flüsterte der Marder. Die Stimme, mit der er sprach, war immer noch die einer Frau, doch nun klang sie plötzlich alt. »Aber meine Töchter haben mich beschwichtigt. Sie lieben dein Herz ebenso sehr wie deine Stimme. Sie sagen, es ist groß, sehr groß; zu schade, um es schon zu brechen.«

Der Marder schwieg, und plötzlich war da wieder das Flüstern, das Mo nie vergessen hatte. Es umgab ihn, war überall. »Hüte dich! Hüte dich, Eichelhäher!«

Vor wem? Die blassen Gesichter sahen ihn an. Sie waren schön, doch sie verschwammen, sobald er sie genauer betrachten wollte.

»Orpheus!«, flüsterten die bleichen Lippen.

Und plötzlich hörte Mo Orpheus' Stimme. Ihr Wohlklang füllte den hohlen Baum wie ein zu süßer Duft. »*Hör mich, Meister der Kälte«, sagte der Dichter. »Hör mich, Meister des Schweigens. Ich biete dir einen Handel an. Ich schicke dir den Eichelhäher, der dich zum Gespött gemacht hat. Er wird glauben, dass er nur deine bleichen Töchter rufen soll, doch ich biete ihn dir als Preis für den Feuertänzer an. Hol ihn dir, und schick dafür Staubfinger zurück zu den Lebenden, denn seine Geschichte ist noch nicht zu Ende erzählt. Der des Eichelhähers jedoch fehlt nur noch ein Kapitel, und das sollen deine Weißen Frauen schreiben.« So las und schrieb der Dichter, und seine Worte wurden wahr, wie immer. Der Eichelhäher rief die Weißen Frauen, vermessen, wie er war, und der Tod ließ ihn nicht wieder gehen. Der Feuertänzer aber kehrte zurück, und seine Geschichte nahm einen neuen Anfang.*

Hüte dich …

Es dauerte ein paar Augenblicke, bis Mo wirklich begriff. Bis er seine Dummheit verfluchte, die ihn dem Mann hatte trauen lassen, der ihn schon einmal fast getötet hatte. Er versuchte sich verzweifelt an die Worte zu erinnern, die Orpheus für Resa geschrieben hatte. Was, wenn er Meggie und Resa ebenso aus dem Weg schaffen wollte wie ihn? Erinnre dich, Mo! Was hat er geschrieben?

»Ja, du warst wirklich dumm«, spottete die Frauenstimme. »Doch er war noch dümmer als du. Glaubt mich mit Worten binden zu können, mich, die das Land regiert, in dem es keine Worte gibt und aus dem doch alle Worte stammen. Nichts kann mich fesseln, nur das Leere Buch, weil du seine Seiten mit weißem Schweigen gefüllt hast. Der, den es schützt, schickt mir fast jeden Tag einen

Mann, den er erschlagen hat, als Boten seines Spotts! Das Fleisch möchte ich dir dafür von den Knochen schmelzen! Doch meine Töchter lesen dein Herz wie ein Buch, seit sie es berührt haben, und versichern mir, dass du nicht rasten wirst, bis der, den dein Buch schützt, wieder mir gehört. Ist das so, Eichelhäher?«

Der Marder legte sich auf Staubfingers reglose Brust.

»Ja!«, flüsterte Mo.

»Gut. Dann geh zurück und schaff das Buch aus der Welt. Füll es mit Wörtern, bevor der Frühling kommt, oder für dich wird der Winter nicht enden. Und ich werde mir nicht nur dein Leben für das des Natternkopfes holen, sondern auch das deiner Tochter, denn sie hat geholfen, das Buch zu binden. Hast du verstanden, Eichelhäher?«

»Wieso zwei?«, fragte Mo heiser. »Wie kannst du zwei Leben für das eine fordern? Nimm meins, das ist genug.«

Aber der Marder starrte ihn nur an. »Ich bestimme den Preis«, sagte der Tod. »Du musst nur bezahlen.«

Meggie. Nein. Nein. Geh zurück, Resa!, dachte Mo. Lass Meggie Orpheus' Worte lesen. Alles ist besser als dies hier. Geht zurück! Schnell!

Aber der Marder lachte. Und wieder klang es nach einer alten Frau. »Alle Geschichten enden mit mir, Eichelhäher«, sagte sie. »Mich wirst du überall treffen.« Und wie zum Beweis verwandelte sie sich in die einohrige Katze, die sich so gern in Elinors Garten schlich, um ihre Vögel zu jagen. Geschmeidig sprang sie von Staubfingers Brust und rieb sich an Mos Beinen. »Also – was sagst du, Eichelhäher? Nimmst du meine Bedingungen an?«

Und ich werde mir nicht nur dein Leben für das des Natternkopfes holen, sondern auch das deiner Tochter.

Mo blickte auf Staubfinger. Sein Gesicht sah im Tod so viel friedvoller aus als im Leben. Hatte er seine jüngere Tochter auf der anderen Seite getroffen und Cosimo und Roxanes ersten Mann? Waren die Toten alle am selben Ort?

Die Katze setzte sich vor ihn hin und starrte ihn an.

»Ich nehme an«, sagte Mo mit so heiserer Stimme, dass er kaum seine eigenen Worte verstand. »Doch ich stelle auch eine Bedingung: Gib mir den Feuertänzer mit. Meine Stimme hat ihm vor langer Zeit zehn Jahre seines Lebens gestohlen. Lass sie mich ihm zurückgeben. Außerdem ... heißt es nicht in den Liedern, dass des Natternkopfs Tod aus dem Feuer kommt?«

Die Katze duckte sich. Fell fiel rot auf die faulenden Blätter. Knochen bedeckten sich wieder mit Fleisch und Federn, und der Goldspötter mit der blutigen Brust flatterte Mo auf die Schulter.

»Du machst gern zu Wirklichkeit, was die Lieder sagen, nicht wahr?«, flüsterte er ihm zu. »Nun gut. Ich geb ihn dir mit, soll der Feuertänzer wieder leben. Doch wenn der Frühling kommt und der Natternkopf immer noch unsterblich ist, wird sein Herz gleichzeitig mit dem deinen aufhören zu schlagen – und mit dem deiner Tochter.«

Mo schwindelte. Er wollte nach dem Vogel greifen und ihm den goldenen Hals umdrehen, damit er die Stimme nicht mehr hören musste, so alt und unbewegt, Spott in jedem Wort. Meggie. Er stolperte fast, als er noch einmal an Staubfingers Seite trat.

Diesmal machten die Weißen Frauen ihm nur zögernd Platz.

»Du siehst, meine Töchter lassen ihn nicht gern gehen«, sagte die Stimme der alten Frau, »obwohl sie wissen, dass er zurückkommen wird.«

Mo blickte auf den reglosen Körper. Das Gesicht war tatsächlich so viel friedlicher, als es im Leben gewesen war, und mit einem Mal war Mo nicht sicher, ob er Staubfinger tatsächlich einen Gefallen damit tat, ihn zurückzurufen.

Der Vogel saß immer noch auf seiner Schulter, so leicht, so scharfkrallig.

»Worauf wartest du noch?«, fragte der Tod. »Ruf ihn!«

Und Mo gehorchte.

Eine vertraute Stimme

Was ist ihm geblieben? fragt Langschatten sich. Welche Gedanken und Gerüche, welche Namen? Oder gibt es in seinem Kopf bloß noch vage Empfindungen und einen Haufen unzusammenhängender Wörter?
Barbara Gowdy, Der weiße Knochen

Sie waren fort. Hatten ihn alleingelassen mit all dem Blau, das sich so schwer vertrug mit dem Rot des Feuers. Blau wie der Abendhimmel, blau wie Storchenschnabelblüten, blau wie die Lippen Ertrunkener, blau wie das Herz einer Flamme, die allzu heiß brennt. Ja, manchmal war es auch heiß in dieser Welt. Heiß und kalt, hell und dunkel, schrecklich und schön, sie war alles zugleich. Es war eine Lüge, dass man nichts spürte im Land des Todes. Man spürte und hörte und roch und sah, doch das Herz blieb seltsam gelassen dabei – als ruhte es aus, bevor der Tanz erneut begann.

Frieden. War das das Wort?

Spürten die Hüterinnen dieser Welt ihn auch, oder hatten sie Sehnsucht nach dem Anderen? Dem Schmerz, den sie nicht kannten, dem Fleisch, das sie nicht bewohnten. Vielleicht. Vielleicht auch nicht. Aus ihren Gesichtern erfuhr er es nicht. Dort fand er beides: Frieden und Sehnsucht, Freude und Schmerz. Als wüssten sie von allem, in dieser und der anderen Welt, so wie sie selbst aus allen Farben gleichzeitig bestanden, alle Farben, miteinander verschmolzen zu weißem Licht. Sie erzählten ihm, dass das Land des Todes auch andere Orte kannte, dunkler als der, an den sie ihn gebracht hatten, und dass niemand lange blieb – bis auf ihn. Weil er ihnen das Feuer rief …

Die Weißen Frauen fürchteten das Feuer und sie liebten es. Sie wärmten ihre bleichen Hände daran – und lachten wie Kinder, wenn er es für sie tanzen ließ. Sie waren Kinder, jung und alt zugleich, so alt. Sie ließen ihn Bäume und Blumen aus Feuer formen, die Sonne und den Mond, er aber ließ die Flammen Gesichter malen, Gesichter, die er sah, wenn die Weißen Frauen ihn mit an den Fluss nahmen, in dem sie die Herzen der Toten wuschen. Sieh hinein!, flüsterten sie ihm zu. Sieh hinein, dann sehen dich die, die dich lieben, in ihren Träumen. Und er beugte sich über das klare, blaue Wasser und betrachtete den Jungen und die Frau und das Mädchen, deren Namen er vergessen hatte, und sah sie im Schlaf lächeln.

Warum weiß ich ihre Namen nicht mehr?, fragte er.

Weil wir dein Herz gewaschen haben, sagten sie. Weil wir es in dem blauen Wasser gewaschen haben, das diese Welt von der anderen trennt. Es lässt dich vergessen.

Ja. Das tat es wohl. Denn wann immer er versuchte sich zu erinnern, war da bloß das Blau, liebkosend und kühlend. Nur wenn er das Feuer rief und das Rot sich breitmachte, kamen die Bilder wieder, dieselben Bilder, die er im Wasser sah. Doch die Sehnsucht nach ihnen schlief ein, bevor sie ganz erwacht war.

Wie war mein Name?, fragte er manchmal, und dann lachten sie. Feuertänzer, flüsterten sie ihm zu. Das war dein Name und wird es immer sein, denn du wirst in alle Ewigkeit bei uns bleiben und nicht fortgehen wie all die anderen, fort in ein anderes Leben …

Manchmal brachten sie ihm ein Mädchen, ein kleines Mädchen. Es strich ihm übers Gesicht und lächelte wie die Frau, die er im

Wasser und in den Flammen sah. Wer ist das?, fragte er. Sie war hier und ist schon wieder fort, sagten sie. Sie war deine Tochter.

Tochter ... Das Wort klang nach Schmerz, doch sein Herz erinnerte sich nur, es fühlte ihn nicht. Es fühlte nur Liebe, nichts als Liebe. Es gab nichts anderes mehr.

Wo waren sie? Sie hatten ihn noch nie alleingelassen, seit er hier war, hier ... wo immer das war.

Er hatte sich so an die blassen Gesichter gewöhnt, an ihre Schönheit und die leisen Stimmen.

Doch plötzlich hörte er eine andere Stimme, so anders als die ihren. Er kannte sie. Er kannte auch den Namen, den sie rief.

Staubfinger.

Er hasste diese Stimme ... Oder liebte er sie? Er wusste es nicht. Er wusste nur eins: dass sie alles zurückbrachte, was er vergessen hatte – wie einen heftigen Schmerz, der sein stilles Herz mit einem Mal wieder zum Schlagen brachte. Hatte diese Stimme ihm nicht schon einmal Schmerz gebracht, so viel, dass ihm das Herz fast daran zerbrochen war? Ja, er erinnerte sich! Er presste die Hände auf die Ohren, doch in der Welt der Toten hört man nicht nur mit den Ohren, und die Stimme drang ihm bis ins Innerste wie frisches Blut, das in längst erstarrte Adern floss.

»Wach auf, Staubfinger!«, sagte sie. »Komm zurück. Die Geschichte ist noch nicht zu Ende erzählt.«

Die Geschichte ... Er spürte, wie das Blau ihn fortstieß, wie ihn erneut festes Fleisch umfing und ihm wieder ein Herz in der viel zu engen Brust schlug.

Zauberzunge, dachte er. Es ist Zauberzunges Stimme. Und plötzlich kamen alle Namen zurück: Roxane, Brianna, Farid – und der Schmerz war wieder da und die Zeit und das Sehnen.

Verloren und zurückgekehrt

Denn ich habe mich nun einmal nicht davon überzeugen können, daß die Toten endgültig tot sind.
Saul Bellow, Der Regenkönig

Es war noch dunkel, als Gwin Roxane weckte. Sie mochte den Marder immer noch nicht, aber sie brachte es nicht übers Herz, ihn fortzujagen. Sie hatte ihn allzu oft auf Staubfingers Schulter sitzen sehen. Manchmal glaubte sie, auf dem braunen Fell noch die Wärme seiner Hände zu spüren. Der Marder erlaubte Roxane, ihn zu streicheln, seit sein Herr tot war. Früher hatte er das nie getan. Aber früher hatte er auch ihre Hühner gerissen. Nun verschonte er sie, als wäre das Teil ihrer stummen Übereinkunft – sein Dank dafür, dass sie ihm und nur ihm erlaubte, ihr zu folgen, wenn sie zu seinem Herrn ging. Gwin war der Einzige, der ihr Geheimnis teilte, der ihr Gesellschaft leistete, wenn sie neben dem Toten saß, eine Stunde, manchmal zwei, und sich in dem stillen Gesicht verlor.

»Er ist zurück!«, sagte Gwins gesträubtes Fell, als er ihr auf die Brust sprang, aber Roxane verstand ihn nicht. Sie stieß den Marder fort, als sie sah, wie dunkel es draußen noch war, aber er gab keine Ruhe, fauchte sie an und kratzte an der Tür. Natürlich musste sie sofort an die Patrouillen denken, die der Hänfling nachts allzu gern auf die einsamen Höfe schickte. Mit klopfendem Herzen griff sie nach dem Messer, das unter ihrem Kissen lag, und streifte sich das Kleid über, während der Marder immer ungeduldiger an der Tür scharrte. Zum Glück hatte er Jehan noch nicht geweckt. Ihr Sohn schlief tief und fest. Auch ihre Gans schlug keinen Alarm … was seltsam war.

Auf nackten Füßen lief sie zur Tür, das Messer in der Hand, und lauschte, doch von draußen war nichts zu hören, und als sie vorsichtig ins Freie trat, war es ihr, als hörte sie die Nacht atmen, tief und gleichmäßig wie eine Schlafende. Die Sterne leuchteten auf sie herab wie Blüten aus Licht, und ihre Schönheit schmerzte ihr müdes Herz.

»Roxane …«

Der Marder schoss an ihr vorbei.

Es konnte nicht sein. Die Toten kamen nicht zurück, auch wenn sie es versprochen hatten. Aber die Gestalt, die sich aus den Schatten neben dem Stall löste, war so schrecklich vertraut.

Gwin fauchte, als er den anderen Marder auf der Schulter seines Herrn sah.

»Roxane.« Er sagte ihren Namen, als wollte er ihn auf der Zunge spüren, wie etwas, das er lange nicht geschmeckt hatte.

Es war ein Traum, einer der Träume, die sie fast jede Nacht hatte, Träume, in denen sie sein Gesicht so deutlich sah, dass sie es im Schlaf berührte, und ihre Finger sich noch am nächsten Tag an seine Haut erinnerten. Selbst als er die Arme um sie schlang, so behutsam, als wäre er nicht sicher, ob er verlernt hatte, sie zu halten, regte sie sich nicht – weil ihre Hände nicht glaubten, dass sie ihn wirklich fühlen würden, weil ihre Arme nicht glaubten, dass sie ihn wieder halten konnten. Aber ihre Augen konnten ihn sehen. Ihre Ohren hörten ihn atmen. Ihre Haut spürte die seine, so warm, als wäre das Feuer in ihm, nachdem er so kalt gewesen war, so furchtbar kalt.

Er hatte sein Versprechen gehalten. Und selbst wenn er nur im Traum zu ihr kam, es war besser als nichts, so viel besser.

»Roxane! Sieh mich an. Sieh mich doch an.« Er nahm ihr Gesicht zwischen die Hände, strich ihr über die Wange, wischte die Tränen fort, die sie so oft beim Aufwachen auf der Haut spürte. Und erst da zog sie ihn an sich, ließ ihre Hände beweisen, dass sie nicht nur einen Geist umarmte. Es konnte nicht sein. Sie weinte, während sie das Gesicht an das seine presste. Sie wollte ihn schlagen, dafür, dass er sie für den Jungen verlassen hatte, für all den Schmerz, den sie seinetwegen schon empfunden hatte, so viel Schmerz, aber ihr Herz verriet sie, wie beim ersten Mal, als er zurückgekommen war. Es verriet sie jedes Mal.

»Was ist?« Er küsste sie noch einmal.

Die Narben. Sie waren fort, als hätten die Weißen Frauen sie fortgewaschen, bevor sie ihn ins Leben zurückgeschickt hatten.

Sie nahm seine Hände und legte sie an seine Wangen.

»Sieh an!«, sagte er und strich mit den Fingern über die eigene Haut, als wäre es die eines Fremden. »Sie sind tatsächlich fort. Das würde Basta gar nicht gefallen.«

Warum hatten sie ihn gehen lassen? Wer hatte für ihn den Preis bezahlt, so wie er es für den Jungen getan hatte?

Warum fragte sie? Er war zurück. Das war alles, was zählte, von dort zurück, von wo es keine Rückkehr gab. Wo all die anderen waren. Ihre Tochter, Jehan, der Vater ihres Sohnes, Cosimo ... So viele Tote. Aber er war zurückgekommen. Auch wenn sie in seinen Augen sah, dass er diesmal so weit fort gewesen war, dass etwas von ihm immer noch dort war.

»Wie lange wirst du diesmal bleiben?«, flüsterte sie.

Er antwortete nicht sogleich. Gwin rieb den Kopf an seinem Hals und sah ihn an, als wollte auch er die Antwort wissen.

»So lange der Tod es erlaubt«, antwortete er schließlich und legte ihre Hand auf sein klopfendes Herz.

»Was heißt das?«, flüsterte sie.

Aber er verschloss ihr den Mund mit einem Kuss.

Ein neues Lied

Aus dunklem Wald kommt Hoffnung hell,
die Fürsten tut's verbittern.
Sein Haar ist schwarz wie Maulwurfsfell,
er lässt die Mächt'gen zittern.
Fenoglio, Die Eichelhäher-Lieder

»Der Eichelhäher ist von den Toten zurück.« Es war Doria, der dem Schwarzen Prinzen die Nachricht brachte. Kurz vor Morgengrauen stolperte der Junge in sein Zelt, so atemlos, dass er die Worte kaum über die Zunge brachte. »Ein Moosweibchen hat ihn gesehen. Bei den Hohlen Bäumen, da, wo die Heilerinnen ihre Toten begraben. Sie sagt, den Feuertänzer hat er auch mit zurückgebracht. Bitte! Darf ich es Meggie erzählen?«

Unfassbare Worte. Viel zu wunderbar, um wahr zu sein. Aber der Schwarze Prinz brach dennoch auf der Stelle zu den Hohlen Bäumen auf – nachdem er Doria hatte versprechen lassen, dass er niemandem erzählen würde, was er ihm gesagt hatte: weder Meggie noch ihrer Mutter, weder dem Schnapper noch sonst einem der Räuber, nicht einmal seinem eigenen Bruder, der tief und fest draußen neben dem Feuer schlief.

»Aber der Pfeifer soll es auch schon gehört haben!«, stammelte der Junge.

»Umso schlimmer«, erwiderte der Prinz. »Dann wünsch mir, dass ich ihn vor ihm finde.«

Er ritt schnell, so schnell, dass der Bär bald missbilligend neben ihm schnaufte. Warum die Hast? Für eine törichte Hoffnung? Warum wollte sein Herz nur immer weiter an ein Licht in all dem Dunkel glauben? Woher schöpfte es immer wieder Hoffnung, obwohl es doch so unzählige Male enttäuscht worden war? *Du hast das Herz eines Kindes, Prinz.* Hatte Staubfinger das nicht immer zu ihm gesagt? *Und er hat den Feuertänzer mitgebracht.* Es konnte nicht sein. In Liedern geschah so etwas, in Liedern und den Geschichten, die Mütter abends ihren Kindern erzählten, um ihnen die Angst vor der Nacht zu nehmen …

Hoffnung macht leichtsinnig, auch das hätte er wissen müssen. Der Schwarze Prinz sah die Soldaten erst, als sie vor ihm zwischen den Bäumen auftauchten. Es waren viele. Er zählte zehn. Sie hatten ein Moosweibchen dabei. Sein magerer Hals war schon wund geschürft von dem Strick, an dem sie es mit sich zerrten. Vermutlich hatten sie es gefangen, damit es sie zu den Hohlen Bäumen führte. Kaum jemand kannte den Ort, an dem die Heilerinnen ihre Toten bestatteten. Es hieß, dass sie selbst dafür sorgten, dass das Unterholz alle Wege dorthin verbarg, aber der Schwarze Prinz kannte den Weg, seit er Roxane geholfen hatte, Staubfinger dorthin zu bringen.

Es war ein heiliger Ort, aber das Moosweibchen hatte die Gepanzerten in seiner Angst tatsächlich richtig geführt. Man sah die abgestorbenen Baumkronen schon in der Ferne. Sie spreizten sich so grau zwischen den immer noch herbstgelben Eichen, als hätte der Morgen sie kahl gefressen, und der Prinz betete, dass der Eichelhäher nicht dort war. Besser bei den Weißen Frauen als in den Händen des Pfeifers.

Drei Gepanzerte kamen von hinten auf ihn zu, die Schwerter in der Hand. Das Moosweibchen sank auf die Knie, als ihre Bewacher ebenfalls die Schwerter zogen und sich ihrer neuen Beute zuwandten. Der Bär richtete sich auf und bleckte die Zähne. Die Pferde scheuten, und zwei der Soldaten wichen zurück, aber es waren immer noch viele, zu viele für ein Messer und ein paar Krallen.

»Sieh an, offenbar ist nicht nur der Pfeifer dumm genug, Moosweibchengeschwätz zu glauben!« Der Anführer war fast so blass wie die Weißen Frauen, sein Gesicht war mit Sommersprossen übersät. »Der Schwarze Prinz! Da verfluch ich mein Geschick, dass ich in den verfluchten Wald reiten muss, um ein Gespenst zu fangen, und wer stolpert mir über den Weg? Sein schwarzer Bruder! Das Kopfgeld ist nicht so üppig wie das für den Häher, aber es wird uns alle zu reichen Männern machen!«

»Du irrst. Wenn ihr ihn anrührt, werdet ihr tote Männer sein.«

Und seine Stimme weckt die Toten aus dem Schlaf und lässt den Wolf neben dem Schaf liegen ... Der Eichelhäher trat so selbstverständlich hinter einer Buche hervor, als hätte er dort auf die Soldaten gewartet. *Nenn mich nicht so, das ist ein Name für die Lieder!* Wie oft hatte er dem Prinzen das gesagt, aber wie sonst sollte er ihn nennen?

Eichelhäher. Wie sie seinen Namen flüsterten, die Stimmen heiser vor Angst. Wer war er? Wie oft hatte der Prinz sich das inzwischen gefragt. Kam er tatsächlich aus dem Land, in dem Staubfinger so lange Jahre gewesen war? Und was für ein Land war das? Das Land, in dem Lieder Wahrheit wurden?

Eichelhäher.

Der Bär brüllte ihm ein Willkommen, das die Pferde steigen ließ, und der Häher zog sein Schwert, ganz langsam, so wie er es immer tat, das Schwert, das früher dem Brandfuchs gehört und so viele Männer des Schwarzen Prinzen getötet hatte. Das Gesicht unter dem dunklen Haar schien blasser als sonst, aber der Prinz konnte keine Furcht darauf entdecken. Vermutlich vergaß man, was Furcht war, wenn man den Tod besucht hatte.

»Ja, wie ihr seht, bin ich tatsächlich vom Tod zurück. Auch wenn ich seine Krallen immer noch spüre.« Er sprach so abwesend, als wäre ein Teil von ihm noch bei den Weißen Frauen. »Ich kann euch gern den Weg zeigen, wenn ihr wollt. Es liegt ganz an euch. Aber solltet ihr doch noch etwas leben wollen –«, der Eichelhäher ließ das Schwert durch die Luft fahren, als schriebe er ihre Namen, »– dann lasst ihr ihn gehen. Ihn und den Bären.«

Sie starrten ihn nur an, während ihre Hände so zitternd an den Schwertern lagen, als griffen sie nach dem eigenen Tod. Nichts verbreitet mehr Furcht als Furchtlosigkeit, und der Schwarze Prinz trat neben den Häher und spürte die Worte wie einen Schild, die Worte, die man landauf, landab mit leiser Stimme sang: die weiße und die schwarze Hand der Gerechtigkeit.

Von heute an ist es ein neues Lied, dachte der Prinz, während er sein Schwert zog, und sein Herz fühlte sich so närrisch jung, dass er gegen tausend Männer gekämpft hätte. Die Männer des Pfeifers aber rissen die Pferde herum und flohen – vor zwei Männern ... und den Worten.

Als sie fort waren, ging der Eichelhäher auf das Moosweibchen zu, das immer noch im Gras kniete, die Hände vor das borkenbraune Gesicht gepresst, und löste ihm den Strick vom Hals.

»Vor einigen Monaten hat mir eine von euch eine böse Wunde versorgt«, sagte er. »Du warst es nicht, oder?«

Das Moosweibchen ließ sich von ihm aufhelfen, aber es musterte ihn wenig freundlich. »Was willst du damit sagen? Dass wir für Menschenaugen alle gleich aussehen?«, fragte sie barsch.

»Nun, das geht uns mit euch genauso. Woher also soll ich wissen, ob ich dich schon mal gesehen habe?« Dann humpelte sie davon, ohne einen weiteren Blick auf ihren Retter, der dastand und ihr nachsah, als hätte er vergessen, wo er war.

»Wie lange war ich fort?«, fragte er, als der Schwarze Prinz an seine Seite trat.

»Mehr als drei Tage.«

»So lange?« Ja, er war weit fort gewesen, weit, weit fort. »Natürlich. Die Zeit vergeht anders, wenn man dem Tod begegnet. Erzählt man es nicht so?«

»Darüber weißt du nun mehr als ich«, erwiderte der Prinz.

Darauf sagte der Eichelhäher nichts.

»Hast du gehört, wen ich mitgebracht habe?«, fragte er schließlich.

»Es fällt mir schwer, so gute Nachrichten zu glauben«, sagte der Schwarze Prinz heiser, aber der Häher lächelte und fuhr ihm über das kurz geschorene Haar.

»Du kannst es wieder wachsen lassen«, sagte er. »Der, für den du es geschoren hast, atmet wieder. Nur seine Narben hat er bei den Toten gelassen.«

Es konnte nicht sein.

»Wo ist er?« Sein Herz war immer noch wund von der Nacht, in der er mit Roxane an Staubfingers Seite gewacht hatte.

»Vermutlich bei Roxane. Ich hab ihn nicht gefragt, wohin er geht. Wir waren beide nicht sonderlich gesprächig. Die Weißen Frauen hinterlassen Stille, Prinz, keine Worte.«

»Stille?« Der Schwarze Prinz lachte und zog ihn an sich. »Was redest du? Glück haben sie hinterlassen, nichts als Glück! Und Hoffnung, endlich wieder Hoffnung! Ich fühle mich so jung wie seit Jahren nicht mehr! Als könnte ich Bäume ausreißen, die Buche dort vielleicht nicht, aber so manchen anderen. Schon heute Abend werden alle singen, dass der Eichelhäher den Tod so wenig fürchtet, dass er ihn besuchen geht, und der Pfeifer wird sich vor Wut die Silbernase vom Gesicht reißen –«

Der Eichelhäher lächelte erneut, aber sein Blick war ernst, sehr ernst für jemanden, der heil vom Tod zurückgekehrt ist. Und der Schwarze Prinz begriff, dass es eine schlechte hinter all den guten Nachrichten gab, einen Schatten hinter all dem Licht. Aber sie sprachen nicht darüber. Noch nicht.

»Was ist mit meiner Frau und meiner Tochter?«, fragte der Eichelhäher. »Sind sie schon … fort?«

»Fort?« Der Schwarze Prinz sah ihn verwundert an. »Nein. Wohin sollten sie sein?«

Erleichterung und Sorge mischten sich auf dem Gesicht des anderen zu gleichen Teilen. »Irgendwann erklär ich dir auch das«, sagte er. »Irgendwann. Aber es ist eine lange Geschichte.«

Besuch in Orpheus' Keller

So viele Leben,
So viel, sich daran zu erinnern!
Ich war ein Stein in Tibet.

Ein Stück Rinde
Tief im Herzen Afrikas,
Das dunkler und dunkler wurde …
Derek Mahon, Lives

Als Oss Farid mit einem festen Griff in den Nacken ausrichtete, dass Orpheus ihn auf der Stelle in seiner Schreibkammer sprechen wollte, nahm er gleich zwei Flaschen Wein mit hinauf. Der Käsekopf trank wie ein Loch, seit sie vom Friedhof der Spielleute zurück waren, aber Orpheus machte der Wein nicht geschwätzig wie Fenoglio, sondern ausgesprochen bösartig und unberechenbar.

Er stand, wie so oft, am Fenster, als Farid in die Schreibkammer trat, leicht schwankend, in der Hand das Blatt Papier, das er in den letzten Tagen so oft angestarrt, verflucht, zerknüllt und wieder geglättet hatte.

»Schwarz auf weiß steht es da, jeder Buchstabe schön wie ein Bild, und klingen tut es auch gut, verteufelt gut!«, sagte er mit schwerer Zunge, während sein Finger immer wieder auf die Worte tippte. »Warum also, bei allen Geistern der Hölle, ist der Buchbinder auch wieder zurückgekommen?«

Wovon redete der Käsekopf? Farid stellte die Weinflaschen auf den Tisch und blieb abwartend stehen. »Oss sagt, du willst mich sprechen?«, fragte er.

Jaspis saß neben dem Federkrug und gab ihm hektische Zeichen, aber Farid verstand sie nicht.

»Ah ja. Staubfingers Todesengel.« Orpheus legte das Papier auf sein Schreibpult und wandte sich ihm mit bösem Lächeln zu.

Warum bist du zu ihm zurückgekehrt?, dachte Farid, aber er musste nur an Meggies hasserfülltes Gesicht auf dem Friedhof denken, um sich selbst die Antwort zu geben. Weil du nicht gewusst hast, wo du sonst hingehen sollst, Farid!

»Ja, ich habe dich rufen lassen.« Orpheus blickte zur Tür. Oss war hinter Farid in die Kammer getreten, so lautlos, wie man es ihm bei seiner Größe gar nicht zutraute; und bevor Farid begriff, warum Jaspis ihm erneut hektisch zuwinkte, hatten die fleischigen Hände ihn auch schon gepackt.

»Du hast die Neuigkeit also noch nicht gehört!«, sagte Orpheus. »Natürlich nicht. Sonst wärst du bestimmt auf der Stelle zu ihm gelaufen.«

Zu wem? Farid versuchte sich zu befreien, aber Oss griff ihm so grob in die Haare, dass ihm der Schmerz Tränen in die Augen trieb.

»Er weiß es tatsächlich noch nicht. Wie rührend.« Orpheus trat so dicht an ihn heran, dass Farid von seinem Weinatem übel wurde.

»Staubfinger –«, sagte er mit samtener Stimme, »– Staubfinger ist zurück.«

Farid vergaß Oss' grobe Finger und Orpheus' böses Lächeln.

Da war nur noch das Glück, wie ein heftiger Schmerz, zu viel für sein Herz.

»Ja, er ist zurück«, fuhr Orpheus fort, »dank meiner Worte, aber der Pöbel da draußen –«, er wies mit wegwerfender Geste zum Fenster, »– sagt, dass der Eichelhäher ihn zurückgeholt hat! Verflucht sollen sie sein. Der Pfeifer soll Madenfleisch aus ihnen allen machen!«

Farid hörte nicht zu. Das eigene Blut rauschte ihm in den Ohren. Staubfinger war zurück! Er war zurück!

»Lass mich los, Fleischberg!« Farid stieß Oss die Ellbogen in den Bauch und zerrte an seinen Händen. »Staubfinger wird das Feuer auf euch beide loslassen!«, schrie er. »Ja, das wird er, sobald er hört, dass ihr mich nicht gleich zu ihm gelassen habt!«

»Ach, wirklich?« Orpheus blies ihm erneut seinen Weinatem ins Gesicht. »Ich glaube eher, dass er mir dankbar sein wird, oder denkst du, er will, dass du ihm noch einmal den Tod bringst, du Unglücksbalg? Ich habe ihn schon einmal vor dir gewarnt. Damals wollte er nicht hören, aber nun wird er klüger sein, glaub mir. Hätte ich das Buch hier, aus dem du stammst, dann hätte ich dich längst in deine alte Geschichte zurückgelesen, doch bedauerlicherweise ist es in dieser Welt vergriffen.«

Orpheus lachte. Er lachte gern über die eigenen Scherze. »Sperr ihn in den Keller!«, befahl er dem Fleischberg. »Und sobald es dunkel wird, bringst du ihn auf den Galgenberg und drehst ihm den Hals um. Ein paar Knochen mehr oder weniger werden dort oben keinem auffallen.«

Jaspis presste die Hände auf die Augen, als Oss Farid packte und über die Schulter warf. Farid schrie und trat, doch der Fleischberg schlug ihm so grob ins Gesicht, dass er von dem Schlag fast das Bewusstsein verlor.

»Eichelhäher! Eichelhäher! ICH habe ihn überhaupt erst zu den

Weißen Frauen geschickt. Ich war es!«, schallte Orpheus' Stimme ihnen auf der Treppe nach. »Warum beim Schwanz des Teufels hat der Tod ihn nicht behalten? Hab ich ihm den edlen Dummkopf nicht mit den allerwohlklingendsten Worten schmackhaft gemacht?«

Am Fuß der Treppe versuchte Farid sich erneut zu befreien, doch Oss schlug ihn nur noch einmal, so fest, dass ihm das Blut aus der Nase rann, und warf ihn sich auf die andere Schulter. Eine Magd steckte erschrocken den Kopf aus der Tür, als er Farid an der Küche vorbeitrug – es war die kleine Braunhaarige, die ihm ständig Liebesbezeugungen zuflüsterte –, doch helfen tat sie ihm nicht. Wie auch?

»Verschwinde!«, schnauzte Oss sie nur an, bevor er Farid in den Keller hinunterschleppte. Er band ihn an einen der Stützpfeiler, die Orpheus' Haus trugen, stopfte ihm einen Fetzen schmutziges Tuch in den Mund und ließ ihn allein, nicht ohne ihm vorher noch einen kräftigen Tritt versetzt zu haben.

»Wir sehen uns, wenn es dunkel wird!«, raunte er ihm zu, bevor er die Treppe wieder hinaufstampfte, und Farid blieb zurück, den kalten Stein im Rücken und den Geschmack der eigenen Tränen im Mund.

Es tat so weh zu wissen, dass Staubfinger zurück war und er ihn trotzdem nicht wiedersehen würde. Aber so wird es sein, Farid!, dachte er, und wer weiß, vielleicht hat der Käsekopf ja sogar recht. Vielleicht würdest du ihm nur wieder den Tod bringen!

Die Tränen brannten auf seinem Gesicht, so wund war es von Oss' Schlägen. Wenn er doch nur das Feuer hätte rufen können, damit es Orpheus fraß, mitsamt seinem Haus und dem Fleischberg, auch wenn er selbst dabei mit verbrennen würde! Aber er konnte seine Hände nicht bewegen, und seine Zunge brachte nicht ein Feuerwort zustande, also hockte er nur da und schluchzte, wie in der Nacht von Staubfingers Tod, wartend, dass der Abend kommen und Oss ihn holen und ihm den Hals umdrehen würde, unter den Galgen, unter denen er für Orpheus nach Silber gegraben hatte.

Zum Glück war der Marder fort. Oss hätte ihn bestimmt auch getötet. Aber Schleicher war vermutlich längst bei Staubfinger. Der Marder hatte gespürt, dass er zurück war. Warum hast du es nicht gespürt, Farid? Egal. Wenigstens Schleicher war in Sicherheit. Aber was würde aus Jaspis werden, wenn er ihn nicht mehr beschützen konnte? Wie oft schon hatte Orpheus den Glasmann ohne Licht und Sand in eine Schublade gesperrt, nur weil er sich beim Papierschneiden ungeschickt angestellt oder ihm einen Ärmel mit Tinte bespritzt hatte!

»Staubfinger!« Es tat so gut, seinen Namen zu flüstern und zu wissen, dass er am Leben war. Wie oft hatte Farid sich ausgemalt, wie es sein würde, ihn wiederzusehen. Die Sehnsucht nach ihm ließ ihn zittern, als schüttelte ihn ein Fieber. Wer war ihm zuerst auf die Schulter gesprungen, um ihm das narbige Gesicht zu lecken? Gwin oder Schleicher?

Die Stunden verstrichen, und irgendwann gelang es Farid, den Knebel auszuspucken. Er versuchte an dem Strick zu nagen, mit dem Oss ihn gefesselt hatte, doch selbst eine Maus hätte das besser gekonnt. Würden sie nach ihm suchen, wenn er tot und verscharrt auf dem Galgenberg lag? Staubfinger, Zauberzunge, Meggie … Oh, Meggie. Er würde sie nie wieder küssen. Nun ja, in letzter Zeit hatte er das eh nicht allzu oft getan. Aber trotzdem … Hinterhältiger Käsekopf! Farid verwünschte ihn mit jedem Fluch, an den er sich erinnerte, aus dieser Welt, aus seiner alten und aus der, in der er Staubfinger getroffen hatte. Er sprach sie alle laut aus, weil sie nur so wirkten – und verstummte erschrocken, als er hörte, wie oben die Kellertür aufging.

War es schon Abend? Wahrscheinlich. Wie sollte man das merken in diesem schimmelfeuchten Loch? Würde Oss ihm das Genick brechen, wie einem Karnickel, oder ihm die plumpen Hände einfach so lange auf den Mund pressen, bis er nicht mehr atmete? Denk nicht darüber nach, Farid, du wirst es schnell genug erfahren! Er presste den Rücken gegen den Pfeiler. Vielleicht konnte er ihm wenigstens noch die Nase eintreten. Ein gut gezielter Tritt in sein dummes Gesicht, wenn er ihm die Fesseln abnahm, und sie würde brechen wie ein trockener Zweig.

Verzweifelt stemmte er sich gegen den rauen Strick, aber leider verstand Oss etwas vom Fesseln. Meggie! Kannst du mir nicht ein paar rettende Worte schicken, wie deinem Vater? Oh, wie die Angst ihm die Glieder schwach machte. Er lauschte auf die Schritte, die die Treppe herunterkamen. Sie waren erstaunlich leise für den Fleischberg, und plötzlich huschten zwei Marder auf ihn zu.

»Bei allen Feen, das Mondgesicht hat es wirklich zu Geld gebracht«, flüsterte es aus der Dunkelheit. »Was für ein feines Haus!« Eine Flamme begann zu tanzen, eine zweite, dritte, vierte, fünfte … Fünf Flammen, gerade hell genug, um Staubfingers Gesicht zu beleuchten – und Jaspis, der mit verlegenem Lächeln auf seiner Schulter saß.

Staubfinger.

Farids Herz wurde so leicht, dass es ihn nicht verwundert hätte, wenn es einfach aus ihm herausgeschwebt wäre. Aber was war mit

Staubfingers Gesicht? Er sah anders aus. Als wären all die Jahre daraus fortgewaschen, all die schlimmen, einsamen Jahre und …

»Deine Narben – sie sind fort!«

Farid konnte nur flüstern. Das Glück saß ihm wie Watte auf den Worten. Schleicher sprang ihn an und leckte ihm die gefesselten Hände.

»Ja, und stell dir vor – ich glaube, Roxane vermisst sie.« Staubfinger kam die letzte Treppenstufe herunter und kniete sich neben ihn. Aufgeregte Stimmen drangen zu ihnen herab.

Staubfinger zog ein Messer aus dem Gürtel und durchtrennte ihm die Fesseln. »Hörst du das? Ich fürchte, Orpheus wird bald erfahren, dass er Besuch hat.«

Farid rieb sich die tauben Handgelenke. Er konnte die Augen nicht von ihm lassen. Was, wenn er doch nur ein Geist war oder – noch schlimmer – nichts als ein Traum? Aber hätte er dann seine Wärme gespürt und den Schlag seines Herzens, als er sich über ihn beugte? Nichts mehr von der entsetzlichen Stille, die Staubfinger in der Mine umgeben hatte. Und er roch nach Feuer.

Der Eichelhäher hatte ihn zurückgeholt. Ja, bestimmt war er es gewesen. Was immer Orpheus auch erzählte.

Oh, er würde seinen Namen mit Feuer an die Stadtmauern von Ombra schreiben, Zauberzunge, Eichelhäher, welchen auch immer! Farid streckte die Hand aus und berührte zaghaft das so vertraute und zugleich fremde Gesicht.

Staubfinger lachte leise und zog ihn auf die Füße. »Was ist? Willst du dich überzeugen, dass ich kein Geist bin? Vor denen hast du doch bestimmt immer noch Angst, oder? Was, wenn ich einer wäre?«

Zur Antwort schlang Farid so ungestüm die Arme um ihn, dass

Jaspis mit einem spitzen Schrei von Staubfingers Schulter rutschte. Zum Glück fing er den Glasmann auf, bevor Gwin es tat.

»Vorsicht, Vorsicht!«, flüsterte Staubfinger und setzte Jaspis auf Farids Schulter. »Du bist ja immer noch so ungestüm wie ein junges Kalb. Du hast es deinem gläsernen Freund zu verdanken, dass ich hier bin. Er hat Brianna erzählt, was Orpheus mit dir vorhat, und sie ist zu Roxane geritten.«

»Brianna?« Der Glasmann errötete, als Farid ihn auf seinen Arm setzte. »Danke, Jaspis!«

Er fuhr herum. Orpheus' Stimme schallte die Kellertreppe hinunter. »Ein Fremder? Was redest du da? Wie ist der an dir vorbeigekommen?«

»Die Magd ist schuld!«, hörte Farid Oss protestieren. »Die rothaarige Magd hat ihn einfach durch den Hintereingang gelassen!«

Staubfinger lauschte nach oben, das alte spöttische Lächeln auf den Lippen, das Farid so sehr vermisst hatte. Funken tanzten auf seinen Schultern und auf seinem Haar. Selbst unter seiner Haut schienen sie zu leuchten, und Farids eigene Haut war heiß, als hätte das Feuer daran geleckt, seit er Staubfinger berührt hatte.

»Das Feuer –«, flüsterte er. »Ist es in dir?«

»Vielleicht«, flüsterte Staubfinger zurück. »Ich bin wohl nicht mehr ganz der Alte, doch ich kann ein paar interessante neue Dinge tun.«

»Dinge?«

Farid sah ihn mit großen Augen an, aber von oben drang wieder Orpheus' Stimme herab. »Er riecht nach Feuer? Lass mich vorbei, du menschliches Rhinozeros! Hat er Narben im Gesicht?«

»Nein! Wieso?« Oss' Stimme klang beleidigt.

Und wieder kamen Schritte die Treppe herab, schwer und unsicher diesmal. Orpheus hasste es, Treppen zu steigen, ob hinauf oder hinunter, und Farid hörte ihn fluchen.

»Meggie hat Orpheus hergelesen!«, flüsterte er, während er sich eng an Staubfingers Seite drückte. »Ich hab sie darum gebeten, weil ich dachte, er könnte dich zurückholen!«

»Orpheus?« Staubfinger lachte erneut. »Nein. Ich habe nur Zauberzunges Stimme gehört.«

»Seine Stimme vielleicht, aber es waren meine Worte, die dich zurückgebracht haben!« Orpheus stolperte die letzten Stufen herunter, das Gesicht gerötet vom Wein. »Staubfinger. Du bist es wirklich!« Es klang tatsächlich Glück aus seiner Stimme.

Oss erschien hinter Orpheus, Angst und Wut auf dem grobschlächtigen Gesicht. »Seht ihn Euch an, Herr!«, stieß er hervor. »Er ist kein Mensch. Er ist ein Dämon oder ein Nachtalb. Seht Ihr die Funken auf seinem Haar? Als ich ihn festhalten wollte, hab ich mir fast die Finger verbrannt – als hätte der Henker mir glühende Kohlen in die Hände gedrückt!«

»Ja, ja«, sagte Orpheus nur. »Er kommt von weit her, von sehr weit. So eine Reise kann einen schon verändern.« Er starrte Staubfinger an, als hätte er Angst, er könnte sich im nächsten Moment in Luft auflösen oder, wahrscheinlicher, in ein paar leblose Worte auf einem Bogen Papier.

»Ach, ich bin so froh, dass du zurück bist!«, stammelte er, die Stimme ungelenk vor Sehnsucht. »Und deine Narben sind verschwunden! Wie erstaunlich. Davon hatte ich nichts geschrieben. Nun ja, wie auch immer … Du bist zurück! Diese Welt ist nur die Hälfte wert ohne dich, aber jetzt wird alles wieder so wunderbar werden wie damals, als ich zum ersten Mal von dir gelesen habe. Es war schon immer die beste aller Geschichten, aber von nun an wirst du ihr Held sein, nur du, dank meiner Kunst, die dich nach Hause gebracht und nun sogar vom Tod zurückgefordert hat!«

»Deine Kunst? Wohl eher Zauberzunges Mut.« Staubfinger ließ eine Flamme auf seiner Hand tanzen. Sie nahm die Gestalt einer Weißen Frau an, so deutlich, dass Oss sich erschrocken gegen die Kellerwand presste.

»Unsinn!« Orpheus' Stimme klang für einen Moment wie die eines beleidigten Jungen, aber er hatte sich schnell wieder im Griff. »Unsinn!«, sagte er noch einmal, diesmal beherrschter, auch wenn seine Zunge immer noch etwas ungelenk vom Wein war. »Was immer er dir erzählt hat, es stimmt nicht. Ich war es.«

»Er hat mir gar nichts erzählt. Das musste er nicht. Er war da, er und seine Stimme.«

»Aber ich habe die Idee gehabt – und die Worte geschrieben! Er war nur mein Werkzeug.« Orpheus stieß das letzte Wort so wütend hervor, als spuckte er es Zauberzunge ins Gesicht.

»O ja ... deine Worte! Recht hinterhältige Worte, nach dem, was ich von ihm gehört habe.« Auf Staubfingers Hand brannte immer noch das Abbild der Weißen Frau. »Vielleicht sollte ich Zauberzunge diese Worte mitbringen, damit er noch einmal nachlesen kann, welche Rolle du ihm bei alldem zugewiesen hattest.«

Orpheus richtete sich kerzengerade auf. »Ich habe sie nur für dich so geschrieben!«, rief er mit gekränkter Stimme. »Nur darum ging es mir – dass du zurückkommst. Was interessiert dieser Buchbinder mich? Ich musste dem Tod schließlich etwas bieten!«

Staubfinger blies sacht in die Flamme, die in seiner Hand brannte. »Oh, ich verstehe sehr gut!«, sagte er leise, während das Feuer einen Vogel formte, einen goldenen Vogel mit rot gefleckter

Brust. »Ich verstehe so einiges, seit ich auf der anderen Seite war, und zwei Dinge weiß ich sicher: dass der Tod sich nicht nach Worten richtet und dass nicht du, sondern Zauberzunge zu den Weißen Frauen gegangen ist.«

»Nur er konnte sie rufen. Was sollte ich machen?«, rief Orpheus. »Und er hat es nur für seine Frau getan! Nicht für dich!«

»Nun, das ist doch ein guter Grund.« Der feurige Vogel zerfiel in Staubfingers Hand. »Und was die Worte betrifft – ehrlich gesagt ... seine Stimme gefällt mir so viel besser als die deine, auch wenn ihr Klang mich nicht immer glücklich gemacht hat. Zauberzunges Stimme ist voll Liebe. Deine spricht nur von dir selbst. Ganz abgesehen davon, dass du allzu gern Worte liest, von denen niemand weiß, oder ein paar vergisst, die du zu lesen versprochen hattest. Nicht wahr, Farid?«

Farid starrte Orpheus nur an, das Gesicht starr vor Hass.

»Nun, wie auch immer«, fuhr Staubfinger fort, während die Flamme in seiner Hand noch einmal aus der Asche züngelte und sich zu einem winzigen Schädel formte. »Ich werde die Worte mitnehmen. Und das Buch.«

»Das Buch?« Orpheus wich zurück, als hätte das Feuer auf Staubfingers Hand sich in eine Schlange verwandelt.

»Ja, du hast es Farid gestohlen, erinnerst du dich? Das macht es wohl kaum zu deinem – auch wenn du es fleißig zu benutzen scheinst, nach allem, was ich gehört habe. Bunte Feen, gescheckte Kobolde, Einhörner ... Auf der Burg soll es jetzt sogar Zwerge geben. Was soll das? Waren die blauen Feen dir nicht schön genug? Der Hänfling tritt nach den Zwergen, und die Einhörner bringst du nur zum Sterben her.«

»Nein, nein!« Orpheus hob abwehrend die Hände. »Du verstehst das nicht! Ich habe Großes mit dieser Geschichte vor. Ich arbeite noch daran, aber glaub mir, es wird wunderbar! Fenoglio hat so vieles ungenutzt gelassen, so vieles nicht beschrieben – ich will das alles ändern, verbessern ...«

Staubfinger drehte seine Hand um und ließ die Asche auf Orpheus' Kellerboden rieseln. »Du klingst wie Fenoglio – aber vermutlich bist du noch sehr viel schlimmer als er. Diese Welt spinnt ihre Fäden selber. Ihr verwirrt sie nur, zertrennt sie, fügt zusammen, was nicht zusammengehört, anstatt das Verbessern denen zu überlassen, die in ihr leben.«

»Ach ja, wem zum Beispiel?« Orpheus' Stimme wurde gehässig. »Dem Eichelhäher? Seit wann gehört der hierher?«

Staubfinger zuckte die Schultern. »Wer weiß. Vielleicht gehören wir alle nicht nur in eine Geschichte. Und jetzt bring mir das Buch. Oder soll ich Farid bitten, es zu holen?«

Orpheus starrte ihn so verbittert an wie ein abgewiesener Liebhaber.

»Nein!«, stieß er schließlich hervor. »Ich brauche es. Das Buch bleibt hier. Du kannst es mir nicht fortnehmen. Ich warne dich. Nicht nur Fenoglio kann Worte schreiben, die dir schaden! Ich kann dich ...«

»Ich fürchte die Worte nicht mehr«, unterbrach Staubfinger ihn ungeduldig. »Weder die deinen noch die von Fenoglio. Sie haben mir auch nicht vorschreiben können, wie ich sterbe. Hast du das vergessen?« Er griff in die Luft, und eine brennende Fackel wuchs ihm aus der Hand. »Hol das Buch«, sagte er und reichte sie Farid. »Hol alles, was er geschrieben hat. Jedes Wort.«

Farid nickte.

Er war zurück. Staubfinger war zurück!

»Ihr müsst auch die Liste mitnehmen!« Jaspis' Stimme war so fein wie seine Glieder. »Die Liste, die er mich anfertigen lässt. Von allen Wörtern, die Fenoglio benutzt hat! Ich bin schon bis zum Buchstaben F gekommen.«

»Ah, nicht dumm! Eine Liste. Ich danke dir, Glasmann.« Staubfinger lächelte. Nein, sein Lächeln hatte sich wirklich nicht verändert. Farid war so froh, dass er es nicht bei den Weißen Frauen gelassen hatte.

Er setzte sich Jaspis auf die Schulter und lief auf die Treppe zu. Schleicher sprang ihm nach.

Orpheus wollte sich ihm in den Weg stellen, aber er wich zurück, als die Fackel seine Brillengläser beschlagen ließ und die Flamme sein seidenes Hemd versengte. Oss war mutiger als sein Herr, doch auf ein Flüstern von Staubfinger griff die Fackel mit Feuerhänden nach ihm, und bevor Oss sich von dem Schreck erholt hatte, war Farid schon an ihm vorbei. Flink wie eine Gazelle sprang er die Treppe hinauf, das Herz voll Glück und auf der Zunge den Geschmack süßer Rache.

»Jaspis!«, schrie Orpheus ihm hinterher. »Ich zerschlag dich in so winzige Splitter, dass man nicht einmal mehr deine Farbe erkennt!«

Der Glasmann krallte die Finger in Farids Schulter, aber er drehte sich nicht um.

»Und dich, du verlogener kleiner Kameltreiber –«, Orpheus' Stimme überschlug sich, »– dich werde ich verschwinden lassen, in einer Geschichte voller Abscheulichkeiten, eigens für dich verfasst!«

Die Drohung ließ Farid für einen Moment innehalten, doch dann hörte er Staubfingers Stimme.

»Pass auf, wem du drohst, Orpheus. Sollte dem Jungen je etwas zustoßen oder sollte er plötzlich verschwinden, wie du es offenbar diesmal mit ihm vorhattest, dann werde ich dich wieder besuchen. Und ich komme nie ohne das Feuer, wie du weißt.«

»Für dich!«, hörte Farid Orpheus schreien. »Ich habe alles für dich getan, und so dankst du es mir nun?«

Eisenglanz überschüttete Farid und seinen jüngeren Bruder mit wüsten Beschimpfungen, sobald er begriff, was sie in der Schreibkammer seines Herrn suchten. Aber Jaspis half Farid ungerührt, erst das Buch und dann jeden Fetzen Papier einzusammeln, den Orpheus je beschrieben hatte. Eisenglanz warf Sand nach ihnen, angespitzte Federn, er wünschte Jaspis jede Krankheit an den Leib, die einen Glasmann befallen konnte, und warf sich selbst schließlich heldenhaft auf das letzte Blatt, das Jaspis auf Orpheus' Schreibpult zusammenrollte, doch Farid schob ihn nur unsanft zur Seite.

»Verräter!«, schrie Eisenglanz seinem Bruder nach, als Farid die Tür der Schreibkammer hinter sich zuzog. »Ich hoffe, du gehst in Scherben, in tausend Scherben!« Aber Jaspis wandte sich ebenso wenig um wie bei Orpheus' Drohungen.

Staubfinger wartete schon an der Haustür.

»Wo sind sie?«, fragte Farid besorgt, als er auf ihn zulief. Weder von Orpheus noch von Oss war etwas zu sehen, aber er hörte ihre aufgebrachten Stimmen.

»Im Keller«, sagte Staubfinger. »Ich habe etwas Feuer auf der Treppe verloren. Wir werden tief im Wald sein, bis es erlischt.«

Farid nickte und wandte sich um, als eine der Mägde oben auf der Treppe erschien. Doch es war nicht Brianna.

»Meine Tochter ist nicht hier«, sagte Staubfinger, als hätte er seine Gedanken gelesen. »Und ich glaube kaum, dass sie noch einmal in dieses Haus zurückkehren wird. Sie ist bei Roxane.«

»Sie hasst mich!«, stammelte Farid. »Warum hat sie mir geholfen?«

Staubfinger öffnete die Tür und die Marder huschten nach draußen. »Vielleicht mag sie Orpheus noch weniger als dich«, sagte er.

Das Feuer des Rußvogels

Leben ist nur ein wandelnd Schattenbild;
Ein armer Komödiant, der spreizt und knirscht
Sein Stündchen auf der Bühn', und dann nicht mehr
Vernommen wird: ein Märchen ist's, erzählt
Von einem Dummkopf, voller Klang und Wut,
Das nichts bedeutet.
William Shakespeare, Macbeth

Fenoglio war glücklich. O ja, er war glücklich, auch wenn Ivo und Despina es sich in den Kopf gesetzt hatten, ihn zum Marktplatz zu zerren, wo der Rußvogel wieder einmal eine Vorstellung gab. Seit Tagen schon kündigten die Ausrufer sie an, und natürlich ließ Minerva die Kinder nicht alleine gehen. Der Hänfling hatte eigens ein Podest zimmern lassen, damit auch wirklich jeder die Stümpereien seines Fürstlichen Feuerspuckers sehen konnte. Hofften sie, dass das Volk auf die Art vergaß, dass der Feuertänzer zurück war? Wie auch immer – nicht einmal der Rußvogel konnte Fenoglios Laune trüben. Das Herz war ihm nicht mehr so leicht gewesen, seit er mit Cosimo zur Nachtburg aufgebrochen war. An das, was danach geschehen war, wollte er nun nicht denken, nein, das Kapitel war abgeschlossen. Seine Geschichte hatte ein neues Lied angestimmt, und wem war das zu verdanken? Ihm selbst! Wer sonst hatte den Eichelhäher ins Spiel gebracht, den Mann, der den Pfeifer und den Hänfling zum Narren hielt und den Feuertänzer von den Toten zurückgeholt hatte? Was für eine Figur! Wie grotesk waren im Vergleich dazu Orpheus' Kreationen: quietschbunte Feen, tote Einhörner, Zwerge mit blaustichigem Haar. Ja. Solche Geschöpfe bekam der Kalbskopf gerade noch zustande, doch nur er, Fenoglio, konnte Männer wie den Schwarzen Prinzen und den Eichelhäher erschaffen. Nun gut, er musste zugeben, dass erst Mortimer den Häher zu Fleisch und Blut hatte werden lassen. Aber am Anfang war immer noch das Wort gewesen, und das war von ihm geschrieben worden, jedes einzelne!

»Ivo! Despina!« Verdammt, wo waren sie? Es war leichter, Orpheus' bunte Feen einzufangen als diese Kinder! Hatte er ihnen nicht gesagt, sie sollten nicht zu weit vorauslaufen? Die ganze Gasse wimmelte von Kindern. Aus allen Häusern drängten sie, um wenigstens für ein, zwei Stunden zu vergessen, was die Welt ihnen auf die schmalen Schultern geladen hatte. Es war kein Spaß, in diesen finsteren Zeiten ein Kind zu sein. Die Jungen waren zu jung zu Männern geworden und die Mädchen trugen schwer an der Traurigkeit ihrer Mütter.

Minerva hatte Ivo und Despina zuerst nicht fortlassen wollen. Zu viele Soldaten waren in der Stadt. Zu viel Arbeit wartete zu Hause, aber Fenoglio hatte sie überredet, auch wenn ihm jetzt schon vor dem Gestank grauste, den der Rußvogel wieder verbreiten würde. An einem Tag, an dem er so glücklich war, sollten es auch die Kinder sein, und er würde, während der Rußvogel herumstümperte, einfach davon träumen, dass schon bald Staubfinger auf dem Markt von Ombra Feuer spucken würde. Oder er würde sich ausmalen, wie der Eichelhäher in Ombra einritt und den Hänfling wie einen räudigen Hund aus dem Tor jagte, dem Pfeifer die Silbernase vom Gesicht schlug und zusammen mit dem Schwarzen Prinzen ein Reich der Gerechtigkeit gründete, eine Herrschaft des Volkes … Nun ja, vielleicht nicht ganz. So weit war diese Welt vermutlich noch nicht, aber wie auch immer. Es würde großartig werden, herzbewegend, und er, Fenoglio, hatte den rettenden Kurs festgelegt an dem Tag, an dem er das erste Lied über den Eichelhäher geschrieben hatte. Letztendlich hatte er eben doch alles richtig gemacht! Vielleicht war Cosimo ein Irrtum gewesen, aber woher sollte die Spannung in einer Geschichte kommen, wenn es zwischendurch nicht auch einmal richtig finster zuging?

»Tintenweber! Wo bleibst du denn?« Ivo winkte ihm ungeduldig zu. Was dachte der Junge? Dass ein alter Mann wie er sich durch diese Flut von Kinderleibern schlängeln konnte wie ein Aal? Despina wandte sich um und lächelte erleichtert, als Fenoglio ihr zuwinkte. Doch dann verschwand ihr kleiner Kopf wieder zwischen all den anderen.

»Ivo!«, rief Fenoglio. »Ivo, pass auf deine Schwester auf, zum Teufel!«

Herrgott, er hatte gar nicht gewusst, wie viele Kinder es in Ombra gab! Viele zerrten ihre kleinen Geschwister hinter sich her, als sie auf den Marktplatz drängten. Fenoglio war der einzige Mann weit und breit, und auch von den Müttern waren nur wenige gekommen. Die meisten Kinder hatten sich vermutlich davongestohlen – aus Werkstätten und Läden, von der Hausarbeit oder der im Stall. Selbst von den umliegenden Höfen waren sie gekommen in ihren armseligen Lumpen. Ihre hellen Stimmen fingen sich zwischen den Häusern wie das Gezwitscher eines Vogelschwarms. Vermutlich hatte der Rußvogel noch nie ein so aufgeregtes Publikum gehabt.

Er stand schon auf dem Podest, in der schwarz-roten Kluft der Feuerspucker, doch seine Kleider waren nicht wie die seiner Zunftbrüder aus Lumpen zusammengenäht, sondern aus feinstem Samt, wie es sich für einen Fürstengünstling gehörte. Sein ewig lächelndes Gesicht glänzte von dem Fett, mit dem er es vor den Flammen schützte, doch das Feuer hatte es inzwischen so oft beleckt, dass es den lächelnden Masken glich, die Baptista aus Leder nähte. Ja, der Rußvogel lächelte auch jetzt, während er hinabsah auf das Meer der kleinen Gesichter, die sich so begierig um das Podest drängten, als könnte er sie von all ihrem Kummer erlösen, vom Hunger und der Traurigkeit ihrer Mütter und von der Sehnsucht nach ihren toten Vätern.

Fenoglio sah Ivo ganz vorn stehen, aber wo war Despina? Ah, da stand sie, gleich neben ihrem großen Bruder. Sie winkte ihm aufgeregt zu, und er winkte zurück, während er sich zu den Müttern gesellte, die vor den Häusern warteten. Er hörte sie vom Eichelhäher flüstern und davon, wie er ihre Kinder beschützen würde, nun, da er den Feuertänzer vom Tod zurückgeholt hatte. Ja. Die Sonne schien wieder auf Ombra. Die Hoffnung war zurück, und er, Fenoglio, hatte ihr einen Namen gegeben. Eichelhäher …

Der Rußvogel legte den Mantel ab, so schwer und kostbar, dass man für seinen Preis sicher alle Kinder, die sich auf dem Marktplatz drängten, für Monate hätte füttern können. Ein Kobold kletterte zu ihm auf das Podest, behängt mit Beuteln voll Alchemistenpulver, das der Stümper an die Flammen verfütterte, damit sie ihm gehorchten. Der Rußvogel fürchtete das Feuer immer noch. Man sah es ihm deutlich an. Vielleicht fürchtete er es inzwischen sogar noch mehr, und Fenoglio beobachtete voll Unbehagen, wie er mit seinem Spiel begann. Die Flammen sprühten und zischten, atmeten giftgrünen Rauch, der die Kinder husten ließ, und ballten sich zu drohenden Fäusten, zu Klauen und schnappenden Mäulern. Ja, der Rußvogel hatte hinzugelernt. Er schwang nicht länger ein paar Fackeln und spuckte die Flammen so kläglich hoch, dass jeder Staubfingers Namen flüsterte. Das Feuer, mit dem er spielte, schien ein gänzlich anderes zu sein. Es war sein dunkler Bruder, ein Albtraum aus Flammen, aber die Kinder bestaunten das bunt-böse Spektakel fasziniert und verängstigt zugleich, fuhren zusammen, wenn es mit roten Krallen auf sie zufuhr, und stöhnten erleichtert auf, sobald es zu nichts als Rauch wurde – auch wenn die Schwaden beißend in der Luft hingen und ihre Augen tränen ließen. War es wahr, was man flüsterte? Dass dieser Rauch die Sinne so vernebelte, dass man mehr sah, als tatsächlich da war? Nun, wenn es so ist, dann wirkt es bei mir nicht!, dachte Fenoglio, während er sich die brennenden Augen rieb. Jämmerlicher Hokuspokus, das ist alles, was ich sehe!

Die Tränen liefen ihm die Nase herunter, und als er sich umwandte, um sich den Ruß und den Rauch aus den Augen zu wischen, sah er einen Jungen aus der Gasse stolpern, die zur Burg hinaufführte, älter als die Kinder auf dem Platz, alt genug für Violantes bartlose Soldaten. Doch er trug keine Uniform. Sein Gesicht kam Fenoglio seltsam bekannt vor. Wo hatte er ihn schon gesehen?

»Luc!«, schrie er. »Luc! Renn! Rennt alle!«

Er stolperte, fiel hin – und kroch noch gerade rechtzeitig in einen Hauseingang, bevor der Reiter, der ihm folgte, ihn niederritt.

Es war der Pfeifer. Er zügelte sein Pferd, während hinter ihm ein Dutzend Gepanzerter aus der Gasse quoll, die zur Burg hinaufführte. Sie kamen von überall, aus der Gasse der Schmiede und der Fleischer, sie kamen aus jeder Gasse, die auf den Markt führte, fast gemächlich, auf ihren großen Pferden, die ebenso gepanzert waren wie ihre Herren.

Die Kinder aber starrten immer noch ahnungslos zum Rußvogel hoch. Sie hatten die Warnrufe des Jungen nicht gehört. Sie sahen auch die Soldaten nicht. Sie starrten nur das Feuer an, während die Mütter ihre Namen schrien. Als die ersten sich umdrehten, war es schon zu spät. Die Gepanzerten trieben die weinenden Frauen zurück, während immer mehr Soldaten aus den Gassen quollen und einen Ring aus Eisen um die Kinder schlossen.

Wie entsetzt die Kleinen herumfuhren. Wie plötzlich aus dem Staunen blanke Angst wurde. Und wie sie weinten. Wie sollte Fenoglio jemals das Weinen vergessen! Hilflos stand er da, den Rücken gegen eine Mauer gepresst, während fünf Gepanzerte ihm und den Frauen ihre Lanzen entgegenhielten. Mehr brauchte es nicht. Fünf Lanzen, um die kleine Schar in Schach zu halten. Eine der Frauen lief trotzdem los, aber einer der Soldaten ritt sie nieder. Und dann zogen sie den Ring aus Schwertern zu, während der Rußvogel auf ein Nicken des Pfeifers seine Flammen verlöschen ließ und sich mit einem Lächeln vor den weinenden Kindern verbeugte.

Sie trieben sie hinauf zur Burg, wie eine Herde Lämmer. Einige der Kleinen bekamen so viel Angst, dass sie zwischen die Pferde liefen. Sie ließen sie auf dem Pflaster liegen wie zerbrochenes Spielzeug. Fenoglio schrie Ivos und Despinas Namen, aber seine Stimme verschmolz mit all den anderen, all den Schreien, all dem Weinen. Als die Gepanzerten die Mütter freiließen, stolperte er mit ihnen zu den Kindern, die sie blutend zurückgelassen hatten, starrte in die weißen Gesichter, voll Angst, in einem das von Despina oder Ivo zu erkennen. Sie waren nicht dabei, aber Fenoglio schien es, als kennte er die Gesichter dennoch, so kleine Gesichter. Zu jung für den Tod, zu jung für Schmerz und Entsetzen. Zwei Weiße Frauen erschienen, seine Engel des Todes. Und die Frauen beugten sich über die Kinder und hielten ihnen die Ohren zu gegen das weiße Flüstern. Drei Kinder waren tot, zwei Jungen und ein Mädchen. Sie brauchten die Weißen Frauen nicht mehr, um hinüberzuwechseln.

Neben einem der toten Jungen kniete der, der schreiend aus der Gasse gestolpert war mit seiner vergeblichen Warnung. Er starrte hinauf zu dem Podest, das junge Gesicht alt vor Hass. Aber der Rußvogel war verschwunden, als hätte er sich in den giftigen Rauch aufgelöst, der immer noch in dichten Schwaden über dem Marktplatz hing. Nur der Kobold stand noch da, wie betäubt auf die Frauen hinabstarrend, die sich über die Kinder beugten. Dann begann er so langsam, als wäre er aus der Zeit gefallen, die leeren Beutel aufzusammeln, die der Rußvogel zurückgelassen hatte.

Ein paar Frauen waren den Soldaten und den verschleppten Kindern nachgelaufen. Der Rest kniete da, wischte den Verletzten das Blut von der Stirn und betastete die kleinen Glieder.

Fenoglio ertrug es nicht mehr. Er wandte sich um und wankte zurück, in die Gasse, die zu Minervas Haus führte. Frauen kamen ihm entgegen, von den Schreien aus den Häusern gelockt. Hastig liefen sie an ihm vorbei. Es war genug! Genug! Minerva kam auf ihn zugerannt. Er stammelte ein paar unverständliche Worte, deutete in Richtung Burg. Sie lief davon, den anderen Frauen nach.

Es war so ein schöner Tag. Die Sonne wärmte, als wäre der Winter noch fern.

Wie sollte er nur je das Weinen vergessen?

Fenoglio staunte, dass seine Beine es schafften, sein tränenschweres Herz die Treppe hinaufzutragen.

»Rosenquarz!«

Er stützte sich auf sein Schreibpult, suchte nach Pergament, Papier, irgendetwas, auf das man schreiben konnte. »Rosenquarz! Verdammt, wo steckst du?«

Der Glasmann lugte aus dem Nest, in dem Orpheus' bunte Feen hausten. Was zum Teufel tat er dort oben? Drehte er ihnen die dummen Hälse um?

»Falls du mich wieder zum Spionieren zu Orpheus schicken willst, vergiss es!«, rief er zu ihm herunter. »Dieser Eisenglanz hat den Glasmann, den Orpheus als Ersatz für seinen Bruder besorgt hat, aus dem Fenster gestoßen! Er ist so gründlich zersplittert, dass man ihn für die Überreste einer Weinflasche gehalten hat!«

»Ich brauch dich nicht zum Spionieren!«, fuhr Fenoglio ihn mit tränenerstickter Stimme an. »Spitz mir die Federn! Rühr die Tinte um, na, mach schon!«

Ach, das Weinen.

Er ließ sich auf den Stuhl sinken und vergrub den Kopf in den Händen. Tränen liefen ihm durch die Finger und tropften auf sein Schreibpult. Fenoglio konnte sich nicht erinnern, je so geweint zu haben. Selbst bei Cosimos Tod waren seine Augen trocken geblieben. Ivo! Despina!

Er hörte, wie der Glasmann auf sein Bett plumpste. Hatte er ihm nicht verboten, aus den Feennestern auf den Strohsack zu springen? Na, egal. Sollte er sich doch den gläsernen Hals brechen.

Ach, all das Unglück. Es musste ein Ende haben, oder es würde ihm wirklich noch das alte Herz brechen!

Er hörte, wie Rosenquarz hastig am Schreibpult hochkletterte.

»Hier!«, sagte der Glasmann mit kleinlauter Stimme und hielt ihm eine frisch gespitzte Feder hin.

Fenoglio wischte sich mit dem Ärmel die Tränen vom Gesicht. Seine Finger zitterten, als er die Feder entgegennahm.

Der Glasmann schob ihm ein Blatt Papier hin und machte sich hastig daran, die Tinte umzurühren. »Wo sind die Kinder?«, fragte er. »Wolltest du nicht mit ihnen auf den Markt gehen?«

Wieder eine Träne. Sie fiel auf das leere Blatt, und das Papier saugte sie gierig auf. Ja, ja, so ist sie, diese verdammte Geschichte!, dachte Fenoglio. Sie ernährt sich von Tränen! Was, wenn Orpheus geschrieben hatte, was auf dem Markt passiert war? Es hieß, dass er sein Haus kaum noch verließ, seit Staubfinger ihm einen Besuch abgestattet hatte, und dass er Flaschen aus dem Fenster warf. Hatte er in seiner Wut etwa Worte geschrieben, die ein paar Kinder umbrachten?

Schluss, Fenoglio, denk nicht über Orpheus nach! Schreib selber! Wenn das Blatt nur nicht so leer gewesen wäre. »Nun kommt schon!«, flüsterte er. »Kommt schon, ihr verdammten Wörter. Es sind Kinder. Kinder! Rettet sie!«

»Fenoglio?« Rosenquarz sah ihn besorgt an. »Wo sind Ivo und Despina? Was ist passiert?«

Aber Fenoglio konnte nur das Gesicht erneut in den Händen vergraben. Wo waren die Worte, die das verfluchte Burgtor wieder öffneten, die Lanzen zerbrachen und den Rußvogel in seinem eigenen Feuer rösteten?

Rosenquarz erfuhr von Minerva, was passiert war – als sie ohne ihre Kinder von der Burg zurückkam. Der Pfeifer hatte wieder eine Rede gehalten.

»Er sagt, er ist es leid zu warten«, erzählte Minerva mit tonloser

Stimme. »Er gibt uns eine Woche, ihm den Eichelhäher zu bringen. Sonst nimmt er unsere Kinder mit für die Minen.«

Dann ging sie hinunter in ihre leere Küche, wo auf dem Tisch vermutlich immer noch die Schüsseln standen, aus denen Ivo und Despina am Morgen gegessen hatten.

Und Fenoglio saß weiter vor dem leeren Blatt, auf dem nichts als die Spuren seiner Tränen zu sehen waren. Stunde um Stunde. Bis tief in die Nacht.

Die Antwort des Eichelhähers

»Ich will mich ja nützlich machen«, fing Homer an, aber Larch wollte nicht zuhören.
»Dann ist es dir nicht erlaubt, dich zu verstecken«, sagte Larch. »Es ist dir nicht erlaubt, den Blick abzuwenden.«
John Irving, Gottes Werk und Teufels Beitrag

Resa schrieb, mit blassem Gesicht und in ihrer schönsten Handschrift. Wie damals, als sie in Männerkleidern auf dem Markt von Ombra gesessen und mit dem Schreiben ihr Brot verdient hatte. Orpheus' ehemaliger Glasmann rührte ihr die Tinte. Staubfinger hatte Jaspis mit ins Lager der Räuber gebracht. Und Farid.

Dies ist die Antwort des Eichelhähers, schrieb Resa, während Mo neben ihr stand.

In drei Tagen wird er sich in die Hände von Violante geben, Witwe von Cosimo und Mutter des rechtmäßigen Erben von Ombra. Im Austausch lässt der Pfeifer die Kinder von Ombra frei, die er mit Hinterlist in seine Gewalt gebracht hat, und besiegelt mit dem Siegel seines Herrn, dass sie für alle Zeit sicher sind.

Erst wenn diese Bedingung erfüllt ist, wird der Eichelhäher sich bereitfinden, das Leere Buch zu heilen, das er dem Natternkopf auf der Nachtburg gebunden hat.

Meggie sah, wie die Hand ihrer Mutter immer wieder zauderte, während sie schrieb. Die Räuber standen um sie herum und beobachteten sie. Eine Frau, die schreiben konnte … Keiner von ihnen beherrschte diese Kunst, außer Baptista, nicht einmal der Schwarze Prinz. Sie alle hatten versucht, Mo von seinem Entschluss abzubringen, selbst Doria, der versucht hatte die Kinder von Ombra zu warnen, und dann doch nur hatte zusehen müssen, wie der Pfeifer sie einfing und mit Luc sein bester Freund dabei getötet wurde. Vergebens.

Nur einer hatte gar nicht erst versucht, Mo umzustimmen. Staubfinger.

Es schien fast, als wäre er nie fort gewesen, auch wenn sein Gesicht nun narbenlos war. Dasselbe Lächeln, rätselhaft wie immer, dieselbe Flüchtigkeit. Mal war er da, dann wieder verschwunden. Wie ein Geist. Bei dem Gedanken ertappte Meggie sich immer wieder – und spürte doch zugleich, dass Staubfinger lebendiger war als je zuvor, lebendiger als alle anderen.

Mo blickte in ihre Richtung, aber Meggie war nicht sicher, dass er sie wirklich sah. Seit er von den Weißen Frauen zurück war, schien er mehr denn je der Eichelhäher geworden zu sein.

Wie konnte er sich gefangen geben? Der Pfeifer würde ihn töten!

Resa hatte den Brief zu Ende geschrieben. Sie sah Mo an, als hoffte sie für einen Moment doch, er würde das Pergament ins Feuer werfen. Aber er nahm ihr nur die Feder aus der Hand und setzte sein Zeichen unter die tödlichen Worte – eine Feder und ein Schwert, ein Kreuz bildend, wie die Bauern es anstelle ihres Namens schrieben, weil sie nichts von Buchstaben verstanden.

Nein.

Nein!

Resa senkte den Kopf. Warum sagte sie nichts? Warum hatte sie diesmal keine Tränen, die ihn umstimmen würden? Hatte sie sie aufgebraucht in der endlosen Nacht zwischen den Gräbern, in der sie vergebens auf seine Rückkehr gewartet hatten? Wusste ihre Mutter, was Mo den Weißen Frauen versprochen hatte, damit sie ihn und Staubfinger wieder gehen ließen? »Es kann sein, dass ich bald fortmuss.« Das war alles, was er zu Meggie gesagt hatte, und als sie daraufhin voll Angst gefragt hatte: »Fort? Wohin?«, hatte er nur geantwortet: »Schau mich nicht so besorgt an! Wohin auch immer – ich hab den Tod besucht und bin heil zurückgekommen. Gefährlicher kann es doch kaum werden, oder?«

Sie hätte weiterfragen sollen, aber Meggie war zu froh darüber gewesen, dass sie ihn nicht für immer verloren hatte, so unbeschreiblich froh …

»Du bist verrückt, ich sage es noch mal!«

Der Schnapper war betrunken. Mit rotem Kopf stand er da und zerschnitt die bedrückte Stille mit seiner barschen Stimme, so abrupt, dass der Glasmann vor Schreck die Feder fallen ließ, die Mo ihm gereicht hatte.

»Sich in die Hände der Natternbrut geben, in der Hoffnung, dass sie dich vor dem Silbernasigen schützen kann! Er wird dich bald eines Besseren belehren. Und selbst wenn der Pfeifer dich leben lässt – glaubst du etwa immer noch, dass die Tochter seines Herrn dir helfen wird, in das verdammte Buch zu schreiben? Der Tod muss deinen Verstand behalten haben! Die Hässliche wird dich verkaufen für den Thron von Ombra. Und die Kinder wird der Pfeifer trotzdem in die Minen schicken!«

Viele Räuber murmelten zustimmend, aber sie verstummten, als der Schwarze Prinz an Mos Seite trat.

»Wie willst du die Kinder denn aus der Burg holen, Schnapper?«, fragte er mit ruhiger Stimme. »Mir gefällt es auch nicht, dass der Eichelhäher freiwillig durch das Burgtor von Ombra reitet, aber wenn er sich nicht gefangen gibt, was dann? Ich habe ihm auf die Frage keine Antwort geben können, und glaub mir, ich denke über nichts anderes nach, seit der Rußvogel seine Vorstellung gegeben hat! Sollen wir die Burg angreifen mit den wenigen Männern, die wir haben? Willst du dich auf die Lauer legen, wenn sie die Kinder durch den Weglosen Wald bringen? Wie viele Gepanzerte werden sie bewachen? Fünfzig? Hundert? Wie viele tote Kinder planst du ein, wenn du auf die Art versuchst sie zu befreien?«

Der Schwarze Prinz musterte die zerlumpten Männer, die um ihn herumstanden. Viele von ihnen senkten die Köpfe. Der Schnapper aber schob trotzig das Kinn vor. Die Narbe an seinem Hals war rot wie ein frischer Schnitt.

»Ich frage dich noch einmal, Schnapper«, sagte der Schwarze Prinz leise. »Wie viele Kinder würden umkommen, wenn wir sie auf die Art befreien? Würden wir auch nur eines retten können?«

Der Schnapper antwortete nicht. Er starrte nur Mo an. Dann spuckte er aus, drehte sich um und stapfte wortlos davon, gefolgt vom Gecko und einem Dutzend anderer. Resa aber nahm wortlos das beschriebene Pergament und legte es so zusammen, dass Jaspis es versiegeln konnte. Ihr Gesicht war dabei so ausdruckslos, als wäre es aus Stein, wie das des Schönen Cosimo in der Gruft von Ombra, aber ihre Hände zitterten – so sehr, dass Baptista schließlich zu ihr trat und das Pergament für sie faltete.

Drei Tage. So lange war Mo auch bei den Weißen Frauen gewesen – drei endlose Tage, die Meggie in dem Glauben verbracht hatte, ihr Vater sei tot, diesmal unwiderruflich, durch die Schuld ihrer Mutter und durch die von Farid. Nicht ein einziges Wort hatte sie mit den beiden in diesen drei Tagen gewechselt. Sie hatte Resa fortgestoßen, wenn sie zu ihr gekommen war, hatte sie angeschrien.

»Meggie, wieso siehst du deine Mutter so an?«, hatte Mo sie gleich am ersten Tag nach seiner Rückkehr gefragt. Warum? Die Weißen Frauen haben dich ihretwegen geholt, hatte sie antworten wollen und es dann doch nicht getan. Sie wusste, dass sie ungerecht war, doch die Fremdheit zwischen ihr und Resa war geblieben. Und Farid konnte sie ebenso wenig verzeihen.

Er stand neben Staubfinger und war der Einzige, der nicht bedrückt dreinschaute. Natürlich. Was interessierte es Farid, dass ihr Vater sich schon bald dem Pfeifer ausliefern würde? Staubfinger war zurück. Nichts anderes zählte. Er hatte versucht sich mit ihr zu versöhnen: »Meggie, nun komm schon. Deinem Vater ist doch nichts passiert – und er hat Staubfinger mitgebracht!« Ja, das war alles, was ihn interessierte. Und so würde es immer sein.

Jaspis hatte den Siegellack auf das Pergament getropft, und Mo drückte den Stempel hinein, den er für das Buch geschnitzt hatte, das er von Resas Zeichnungen gebunden hatte. Der Kopf eines Einhorns. Das Siegel des Buchbinders für das Versprechen des Räubers. Mo gab den Brief Staubfinger, wechselte ein paar Worte mit Resa und dem Schwarzen Prinzen – und kam auf Meggie zu.

Als sie noch so klein gewesen war, dass sie ihm gerade bis zum Ellbogen reichte, hatte sie ihm oft den Kopf unter den Arm geschoben, wenn ihr etwas Angst machte. Aber das war lange her.

»Wie sieht der Tod aus, Mo?«, hatte sie ihn gefragt, als er zurückgekommen war. »Hast du ihn wirklich gesehen?«

Die Erinnerung schien ihm keine Angst zu machen, doch sein Blick war sofort weit fortgewandert, weit, weit fort … »Er hat viele

Gestalten, aber die Stimme einer Frau.« »Einer Frau?«, hatte Meggie erstaunt gefragt. »Aber Fenoglio würde nie einer Frau eine so große Rolle geben!«

Und Mo hatte gelacht und geantwortet: »Ich glaube nicht, dass Fenoglio dem Tod seine Rolle geschrieben hat, Meggie.«

Sie sah ihn nicht an, als er vor ihr stehen blieb. »Meggie?« Er legte ihr die Hand unters Kinn, bis sie ihn ansehen musste. »Schau nicht so traurig drein. Bitte!«

Hinter ihm nahm der Schwarze Prinz Baptista und Doria zur Seite. Sie konnte sich denken, welche Anweisungen er für die beiden hatte. Er schickte sie nach Ombra, damit sie dort unter den verzweifelten Müttern die Nachricht verbreiteten, dass der Eichelhäher ihre geraubten Kinder nicht im Stich lassen würde. Aber seine Tochter schon!, dachte Meggie, und sie war sicher, dass Mo den Vorwurf in ihren Augen sah.

Wortlos griff er nach ihrer Hand und zog sie mit sich, fort von den Zelten, fort von den Räubern, fort auch von Resa, die immer noch am Feuer stand. Ihre Mutter wischte sich die Tinte von den Fingern, wischte und wischte, während Jaspis sie mit mitfühlender Miene beobachtete – als könnte sie so auch die Worte fortwischen, die sie geschrieben hatte.

Mo blieb unter einer der Eichen stehen, deren Zweige das Lager überspannten wie ein Himmel aus Holz und vergilbenden Blättern. Er hielt Meggies Hand und fuhr mit dem Zeigefinger darüber, als wäre er verwundert, wie groß sie inzwischen geworden war. Dabei waren ihre Hände immer noch so viel schmaler als die seinen. Mädchenhände …

»Der Pfeifer wird dich töten.«

»Nein, das wird er nicht. Aber sollte er es versuchen, dann beweise ich ihm gern, wie scharf ein Buchbindermesser ist. Baptista wird mir wieder ein Versteck dafür nähen, und glaub mir, ich würde mich sehr freuen, wenn dieser Kinderschlächter mir Gelegenheit gäbe, es an ihm auszuprobieren.« Hass legte sich wie ein Schatten über sein Gesicht. Eichelhäher.

»Das Messer wird dir gar nichts helfen. Er wird dich trotzdem töten.« Sie klang so dumm. Wie ein trotziges Kind. Aber sie hatte solche Angst um ihn.

»Drei Kinder sind tot, Meggie. Geh zu Doria und lass dir von ihm noch mal erzählen, wie sie sie zusammengetrieben haben. Sie werden sie alle töten, wenn der Eichelhäher sich nicht stellt!«

Der Eichelhäher. Er tat, als spräche er von jemand anderem. Für wie dumm hielt er sie?

»Es ist nicht deine Geschichte, Mo! Lass den Schwarzen Prinzen die Kinder retten.«

»Wie? Der Pfeifer wird sie alle töten, wenn er es versucht.« In seinen Augen war so viel Zorn. Und Meggie begriff zum ersten Mal, dass Mo nicht nur für die lebenden Kinder auf die Burg reiten würde, sondern auch, um die toten zu rächen. Der Gedanke machte ihr nur noch mehr Angst.

»Gut. Vielleicht hast du recht. Vielleicht gibt es wirklich keinen anderen Weg«, sagte sie. »Aber dann lass mich wenigstens mit dir kommen! Damit ich dir helfen kann. Wie auf der Nachtburg!« Es schien erst gestern, dass der Brandfuchs sie zu ihm in die Zelle gestoßen hatte. Hatte Mo vergessen, wie gut es ihm getan hatte, dass sie bei ihm gewesen war? Dass sie ihn mit Fenoglios Hilfe gerettet hatte?

Nein, sicher nicht. Aber Meggie musste ihn nur ansehen, um zu wissen, dass er diesmal trotzdem allein gehen würde. Ganz allein.

»Erinnerst du dich an die Räubergeschichten, die ich dir früher erzählt habe?«, fragte er.

»Natürlich. Sie gehen alle schlecht aus.«

»Und warum? Es ist immer dasselbe. Weil der Räuber jemanden beschützen will, den er liebt, und dafür töten sie ihn. Stimmt's?«

Oh, er war so schlau. Hatte er ihrer Mutter dasselbe gesagt? Aber ich kenne ihn besser als Resa, dachte Meggie, und ich kenne viel mehr Geschichten als sie. »Was ist mit dem Gedicht vom Highwayman?«, fragte sie. Elinor hatte ihr das Gedicht unzählige Male vorgelesen. »Ach, Meggie, warum liest nicht du es zur Abwechslung vor?«, hörte sie sie immer noch seufzen. »Wir müssen deinem Vater ja nichts davon sagen, aber ich würde zu gern sehen, wie dieser Räuber durch mein Haus galoppiert!«

Mo strich ihr das Haar aus der Stirn. »Was ist damit?«

»Seine Geliebte warnt ihn vor den Soldaten und er entkommt! Töchter können so etwas auch.«

»O ja! Töchter sind sehr gut darin, ihre Väter zu retten. Niemand weiß das besser als ich.« Nun musste er lächeln. Sie liebte sein Lächeln. Was, wenn sie es niemals wieder sah? »Aber du erinnerst dich auch, wie es für die Geliebte in dem Gedicht ausgeht, oder?«

Natürlich erinnerte Meggie sich. *Ihre Flinte zerschlug das Mondlicht, zerschlug ihr die Brust im Mondlicht.* Und den Räuber töteten die Soldaten schließlich doch noch. *Und er lag in seinem Blut auf der Straße, den Bausch Spitze um seinen Hals.*

»Meggie ...«

Sie drehte ihm den Rücken zu. Sie wollte ihn nicht mehr ansehen. Sie wollte keine Angst mehr um ihn haben. Sie wollte einfach nur noch zornig auf ihn sein. Zornig wie auf Farid, zornig wie auf

Resa. Es brachte nur Schmerz, jemanden zu lieben. Nichts als Schmerz.

»Meggie!« Mo griff nach ihren Schultern und drehte sie um. »Angenommen, ich reite nicht – wie würde dir das Lied gefallen, das sie dann singen? *Und eines Morgens verschwand der Eichelhäher und ward niemals mehr gesehen. Die Kinder von Ombra aber starben, wie ihre Väter, auf der anderen Seite des Waldes, und der Natternkopf herrschte durch das Leere Buch, das ihm der Häher gebunden hatte, in alle Ewigkeit.*«

Ja, er hatte recht. Das war ein furchtbares Lied, aber Meggie wusste ein noch furchtbareres: *Der Eichelhäher aber ritt auf die Burg, um die Kinder von Ombra zu retten, und starb dort. Und obwohl der Feuertänzer seinen Namen mit feurigen Buchstaben an den Himmel schrieb, sodass die Sterne ihn flüstern in jeder Nacht, sah seine Tochter ihn niemals wieder.*

Ja. So würde es kommen. Aber Mo hörte ein anderes Lied.

»Fenoglio wird uns diesmal kein gutes Ende schreiben, Meggie!«, sagte er. »Ich muss es schreiben, mit Taten statt mit Worten. Nur der Eichelhäher kann die Kinder retten. Nur er kann die drei Wörter in das Leere Buch schreiben.«

Sie sah ihn immer noch nicht an. Sie wollte nicht hören, was er sagte. Aber Mo sprach weiter, mit der Stimme, die sie so liebte, die sie in den Schlaf gesungen hatte, getröstet, wenn sie krank war, und ihr Geschichten erzählt hatte über ihre verschwundene Mutter.

»Du musst mir etwas versprechen«, sagte er. »Du und deine Mutter, ihr müsst aufeinander aufpassen, während ich fort bin. Ihr könnt nicht zurück. Ihr könnt Orpheus' Worten nicht trauen! Aber der Prinz wird euch beschützen und der Starke Mann. Er hat es mir versprochen, beim Leben seines Bruders, und er ist sicherlich ein viel besserer Beschützer als ich. Hörst du, Meggie? Egal, was geschieht, bleibt bei den Räubern. Kommt nicht nach Ombra oder folgt mir gar zur Nachtburg, falls sie mich dorthin bringen! Ich würde nicht mehr denken können vor Angst, wenn ich erführe, dass ihr in Gefahr seid. Versprich es mir!«

Meggie senkte den Kopf, damit er die Antwort nicht in ihren Augen las. Nein. Nein, sie würde ihm gar nichts versprechen. Und Resa hatte es bestimmt auch nicht getan. Oder? Meggie blickte zu ihrer Mutter hinüber. Sie sah entsetzlich traurig aus. Der Starke Mann stand neben ihr. Im Gegensatz zu Meggie hatte er Resa vergeben, seit Mo heil zurückgekommen war.

»Meggie, bitte hör mir zu!« Normalerweise begann Mo zu scherzen, wenn es ihm allzu ernst wurde, aber offenbar hatte er sich auch da verändert. Seine Stimme klang so ernst und sachlich, als spräche er mit ihr über einen Schulausflug. »Wenn ich nicht wiederkomme«, sagte er, »überredest du Fenoglio, euch zurückzuschreiben. Er kann es schließlich nicht ganz verlernt haben. Und dann liest du euch drei zurück, dich und Resa – und deinen Bruder.«

»Bruder? Ich will eine Schwester.«

»Ach, wirklich?« Nun lächelte er doch. »Das ist gut. Ich will auch noch eine Tochter. Die erste ist inzwischen zu groß, um sie auf den Arm zu nehmen.«

Sie sahen sich an, und es gab so viele Worte, die Meggie sagen wollte, aber nicht eines, das wirklich ausdrückte, was sie fühlte.

»Wer wird den Brief auf die Burg bringen?«, fragte sie leise.

»Wir wissen es noch nicht«, antwortete Mo. »Es wird nicht leicht sein, jemanden zu finden, der zu Violante vorgelassen wird.«

Drei Tage. Meggie umarmte ihn so fest, wie sie es als kleines Kind getan hatte. »Bitte, Mo!«, sagte sie leise. »Geh nicht! Bitte! Lass uns zurückgehen. Resa hatte recht!«

»Zurück? Aber Meggie. Gerade jetzt, wo es spannend wird?«, flüsterte er ihr zu. So sehr hatte er sich also doch nicht verändert. Er machte immer noch Scherze, wenn es ihm zu ernst wurde. Sie liebte ihn so sehr.

Mo nahm ihr Gesicht zwischen seine Hände. Er blickte sie an, als wollte er ihr etwas sagen, und für einen Moment glaubte Meggie in seinen Augen zu lesen, dass er um sie ebenso viel Angst hatte wie sie um ihn.

»Glaub mir, Meggie!«, sagte er. »Ich reite auch auf diese Burg, um dich zu beschützen. Irgendwann wirst du das verstehen! Haben wir zwei nicht schon auf der Nachtburg gewusst, dass ich dem Natternkopf das Leere Buch nur binde, um irgendwann die drei Wörter hineinzuschreiben?«

Meggie schüttelte den Kopf so heftig, dass Mo sie erneut an sich drückte.

»Doch, Meggie!«, sagte er leise. »Doch, das haben wir.«

Endlich

Dort in der Nacht, die keinen lauschen lässt,
Lieg ich allein in meinem Jägernest,
Les längst gelesne Bücher voller Überdruss,
Bis mir die Uhr sagt, dass ich schlafen muss.

Dies sind die Hügel, dies der Wälder Weiten,
Dies meine sternbedeckten Einsamkeiten
Und dort der Fluss, an dessen Stränden
Brüllende Löwen sich zum Trinken fänden.
Robert Louis Stevenson, The Land of Story Books

Darius las wunderbar. Auch wenn die Worte bei ihm so ganz anders klangen als bei Mortimer (und natürlich anders als bei diesem Buchschänder Orpheus). Vielleicht ähnelte Darius' Kunst am ehesten der von Meggie. Er las mit der Unschuld eines Kindes, und es war Elinor, als sähe sie zum ersten Mal den Jungen, der er einst gewesen war, einen mageren bebrillten Jungen, der Bücher mit ebensolcher Inbrunst liebte wie sie, nur dass die Seiten für ihn zum Leben erwachten.

Darius' Stimme war nicht so voll und schön wie die von Mortimer. Sie hatte nicht den Enthusiasmus, der Orpheus' Stimme Kraft verlieh. Nein, Darius nahm die Worte so behutsam auf die Zunge, als könnten sie ihm dort zerbrechen, als könnten sie ihren Sinn verlieren, wenn man sie allzu laut und allzu bestimmt aussprach. Alle Traurigkeit der Welt war in Darius' Stimme, der Zauber der Schwachen, der Stillen und Vorsichtigen und ihr Wissen um die Mitleidlosigkeit der Starken …

Der Wohlklang von Orpheus' Worten verblüffte Elinor wie an dem Tag, an dem sie ihn zum ersten Mal hatte lesen hören. Diese Worte klangen so gar nicht nach dem eitlen Dummkopf, der ihre Bücher gegen die Wände geworfen hatte. Nun, weil er jedes dieser Wörter einem anderen gestohlen hat, Elinor!, dachte sie. Und dann dachte sie gar nichts mehr.

Darius' Zunge stolperte nicht ein einziges Mal – vielleicht weil ihn diesmal nicht Angst, sondern Liebe lesen ließ. Darius öffnete die Tür zwischen den Buchstaben so sacht, dass es Elinor schien, als schlichen sie sich in Fenoglios Welt wie zwei Kinder, die in ein verbotenes Zimmer schlüpfen.

Als sie hinter sich plötzlich eine Mauer spürte, wagte sie nicht zu glauben, was ihre Finger ertasteten. *Du denkst zunächst, es ist ein Traum.* Hatte Resa es ihr nicht so beschrieben? Nun, wenn das ein Traum ist, dachte Elinor, dann habe ich nicht vor, jemals wieder aufzuwachen! Ihre Augen tranken gierig, was plötzlich an Bildern auf sie eindrang: ein Platz, ein Brunnen, Häuser, die sich gegeneinanderlehnten, als wären sie zu alt zum Stehen, Frauen in langen Kleidern (reichlich armselig die meisten), eine Schar Spatzen, Tauben, zwei magere Katzen, ein Karren, auf den ein alter Mann Unrat schaufelte ... Himmel, der Gestank war kaum auszuhalten, aber Elinor atmete ihn dennoch tief ein.

Ombra! Sie war in Ombra! Was sonst sollte das um sie her sein? Eine Frau, die an dem Brunnen Wasser schöpfte, wandte sich um und musterte misstrauisch das Kleid aus schwerem, dunkelrotem Samt, das Elinor trug. Verflucht! Sie hatte es bei einem Kostümverleih besorgt, ebenso wie den Kittel, den Darius trug. »Mittelalter«, hatte sie verlangt, aber hier stand sie nun und fiel auf wie ein Pfau in einer Schar Krähen!

Egal. Elinor, du bist hier! Als ihr etwas unsanft an den Haaren zerrte, schossen ihr Glückstränen in die Augen. Mit geübtem Griff fing sie die Fee, die sich mit einer grauen Strähne davonmachen wollte. Oh, wie sehr sie die winzigen Flatterdinger vermisst hatte! Aber waren sie nicht blau gewesen? Diese schimmerte so bunt wie eine Seifenblase. Entzückt schloss Elinor die Hände um ihre Beute und betrachtete die Fee durch ihre Finger. Ziemlich schläfrig sah das kleine Geschöpf aus. Ach, wunderbar! Als es ihr entkam, indem es die winzigen Zähne in ihren Daumen bohrte, lachte Elinor so laut, dass gleich zwei Frauen die Köpfe aus den umliegenden Fenstern steckten.

Elinor!

Sie presste die Hand auf den Mund, aber das Lachen spürte sie immer noch, wie Brausepulver auf der Zunge. Oh, sie war so glücklich, so idiotisch glücklich. So hatte sie sich zum letzten Mal mit sechs Jahren gefühlt, als sie in die Bibliothek ihres Vaters geschlichen war, um in den Büchern zu lesen, die er ihr verboten hatte. Vielleicht solltest du einfach tot umfallen, Elinor!, dachte sie. In genau diesem Moment. Wie soll es noch besser werden?

Zwei bunt gekleidete Männer überquerten den Platz. Spielleute! Sie sahen nicht ganz so romantisch aus, wie Elinor sich ihresgleichen vorgestellt hatte, aber nun ja ... Ein Kobold trug ihnen die Instrumente nach. Sein haariges Gesicht blickte so verdutzt, als er Elinor sah, dass sie sich unwillkürlich an die Nase griff. War etwas mit ihrem Gesicht passiert? Nein, ihre Nase war schon immer so groß gewesen, oder?

»Elinor?«

Sie fuhr herum. Darius! Um Himmels willen. Den hatte sie vollkommen vergessen. Aber wie kam er unter den Mistkarren?

Mit verwirrtem Blick kroch er zwischen den Rädern hervor und zupfte sich ein paar nicht allzu saubere Strohhalme vom Kittel. O Darius. Es sah ihm so ähnlich, von allen Orten in der Tintenwelt ausgerechnet unter einer Fuhre Unrat zu landen. Er war einfach ein Pechvogel! Und wie er sich umsah. Als wäre er unter die Räuber gefallen. Armer Darius. Wunderbarer Darius. Das Blatt mit Orpheus' Worten hielt er immer noch in der Hand, aber wo war die Tasche mit all dem, was sie hatten mitnehmen wollen?

Moment, Elinor, die solltest du mitbringen. Suchend sah sie sich um – und erblickte statt der Tasche Cerberus, der gleich neben ihr sehr interessiert das fremde Pflaster beschnupperte.

»Er … er … er wäre verhungert, wenn wir ihn zurückgelassen hätten«, stammelte Darius, der sich immer noch die Strohhalme vom Kittel wischte. »Au… außerdem kann er uns vermutlich zu seinem Herrn führen, und der weiß vielleicht, wo wir die anderen finden.«

Nicht dumm, dachte Elinor. Darauf wär ich nie gekommen. Aber warum stotterte er nur schon wieder?

»Darius! Du hast es geschafft!« Sie umarmte ihn so heftig, dass ihm die Brille verrutschte. »Ich danke dir! Ich danke dir so sehr!«

»He, ihr da, wo kommt der Hund her?«

Cerberus drückte sich knurrend gegen Elinors Beine. Zwei Soldaten standen vor ihnen. *Die Soldaten sind schlimmer als die Wegelagerer.* Hatte Resa nicht auch das erzählt? *Die meisten haben irgendwann Spaß am Töten.*

Elinor wich unwillkürlich einen Schritt zurück, aber sie stieß nur gegen die Hausmauer hinter sich.

»Na, habt ihr eure Zungen verschluckt?« Der eine stieß Darius die Faust so grob in den Bauch, dass er sich krümmte.

»Was soll das? Lasst ihn in Ruhe!« Elinors Stimme klang nicht halb so furchtlos, wie sie gehofft hatte. »Das ist mein Hund.«

»Deiner?« Der Soldat, der auf sie zutrat, hatte nur ein Auge. Elinor starrte fasziniert auf die Stelle, auf der irgendwann das zweite gesessen hatte. »Fürstinnen dürfen Hunde halten. Willst du mir weismachen, dass du eine bist?«

Er zog sein Schwert und strich mit der Klinge über Elinors Kleid. »Was für Kleider sind das? Denkst du, damit siehst du aus wie eine feine Dame? Wo lebt die Schneiderin, die dir das genäht hat? Sie gehört an den Pranger.«

Der andere Soldat lachte. »Die Schauspieler tragen solche Kleider!«, sagte er. »Sie ist eine in die Jahre gekommene Spielfrau!«

»Eine Spielfrau? Dafür ist sie zu hässlich.« Der Einäugige musterte Elinor, als wollte er ihr das Kleid ausziehen.

Sie wollte ihm zu gern sagen, was sie von seinem Aussehen hielt, aber Darius warf ihr einen flehenden Blick zu und die Schwertspitze drückte so bedrohlich gegen ihren Bauch, als wollte der Einäugige ihr einen zweiten Nabel bohren. Senk die Augen, Elinor! Denk an das, was Resa gesagt hat. Frauen senken die Augen in dieser Welt.

»Bitte!« Darius kam umständlich auf die Füße. »Wir ... wir sind fremd hier! Wir ... wir kommen von weit her ...«

»Und da kommt ihr nach Ombra?« Die Soldaten lachten. »Wer, beim Silber der Natter, kommt freiwillig hierher?«

Der Einäugige starrte Darius an. »Sieh dir das an!«, sagte er und zog ihm die Brille von den Ohren. »Er hat dasselbe Gestell wie Doppelauge, der dem Hänfling das Einhorn und den Zwerg besorgt hat.«

Umständlich setzte er sich die Brille auf die Nase.

»He, nimm das ab.« Der andere wich unbehaglich zurück.

Der Einäugige blinzelte ihn durch die dicken Gläser an und grinste. »Ich seh all deine Lügen. All deine schwarzen Lügen!«

Mit einem Lachen warf er Darius die Brille vor die Füße. »Wo immer ihr herkommt«, sagte er und streckte die Hand nach Cerberus' Halsband aus. »Ihr geht ohne Hund zurück. Hunde gehören den Fürsten. Der hier ist ein hässliches Biest, aber dem Hänfling wird er trotzdem gefallen.«

Cerberus biss so fest in die behandschuhte Hand, dass der Soldat mit einem Schrei auf die Knie fiel. Der andere zog sein Schwert, aber Orpheus' Hund war nicht halb so dumm, wie er hässlich war. Er drehte um, den Handschuh des Soldaten noch im Maul, und rannte um sein Leben.

»Schnell, Elinor!« Darius hob hastig seine verbogene Brille auf und zerrte sie mit sich, während die Soldaten fluchend dem Höllenhund nachstolperten. Elinor konnte sich nicht erinnern, wann sie zuletzt so schnell gerannt war, und auch wenn ihr Herz sich immer noch wie das eines jungen Mädchens fühlte – ihre Beine waren die einer zu dicken, alten Frau.

Elinor, so hattest du dir deine ersten Stunden in Ombra nicht vorgestellt!, dachte sie, während sie Darius durch eine Gasse nachhastete, die so schmal war, dass sie Angst hatte, zwischen den Häusern stecken zu bleiben. Aber auch wenn ihre Füße schmerzten und sie die Schwertspitze dieses einäugigen Grobians immer noch auf ihrem Bauch spürte – was machte das schon? Sie war in Ombra! Sie war endlich hinter den Buchstaben! Nur das zählte. Und es war kaum zu erwarten gewesen, dass es hier so friedlich zugehen würde wie in ihrem Haus – ganz abgesehen davon, dass es dort in letzter Zeit auch einige Störungen gegeben hatte ... Nun ja, wie auch immer … Sie war hier. Sie war endlich hier! In der einzigen Geschichte, deren Ende sie erfahren wollte, weil all die, die sie liebte, darin mitspielten.

Nur dumm, dass der Hund fort ist!, dachte sie, als Darius ratlos am Ausgang der Gasse stehen blieb. Cerberus' hässliche Nase wäre wirklich sehr nützlich gewesen in diesem Labyrinth – ganz abgesehen davon, dass sie ihn vermutlich vermissen würde. Resa, Meggie, Mortimer – am liebsten hätte sie ihre Namen laut durch die Gassen gerufen. Wo seid ihr? Ich bin hier, ich bin endlich hier!

Aber vielleicht sind *sie* nicht mehr hier, Elinor!, flüsterte es in ihr, während der fremde Himmel über ihnen dunkel wurde. Vielleicht sind die drei längst tot. Still, dachte sie. Still, Elinor. Der Gedanke war immer noch nicht erlaubt. Er war einfach nicht erlaubt.

Kräuter für die Hässliche

Die Seele schweigt.
Und spricht sie doch einmal
spricht sie in Träumen
Louise Glück, Child Crying Out

Violante stieg mehrmals am Tag in die Kerker hinab, in die der Hänfling die Kinder hatte sperren lassen, mit zwei Mägden, die ihr immer noch ergeben waren, und einem der Jungen, die ihr als Soldaten dienten. Kinder-Soldaten nannte der Pfeifer sie, aber ihr Vater hatte dafür gesorgt, dass diese Jungen keine Kinder mehr waren, als er ihre Väter und Brüder im Weglosen Wald hatte erschlagen lassen. Auch die Kinder im Kerker würden schon bald keine Kinder mehr sein. Angst machte schnell erwachsen.

Jeden Morgen standen die Mütter vor der Burg und flehten die Wächter an, sie wenigstens zu den Jüngsten zu lassen. Sie brachten Kleider, Puppen, etwas zu essen in der Hoffnung, dass zumindest einiges davon in die Hände ihrer Söhne und Töchter gelangte. Aber die Wächter warfen das meiste fort, auch wenn Violante ihre Mägde immer wieder zu ihnen schickte, um das Abgegebene einzusammeln.

Zum Glück ließ der Pfeifer sie wenigstens das tun. Den Hänfling zu überlisten war leicht. Er war noch dümmer als seine puppengliedrige Schwester und hatte nie mitbekommen, wie Violante ihre Fäden hinter seinem Rücken spann. Aber der Pfeifer war klug – und nur zwei Dinge machten ihn beherrschbar: die Angst vor ihrem Vater und seine Eitelkeit. Violante schmeichelte dem Pfeifer von dem Tag an, an dem er in Ombra einritt. Sie spielte ihm vor, dass sie froh war über seine Ankunft, dass sie die Schwäche und Dummheit des Hänflings leid war, berichtete von dessen Verschwendungssucht und gab Balbulus den Auftrag, die finsteren Lieder des Pfeifers auf seinem besten Pergament zu illuminieren (auch wenn der aus Zorn über diesen Auftrag vor ihren Augen drei seiner wertvollsten Pinsel zerbrach).

Nachdem der Rußvogel auf Befehl des Pfeifers die Kinder in die Falle gelockt hatte, lobte Violante den Silbernasigen für seine Hinterlist – und übergab sich danach in ihrer Kammer. Sie ließ ihn auch nicht merken, dass sie nicht mehr schlafen konnte, weil sie nachts glaubte das Weinen aus dem Kerker zu hören. O nein.

Sie war gerade vier gewesen, als ihr Vater sie und ihre Mutter hatte in die alte Kammer sperren lassen, aber ihre Mutter hatte ihr beigebracht, den Kopf dennoch hoch zu tragen. »Du hast das Herz eines Mannes, Violante«, hatte ihr Schwiegervater einmal zu ihr gesagt. Dummer trauriger alter Mann. Sie wusste immer noch nicht, ob er ihr damit ein Kompliment hatte machen oder seine Missbilligung hatte ausdrücken wollen. Sie wusste nur eins. Dass alles, was sie begehrte, den Männern gehörte: Freiheit, Wissen, Stärke, Klugheit, Macht ...

War auch die Rachsucht männlich, die Lust am Herrschen, die Ungeduld mit anderen? All das hatte sie von ihrem Vater geerbt.

Die Hässliche.

Das Mal, das sie entstellte, war verblasst, aber der Name war geblieben. Er gehörte zu ihr wie das zu blasse Gesicht und ihr lächerlich zarter Körper. »*Die Listige* sollte man Euch nennen«, sagte Balbulus manchmal. Niemand kannte sie besser als Balbulus. Niemand durchschaute sie mehr, und Violante wusste, dass mit jedem Fuchs, den Balbulus in seinen Bildern versteckte, sie gemeint war. Die Listige. Ja, das war sie. Der Anblick des Pfeifers verursachte ihr Übelkeit, aber sie lächelte ihn an, so wie sie es ihrem Vater abgeschaut hatte: herablassend, versetzt mit einer Spur von Grausamkeit. Sie trug Schuhe, die sie größer erscheinen ließen (Violante hatte schon immer verflucht, wie klein sie war), und tat nichts, um ihr Gesicht zu verschönern, weil sie der Meinung war, dass schöne Frauen vielleicht begehrt, doch nie geachtet, geschweige denn gefürchtet wurden. Ganz abgesehen davon, dass sie sich lächerlich gefühlt hätte, wenn sie sich die Lippen rot gefärbt oder die Brauen schmal gezupft hätte.

Einige der gefangenen Kinder waren verletzt. Der Pfeifer hatte Violante erlaubt, den Schleierkauz für sie zu rufen, aber er ließ sich nicht überreden, sie gehen zu lassen. »Erst wenn wir den Vogel gefangen haben, für den sie der Köder sind!«, hatte er auf ihr Bitten geantwortet.

Und Violante hatte es vor sich gesehen – wie sie den Eichelhäher auf die Burg schleiften, blutig wie das Einhorn, das der Hänfling im Wald erschlagen hatte, verraten von den Müttern, die unten vorm Tor weinten. Das Bild blieb, deutlicher als die Bilder, die Balbulus für sie malte, aber in ihren Träumen sah sie ein anderes. Darauf erschlug der Häher ihren Vater und setzte ihr eine Krone aufs Haar, auf ihr mausbraunes Haar …

»Der Eichelhäher wird schon bald ein toter Mann sein«, hatte Balbulus erst gestern zu ihr gesagt. »Ich hoffe nur, er sorgt dafür, dass sein Sterben wenigstens ein gutes Bild abgibt.«

Violante hatte ihn dafür ins Gesicht geschlagen, aber Balbulus hatte ihr Zorn noch nie beeindruckt. »Hütet Euch, Euer Hässlichkeit«, hatte er ihr zugeraunt. »Ihr schenkt Eure Liebe immer den falschen Männern. Aber der letzte hatte wenigstens blaues Blut.«

Für diese Dreistigkeit hätte sie ihm die Zunge herausschneiden lassen müssen – ihr Vater hätte es auf der Stelle getan –, aber wer würde ihr dann noch die Wahrheit sagen, auch wenn sie schmerzte? Früher hatte Brianna das getan. Aber Brianna war fort.

Draußen brach die dritte Nacht für die Kinder im Kerker an, und Violante hatte gerade eine ihrer Mägde gebeten, ihr heißen Wein zu bringen, in der Hoffnung, dass er sie wenigstens für ein paar Stunden all die kleinen Hände würde vergessen lassen, die sich an ihren Rock klammerten, als Vito in ihre Kammer trat.

»Euer Hoheit!« Der Junge war gerade fünfzehn, Sohn eines Schmiedes, eines toten Schmiedes natürlich und der älteste ihrer Soldaten. »Eure ehemalige Dienerin ist am Tor, Brianna, die Tochter der Heilerin.«

Tullio warf Violante einen unsicheren Blick zu. Er hatte geweint, als sie Brianna verstoßen hatte. Sie hatte ihn dafür zwei Tage nicht in ihre Kammer gelassen.

Brianna. Hatten ihre Gedanken sie hergerufen? Der Name klang immer noch so vertraut. Vermutlich hatte sie ihn öfter ausgesprochen als den ihres Sohnes. Warum schlug ihr albernes Herz schneller? Hatte es schon vergessen, wie viel Schmerz diese Besucherin ihm bereitet hatte? Ihr Vater hatte recht. Das Herz war ein schwaches, wandelbares Ding, auf nichts als Liebe aus, und nichts war verhängnisvoller, als es zu seinem Meister zu machen. Der Verstand musste der Meister sein. Er tröstete über die Narrheiten des Herzens hinweg, fand Spottlieder für die Liebe, verhöhnte sie als eine Laune der Natur, vergänglich wie Blüten. Warum nur folgte sie dennoch immer wieder ihrem Herzen?

Es war ihr Herz, das sich freute, als es Briannas Namen hörte, aber ihr Verstand fragte: Was will sie hier? Vermisst sie das gute Leben? Ist sie es leid, als Magd Böden zu schrubben bei dem Doppelauge, der sich so tief vor dem Hänfling verbeugt, dass er sich das Kinn dabei fast an seinen plumpen Knien stößt? Oder will sie mich anflehen, sie hinunter in die Gruft zu lassen, wo sie den Mund meines toten Mannes küssen kann?

»Brianna sagt, sie bringt Kräuter von ihrer Mutter Roxane für die Kinder im Kerker. Aber sie will sie Euch nur persönlich geben.«

Tullio sah sie flehend an. Er hatte keinen Stolz, aber ein treues Herz, zu treu. Ein paar Freunde des Hänflings hatten ihn gestern wieder zu den Hunden gesperrt. Ihr eigener Sohn war auch dabei gewesen.

»Gut, geh sie holen, Tullio!« Die Stimme ist eine Verräterin, aber Violante verstand es, sie gleichgültig klingen zu lassen. Nur einmal hatte sie gezeigt, was sie fühlte: als Cosimo zurückgekehrt war – um sich dann nur umso mehr zu schämen, als er ihr ihre Dienerin vorzog.

Brianna.

Tullio schoss eilfertig davon, und Violante strich über ihr straff zurückgestecktes Haar und betrachtete unsicher das Kleid und den Schmuck, den sie trug. Brianna hatte diese Wirkung. Sie war so schön, dass jeder sich in ihrer Gegenwart plump und fade fühlte. Früher hatte Violante das gefallen. Sie hatte sich hinter Briannas Schönheit versteckt, genießend, dass andere sich durch ihre Dienerin so fühlten, wie sie es ständig tat – hässlich. Es hatte ihr gefallen, dass so viel Schönheit ihr diente, sie bewunderte, vielleicht sogar liebte.

Tullio lächelte wie närrisch über sein pelziges Gesicht, als er mit Brianna zurückkam. Sie trat zögernd in die Kammer, in der sie so viele Stunden verbracht hatte. Es hieß, dass sie eine Münze mit Cosimos Bild um den Hals trug und sie so oft küsste, dass das Gesicht kaum noch zu erkennen war. Aber der Kummer hatte sie nur noch schöner gemacht. Wie konnte das sein? Wie sollte es in der Welt gerecht zugehen, wenn nicht einmal die Schönheit gerecht verteilt war?

Brianna versank in einem tiefen Knicks – niemand tat das anmutiger als sie – und reichte Violante einen Korb mit Kräutern. »Meine Mutter hat vom Schleierkauz gehört, dass einige der Kinder verletzt sind und viele nicht essen wollen. Diese Kräuter helfen vielleicht. Sie hat Euch aufgeschrieben, wie sie wirken und wie sie verabreicht werden müssen.« Brianna zog einen versiegelten Brief unter den Blättern hervor und reichte ihn Violante mit einem weiteren Knicks.

Ein Siegel für die Anweisungen einer Heilerin?

Violante schickte die Dienerin fort, die dabei war, ihr Bett aufzuschlagen – sie traute ihr nicht –, und griff nach ihren neuen Augengläsern. Derselbe Meister, der dem Doppelauge seine Gläser neu gefasst hatte – mit Gold, versteht sich –, hatte die ihren angefertigt. Mit ihrem letzten Ring hatte sie ihn bezahlt. Die Gläser enthüllten ihr keine Lügen, wie man es von denen behauptete, die das Doppelauge trug. Selbst Balbulus' Buchstaben wurden nicht viel schärfer als durch den Beryll, den sie gewöhnlich benutzte, aber die Welt war nicht mehr rot, und sie konnte endlich mit beiden Augen besser sehen, auch wenn sie die Gläser nicht allzu lange tragen konnte, ohne ihre Augen zu ermüden. »Ihr lest zu viel!«, sagte Balbulus immer, doch was sollte sie tun? Sie würde sterben ohne Worte, einfach sterben, noch schneller, als ihre Mutter es getan hatte.

In das Siegel des Briefes war der Kopf eines Einhorns geprägt. Wessen Siegel war das?

Violante brach es – und sah unwillkürlich zur Tür, als sie begriff, wer ihr geschrieben hatte. Brianna folgte ihrem Blick. Sie hatte lange genug auf dieser Burg gelebt, um zu wissen, dass die Mauern und Türen Ohren hatten, aber geschriebene Worte waren zum Glück lautlos. Violante war es dennoch, als hörte sie die Stimme des Eichelhähers, während sie las – und sie verstand sehr genau, was er zu ihr sagte, auch wenn er seine eigentlichen Worte sehr geschickt hinter den geschriebenen verborgen hatte.

Die geschriebenen Worte sprachen von den Kindern und davon, dass der Eichelhäher sich im Austausch für ihre Freiheit gefangen gab. Sie versprachen ihrem Vater, das Leere Buch zu heilen, wenn der Pfeifer die Kinder gehen ließ. Die verborgenen Worte aber sagten etwas anderes, etwas, das nur sie zwischen den Zeilen lesen konnte. Sie sagten, dass der Eichelhäher endlich auf den Handel einging, den sie ihm an Cosimos Sarg angeboten hatte.

Er wollte ihr helfen, ihren Vater zu töten.

Gemeinsam wird es ganz leicht.

Würde es das wirklich? Sie ließ den Brief sinken. Was hatte sie gedacht, als sie dem Häher das versprochen hatte?

Sie spürte Briannas Blick und wandte ihr abrupt den Rücken zu. Denk nach, Violante! Sie malte sich aus, was geschehen würde, Schritt für Schritt, Bild für Bild, als blätterte sie in einem von Balbulus' Büchern.

Ihr Vater würde nach Ombra kommen, sobald der Eichelhäher sich ausgeliefert hatte. So viel stand fest. Schließlich hoffte er immer noch, dass der Mann, der ihm das Leere Buch gebunden hatte, es auch heilen konnte. Und da er das Buch niemand anderem anvertraute, musste er selbst es dem Eichelhäher bringen. Natürlich würde ihr Vater mit der Absicht kommen, den Häher zu töten. Er war verzweifelt, halb verrückt durch das, was ihm die faulenden Seiten antaten, und würde sich schon auf dem Weg in allen Einzelheiten ausmalen, wie er seinen Feind auf möglichst qualvolle Weise zu Tode bringen konnte. Aber vorher musste er diesem Feind das Buch anvertrauen. Und sobald der Eichelhäher das Leere Buch in den Händen hielt, lag alles an ihr. Wie viel Zeit braucht es, drei Wörter zu schreiben? Sie musste sie ihm verschaffen. Drei Wörter nur, ein paar unbeobachtete Sekunden, eine Feder und etwas Tinte, und schon würde nicht der Eichelhäher, sondern ihr Vater sterben – und Ombra würde ihr gehören.

Violante spürte, wie ihr Atem schneller ging, wie das eigene Blut ihr in den Ohren rauschte. Ja, so könnte es gelingen. Aber es war ein gefährlicher Plan, für den Eichelhäher noch weit gefährlicher als für sie. Unsinn, es wird gelingen!, sagte ihr Verstand, ihr kühler Verstand, aber ihr Herz klopfte so schnell, dass ihr schwindelte, und rief nur eines: Wie willst du ihn beschützen, wenn er erst mal auf der Burg ist? Was ist mit dem Pfeifer und dem Hänfling?

»Euer Hoheit?«

Briannas Stimme klang anders als früher. Als gäbe es etwas in ihr, das zerbrochen war. Gut. Ich hoffe, sie schläft schlecht!, dachte Violante. Ich hoffe, ihre Schönheit verblüht, während sie auf den Knien liegt und Böden schrubbt. Aber als sie sich umwandte und Brianna ansah, wollte sie sie nur an sich ziehen und wieder mit ihr lachen wie früher.

»Ich soll noch etwas ausrichten.« Brianna senkte nicht die Augen, als sie Violante ansah. Sie war so stolz, immer noch. »Diese Kräuter werden sehr bitter schmecken. Sie werden nur helfen, wenn Ihr sie richtig anwendet. Im schlimmsten Fall können sie sogar tödlich sein. Es liegt alles an Euch.«

Als ob sie ihr das erklären musste! Aber Brianna sah sie immer noch an. Beschützt ihn!, sagten ihre Augen. Sonst ist alles verloren.

Violante richtete sich kerzengerade auf.

»Ich verstehe sehr gut!«, sagte sie barsch. »Und ich bin sicher, dass es den Kindern in drei Tagen sehr viel besser gehen wird. Alles Übel wird ein Ende haben, und ich werde die Kräuter mit aller nötigen Sorgfalt verwenden. Richte das aus. Und nun geh. Tullio wird dich zurück zum Tor bringen.«

Brianna versank erneut in einem Knicks. »Ich danke Euch. Ich weiß, sie werden bei Euch in den besten Händen sein.«

Zögernd richtete sie sich auf. »Ich weiß, Ihr habt viele Dienerinnen«, setzte sie mit leiser Stimme hinzu, »aber solltet Ihr je wieder Verlangen nach meiner Gesellschaft verspüren, so lasst bitte nach mir rufen! Ich vermisse Euch.« Die letzten Worte sagte sie so leise, dass Violante sie kaum verstand.

Ich vermisse dich auch, drängten die Worte auf Violantes Zunge, doch sie ließ sie nicht über die Lippen. Sei still, Herz, du dummes, vergessliches Ding.

»Ich danke dir«, sagte sie. »Aber zurzeit ist mir nicht nach Liedern zumute.«

»Nein. Natürlich nicht.« Brianna wurde fast so blass wie damals, als sie sie geschlagen hatte ... nachdem sie bei Cosimo gewesen und sie darüber belogen hatte. »Aber wer liest Euch vor? Wer spielt mit Jacopo?«

»Ich lese selbst.« Violante war stolz darauf, wie kalt und abweisend ihre Stimme klang, obwohl ihr Herz so anders fühlte. »Und was Jacopo betrifft, so sehe ich nicht viel von ihm. Er läuft mit einer Blechnase herum, die er sich beim Schmied hat machen lassen, sitzt dem Pfeifer auf dem Schoß und erzählt jedem, dass er nie so dumm gewesen wäre, sich vom Rußvogel auf den Marktplatz locken zu lassen.«

»Ja. Das klingt nach ihm.« Brianna strich sich übers Haar, als erinnerte sie sich daran, wie oft Jacopos Finger daran gerissen hatten. Für ein paar lange Augenblicke schwiegen sie beide, zwischen sich den Toten, der sie auch im Leben entzweit hatte.

Brianna griff sich an den Hals. Sie trug tatsächlich eine Münze. »Seht Ihr ihn auch manchmal?«

»Wen?«

»Cosimo. Ich sehe ihn jede Nacht, in meinen Träumen. Und tagsüber scheint es mir manchmal, als stünde er hinter mir.«

Dummes Ding. Verliebt in einen Toten. Was liebte sie noch an ihm? Seine Schönheit war Würmerfraß, und was sonst hatte man an ihm lieben können? Nein, Violante hatte ihre Liebe mit ihm begraben. Sie war verflogen wie der Rausch nach einem Krug Wein.

»Willst du hinunter in die Gruft?« Violante konnte nicht glauben, dass die Worte aus ihrem Mund gekommen waren.

Brianna sah sie ungläubig an.

»Tullio bringt dich hinunter. Aber erwarte nicht zu viel – du wirst nur Tote finden dort unten. Sag mir, Brianna –«, setzte sie hinzu (Violante, die Hässliche, Violante, die Grausame), »– warst du enttäuscht, als der Eichelhäher deinen Vater und nicht Cosimo von den Toten zurückbrachte?«

Brianna senkte den Kopf. Violante hatte nie herausfinden können, ob sie ihren Vater liebte oder nicht. »Ich würde sehr gern hinunter in die Gruft«, sagte sie leise. »Wenn Ihr erlaubt.«

Violante nickte Tullio zu und er griff nach Briannas Hand.

»Drei Tage noch und alles wird gut«, sagte Violante, als Brianna schon in der Tür stand. »Das Unrecht ist nicht unsterblich. Es kann nicht sein!«

Brianna nickte so abwesend, als hätte sie nicht zugehört.

»Lasst mich rufen«, sagte sie noch einmal.

Dann war sie fort. Und Violante vermisste sie schon, als die Tür zufiel. Na und?, dachte sie. Gibt es ein Gefühl, von dem du mehr verstehst? Verlieren und vermissen – dein Leben besteht daraus.

Sie legte den Brief des Eichelhähers zusammen und trat auf den Wandteppich zu, der schon in ihrer Kammer gehangen hatte, als sie mit sieben Jahren zum ersten Mal darin geschlafen hatte. Er zeigte eine Einhornjagd, gewebt zu einer Zeit, in der Einhörner noch Wesen der Phantasie gewesen waren und nicht als Jagdbeute durch Ombra getragen wurden. Doch selbst die Einhörner der Phantasie hatten immer schon sterben müssen. Die Unschuld lebte in keiner Welt lange. Seit Violante den Eichelhäher getroffen hatte, erinnerte das Einhorn sie an ihn. Sie hatte in seinem Gesicht dieselbe Unschuld gesehen.

Wie willst du ihn beschützen, Violante? Wie?

War es nicht in allen Geschichten das Gleiche? Die Frauen schützten die Einhörner nicht. Sie brachten ihnen den Tod.

Die Wachen vor ihrer Tür sahen müde aus, aber sie richteten sich hastig auf, als sie aus der Tür trat. Kindersoldaten. Beide hatten Geschwister unten im Kerker.

»Weckt den Pfeifer!«, befahl sie ihnen. »Sagt ihm, ich habe wichtige Nachrichten für meinen Vater.«

Meinen Vater. Das Wort verfehlte nie seine Wirkung, aber kein Wort schmeckte abscheulicher. Fünf Buchstaben nur, und sie fühlte sich klein und schwach und so hässlich, dass es andere vermieden, sie anzusehen. Sie erinnerte sich allzu gut an ihren siebten Geburtstag, den einzigen Tag, an dem ihr Vater ganz offensichtlich froh darüber gewesen war, ein so unansehnliches Kind zu haben. »So kann man auch Rache üben!«, hatte er zu ihrer Mutter gesagt. »Man gibt dem schönen Sohn seines Feindes seine hässlichste Tochter zur Frau.«

Vater.

Wann endlich würde es niemanden mehr geben, den sie so nennen musste?

Sie presste den Brief des Eichelhähers gegen ihr Herz.

Bald.

Verbrannt

Ich wünschte mir mehr Zeit zum Nachdenken, bevor sie unterging, den ganzen weiten Weg hinunter; mein Verstand konnte nicht mehr atmen von all den Gedanken, die er noch denken musste.
Margo Lanagan, Black Juice·

Sobald die Sonne aufging, würden sie aufbrechen. Der Pfeifer hatte Mos Bedingungen akzeptiert: Die Kinder von Ombra würden freikommen, sobald der Eichelhäher sein Versprechen hielt und sich der Tochter des Natternkopfes auslieferte. Einige Räuber wollten, als Frauen verkleidet, mit den Müttern vor der Burg warten, und Staubfinger würde Mo nach Ombra begleiten, als feurige Warnung an den Pfeifer. Doch in die Burg würde der Eichelhäher allein reiten.

Nenn ihn nicht so, Meggie!

Es blieben nur noch wenige Stunden bis zum Morgengrauen. Der Schwarze Prinz saß schlaflos am Feuer, mit Baptista und Staubfinger, der keinen Schlaf zu brauchen schien, seit er vom Tod zurück war. Farid saß neben ihm, natürlich, und Roxane. Staubfingers Tochter aber war auf die Burg von Ombra gezogen. Violante hatte Brianna wieder aufgenommen, am selben Morgen, an dem der Pfeifer sein Abkommen mit dem Eichelhäher hatte verkünden lassen.

Mo saß nicht mit am Feuer. Er hatte sich schlafen gelegt, und Resa war bei ihm. Wie konnte er schlafen in dieser Nacht? Der

Starke Mann saß vor dem Zelt, als müsste er den Eichelhäher wenigstens jetzt bewachen.

»Leg dich auch schlafen, Meggie«, hatte Mo zu ihr gesagt, als er sie abseits von allen unter den Bäumen hatte sitzen sehen, aber Meggie hatte nur den Kopf geschüttelt. Es regnete und ihre Kleider waren klamm wie ihr Haar, aber in den Zelten war es nicht viel besser, und sie wollte nicht daliegen und sich vom Regen erzählen lassen, wie der Pfeifer ihren Vater in Empfang nehmen würde.

»Meggie?« Doria setzte sich neben ihr ins feuchte Gras. Sein Haar wellte sich vom Regen. »Reitest du mit nach Ombra?«

Sie nickte. Farid sah zu ihnen herüber.

»Ich schleiche mich in die Burg, sobald dein Vater durch das Tor geritten ist. Ich versprech es dir. Und Staubfinger wird auch in der Nähe der Burg bleiben. Wir werden ihn beschützen!«

»Was erzählst du mir da?« Meggies Stimme klang schärfer als beabsichtigt. »Ihr könnt ihn nicht beschützen! Der Pfeifer wird ihn töten. Denkst du: Sie ist nur ein Mädchen, erzähl ihr Lügen, um sie zu trösten? Ich bin mit meinem Vater auf der Nachtburg gewesen. Ich hab vor dem Natternkopf gestanden. Sie werden ihn töten!«

Doria schwieg. Er schwieg lange, und es tat ihr leid, dass sie ihn so angefahren hatte. Es tat ihr leid, aber sie schwieg ebenso wie er, den Kopf gesenkt, damit er die Tränen nicht sah, die sie seit Stunden zurückhielt und die seine Worte nun fließen ließen. Natürlich!, würde er denken. Sie ist ein Mädchen. Sie weint.

Sie spürte Dorias Hand auf ihrem Haar. Er strich ihr so sacht darüber, als wollte er den Regen fortwischen. »Er wird ihn nicht töten«, flüsterte er ihr zu. »Der Pfeifer hat viel zu viel Angst vor dem Natternkopf!«

»Aber er hasst meinen Vater! Hass ist manchmal stärker als Angst! Und wenn der Pfeifer ihn nicht tötet, dann wird der Hänfling oder der Natternkopf selbst es tun! Er wird niemals wieder aus dieser Burg herauskommen, niemals!«

Wie ihre Hände zitterten – als steckte all ihre Furcht in ihren Fingern. Aber Doria umschloss sie so fest mit seinen Händen, dass sie nicht mehr zittern konnten. Er hatte kräftige Hände, auch wenn seine Finger kaum länger waren als die ihren. Die von Farid waren so schmal dagegen.

»Farid sagt, du hast deinen Vater gesund gemacht, damals, als er verwundet war. Er sagt, du hast es nur mit Worten getan.«

Ja, aber diesmal hatte sie keine Worte.

Worte ...

»Was ist?« Doria ließ ihre Hände los und sah sie fragend an. Farid sah immer noch zu ihnen herüber, aber Meggie beachtete ihn nicht. Sie gab Doria einen Kuss auf die Wange. »Ich danke dir!«, sagte sie und stand hastig auf.

Natürlich verstand er nicht, wofür sie sich bedankte. Worte. Orpheus' Worte! Wie hatte sie die vergessen können?

Sie lief durch das nasse Gras auf das Zelt zu, in dem ihre Eltern schliefen. Mo wird furchtbar wütend sein!, dachte sie. Aber er wird leben! Hatte sie diese Geschichte nicht schon mehr als einmal weitererzählt? Es wurde Zeit, es ein weiteres Mal zu tun, auch wenn sie dadurch nicht das Ende nehmen würde, das Mo sich für sie wünschte. Der Schwarze Prinz würde es erzählen müssen. Er würde schon einen Weg finden, doch noch alles zum Guten zu wenden, auch ohne den Eichelhäher. Denn der Eichelhäher musste fort – bevor ihr Vater mit ihm starb.

Der Starke Mann war eingenickt. Der Kopf war ihm auf die

Brust gesunken und er ließ ein leises Schnarchen hören, als Meggie sich an ihm vorbeischob.

Ihre Mutter war wach. Sie hatte geweint.

»Ich muss mit dir sprechen!«, flüsterte Meggie ihr zu. »Bitte!«

Mo schlief tief und fest. Resa warf einen Blick auf sein schlafendes Gesicht, dann folgte sie Meggie nach draußen. Sie sprachen immer noch nicht viel miteinander. Dabei war sie nun im Begriff, genau das zu tun, wofür ihre Mutter heimlich nach Ombra geritten war.

»Falls es wegen morgen ist –«, Resa griff nach ihrer Hand, »– sag es niemandem, aber ich werde mit nach Ombra gehen, auch wenn dein Vater es nicht will. Ich will wenigstens in seiner Nähe sein, wenn er in die Burg reitet ...«

»Er wird nicht in die Burg reiten.«

Der Regen fiel durch die welkenden Blätter, als weinten die Bäume, und Meggie sehnte sich nach Elinors Garten. Dort klang der Regen so friedlich. Hier flüsterte er nur noch von Tod und Gefahr. »Ich werde die Worte lesen.«

Staubfinger drehte sich um, und für einen Moment hatte Meggie Angst, er könnte ihr von der Stirn ablesen, was sie vorhatte, und es Mo erzählen, doch Staubfinger wandte sich wieder ab und küsste Roxane auf das schwarze Haar.

»Welche Worte?« Resa sah sie verständnislos an.

»Die Worte, die Orpheus dir geschrieben hat!« Die Worte, für die Mo fast gestorben wäre, wollte sie hinzufügen. Nun würden sie ihm das Leben retten.

Resa blickte zurück zu dem Zelt, in dem Mo schlief. »Ich hab sie nicht mehr«, sagte sie. »Ich hab sie verbrannt, als dein Vater nicht zurückkam.«

Nein.

»Sie hätten ihn ohnehin nicht schützen können!«

Zwischen tropfnassen Nesseln trat ein Glasmann hervor, blassgrün wie viele der Glasmänner, die noch im Wald lebten. Er nieste und huschte erschrocken davon, als er Meggie und Resa sah.

Ihre Mutter legte ihr die Hände auf die Schultern. »Er wollte nicht mitkommen, Meggie! Er hatte Orpheus angewiesen, nur etwas für uns zu schreiben. Dein Vater will bleiben, auch jetzt noch, und weder du noch ich können ihn zwingen, zurückzugehen. Er würde uns das nie verzeihen.«

Resa wollte ihr das nasse Haar aus der Stirn streichen, aber Meggie stieß ihre Hand fort. Es konnte nicht sein. Sie log. Mo würde niemals ohne seine Frau und seine Tochter hierbleiben. Oder?

»Vielleicht hat er ja doch recht. Vielleicht wird alles gut«, sagte ihre Mutter leise. »Und wir erzählen Elinor irgendwann, wie dein Vater die Kinder von Ombra gerettet hat.« Aber Resas Stimme klang nicht halb so hoffnungsvoll wie ihre Worte.

»Eichelhäher …«, flüsterte sie, während sie zu den Männern hinüberblickte, die am Feuer saßen. »Das war das erste Geschenk, das dein Vater mir gemacht hat. Ein Lesezeichen aus Eichelhäherfedern. Ist das nicht seltsam?«

Meggie antwortete nicht. Und Resa strich ihr noch einmal über das feuchte Gesicht und ging zurück zum Zelt.

Verbrannt.

Es war immer noch dunkel, aber ein paar frierende Feen begannen schon zu tanzen. Mo würde bald aufbrechen, und es gab nichts, was ihn noch aufhalten konnte. Nichts.

Baptista saß allein zwischen den Wurzeln der großen Eiche, in die die Wachen nachts stiegen, weil man von den höchsten Zweigen aus fast bis nach Ombra blicken konnte. Er nähte eine neue Maske. Meggie sah die blauen Federn in seinem Schoß und wusste, wer sie bald tragen würde.

»Baptista?« Meggie kniete sich neben ihn. Die Erde war kalt und feucht, aber das Moos zwischen den Wurzeln war weich wie die Kissen in Elinors Haus.

Er lächelte sie an, die Augen voll Mitgefühl. Sein Blick tröstete noch mehr als Dorias Hände. »Ah! Die Tochter des Hähers«, sagte er mit der Stimme, die der Starke Mann Baptistas Marktplatz-Stimme nannte. »Welch schöner Anblick zu so dunkler Stunde. Ich habe deinem Vater ein gutes Versteck für ein scharfes Messer genäht. Kann ein armer Schauspieler dein Herz noch auf andere Weise leichter machen?«

Meggie versuchte es mit einem Lächeln. Sie war die Tränen so leid. »Kannst du mir ein Lied singen? Eins von denen, die der Tintenweber über den Eichelhäher geschrieben hat? Es muss von ihm sein! Das schönste, das du kennst. Eines voller Kraft und ...«

»... Hoffnung?« Baptista lächelte. »Sicher. Nach so einem Lied ist mir ebenfalls. Auch wenn –«, setzte er mit verschwörerisch gesenkter Stimme hinzu, »– dein Vater es gar nicht mag, wenn man sie in seiner Gegenwart singt. Aber ich werde einfach so leise singen, dass meine Stimme ihn nicht aus dem Schlaf schreckt. Lass sehen, welches ist das richtige für diese finstre Nacht?« Er strich nachdenklich über die fast fertige Maske in seinem Schoß. »Ja«, flüsterte er schließlich. »Ich weiß!« Und mit leiser Stimme begann er zu singen:

»Hüte dich, Pfeifer, dein Ende ist nah.
Sieh, wie die Natter sich windet,
wie ihr die Kraft langsam schwindet.
Der Häher hat sie ihr genommen,
der Häher, den kein Schwert verletzt,
den keiner eurer Hunde hetzt,
der nie dort ist, wo ihr ihn sucht,
und fortfliegt,
wenn ihr ihn verflucht.«

Ja. Das waren die richtigen Worte. Meggie ließ sich das Lied von Baptista vorsingen, bis sie jede Zeile wiederholen konnte. Dann setzte sie sich abseits unter die Bäume, dorthin, wo der Schein des Feuers gerade noch die Nacht vertrieb, und schrieb das Lied in das Notizbuch, das Mo ihr vor langer Zeit gebunden hatte, in dem anderen Leben, nach einem Streit, der inzwischen so seltsam schien. *Meggie, du wirst noch in dieser Tintenwelt verloren gehen.* Hatte er das nicht damals zu ihr gesagt? Und nun wollte er selbst nicht wieder fort aus dieser Welt, wollte allein hierbleiben, ohne sie.

Schwarz auf weiß. Sie hatte lange nicht mehr laut gelesen, so lange. Wann hatte sie es zum letzten Mal getan? Als sie Orpheus hergebracht hatte? Denk nicht daran, Meggie. Denk an die anderen Male, an die Nachtburg, an die Worte, die geholfen haben, als er verwundet war …

Hüte dich, Pfeifer, dein Ende ist nah.

Ja, sie konnte es immer noch. Meggie spürte, wie die Worte Gewicht bekamen auf ihrer Zunge, wie sie sich verflochten mit dem, was sie umgab …

Sieh, wie die Natter sich windet,
wie ihr die Kraft langsam schwindet.
Der Häher hat sie ihr genommen …

Sie schickte Mo die Worte nach in den Schlaf, spann ihm daraus einen Panzer, undurchdringbar selbst für den Pfeifer und seinen finsteren Herrn …

… der Häher, den kein Schwert verletzt,
den keiner eurer Hunde hetzt,
der nie dort ist, wo ihr ihn sucht,
und fortfliegt,
wenn ihr ihn verflucht.

Meggie las Fenoglios Lied viele Male. Bis die Sonne aufging.

Die nächste Strophe

Diese Welt voll schwerer Müh,
Einmal nur durchquer ich sie;
Kann ich drum für irgendwen
Eine gute Tat begehn,
Wenn wer klagt, ob Frau, ob Mann,
Will ich's tun, solang ich's kann,
Ungesäumt, denn durch dies Tal
Ziehe ich kein zweites Mal.
Anonymus, I Shall Not Pass
This Way Again

Es wurde ein kalter Tag, dunstig und farblos, und Ombra sah aus, als trüge es ein graues Kleid. Die Frauen waren schon bei Morgenanbruch vor der Burg erschienen, lautlos wie der Tag selbst, und nun standen sie da und warteten, ohne ein Wort.

Kein Laut der Freude war zu hören, kein Lachen und kein Weinen. Es war einfach nur still. Resa stand zwischen den Müttern, als wartete auch sie auf ein Kind und nicht darauf, ihren Mann zu verlieren. Spürte das Kind, das sie unter ihrem schmerzenden Herzen trug, wie verzweifelt seine Mutter an diesem Morgen war? Was, wenn es seinen Vater niemals sehen würde? Hatte dieser Gedanke Mo je zögern lassen? Sie hatte ihn nicht gefragt.

Meggie stand neben ihr, das Gesicht so beherrscht, dass es Resa mehr Angst machte, als wenn sie geweint hätte. Doria war bei ihr. Er trug das Kleid einer Magd und ein Kopftuch über dem braunen

Haar, weil Jungen seines Alters inzwischen auffielen in Ombra. Sein Bruder war nicht mitgekommen. Selbst Baptistas Verkleidungskünste hätten aus dem Starken Mann keine Frau machen können, aber mehr als ein Dutzend Räuber hatte sich an den Wachen vorm Stadttor vorbeistehlen können mit rasierten Gesichtern, gestohlenen Kleidern und Tüchern überm Haar. Selbst Resa fielen sie nicht auf unter all den Frauen. Der Schwarze Prinz hatte seine Männer angewiesen, zu den Müttern zu gehen, sobald die Kinder frei waren, und sie zu überzeugen, ihre Töchter und Söhne schon am nächsten Tag in den Wald zu bringen, damit die Räuber sie verstecken konnten, bevor der Pfeifer womöglich wortbrüchig wurde und sie sich doch noch für die Minen holte. Denn wer sollte sie noch auslösen, wenn der Eichelhäher erst einmal gefangen war?

Der Schwarze Prinz selbst war nicht mit nach Ombra gekommen. Sein dunkles Gesicht wäre allzu sehr aufgefallen. Auch der Schnapper, der Mo bis zuletzt für das angefeindet hatte, was er vorhatte, war im Lager geblieben, ebenso wie Farid und Roxane. Farid hatte natürlich mitkommen wollen, aber Staubfinger hatte es ihm verboten, und seit dem, was auf dem Natternberg geschehen war, widersprach Farid solchen Verboten nicht mehr.

Resa sah erneut Meggie an. Sie wusste, wenn sie heute Trost finden konnte, dann nur bei ihrer Tochter. Meggie war erwachsen. Resa begriff das an diesem Morgen. Ich brauche niemanden, sagte ihr Gesicht, sagte es zu Doria, der neben ihr stand, zu ihrer Mutter und vielleicht vor allen anderen zu ihrem Vater.

Durch die wartende Menge lief ein Raunen. Auf den Mauern der Burg wurden die Wachen verstärkt, und hinter den Zinnen über dem Tor erschien Violante, so blass, dass wahr schien, was die

Gerüchte über sie sagten: dass die Tochter des Natternkopfes die Burg ihres toten Mannes so gut wie nie verließ.

Resa hatte die Hässliche noch nie gesehen. Aber natürlich hatte sie von dem Mal gehört, das ihr Gesicht wie ein Brandmal entstellt hatte und bei Cosimos Rückkehr verblasst war. Es war tatsächlich kaum noch zu sehen, doch Resa bemerkte, dass Violante sich unwillkürlich an die Wange griff, als sie all die Frauen sah, die zu ihr hinaufstarrten. Die Hässliche. Hatten sie diesen Namen früher zu ihr hinaufgerufen, sobald sie auf den Zinnen erschien? Auch jetzt raunten einige Frauen ihn. Resa fand, dass Violante ebenso wenig hässlich wie schön war. Sie hielt sich sehr aufrecht, als wollte sie ihre mangelnde Größe wettmachen, doch zwischen den beiden Männern, die sich ihr zur Seite stellten, sah sie so jung und verletzlich aus, dass Resa sich die Angst wie eine Klaue um ihr Herz schloss. Der Pfeifer und der Hänfling. Violante sah wie ein Kind aus zwischen den beiden.

Wie sollte dieses Mädchen Mo beschützen?

Ein Junge schob sich neben den Silbernasigen. Auch er trug eine Metallnase im Gesicht, nur dass sich unter dieser wohl noch eine Nase aus Fleisch und Blut verbarg. Das musste Jacopo sein, Violantes Sohn. Mo hatte von ihm erzählt. Offenbar hielt er von der Gesellschaft des Pfeifers mehr als von der seiner Mutter, den bewundernden Blicken nach zu urteilen, die er dem Herold seines Großvaters zuwarf.

Resa schwindelte, als sie den Silbernasigen so stolz dort oben stehen sah. Nein, Violante konnte Mo nicht vor ihm beschützen. Er war nun der Herr über Ombra, nicht sie und auch nicht der Hänfling, der mit so hochmütigem Blick auf seine Untertanen herabsah, als verursachte ihr bloßer Anblick ihm Übelkeit. Der Pfeifer dagegen stand so selbstzufrieden da, als gehörte nur ihm dieser Tag. Hab ich es euch nicht gesagt?, spottete sein Blick. Ich fang mir den Eichelhäher, und eure Kinder hol ich mir trotzdem noch.

Warum war sie gekommen? Wieso tat sie sich das an? Um sich selbst davon zu überzeugen, dass all dies wirklich geschah, dass sie nicht nur davon las?

Die Frau neben ihr griff nach ihrem Arm. »Er kommt!«, flüsterte sie Resa zu. Überall flüsterte es: »Er kommt! Er kommt wirklich!«, und Resa sah, wie die Posten auf den Wachtürmen neben dem Tor dem Pfeifer ein Zeichen gaben.

Natürlich kam er. Was hatten sie gedacht? Dass er sein Versprechen nicht halten würde?

Der Hänfling rückte sich die Perücke zurecht und lächelte dem Pfeifer so triumphierend zu, als hätte er ihm eigenhändig das so lang gejagte Wild zugetrieben, aber der Pfeifer beachtete ihn nicht. Er starrte auf die Gasse, die vom Stadttor heraufführte, die Augen so grau wie der Himmel über ihm und ebenso kalt. Resa erinnerte sich nur allzu gut an diese Augen. Sie erinnerte sich auch an das Lächeln, das sich nun auf seine schmalen Lippen stahl. Genauso hatte er auf Capricorns Festung gelächelt, wenn eine Hinrichtung anstand.

Und dann sah sie Mo.

Plötzlich war er da, am Ausgang der Gasse, auf dem schwarzen Pferd, das der Prinz ihm geschenkt hatte, nachdem er das seine auf der Burg von Ombra hatte lassen müssen. Die Maske, die Baptista ihm eigens genäht hatte, hing ihm nur um den Hals. Er brauchte die Maske nicht mehr, um der Eichelhäher zu sein. Der Buchbinder und der Räuber hatten inzwischen dasselbe Gesicht.

Staubfinger war hinter ihm. Er ritt das Pferd, das Roxane bis zur

Nachtburg getragen hatte, sie und Fenoglios rettende Worte. Aber für das, was nun geschehen würde, gab es keine Worte. Oder doch? War die furchtbare Stille, die über allem lag, aus Worten gemacht?

Nein, Resa, dachte sie. Diese Geschichte hat keinen Dichter mehr. Was nun passiert, schreibt der Eichelhäher mit seinem Fleisch und Blut, und für einen Moment, als er aus der Gasse ritt, konnte selbst sie Mo keinen anderen Namen mehr geben. Eichelhäher. Wie zögernd die Frauen ihm Platz machten, als erschiene auch ihnen der Preis plötzlich zu hoch, den er für ihre Kinder zahlen würde. Aber schließlich formte sich eine Gasse, gerade breit genug für die beiden Reiter, und jeder Hufschlag ließ Resa die Finger fester in ihr Kleid krampfen.

Was ist? Hast du nicht genau solche Geschichten immer gern gelesen?, dachte sie, während das Herz ihr bis zum Hals schlug. Würdest du diese Geschichte nicht auch lieben? Der Räuber, der die Kinder befreit, indem er sich selbst in die Hände seiner Feinde gibt … Sei ehrlich. Jedes Wort hättest du geliebt! Nur dass die Helden in diesen Geschichten meist keine Frauen hatten. Oder Töchter.

Meggie stand immer noch da, als ginge das Ganze sie nichts an, aber ihre Augen hingen an ihrem Vater, als könnte ihr Blick ihn beschützen. Mo ritt so nah an ihnen vorbei, dass Resa sein Pferd hätte berühren können. Die Knie wurden ihr weich. Sie griff nach dem Arm der nächsten Frau, sie konnte sich kaum noch aufrecht halten vor Übelkeit und Schwäche. Sieh ihn an, Resa!, dachte sie. Dafür bist du doch hier. Damit du ihn noch einmal siehst. Oder? Hatte er Angst? Dieselbe Angst, die ihn so viele Nächte hatte aus dem Schlaf fahren lassen, Angst vor Gittern und Fesseln? *Resa, lass die Tür offen stehen …*

Staubfinger ist bei ihm, versuchte sie sich zu trösten. Er ist gleich hinter ihm, und er hat alle Angst beim Tod gelassen. Aber Staubfinger bleibt nur bis ans Tor bei ihm, dahinter wartet der Pfeifer!, flüsterte ihr Herz, und die Knie gaben ihr erneut nach, bis sie plötzlich Meggies Arm unter dem ihren spürte, so fest, als wäre ihre Tochter von ihnen beiden die ältere. Resa presste das Gesicht an Meggies Schulter, während um sie her die Frauen sehnsüchtig auf das geschlossene Burgtor starrten.

Mo zügelte sein Pferd. Staubfinger war dicht neben ihm, das Gesicht so ausdruckslos, wie nur er es vermochte. Sie konnte sich immer noch nicht daran gewöhnen, dass es nun narbenlos war. Er sah so viel jünger aus. Viele Blicke ruhten auf ihm, dem Feuertänzer, den der Eichelhäher von den Toten zurückgeholt hatte.

»Der Pfeifer kann ihm nichts anhaben!«, flüsterte die Frau neben ihr. Sie flüsterte es wie eine Beschwörung. »Nein! Wie soll er den Eichelhäher festhalten, wenn nicht einmal der Tod es konnte?«

Vielleicht ist der Pfeifer mörderischer als der Tod, wollte Resa erwidern, aber sie schwieg, schwieg und blickte hinauf zu dem Silbernasigen.

»Tatsächlich! Es ist der Eichelhäher persönlich!« Seine gepresste Stimme trug weit in der Stille, die sich erneut über Ombra gelegt hatte. »Oder behauptest du immer noch, ein anderer zu sein, wie damals auf der Nachtburg? Wie abgerissen du aussiehst. Ein schmutziger Vagabund. Ich dachte eigentlich, du würdest einen Stellvertreter schicken, in der Hoffnung, dass wir ihm nicht allzu bald hinter die Maske schauen.«

»O nein. Für so dumm halte ich dich nicht, Pfeifer.« Mos Gesicht war voll Verachtung, als er zu dem Silbernasigen hinaufsah.

»Oder sollen wir dich künftig besser nach deinem neuen Handwerk nennen? Kinderschlächter. Wie gefällt dir das?«

Resa hatte noch nie so viel Hass in seiner Stimme gehört. Die Stimme, die Tote zurückrufen konnte. Wie sie ihr alle lauschten. Trotz all des Hasses und der Wut, die darin mitschwang, klang sie immer noch so weich und warm gegen die des Pfeifers.

»Nenn mich, wie du willst, Buchbinder!« Der Pfeifer stützte die behandschuhten Fäuste auf die Zinnen. »Vom Schlachten verstehst du auch einiges, wie man hört. Aber warum hast du den Feuerfresser mitgebracht? Ich erinnere mich nicht, ihn eingeladen zu haben! Wo sind seine Narben? Hat er sie bei den Toten gelassen?«

Die Zinne, auf die der Pfeifer sich stützte, fing Feuer, und die Flammen wisperten Worte, die nur Staubfinger verstand. Der Silbernasige fuhr fluchend zurück und schlug auf die Funken, die sich in seine feinen Kleider setzten, während Violantes Sohn hinter seinem Rücken Schutz suchte und fasziniert auf das flüsternde Feuer starrte.

»Ich habe so einiges bei den Toten gelassen, Pfeifer. Und einiges mitgebracht.« Staubfinger sprach nicht laut, aber die Flammen erloschen, als kröchen sie zurück in den Stein, um dort erneut auf Feuerworte zu warten. »Ich bin hier, um dich davor zu warnen, deinen Gast schlecht zu behandeln. Das Feuer ist inzwischen ebenso sein Freund wie der meine, und ich muss dir nicht erklären, was für ein mächtiger Freund es ist.«

Der Pfeifer rieb sich mit zornblassem Gesicht den Ruß von den Handschuhen, aber bevor er antworten konnte, beugte sich der Hänfling über die Zinnen.

»Gast?«, rief er. »Ist das die passende Bezeichnung für einen

Räuber, auf den schon der Henker der Nachtburg wartet?« Seine Stimme erinnerte Resa an die von Roxanes Gans.

Violante schob ihn zur Seite, als wäre er einer ihrer Diener. Wie klein sie war. »Der Eichelhäher begibt sich in meine Gefangenschaft, Statthalter! So ist es ausgemacht. Und er steht unter meinem Schutz, bis mein Vater kommt.« Ihre Stimme klang scharf und klar, erstaunlich kräftig für einen so zarten Körper, und für einen Moment schöpfte Resa tatsächlich Hoffnung. Vielleicht kann sie ihn doch beschützen!, dachte sie – und sah dieselbe Hoffnung auf Meggies Gesicht.

Mo und der Pfeifer starrten sich immer noch an. Der Hass schien Fäden zwischen ihnen zu spinnen, und Resa musste an das Messer denken, das Baptista so sorgsam in Mos Kleider eingenäht hatte. Sie wusste nicht, ob es ihr Angst machte oder sie beruhigte, dass er es bei sich trug.

»Gut! Nennen wir ihn unseren Gast!«, rief der Pfeifer hinunter. »Was heißt, dass wir ihm auch unsere ganz besondere Art von Gastfreundschaft erweisen sollten! Wir haben schließlich lange auf ihn gewartet.«

Er hob die Hand, immer noch rußig von Staubfingers Feuer, und die Torwächter richteten ihre Lanzen auf Mo. Einige Frauen schrien auf. Resa glaubte auch Meggies Stimme zu hören, aber sie selbst war stumm vor Angst. Die Posten auf den Türmen spannten die Armbrüste.

Violante stieß ihren Sohn aus dem Weg und machte einen Schritt auf den Pfeifer zu. Staubfinger aber ließ das Feuer aus den Fingern lecken wie ein Tier, das er gefangen hatte, und Mo zog das Schwert, von dem der Pfeifer so gut wusste, wem es einst gehört hatte.

»Was soll das? Schick die Kinder heraus, Pfeifer!«, rief er, und diesmal war seine Stimme so kalt, dass Resa sie kaum erkannte. »Schick sie heraus, oder willst du deinem Herrn melden, dass ihm das Fleisch weiter auf den Knochen faulen wird, weil du ihm den Eichelhäher nur tot bringen konntest?«

Eine der Frauen begann zu schluchzen. Eine andere presste ihr die Hand auf den Mund. Resa entdeckte Minerva gleich hinter den beiden, Fenoglios Wirtin. Natürlich, auch ihre Kinder hatten sie gefangen. Aber Resa wollte nicht an Minervas Kinder denken oder an die der anderen Frauen. Sie sah nur die Lanzen, die sich auf Mos ungeschützte Brust richteten, und die Armbrüste, die von den Mauern auf ihn zielten.

»Pfeifer! Ich warne dich.« Es war noch einmal Violantes Stimme, die Resa wieder atmen ließ. »Lass die Kinder gehen.«

Der Hänfling warf den Armbrüsten einen begehrlichen Blick zu. Für einen Augenblick fürchtete Resa, er würde den Schießbefehl geben, nur um dem Natternkopf den Eichelhäher als seine ganz persönliche Jagdbeute vor die Füße legen zu können. Doch stattdessen beugte der Pfeifer sich vor und gab den Wachen ein Zeichen.

»Öffnet das Tor!«, rief er mit betont gelangweilter Stimme. »Lasst die Kinder heraus und den Eichelhäher herein!«

Resa verbarg das Gesicht erneut an der Schulter ihrer Tochter. Meggie wirkte immer noch ebenso beherrscht wie ihr Vater, doch sie sah ihn weiter so unverwandt an, als fürchtete sie, ihn in dem Moment zu verlieren, in dem ihre Augen ihn losließen.

Das Tor öffnete sich langsam. Es ächzte, stockte, bis die Wächter es aufstießen.

Und dann kamen sie. Kinder. So viele Kinder. Sie quollen heraus, als hätten sie seit Tagen hinter dem schweren Tor gewartet. Die kleinen stolperten, so eilig hatten sie es, den Mauern zu entkommen, aber die größeren zogen sie wieder auf die Füße. Angst stand ihnen allen auf die Gesichter geschrieben, Angst, so viel größer als sie selbst. Die jüngsten begannen zu rennen, sobald sie ihre Mütter sahen, warfen sich in die wartenden Arme und drängten sich zwischen die Frauen wie in ein schützendes Versteck. Die älteren aber kehrten langsam, fast zögernd in die Freiheit zurück. Voll Misstrauen musterten sie die Wächter, an denen sie vorbeimussten, und blieben stehen, als sie die beiden Männer erkannten, die auf ihren Pferden vor dem Tor warteten.

»Eichelhäher!« Es war nur ein Flüstern, doch es kam aus vielen Mündern, lauter und lauter, bis der Name in die Luft geschrieben schien. »Eichelhäher. Eichelhäher.« Die Kinder stießen sich an, wiesen mit ihren Fingern auf Mo – und starrten andächtig auf die Funken, die Staubfinger umgaben wie ein Schwarm winziger Feen. »Feuertänzer.«

Immer mehr Kinder blieben vor den beiden Pferden stehen, umringten die zwei Männer, berührten sie, als wollten sie feststellen, ob sie wirklich aus Fleisch und Blut waren, die Männer, die sie nur aus den Liedern kannten, die ihre Mütter heimlich an ihren Betten sangen.

Mo beugte sich vom Pferd. Er winkte die Kinder zur Seite und sagte mit leiser Stimme etwas zu ihnen. Dann sah er sich ein letztes Mal zu Staubfinger um und lenkte sein Pferd auf das offene Tor zu.

Sie ließen ihn nicht fort.

Drei Kinder traten ihm in den Weg, zwei Jungen und ein Mädchen. Sie griffen ihm in die Zügel, wollten nicht zulassen, dass er dorthin ritt, wo sie herkamen, dass er verloren gehen würde hinter den Mauern so wie sie. Immer mehr drängten sich um ihn, hielten ihn fest, schirmten ihn ab gegen die Lanzen der Wächter, während ihre Mütter nach ihnen riefen.

»Eichelhäher!«

Des Pfeifers Stimme ließ die Kinder herumfahren. »Durch das Tor mit dir, oder wir holen sie uns alle zurück und hängen ein Dutzend in Käfigen über das Tor, wo die Raben sie fressen können!«

Die Kinder rührten sich nicht. Sie starrten nur hinauf – zu dem Silbernasigen und dem Jungen neben ihm, der jünger war als sie. Mo aber nahm die Zügel auf und bahnte sich so behutsam einen Weg durch sie hindurch, als wäre jedes Kind sein eigenes, und die Kinder standen da, während ihre Mütter nach ihnen riefen, und starrten ihm nach, als er auf das riesige Tor zuritt. Ganz allein.

Mo blickte noch einmal über die Schulter, bevor er an den Wachen vorbeiritt, als spürte er, dass seine Frau und seine Tochter ihm doch gefolgt waren, und Resa sah die Angst auf seinem Gesicht. Bestimmt hatte auch Meggie sie gesehen.

Das Tor begann sich schon zu schließen, als er weiterritt. »Entwaffnet ihn!«, hörte Resa den Hänfling schreien, und das Letzte, was sie sah, waren die Soldaten, die Mo vom Pferd zerrten.

Überraschender Besuch

Gott holte tief Luft. Eine neue Beschwerde! War Mann jemals ohne Beschwerde vor ihm erschienen? Aber er hob nur die Augenbrauen, schmunzelte und rief: »Mann, wie gedeihen die Möhren?«
Ted Hughes, The Secret of Man's Wife

Ach, Despina! Es tat so gut, ihr kleines Gesicht wiederzusehen! Auch wenn sie müde und traurig dreinblickte, verschreckt wie ein Vogel, der aus dem Nest gefallen war. Und Ivo – war er schon so groß gewesen, bevor dieser Dreckskerl von Rußvogel sich aufs Kinderrauben verlegt hatte? Wie dünn er war ... Und was war das für Blut auf seinem Kittel? »Die Ratten haben uns gebissen«, sagte er und tat erwachsen und furchtlos, wie so oft seit dem Tod seines Vaters. Aber Fenoglio sah die Angst in seinen Kinderaugen. Ratten!

Ach, er konnte gar nicht aufhören, die zwei zu küssen und zu drücken, so erleichtert war er. Ja, es stimmte. Er vergab sich vieles, er vergab sich leicht, doch wenn seine Geschichte auch noch Minervas Kinder getötet hätte – er war nicht sicher, wie er das verwunden hätte. Aber sie lebten, und er hatte den ins Leben gerufen, der sie gerettet hatte.

»Was machen sie nun mit ihm?« Despina befreite sich aus seiner Umarmung, die großen Augen dunkel vor Sorge. Verflucht, das war an Kindern wirklich lästig – dass sie immer genau die Fragen stellten, die man selbst so sorgsam vermied. Und dann gaben sie auch noch die Antworten, die man nicht hören wollte!

»Sie werden ihn töten!«, stellte Ivo fest, und die Augen seiner kleinen Schwester füllten sich mit Tränen.

Wie konnte es sein, dass sie um einen Fremden weinte? Sie hatte Mortimer doch heute zum ersten Mal gesehen. Weil deine Lieder sie gelehrt haben, ihn zu lieben, Fenoglio. Sie alle lieben ihn, und der heutige Tag wird diese Liebe endgültig in ihre Herzen schreiben. Was immer der Pfeifer ihm antat – der Eichelhäher war von nun an ebenso unsterblich wie der Natternkopf. Er war es sogar auf weit zuverlässigere Weise, denn den Natternkopf konnten immer noch drei Wörter töten. Mortimer aber würden die Worte am Leben halten, selbst wenn er hinter den Burgmauern starb – all die Worte, die man jetzt schon unten auf den Gassen flüsterte und sang.

Despina wischte sich die Tränen aus den Augen und sah Fenoglio an, in der Hoffnung, dass er ihrem Bruder widersprechen würde, und natürlich tat er es, für sie und für sich selbst. »Ivo!«, sagte er streng. »Was redest du für einen Unsinn? Glaubst du etwa, der Eichelhäher hatte keinen Plan, als er sich gefangen gab? Denkst du, er geht dem Pfeifer einfach wie ein Hase in die Falle?«

Ein erleichtertes Lächeln stahl sich auf Despinas Lippen, und auf Ivos Gesicht erschien der Schatten des Zweifels.

»Nein, natürlich tut er das nicht!«, sagte Minerva, die noch kein Wort von sich gegeben hatte, seit sie die Kinder hinauf in seine Kammer gebracht hatte. »Er ist ein Fuchs, kein Hase! Er wird sie alle überlisten.« Und Fenoglio hörte auch in ihrer Stimme die Saat aufgehen, die seine Lieder gesät hatten. Hoffnung – der Eichelhäher verkörperte sie immer noch, inmitten all der Dunkelheit.

Minerva nahm die Kinder mit sich. Natürlich. Sie würde sie erst einmal füttern, mit allem, was sich noch in Haus und Hof finden ließ. Fenoglio aber blieb allein zurück, mit Rosenquarz, der nur wortlos in der Tinte gerührt hatte, während Fenoglio Despina und Ivo mit Küssen bedeckte.

»Er wird sie alle überlisten?«, sagte er mit seiner dünnen Stimme, sobald Minerva die Tür hinter sich zuzog. »Wie? Weißt du, was ich glaube? Es ist vorbei mit deinem fabelhaften Räuber! Und er wird eine besonders unappetitliche Hinrichtung bekommen. O ja! Ich kann nur hoffen, dass sie auf der Nachtburg stattfindet. Keiner denkt darüber nach, was all das Schmerzensgeschrei einem Glasmann-Kopf antut.«

Herzloser glasgliedriger Kerl! Fenoglio warf einen Korken nach ihm, doch Rosenquarz war solche Geschosse gewohnt und duckte sich rechtzeitig. Warum hatte ausgerechnet er einen so pessimistischen Glasmann bekommen? Rosenquarz trug den linken Arm in einer Schlinge. Nach der Vorstellung des Rußvogels hatte Fenoglio ihn überredet, doch noch einmal bei Orpheus zu spionieren, und dessen entsetzlicher Glasmann hatte den Ärmsten tatsächlich aus dem Fenster gestoßen. Zum Glück war Rosenquarz nur in der Dachrinne gelandet, aber Fenoglio wusste immer noch nicht, ob Orpheus sich die Kinderfänger-Szene hatte einfallen lassen. Nein! Er konnte sie unmöglich geschrieben haben. Orpheus brachte nichts zustande ohne das Buch, und das – so viel hatte Rosenquarz immerhin herausgefunden – hatte Staubfinger ihm wohl tatsächlich gestohlen. Ganz abgesehen davon war die Szene ohnehin viel zu gut für den Kalbskopf, oder?

Er wird sie alle überlisten …

Fenoglio trat ans Fenster, während der Glasmann mit einem vorwurfsvollen Seufzer seine Schlinge zurechtrückte. Hatte Mortimer tatsächlich einen Plan? Verflucht, woher sollte er das wissen? Mortimer war nicht seine Figur, auch wenn er eine von ihnen spielte. Was äußerst ärgerlich ist!, dachte Fenoglio. Denn wäre er eine von ihnen, so könnte ich vermutlich sagen, was nun hinter diesen dreimal verfluchten Mauern vor sich geht.

Finster starrte er zur Burg hinüber. Arme Meggie. Und vermutlich würde sie wieder einmal ihm die Schuld für alles geben. Ihre Mutter tat es bestimmt. Fenoglio erinnerte sich nur allzu gut an Resas flehenden Blick. *Du musst uns zurückschreiben! Du schuldest es uns!* Ja, vielleicht hätte er es wirklich versuchen sollen. Was, wenn sie Mortimer töteten? War es dann nicht für sie alle besser zurückzukehren? Was wollte er dann noch hier? Zusehen, wie seine Geschichte von der unsterblichen Natter und der Silbernase weitererzählt wurde?

»Natürlich ist es hier! Hast du nicht gehört, was sie gesagt hat? Die Treppe hinauf. Siehst du hier noch eine andere Treppe? Herrgott, Darius!«

Rosenquarz vergaß seinen gebrochenen Arm und sah zur Tür.

Was für eine Frauenstimme war das?

Es klopfte, aber bevor Fenoglio »Herein« rufen konnte, ging die Tür auch schon auf, und eine ziemlich kräftige Frauensperson trat so ungestüm in seine Kammer, dass er unwillkürlich einen Schritt zurück machte und sich den Kopf an der Dachschräge stieß. Das Kleid, das sie trug, sah aus, als käme sie geradewegs aus einer billigen Theaterproduktion.

»Na bitte. Er ist es!«, verkündete sie und musterte ihn mit solcher Verachtung, dass Fenoglio sich jedes Loches in seinem Kittel bewusst wurde. Ich kenne diese Frau!, dachte er. Aber woher?

»Was ist hier los, hm?« Sie stieß ihm den Finger so heftig vor die Brust, als wollte sie ihn geradewegs in sein altes Herz stoßen.

Den mageren Kerl hinter ihr hatte er auch schon mal gesehen. Natürlich, in ...

»Warum ist in Ombra die Fahne des Natternkopfes gehisst? Wer ist dieser abstoßende Kerl mit der Silbernase? Warum haben sie Mortimer mit ihren Lanzen bedroht, und seit wann, zum Teufel, trägt er ein Schwert?«

Die Bücherfresserin. Natürlich! Elinor Loredan. Meggie hatte ihm oft genug von ihr erzählt. Er selbst hatte sie das letzte Mal durch ein Gitter gesehen, in einem der Hundezwinger auf Capricorns Festplatz. Und der eingeschüchterte Kerl mit dem Eulenblick war Capricorns stotternder Vorleser! An seinen Namen konnte er sich allerdings beim besten Willen nicht mehr erinnern. Was machten die zwei hier? Gab es inzwischen Touristenvisa für seine Geschichte?

»Ich gebe zwar zu, dass ich erleichtert war, Mortimer lebend zu sehen«, fuhr sein ungebetener Gast fort (musste sie jemals nach Luft schnappen?). »Ja, wirklich, gottlob scheint er heil und gesund, auch wenn es mir gar nicht gefallen hat, dass er allein in diese Burg hineingeritten ist. Aber wo sind Resa und Meggie? Und was ist mit Mortola, Basta und Orpheus, diesem aufgeblasenen Mondkalb?«

Herrgott, diese Person war genauso schrecklich, wie er sie sich vorgestellt hatte! Ihr Begleiter – Darius! Ja, genau, so hieß er – starrte Rosenquarz so entzückt an, dass der sich geschmeichelt über das blassrosa Glashaar fuhr.

»Ruhe!«, donnerte Fenoglio. »Halten Sie um Himmels willen den Mund.«

Keine Wirkung. Nicht die geringste. »Es ist ihnen etwas geschehen! Geben Sie es zu! Warum war Mortimer allein?« Schon wieder stieß sie ihm den Finger vor die Brust »Ja, Meggie und Resa ist etwas passiert, etwas Grässliches … Ein Riese hat sie zertreten, sie sind aufgespießt wor…«

»Gar nichts sind sie!«, fuhr Fenoglio dazwischen. »Sie sind beim Schwarzen Prinzen!«

»Beim Schwarzen Prinzen?« Ihre Augen wurden fast so groß wie die ihres bebrillten Begleiters. »Oh!«

»Ja! Wenn hier jemandem etwas Grässliches passiert, dann wird das Mortimer sein! Und deshalb –«, Fenoglio griff unsanft nach ihrem Arm und zog sie auf die Tür zu, »– lassen Sie mich jetzt zum Teufel allein, damit ich nachdenken kann!«

Das brachte sie tatsächlich zum Schweigen. Aber es währte nicht lange.

»Etwas Grässliches?«, fragte sie.

Rosenquarz nahm die Hände von den Ohren.

»Was meinen Sie damit? Wer schreibt denn, was hier passiert? Doch wohl Sie, oder?«

Na wunderbar! Nun legte sie ihre plumpen Finger auch noch in seine ärgste Wunde!

»Nein, keineswegs!«, fuhr er sie an. »Diese Geschichte erzählt sich inzwischen selbst, und Mortimer hat heute verhindert, dass sie eine höchst unerquickliche Wendung nahm! Doch leider wird ihn das vermutlich den Hals kosten, und ich kann Ihnen in dem Fall nur raten, seine Frau und seine Tochter zu nehmen und mit den beiden schleunigst dorthin zurückzukehren, wo Sie hergekommen sind! Denn offenbar haben Sie ja eine Tür gefunden, nicht wahr?«

Mit diesen Worten öffnete er die seine, aber Signora Loredan stieß sie einfach wieder zu.

»Den Hals kosten? Was soll das denn heißen?« Mit einem Ruck befreite sie ihren Arm aus seinem Griff (Himmel, die Frau war stark wie ein Nilpferd).

»Das soll heißen, dass man ihn wohl leider aufhängen wird oder köpfen oder vierteilen oder was sonst dem Natternkopf als Hinrichtungsart für den Mann einfällt, der sein ärgster Feind ist!«

»Sein ärgster Feind? Mortimer?« Wie ungläubig sie die Stirn runzelte – als wäre er ein alter Narr, der nicht wusste, was er redete!

»Er hat ihn zu einem Räuber gemacht!«

Rosenquarz. Dieser elende Verräter. Sein gläserner Finger wies so erbarmungslos auf Fenoglio, dass er den Glasmann am liebsten von seinem Schreibpult gepflückt und mittendurch gebrochen hätte.

»Er liebt Räuberlieder«, raunte Rosenquarz ihren beiden Besuchern so vertraulich zu, als kennte er sie schon ein Leben lang. »Er ist besessen von ihnen, und Meggies armer Vater hat sich in seinen schönen Worten verfangen wie die Fliege im Spinnennetz!«

Das war zu viel. Fenoglio marschierte auf Rosenquarz zu, aber die Bücherfresserin stellte sich ihm in den Weg.

»Wagen Sie nicht, sich an diesem wehrlosen Glasmann zu vergreifen!« Wie eine Bulldogge sah sie ihn an. Gott, was für ein abscheuliches Weibsbild! »Mortimer ein Räuber? Er ist der friedlichste Mensch, den ich kenne.«

»Ach ja?« Fenoglio wurde so laut, dass Rosenquarz erneut die Hände auf seine lächerlich kleinen Ohren presste. »Nun, vielleicht macht es auch den friedlichsten Menschen unfriedlich, wenn er fast erschossen, von seiner Frau getrennt und für Wochen in einen Kerker gesteckt wird? Und das alles war nicht mein Werk, was immer dieser verlogene Glasmann auch behauptet! Im Gegenteil, ohne meine Worte wäre Mortimer vermutlich längst tot!«

»Erschossen? Kerker?«

Signora Loredan warf dem Stotterer einen fassungslosen Blick zu.

»Das hört sich nach einer langen Geschichte an, Elinor«, sagte er mit sanfter Stimme. »Vielleicht solltest du sie dir erzählen lassen.«

Aber bevor Fenoglio dazu etwas sagen konnte, schob Minerva den Kopf durch die Tür. »Fenoglio«, sagte sie mit einem kurzen Blick auf seine Besucher. »Despina gibt keine Ruhe. Sie macht sich Sorgen um den Eichelhäher und will, dass du ihr erzählst, wie er sich retten wird.«

Auch das noch. Fenoglio stieß einen tiefen Seufzer aus und versuchte Rosenquarz' spöttisches Schnauben zu überhören. Im Weglosen Wald sollte er ihn aussetzen, ja, das sollte er.

»Schick sie zu mir«, sagte er, auch wenn er nicht die geringste Idee hatte, was er der Kleinen erzählen sollte. Ach, wo waren die Tage hin, als sein Kopf noch von Ideen übergequollen war? Sie erstickten in all dem Unglück, das war es!

»Der Eichelhäher? Hat dieser Silbernasige nicht Mortimer so genannt?«

Du meine Güte, für einen Moment hatte er seinen Besuch ganz vergessen.

»Raus mit Ihnen!«, fuhr er sie an. »Raus aus meiner Kammer, raus aus meiner Geschichte! Sie hat schon viel zu viele Besucher.«

Aber das unverschämte Frauenzimmer setzte sich auf den Stuhl vor seinem Schreibpult, verschränkte die Arme und pflanzte ihre Füße auf seinen Fußboden, als wollte sie sie dort Wurzeln schlagen lassen. »O nein! Ich will die Geschichte hören«, sagte sie. »Die ganze Geschichte.«

Es wurde immer besser. Was für ein unglückseliger Tag – und er war noch nicht zu Ende.

»Tintenweber?« Despina stand in der Tür, das Gesicht verweint. Als sie die zwei Fremden sah, machte sie unwillkürlich einen Schritt zurück, aber Fenoglio ging auf sie zu und griff nach ihrer kleinen Hand.

»Minerva sagt, du willst, dass ich dir vom Eichelhäher erzähle?«

Despina nickte verschämt, ohne den Blick von seinen Besuchern zu wenden.

»Nun, das passt gut.« Fenoglio setzte sich auf sein Bett und nahm sie auf den Schoß. »Meine beiden Besucher wollen auch etwas über den Eichelhäher hören. Wie wäre es, wenn wir zwei ihnen die ganze Geschichte erzählen?«

Despina nickte. »Wie er den Natternkopf überlistet und den Feuertänzer von den Toten zurückgeholt hat?«, flüsterte sie.

»Genau«, sagte Fenoglio, »und dann werden wir zwei herausfinden, wie es weitergeht. Wir spinnen das Lied einfach weiter. Schließlich bin ich der Tintenweber, nicht wahr?«

Despina nickte und sah ihn so hoffnungsvoll an, dass ihm sein altes Herz entsetzlich schwer wurde. Ein Weber, dem die Fäden ausgegangen sind, dachte er. Aber nein, die Fäden waren ja da, sie waren alle da, er konnte sie nur nicht mehr verknüpfen.

Signora Loredan war plötzlich ganz still. Sie sah ihn ebenso erwartungsvoll an wie Despina. Auch das Eulengesicht starrte ihn an, als könnte er es nicht erwarten, ihm die Worte von den Lippen abzulauschen.

Nur Rosenquarz drehte ihm den Rücken zu und fuhr fort, die

Tinte umzurühren, als müsste er ihn daran erinnern, wie lange er sie schon nicht mehr benutzt hatte.

»Fenoglio!« Despina fuhr ihm mit der Hand über sein faltiges Gesicht. »Fang an!«

»Ja, fangen Sie an!«, sagte die Bücherfresserin. Elinor Loredan. Er hatte sie immer noch nicht gefragt, wie sie hergekommen war. Als ob es nicht schon genug Frauen in dieser Geschichte gab. Und der Stotterer würde auch nicht gerade eine Bereicherung sein!

Despina zupfte an seinem Ärmel. Woher kam nur all die Hoffnung in ihren verweinten Augen? Wie hatte diese Hoffnung die Hinterlist des Rußvogels überlebt und all die Angst in dem dunklen Kerker? Kinder, dachte Fenoglio, während er Despinas kleine Hand fest in die seine nahm. Wenn irgendwer je die Worte zurückbringen konnte, dann vermutlich sie.

Nur eine Elster

Und in der nächsten, der dünnsten Zeit, was durchlief sie
für Abenteuer?
Oh, sie war ein Vogel und Zauberfrau und Herrin von
Wasser und Feuer.
Franz Werfel, Beschwörungen 1918–1921

Das Haus, in dem Fenoglio wohnte, erinnerte Orpheus an die Häuser, in denen er selbst noch vor nicht allzu langer Zeit gelebt hatte: ein armseliges Ding, krumm und schief, mit Schimmel in den Mauern und Fenstern, durch die man nur auf andere, ebenso armselige Häuser blickte – und es regnete auch noch herein, weil Fensterscheiben in dieser Welt etwas für die Reichen waren! Armselig. Wie er es hasste, sich im dunkelsten Winkel des Hinterhofes zu verstecken, wo Spinnen in seine Samtärmel krochen und der Hühnerdreck ihm die teuren Stiefel ruinierte, nur weil Fenoglios Wirtin jeden, der auf ihrem Hof herumstand, mit der Mistforke angriff, seit Basta dort vor ihren Augen einen Spielmann getötet hatte. Aber was blieb ihm übrig? Er musste es wissen. Er musste wissen, ob Fenoglio wieder schrieb!

Wenn nur dieser nichtsnutzige Glasmann zurückkam, bevor er bis zu den Knien im Schlamm steckte! Ein mageres Huhn stakste vorbei, und Cerberus knurrte an seiner Seite. Hastig hielt Orpheus ihm das Maul zu. Cerberus. Natürlich hatte er sich gefreut, als er plötzlich an seiner Tür gekratzt hatte, aber sein nächster Gedanke hatte die Freude deutlich gedämpft: Wie war der Hund hergekommen? Schrieb Fenoglio doch wieder? Hatte Staubfinger dem Alten das Buch gebracht? Es gab alles keinen Sinn, aber er musste es wissen. Wer sonst als Fenoglio konnte sich die rührende Szene ausgedacht haben, die der Eichelhäher vor der Burg abgeliefert hatte? Ach, wie sie ihn alle dafür liebten! Auch wenn der Pfeifer ihn inzwischen bestimmt schon halb totgeschlagen hatte – der Buchbinder war ein Gott geworden, als er durch dieses verdammte Burgtor geritten war. Der Eichelhäher als edles Opferlamm! Wenn das nicht nach Fenoglio klang, wollte er verflucht sein!

Natürlich hatte Orpheus zunächst Oss mit dem Glasmann losgeschickt, aber der hatte sich von Fenoglios Wirtin ertappen lassen. Es gab keinen dunklen Winkel, in den der grobe Klotz hineinpasste, und Eisenglanz war nicht einmal bis zu Fenoglios Treppe gekommen. Ein Huhn hatte ihn durch den Schlamm gejagt und eine Katze ihm fast den gläsernen Kopf abgebissen – nein, man konnte wirklich nicht sagen, dass Glasmänner ideale Spione waren, aber ihre Größe war einfach zu praktisch! Für die Feen galt das natürlich auch, aber sie vergaßen den kleinsten Auftrag schon, bevor sie zum Fenster hinausgeschwirrt waren, und Fenoglio benutzte seinen Glasmann schließlich ebenfalls zum Spionieren, auch wenn der sich kläglich ungeschickt dabei anstellte.

Nein, Eisenglanz war da schon einfallsreicher. Allerdings war er im Gegensatz zu Fenoglios Glasmann nicht schwindelfrei, was den Weg über die Dächer ausschloss, und fand sich auch auf der Erde so schlecht zurecht, dass man ihn besser gleich vor Fenoglios Treppe absetzte, wenn man sichergehen wollte, dass er sich nicht hoffnungslos verlief. Wo blieb er nur, zum Teufel? Zugegeben, diese Treppe glich für einen Glasmann einer Bergbesteigung, aber dennoch … In dem Verschlag, hinter dem Orpheus stand, zeterte eine

Ziege – wahrscheinlich witterte sie den Hund – und durch sein Stiefelleder sickerte eine Flüssigkeit, deren Geruch Cerberus verdächtig gut gefiel. Er schnupperte so begehrlich in dem Schlamm herum, dass Orpheus ihn immer wieder zurückzerren musste.

Da! Da kam Eisenglanz endlich! Flink wie eine Maus sprang er von Stufe zu Stufe. Fabelhaft. Ja, für einen Glasmann war er ein zäher kleiner Bursche. Hoffentlich war das, was er herausgefunden hatte, es wert, dass die teuren Stiefel ruiniert waren.

Orpheus löste die Kette von Cerberus' Halsband, die er mangels Hundeleine in der Schmiedegasse hatte anfertigen lassen, und Cerberus trottete auf die Treppe zu und pflückte den protestierenden Glasmann von der letzten Stufe. Eisenglanz behauptete, dass der Hundespeichel auf seiner Glashaut Ausschlag verursachte, aber wie sonst wollte er mit seinen staksigen Gliedern durch den Schlamm kommen? Eine alte Frau blickte aus dem Fenster, als der Hund zu Orpheus zurücktrottete, aber zum Glück war es nicht Fenoglios Vermieterin.

»Nun?« Cerberus ließ ihm den Glasmann in die ausgestreckten Hände fallen. Pfui Teufel, Hundespeichel war wirklich eine abscheuliche Angelegenheit.

»Er schreibt nicht! Keine Zeile!« Eisenglanz fuhr sich mit dem Ärmel über das feuchte Gesicht. »Ich hab es Euch gesagt, Meister! Er hat sich um den Verstand getrunken! Seine Finger zittern, wenn er die Feder nur ansieht!«

Orpheus blickte hinauf zu Fenoglios Kammer. Es fiel Licht unter der Tür hindurch. Eisenglanz kroch immer durch den breiten Spalt darunter, flink wie ein Aal.

»Bist du sicher?« Er befestigte die Kette wieder an Cerberus' Halsband.

»Ganz sicher! Und das Buch hat er auch nicht! Aber er hat Besuch.«

Die alte Frau kippte einen Eimer Wasser aus dem Fenster. Falls es Wasser war. Cerberus schnüffelte schon wieder allzu interessiert.

»Besuch? Das interessiert mich nicht. Teufel auch! Ich bin sicher, dass er wieder schreibt!«

Orpheus sah zu den armseligen Häusern hinauf. In jedem Fenster brannte eine Kerze. Überall in Ombra brannten sie. Für den Eichelhäher. Er sollte verflucht sein! Sie alle sollten verflucht sein: Fenoglio und Mortimer, seine dumme Tochter – und Staubfinger. Ja, ihn verfluchte er am allermeisten. Verraten hatte er ihn, bestohlen, ihn, Orpheus, der ihm so viele Jahre sein Herz zu Füßen gelegt, der ihn zurück in seine Geschichte gelesen und dem Tod entrissen hatte! Wie nannten sie ihn nun? Des Eichelhähers feurigen Schatten. Seinen Schatten! Das geschah ihm recht. Er, Orpheus, hätte ihn zu mehr als einem Schatten in dieser Geschichte gemacht, aber das war nun vorbei. Er hatte ihnen allen den Krieg erklärt. Er würde ihnen schon eine Geschichte nach seinem Geschmack schreiben – wenn er nur erst das Buch zurückhatte!

Ein Kind kam aus dem Haus. Barfuß lief es über den schlammigen Hof und verschwand in einem der Ställe. Zeit zu verschwinden. Orpheus wischte Eisenglanz mit einem Tuch den Hundespeichel von den Gliedern, setzte ihn sich auf die Schulter und schlich davon, bevor das Kind wieder aus dem Stall kam. Nur raus aus diesem Dreck – auch wenn es auf den Gassen kaum besser aussah.

»Leere Blätter, nichts als leere Blätter, Meister!«, raunte Eisenglanz ihm zu, während sie durch die Nacht zurück zu Orpheus' Haus hasteten. »Nicht mehr als ein paar durchgestrichene Sätze ... das ist alles, ich schwör es Euch! Sein Glasmann hätte mich heute fast gesehen, aber ich konnte mich noch gerade rechtzeitig im Stiefel seines Herrn verstecken. Ihr könnt Euch den Gestank nicht vorstellen!«

O doch, das konnte er. »Ich werde dich von den Mägden abseifen lassen.«

»Oh, o nein, besser nicht. Beim letzten Mal musste ich von dem Seifenwasser mehr als eine Stunde rülpsen und meine Füße sind milchweiß angelaufen!«

»Na und? Glaubst du, ich lasse einen Glasmann, der nach Fußschweiß riecht, auf meinem Pergament herumstapfen?«

Ein Nachtwächter kam ihnen schwankend entgegen. Warum waren die Kerle nur immer betrunken? Orpheus drückte ihm ein paar Kupfermünzen in die runzelige Hand, bevor er womöglich eine der Patrouillen herbeirief, die Ombra Tag und Nacht durchstreiften, seit der Eichelhäher auf der Burg gefangen saß.

»Was ist mit dem Buch? Hast du auch wirklich gründlich danach gesucht?«

In der Gasse der Fleischer priesen gleich zwei Schilder frisches Einhornfleisch an. Lächerlich. Wo sollte das herkommen? Orpheus bog in die Gasse der Glaser ein, auch wenn Eisenglanz gerade diesen Weg hasste.

»Nun, das war nicht einfach.« Eisenglanz blickte nervös zu den Schildern, die künstliche Gliedmaßen für zerbrochene Glasmänner anpriesen. »Wie ich Euch sagte, er hat Besuch, und bei all den Augen war es nicht leicht, in seiner Kammer herumzuschleichen! Trotzdem habe ich sogar zwischen seinen Kleidern nachgesehen.

Er hätte mich fast in die Truhe gesperrt! Aber nichts! Er hat das Buch nicht, Meister, ich schwöre es Euch!«

»Tod und Teufel!« Orpheus spürte eine kaum bezähmbare Lust, etwas zu werfen oder zu zerschlagen. Eisenglanz kannte diese Stimmungen inzwischen und klammerte sich vorsorglich an seinen Ärmel.

Wer sonst außer dem Alten konnte das Buch haben? Selbst wenn Staubfinger es Mortimer gebracht hatte – in den Kerker hatte der es bestimmt nicht mitgenommen! Nein, Staubfinger selbst musste es behalten haben. Orpheus spürte einen brennenden Schmerz im Magen, so schlimm, als säße einer von Staubfingers Mardern darin und bisse sich fest an seinen Eingeweiden. Er kannte diese Beschwerden, er bekam sie immer, wenn etwas nicht nach seinem Willen ging. Magengeschwüre, ja, das war es. Bestimmt. Und?, fuhr er sich an. Mach es nicht noch schlimmer, oder willst du irgendwann zu einem dieser Bader gehen müssen, die jeden nur zur Ader lassen?

Eisenglanz hockte bedrückt auf seiner Schulter und schwieg. Vermutlich dachte er an das bevorstehende Seifenbad. Cerberus aber schnüffelte an jeder Mauer, an der er vorbeitrottete. Nun, kein Wunder, dass einem Hund diese Welt gefiel, sie stank zum Himmel. Auch das würde ich ändern!, dachte Orpheus. Und ich würde mir einen besseren Spion herschreiben, einen, der winzig wie eine Spinne ist und ganz gewiss nicht aus Glas. Gar nichts mehr wirst du herschreiben, Orpheus, flüsterte es in ihm, weil du das Buch nicht mehr hast!

Fluchend beschleunigte er seinen Schritt, zerrte Cerberus ungeduldig mit sich – und trat in Katzendreck. Schlamm, Hühnerscheiße, Katzendreck … Die Stiefel waren ruiniert, aber wo sollte er das Silber hernehmen für neue? Sein letzter Versuch, sich eine Kiste auf den Galgenberg zu schreiben, war kläglich misslungen. Dünn wie Silberfolie waren die Münzen gewesen.

Na endlich. Da vorn war es, in all seiner Pracht. Sein Haus. Das schönste Haus von Ombra. Das Herz schlug ihm immer noch höher, wenn er die alabasterweißen Stufen leuchten sah und das Wappen über dem Eingang, das selbst ihn daran glauben ließ, dass er fürstlicher Abstammung war. Nein, letzten Endes war es für ihn bislang wirklich nicht schlecht gelaufen. Daran musste er sich immer wieder erinnern, wenn ihm danach war, Glasmänner zu zerschlagen oder mageren arabischen Jungen die Beulenpest an den Hals zu wünschen. Ganz zu schweigen von undankbaren Feuerspuckern!

Orpheus blieb abrupt stehen. Ein Vogel hockte auf der Treppe. Er saß da, als wollte er sein Nest auf den Stufen bauen. Er flatterte nicht einmal fort, als Orpheus näher trat, starrte ihn nur an mit seinen schwarzen Knopfaugen.

Abscheuliches Federvieh. Überall hinterließen sie ihren Dreck. Und das ewige Geflatter, die spitzen Schnäbel, die Federn, voller Milben und Wurmeier –

Orpheus löste die Kette von Cerberus' Halsband.

»Los, hol ihn dir!« Cerberus liebte es, Vögel zu jagen, und ab und zu fing er tatsächlich einen. Doch nun kniff er den Schwanz zwischen die Hinterbeine und wich zurück, als rekelte sich eine Schlange auf Orpheus' Treppe. Was zum Teufel …

Der Vogel ruckte mit dem Kopf und hüpfte eine Stufe tiefer.

Cerberus zog den Kopf ein und der Glasmann klammerte sich beunruhigt an Orpheus' Kragen. »Es ist eine Elster, Meister!«, wisperte er ihm ins Ohr. »Sie zer…«, die Stimme versagte ihm fast, »sie zerhacken Glasmänner und sammeln die bunten Splitter in ihren Nestern! Bitte, Meister, scheucht sie fort!«

Die Elster ruckte erneut mit dem Kopf und starrte ihn an. Das war ein seltsamer Vogel, entschieden seltsam.

Orpheus bückte sich und warf einen Stein nach ihr. Die Elster spreizte die Flügel und stieß ein heiseres Krächzen aus.

»Oh, Meister, Meister, sie will mich zerhacken!«, zeterte Eisenglanz und klammerte sich an sein Ohr. »Glasmänner mit grauen Gliedern sind sehr selten!«

Das Krächzen, das die Elster diesmal hören ließ, klang wie ein Lachen.

»Du siehst immer noch sehr dumm aus, Orpheus.«

Er erkannte die Stimme sofort. Die Elster reckte den Hals. Sie hustete, als erstickte sie an einem allzu gierig aufgepickten Korn. Dann spuckte sie ein, zwei, drei Körner auf seine alabasterweiße Treppe und begann zu wachsen.

Cerberus duckte sich winselnd hinter seinen Beinen, und Eisenglanz zitterte so hundserbärmlich, dass seine Glieder wie Geschirr in einem Picknickkorb gegeneinanderschlugen.

Die Elster aber wuchs weiter. Aus Federn wurden schwarze Kleider, graues, fest zurückgestecktes Haar, Finger, die hastig die Körner zählten, die der Vogelschnabel auf die Treppe gespuckt hatte. Mortola sah älter aus, als Orpheus sie in Erinnerung hatte, sehr viel älter. Ihre Schultern blieben gebeugt, auch als sie sich aufrichtete. Die Finger krümmten sich wie Vogelkrallen, ihr Gesicht war eingefallen unter den hohen Wangenknochen, und die Haut hatte die Farbe vergilbten Pergaments. Die Augen aber stachen immer noch und ließen Orpheus den Kopf einziehen wie ein gescholtener Junge.

»Wie – wie geht das?«, stammelte er. »In Fenoglios Buch steht nichts von Gestaltwandlern! Nur von Nachtmah...«

»Fenoglio! Was weiß der schon?« Mortola pflückte sich eine Feder vom schwarzen Kleid. »Alles wechselt die Gestalt in dieser Welt. Nur müssen die meisten dafür erst einmal sterben. Doch es gibt Mittel –«, und bei diesen Worten ließ sie die Körner, die sie aufgesammelt hatte, sorgsam in einen ledernen Beutel fallen, »– die einen von der eigenen Gestalt befreien, ohne dass man dazu die Weißen Frauen braucht.«

»Tatsächlich?« Orpheus begann auf der Stelle darüber nachzudenken, was für Möglichkeiten das für diese Geschichte eröffnete, aber Mortola ließ ihn nicht zum Denken kommen.

»Du hast es dir fein eingerichtet in dieser Welt, nicht wahr?«, gurrte sie, während sie an seinem Haus emporblickte. »Doppelauge, der milchbärtige Händler von jenseits des Meeres, der mit Einhörnern und Zwergen handelt und dem neuen Herrn von Ombra jeden Wunsch von den Augen liest – nun, wenn das nicht mein lieber Orpheus ist, dachte ich mir, hat es offenbar doch geschafft, sich selbst herzulesen. Und sogar den abscheulichen Köter hast du mitgebracht!«

Cerberus bleckte die Zähne, aber Eisenglanz zitterte immer noch. Glasmänner waren wirklich absurde Geschöpfe. Und Fenoglio war auch noch stolz auf sie!

»Was willst du von mir?« Orpheus gab sich alle Mühe, überlegen und kühl zu klingen und nicht wie der kleine verschreckte Junge, zu dem er in Mortolas Gegenwart allzu leicht wurde. Sie machte ihm immer noch Angst, er musste es zugeben.

Schritte klangen durch die Nacht, vermutlich eine der Patrouillen, die der Pfeifer durch Ombra streifen ließ, aus Sorge, der

Schwarze Prinz könnte doch einen Weg finden, seinen edlen Mitstreiter zu befreien.

»Empfängst du deine Gäste immer vor der Tür?«, zischte Mortola. »Los, lass uns endlich hineingehen!«

Orpheus musste den bronzenen Türklopfer dreimal gegen das Holz schlagen, bevor Oss ihnen öffnete. Verschlafen blinzelte er auf Mortola herab.

»Ist das der Schrankmann aus der anderen Welt oder ein neuer?«, fragte Mortola, während sie sich mit raschelnden Kleidern an Oss vorbeischob.

»Es ist ein neuer«, murmelte Orpheus, während sein Kopf sich immer noch darüber klar zu werden versuchte, ob es gut oder schlecht war, dass sie zurück war. Hatte es nicht geheißen, sie sei tot? Aber auf den Tod war in dieser Welt ja kein Verlass, wie sich immer öfter zeigte. Was beruhigend und beunruhigend zugleich war.

Er führte Mortola nicht in die Schreibkammer, sondern in sein Empfangszimmer. Die Alte sah sich darin um, als gehörte jeder Gegenstand ihr. Nein, vermutlich war es nicht gut, dass sie zurück war. Und was wollte sie von ihm? Er konnte es sich vorstellen. Mortimer. Bestimmt wollte sie ihn immer noch töten. Solche Vorsätze gab Mortola nicht so leicht auf – vor allem, wenn es um den Mörder ihres Sohnes ging. Aber in diesem Fall würden ihr wohl andere zuvorkommen.

»Nun ist er also tatsächlich der Eichelhäher!«, stieß sie hervor, als hätte Orpheus seine Gedanken laut ausgesprochen. »Wie viele lächerliche Lieder wollen sie noch über ihn singen? Feiern ihn als ihren Retter ... Als hätten wir ihn nicht erst in diese Welt gebracht! Und statt dass der Natternkopf ihn jagen lässt, nachdem er seine besten Männer auf dem Natternberg erschlagen hat, gibt er erst einmal Mortola die Schuld für sein Entkommen und dafür, dass ihm nun das Fleisch auf den Knochen fault. Ich wusste gleich, dass es das Leere Buch sein muss. Ja, Zauberzunge ist verschlagen, aber sein Unschuldsgesicht täuscht sie alle, und die Natter hat nicht ihn, sondern mich den Folterknechten übergeben, damit sie den Namen des Giftes aus mir herausquälen. Die Schmerzen spüre ich immer noch, doch ich habe sie überlistet, hab mir Körner und Kräuter bringen lassen, um angeblich ein Gegengift für ihren Herrn zu brauen, und mir stattdessen Flügel verschafft, um ihnen davonzufliegen. Den Wind hab ich belauscht, um den Buchbinder zu finden, und das Geschwätz auf den Märkten, hab erfahren, dass er nun tatsächlich den Räuber spielt und dass der Schwarze Prinz ihm ein Versteck gesucht hat. Es war ein gutes Versteck, doch ich habe es gefunden.«

Mortola spitzte die Lippen beim Sprechen, als fühlte sie noch den Schnabel. »Wie ich mich beherrschen musste, ihm nicht die Augen auszuhacken, als ich ihn wiedersah! Keine Hast, Mortola, sagte ich mir. Die Hast hat dir schon einmal deine schöne Rache verdorben. Streu ihm ein paar giftige Beeren ins Essen, damit er sich windet wie ein Wurm und so langsam stirbt, dass du deine Rache genießen kannst. Aber so eine dumme Krähe hat die Beeren aus seiner Schüssel gepickt, und beim nächsten Versuch hat der Bär nach mir geschnappt mit seinem stinkenden Maul und mir zwei Schwanzfedern ausgerissen. Ich hab's wieder versucht, in dem Lager, in das der Schwarze Prinz sie gebracht hat, ihn und seine Tochter und die verräterische Magd, aber der falsche Mann hat sich die Schüssel gegriffen. ›Giftige Pilze!‹, haben sie gestammelt. ›Er hat giftige Pilze gegessen!‹«

Mortola lachte, und Orpheus schauderte, als er sah, dass ihre Finger sich dabei krümmten, als klammerten sie sich immer noch an einen Ast. »Es ist wie verhext! Nichts kann ihn töten, weder Gift noch Kugel – als würde alles in dieser Welt ihn beschützen, jeder Stein, jedes Tier, selbst die Schatten zwischen den Bäumen! Eichelhäher! Sogar der Tod hat ihn gehen lassen und sich den Feuertänzer von ihm abhandeln lassen. O ja, sehr beeindruckend! Aber zu welchem Preis? Selbst seiner Frau hat er es nicht erzählt, nur Mortola weiß es! Keiner achtet auf die Elster im Baum, aber sie hört alles – was nachts die Bäume flüstern und Spinnen mit silbernen Fäden in feuchte Zweige schreiben: dass der Tod sich den Eichelhäher und seine Tochter holen wird, wenn er ihm nicht vor Ende des Winters den Natternkopf bringt. Und dass dessen eigene Tochter dem Häher dabei helfen will, die drei Wörter in das Leere Buch zu schreiben.«

»Was?« Orpheus hatte nur mit halbem Ohr gelauscht. Er kannte Mortolas hassgetränkte Tiraden, endlos und selbstbeweihräuchernd, aber bei ihrem letzten Satz horchte er auf. Violante im Bund mit dem Eichelhäher? Ja, das gab Sinn. Natürlich! Deshalb hatte Mortimer sich ausdrücklich in ihre Hände gegeben! Hatte er es doch gewusst. Dieser Ausbund an Tugend hatte sich nicht bloß aus Edelmut fangen lassen. Auf Mord war er aus, der edle Räuber!

Orpheus begann auf und ab zu gehen, während Mortola weiter Verwünschungen ausstieß, mit so heiserer Stimme, dass die Worte kaum noch menschlich klangen.

Violante – Orpheus hatte ihr, gleich nachdem er sich in Ombra angesiedelt hatte, seine Dienste angeboten, aber sie hatte ihn zurückgewiesen mit der Auskunft, sie habe schon einen Dichter … Nicht sehr nett.

»Ja. Ja, er will die Natter töten! Hat sich in die Burg geschlichen wie ein Marder in den Hühnerstall. Selbst die Feen singen davon bei ihren dummen Tänzen, aber nur die Elster hört zu!« Mortola krümmte sich. Selbst ihr Husten klang schon wie ein Krächzen.

Sie war verrückt! Wie sie ihn ansah, die Pupillen so schwarz und starr, dass sie mehr denen eines Vogels als denen eines Menschen glichen. Orpheus schauderte.

»Ja, ich weiß, was er vorhat!«, flüsterte sie. »Und ich sage mir: Mortola, lass ihn leben, auch wenn es dir schwerfällt. Töte seine Frau oder, noch besser, seine geliebte Tochter und flattere ihm auf die Schulter, wenn er die Nachricht erfährt, damit du hörst, wie sein Herz bricht. Aber ihn lass leben, bis der Natternkopf ihm das Leere Buch gibt, denn auch die Natter muss sterben, für all die Schmerzen, die sie Capricorns Mutter zugefügt hat. Und sollte der Silberfürst tatsächlich so dumm sein, seinem ärgsten Feind das Buch zu überlassen, das ihn töten kann, umso besser! Dann wird die Elster zur Stelle sein, und nicht der Eichelhäher, sondern Mortola wird die drei Wörter schreiben! O ja, ich kenne sie auch. Und der Tod wird den Häher und den Natternkopf holen und mir zum Dank für so reiche Beute endlich zurückgeben, was der verfluchte Buchbinder mir mit seiner Zauberzunge genommen hat – meinen Sohn!«

Teufel! Orpheus verschluckte sich an dem Wein, den er gerade an die Lippen gesetzt hatte. Die alte Hexe träumte immer noch von Capricorns Rückkehr! Nun, warum auch nicht, nachdem erst Cosimo und dann Staubfinger von den Toten zurückgekehrt waren? Er allerdings konnte sich wahrhaft interessantere Wendungen für diese Geschichte vorstellen als die Rückkehr von Mortolas brandschatzendem Sohn.

»Du glaubst tatsächlich, dass der Natternkopf das Leere Buch mit nach Ombra bringen wird?« Oh, er spürte große Dinge nahen, verheißungsvolle Dinge. Vielleicht war doch noch nicht alles verloren, auch wenn Staubfinger ihm Fenoglios Buch gestohlen hatte. Es gab andere Wege, in dieser Geschichte eine bedeutende Rolle zu spielen. Der Natternkopf in Ombra! Welche Möglichkeiten das eröffnete …

»Natürlich wird er kommen! Die Natter ist dümmer, als die meisten glauben.« Mortola setzte sich auf einen der Stühle, die für Orpheus' feine Kundschaft bereitstanden. Der Wind fuhr durch die glaslosen Fenster und ließ die Kerzen flackern, die die Mägde hastig hereingebracht hatten. Schatten tanzten wie schwarze Vögel über die weiß getünchten Wände.

»Also wird der Silberfürst sich von dem Buchbinder zum zweiten Mal zum Narren halten lassen?« Orpheus war selbst überrascht von dem Hass, der aus seiner Stimme klang. Erstaunt stellte er fest, dass er sich Mortimers Tod inzwischen fast ebenso leidenschaftlich wünschte wie Mortola.

»Selbst Staubfinger läuft ihm nun hinterher!«, stieß er hervor. »Offenbar hat der Tod ihn vergessen lassen, was dieser edle Held ihm einst angetan hat!« Er nahm die Brille ab und rieb sich die Augen, als könnte er damit auch die Erinnerung an Staubfingers abweisendes Gesicht fortwischen. Ja, nur deshalb hatte er sich gegen ihn gewandt! Weil Mortimer ihn verhext hatte mit seiner verfluchten Stimme. Er verhexte sie alle. Hoffentlich schnitt ihm der Pfeifer die Zunge heraus, bevor sie ihn vierteilten. Er wollte zusehen, wie die Hunde des Hänflings ihn zerfleischten, wie der Pfeifer ihm die Haut und das noble Herz in Scheiben schnitt … Ach, wenn er dieses Lied über den Eichelhäher doch nur hätte schreiben können!

Mortolas Stimme riss Orpheus aus seinen blutigen Träumen.

»Man verschluckt diese Körner allzu leicht!«, keuchte sie, während sie sich in dem Stuhl zusammenkrümmte, die Hände wie Klauen in die Armlehnen gekrallt. »Du musst sie unter die Zunge legen, aber es sind schlüpfrige kleine Dinger, und wenn sich allzu viele in deinen Magen verirren, kommt der Vogel auch zu Zeiten zurück, an denen man ihn nicht gerufen hat.«

Sie ruckte mit dem Kopf, wie es die Elster getan hatte, öffnete den Mund, als wäre es ein Schnabel, und presste sich die Finger auf die farblosen Lippen.

»Hör zu!«, stieß sie hervor, während es sie erneut schüttelte. »Ich will, dass du auf die Burg gehst, sobald der Natternkopf nach Ombra kommt, und ihn vor seiner Tochter warnst! Sag ihm, er soll Balbulus, den Buchmaler, fragen, wie viele Bücher über den Eichelhäher Violante schon bei ihm in Auftrag gegeben hat. Überzeug ihn davon, dass seine Tochter besessen ist von seinem ärgsten Feind und alles tun wird, ihn zu retten. Sag es ihm mit den schönsten Worten, die du finden kannst. Benutz deine Stimme, so wie Zauberzunge es versuchen wird. Du prahlst doch allzu gern damit, dass deine Stimme eindrucksvoller ist als die seine. Beweis es!«

Mortola würgte – und spuckte ein weiteres Korn in ihre ausgestreckte Hand.

O ja, sie war schlau, auch wenn sie vollkommen verrückt war, und es war sicher das Beste, sie glauben zu lassen, dass sie sich weiter als seine Herrin aufspielen konnte, auch wenn ihm von all dem Gewürge so übel war, dass er ihr fast den Wein vor die Füße gespuckt hätte. Orpheus wischte sich etwas Staub vom kunstvoll bestickten Ärmel. Seine Kleider, sein Haus, all die Mägde … Wie konnte die Alte so blind sein zu glauben, dass er je wieder ihr Diener sein würde? Als wäre er in diese Welt gekommen, um die Pläne anderer auszuführen! O nein, hier diente er nur sich selbst. Das hatte er sich geschworen.

»Das klingt nach keiner schlechten Idee!« Orpheus gab sich Mühe, seine Stimme gewohnt unterwürfig klingen zu lassen. »Aber was wird aus all den edlen Freunden des Eichelhähers? Er hofft sicherlich nicht nur auf Beistand von Violante. Was ist mit dem Schwarzen Prinzen …« Und mit Staubfinger, fügte er in Gedanken hinzu, aber er sprach den Namen nicht aus. An Staubfinger wollte er sich persönlich rächen.

»Der Schwarze Prinz, ah ja. Noch so ein edler Dummkopf. Schon mein Sohn hatte bisweilen Ärger mit ihm.« Mortola steckte das Korn, das sie ausgespuckt hatte, zu den anderen. »Ich werde mich um ihn kümmern. Um ihn und um Zauberzunges Tochter. Das Mädchen ist fast ebenso gefährlich wie sein Vater.«

»Unsinn!« Orpheus schenkte sich einen weiteren Krug Wein ein. Wein machte ihn mutiger.

Mortola musterte ihn verächtlich. Ja, sie hielt ihn immer noch für einen unterwürfigen Dummkopf. Umso besser. Sie rieb sich die mageren Arme und schauderte, als wollten sich die Federn wieder durch ihre Haut bohren.

»Was ist mit dem alten Mann? Dem, der Zauberzunges Tochter angeblich die Worte geschrieben hat, die ich ihr auf der Nachtburg abgenommen habe? Schreibt er dem Buchbinder die Tollkühnheit ins Herz?«

»Nein, Fenoglio schreibt nicht mehr. Aber ich hätte trotzdem nichts dagegen, wenn du ihn umbringst. Ganz im Gegenteil – er ist ein unerträglicher Besserwisser.«

Mortola nickte, aber sie schien nicht mehr wirklich zuzuhören.

»Ich muss gehen!«, sagte sie und erhob sich unsicher von ihrem Stuhl. »Dein Haus ist stickig wie ein Kerker.«

Oss lag vor der Tür, als Mortola sie öffnete. Er grunzte im Schlaf, als sie über ihn stieg.

»Das ist dein Leibwächter?«, fragte sie. »Du scheinst nicht viele Feinde zu haben.«

Orpheus schlief unruhig in dieser Nacht. Er träumte von Vögeln, vielen Vögeln, doch als der Morgen graute und Ombra sich wie eine blasse Frucht aus den Schatten der Nacht schälte, trat er erfüllt mit neuer Zuversicht ans Fenster seiner Schlafkammer.

»Guten Morgen, Eichelhäher!«, sagte er mit leiser Stimme, den Blick auf die Türme der Burg gerichtet. »Ich hoffe, du hattest eine schlaflose Nacht! Bestimmt glaubst du immer noch, die Rollen in dieser Geschichte seien verteilt, aber du hast nun lange genug den Helden gespielt. Vorhang auf, zweiter Akt: Orpheus betritt die Bühne. In welcher Rolle? In der des Bösewichts natürlich. Ist das nicht immer schon die beste Rolle gewesen?«

Ein Gruß an den Pfeifer

Es lag heute abend ein Geruch nach *Zeit* in der Luft. (...) Wie roch die Zeit überhaupt? Nach Staub und Uhren und Menschen. Und wenn man sich fragte, welches Geräusch die Zeit machte, so klang sie wie Wasser, das in einer dunklen Höhle dahinströmte, und wie weinende Stimmen und Erdschollen, die auf hohle Sargdeckel fielen, und wie Regen.
Ray Bradbury, Die Mars-Chroniken

Farid war nicht dabei, als der Eichelhäher in die Burg von Ombra ritt. »Du bleibst im Lager.« Mehr hatte Staubfinger nicht sagen müssen, und schon hatte Farid die Angst wie eine Hand an der Kehle gespürt, dass er ihm noch einmal den Tod bringen könnte. Der Starke Mann wartete mit ihm zwischen den leeren Zelten, weil der Schwarze Prinz ihm nicht hatte glauben wollen, dass er sich in eine Frau verwandeln konnte. Viele Stunden saßen sie so da, doch als Meggie und die anderen endlich zurückkamen, war Staubfinger ebenso wenig bei ihnen wie der Eichelhäher.

»Wo ist er?« Der Schwarze Prinz war der Einzige, den Farid zu fragen wagte, auch wenn sein dunkles Gesicht so ernst war, dass selbst der Bär sich nicht in seine Nähe wagte.

»Da, wo der Eichelhäher ist«, antwortete der Prinz und setzte, als er Farids bestürztes Gesicht sah, hinzu: »Nein, nicht im Kerker, nur in seiner Nähe. Der Tod hat die zwei aneinandergebunden und nur er wird sie wieder trennen.«

In seiner Nähe.

Farid sah zu dem Zelt, in dem Meggie schlief. Er glaubte sie weinen zu hören, aber er traute sich nicht, zu ihr zu gehen. Meggie hatte ihm immer noch nicht verziehen, dass er ihren Vater überredet hatte, auf Orpheus' Handel einzugehen, und Doria saß vor ihrem Zelt. Er fand sich für Farids Geschmack allzu oft in Meggies Nähe, aber zum Glück verstand er ebenso wenig von Mädchen wie sein starker Bruder.

Die Heimkehrer hockten mit hängenden Köpfen ums Feuer. Einige zogen nicht einmal die Frauenkleider aus, aber der Schwarze Prinz ließ ihnen keine Zeit, die Furcht vor dem, was nun kommen würde, im Wein zu ertränken. Er schickte sie auf die Jagd. Schließlich brauchten sie Proviant, wenn sie Ombras Kinder vor dem Pfeifer verstecken wollten, getrocknetes Fleisch und wärmende Felle.

Aber was interessierte das Farid? Er gehörte so wenig zu den Räubern, wie er zu Orpheus gehört hatte. Er gehörte nicht einmal zu Meggie. Er gehörte nur zu einem, und von dem musste er sich fernhalten, aus Angst, ihm den Tod zu bringen …

Es wurde gerade dunkel – die Räuber räucherten immer noch Fleisch und spannten Felle zwischen den Bäumen –, als Gwin aus dem Wald gehuscht kam. Farid hielt den Marder zunächst für Schleicher, bis er die ergraute Schnauze sah. Ja, es war Gwin. Seit Staubfingers Tod starrte er Farid an wie einen Feind, aber in dieser Nacht biss er ihn in die Waden, so wie er es früher getan hatte, wenn er ihn zum Spielen auffordern wollte, und keckerte, bis er ihm folgte.

Der Marder war schnell, zu schnell selbst für Farids Füße, die jedem Menschen davonliefen, aber Gwin wartete immer wieder auf ihn, mit ungeduldig zuckendem Schwanz, und Farid lief ihm nach, so schnell es die Dunkelheit zuließ, weil er wusste, wer den Marder geschickt hatte.

Sie fanden Staubfinger dort, wo die Burgmauern zugleich Ombras Stadtgrenze bildeten und der Berg, an dessen Flanke die Stadt lag, so steil anstieg, dass kein Haus mehr Halt fand. Nur dorniges Buschwerk bedeckte den Hang, und die Burgmauer wuchs fensterlos daraus empor, abweisend wie eine steinerne Faust, unterbrochen nur von ein paar vergitterten Spalten, die gerade so viel Luft in die Kerker ließen, dass die Gefangenen nicht schon vor der Hinrichtung erstickten. Niemand blieb lange in den Burgkerkern von Ombra. Die Urteile waren schnell gesprochen, die Strafen schnell vollstreckt. Warum sollte man lange durchfüttern, wen man eh aufhängen wollte? Nur für den Eichelhäher würde der Richter eigens von der anderen Seite des Waldes kommen. Fünf Tage, flüsterte man, fünf Tage würde der Natternkopf bis Ombra brauchen in seiner schwarz verhangenen Kutsche – und keiner wusste, ob der Eichelhäher nach seiner Ankunft auch nur einen Tag länger leben würde.

Staubfinger stand da, die Schulter gegen die Mauer gelehnt, den Kopf gesenkt, als lauschte er. Die tiefen Schatten, die die Burg warf, machten ihn unsichtbar für die Augen der Wächter, die auf den Zinnen auf und ab gingen.

Staubfinger wandte sich erst um, als Gwin auf ihn zusprang. Farid blickte besorgt zu den Wachen empor, bevor er auf ihn zulief, aber sie hielten nicht Ausschau nach einem Jungen oder einem einzelnen Mann. Ein Mann würde den Eichelhäher nicht befreien können. Nein. Die Soldaten des Hänflings hielten Ausschau nach vielen Männern, Männern, die aus dem nahen Wald kommen oder sich über den Hang oberhalb der Burg abseilen würden – auch wenn der Pfeifer vermutlich wusste, dass selbst der Schwarze Prinz es nicht wagen würde, die Burg von Ombra zu stürmen.

Über den Türmen leuchtete der Himmel in schwärzlichem Grün vom Feuer des Rußvogels. Der Hänfling ließ feiern. Der Pfeifer hatte zu diesem Anlass allen Spielleuten befohlen, Lieder über seine Listigkeit und die Niederlage des Eichelhähers zu verfassen, doch nur wenige hatten diesem Befehl gehorcht. Die meisten schwiegen und sangen mit ihrem Schweigen ein anderes Lied, über die Traurigkeit in Ombra und die Tränen der Frauen, die zwar ihre Kinder zurück, aber ihre Hoffnung verloren hatten.

»Nun, was hältst du vom Feuer des Rußvogels?«, flüsterte Staubfinger, als Farid sich neben ihm gegen die Burgmauer lehnte. »Unser Freund hat einiges dazugelernt, findest du nicht?«

»Er ist immer noch ein Stümper!«, flüsterte Farid zurück, und Staubfinger lächelte, aber sein Gesicht wurde sogleich wieder ernst, als er an den fensterlosen Mauern emporblickte.

»Es ist bald Mitternacht«, sagte er leise. »Um diese Stunde erweist der Pfeifer Gefangenen gern seine Gastfreundschaft. Mit Fäusten, Stöcken und Stiefeln.« Er legte die Hände an die Mauer und strich darüber, als könnten die Steine ihm verraten, was in den Zellen dahinter geschah. »Noch ist er nicht bei ihm«, flüsterte er. »Aber es wird nicht mehr lange dauern.«

»Woher weißt du das?« Manchmal schien es Farid, als wäre ein anderer vom Tod zurückgekehrt als der Mann, den er gekannt hatte.

»Zauberzunge, Eichelhäher, wie immer du ihn nennen magst –«, flüsterte er, »– seit seine Stimme mich zurückgeholt hat, weiß ich, was er fühlt, als hätte der Tod mir sein Herz in die Brust gepflanzt. Und nun fang mir eine Fee. Sonst schlägt der Pfeifer ihn halb tot, bevor die Sonne aufgeht. Aber bring mir eine von den bunten. Orpheus hat sie praktischerweise mit seiner eigenen Eitelkeit versehen, und für ein paar Komplimente sind sie zu allem zu überreden.«

Die Fee war schnell gefunden. Orpheus' Feen waren überall, und auch wenn der Winter sie nicht so schläfrig machte wie Fenoglios blaue Feen, zu dieser Stunde war es ein Kinderspiel, eine aus ihrem Nest zu pflücken. Sie biss Farid, aber er blies ihr ins Gesicht, wie Staubfinger es ihm beigebracht hatte, bis sie nach Luft schnappte und das Beißen vergaß. Staubfinger flüsterte ihr etwas zu, und schon schwirrte das winzige Ding zu einem der vergitterten Luftspalte hinauf und verschwand darin.

»Was hast du zu ihr gesagt?« Über ihnen fraß das Feuer des Rußvogels weiter giftgrün an der Nacht. Es verschlang den Himmel, die Sterne und den Mond, und in der Luft hing ein so beißender Rauch, dass Farid die Augen tränten.

»Oh, nur dass ich dem Eichelhäher versprochen habe, ihm die schönste aller Feen in seinen dunklen Kerker zu schicken. Zum Dank wird sie ihm zuflüstern, dass der Natternkopf in fünf Tagen Ombra erreichen wird, auch wenn die Moosweibchen seinen Weg mit Flüchen pflastern und wir versuchen werden, den Pfeifer zu beschäftigen, damit er nicht allzu viel Zeit hat, seinen Gefangenen zu schlagen.«

Staubfinger ballte die linke Hand zur Faust. »Du hast noch gar nicht gefragt, wozu ich dich habe rufen lassen«, sagte er, während er sacht in die Faust blies. »Ich dachte, das hier würdest du vielleicht gern sehen …«

Er legte die geballte Faust gegen die Burgmauer und feurige Spinnen quollen zwischen seinen Fingern hervor. Sie hasteten die

Steine hinauf, mehr und mehr, so zahlreich, als würden sie in Staubfingers Faust geboren.

»Der Pfeifer fürchtet Spinnen«, flüsterte er. »Er fürchtet sie mehr als Schwerter und Messer, und wenn diese ihm in die feinen Kleider kriechen, wird er vielleicht für eine Weile vergessen, wie gern er nachts seine Gefangenen schlägt.«

Farid ballte ebenfalls die Faust. »Wie machst du sie?«

»Ich weiß es nicht – was leider heißt, dass ich es dir nicht beibringen kann. Ebenso wenig wie das hier.« Staubfinger legte die Hände gegeneinander. Farid hörte ihn flüstern, doch er verstand die Worte nicht. Neid stach ihn wie eine Wespe, als ein feuriger Eichelhäher aus Staubfingers Händen aufflog und sich mit Federn aus weißblauem Feuer in den Nachthimmel schwang.

»Zeig es mir!«, flüsterte er noch einmal. »Bitte! Lass es mich wenigstens versuchen!«

Staubfinger sah ihn nachdenklich an. Über ihnen gab einer der Wächter Alarm. Die Feuerspinnen hatten die Burgzinnen erreicht. »Der Tod hat es mir beigebracht, Farid«, sagte er leise.

»Na und? Ich war ebenso tot wie du, wenn auch nicht für lange!«

Staubfinger lachte. Er lachte so laut, dass eine der Wachen nach unten sah und er Farid schnell mit sich in den schwärzesten Schatten zog.

»Du hast recht. Das hatte ich ganz vergessen!«, flüsterte er, während die Posten auf der Mauer aufgeregt durcheinanderschrien und dem feurigen Häher Pfeile nachsandten, die zwischen seinen Federn verglühten. »Also gut, tu es mir nach!«

Hastig krümmte Farid die Finger, aufgeregt wie jedes Mal, wenn er etwas Neues über das Feuer lernen sollte. Es war nicht leicht, die seltsamen Worte nachzuahmen, die Staubfinger flüsterte, und Farids Herz tat einen Satz, als er tatsächlich ein feuriges Krabbeln zwischen den Fingern spürte. Im nächsten Moment wimmelte es auch von seiner Hand auf die Mauer, glühende Leiber, die die Steine hinaufhasteten wie eine Armee aus Funken. Stolz lächelte er Staubfinger zu. Aber als er es mit dem Eichelhäher versuchte, flatterten nur ein paar fahle Motten aus seinen Händen.

»Schau nicht so enttäuscht drein!«, flüsterte Staubfinger, während er zwei weitere Häher in die Nacht entließ. »Es gibt genug anderes zu lernen. Doch jetzt sollten wir uns vor der Silbernase verstecken.«

Die Burg von Ombra trug einen brennenden Pelz, als sie sich zwischen die Bäume schlugen, und das Feuer des Rußvogels war erloschen. Der Himmel gehörte Staubfingers Feuer. Der Pfeifer schickte Patrouillen aus, doch Staubfinger ließ die Flammen Katzen und Wölfe gebären, Schlangen, die sich von den Ästen wanden, und feurige Motten, die den Gepanzerten ins Gesicht flogen. Der Wald am Fuß der Burg schien in Flammen zu stehen, doch das Feuer biss nicht, und Farid und sein Meister waren Schatten in all dem Rot, unberührt von der Angst, die sie säten.

Schließlich ließ der Pfeifer Wasser von den Zinnen gießen, das in den Zweigen der Bäume zu Eis gefror, doch Staubfingers Feuer brannte weiter, formte immer neue Geschöpfe und schlief erst mit dem Morgen ein, wie ein Spuk der Nacht. Nur die feurigen Häher kreisten weiter über Ombra, und als der Hänfling seine Hunde in den erloschenen Wald schickte, brachten Hasen aus Feuer sie von jeder Spur ab, die sie fanden. Farid aber saß mit Staubfinger in einem Dickicht aus Stachelnuss und Koboldorn und fühlte das Glück warm in seinem Herzen. Es tat so gut, endlich wieder in

Staubfingers Nähe zu sein, so wie früher, in all den Nächten, in denen er über ihn gewacht oder ihn vor bösen Träumen beschützt hatte. Doch nun schien es nichts mehr zu geben, vor dem er ihn schützen musste. Nur vor dir selbst, Farid, dachte er, und das Glück erlosch wie die feurigen Geschöpfe, mit denen Staubfinger den Eichelhäher beschützt hatte.

»Was ist?« Staubfinger sah ihn an, als könnte er nicht nur Zauberzunges Gedanken lesen.

Dann griff er nach Farids Hand und blies sacht hinein, bis sich zwischen seinen Fingern eine Frau aus weißem Feuer erhob. »Sie sind nicht so schlimm, wie du denkst«, raunte Staubfinger ihm zu, »und wenn sie mich noch einmal holen, dann nicht wegen dir. Verstanden?«

»Wie meinst du das?« Farid blieb das Herz stehen. Es blieb einfach stehen. »Sie werden dich wieder holen? Wieso? Bald?« Die Weiße Frau auf seiner Hand verwandelte sich in eine Motte. Sie flatterte davon und löste sich auf im grauen Morgenlicht.

»Das kommt auf den Eichelhäher an.«

»Was?«

Staubfinger presste ihm warnend die Hand auf den Mund und schob die dornigen Ranken auseinander. Unter den Kerkerfenstern hatten Soldaten Posten bezogen. Mit angstweiten Augen starrten sie in den Wald. Der Rußvogel war bei ihnen. Er begutachtete die Burgmauer, als könnte er von den Steinen lesen, wie Staubfinger die Nacht in Brand gesetzt hatte. »Sieh ihn dir an!«, flüsterte Staubfinger. »Er hasst das Feuer, und das Feuer hasst ihn.«

Aber Farid wollte nicht über den Rußvogel reden. Er griff nach Staubfingers Arm. »Sie dürfen dich nicht noch einmal holen! Bitte!«

Staubfinger sah ihn an. Seine Augen blickten so anders, seit er zurück war. Es gab keine Angst mehr in ihnen, nur die alte Wachsamkeit. »Ich sag es noch mal. Es hängt alles vom Eichelhäher ab. Also hilf mir, ihn zu beschützen. Denn Schutz wird er brauchen. Fünf Tage und Nächte in der Gewalt des Pfeifers sind eine lange Zeit. Ich schätze, wir werden froh sein, wenn der Natternkopf endlich hier ist.«

Farid wollte weiterfragen, aber er sah Staubfinger an, dass er ihm keine weiteren Antworten geben würde. »Was ist mit der Hässlichen? Glaubst du nicht, dass sie ihn beschützen kann?«

»Glaubst du es?«, fragte Staubfinger zurück.

Eine Fee kämpfte sich durch das Dornengestrüpp. Sie zerriss sich fast die Flügel an den Zweigen, aber schließlich ließ sie sich erschöpft auf Staubfingers Knie nieder. Es war die Fee, die Staubfinger ausgeschickt hatte, den Eichelhäher zu suchen. Sie hatte ihn gefunden und übermittelte seinen Dank. Nicht ohne zu erwähnen, dass er ihr bestätigt hatte, dass sie die schönste Fee war, die er jemals zu Gesicht bekommen hatte.

Gestohlene Kinder

als ich ein kind war
war ich ein eichhorn ein blauhäher ein fuchs
und sprach mit ihnen in ihrer zunge
erklomm ihre bäume grub ihre höhlen
und kannte den geschmack
von jedem gras und stein
und die bedeutung der sonne
die botschaft der nacht
Norman H. Russell, The Message of the Rain

Es schneite, winzige eisige Flocken, und Meggie fragte sich, ob ihr Vater die Flocken auch fallen sah, dort, wo sie ihn gefangen hielten. Nein, antwortete sie sich selbst, die Kerker von Ombra liegen zu tief unter der Burg, und der Gedanke, dass Mo den ersten Schnee in der Tintenwelt verpasste, machte sie fast ebenso traurig wie die Tatsache, dass er ein Gefangener war.

Staubfinger beschützt ihn. Wie oft hatte der Schwarze Prinz ihr das inzwischen versichert. Auch Baptista und Roxane sagten es immer wieder. Staubfinger beschützt ihn. Aber Meggie konnte nur an den Pfeifer denken und daran, wie zerbrechlich und jung die Hässliche neben ihm ausgesehen hatte.

Der Natternkopf war nur noch zwei Tagesreisen entfernt. So hatte es erst gestern die Nessel berichtet. Zwei Tage, und alles würde sich entscheiden.

Zwei Tage.

Der Starke Mann zog Meggie an seine Seite und wies zwischen

die Bäume. Zwei Frauen suchten sich ihren Weg durch das verschneite Dickicht.

Sie brachten zwei Jungen und ein Mädchen. Seit der Eichelhäher sich gefangen gegeben hatte, verschwanden Ombras Kinder, eins nach dem anderen. Ihre Mütter nahmen sie mit auf die Felder, zum Wäschewaschen hinunter an den Fluss, zum Feuerholzsuchen in den Wald – und kehrten ohne sie zurück. Es gab vier Plätze, an denen Männer des Prinzen die Kinder erwarteten, vier Orte, weitergegeben von Mund zu Mund, von Ohr zu Ohr, und an jedem dieser Orte wartete nicht nur ein Räuber, sondern auch eine Frau, damit es den Kindern nicht allzu schwerfiel, die Hand ihrer Mutter loszulassen.

Resa empfing sie mit Baptista und dem Gecko bei dem Siechenhaus, das der Schleierkauz führte. Roxane wartete mit dem Elfenschreck dort, wo die Heilerinnen Eichenrinde sammelten. Zwei weitere Frauen nahmen die Kinder am Fluss entgegen, und Meggie wartete mit Doria und dem Starken Mann bei einer verlassenen Köhlerhütte, unweit der Straße, die nach Ombra führte.

Die Kinder zögerten, als sie den Starken Mann sahen, aber ihre Mütter zogen sie weiter, und als Doria ein paar Schneeflocken mit seiner ausgestreckten Zunge fing, begann das jüngste, ein Mädchen von vielleicht fünf Jahren, zu kichern.

»Was, wenn wir den Pfeifer nur zornig machen, indem wir sie euch verstecken lassen?«, fragte seine Mutter. »Was, wenn er gar nicht vorhat, sich die Kinder noch einmal zu holen, jetzt, wo der Eichelhäher sein Gefangener ist? Es ging ihm doch immer nur um ihn!«

Meggie hätte sie am liebsten geschlagen für die Kälte in ihrer Stimme.

»Ja, und das hier ist seine Tochter!«, sagte der Starke Mann, während er Meggie schützend den Arm um die Schulter legte. »Also rede nicht so, als wäre dir egal, was aus ihm wird! Ohne ihren Vater hättest du dein Kind nie zurückbekommen, hast du das schon vergessen? Aber der Natternkopf braucht weiter Kinder für seine Minen, und die euren sind immer noch leichte Beute.«

»Das ist seine Tochter? Die Hexe?«

Die andere Frau zog ihre Kinder an sich, aber das Mädchen sah Meggie neugierig an.

»Du klingst wie die Männer der Natter!« Der Starke Mann schlang den Arm noch fester um Meggies Schulter, als könnte er sie so vor den Worten beschützen. »Was ist nun? Wollt ihr eure Kinder in Sicherheit wissen oder nicht? Ihr könnt sie auch wieder mit nach Ombra nehmen und darauf hoffen, dass der Pfeifer nicht an eure Türen klopft.«

»Aber wo bringt ihr sie hin?« Die jüngere Frau hatte Tränen in den Augen.

»Wenn ich euch das sage, könnt ihr es verraten.« Der Starke Mann hob den kleineren Jungen so mühelos auf seine Schultern, als wöge er nicht mehr als eine Fee.

»Können wir mitkommen?«

»Nein. Wir können euch nicht alle füttern. Es wird schwer genug, die Kinder satt zu bekommen.«

»Und für wie lange wollt ihr sie verstecken?« Wie verzweifelt jedes Wort klang.

»Bis der Eichelhäher den Natternkopf getötet hat.«

Die Frauen sahen Meggie an.

»Wie soll das möglich sein?«, flüsterte die eine.

»Er wird ihn töten, ihr werdet sehen«, antwortete der Starke

Mann, und seine Stimme klang so zuversichtlich, dass selbst Meggie für einen köstlichen Moment all ihre Angst um Mo vergaß. Doch der Moment verging, und sie spürte erneut den Schnee auf der Haut, so kalt wie das Ende aller Dinge.

Doria hob das Mädchen auf seinen Rücken und lächelte Meggie zu. Er war unermüdlich in seinen Versuchen, sie aufzumuntern. Er brachte ihr die letzten Beeren, hart vom Frost, Blumen, bedeckt mit Raureif – die letzten Blüten dieses Jahres –, und ließ sie ihren Kummer vergessen, indem er sie über die Welt ausfragte, aus der sie kam. Sie begann ihn zu vermissen, wenn er nicht in ihrer Nähe war.

Das Mädchen weinte, als die Frauen gingen, aber Meggie strich ihm übers Haar und erzählte ihm, was Baptista ihr über den Schnee erzählt hatte: dass manche Flocken winzige Elfen waren, die einem mit eisigen Lippen das Gesicht küssten, bevor sie auf der warmen Haut schmolzen. Das Kind starrte hinauf in den wirbelnden Schnee und Meggie erzählte weiter, ließ sich selbst von den Worten trösten, während die Welt um sie her weiß wurde, ließ sich zurückbringen zu den Tagen, an denen Mo ihr Geschichten erzählt hatte – bevor er selbst Teil einer Geschichte geworden war, von der Meggie schon lange nicht mehr sagen konnte, ob es auch die ihre war.

Der Schnee fiel nicht lange. Nur ein feiner heller Flaum blieb auf der kalten Erde liegen.

Zwölf weitere Frauen brachten ihre Kinder zu der verlassenen Köhlerhütte, die Gesichter voll Angst und Sorge, voll Zweifel, ob sie das Richtige taten.

Einige Kinder sahen ihren Müttern nicht einmal nach, als sie wieder gingen. Andere liefen ihnen hinterher, und zwei weinten so heftig, dass ihre Mütter sie wieder mit sich nahmen, zurück nach Ombra, wo der Pfeifer wie eine Silberspinne auf sie wartete. Als es dunkel wurde, standen neunzehn Kinder zwischen den immer noch verschneiten Bäumen, zusammengedrängt wie eine Schar Gänseküken. Der Starke Mann sah neben ihnen aus wie ein Riese, als er sie mit sich winkte. Doria zog ihnen Eicheln aus den kleinen Nasen und pflückte Münzen aus ihrem Haar, wenn eines zu weinen anfing. Der Starke Mann zeigte ihnen, wie er sich mit den Vögeln unterhielt, und ließ gleich drei Kinder gleichzeitig auf seinen Schultern reiten.

Meggie aber erzählte Geschichten, während die Dunkelheit nach ihnen griff, Geschichten, die Mo ihr so oft erzählt hatte, dass sie bei jedem Wort, das sie über die Lippen brachte, seine Stimme zu hören glaubte. Sie alle waren entsetzlich müde, als sie das Lager der Räuber erreichten. Zwischen den Zelten wimmelte es von Kindern. Meggie versuchte sie zu zählen, aber sie gab es schnell auf. Wie sollten die Räuber so viele Münder stopfen, wo der Schwarze Prinz seine eigenen Männer kaum satt bekam?

Was der Schnapper und der Gecko von alldem hielten, sagten ihre Gesichter nur allzu deutlich. Kindermädchen!, flüsterte es im Lager. Sind wir dafür in den Wald gezogen? Der Schnapper, der Gecko, der Elfenschreck und der Holzfuß, der Streuner, der Schwarzbart ... Es waren viele, die flüsterten. Aber wer war der schmächtige Mann mit dem sanften Gesicht, der neben dem Schnapper stand und sich umsah, als hätte er alles, was ihn umgab, noch nie zuvor gesehen? Er sah aus wie ... Nein. Nein, das konnte nicht sein.

Meggie fuhr sich mit der Hand über die Augen. Offenbar sah sie schon Gespenster vor Müdigkeit. Doch plötzlich umfingen sie zwei kräftige Arme und drückten sie so heftig, dass sie nach Luft rang.

»Sieh dich an! Du bist ja schon fast so groß wie ich, du unverschämtes Ding!«

Meggie wandte sich um.

Elinor.

Was geschah nun? Wurde sie verrückt? War alles nur ein Traum gewesen, und nun wachte sie auf? Würden die Bäume sich im nächsten Moment auflösen, würde alles verschwinden, die Räuber, die Kinder, und Mo neben ihrem Bett stehen, um zu fragen, ob sie tatsächlich vorhatte, das Frühstück zu verschlafen?

Meggie presste das Gesicht in Elinors Kleid. Es war aus Samt und sah aus wie ein Theaterkostüm. Ja, sie träumte. Ganz bestimmt. Aber was war dann noch wirklich? Wach auf, Meggie!, dachte sie. Nun mach schon. Wach auf!

Der schmächtige Fremde, der neben dem Schnapper stand, lächelte ihr schüchtern zu, während er sich die zersprungene Brille vor die Augen hielt, und, ja, es war tatsächlich Darius!

Elinor drückte sie noch einmal an sich, und Meggie begann zu weinen. Sie weinte all die Tränen in Elinors seltsames Kleid, die sie zurückgehalten hatte, seit Mo in die Burg von Ombra geritten war.

»Ja, ja, ich weiß! Es ist furchtbar«, sagte Elinor, während sie ihr unbeholfen übers Haar strich. »Du armes Ding. Ich habe diesem Schreiberling schon meine Meinung gesagt. Er ist so ein eingebildeter alter Narr! Aber du wirst sehen, dein Vater wird es diesem silbernasigen Fiedler schon zeigen!«

»Es ist der Pfeifer.« Meggie musste lachen, obwohl ihr die Tränen weiter übers Gesicht liefen. »Der Pfeifer, Elinor!«

»Na, wie auch immer! Wie soll man sich all diese seltsamen Namen merken?« Elinor blickte sich um. »Dieser Fenoglio gehört gevierteilt für das, was hier vorgeht, aber er sieht das natürlich ganz anders. Ich bin nur froh, dass wir ihn nun etwas im Auge behalten können. Er wollte Minerva einfach nicht allein herkommen lassen, vermutlich nur, weil er den Gedanken nicht ertrug, dass sie ihm für eine Weile kein Essen kochen oder die Strümpfe stopfen wird!«

»Fenoglio ist auch hier?« Meggie wischte sich die Tränen vom Gesicht.

»Ja. Aber wo ist deine Mutter? Ich habe sie nirgends finden können!«

Meggies Gesicht schien zu verraten, dass sie auf Resa immer noch nicht gut zu sprechen war, aber bevor Elinor sie danach fragen konnte, trat Baptista zwischen sie.

»Häher-Tochter, stellst du mir deine überaus prächtig gekleidete Freundin vor?« Er verbeugte sich vor Elinor. »Zu welcher Spielmannszunft gehört Ihr, Gnädigste? Lasst mich raten. Ihr seid eine Komödiantin. Eure Stimme füllt sicherlich jeden Marktplatz!«

Elinor starrte ihn so entgeistert an, dass Meggie ihr rasch zu Hilfe kam.

»Das ist Elinor, Baptista, die Tante meiner Mutter ...«

»Ah, eine Verwandte des Eichelhähers!« Baptista verneigte sich noch tiefer. »Diese Information wird den Schnapper vermutlich davon abhalten, Euch den Hals umzudrehen. Er versucht den Schwarzen Prinzen gerade davon zu überzeugen, dass Ihr und dieser Fremde –«, er wies auf Darius, der mit schüchternem Lächeln zu ihnen trat, »– Spione des Pfeifers seid.«

Elinor wandte sich so abrupt um, dass sie Darius den Ellbogen in den Magen stieß. »Den Schwarzen Prinzen?«

Sie errötete wie ein junges Mädchen, als sie ihn mit seinem Bären neben dem Schnapper stehen sah. »Oh, er ist prächtig!«, hauchte sie. »Und auch sein Bär sieht genau so aus, wie ich ihn mir vorgestellt habe! Oh, es ist alles so wunderbar, so unfassbar wunderbar.«

Meggie spürte, wie ihr die Tränen versiegten. Sie war so froh, dass Elinor da war. So froh.

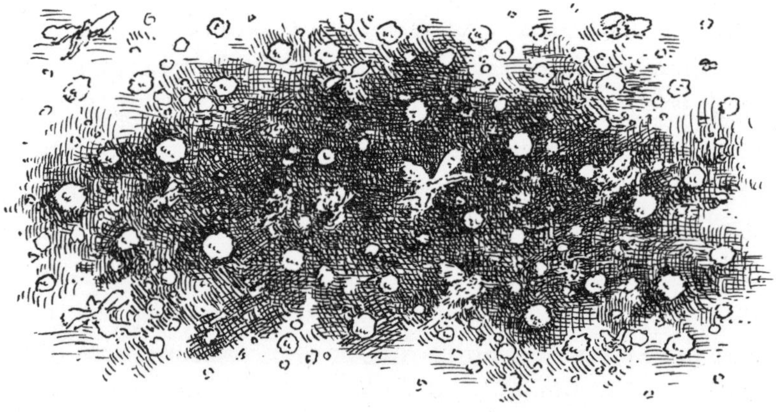

Ein neuer Käfig

Westley schloß die Augen. Schmerzen kamen auf ihn zu, und er mußte auf sie vorbereitet sein. Er mußte sein Gehirn darauf einstellen, seinen Geist in die Gewalt bekommen, sodaß der ihren Bemühungen entzogen blieb, denn sonst würden sie ihn zerbrechen.
William Goldman, Die Brautprinzessin

Diesmal kamen sie früher als in den vergangenen Nächten. Draußen wurde es gerade erst dunkel. Nicht, dass es je hell wurde in Mos Zelle, aber die Nacht brachte eine andere Art Dunkelheit – und mit ihr kam der Pfeifer. Mo setzte sich auf, so gut das ging mit den Ketten, und machte sich bereit für Schläge und Tritte. Wenn er sich nur nicht so dumm gefühlt hätte, so unendlich dumm. Der Narr, der freiwillig ins Netz seiner Feinde gestolpert war. Kein Räuber mehr, kein Buchbinder, nur eines noch: ein Narr.

Die Zellen im Kerker von Ombra waren kein angenehmerer Ort als die im Turm der Nachtburg. In den dunklen Löchern, kaum hoch genug zum Stehen, wartete dieselbe Angst wie in allen Kerkern. Ja, die Angst war zurück. Sie hatte ihn schon am Tor erwartet und fast erstickt, als die Männer des Hänflings ihm die Hände gebunden hatten.

Gefangen. Hilflos …

Denk an die Kinder, Mortimer! Nur die Erinnerung an ihre Gesichter konnte ihn beruhigen, wenn er sich selbst verfluchte für das, was er getan hatte, und die Tritte und Schläge ertrug, die die

Nacht brachte. Staubfingers Feuer verschaffte ihm wenigstens ab und zu Ruhe vor dem Pfeifer, doch es machte den Silbernasigen auch mit jedem Mal wütender. Mo hatte die Stimme der Fee noch im Ohr, die ihm in der ersten Nacht auf die Schulter geflattert war. Er sah immer noch die feurigen Spinnen, die dem Pfeifer in die samtenen Kleider gekrochen waren. Mo hatte ihn ausgelacht für die Panik auf seinem Gesicht – und dafür schon einige Male gebüßt.

Zwei Tage noch, Mortimer, zwei Tage und zwei Nächte. Dann kommt der Natternkopf. Und? Was dann? Ja, wahrlich, er war ein Narr, immer noch zu hoffen, dass er dem Tod und ihren bleichen Töchtern würde geben können, was sie verlangten.

Würde Resa begreifen, dass er auch für Meggie auf die Burg geritten war, wenn die Weißen Frauen sie holten? Würde Resa verstehen, dass er ihr nichts davon erzählt hatte, damit die Angst um Meggie nicht auch noch ihr das Herz zerfraß?

Die zwei Soldaten, die in seine Zelle traten, hatten Ruß im Gesicht und an den Händen. Sie kamen immer zu zweit; aber wo war ihr silbernasiger Herr? Wortlos zerrten sie Mo auf die Füße. Die Ketten waren schwer und schnitten in die Haut.

»Der Pfeifer wird dich heute in einer anderen Zelle besuchen!«, raunten sie ihm zu. »In einer, in der das Feuer deines Freundes dich nicht finden kann.«

Es ging tiefer hinab, immer tiefer, vorbei an Löchern, aus denen es nach verfaultem Fleisch stank.

Einmal glaubte Mo eine feurige Schlange durch die Dunkelheit kriechen zu sehen, doch einer seiner Wächter schlug ihn, als er sich danach umdrehte.

Das Loch, in das sie ihn stießen, war sehr viel größer als das, in dem er vorher gesteckt hatte. An den Wänden war getrocknetes Blut, und die Luft war kalt und stickig zugleich.

Der Pfeifer ließ auf sich warten, und als er schließlich in die Zelle trat, zwei weitere Soldaten im Gefolge, hatte auch er Ruß im Gesicht. Die zwei, die Mo hergeschleift hatten, machten ihrem Herrn respektvoll Platz, doch Mo sah, wie besorgt sie sich umsahen – als warteten sie nur darauf, dass Staubfingers feurige Spinnen aus den Wänden krochen. Mo spürte, wie Staubfinger nach ihm suchte. Es war, als tasteten seine Gedanken ihm nach, aber die Kerker in Ombra waren fast ebenso tief wie die der Nachtburg.

Vielleicht würde er heute Nacht das Messer brauchen, das Baptista ihm in den Saum seines Hemdes genäht hatte – obwohl seine Hände so schmerzten, dass er es vermutlich nicht einmal würde halten können, geschweige denn damit zustoßen. Aber es tat gut, es dabeizuhaben, wenn die Angst unerträglich wurde. Die Angst und der Hass.

»Dein feuerfressender Freund wird immer dreister, aber heute Nacht wird dir das nicht helfen, Eichelhäher. Ich bin es leid!« Das Gesicht des Pfeifers war weiß unter dem Ruß, der ihm selbst die Silbernase schwärzte. Einer der Soldaten schlug Mo ins Gesicht. Zwei Tage noch …

Der Pfeifer betrachtete angeekelt seine rußverschmierten Handschuhe. »Ganz Ombra lacht über mich. ›Seht euch den Pfeifer an‹, flüstern sie. ›Der Feuertänzer narrt seine Männer und der Schwarze Prinz versteckt die Kinder vor ihm! Der Eichelhäher wird uns doch noch retten.‹ Schluss damit! Wenn ich heute Nacht mit dir fertig bin, werden sie das nicht mehr glauben.«

Er trat so dicht an Mo heran, dass die Silbernase ihm fast ins Gesicht stach. »Was ist? Willst du sie nicht zu Hilfe rufen mit deiner

Wunderstimme? All deine zerlumpten Freunde, den Prinzen und seinen Bären, den Feuertänzer … Oder wie wäre es mit Violante? Ihr haariger Diener spitzelt ständig hinter mir her, und es vergeht kaum eine Stunde, in der sie mir nicht erklärt, dass du nur lebend für ihren Vater von Wert bist. Aber ihr Vater ist längst nicht mehr so Furcht einflößend wie früher. Dafür hast du selbst gesorgt.«

Violante. Mo hatte sie nur einmal gesehen, als sie ihn auf dem Hof vom Pferd gezerrt hatten. Wie hatte er nur so dumm sein können zu glauben, dass sie ihn würde beschützen können. Er war verloren. Und Meggie war es mit ihm. Verzweiflung stieg in ihm auf, so schwarz, dass ihm übel wurde, und der Pfeifer lächelte.

»Ah. Du hast Angst. Das gefällt mir. Ich sollte ein Lied darüber schreiben. Aber von nun an werden sie nur noch Lieder über mich singen, finstere Lieder, so wie ich sie mag. Sehr finster.«

Mit dümmlichem Grinsen trat einer der Soldaten auf Mo zu, einen eisenbeschlagenen Stock in der Hand.

»›Er wird ihnen wieder davonlaufen!‹, sagen sie!« Der Pfeifer trat einen Schritt zurück. »Aber du wirst nie wieder davonlaufen. Von heute an wirst du kriechen, Eichelhäher. Kriechen vor mir.«

Die zwei, die ihn hergebracht hatten, packten Mo. Sie drängten ihn gegen die blutige Mauer, während der dritte den Eisenstock hob. Der Pfeifer strich sich über die Silbernase.

»Du brauchst deine Hände für das Buch, Eichelhäher. Aber was soll die Natter dagegen haben, dass ich dir die Beine breche? Und selbst wenn … Wie ich schon sagte: Der Natternkopf ist nicht mehr der Alte …«

Verloren.

O Gott, Meggie. Hatte er ihr je eine so schlimme Geschichte erzählt wie diese? »Nein, Mo, keine Märchen!«, hatte sie immer gesagt, als sie noch klein war. »Die sind viel zu traurig.« Nicht so traurig wie dieses.

»Wie schade, dass mein Vater deine kleine Ansprache nicht mit eigenen Ohren hören konnte, Pfeifer.« Violante sprach nicht allzu laut, aber der Pfeifer fuhr herum, als hätte sie ihn angeschrien.

Der Soldat mit dem dümmlichen Grinsen ließ den Stock sinken, und die anderen wichen zurück, als wollten sie Platz machen für die Tochter des Natternkopfes. Violante war kaum zu sehen in dem schwarzen Kleid, das sie trug. Wie konnte man sie nur die Hässliche nennen? In diesem Moment kam es Mo vor, als hätte er nie ein schöneres Gesicht gesehen. Hoffentlich merkte der Pfeifer nicht, wie sehr ihm die Beine zitterten. Den Triumph gönnte er der Silbernase nicht.

Ein haariges kleines Gesicht tauchte neben Violante auf. Tullio. Hatte er sie geholt? Die Hässliche hatte auch ein halbes Dutzend ihrer bartlosen Soldaten dabei. Sie sahen so jung und verletzlich aus gegen die Männer des Pfeifers, doch ihre jungen Hände hielten Armbrüste, Waffen, die selbst Gepanzerten Ehrfurcht einflößten.

Aber der Pfeifer fing sich schnell.

»Was wollt Ihr hier?«, fuhr er Violante an. »Ich stelle nur sicher, dass Euer kostbarer Gefangener nicht wieder davonfliegt. Es reicht schon, dass sein feuriger Freund uns alle zum Gespött macht. Eurem Vater wird das gar nicht gefallen.«

»Und dir wird nicht gefallen, was ich jetzt tue.« Violantes Stimme klang vollkommen ausdruckslos. »Fesselt sie!«, befahl sie ihren Soldaten. »Und dem Eichelhäher nehmt die Ketten ab und bindet ihn so, dass er reiten kann.«

Der Pfeifer griff nach seinem Schwert, doch drei von Violantes

Jungen zerrten ihn zu Boden. Mo glaubte ihren Hass auf den Silbernasigen auf der Haut zu spüren. Sie hätten ihn so gern getötet, er sah es auf ihren jungen Gesichtern, und die Männer des Pfeifers sahen es offenbar auch, denn sie ließen sich widerstandslos fesseln.

»Du hässliche kleine Schlange!« Die nasenlose Stimme des Pfeifers klang noch seltsamer, wenn er laut wurde. »Also hat der Hänfling doch recht! Du steckst mit dem Räuberpack unter einer Decke. Was willst du? Den Thron von Ombra und vielleicht den deines Vaters noch dazu?«

Violantes Gesicht blieb so reglos, als hätte Balbulus es gemalt. »Ich will nur eines«, erwiderte sie. »Ich will den Eichelhäher meinem Vater so unversehrt übergeben, dass er ihm noch von Nutzen sein kann. Und für diesen Dienst werde ich in der Tat den Thron von Ombra verlangen. Wieso auch nicht? Er steht mir zu, zehnmal mehr als dem Hänfling.«

Der Soldat, der Mo die Ketten abnahm, war derselbe, der ihm in Cosimos Gruft den Sarkophag geöffnet hatte. »Verzeiht!«, murmelte er, als er ihm die Hände fesselte.

Er schlang ihm den Strick nicht allzu fest um die wund gescheuerten Arme, aber es schmerzte trotzdem, und Mo ließ Violante die ganze Zeit nicht aus den Augen. Er hatte die heisere Stimme des Schnappers noch allzu deutlich in den Ohren. *Sie wird dich verkaufen für den Thron von Ombra.*

»Wo willst du mit ihm hin?« Der Pfeifer spuckte dem Soldaten ins Gesicht, der ihn fesselte. »Und wenn du ihn bei den Riesen versteckst – ich finde dich!«

»Oh, ich habe nicht vor, ihn zu verstecken«, erwiderte Violante mit gelassener Stimme. »Ich werde ihn auf die Burg meiner Mutter bringen. Mein Vater kennt den Weg. Wenn er auf meine Bedingungen eingehen will, soll er dorthin kommen. Ich bin sicher, du wirst ihm das ausrichten.«

Sie wird dich verkaufen.

Violantes Blick streifte Mo so unbeteiligt, als wären sie sich nie begegnet. Der Pfeifer trat mit seinen gefesselten Beinen nach ihm, als Violantes Soldaten Mo an ihm vorbei aus der Zelle führten, aber was war ein Tritt gegen den Eisenstock, den er für ihn vorgesehen hatte?

»Du bist tot, Eichelhäher!«, schrie er ihm nach, bevor einer von Violantes Soldaten ihn knebelte. »Tot!« Noch nicht, wollte Mo ihm antworten. Noch nicht.

Vor der vergitterten Tür wartete eine Dienerin. Erst als Mo an ihr vorbeiging, erkannte er, dass es Brianna war. Violante hatte sie also tatsächlich wieder aufgenommen. Sie nickte ihm zu, bevor sie ihrer Herrin folgte. Drei bewusstlose Wächter lagen auf dem Gang. Violante stieg über sie und folgte dem Gang, den sie Mo heruntergebracht hatten, bis zu einem engen Tunnel, der zur Linken abzweigte. Tullio hastete voran, und ihre Soldaten folgten schweigend, Mo zwischen sich.

Die Burg ihrer Mutter …

Was immer Violante vorhatte, er war ihr sehr dankbar dafür, dass er seine Beine noch gebrauchen konnte.

Der Tunnel wollte kein Ende nehmen. Woher wusste die Tochter des Natternkopfes so viel über die geheimen Wege dieser Burg?

»Ich habe über diesen Tunnel gelesen.« Violante wandte sich zu ihm um, als hätte sie seine Gedanken gehört. Aber vielleicht redete er ja auch schon laut mit sich selbst nach all den Stunden allein in der Dunkelheit?

»Zu unserem Glück bin ich die Einzige, die die Bibliothek dieser

Burg benutzt«, fuhr Violante fort. Wie sie ihn ansah – als wollte sie herausfinden, ob er ihr immer noch traute. O ja, sie glich ihrem Vater. Sie liebte das Spiel mit der Angst und der Macht ebenso wie er, das ewige Kräftemessen bis zum Tod. Warum traute er ihr immer noch, trotz der gefesselten Hände?

Zwei weitere Tunnel zweigten ab in die Dunkelheit, ebenso eng wie der erste. Violante wies, als Tullio sie fragend ansah, ohne Zögern auf den linken. Sie war eine seltsame Frau, so viel älter, als sie an Jahren war, so viel Kälte, so viel Beherrschtheit. *Vergiss nie, wessen Tochter sie ist.* Wie oft hatte der Schwarze Prinz ihm das ans Herz gelegt, und Mo verstand immer besser, wovor er ihn hatte warnen wollen. Violante umgab dieselbe Grausamkeit, die er auch in der Nähe ihres Vaters gespürt hatte, die gleiche Ungeduld mit anderen, der gleiche Glaube, klüger als die meisten zu sein, besser ... wichtiger.

»Euer Hoheit?« Es war der Soldat hinter Mo, der fragte. Sie alle behandelten ihre Herrin mit Ehrfurcht. »Was ist mit Eurem Sohn?«

Violante wandte sich nicht um, als sie antwortete. »Jacopo bleibt hier. Er würde uns nur verraten.« Ihre Stimme klang kalt. Musste man von den eigenen Eltern lernen, sein Kind zu lieben? Falls ja, dann war es vermutlich kein Wunder, dass die Tochter des Natternkopfes davon nicht viel verstand.

Mo spürte Wind auf dem Gesicht, Luft, die nicht nur nach Erde roch.

Der Tunnel weitete sich. Er hörte Wasser rauschen, und als sie ins Freie traten, sah er Ombra hoch über sich. Schnee fiel vom schwarzen Himmel, und der Fluss schimmerte hinter den fast kahlen Büschen. Pferde warteten am Ufer, bewacht von einem Soldaten, doch ein Junge hielt ihm ein Messer an den Hals. Farid. Staubfinger stand neben ihm, Funken im verschneiten Haar, die beiden Marder zu seinen Füßen.

Als Violantes Soldaten die Armbrüste auf ihn richteten, lächelte er nur.

»Wo wollt Ihr hin mit Eurem Gefangenen, Natterntochter?«, fragte er. »Ich bin der Schatten, den er sich von den Toten mitgebracht hat, und der Schatten folgt ihm, wo immer er hingeht.«

Tullio verbarg sich hinter Violantes schwarzem Rock, als hätte er Angst, Staubfinger würde ihn im nächsten Moment in Flammen aufgehen lassen. Violante aber gab ihren Soldaten ein Zeichen, die Armbrüste sinken zu lassen. Brianna sah ihren Vater nur an.

»Er ist nicht mein Gefangener«, sagte Violante. »Aber ich will nicht, dass mein Vater das von einem seiner zahllosen Spione erfährt. Deshalb die Fesseln. Soll ich sie dir trotzdem abnehmen, Eichelhäher?«

Sie zog ein Messer unter dem Umhang hervor.

Mo wechselte einen Blick mit Staubfinger. Er war froh, ihn zu sehen, aber sein Herz musste sich an dieses Gefühl noch gewöhnen. Allzu viele Jahre lang hatte Staubfingers Anblick ihn mit ganz anderen Gefühlen erfüllt. Doch seit sie beide der Tod berührt hatte, schienen sie aus demselben Fleisch gemacht. Aus derselben Geschichte. Vielleicht gab es ohnehin nur eine einzige?

Trau ihr nicht!, sagte Staubfingers Blick. Und Mo wusste, dass er ihm die Antwort von der Stirn lesen würde, ohne dass er sie aussprach. *Ich muss.*

»Ich behalte die Fesseln«, sagte er, und Violante verbarg das Messer wieder zwischen den Falten ihres Kleides. Schneeflocken hafteten an dem schwarzen Stoff wie winzige Federn.

»Ich bringe den Eichelhäher zu der Burg, auf der meine Mutter aufgewachsen ist«, sagte sie. »Dort kann ich ihn beschützen. Hier nicht.«

»Die Burg im See?« Staubfinger löste einen Beutel von seinem Gürtel und gab ihn Farid. »Das ist ein weiter Weg. Bestimmt vier Tage zu Pferd.«

»Du hast von der Burg gehört?«

»Wer nicht? Aber sie ist seit vielen Jahren verlassen. Wart Ihr je dort?«

Violante schob das Kinn vor, auf so trotzige Art, dass sie Mo erneut an Meggie erinnerte. »Nein, ich war nie dort, aber meine Mutter hat mir von ihr erzählt, und ich habe alles gelesen, was über die Burg geschrieben steht. Ich kenne sie besser, als wäre ich dort gewesen.«

Staubfinger sah sie nur an. Dann zuckte er die Schultern. »Wenn Ihr meint. Der Pfeifer ist nicht dort – das ist ein Vorteil. Und sie soll leicht zu verteidigen sein.« Er musterte Violantes junge Soldaten, als zählte er ihre Jahre. »Ja, vermutlich ist der Eichelhäher dort sicherer.«

Die Schneeflocken, die sich auf Mos gefesselte Hände setzten, kühlten seine geschundene Haut. Er würde die Hände bald kaum noch benutzen können, wenn er sie nicht wenigstens nachts frei bewegen konnte. »Und Ihr seid sicher, dass Euer Vater uns zu dieser Burg folgen wird?«, fragte er Violante. Seine Stimme klang, als klebte die Dunkelheit des Kerkers noch daran.

Violante lächelte. »O ja, das wird er. Er wird dir überallhin folgen. Und er wird das Leere Buch mitbringen.«

Das Leere Buch. Der Schnee fiel, als wollte er die ganze Welt so weiß färben wie seine unbeschriebenen Seiten. Der Winter war gekommen. Deine Herzschläge sind gezählt, Mortimer. Und Meggies. Meggies … Wie konnte es angehen, dass er diese Welt trotzdem immer noch liebte? Wie konnte es sein, dass seine Augen sich nicht satt sehen konnten an den fernen Bäumen, so viel größer als die Bäume, auf die er als Junge geklettert war, und nach Feen und Glasmännern suchten, als wären die schon immer Teil seiner Welt gewesen … Erinnre dich, Mortimer! Es gab einmal eine ganz andere Welt, flüsterte es in ihm. Aber was immer da flüsterte, es flüsterte vergebens. Selbst sein eigener Name klang fremd und unwahr, und er wusste, hätte es eine Hand gegeben, die Fenoglios Buch für alle Zeit hätte zuschlagen wollen, er hätte sie aufgehalten.

»Wir haben kein Pferd für dich, Feuertänzer.« Violantes Stimme klang feindselig. Sie mochte Staubfinger nicht. Nun, das war ihm selbst lange nicht anders gegangen, oder?

Staubfinger lächelte so spöttisch, dass Violante ihn nur noch abweisender anstarrte. »Reitet. Ich werde Euch finden.«

Er war verschwunden, als Mo sich aufs Pferd schwang, ebenso wie Farid. Nur im Schnee glommen dort, wo er gestanden hatte, noch ein paar Funken. Mo sah die Scheu auf den Gesichtern von Violantes Soldaten – als hätten sie einen Geist gesehen. Und vielleicht war das nicht die falscheste Bezeichnung für einen Mann, der von den Toten zurückgekehrt war.

Auf der Burg regte sich immer noch nichts. Keine Wache gab Alarm, als der erste Soldat sein Pferd in den Fluss trieb. Niemand schrie von den Zinnen, dass der Eichelhäher schon wieder davonflog. Ombra schlief, und der Schnee deckte es zu mit einer weißen Decke, während über den Dächern immer noch Staubfingers feurige Häher kreisten.

Bilder aus Asche

»Tut mir Leid«, murmelte Harry.
Dumbledore schüttelte den Kopf.
»Neugier ist keine Sünde«, sagte er. »Aber wir sollten sie mit Umsicht walten lassen … ja, in der Tat …«
Joanne K. Rowling, Harry Potter und der Feuerkelch

Die Höhle, die Mo und der Schwarze Prinz gefunden hatten, lange bevor der Rußvogel seine Vorstellung gab, lag zwei Stunden Fußmarsch nördlich von Ombra. Das war ein weiter Weg für Kinderfüße, und in die Tintenwelt war der Winter eingezogen, mit Regen, der immer öfter zu Schnee wurde, weißen Faltern, die plötzlich wie Blätter aus Eis an den kahlen Zweigen hingen, und grau gefiederten Eulen, die die Feen jagten.

»Nun, meine Feen schlafen um diese Zeit!«, hatte Fenoglio sich verteidigt, als Despina zu weinen begann, weil eine Eule gleich zwei der kleinen Geschöpfe vor ihren Augen zerrissen hatte. »Aber die dummen Dinger, die Orpheus erschaffen hat, flattern herum, als hätten sie nie etwas vom Winter gehört!«

Bergauf, bergab führte der Schwarze Prinz sie, durch Dickicht und Geröll, auf so unwegsamen Pfaden, dass sie die kleineren Kinder meist tragen mussten. Meggie schmerzte schon bald der Rücken, aber Elinor schritt aus, als wollte sie möglichst schnell möglichst viel von dieser wundersamen neuen Welt entdecken – auch wenn sie sich alle Mühe gab, ihr Entzücken vor dem Schöpfer des Ganzen zu verbergen.

Fenoglio ging die meiste Zeit gleich hinter ihnen, mit Resa und Darius. Das Mädchen, das Resa die meiste Zeit trug, sah Meggie so ähnlich, dass es ihr jedes Mal, wenn sie sich zu ihrer Mutter umsah, vorkam, als blickte sie zurück in eine Zeit, die es nie gegeben hatte. Mo hatte sie getragen, als sie klein gewesen war, immer nur Mo. Doch jedes Mal, wenn sie sah, wie Resa ihr Gesicht ins Haar der Kleinen drückte, wünschte Meggie sich, dass es anders gewesen wäre. Vielleicht hätte es dann nicht ganz so geschmerzt, dass Mo nicht da war.

Als Resa auf halbem Weg schlecht wurde, verbot Roxane ihr, eins der Kinder zu tragen. »Sei vorsichtig!«, hörte Meggie sie sagen. »Du willst deinem Mann doch nicht erzählen, dass du sein Kind verloren hast, wenn er zurückkommt, oder?«

Man sah inzwischen, dass Resa schwanger war, und manchmal wünschte Meggie sich, ihre Hand dorthin zu legen, wo das andere Kind heranwuchs, doch sie tat es nicht. Darius' Augen waren feucht geworden, als er von der Schwangerschaft gehört hatte, und Elinor hatte ausgerufen: »Na bitte, dann muss doch jetzt alles gut ausgehen!«, und Resa so heftig umarmt, dass sie das neue Kind vermutlich fast erdrückt hatte. Meggie aber ertappte sich nur immer wieder bei denselben Gedanken: Ich brauche keine Schwester. Ich brauche auch keinen Bruder. Ich will nur meinen Vater zurück! Doch als einer der Kleinen, die sie all die Stunden auf dem Rücken getragen hatte, ihr zum Dank einen heftigen Kuss auf die Wange drückte, regte sich zum ersten Mal und ganz unerwartet in ihr so etwas wie Vorfreude, und sie begann sich auszumalen, was für ein Gefühl es sein würde, wenn ihr ein Bruder oder eine Schwester die kleinen Finger in die Hand schob.

Alle waren froh, dass Roxane mit ihnen gekommen war. Ihr Sohn war nicht unter den Kindern gewesen, die der Pfeifer und der Rußvogel gefangen hatten, aber sie hatte Jehan dennoch mitgebracht.

Roxane trug ihr langes schwarzes Haar wieder offen wie die Spielfrauen. Sie lächelte auch öfter als früher, und als einige der Kinder auf dem langen Weg zu weinen begannen, hörte Meggie sie zum ersten Mal singen, ganz leise nur, doch es genügte, um zu verstehen, was Baptista einmal gesagt hatte: *Wenn Roxane singt, nimmt sie dir alle Traurigkeit vom Herzen und macht daraus Musik.*

Wieso war Roxane so glücklich, obwohl Staubfinger nicht bei ihr war? »Weil sie nun weiß, dass er immer zu ihr zurückkehren wird«, sagte Baptista. Wusste Resa dasselbe von Mo?

Meggie sah den Eingang der Höhle erst, als sie kaum mehr als einen Meter davon entfernt stand. Hohe Kiefern verbargen ihn, Stachelnuss und Büsche, von deren Zweigen weißer Flaum hing, lang und weich wie Menschenhaar. Die Haut juckte Meggie noch Stunden, nachdem sie Doria durch das Dickicht gefolgt war.

Der Spalt, der in die Höhle führte, war so eng, dass der Starke Mann den Kopf einziehen und seitlich gehen musste, aber die Höhle selbst war hoch wie eine Kirche, und die Kinderstimmen hallten zwischen den Felswänden so laut, dass es Meggie schien, man könnte sie bis nach Ombra hören.

Sechs Wachen postierte der Schwarze Prinz draußen. Sie stiegen hoch in die Wipfel der umstehenden Bäume. Vier weitere Männer schickte er zurück, um die Spuren zu verwischen. Doria ging mit ihnen, Jaspis auf der Schulter. Der Glasmann hatte sich ihm angeschlossen, seit Farid fort war. Es würde ein fast hoffnungsloses Unterfangen sein, die Spuren so vieler kleiner Füße zu tilgen, und Meggie las dem Prinzen vom Gesicht, wie gern er die Kinder noch weiter fortgebracht hätte, nur fort von dem Pfeifer und den Hunden des Hänflings.

Einem halben Dutzend Mütter hatte der Schwarze Prinz erlaubt, mit ihren Kindern zu gehen. Er kannte seine Männer gut genug, um zu wissen, dass sie als Muttterersatz nicht allzu viel taugten.

Roxane, Resa und Minerva halfen ihnen, die Höhle wohnlicher zu machen. Sie spannten Decken und Tücher zwischen die felsigen Wände, schafften mehr trockenes Laub heran, damit man auf dem felsigen Boden besser schlafen konnte, breiteten Felle darüber und schichteten Geröll, um Schlafnischen für die Kleinsten abzutrennen. Sie richteten einen Platz zum Kochen ein, begutachteten die Vorräte, die die Räuber zusammengetragen hatten – und lauschten immer wieder nach draußen, voller Angst, plötzlich Hundegebell zu hören oder Soldatenstimmen.

»Seht euch nur an, wie gierig sie sich die kleinen Mäuler vollstopfen!«, knurrte der Schnapper, als der Schwarze Prinz zum ersten Mal Essen an die Kinder ausgeben ließ. »Unsere Vorräte werden kaum eine Woche reichen. Und was dann?«

»Bis dahin wird der Natternkopf längst tot sein«, erwiderte der Starke Mann, Trotz in der Stimme, aber der Schnapper lachte nur verächtlich.

»Ach ja? Und den Pfeifer bringt der Häher auch gleich mit um? Dafür wird er aber mehr als drei Wörter brauchen. Und was ist mit dem Hänfling und den Gepanzerten?«

Ja, was? Keiner wusste darauf eine Antwort.

»Violante wird sie alle fortjagen, wenn ihr Vater erst mal tot ist!«, sagte Minerva, aber Meggie fiel es immer noch schwer, der Hässlichen zu trauen.

»Es geht ihm gut, Meggie!«, sagte Elinor immer wieder. »Nun mach doch nicht so ein trauriges Gesicht. Falls ich die ganze Geschichte richtig verstanden habe (was nicht so leicht ist, da unser werter Herr Dichter es gern etwas komplizierter macht) –«, setzte sie jedes Mal mit einem vorwurfsvollen Blick in Fenoglios Richtung hinzu, »– werden sie deinem Vater kein Haar krümmen, weil er dem Natternkopf doch dieses Buch heil machen soll. Was er vermutlich nicht kann, aber das ist ein anderes Problem. Wie auch immer, du wirst sehen. Alles wird gut ausgehen!«

Wenn Meggie ihr nur hätte glauben können, so wie sie früher Mo geglaubt hatte. »Es wird alles gut, Meggie!« Mehr hatte er nicht sagen müssen, und sie hatte den Kopf an seine Schulter gelegt in der sicheren Gewissheit, dass er schon alles richten würde. Wie lange war das her. So lange …

Der Schwarze Prinz hatte die zahmen Krähen des Geckos nach Ombra geschickt – zum Schleierkauz und zu den Spitzeln, die er auf der Burg hatte – und Resa stand stundenlang draußen vor der Höhle und suchte den Himmel ab nach schwarzen Federn. Doch der einzige Vogel, den der Gecko am zweiten Tag mit in die Höhle brachte, war eine zerrupfte Elster, und schließlich brachte nicht eine seiner Krähen, sondern Farid ihnen Nachricht vom Eichelhäher.

Er zitterte vor Kälte, als eine der Wachen ihn zum Schwarzen Prinzen brachte, und sein Gesicht hatte den verlorenen Ausdruck, den es nur trug, wenn Staubfinger ihn fortgeschickt hatte. Meggie griff nach Elinors Hand, als er seine Neuigkeiten stammelte: Violante brachte Mo fort, auf die Burg ihrer Mutter. Staubfinger würde ihnen folgen. Der Pfeifer hatte Mo geschlagen, ihn bedroht, Violante hatte Angst gehabt, dass er ihn töten würde. Resa vergrub das Gesicht in den Händen, und Roxane schlang den Arm um sie.

»Die Burg ihrer Mutter? Aber Violantes Mutter ist tot!« Elinor kannte sich inzwischen besser in Fenoglios Geschichte aus als ihr Erfinder selbst. Sie bewegte sich unter den Räubern, als hätte sie schon immer zu ihnen gehört, ließ sich von Baptista Spielmannslieder vorsingen, vom Starken Mann zeigen, wie man mit den Vögeln sprach, und von Jaspis erklären, wie viele Arten von Glasmännern es gab. Ständig stolperte sie über den Saum ihres seltsamen Kleides, hatte Schmutz auf der Stirn und Spinnen im Haar, aber Elinor sah so glücklich aus, wie sie es früher nur beim Anblick eines besonders wertvollen Buches gewesen war – oder zu der Zeit, als Feen und Glasmänner in ihrem Garten gehaust hatten.

»Es ist die Burg, auf der ihre Mutter aufgewachsen ist. Staubfinger kennt sie.« Farid nahm einen Beutel von seinem Gürtel und wischte etwas Ruß von dem Leder. Dann sah er Meggie an.

»Wir haben Spinnen und Wölfe aus Feuer gemacht, um deinen Vater zu beschützen!« Der Stolz in seiner Stimme war nicht zu überhören.

»Und trotzdem hat Violante geglaubt, dass er auf der Burg nicht sicher ist!« Resas Stimme klang wie eine Anklage. Ihr könnt ihn nicht beschützen, sagte sie. Keiner von euch. Er ist allein.

»Die Burg im See.« Der Schwarze Prinz sprach den Namen aus, als gefiele ihm Violantes Idee nicht sonderlich. »Es gibt viele Lieder über diese Burg.«

»Finstere Lieder«, fügte der Gecko hinzu.

Die Elster, die ihm zugeflogen war, hockte auf seiner Schulter.

Es war ein mageres Ding, und sie starrte Meggie an, als wollte sie ihr die Augen aushacken.

»Was für Lieder?« Resas Stimme klang dunkel vor Angst.

»Geistergeschichten, nichts weiter. Gereimter Unsinn!« Fenoglio schob sich an Resa vorbei. Despina klammerte sich an seine Hand. »Die Burg im See ist schon lange verlassen. Also füllen die Menschen sie mit Geschichten, aber es sind nur Geschichten.«

»Wie beruhigend!« Der Blick, den Elinor ihm zuwarf, ließ Fenoglio erröten.

Er hatte abscheuliche Laune. Seit sie zu der Höhle gekommen waren, schimpfte er ohne Unterlass über die Kälte, das Weinen der Kinder oder den Gestank des Bären. Die meiste Zeit hockte er hinter der Mauer aus Geröll, die er im dunkelsten Winkel der Höhle errichtet hatte, und stritt mit Rosenquarz. Die Einzigen, die ihm ein Lächeln entlockten, waren Ivo und Despina – und Darius. Er hatte sich gleich nach ihrer Ankunft zu dem alten Mann gesellt und, noch während er ihm half, die Mauer zu errichten, mit schüchterner Stimme begonnen, den Alten über die Welt auszufragen, die er erschaffen hatte: »Wo wohnen die Riesen?« – »Leben die Nymphen länger als Menschen?« – »Was für ein Land liegt hinter den Bergen?« Darius stellte offenbar die richtigen Fragen, denn Fenoglio wurde mit ihm nicht ungeduldig, wie er es mit Orpheus geworden war.

Die Burg im See.

Fenoglio schüttelte den Kopf, als Meggie zu ihm ging, um mehr über den Ort zu erfahren, an den die Hässliche ihren Vater brachte.

»Es war ein Nebenschauplatz, Meggie«, sagte er nur mürrisch. »Einer von vielen Orten. Dekoration! Lies in meinem Buch nach, wenn du mehr darüber wissen willst – falls Staubfinger es jemals wieder aus den Händen gibt! Ich finde, er hätte es eigentlich mir geben müssen, auch wenn er immer noch nicht gut auf mich zu sprechen ist, schließlich bin ich immer noch der Verfasser, aber, nun ja. Wenigstens hat Orpheus es nicht mehr!«

Das Buch.

Staubfinger hatte *Tintenherz* längst weitergegeben, aber Meggie behielt dieses Wissen für sich, sie wusste selbst nicht, warum. Ihre Mutter hatte das Buch.

Farid hatte es Resa so hastig überreicht, als könnte Basta noch einmal hinter ihm auftauchen und es stehlen, wie damals, in der anderen Welt. »Staubfinger sagt, bei dir ist es am sichersten, weil du weißt, wie mächtig die Worte darin sind«, hatte er gemurmelt. »Der Schwarze Prinz versteht davon nichts. Aber halte es versteckt. Orpheus darf es nicht zurückbekommen. Auch wenn Staubfinger ziemlich sicher ist, dass er es bei dir nicht suchen wird.«

Ihre Mutter hatte das Buch nur zögernd entgegengenommen und es schließlich an ihrem Schlafplatz versteckt. Meggies Herz schlug schneller, als sie es unter Resas Decke hervorzog. Sie hatte Fenoglios Buch nicht mehr in Händen gehalten, seit Mortola es ihr auf Capricorns Festplatz gegeben hatte, damit sie den Schatten herauslas. Es war ein seltsames Gefühl, es in der Welt aufzuschlagen, von der es erzählte, und für einen Moment fürchtete Meggie, die Seiten könnten alles aufsaugen, was sie umgab. Der felsige Grund, auf dem sie saß, die Decke, unter der ihre Mutter schlief, der weiße Eisfalter, der sich in die Höhle verirrt hatte, und die Kinder, die ihm lachend hinterherliefen ...

War all das wirklich zwischen diesen Buchdeckeln geboren worden? Das Buch schien so nichtssagend gegen die Wunder, die es beschrieb, nichts als ein paar hundert bedruckte Seiten, ein Dutzend Bilder, nicht halb so gut wie die, die Balbulus malte, ein Einband aus silbrig grünem Leinen. Und doch hätte es Meggie nicht überrascht, wenn sie ihren eigenen Namen auf den Seiten gefunden hätte oder den ihrer Mutter, den von Farid oder den von Mo, obwohl – nein, ihr Vater trug einen anderen Namen in dieser Welt.

Meggie hatte nie Gelegenheit gehabt, Fenoglios Geschichte zu lesen. Wo sollte sie jetzt anfangen? Gab es vielleicht ein Bild von der Burg im See? Sie blätterte hastig in den Seiten, als sie plötzlich Farids Stimme hinter sich hörte.

»Meggie?«

Sie schlug das Buch so ertappt zu, als wäre jedes Wort darin ein Geheimnis. Wie dumm von ihr. Dieses Buch wusste nichts von all dem, was ihr Angst machte, nichts vom Eichelhäher, nicht einmal von Farid ...

Sie dachte nicht mehr so oft an ihn wie früher. Es war fast, als wäre mit Staubfingers Rückkehr das Kapitel zu Ende gegangen, das von ihnen erzählt hatte, als begänne die Geschichte wieder von vorn und löschte mit jedem neuen Wort das, was sie bereits erzählt hatte.

»Staubfinger hat mir noch etwas mitgegeben.« Farid blickte auf das Buch in ihrem Schoß, als wäre es eine Schlange. Doch dann kniete er sich neben sie und nahm den rußgeschwärzten Beutel vom Gürtel, über den seine Finger so oft gestrichen hatten, während er dem Prinzen Bericht erstattet hatte.

»Er hat es mir für Roxane gegeben«, sagte er leise, während er einen feinen Kreis aus Asche auf den felsigen Boden streute. »Aber du hast so besorgt ausgesehen, also ...«

Er beendete den Satz nicht. Stattdessen wisperte er Worte, wie nur er und Staubfinger sie verstanden – und das Feuer, das plötzlich aus der Asche leckte, als hätte es darin geschlafen. Farid lockte es, er lobte und verführte es, bis es so heiß brannte, dass die Herzen der Flammen weiß wurden wie Papier und ein Bild erschien, erst kaum erkennbar, dann immer deutlicher.

Hügel, dicht bewaldet ... Soldaten auf einem schmalen Pfad, viele Soldaten ... zwei Frauen ritten in ihrer Mitte. Brianna erkannte Meggie sofort an ihrem Haar. Die Frau vor ihr musste die Hässliche sein, und da – Staubfinger an seiner Seite – ritt Mo. Meggie streckte unwillkürlich die Hand nach ihm aus, doch Farid hielt ihre Finger fest.

»Er hat Blut im Gesicht«, flüsterte sie.

»Der Pfeifer.« Farid sprach erneut mit den Flammen, und das Bild weitete sich, zeigte, wie der Pfad sich auf Berge zuwand, die Meggie nie zuvor gesehen hatte, so viel höher als die Hügel um Ombra. Auf dem Pfad lag Schnee, ebenso wie auf den Hängen in der Ferne, und Meggie sah, wie Mo sich in die kalten Hände hauchte.

Er sah so fremd aus in dem pelzgesäumten Umhang, den er trug – wie eine Figur aus einem Märchen. Er ist eine Figur in einem Märchen, Meggie, flüsterte es in ihr. Eichelhäher ... War er auch immer noch ihr Vater? Hatte Mo jemals so ernst dreingeblickt? Die Hässliche wandte sich zu ihm um, natürlich, es war die Hässliche, wer sonst. Sie sprachen, doch das Feuer zeigte nur stumme Bilder.

»Siehst du? Es geht ihm gut. Dank Staubfinger.« Farid starrte so sehnsüchtig in die Flammen, als könnte er sich auf die Art an Staubfingers Seite bringen. Dann seufzte er und blies sacht in die

Flammen, bis sie so dunkel wurden, als erröteten sie von den Kosenamen, die er ihnen gab.

»Wirst du ihm folgen?«

Farid schüttelte den Kopf. »Staubfinger will, dass ich auf Roxane aufpasse.« Meggie schmeckte seine Bitterkeit auf der Zunge.

»Was wirst du tun?« Fragend sah er sie an.

»Was soll ich schon tun?«

Worte flüstern. Das ist das Einzige, was ich tun kann!, setzte sie in Gedanken hinzu. All die Worte, die die Spielleute über den Eichelhäher singen: dass er die Wölfe friedlich stimmt mit seiner Stimme, dass er unverletzlich ist und schnell wie der Wind, dass die Feen ihn beschützen und die Weißen Frauen seinen Schlaf bewachen. Worte. Sie waren das Einzige, womit sie Mo beschützen konnte, und sie flüsterte sie Tag und Nacht, in jeder unbeobachteten Minute, sandte sie ihm nach wie die Krähen, die der Schwarze Prinz nach Ombra geschickt hatte.

Die Flammen waren erloschen, und Farid schob die warme Asche mit den Händen zusammen, als ein Schatten auf ihn fiel. Doria stand hinter ihnen, zwei Kinder an der Hand. »Meggie, die Frau mit der lauten Stimme sucht nach dir.«

Die Räuber hatten viele Namen für Elinor. Meggie musste lächeln, aber Farid warf Doria einen alles andere als freundlichen Blick zu. Er füllte die Asche sorgsam in den Beutel zurück und richtete sich auf. »Ich bin bei Roxane«, sagte er und gab Meggie einen Kuss auf den Mund. Seit Wochen hatte er das nicht getan. Dann drängte er sich an Doria vorbei und schritt davon, ohne sich noch einmal umzusehen.

»Er hat sie geküsst!«, flüsterte eins der Kinder Doria zu, gerade so laut, dass Meggie es verstehen konnte. Es war ein Mädchen, und es errötete, als Meggie seinen Blick erwiderte. Hastig verbarg es das Gesicht an Dorias Seite.

»Ja, das hat er«, flüsterte Doria zurück. »Aber hat sie ihn auch zurückgeküsst?«

»Nein!«, stellte der Junge zu seiner Rechten fest und musterte Meggie so abschätzend, als fragte er sich, ob es Spaß machte, sie zu küssen.

»Das ist gut«, sagte Doria. »Sehr gut.«

Audienz beim Natternkopf

Man kann ein Buch nicht wirklich lesen, ohne allein zu sein. Aber gerade durch diese Einsamkeit bekommt man aufs Intimste mit Menschen zu tun, denen man sonst vielleicht niemals begegnet wäre, entweder, weil sie seit Jahrhunderten tot sind oder Sprachen sprachen, die du nicht verstehst. Und dennoch sind sie zu deinen engsten Freunden geworden, deinen weisesten Ratgebern, den Zauberern, die dich hypnotisieren, den Geliebten, von denen du immer geträumt hast.
Antonio Muñoz Molina, The Power of the PEN

Der Tross des Natternkopfes erreichte Ombra kurz nach Mitternacht. Orpheus erfuhr davon ebenso schnell wie der Hänfling, denn er hatte Oss schon drei Nächte lang unter den Galgen am Stadttor warten lassen.

Alles war für den Silberfürsten vorbereitet. Der Pfeifer hatte jede Öffnung der Burg mit schwarzem Tuch verhängen lassen, damit seinen Herrn dort auch am Tag die Nacht erwartete, und auf dem Hof lagen die abgeholzten Bäume, die der Hänfling in den Kaminen der Burg verheizen wollte, obwohl jeder wusste, dass kein Feuer die Kälte vertreiben konnte, die dem Natternkopf in Fleisch und Knochen saß. Der einzige Mann, der das vielleicht vermocht hätte, war aus den Kerkern der Burg entkommen, und ganz Ombra fragte sich, wie der Silberfürst diese Nachricht aufnehmen würde.

Orpheus schickte Oss auf die Burg, bevor der Morgen graute. Schließlich wusste jeder, dass der Natternkopf kaum schlief.

»Sag, dass ich Informationen von größter Wichtigkeit für ihn habe. Sag, es geht um den Eichelhäher und seine Tochter.« Er wiederholte die Worte ein halbes Dutzend Mal, denn er hatte wenig Vertrauen in die geistigen Fähigkeiten seines Leibwächters, doch Oss machte seine Sache gut. Nach etwas mehr als drei Stunden, die Orpheus damit verbracht hatte, rastlos in seiner Schreibkammer auf und ab zu schreiten, kam er zurück mit der Nachricht, dass die Audienz gewährt sei, allerdings nur unter der Bedingung, dass Orpheus sich unverzüglich auf der Burg einfände, da der Natternkopf vor seinem erneuten Aufbruch ruhen müsse.

Erneuter Aufbruch? Aha. Also lässt er sich auf das Spiel seiner Tochter ein!, dachte Orpheus, während er sich mit eiligen Schritten auf den Weg zur Burg machte. Nun gut. Dann liegt es jetzt an dir, ihm klarzumachen, dass er dieses Spiel nur mit deiner Hilfe gewinnen kann! Er leckte sich unwillkürlich die Lippen, um sie geschmeidig zu machen für die große Aufgabe. Noch niemals hatte er sein Garn um solch eine prächtige Beute gesponnen. Vorhang auf!, flüsterte er sich immer wieder zu. Vorhang auf!

Der Diener, der ihn durch die schwarz verhängten Korridore zum Thronsaal führte, sprach kein einziges Wort. Es war heiß und finster in der Burg. Wie in der Hölle!, dachte Orpheus. Und passte das nicht vortrefflich? Wurde der Natternkopf nicht allzu gern mit dem Teufel verglichen? Ja, das musste man Fenoglio lassen. Dieser Bösewicht hatte Format. Gegen den Natternkopf war Capricorn ein Schmierenkomödiant gewesen, ein Laiendarsteller – auch wenn Mortola das sicherlich anders sah (aber wen kümmerte noch, was sie dachte).

Ein angenehmer Schauder lief Orpheus über die fleischigen Schultern. Der Natternkopf! Spross eines Clans, der die Kunst des

Bösen seit Generationen kultivierte. Es gab keine Grausamkeit, die nicht wenigstens einer seiner Vorfahren begangen hätte. Verschlagenheit, Machthunger, Gewissenlosigkeit, das waren die hervorstechendsten Familieneigenschaften. Was für eine Kombination! Ja, Orpheus war aufgeregt. Er hatte schweißnasse Hände wie ein Junge beim ersten Rendezvous. Immer wieder fuhr er sich mit der Zunge über die Zähne, als könnte er sie auf die Art schärfen, bereit machen für die richtigen Worte. »Glaubt mir!«, hörte er sich selbst sagen. »Ich kann Euch diese Welt zu Füßen legen, ich kann sie Euch maßschneidern, aber Ihr müsst mir dafür ein Buch finden. Es ist noch mächtiger als das Buch, das Euch unsterblich gemacht hat, viel mächtiger!«

Das Buch ... Nein, er wollte jetzt nicht an die Nacht denken, in der er es verloren hatte, und schon gar nicht an Staubfinger!

Im Thronsaal war es nicht heller als auf den Korridoren. Ein paar verlorene Kerzen brannten zwischen den Säulen und um den Thronsessel herum. Bei Orpheus' letztem Besuch (soweit er sich erinnerte, hatte er dem Hänfling damals den Zwerg gebracht) war der Weg zum Thron von ausgestopften Tieren gesäumt gewesen, Bären, Wölfe, gefleckte Katzen und natürlich das Einhorn, das er dem Hänfling herbeigeschrieben hatte, doch sie waren verschwunden. Selbst der Hänfling war klug genug zu begreifen, dass den Natternkopf diese Jagdbeute angesichts der spärlichen Abgaben, die sein Schwager auf die Nachtburg schickte, kaum beeindrucken würde. Nun füllte nichts als Dunkelheit den großen Saal. Sie machte die schwarz gekleideten Wachen zwischen den Säulen fast unsichtbar. Nur ihre Waffen schimmerten im zuckenden Widerschein des Feuers, das hinter dem Thronsessel brannte. Orpheus gab sich alle Mühe, unbeeindruckt an ihnen vorbeizuschreiten, doch leider stolperte er zweimal über den Saum seines Mantels, und als er endlich vor dem Thronsessel stand, saß der Hänfling darauf und nicht sein finsterer Schwager.

Enttäuschung durchfuhr Orpheus, scharf wie ein Messer. Rasch neigte er den Kopf, um sie zu verbergen, und suchte nach den richtigen Worten, nicht zu unterwürfig und doch schmeichelnd. Es war eine Kunst ganz besonderer Art, mit den Mächtigen zu reden, doch er hatte Übung darin. In seinem Leben hatte es immer Menschen gegeben, die mehr Macht hatten als er. Sein Vater war der erste gewesen, stets unzufrieden mit dem ungeschickten Sohn, der Bücher mehr liebte als die Arbeit im Laden seiner Eltern, die endlosen Stunden zwischen den staubigen Regalen, das ewig freundliche Lächeln, wenn er hereindrängende Touristen bedienen musste, statt mit hastigen Fingern in einem Buch zu blättern, gierig nach der Stelle suchend, an der er die gedruckte Welt zuletzt hatte verlassen müssen. Orpheus konnte die Ohrfeigen nicht zählen, die er bekommen hatte für seine verbotenen Lesefreuden. Für jede zehnte Seite eine, das kam vermutlich hin, aber der Preis war ihm nie zu hoch erschienen. Was war schon eine Ohrfeige für zehn Seiten Fluchthilfe, zehn Seiten weit fort von allem, was unglücklich machte, zehn Seiten wahres Leben statt der Eintönigkeit, die die anderen Wirklichkeit nannten?

»Euer Gnaden!« Orpheus beugte den Nacken noch etwas mehr. Wie lächerlich der Hänfling aussah unter seiner silberbestäubten Perücke, mit dem viel zu dünnen Hals, der so verloren aus dem schweren Samtkragen ragte. Das blasse Gesicht war nichtssagend wie immer – als hätte sein Schöpfer vergessen, die Brauen nachzuziehen, und Augen und Lippen nur sehr flüchtig anskizziert.

»Du willst den Natternkopf sprechen?« Nicht einmal die

Stimme des Hänflings war eindrucksvoll. Böse Zungen spotteten, dass er sie nicht sonderlich verstellen musste, um sie als Lockruf für die Enten zu benutzen, die er so gern vom Himmel schoss.

Wie er schwitzt, der schwächliche Dummkopf!, dachte Orpheus, während er ihm unterwürfig zulächelte. Nun, ich würde vermutlich auch schwitzen, wäre ich an seiner Stelle. Der Natternkopf war nach Ombra gekommen, um seinen ärgsten Feind zu töten, und hatte stattdessen erfahren müssen, dass sein Herold und sein Schwager den kostbaren Gefangenen hatten entkommen lassen. Es war wirklich verwunderlich, dass die beiden noch lebten.

»Ja, Euer Hochwohlgeboren. Wann immer es dem Silberfürsten genehm ist!« Orpheus stellte mit Entzücken fest, dass seine Stimme in dem leeren Saal noch eindrucksvoller klang als gewöhnlich. »Ich habe Informationen für ihn, die von größter Wichtigkeit sein könnten.«

»Über seine Tochter und den Eichelhäher ...« Der Hänfling zupfte mit betont gelangweilter Miene an seinen Ärmeln. Parfümierter Hohlkopf.

»In der Tat.« Orpheus räusperte sich. »Ihr wisst, ich habe wichtige Kunden, einflussreiche Freunde. Mir kommen Dinge zu Ohren, die nicht auf eine Burg getragen werden, beunruhigende Dinge, von denen ich sicherstellen will, dass Euer Schwager von ihnen erfährt.«

»Und welche wären das?«

Vorsicht, Orpheus!

»Das, Euer Gnaden –«, er gab sich wirklich alle Mühe, bedauernd zu klingen, »– möchte ich wirklich nur dem Natternkopf selbst sagen. Schließlich geht es um seine Tochter.«

»Über die er zurzeit kaum gewogen sein wird zu reden!« Der Hänfling rückte sich die Perücke zurecht. »Verschlagenes hässliches Ding!«, stieß er hervor. »Entführt meinen Gefangenen, um mir den Thron von Ombra zu stehlen! Droht, ihn zu töten, wenn der eigene Vater ihr nicht wie ein Hund in die Berge folgt! Als wäre es nicht schwer genug gewesen, diesen aufgeplusterten Häher zu fangen! Doch was erzähl ich dir das alles? Vermutlich, weil du mir das Einhorn besorgt hast. Die beste Jagd meines Lebens.« Melancholisch starrte er Orpheus an, mit Augen, die fast ebenso farblos waren wie sein Gesicht. »Je schöner das Opfer, desto größer das Vergnügen, es zu töten, nicht wahr?«

»Worte der Weisheit, Euer Hoheit, Worte der Weisheit!« Orpheus verbeugte sich erneut. Der Hänfling liebte Verbeugungen.

Mit einem nervösen Blick auf die Wachen beugte er sich zu Orpheus hinab. »Ich hätte zu gern noch so ein Einhorn!«, raunte er. »Es war ein großer Erfolg bei all meinen Freunden. Denkst du, du kannst mir ein weiteres besorgen? Vielleicht eines, das noch etwas größer ist?«

Orpheus schenkte dem Hänfling ein zuversichtliches Lächeln. Was für ein geschwätziger Schwächling er war, aber nun ja. Jede Geschichte brauchte auch solche Figuren. Meist starben sie recht schnell. Man konnte nur hoffen, dass diese Regel auch auf den Schwager des Natternkopfes zutraf.

»Selbstverständlich, Euer Hoheit! Das dürfte keine Schwierigkeit sein«, säuselte Orpheus, jedes Wort mit Bedacht wählend, auch wenn der fürstliche Dummkopf die Mühe vermutlich nicht wert war. »Aber vorher muss ich mit dem Silberfürsten sprechen. Seid versichert, dass meine Informationen wirklich von allergrößter Wichtigkeit sind. Und Euch –«, er schenkte dem Hänfling ein verschlagenes Lächeln, »– den Thron von Ombra erhalten werden. Verschafft mir eine Audienz bei Eurem unsterblichen Schwager, und der Eichelhäher wird endlich sein verdientes Ende finden. Violante wird für ihre Hinterlist bestraft werden und ich beschaffe Euch zur Feier Eures Triumphes einen Pegasus, der Eure Freunde sicherlich noch mehr beeindrucken wird als das Einhorn. Ihr könntet ihn mit Armbrüsten jagen und mit Falken.«

Die blassen Augen des Hänflings weiteten sich vor Entzücken.

»Ein Pegasus!«, hauchte er, während er ungeduldig einen der Wächter zu sich winkte. »Oh, das ist in der Tat fabelhaft. Ich werde dir die Audienz besorgen, aber ich gebe dir einen Rat.« Er senkte die Stimme zu einem Flüstern. »Komm meinem Schwager nicht zu nahe. Der Geruch, den er verströmt, hat schon zwei meiner Hunde getötet!«

Der Natternkopf ließ ihn eine weitere Stunde warten. Sie verging so quälend langsam wie nur wenige Stunden in Orpheus' Leben. Der Hänfling fragte ihn nach weiteren möglichen Beutetieren, und er versprach ihm Basilisken und sechsbeinige Löwen, während sein Verstand die richtigen Worte für den Silberfürsten zurechtlegte. Nicht eines durfte das falsche sein. Schließlich war der Herr der Nachtburg für seine Klugheit ebenso berühmt wie für seine Grausamkeit. Ja, Orpheus hatte viel nachgedacht seit Mortolas Besuch, und er war immer wieder zu demselben Ergebnis gekommen: Nur an der Seite des Natternkopfes würde er seine Träume von Einfluss und Reichtum verwirklichen können. Der Silberfürst war weiterhin der mächtigste Spieler in dieser Welt, auch wenn er bei lebendigem Leibe verfaulte. Mit seiner Hilfe ließ sich das Buch vielleicht zurückbeschaffen, das diese Welt zu einem so wunderbaren Spielzeug gemacht hatte, bevor Staubfinger es gestohlen hatte. Ganz zu schweigen von dem anderen Buch, das es seinem Besitzer ermöglichte, in alle Ewigkeit mit dieser Welt zu spielen ...

»Wie bescheiden du wieder bist, Orpheus!«, hatte er geflüstert, als der Gedanke zum ersten Mal in seinem Kopf Gestalt angenommen hatte. »Zwei Bücher, das ist alles, was du dir wünschst! Nur zwei Bücher – und das eine hat sogar nur leere Seiten und ist in ziemlich schlechtem Zustand!«

Oh, was für ein Leben könnte das sein. Orpheus, der Allmächtige, Orpheus, der Unsterbliche, Held der Welt, die er schon als Kind geliebt hatte!

»Er kommt! Verbeug dich!« Der Hänfling sprang so hastig auf, dass ihm die Perücke über die fliehende Stirn rutschte, und Orpheus fuhr aus seinen schönen Träumen.

Ein Leser sieht die Figuren einer Geschichte nicht wirklich. Er fühlt sie. Orpheus hatte das zum ersten Mal festgestellt, als er mit kaum elf Jahren versucht hatte, die Figuren aus seinen Lieblingsbüchern zu beschreiben oder gar zu zeichnen. Als der Natternkopf aus der Dunkelheit auf ihn zukam, fühlte er genau dasselbe wie an dem Tag, an dem er ihm zum ersten Mal in Fenoglios Buch begegnet war: Angst, Bewunderung, die Bosheit, die den Silberfürsten umgab wie schwarzes Licht, Machtfülle, die das Atmen schwer machte. Aber Orpheus hatte sich den Silberfürsten sehr viel größer vorgestellt. Und natürlich hatten Fenoglios Worte nichts über das verwüstete Gesicht gesagt, das weißlich aufgequollene Fleisch und die aufgeschwemmten Hände. Jeder Schritt schien den Natternkopf zu schmerzen. Die Augen unter den schweren Lidern waren blutunterlaufen. Sie tränten selbst vom spärlichen Licht der Kerzen, und der Geruch, der seinem aufgequollenen Körper entströmte, ließ in Orpheus den verzweifelten Wunsch aufsteigen, sich Mund und Nase zuzuhalten.

Der Natternkopf würdigte ihn keines Blickes, als er schwer atmend an ihm vorbeischritt. Erst als er auf dem Thronsessel saß, richteten die geröteten Augen sich auf seinen Besucher. Echsenaugen, so hatte Fenoglio sie beschrieben. Inzwischen waren es entzündete Schlitze unter geschwollenen Lidern, und die roten Juwelen, die der Natternkopf an beiden Nasenflügeln trug, saßen tief wie eingeschlagene Nägel in dem weißen Fleisch.

»Du willst mir etwas über meine Tochter und den Eichelhäher berichten?« Er rang nach jedem zweiten Wort um Atem, doch das machte seine Stimme nicht weniger bedrohlich. »Was? Dass Violante die Macht ebenso liebt wie ich und ihn mir deshalb gestohlen hat? Willst du mir das erzählen? Dann verabschiede dich von deiner Zunge, denn ich werde sie herausreißen lassen, weil ich es sehr übel nehme, wenn man meine Zeit verschwendet – auch wenn ich davon inzwischen unendlich viel habe.«

Die Zunge herausreißen ... Orpheus schluckte. Nein, das war fürwahr kein schöner Gedanke, aber – noch hatte er sie. Auch wenn ihm der Gestank, der vom Thron herabwehte, fast die Sprache verschlug.

»Meine Zunge könnte Euch sehr von Nutzen sein, Euer Gnaden«, erwiderte er, während er mühsam ein Würgen unterdrückte. »Aber es steht Euch natürlich frei, sie jederzeit herauszureißen.«

Der Natternkopf verzog den Mund zu einem bösen Lächeln. Schmerz malte ihm feine Linien um die Lippen. »Was für ein reizendes Angebot. Ich sehe, du nimmst meine Worte ernst. Nun gut, was hast du zu sagen?«

Der Vorhang ist offen, Orpheus! Tritt vor, dein Auftritt!

»Eure Tochter Violante –«, Orpheus ließ den Namen wirkungsvoll verklingen, bevor er weitersprach, »– will nicht nur den Thron von Ombra. Sie will auch den Euren. Weshalb sie plant, Euch zu töten.«

Der Hänfling griff sich an die Brust, als wollte er die Lügen strafen, die behaupteten, er hätte dort anstelle eines Herzens ein totes Rebhuhn. Der Natternkopf jedoch starrte Orpheus nur mit seinen entzündeten Augen an.

»Deine Zunge ist in großer Gefahr«, sagte er. »Violante kann mich nicht töten. Hast du das vergessen?«

Orpheus spürte, wie der Schweiß ihm die Nase hinunterrann. Hinter dem Natternkopf knisterte das Feuer, als riefe es nach Staubfinger. Teufel, er hatte solche Angst, aber hatte er die nicht immer? Blick ihm geradewegs in die Augen, Orpheus, und vertrau deiner Stimme!

Diese Augen waren furchtbar. Sie zogen ihm die Haut vom Gesicht. Und die aufgequollenen Finger lagen wie totes Fleisch auf den Sessellehnen.

»O doch, sie kann. Falls der Eichelhäher ihr die drei Wörter verraten hat.« Seine Stimme klang tatsächlich erstaunlich gefasst. Gut, sehr gut, Orpheus.

»Ah, die drei Wörter … Du hast also auch schon von ihnen gehört. Nun, du hast recht. Sie könnte sie unter der Folter von ihm erfahren. Auch wenn ich ihm zutraue, sehr lange zu schweigen … und er ihr jederzeit die falschen Wörter sagen könnte.«

»Eure Tochter muss den Eichelhäher nicht foltern. Sie ist mit ihm im Bunde.«

Ja!

Orpheus sah es dem entstellten Gesicht an, dass der Silberfürst auf diesen Gedanken tatsächlich noch nicht gekommen war. Oh, dieses Spiel machte Spaß. Das war genau die Rolle, die er spielen wollte. Wie Fliegen am Leim, so würden sie bald alle an seiner listigen Zunge kleben.

Der Natternkopf schwieg eine quälend lange Zeit.

»Interessant«, sagte er schließlich. »Violantes Mutter hatte eine Schwäche für Spielleute. Ein Räuber hätte ihr sicherlich auch gefallen. Aber Violante ist nicht wie ihre Mutter. Sie ist wie ich. Auch wenn sie das nicht gern hört.«

»Oh, daran zweifle ich nicht, Euer Hoheit!« Orpheus ließ in seiner Stimme gerade genug Unterwürfigkeit mitklingen. »Aber warum muss der Buchmaler dieser Burg seit mehr als einem Jahr nichts als Lieder über den Eichelhäher illuminieren? Eure Tochter hat ihren Schmuck verkauft, um die Farben bezahlen zu können. Sie ist besessen von diesem Räuber, er beherrscht all ihr Denken! Fragt Balbulus! Fragt ihn, wie oft sie in der Bibliothek sitzt und die Bilder anstarrt, die er von ihm gemalt hat! Und fragt Euch selbst, wie es möglich ist, dass der Häher dieser Burg nun schon zweimal in den letzten Wochen entkommen ist!«

»Balbulus kann ich nichts fragen.« Die Stimme des Natternkopfes schien wie gemacht für den schwarz verhängten Saal. »Der Pfeifer lässt ihn gerade aus der Stadt jagen. Nachdem er ihm vorher die rechte Hand abgeschlagen hat.«

Das verschlug Orpheus tatsächlich für einen Moment die Sprache. Die rechte Hand. Er griff sich unwillkürlich an die eigene Schreibhand. »Warum ... ähem ... das, wenn ich fragen darf, Euer Hoheit?«, stieß er wenig klangvoll hervor.

»Warum? Weil meiner Tochter sehr an seiner Kunst gelegen

war und ihr der Stumpf seiner Hand hoffentlich deutlich machen wird, wie groß mein Zorn ist. Denn Balbulus wird sich natürlich zu ihr flüchten, wohin sonst?«

»In der Tat. Wie klug von Euch.« Orpheus bewegte unwillkürlich die Finger, als müsste er sich versichern, dass sie noch da waren. Die Worte waren ihm ausgegangen, sein Hirn war ein leeres Blatt Papier und seine Zunge ein eingetrockneter Federkiel.

»Soll ich dir etwas verraten?« Der Natternkopf leckte sich die aufgesprungenen Lippen. »Mir gefällt, was meine Tochter getan hat! Ich kann es nicht dulden, aber es gefällt mir. Sie mag es nicht, wenn man sie herumkommandiert. Weder der Pfeifer noch mein rebhuhnmordender Schwager –«, er warf dem Hänfling einen angeekelten Blick zu, »– haben das begriffen. Was den Eichelhäher betrifft – es mag gut sein, dass Violante ihm vorgaukelt, seine Beschützerin zu sein. Sie ist schlau. Sie weiß ebenso wie ich, dass man Helden leicht überlisten kann. Man muss ihnen nur das Gefühl geben, auf der Seite von Recht und Gerechtigkeit zu sein, schon stolpern sie einem hinterher wie das Lamm zur Schlachtbank. Aber Violante wird den edlen Räuber schließlich doch an mich verkaufen. Für die Krone von Ombra. Und wer weiß ... vielleicht gebe ich sie ihr tatsächlich?«

Der Hänfling blickte so starr geradeaus, als hätte er die letzten Worte seines Herrn und Schwagers nicht gehört. Der Natternkopf aber lehnte sich zurück und fuhr sich über die aufgedunsenen Schenkel. »Ich denke, deine Zunge ist mein, Doppelauge«, sagte er. »Irgendwelche letzten Worte, bevor du stumm wie ein Fisch bist?«

Der Hänfling lächelte böse, und Orpheus' Lippen begannen zu zittern, als spürten sie schon die Zange. Nein. Nein, es konnte nicht sein. Er hatte den Weg in diese Geschichte nicht gefunden, um als zungenloser Bettler auf den Gassen von Ombra zu enden.

Er schenkte dem Natternkopf ein, wie er hoffte, rätselhaftes Lächeln und verschränkte die Hände hinter dem Rücken. Orpheus wusste, dass ihm diese Haltung etwas Imposantes gab, er hatte sie oft genug vorm Spiegel geübt, aber nun brauchte er Worte, Worte, die Kreise ziehen würden in dieser Geschichte – wie Steine, die man in stilles Wasser wirft.

Er senkte die Stimme, als er erneut zu sprechen begann. Ein Wort wiegt schwerer, wenn man es leise ausspricht.

»Nun gut, dann sind dies meine letzten Worte, Euer Hoheit, aber seid versichert, es werden auch die letzten Worte sein, an die Ihr Euch erinnert, wenn die Weißen Frauen nach Euch greifen. Ich schwöre Euch bei meiner Zunge, dass Eure Tochter plant, Euch umzubringen. Sie hasst Euch, und Ihr unterschätzt ihre romantische Schwäche für den Eichelhäher. Sie will den Thron für ihn und für sich. Nur dafür hat sie ihn befreit. Räuber und Fürstentöchter waren schon immer eine gefährliche Mischung.«

Die Worte wuchsen in dem dunklen Saal, als hätten sie einen Schatten. Und der verhangene Blick des Natternkopfes ruhte auf Orpheus, als wollte er ihn mit seiner Bosheit vergiften.

»Aber das ist lächerlich!« Die Stimme des Hänflings klang wie die eines beleidigten Kindes. »Violante ist kaum mehr als ein Mädchen, und ein hässliches dazu. Sie würde es nie wagen, sich gegen Euch zu wenden!«

»Natürlich würde sie!« Zum ersten Mal wurde die Stimme des Natternkopfes laut, und der Hänfling presste erschrocken die schmalen Lippen aufeinander. »Violante ist furchtlos, im Gegensatz zu meinen anderen Töchtern. Hässlich, aber furchtlos. Und sehr schlau … so wie der da.« Wieder richtete er den schmerzverschleierten Blick auf Orpheus.

»Du bist eine Viper wie ich, nicht wahr? Statt Blut rinnt uns Gift durch die Adern. Es frisst auch an uns, doch tödlich ist es nur für die anderen. Durch Violantes Adern fließt es ebenfalls, und deshalb wird sie den Eichelhäher verraten, was immer sie auch sonst noch vorhat …« Der Natternkopf lachte, aber es wurde ein Husten daraus. Er rang nach Atem und keuchte, als füllte ihm Wasser die Lungen, doch als der Hänfling sich besorgt über ihn beugte, stieß er ihn grob zurück. »Was willst du?«, fuhr er ihn an. »Ich bin unsterblich. Hast du das vergessen?« Und erneut lachte er, rasselnd und keuchend. Dann richteten sich die Echsenaugen wieder auf Orpheus.

»Du gefällst mir, milchgesichtige Viper. Du scheinst mir viel eher ein Verwandter als der da.« Mit einer ungeduldigen Handbewegung stieß er den Hänfling zur Seite. »Aber er hat eine schöne Schwester, da muss man den Bruder dazunehmen. Hast du auch eine Schwester? Oder kannst du mir auf andere Art von Nutzen sein?«

Oh, es läuft gut, Orpheus. Es läuft allerbestens! Nun wirst du bald deinen Faden durchs Gewebe dieser Geschichte ziehen. Welche Farbe wirst du wählen? Gold? Schwarz? Oder vielleicht Blutrot?

»Oh, ich –« Er warf einen gelangweilten Blick auf seine Fingernägel. Auch diese Geste machte sich gut, der Spiegel hatte es ihn gelehrt. »Ich kann Euch auf viele Arten nützlich sein. Fragt Euren Schwager. Ich mache Träume wahr. Ich schneidere die Dinge nach Euren Wünschen zurecht.«

Vorsicht, Orpheus, noch hast du das Buch nicht zurück. Was versprichst du da?

»Ach. Du bist ein Zauberer?« Die Verachtung in der Stimme des Natternkopfes war eine Warnung.

»Nein, so würde ich es nicht nennen«, erwiderte Orpheus rasch. »Aber sagen wir: Meine Kunst ist schwarz. Schwarz wie Tinte.«

Tinte! Natürlich, Orpheus!

Warum hatte er daran bisher nicht gedacht? Staubfinger hatte ihm zwar das eine Buch gestohlen, aber Fenoglio hatte noch anderes geschrieben! Warum sollten die Worte des Alten nicht auch wirken, wenn sie nicht aus *Tintenherz* stammten? Wo waren die Eichelhäher-Lieder, die Violante angeblich so sorgfältig hatte sammeln lassen? Hieß es nicht, dass sie Balbulus etliche Bücher damit hatte füllen lassen?

»Schwarz? Die Farbe gefällt mir.« Der Natternkopf stemmte sich ächzend aus seinem Stuhl. »Schwager, gib der kleinen Viper ein Pferd. Ich werde ihn mitnehmen. Es ist ein weiter Weg zur Burg im See und vielleicht kann er mir die Zeit vertreiben.«

Orpheus verbeugte sich so tief, dass er fast ins Stolpern kam. »Welch eine Ehre!«, stammelte er – man musste den Mächtigen immer das Gefühl geben, dass einem in ihrer Gegenwart die Zunge schwer wurde. »Aber dürfte ich Eure Hoheit in dem Fall untertänigst um einen Gefallen bitten?«

Der Hänfling warf ihm einen misstrauischen Blick zu. Was, wenn der Schwachkopf die Bücher mit Fenoglios Räuberliedern längst gegen ein paar Fässer Wein eingetauscht hatte? Die Pest würde er ihm auf den Leib lesen!

»Ich bin ein großer Freund der Buchkunst«, fuhr Orpheus fort, ohne den Hänfling aus den Augen zu lassen. »Und ich habe Wunderdinge über die Bibliothek dieser Burg gehört. Ich würde zu gern einen Blick auf die Bücher werfen und vielleicht das eine oder andere mit auf die Reise nehmen. Wer weiß, vielleicht werde ich Euch mit ihrem Inhalt sogar unterhalten können!«

Der Natternkopf zuckte gelangweilt die Schultern. »Warum nicht? Wenn du mir bei der Gelegenheit ausrechnest, wie viel Silber die wert sind, die mein Schwager noch nicht gegen Wein eingehandelt hat.«

Der Hänfling senkte den Kopf, doch Orpheus hatte seinen hasserfüllten Blick gesehen.

»Selbstverständlich.« Orpheus verbeugte sich, so tief er es vermochte.

Der Natternkopf stieg die Thronstufen herab und blieb schwer atmend vor ihm stehen. »Du solltest bei deiner Schätzung berücksichtigen, dass die Bücher, die Balbulus illuminiert hat, an Wert gewonnen haben!«, stieß er hervor. »Schließlich wird er ohne seine Hand keine neuen Werke mehr schaffen können, was die existierenden ohne Zweifel wertvoller macht, nicht wahr?«

Orpheus unterdrückte erneut ein Würgen, als der faulige Atem ihm übers Gesicht strich, aber er brachte dennoch ein bewunderndes Lächeln zustande.

»Wie überaus klug, Euer Hoheit!«, erwiderte er. »Die perfekte Strafe. Darf ich fragen, was Ihr als Strafe für den Eichelhäher geplant habt? Vielleicht wäre es angemessen, ihn zuallererst von seiner Zunge zu befreien, da alle so von seiner Stimme schwärmen?«

Aber der Natternkopf schüttelte den Kopf. »O nein. Mit dem Eichelhäher habe ich Besseres vor. Ich werde ihm bei lebendigem Leib die Haut abziehen und daraus Pergament machen lassen. Dabei soll er doch noch schreien können, oder?«

»Natürlich!«, hauchte Orpheus. »Und die Strafe ist wahrhaft

maßgeschneidert für einen Buchbinder! Darf ich vorschlagen, dass Ihr auf dieses ganz besondere Pergament eine Warnung an Eure Feinde schreiben und sie auf den Märkten aushängen lasst? Ich liefere Euch gern die entsprechenden Worte. Für meine Kunst muss man sehr geschickt mit Worten umzugehen wissen.«

»Sieh an, du bist offenbar ein Mann mit vielen Talenten.« Der Natternkopf musterte ihn fast amüsiert.

Jetzt, Orpheus. Selbst wenn du Fenoglios Lieder in der Bibliothek findest – das eine Buch ist durch nichts zu ersetzen. Erzähl ihm von *Tintenherz*!

»Ich versichere Euch, all meine Talente gehören Euch, Hoheit!«, stammelte er. »Doch um sie mit größter Vollendung zu praktizieren, bräuchte ich etwas zurück, das mir gestohlen wurde.«

»Tatsächlich? Und was wäre das?«

»Ein Buch, Euer Gnaden! Der Feuertänzer hat es mir gestohlen, doch ich glaube, dass es im Auftrag des Eichelhähers geschah. Er weiß bestimmt, wo es jetzt ist. Wenn Ihr ihn also dazu befragen würdet, sobald er in Eurer Gewalt ist ...«

»Ein Buch? Hat der Eichelhäher dir etwa auch eins gebunden?«

»Oh, nein. Nein!« Orpheus winkte verächtlich ab. »An diesem Buch hat er keinen Anteil. Seine Macht hat kein Buchbinder hineingebunden. Es sind die Worte darin, die es mächtig machen. Mit seinen Worten, Euer Gnaden, kann man diese Welt neu erschaffen und jedes Lebewesen darin den eigenen Absichten untertan machen.«

»In der Tat? Die Bäume würden Früchte aus Silber tragen? Es könnte immer Nacht sein, wenn ich wollte?«

Wie er ihn anstarrte – wie eine Schlange die Maus. Kein falsches Wort, Orpheus!

»O ja.« Orpheus nickte beflissen. »Ich habe Eurem Schwager mit diesem Buch ein Einhorn hergeschafft. Und einen Zwerg.«

Der Natternkopf warf dem Hänfling einen spöttischen Blick zu. »Ja, das hört sich nach Wünschen meines werten Schwagers an. Meine sähen da schon etwas anders aus.«

Er musterte Orpheus mit Wohlgefallen. Offenbar hatte der Natternkopf erkannt, dass ihnen das gleiche Herz in der Brust schlug, geschwärzt von Rachsucht und Eitelkeit, verliebt in die eigene Verschlagenheit und voll Verachtung für die, deren Herzen von anderen Gefühlen regiert wurden. O ja, Orpheus wusste, wie es um sein Herz stand, und er fürchtete nur eins: dass die entzündeten Augen auch entdecken würden, was er sogar vor sich selbst verbarg: den Neid auf die Unschuld der anderen, die Sehnsucht nach einem unbeschmutzten Herzen.

»Was ist mit meinem rottenden Fleisch?« Der Natternkopf fuhr sich mit den geschwollenen Fingern übers Gesicht. »Kannst du das auch heilen mit diesem Buch, oder brauche ich dazu weiterhin den Eichelhäher?«

Orpheus zauderte.

»Ah, ich sehe ... da bist du dir nicht sicher.« Der Natternkopf verzog den Mund, die dunklen Echsenaugen fast zerdrückt von seinem Fleisch. »Und du bist klug genug, nichts zu versprechen, was du dann nicht halten kannst. Nun, ich werde auf deine anderen Versprechungen zurückkommen und dir Gelegenheit geben, den Eichelhäher nach dem Buch zu fragen, das dir gestohlen wurde.«

Orpheus neigte den Kopf. »Ich danke Euch, Euer Gnaden!« Oh, es lief bestens. Allerbestens ...

»Hoheit!« Der Hänfling hastete die Thronstufen hinunter. Seine Stimme glich tatsächlich der einer Ente, und Orpheus malte sich aus, wie statt eines Wildschweins oder seines fabelhaften Einhorns der Hänfling als Jagdbeute durch die Gassen von Ombra getragen wurde, die silberbestäubte Perücke voll Blut und Staub. Gemessen an dem Einhorn würde er allerdings einen überaus jämmerlichen Anblick bieten.

Orpheus wechselte einen raschen Blick mit dem Natternkopf, und für einen Moment schien es ihm, als sähen sie dasselbe Bild.

»Ihr solltet jetzt ausruhen«, sagte der Hänfling mit deutlich übertriebener Fürsorglichkeit. »Es war eine lange Reise und eine weitere liegt vor Euch.«

»Ausruhen? Wie soll ich ausruhen, nachdem du und der Pfeifer den Mann habt entkommen lassen, der mich in ein Stück faulendes Fleisch verwandelt hat? Meine Haut steht in Flammen. Meine Knochen sind aus Eis. Meine Augen stechen, als stieße mir jeder Lichtstrahl eine Nadel hinein. Ich werde erst ausruhen, wenn das verfluchte Buch mich nicht länger vergiftet und der, der es gebunden hat, tot ist. Jede Nacht male ich es mir aus, Schwager, frag deine Schwester, jede Nacht geh ich schlaflos auf und ab und male mir aus, wie er jammert und schreit und mich um einen schnellen Tod anfleht, aber ich werde ihm so viele Qualen bereiten, wie das mörderische Buch Seiten hat. Er wird es öfter verfluchen als ich – und schon sehr bald begreifen, dass der Rock meiner Tochter kein wirksamer Schutz vor dem Natternkopf ist!«

Wieder schüttelte ihn ein röchelnder Husten, und für einen Augenblick klammerten sich die aufgequollenen Hände an Orpheus' Arm. Ihr Fleisch war bleich wie das Fleisch eines toten Fisches. Es riecht auch ähnlich, dachte Orpheus. Und doch ist er immer noch der Herr der Geschichte.

»Großvater!« Der Junge tauchte so plötzlich aus der Dunkelheit auf, als hätte er die ganze Zeit in den Schatten gestanden. Bücher stapelten sich auf seinen kurzen Armen.

»Jacopo!« Der Natternkopf drehte sich so abrupt um, dass sein Enkel wie angewurzelt stehen blieb. »Wie oft muss dir gesagt werden, dass auch ein Prinz nicht unangemeldet in den Thronsaal spaziert?«

»Ich war eher da als ihr!« Jacopo hob das Kinn und presste die Bücher gegen die Brust, als könnten sie ihn vor dem Zorn seines Großvaters schützen. »Ich lese oft hier, dort, hinter der Statue meines Ururgroßvaters.« Er wies auf die Statue eines sehr dicken Mannes, die zwischen den Säulen stand.

»In der Dunkelheit?«

»Man sieht die Bilder, die die Worte einem in den Kopf malen, besser in der Dunkelheit. Außerdem hat der Rußvogel mir das hier gegeben.« Er streckte die Hand aus und hielt seinem Großvater ein paar Feuerhölzer hin.

Der Natternkopf runzelte die Stirn und beugte sich zu seinem Enkel hinunter. »Solange ich hier bin, liest du nicht im Thronsaal. Du steckst nicht einmal den Kopf durch die Tür. Du bleibst in deiner Kammer oder ich lasse dich wie Tullio zu den Hunden sperren, verstanden? Beim Wappen meines Hauses, du siehst deinem Vater immer ähnlicher. Kannst du dir nicht wenigstens die Haare schneiden?«

Jacopo hielt dem Blick der geröteten Augen erstaunlich lange stand, doch schließlich senkte er den Kopf, drehte sich wortlos um und stiefelte davon, die Bücher immer noch vor der Brust wie einen Schild.

»Er sieht Cosimo wirklich immer ähnlicher!«, stellte der Hänfling fest. »Aber den Hochmut hat er von seiner Mutter.«

»Nein, den hat er von mir«, stellte der Natternkopf fest. »Eine sehr praktische Eigenschaft, wenn er erst mal auf dem Thron sitzt.«

Der Hänfling warf Jacopo einen besorgten Blick nach. Der Natternkopf aber stieß ihm die aufgequollene Faust vor die Brust. »Versammle deine Männer!«, fuhr er ihn an. »Ich habe Arbeit.«

»Arbeit?« Der Hänfling hob beunruhigt die Brauen. Er hatte sie ebenso mit Silber bestäubt wie seine Perücke.

»Ja. Du wirst zur Abwechslung keine Einhörner jagen, sondern Kinder. Oder willst du dem Schwarzen Prinzen durchgehen lassen, dass er Ombras Bälger im Wald versteckt, während du und der Pfeifer damit beschäftigt seid, Euch von meiner Tochter wie Tanzbären an der Nase herumführen zu lassen?«

Der Hänfling verzog gekränkt den blassen Mund. »Wir mussten Eure Ankunft vorbereiten, werter Schwager, und versuchen den Eichelhäher wieder einzufangen ...«

»Womit ihr nicht sonderlich erfolgreich wart«, unterbrach der Natternkopf ihn barsch. »Zum Glück hat meine Tochter uns gesagt, wo wir ihn finden können, und während ich den Vogel wieder einfange, den ihr so überaus großzügig habt fortfliegen lassen, schaffst du mir die Kinder her – samt diesem Messerwerfer, der sich Prinz nennt, damit er zusehen kann, wie ich dem Häher die Haut abziehe. Seine eigene Haut ist, fürchte ich, zu schwarz für Pergament, also muss ich mir für ihn wohl etwas anderes einfallen lassen. Zum Glück bin ich in solchen Angelegenheiten recht erfindungsreich. Allerdings sagt man von dir Ähnliches, nicht wahr?«

Der Hänfling errötete, sichtlich geschmeichelt, auch wenn ihn die Aussicht, Kinder durch den Wald zu jagen, ganz offensichtlich nicht halb so sehr erregte wie die Einhornjagd, vielleicht, weil er diese Beute nicht würde verspeisen können.

»Gut.« Der Natternkopf wandte seinem Schwager den Rücken zu und schritt auf unsicheren Beinen auf die Saaltür zu. »Schick den Rußvogel zu mir und den Pfeifer!«, rief er über die Schulter. »Mit dem Handabschlagen dürfte er fertig sein. Und sag den Mägden, dass Jacopo mich zur Burg im See begleitet. Niemand spioniert seine Mutter besser aus als er, auch wenn sie ihn nicht sonderlich mag.«

Der Hänfling starrte ihm mit ausdruckslosen Augen nach. »Wie Ihr befehlt«, murmelte er mit dünner Stimme.

Der Natternkopf aber wandte sich noch einmal um, als die Diener ihm hastig die schwere Tür öffneten. »Was dich betrifft, Milchgesicht –« Orpheus konnte nicht verhindern, dass er zusammenfuhr. »Ich breche bei Sonnenuntergang auf. Mein Schwager wird dir sagen, wo du dich einzufinden hast. Einen Diener und ein Zelt musst du selbst mitbringen. Aber wehe, du langweilst mich. Auch aus deiner Haut lässt sich Pergament machen.«

»Euer Hoheit!« Orpheus verbeugte sich noch einmal, auch wenn ihm die Knie zitterten. Hatte er je ein gefährlicheres Spiel gespielt? Ach was. Alles wird gut, dachte er. Du wirst sehen, Orpheus. Diese Geschichte gehört dir. Sie wurde nur für dich geschrieben. Niemand liebt sie mehr, niemand versteht sie besser, schon gar nicht der alte Narr, der ihr Verfasser ist!

Der Natternkopf war längst fort, als Orpheus immer noch dastand, wie berauscht von dem, was die Zukunft verhieß.

»Ihr seid also ein Zauberer, sieh an.« Der Hänfling musterte ihn, als wäre er eine Raupe, die sich vor seinen Augen in einen schwarzen Falter verwandelt hatte. »War das Einhorn deshalb so leicht zu jagen? Weil es nicht echt war?«

»Oh, es war sehr echt«, erwiderte Orpheus mit herablassendem

Lächeln. Es war aus demselben Stoff erschaffen wie du, fügte er in Gedanken hinzu. Dieser Hänfling war wirklich eine allzu jämmerliche Figur. Sobald die Worte wieder für ihn zum Leben erwachten, würde er ihm einen ganz und gar lächerlichen Tod auf den Leib schreiben. Was, wenn er ihn von seinen eigenen Hunden zerreißen ließ? Nein. Besser. Er würde ihn an einem Hühnerknochen ersticken lassen, bei einem seiner Festmähler, und ihn mit seinem silberbestäubten Gesicht in eine große Schüssel Blutpudding fallen lassen. Ja. Orpheus musste unwillkürlich lächeln.

»Das Lächeln wird Euch bald vergehen!«, zischte der Hänfling ihm zu. »Denn mein Schwager schätzt es gar nicht, wenn man seine Erwartungen enttäuscht.«

»Oh, ich bin sicher, dass niemand das besser weiß als Ihr«, erwiderte Orpheus. »Und nun zeigt mir bitte die Bibliothek.«

Vier Beeren

An meiner Wand hängt ein japanisches Holzwerk
Maske eines bösen Dämons, bemalt mit Goldlack.
Mitfühlend sehe ich
Die geschwollenen Stirnadern, andeutend,
Wie anstrengend es ist, böse zu sein.
Bertolt Brecht, Die Maske des Bösen

Der Marder war schlimmer als der Bär. Er beobachtete sie, schnatterte dem Jungen ihren Namen ins Ohr (den der zum Glück nicht verstand) und jagte sie. Aber irgendwann folgte der Marder dem Jungen nach draußen, und der Bär hob nur den schweren Kopf, als sie zu der Suppenschale hüpfte, die eine der Frauen seinem Herrn hingestellt hatte. Nichts war leichter zu vergiften als Suppe. Der Schwarze Prinz stritt wieder einmal mit dem Schnapper und kehrte Mortola den Rücken zu, als sie die dunkelroten Beeren in die Schale warf. Fünf winzige Beeren, mehr brauchte es nicht, um den König der Räuber in ein anderes Königreich zu schicken, eines, in das sein Bär ihm nicht würde folgen können. Doch gerade, als sie die fünfte Beere aus dem Schnabel fallen ließ, schoss der abscheuliche Marder auf sie zu, als hätte er draußen gerochen, was sie vorhatte. Die Beere rollte davon und Mortola flehte zu allen Teufeln, dass auch vier töten würden.

Der Schwarze Prinz. Noch so ein edler Dummkopf. Das Herz schmerzte ihn vermutlich bei jedem Krüppel, den er sah. Er würde ihr nie helfen, das Buch zu bekommen, durch das sich mit dem Tod handeln ließ, nein, er nicht. Aber zum Glück traf man Männer wie ihn seltener als weiße Raben, und die meisten starben jung. Diese Männer begehrten nichts von dem, was anderen das Herz schneller schlagen ließ: Reichtümer, Macht, Ruhm ... Nein, den Schwarzen Prinzen interessierte das alles nicht. Gerechtigkeit ließ sein Herz schneller schlagen. Mitleid. Liebe. Als hätte ihn das Leben nicht ebenso schlecht behandelt wie die anderen! Tritte und Schläge, Schmerzen und Hunger. Er hatte all das doch im Übermaß genossen. Woraus war das Mitleid gewachsen, das ihn trieb? Woher kam die Wärme seines dummen Herzens, das Lachen auf seinem dunklen Gesicht? Er sah die Welt einfach nicht so, wie sie war, das war die Erklärung, weder die Welt noch die Menschen, mit denen er so viel Mitgefühl hatte. Denn sah man die so, wie sie waren, was sollte einen dann noch antreiben, für sie zu kämpfen oder gar zu sterben?

Nein. Wenn ihr jemand helfen konnte, das Leere Buch zu bekommen, bevor der Eichelhäher hineinschrieb und sich vom Tod freikaufte, dann war es der Schnapper. Er war ganz nach Mortolas Geschmack. Der Schnapper sah die Menschen so, wie sie waren: gierig und feige, selbstsüchtig, hinterhältig. Ihn hatte nur eine Art Ungerechtigkeit zum Räuber gemacht: die gegen ihn selbst. Mortola wusste alles über ihn. Ein Verwalter des Speckfürsten hatte ihm seinen Hof genommen, so wie die Herrschenden sich eben nahmen, was sie begehrten. Das hatte ihn in die Wälder getrieben, nichts sonst. Ja, mit dem Schnapper konnte man reden.

Mortola wusste genau, wie sie ihn für ihre Zwecke einspannen konnte, war der Schwarze Prinz nur erst einmal aus dem Weg. »Was tut ihr alle noch hier, Schnapper?«, würde sie ihm zuflüstern. »Es gibt Wichtigeres, als ein paar rotznasige Kinder zu hüten. Der Eichelhäher weiß schon, warum er sie euch überlassen hat! Er will euch alle verkaufen! Ihr müsst ihn töten, bevor er gemeinsame Sache mit der Tochter des Natternkopfes macht. Was hat er euch weisgemacht – dass er nur in das Leere Buch schreiben will, um den Natternkopf zu töten? Unsinn! Sich selbst unsterblich machen will er! Und es gibt noch etwas, das er euch ganz gewiss nicht erzählt hat. Das Leere Buch hält nicht nur den Tod fern. Es macht seinen Besitzer auch unermesslich reich!«

O ja. Mortola wusste schon jetzt, wie die Augen des Schnappers bei diesen Worten aufleuchten würden. Er verstand nicht, was den Eichelhäher trieb. Er würde auch nicht verstehen, dass sie das Buch nur wollte, um ihren Sohn vom Tod zurückzukaufen. Aber für die Aussicht auf Gold und Silber würde er sich sofort auf den Weg machen. Sobald der Schwarze Prinz ihn nicht mehr aufhalten konnte. Zum Glück wirkten die Beeren schnell.

Der Gecko rief nach ihr. Er hatte sich die Hand mit Brotkrumen gefüllt und hielt sie hoch, als gäbe es nichts Schmackhafteres auf der Welt. Was für ein Tölpel. Glaubte, etwas von Vögeln zu verstehen. Nun, vielleicht tat er es wirklich. Schließlich war sie kein gewöhnlicher Vogel. Mortola stieß ein heiseres Lachen aus. Es klang seltsam aus dem spitzen Schnabel, und der Starke Mann hob den Kopf und sah zu dem Felsvorsprung hinauf, auf dem sie hockte. Ja, der verstand etwas von Vögeln und dem, was sie sagten. Bei ihm musste sie vorsichtig sein. »Ach was, kek kek, kra, krakhhh!«, sagte die Elster in ihr, die Elster, die an nichts als Würmer und glitzernde Dinge dachte und an den Glanz ihrer schwarzen Federn. »Sie sind alle dumm, dumm, so dumm. Aber ich bin klug. Komm, alte Frau, lass uns dem Eichelhäher nachfliegen und ihm die Augen aushacken! Das wird ein Spaß.«

Es wurde von Tag zu Tag schwerer, die Flügel ruhig zu halten, wenn die Elster sie spreizen wollte, und Mortola musste den Vogelkopf immer heftiger schütteln, damit er Menschengedanken dachte. Manchmal wusste sie nicht einmal mehr genau, welche das waren.

Inzwischen schossen die Federn ihr auch ohne die Körner durch die Haut. Sie hatte schon zu viele verschluckt, und nun wanderte das Gift durch ihren Körper und säte den Vogel in ihr Blut. Was soll's. Du wirst schon einen Weg finden, ihn wieder zu vertreiben, Mortola. Aber erst muss der Buchbinder tot und dein Sohn wieder am Leben sein! Sein Gesicht … Wie hatte es ausgesehen? Sie konnte sich kaum noch erinnern.

Der Schwarze Prinz stritt immer noch mit dem Schnapper, wie so oft in letzter Zeit. Iss! Iss endlich, du Narr! Zwei andere Räuber kamen dazu, der pockennarbige Schauspieler, der immer an der Seite des Prinzen war, und der Gecko, der die Welt auf dieselbe Art wie der Schnapper sah. Eine der Frauen trat zu ihnen, brachte auch dem Schauspieler eine Schale Suppe und wies auf die, die sie dem Prinzen hingestellt hatte.

Ja, hör auf sie! Setz dich! Iss! Mortola schob den Kopf vor. Sie spürte, wie ihr Menschenkörper die Federn abschütteln, wie er sich spreizen und strecken wollte. Gestern hatten ein paar Kinder sie fast ertappt, als sie sich verwandelte. Lärmendes, albernes Pack. Sie hatte Kinder noch nie gemocht – bis auf ihren eigenen Sohn, und selbst dem hatte sie nicht gezeigt, dass sie ihn liebte. Liebe verdarb. Sie machte weich, vertrauensselig …

Da. Er aß. Endlich. Ja, lass es dir schmecken, Prinz! Der Bär trottete an die Seite seines Herrn und schnupperte an der Schüssel. Verschwinde, du plumpes Vieh. Lass ihn essen. Vier Beeren. Fünf wären besser gewesen, aber vier waren vermutlich auch genug. Es war zu praktisch, dass die Bäume, an denen sie wuchsen, alles andere als selten waren. Nur ein paar Meter unterhalb der Höhle standen gleich zwei von ihnen. Resa warnte die Kinder immer wieder vor ihren Beeren, sie hatte sie oft genug für Mortola sammeln müssen, wenn der Winter alle anderen Giftkräuter getötet hatte. Der Schwarze Prinz setzte die Schale an den Mund und leerte sie bis zum Grund. Gut so. Schon bald würde er spüren, wie der Tod ihm in die Gedärme griff.

Mortola stieß ein triumphierendes Krächzen aus und spreizte die Flügel. Der Gecko hob erneut die Hand mit den Brotkrumen, als sie über seinen Kopf hinwegflog. Dummkopf. Ja, der Vogel hatte recht. Sie waren alle dumm, so unendlich dumm. Doch das war gut so.

Die Frauen begannen die Suppe an die Kinder auszuschenken, und Zauberzunges Tochter stand weit hinten in der langen Reihe. Genug Zeit, um auch für sie ein paar Beeren zu pflücken. Mehr als genug.

Die Hand des Todes

Der Tod ist groß.
Wir sind die Seinen
lachenden Munds.
Wenn wir uns mitten im Leben meinen,
wagt er zu weinen
mitten in uns.
Rainer Maria Rilke, Schluszstück

Minerva kochte gute Suppe. Meggie hatte sie oft gegessen, als sie bei Fenoglio gewohnt hatte, und der Duft, der aus ihrer dampfenden Schale aufstieg, war so köstlich, dass die große, kühle Höhle ihr für einen Moment tatsächlich wie ein Zuhause erschien. »Bitte, Meggie, iss endlich etwas!«, hatte Resa zu ihr gesagt. »Ich habe genauso wenig Appetit wie du, aber es hilft deinem Vater bestimmt nicht, wenn wir aus Sorge um ihn verhungern.«

Nein, vermutlich nicht. Als sie Farid am frühen Morgen gebeten hatte, die Feuerbilder noch einmal für sie zu rufen, waren die Flammen blind geblieben. »Man kann sie eben nicht zwingen!«, hatte Farid ärgerlich gemurmelt, während er die Asche zurück in den Beutel füllte. »Die Flammen wollen spielen, also muss man ihnen vormachen, dass man eigentlich nichts von ihnen will. Aber wie soll ich das, wenn du in sie hineinstarrst, als ginge es um Leben und Tod?«

Worum ging es sonst? Selbst der Schwarze Prinz machte sich Sorgen um Mo. Er hatte beschlossen, Violante mit ein paar Männern zur Burg im See zu folgen, schon morgen wollte er aufbrechen, aber Resa und Meggie würde er nicht mitnehmen. »Natürlich nicht«, hatte ihre Mutter bitter geflüstert. »Diese Welt gehört den Männern.«

Meggie nahm den hölzernen Löffel, den Doria ihr geschnitzt hatte (es war ein sehr guter Löffel), und rührte lustlos in der Suppe herum. Jaspis lugte begehrlich zu ihr herüber. Natürlich. Glasmänner lieben Menschenessen, obwohl es ihnen nicht bekommt. Jaspis verbrachte trotz Farids Rückkehr immer mehr Zeit mit Doria. Meggie verwunderte das nicht. Farid war alles andere als gesprächig, seit Staubfinger ihn erneut fortgeschickt hatte. Die meiste Zeit strich er ruhelos durch die umliegenden Berge oder versuchte, die Bilder im Feuer zu rufen.

Roxane hatte bislang nur ein einziges Mal in die Flammen gesehen. »Ich danke dir«, hatte sie danach mit kühler Stimme zu Farid gesagt. »Aber ich höre lieber weiter auf mein Herz. Es sagt mir gewöhnlich, ob es ihm gut geht.«

»Na bitte! Hab ich es Staubfinger nicht gesagt?«, hatte Farid geschimpft. »Warum hat er mich zu ihr geschickt? Sie braucht mich nicht. Sie würde mich forthexen, wenn sie könnte!«

Doria hielt Jaspis seinen Löffel hin.

»Gib ihm nichts!«, sagte Meggie. »Es bekommt ihm nicht. Frag ihn!« Sie mochte Jaspis sehr. Er war so viel freundlicher als Rosenquarz, der nichts lieber tat, als zu schimpfen und sich mit Fenoglio zu streiten.

»Sie hat recht«, murmelte Jaspis zerknirscht, doch seine spitze Nase schnupperte, als wollte er den gläsernen Leib wenigstens mit dem verbotenen Duft füllen. Die Kinder, die um Meggie herumsaßen, kicherten. Sie alle liebten den Glasmann. Doria musste ihn oft vor ihren kleinen Händen in Sicherheit bringen. Den Marder liebten sie ebenso, aber Schleicher schnappte und fauchte, wenn ihm all die Kinderliebe zu viel wurde. Der Glasmann dagegen konnte sich der Menschenfinger kaum erwehren.

Die Suppe roch wirklich gut. Meggie tauchte den Löffel in die Schale – und fuhr zusammen, als ihr die Elster auf die Schulter flatterte, die dem Gecko zugeflogen war. Der Vogel schien inzwischen ebenso in die Höhle zu gehören wie Schleicher und der Bär, aber Resa mochte ihn nicht.

»Weg mit dir!«, fuhr sie die Elster an und scheuchte sie von Meggies Schulter.

Der Vogel krächzte aufgebracht und stieß mit dem Schnabel nach ihrer Mutter. Meggie erschrak so sehr, dass sie sich die heiße Suppe über die Hände goss.

»Entschuldige.« Resa tupfte ihr mit dem Saum ihres Kleides die Brühe von den Fingern. »Ich kann diesen Vogel nicht ausstehen. Wahrscheinlich, weil er mich an Mortola erinnert.«

Die Elster – natürlich. Meggie hatte schon lange nicht mehr an Capricorns Mutter gedacht, aber sie hatte auch nicht wie Resa dabeigestanden, als Mortola auf Mo geschossen hatte.

»Es ist nur ein Vogel«, sagte sie und war in Gedanken schon wieder weit fort, ihrem Vater nach. Sie hatte in Fenoglios Buch nur wenige Worte über die Burg im See gefunden, *tief in den Bergen, in der Mitte eines Sees … Eine endlose Brücke über schwarzem Wasser.* Ob Mo gerade darüberritt? Was, wenn sie und Resa dem Schwarzen Prinzen einfach folgten? *Hörst du, Meggie? Egal, was geschieht, ihr dürft mir nicht folgen! Versprich es mir!*

Resa wies auf die Schale in ihrem Schoß. »Meggie, bitte! Iss.«

Aber Meggie wandte sich zu Roxane um, die sich hastig einen Weg durch die essenden Kinder bahnte. Ihr schönes Gesicht war so blass, wie Meggie es seit Staubfingers Rückkehr nicht mehr gesehen hatte.

Resa richtete sich besorgt auf. »Was ist passiert?« Sie fasste nach Roxanes Arm. »Gibt es Neuigkeiten? Habt ihr etwas von Mo gehört? Du musst es mir sagen!«

Aber Roxane schüttelte den Kopf. »Der Prinz –« Die Angst in ihrer Stimme war nicht zu überhören. »Es geht ihm nicht gut, und ich weiß nicht, was es ist. Er hat furchtbare Krämpfe. Ich habe ein paar Wurzeln dabei, die vielleicht helfen werden.« Sie wollte weiter, doch Resa hielt sie zurück.

»Krämpfe? Wo ist er?«

Meggie hörte das Heulen des Bären schon von Weitem. Der Starke Mann blickte drein wie ein verzweifeltes Kind, als sie sich an ihm vorbeidrängten. Baptista war auch da, der Holzfuß, der Elfenschreck ... Der Schwarze Prinz lag ausgestreckt auf dem Boden. Minerva kniete neben ihm und versuchte ihm etwas einzuflößen, doch er krümmte sich vor Schmerz, presste sich die Hände auf den Leib und rang nach Atem. Schweiß stand ihm auf der Stirn.

»Bär, sei still!«, stieß er hervor. Die Worte kamen ihm kaum über die Lippen. Er hatte sie blutig gebissen vor Schmerz. Doch der Bär fuhr fort zu heulen und zu schnauben, als ginge es ihm ans eigene Leben.

»Lasst mich durch!« Resa schob sie alle zur Seite, auch Minerva, und nahm das Gesicht des Prinzen zwischen die Hände.

»Sieh mich an!«, sagte sie. »Bitte, sieh mich an!«

Sie strich ihm den Schweiß von der Stirn, sah ihm in die Augen.

Roxane kam zurück, ein paar Wurzelstücke in der Hand, und die Elster flatterte dem Gecko auf die Schulter.

Resa starrte sie an.

»Starker Mann!«, sagte sie so leise, dass nur Meggie sie hörte. »Fang diesen Vogel.«

Die Elster ruckte mit dem Kopf, während der Schwarze Prinz sich in Minervas Armen krümmte.

Der Starke Mann blickte Resa mit tränenverschleiertem Blick an – und nickte. Doch als er einen Schritt auf den Gecko zumachte, flatterte die Elster davon und hockte sich hoch unter der Höhlendecke auf einen Vorsprung.

Roxane kniete sich neben Resa.

»Er ist bewusstlos«, sagte Minerva. »Und seht, wie flach er atmet!«

»Ich habe diese Krämpfe schon gesehen.« Resas Stimme zitterte. »Die Beeren, die sie verursachen, sind dunkelrot und kaum größer als ein Nadelkopf. Mortola hat sie gern benutzt, weil sie leicht ins Essen zu mischen sind und sehr schmerzhaft töten. Zwei der Bäume, an denen sie wachsen, stehen unterhalb der Höhle! Ich habe die Kinder gleich vor den Beeren gewarnt.« Noch einmal blickte sie hinauf zu der Elster.

»Gibt es ein Gegengift?« Roxane richtete sich auf. Der Schwarze Prinz lag da wie tot, und der Bär stieß ihm die Schnauze in die Seite und stöhnte wie ein Mensch.

»Ja. Eine Blume mit winzigen weißen Blüten, die nach Aas riecht.« Resa blickte immer noch zu dem Vogel hinauf. »Die Wurzel schwächt die Wirkung der Beeren.«

»Was ist mit ihm?« Fenoglio drängte sich mit bestürztem Blick an den Frauen vorbei. Elinor war bei ihm. Den ganzen Morgen hatten die zwei damit verbracht, sich in Fenoglios Ecke darüber zu streiten, was an seiner Geschichte gut und was weniger gut war. Sobald jemand in ihre Nähe kam, hatten sie jedes Mal wie Verschwörer die Stimme gesenkt. Als hätte irgendeins der Kinder oder einer der Räuber verstehen können, wovon sie sprachen.

Elinor presste erschrocken die Hand auf die Lippen, als sie den Schwarzen Prinzen so reglos daliegen sah. Sie blickte so ungläubig drein, als hätte sie in einem Buch eine falsche Seite entdeckt.

»Vergiftet.« Der Starke Mann stand auf, die Fäuste geballt. Sein Gesicht war so dunkelrot, wie es sonst nur anlief, wenn er betrunken war. Er packte den Gecko an seinem dünnen Hals und schüttelte ihn wie eine Lumpenpuppe. »Warst du das?«, stieß er hervor. »Oder war es der Schnapper? Nun sag schon. Ich prügle es eh aus dir raus! Ich brech dir jeden Knochen, bis du dich so windest wie er!«

»Lass ihn los!«, fuhr Roxane ihn an. »Das hilft dem Prinzen jetzt auch nicht!«

Der Starke Mann ließ den Gecko los und begann zu schluchzen. Minerva schlang die Arme um ihn. Resa aber blickte immer noch hinauf zu der Elster.

»Die Pflanze, die du beschreibst, klingt nach Totenknopf«, sagte Roxane zu ihr, während der Gecko sich hustend den Hals rieb und den Starken Mann mit wüsten Flüchen belegte. »Sie ist sehr selten. Und selbst wenn sie hier wüchse, hätte die Kälte sie längst absterben lassen. Gibt es nicht irgendetwas anderes?«

Der Schwarze Prinz kam wieder zu sich. Er versuchte sich aufzurichten, aber er fiel stöhnend zurück. Baptista kniete sich neben ihn und blickte Hilfe suchend zu Roxane. Auch der Starke Mann richtete die verweinten Augen auf sie wie ein bettelnder Hund.

»Starrt mich nicht so an!«, rief sie, und Meggie hörte die Verzweiflung in ihrer Stimme. »Ich kann ihm nicht helfen! Versuch, ihm die Brechwurz zu geben«, sagte sie zu Minerva. »Und ich werde nach Totenknopfwurzeln suchen, auch wenn es wenig Sinn hat.«

»Brechwurz macht es nur schlimmer«, sagte Resa mit tonloser Stimme. »Glaub mir. Ich habe es oft genug gesehen.«

Der Schwarze Prinz keuchte vor Schmerz und vergrub das Gesicht an Baptistas Seite. Dann erschlaffte sein Körper plötzlich, als hätte er den Kampf gegen den Schmerz verloren. Roxane kniete sich hastig neben ihn, legte das Ohr an seine Brust und die Finger auf seinen Mund. Meggie schmeckte die eigenen Tränen auf den Lippen, und der Starke Mann begann zu schluchzen wie ein Kind.

»Er lebt noch«, sagte Roxane. »Aber viel Leben ist es nicht.«

Der Gecko schlich davon, vermutlich, um dem Schnapper Bericht zu erstatten. Elinor aber flüsterte Fenoglio etwas zu. Er wollte sich ärgerlich abwenden, doch Elinor hielt ihn zurück und redete weiter auf ihn ein. »Stell dich nicht so an!«, hörte Meggie sie flüstern. »Natürlich kannst du es! Willst du ihn etwa sterben lassen?«

Nicht nur Meggie hatte die letzten Worte verstanden. Der Starke Mann wischte sich mit verwirrtem Gesicht die Tränen vom Gesicht. Der Bär stöhnte erneut und vergrub seine Schnauze in der Seite seines Herrn. Fenoglio aber stand immer noch da und starrte auf den bewusstlosen Prinzen. Dann machte er einen zögernden Schritt auf Roxane zu.

»Diese ... ähem ... Blume, Roxane ...«

Elinor trat dicht hinter ihn, als müsste sie sichergehen, dass er auch das Richtige sagte. Fenoglio warf ihr einen ärgerlichen Blick zu.

»Was?« Roxane sah ihn an.

»Erzähl mir mehr über sie. Wo wächst sie? Wie hoch wird sie?«

»Sie liebt es feucht und schattig, aber was fragst du? Ich hab es doch gesagt, sie ist längst erfroren.«

»Weiße Blüten, winzig. Schattig und feucht.« Fenoglio fuhr sich mit der Hand über das müde Gesicht. Dann drehte er sich abrupt um und griff nach Meggies Arm.

»Komm mit!«, raunte er ihr zu. »Wir müssen uns beeilen.«

»Feucht und schattig«, murmelte er, während er Meggie mit sich zog. »Nun gut, wenn sie vorm Eingang einer Koboldhöhle wachsen, geschützt von dem warmen Dunst, der herausdringt, weil ein paar Kobolde darin ihren Winterschlaf halten ... Ja, das macht Sinn. Ja!«

Die Höhle war fast leer. Die Frauen hatten die Kinder ins Freie gebracht, damit sie die Schmerzensschreie des Prinzen nicht hörten. Nur die Räuber saßen stumm da, in kleinen Haufen, und starrten einander an, als fragten sie sich, wer von ihnen versucht hatte, ihren Anführer zu töten. Der Schnapper hockte mit dem Gecko gleich am Eingang und erwiderte Meggies Blick mit so finsterer Miene, dass sie hastig in eine andere Richtung sah.

Fenoglio aber wich seinem Blick nicht aus. »Ich frage mich, ob der Schnapper es war!«, flüsterte er Meggie zu. »Ja, das frag ich mich wirklich.«

»Wenn einer das wissen sollte, dann du!«, wisperte Elinor, die ihnen gefolgt war. »Wer sonst hat diesen abscheulichen Kerl erfunden?«

Fenoglio fuhr herum, als hätte ihn etwas gestochen. »Hör zu, Loredan! Ich war bislang geduldig mit dir, weil du Meggies Tante bist ...«

»Großtante«, korrigierte Elinor ungerührt.

»Wie auch immer. Ich habe dich nicht in diese Geschichte eingeladen, also erspar mir von nun an jegliche Kommentare zu meinen Figuren!«

»Ach ja?« Elinors Stimme wurde so laut, dass sie durch die weite Höhle schallte. »Und was wäre, wenn ich dir gerade eben meinen Kommentar erspart hätte? Dein weinvernebeltes Gehirn wäre doch nie darauf gekommen, diese Blume herbeizu...«

Fenoglio presste ihr grob die Hand auf den Mund. »Wie oft muss ich es noch sagen?«, zischte er. »Kein Wort vom Schreiben, verstanden? Ich habe nicht die geringste Lust, eines dummen Frauenzimmers wegen als Hexer gevierteilt zu werden.«

»Fenoglio!« Meggie zerrte ihn grob von Elinor zurück. »Der Schwarze Prinz! Er stirbt!«

Fenoglio starrte sie für den Bruchteil eines Augenblicks an, als hielte er diese Unterbrechung für sehr geschmacklos, doch dann zog er sie wortlos weiter zu seiner Schlafecke. Mit steinerner Miene räumte er einen Schlauch Wein zur Seite und zog unter einem Bündel Kleider ein paar Blätter hervor, die zu Meggies Verwunderung zu großen Teilen bereits beschrieben waren.

»Verflucht! Wo ist Rosenquarz?«, murmelte er, während er ein leeres Blatt zwischen den beschriebenen hervorzog. »Vermutlich wieder mit Jaspis unterwegs. Kaum bringt man zwei von ihnen zusammen, schon haben sie ihre Arbeit vergessen und stellen den wilden Glasfrauen nach. Als würden die auch nur einen Blick an so einen rosa angelaufenen Nichtsnutz verschwenden!«

Achtlos legte er die beschriebenen Blätter zur Seite. So viele Wörter. Wie lange schrieb er schon wieder? Meggie versuchte die ersten zu lesen.

»Nur ein paar Ideen«, brummte Fenoglio, als er ihren Blick bemerkte. »Wie das alles hier doch noch gut enden könnte. Welche Rolle dein Vater dabei spielt ...«

Meggies Herz tat einen Satz, aber Elinor kam ihr zuvor.

»Aha! Also warst doch du es, der all das über Mortimer geschrieben hat: dass er sich gefangen nehmen lässt, dass er jetzt zu dieser Burg reitet und meine Nichte sich nachts die Augen aus dem Kopf weint.«

»Nein, das war ich nicht!«, fuhr Fenoglio sie gereizt an, während er die beschriebenen Blätter rasch wieder unter seinen Kleidern verbarg. »Ich habe ihn auch nicht mit dem Tod plaudern lassen – obwohl mir dieser Teil der Geschichte wirklich gefällt. Ich sag doch, es sind nichts als Ideen! Nutzloses Gekritzel, das zu nichts führt! Und vermutlich wird es mit dem, was ich jetzt versuche, nicht anders sein. Aber ich werde es versuchen. Wenn jetzt endlich Stille herrscht! Oder wollt ihr den Schwarzen Prinzen geradewegs ins Grab reden?«

Als Fenoglio die Feder in die Tinte tauchte, hörte Meggie ein leises Geräusch hinter sich. Rosenquarz trat mit sichtlich verlegener Miene hinter dem Stein hervor, auf dem Fenoglios Schreibutensilien standen. Hinter ihm tauchte das blassgrüne Gesicht einer wilden Glasfrau auf. Ohne ein Wort huschte sie an Fenoglio und Meggie vorbei.

»Ich glaub das nicht!«, donnerte der alte Mann so laut, dass Rosenquarz sich die Hände auf die Ohren presste. »Der Schwarze Prinz ringt mit dem Tod, und du vergnügst dich mit einer wilden Glasfrau?«

»Der Prinz?« Rosenquarz blickte Fenoglio so bestürzt an, dass er sich auf der Stelle beruhigte. »Aber, aber ...«

»Hör auf mit dem Gestammel und rühr die Tinte um!«, fuhr

Fenoglio ihn an. »Und falls du so etwas Geistreiches wie ›Aber der Prinz ist doch so ein guter Mann‹ stammeln wolltest, nun, das hat wohl noch in keiner Welt vor dem Tod beschützt, oder?« Er tauchte die Feder so heftig in die Tinte, dass sie Rosenquarz das rosenfarbene Gesicht sprenkelte, aber Meggie sah, dass die Finger des alten Mannes zitterten. »Na, komm schon, Fenoglio!«, flüsterte er. »Es ist nur eine Blume. Das wirst du schaffen!«

Rosenquarz beobachtete ihn mit besorgter Miene, aber Fenoglio starrte nur auf das leere Blatt vor sich. Er starrte es an wie ein Torero den Stier.

»Die Koboldhöhle, in deren Eingang sie wachsen, liegt da, wo der Elfenschreck seine Schlingen legt!«, murmelte er. »Und sie stinken wirklich abscheulich, so abscheulich, dass die Feen einen weiten Bogen um sie machen. Aber die Motten lieben sie, graue Motten, deren Flügel gemustert sind, als hätte ein Glasmann winzige Totenköpfe daraufgemalt. Siehst du sie, Fenoglio? Ja!«

Er setzte die Feder auf, zögerte – und begann zu schreiben.

Neue Wörter. Frische Wörter. Meggie glaubte die Geschichte tief einatmen zu hören. Endlich Nahrung, nach all der Zeit, in der Orpheus sie nur mit Fenoglios alten Wörtern gefüttert hatte.

»Na bitte! Man muss ihn nur drängen. Er ist ein fauler alter Mann!«, flüsterte Elinor ihr zu. »Aber natürlich kann er es noch, auch wenn er es selbst nicht glauben will. So etwas verlernt man doch nicht. Verlernst du etwa das Lesen?«

Ich weiß es nicht, wollte Meggie antworten. Aber sie schwieg. Ihre Zunge wartete auf Fenoglios Worte. Heilende Worte. Wie damals, als sie für Mo gelesen hatte.

»Warum heult der Bär so?« Meggie spürte Farids Hände auf ihren Schultern. Vermutlich war er wieder irgendwo gewesen, wo die Kinder ihn nicht finden konnten, um das Feuer zu rufen, doch seinem bedrückten Gesicht nach zu urteilen waren die Flammen ein weiteres Mal blind geblieben.

»O nein. Der auch noch!«, rief Fenoglio entnervt. »Wozu haben ich und Darius all diese Steine aufgeschichtet? Nur damit jeder mir in mein Schlafzimmer stiefelt? Ich brauche Ruhe! Schließlich geht es um Leben oder Tod!«

»Leben oder Tod?« Farid sah Meggie beunruhigt an.

»Der Schwarze Prinz ... er ... er ...« Elinor versuchte gefasst zu klingen, aber ihre Stimme bebte.

»Kein Wort mehr!«, sagte Fenoglio, ohne aufzublicken. »Rosenquarz! Sand!«

»Sand? Wo soll ich den hernehmen?« Rosenquarz' Stimme wurde schrill.

»Ach, du bist wirklich zu nutzlos! Was denkst du, wozu ich dich mit in diese Wildnis schleppe? Damit du Urlaub machst und grünen Glasfrauen nachstellst?« Fenoglio blies auf die noch feuchte Tinte und reichte Meggie mit unsicherem Blick das frisch beschriebene Blatt.

»Lass sie wachsen, Meggie!«, sagte er. »Ein paar letzte heilende Blätter, gewärmt vom Atem schlafender Kobolde, gepflückt, bevor der Winter sie erfrieren lässt.«

Meggie starrte auf das Papier. Da war sie wieder, die Melodie, die ihr zuletzt entgegengeklungen war, als sie Orpheus hergebracht hatte.

Ja. Die Worte gehorchten Fenoglio wieder. Und sie würde sie das Atmen lehren.

Geschrieben und nicht geschrieben

Die Charaktere haben ihr eigenes Leben und ihre eigene Logik, und danach muss man handeln.
Isaac Bashevis Singer in »Advice to Writers«

Roxane fand die Pflanzen genau dort, wo Fenoglio es beschrieben hatte: im Eingang einer Koboldhöhle, da, wo der Elfenschreck seine Schlingen auslegte. Und Meggie, Despina an der Hand, sah wieder einmal, wie Worte, die sie noch eben gelesen hatte, zu Wirklichkeit wurden:

Die Blätter und Blüten trotzten dem kalten Wind, als hätten die Feen sie gepflanzt, um bei ihrem Anblick vom Sommer zu träumen. Doch der Duft, der den Blüten entstieg, war der Geruch von Verwesung und Vergehen. Das hatte ihnen ihren Namen gegeben: Totenknöpfe. Man legte sie auf die Gräber, um die Weißen Frauen freundlich zu stimmen.

Roxane scheuchte die Motten fort, die auf den Blättern saßen, grub zwei Pflanzen aus und ließ zwei stehen, um die Elben nicht zu verärgern. Dann eilte sie zurück zu der Höhle, in der die Weißen Frauen schon neben dem Schwarzen Prinzen standen, raspelte die Wurzeln, brühte sie auf, wie Resa es ihr beschrieb, und flößte den heißen Sud dem Prinzen ein. Er war schon schwach, so schwach, und doch geschah, was sie alle kaum noch zu hoffen gewagt hatten: Der Sud besänftigte das Gift, sang es in den Schlaf und brachte die Kraft des Lebens zurück.

Und die Weißen Frauen verschwanden, als hätte der Tod sie an einen anderen Ort gerufen.

Die letzten Sätze hatten sich so leicht gelesen, doch es vergingen viele schlimme Stunden, bevor auch sie Wirklichkeit wurden. Das Gift gab sich nicht leicht geschlagen, und die Weißen Frauen kamen und gingen. Roxane streute Kräuter, die sie vertrieben, wie sie es von der Nessel gelernt hatte, doch die blassen Gesichter tauchten immer wieder auf, kaum sichtbar vor den grauen Höhlenwänden, und irgendwann hatte Meggie das Gefühl, dass sie nicht nur den Prinzen ansahen, sondern auch sie.

Kennen wir dich nicht?, schienen ihre Augen zu fragen. Hat deine Stimme nicht den Mann beschützt, der schon zweimal unser war? Meggie erwiderte ihren Blick für kaum mehr als einen Atemzug, und doch spürte sie sofort die Sehnsucht, von der Mo erzählt hatte: Sehnsucht nach einem Ort, der jenseits aller Worte lag. Sie machte einen Schritt auf die Weißen Frauen zu, wollte die kühlen Hände auf ihrem klopfenden Herzen spüren, sie alle Angst und allen Schmerz fortwischen lassen, aber andere Hände hielten sie fest, warme, feste Hände.

»Meggie, sieh sie nicht an, um Himmels willen!«, raunte Elinor ihr zu. »Los, an die frische Luft mit dir. Du bist ja schon ebenso blass wie diese Kreaturen!«

Und ohne Widerspruch zu dulden, zog sie Meggie mit sich nach draußen, wo die Räuber die Köpfe zusammensteckten und die Kinder unter den Bäumen spielten, als hätten sie vergessen, was in der Höhle vor sich ging. Das Gras war weiß vom Raureif, weiß wie die Frauen, die auf den Schwarzen Prinzen warteten, aber ihr Bann brach, sobald Meggie das Lachen der Kinder hörte. Sie bewarfen sich mit Tannenzapfen und schrien auf, wenn der Marder nach ihnen sprang. Das Leben schien so viel stärker als der Tod, der Tod so viel stärker als das Leben. Wie Ebbe und Flut …

Auch Resa stand vor der Höhle, die Arme fröstelnd um den Leib geschlungen, obwohl der Starke Mann ihr einen Umhang aus Kaninchenfell um die Schultern gelegt hatte. »Habt ihr den Schnapper gesehen«, fragte sie Elinor, »oder den Gecko mit seiner Elster?«

Baptista trat zu ihnen. Er sah furchtbar erschöpft aus. Es war das erste Mal, dass er die Seite des Prinzen verließ. »Sie sind fort«, sagte er. »Der Schnapper, der Gecko und zehn andere. Sie sind dem Eichelhäher nach ... sobald feststand, dass der Prinz ihm wohl kaum wird folgen können!«

»Aber der Schnapper hasst Mo!« Resas Stimme wurde so laut, dass einige Räuber sich zu ihr umsahen und selbst die Kinder ihr Spiel unterbrachen. »Warum sollte er ihm helfen wollen?«

»Ich fürchte, er hat nicht vor, ihm zu helfen«, antwortete Baptista leise. »Er hat den anderen erzählt, dass er geht, weil der Eichelhäher uns verraten und seinen eigenen Handel mit Violante machen will. Außerdem hat er behauptet, dass dein Mann uns nicht die ganze Wahrheit über das Leere Buch erzählt hat.«

»Was für eine Wahrheit?« Resas Stimme verlor alle Kraft.

»Der Schnapper –«, raunte Baptista, »– behauptet, dass das Buch nicht nur unsterblich, sondern auch unermesslich reich macht. Für die meisten unserer Männer klingt das wesentlich verlockender als Unsterblichkeit. Sie würden für ein solches Buch ihre Mütter verraten. Warum, sagen sie sich, sollte der Eichelhäher nicht dasselbe mit uns vorhaben?«

»Aber das ist gelogen! Das Buch macht nur unsterblich, nichts mehr.« Meggie sorgte sich nicht darum, dass ihre Stimme laut wurde. Sie alle sollten es hören, all die, die mit zusammengesteckten Köpfen über ihren Vater flüsterten.

Der Elfenschreck wandte sich zu ihr um, ein böses Lächeln auf dem schmalen Gesicht. »Ach ja? Und woher willst du das wissen, kleine Hexe? Hat dein Vater dir nicht auch verschwiegen, dass das Buch dem Natternkopf das Fleisch auf den Knochen faulen lässt?«

»Na und?«, fuhr Elinor den Elfenschreck an, während sie schützend den Arm um Meggie legte. »Deswegen weiß sie immer noch eins: dass sie ihrem Vater bestimmt mehr trauen kann als einem Giftmörder. Denn wer sonst hat den Prinzen vergiftet, wenn nicht euer heiß verehrter Schnapper?«

Unter den Räubern erhob sich ein Murmeln, das wenig freundlich klang, und Baptista zog Elinor an seine Seite. »Pass auf, was du sagst!«, flüsterte er ihr zu. »Nicht alle Freunde des Schnappers sind mit ihm gegangen. Und wenn ihr meine Meinung hören wollt, dann klingt Gift nicht nach dem Schnapper. Ein Messer, ja, aber Gift ...«

»Ach nein. Und wer soll es dann gewesen sein?«, gab Elinor zurück.

Resa blickte hinauf zum grauen Himmel, als wäre die Antwort dort zu finden. »Hat der Gecko seine Elster mitgenommen?«, fragte sie.

Baptista nickte. »Zum Glück. Die Kinder hatten Angst vor ihr.«

»Mit gutem Grund.« Resa blickte erneut zum Himmel, dann sah sie Baptista an. »Was hat der Schnapper vor?«, fragte sie. »Sag es mir!«

Baptista hob nur müde die Schultern. »Ich weiß es nicht. Vielleicht wird er versuchen dem Natternkopf das Buch zu stehlen, bevor er zur Burg im See kommt. Vielleicht zieht er aber auch geradewegs dorthin, um es an sich zu bringen, nachdem der Eichelhäher die drei Wörter hineingeschrieben hat. Was immer er vorhat, wir können nichts tun. Die Kinder brauchen uns, und solange es dem Prinzen nicht besser geht, braucht er uns auch. Denk immer daran, dass Staubfinger beim Häher ist. Der Schnapper wird es mit den beiden nicht leicht haben! Und jetzt verzeih, ich muss zurück zum Prinzen.«

Der Schnapper wird es mit den beiden nicht leicht haben. Ja, aber was, wenn er dem Natternkopf das Leere Buch tatsächlich schon auf dem Weg stahl und der mit der Gewissheit zur Burg im See kam, dass auch der Eichelhäher ihm nun nicht mehr würde helfen können? Würde er Mo dann nicht auf der Stelle töten? Und selbst wenn Mo noch Gelegenheit hatte, die drei Wörter auf die leeren Seiten zu schreiben – was, wenn der Schnapper ihn danach, um das Buch zu bekommen, ebenso hinterhältig vergiftete, wie er es vermutlich mit dem Prinzen getan hatte?

Was, wenn, was, wenn ... Die Fragen hielten Meggie wach, selbst als um sie herum längst alles schlief, und schließlich stand sie auf, um nachzusehen, wie es dem Schwarzen Prinzen ging.

Er schlief. Die Weißen Frauen waren fort, doch sein dunkles Gesicht war immer noch so grau, als hätten ihre Hände ihm die Haut gebleicht. Minerva und Roxane wechselten sich an seiner Seite ab, und neben ihnen saß Fenoglio, als müsste er über seine Worte wachen, damit sie auch weiter wirksam blieben.

Fenoglio ... Fenoglio konnte wieder schreiben.

Was stand auf den Blättern, die er unter seinen Kleidern versteckt hatte?

»Warum hast du für deine Räuberlieder den Eichelhäher erfunden und nicht einfach über den Schwarzen Prinzen geschrieben?«, hatte Meggie ihn vor langer Zeit einmal gefragt. »Weil der Prinz müde war«, hatte Fenoglio geantwortet. »Der Schwarze Prinz brauchte den Eichelhäher ebenso sehr wie die Armen, die nachts voller Hoffnung seinen Namen flüstern. Außerdem war der Prinz zu lange schon Teil dieser Welt, um zu glauben, dass man sie wirklich ändern kann. Und seine Männer zweifelten nie daran, dass er aus Fleisch und Blut ist wie sie. Bei deinem Vater sind sie sich da keineswegs so sicher. Verstehst du?«

O ja, Meggie verstand nur zu gut. Aber Mo war aus Fleisch und Blut, und der Schnapper hatte daran bestimmt keine Zweifel. Als sie zu den Schlafenden zurückkehrte, hatte Darius zwei der Kinder auf dem Schoß und erzählte ihnen mit sanfter Stimme eine Geschichte. Die Kleinen weckten ihn oft mitten in der Nacht, weil er sich sehr gut darauf verstand, ihnen mit einer Geschichte die bösen Träume zu vertreiben, und Darius fügte sich geduldig in sein Schicksal. Ihm gefiel Fenoglios Welt – auch wenn sie ihm vermutlich mehr Angst machte als Elinor –, aber würde er sie auch mit seiner Stimme ändern, wenn Fenoglio ihn darum bat? Würde er lesen, was Meggie vielleicht nicht lesen wollte?

Was stand auf den Blättern, die Fenoglio so hastig vor ihr und Elinor versteckt hatte?

Was?

Sieh nach, Meggie. Du kannst doch ohnehin nicht schlafen.

Als sie hinter die Mauer trat, hinter der Fenoglios Schlafplatz war, drang ihr Rosenquarz' feines Schnarchen entgegen. Sein Herr saß beim Schwarzen Prinzen, aber der Glasmann lag genau auf den Kleidern, unter denen Fenoglio die beschriebenen Blätter verborgen hatte. Behutsam hob Meggie ihn hoch, wie immer verwundert über die Kälte seiner durchsichtigen Glieder, und legte ihn auf das Kissen, das Fenoglio sich aus Ombra mitgebracht hatte. Ja. Die Blätter waren noch genau dort, wo er sie vor ihr und Elinor versteckt hatte. Mehr als ein Dutzend waren es, bedeckt mit hastig hingeschriebenen Worten – Satzfetzen, Fragen, Gedankenschnipseln, die vermutlich für niemanden Sinn ergaben außer für ihren Verfasser: *das Schwert oder die Feder? Wen liebt Violante? Vorsicht, der Pfeifer ... Wer schreibt die drei Wörter?* Meggie konnte nicht alles entziffern, doch auf der allerersten Seite, in Großbuchstaben, standen die Worte, die ihr Herz schneller schlagen ließen: *Das Lied des Eichelhähers.*

»Nichts als Ideen, Meggie, wie ich es dir gesagt habe. Nichts als Fragen und Ideen.« Fenoglios Stimme ließ sie so erschrocken herumfahren, dass sie die Blätter fast auf den schlafenden Rosenquarz fallen ließ.

»Dem Prinzen geht es besser«, sagte Fenoglio, als wäre sie zu ihm gekommen, um das zu hören. »Es scheint tatsächlich so, als hielten meine Worte zur Abwechslung jemanden am Leben, statt ihn zu töten. Aber vielleicht lebt er auch nur deshalb, weil diese Geschichte glaubt, dass er ihr noch von Nutzen sein wird. Was weiß ich?« Mit einem Seufzer setzte er sich neben Meggie und zog ihr das, was er geschrieben hatte, sanft aus der Hand.

»Deine Worte haben auch Mo schon gerettet«, sagte sie.

»Ja, vielleicht.« Fenoglio strich mit der Hand über die trockene Tinte, als könnte er die Wörter auf die Art von aller Schädlichkeit befreien. »Aber dennoch traust du ihnen inzwischen ebenso wenig wie ich, oder?«

Er hatte recht. Sie hatte gelernt, die Wörter zugleich zu lieben und zu fürchten.

»Warum *Das Lied des Eichelhähers*?«, fragte sie leise. »Du kannst keine Lieder mehr über ihn schreiben! Er ist mein Vater. Erfinde einen neuen Helden. Dir fällt bestimmt einer ein. Aber lass Mo wieder Mo sein, einfach nur Mo.«

Fenoglio sah sie nachdenklich an. »Bist du sicher, dass dein Vater das auch will? Oder ist dir das egal?«

»Natürlich nicht!« Meggies Stimme wurde so scharf, dass Rosenquarz aus dem Schlaf fuhr. Mit verwirrter Miene sah er sich um – und schlief wieder ein. »Aber Mo will bestimmt nicht, dass du ihn mit deinen Worten einspinnst wie eine Spinne. Du veränderst ihn!«

»Unsinn! Dein Vater hat selbst entschieden, der Eichelhäher zu werden! Ich habe nur ein paar Lieder geschrieben, und du hast nicht eines von ihnen je laut gelesen! Wie sollen sie da irgendetwas verändert haben?«

Meggie senkte den Kopf.

»O nein!« Fenoglio sah sie entgeistert an. »Du hast sie gelesen?«

»Nachdem Mo auf die Burg geritten ist. Um ihn zu beschützen, um ihn stärker zu machen, unverletzbar! Ich lese sie jeden Tag.«

»Sieh einer an! Nun, dann wollen wir hoffen, dass die Worte ebenso wirksam sind wie die, die ich für den Schwarzen Prinzen geschrieben habe.«

Fenoglio legte ihr den Arm um die Schulter, so wie er es oft getan hatte, als sie beide Capricorns Gefangene gewesen waren – in einer anderen Welt, in einer anderen Geschichte. Oder war es doch dieselbe?

»Meggie«, sagte er leise. »Auch wenn du meine Lieder künftig jeden Tag ein Dutzend Mal liest – wir beide wissen, dass dein Vater nicht ihretwegen der Eichelhäher ist. Hätte ich ihn als Vorbild für den Pfeifer gewählt, glaubst du, er wäre zum Mörder geworden? Natürlich nicht! Dein Vater ist wie der Schwarze Prinz! Er fühlt mit den Schwachen. Das habe nicht *ich* ihm ins Herz geschrieben, es war schon immer dort! Dein Vater ist nicht meiner Worte wegen auf die Burg von Ombra geritten, sondern für die Kinder, die da draußen schlafen. Vielleicht hast du recht. Vielleicht verändert diese Geschichte ihn, aber er verändert auch diese Geschichte! Er erzählt sie weiter, Meggie, durch das, was er tut, nicht durch das, was ich schreibe. Auch wenn die richtigen Worte ihm dabei vielleicht helfen könnten …«

»Beschütz ihn, Fenoglio!«, flüsterte Meggie. »Der Schnapper ist ihm nach, und er hasst Mo.«

Fenoglio sah sie überrascht an. »Was soll das nun wieder heißen? Du willst doch, dass ich etwas über ihn schreibe? Himmel, es war schon verwirrend genug, als ich mich nur um meine eigenen Figuren zu kümmern hatte.«

Die du auch ohne Zögern hast sterben lassen, dachte Meggie, doch sie sprach es nicht aus. Den Schwarzen Prinzen hatte Fenoglio schließlich heute gerettet – und tatsächlich Angst um ihn gehabt. Was Staubfinger wohl zu diesem plötzlichen Anflug von Mitgefühl gesagt hätte?

Rosenquarz begann zu schnarchen.

»Hörst du das?«, fragte Fenoglio. »Kannst du mir sagen, wie ein so lächerlich kleines Geschöpf so laut schnarchen kann? Manchmal möchte ich ihn nachts ins Tintenfass stopfen, nur damit Ruhe ist!«

»Du bist ein grässlicher alter Mann!« Meggie griff nach den beschriebenen Blättern und fuhr mit dem Finger an den hastig hingeworfenen Worten entlang. »Was bedeutet das alles? *Feder oder Schwert? Wer schreibt die drei Wörter? Wen liebt Violante?*«

»Nun, das sind nur einige der Fragen, deren Antworten den Lauf dieser Geschichte bestimmen werden. Jede gute Geschichte verbirgt sich hinter einem Gewirr von Fragen, und es ist nicht leicht, ihnen auf die Schliche zu kommen. Hinzu kommt, dass diese hier ihren ganz eigenen Kopf hat, aber –«, Fenoglio senkte die Stimme, als könnte die Geschichte sie belauschen, »wenn man ihr die richtigen Fragen stellt, flüstert sie einem all ihre Geheimnisse zu. So eine Geschichte ist ein sehr geschwätziges Ding.«

Fenoglio las vor, was er geschrieben hatte: »*Feder oder Schwert?* Eine sehr wichtige Frage. Aber noch weiß ich die Antwort nicht. Vielleicht wird es beides sein. Wie auch immer ... *Wer wird die drei Wörter schreiben?* Tja, wer? Dein Vater hat sich gefangen nehmen lassen, um es zu tun, doch wer weiß ... Wird der Natternkopf sich tatsächlich von seiner Tochter überlisten lassen? Ist Violante so klug, wie sie denkt, und: *Wen liebt die Hässliche?* Nun, ich fürchte, sie hat sich in deinen Vater verliebt. Schon vor langer Zeit. Lange, bevor sie ihn getroffen hat.«

»Was?« Meggie sah ihn entgeistert an. »Was redest du da? Violante ist kaum älter als ich und Brianna!«

»Unsinn! Vielleicht ist sie es nicht an Jahren, aber sie hat so viel erlebt, dass sie mindestens dreimal so alt ist wie du. Außerdem hat sie wie viele Fürstentöchter eine sehr romantische Vorstellung von Räubern. Was glaubst du, warum sie Balbulus all meine Eichelhäher-Lieder hat illuminieren lassen? Und nun reitet er in Fleisch und Blut an ihrer Seite. Nicht unromantisch, oder?«

»Du bist abscheulich!« Meggies empörte Stimme ließ Rosenquarz erneut aus dem Schlaf fahren.

»Wieso? Ich erkläre dir nur, was es alles zu bedenken gibt, falls ich tatsächlich versuchen sollte, dieser Geschichte zu einem guten Ende zu verhelfen, obwohl sie selbst sich vielleicht längst ein anderes in den Kopf gesetzt hat. Was, wenn ich recht habe? Was, wenn

Violante den Eichelhäher liebt und dein Vater sie zurückweist? Wird sie ihn trotzdem vor dem Natternkopf beschützen? Welche Rolle wird Staubfinger spielen? Wird der Pfeifer merken, welches Spiel Violante spielt? Fragen, nichts als Fragen! Glaub mir: Diese Geschichte ist ein Labyrinth! Es scheint, als gäbe es viele Wege, aber nur einer ist der richtige, und für jeden falschen Schritt wird man mit einer bösen Überraschung bestraft. Doch diesmal werde ich vorbereitet sein. Diesmal werde ich die Schlingen sehen, die sie mir legt, Meggie – und den richtigen Ausgang finden. Doch dafür muss ich fragen! Zum Beispiel: Wo steckt Mortola? Eine Frage, die mir keine Ruhe lässt. Und was, beim Teufel der Tinte, treibt Orpheus? Fragen und noch mehr Fragen ... Aber Fenoglio ist wieder im Spiel! Und er hat den Schwarzen Prinzen gerettet!«

Jede Falte seines alten Gesichtes füllte sich mit Selbstzufriedenheit.

Oh, er war wirklich ein furchtbarer alter Mann!

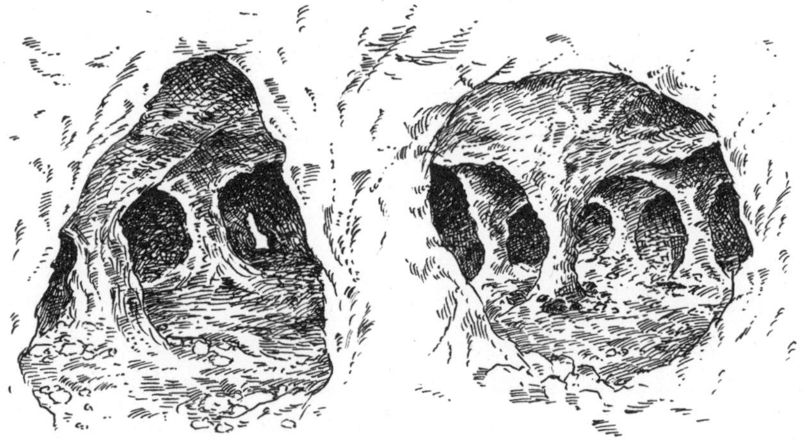

Die Burg im See

Sie hat etwas an sich, das sie den Worten entzieht.
John Steinbeck, Meine Reise mit Charley

Nach Norden ritten sie, immer weiter nach Norden. Am Morgen des zweiten Tages ließ Violante Mos Fesseln lösen, nachdem einer der Soldaten ihr wohl zugeflüstert hatte, dass der Eichelhäher sonst seine Hände bald nicht mehr würde gebrauchen können. Mehr als fünfzig Soldaten hatten kaum eine Meile von Ombra entfernt auf sie gewartet. Kaum einer von ihnen war älter als Farid, und sie alle blickten so entschlossen drein, als würden sie Violante bis ans Ende der Welt folgen.

Mit jeder Meile, die sie zurücklegten, wurden die Wälder dunkler und die Täler tiefer. Aus den Hügeln wurden Berge, und auf einigen Pässen lag der Schnee bereits so tief, dass sie absteigen und ihre Pferde führen mussten. Das Gebirge, durch das sie ritten, schien menschenleer. Nur sehr selten entdeckte Mo ein Dorf in der Ferne, einen einsam gelegenen Hof oder die Hütte eines Köhlers. Es schien fast, als hätte Fenoglio vergessen, auch diesen Teil seiner Welt zu bevölkern.

Staubfinger war zu ihnen gestoßen, als sie das erste Mal Rast machten – so selbstverständlich, als wäre nichts einfacher, als die Spur aufzunehmen, die Violantes Soldaten so sorgsam verwischten. Sie musterten ihn auf dieselbe ehrfürchtig-angstvolle Weise wie Mo. Eichelhäher … Feuertänzer … Natürlich kannten sie die

Lieder, und ihre Augen fragten: Seid ihr aus demselben Fleisch wie wir?

Für sich selbst wusste Mo die Antwort – auch wenn er sich manchmal fragte, ob ihm statt Blut inzwischen Tinte durch die Adern rann –, aber bei Staubfinger war er nicht so sicher. Die Pferde scheuten, wenn sie ihn sahen, auch wenn er sie mit einem Flüstern beruhigen konnte. Er schlief und aß kaum und griff ins Feuer, als wäre es Wasser. Doch wenn er über Roxane oder Farid sprach, klang menschliche Liebe aus seinen Worten, und wenn er seiner Tochter nachsah, so unauffällig, als schämte er sich dafür, war es der Blick eines sterblichen Vaters.

Es tat gut zu reiten, einfach nur zu reiten, während die Tintenwelt sich vor ihnen entfaltete wie ein kunstvoll zusammengelegtes Papier. Und mit jeder Meile zweifelte Mo mehr daran, dass all dies wirklich erst durch Fenoglios Worte entstanden war. War es nicht viel wahrscheinlicher, dass der alte Mann nur ein Berichterstatter gewesen war, der von einem winzigen Ausschnitt dieser Welt erzählt hatte, einem Bruchteil, den sie schon lange hinter sich gelassen hatten? Fremde Berge säumten den Horizont und Ombra war weit. Der Weglose Wald schien ebenso fern wie Elinors Garten, die Nachtburg nichts als ein finsterer Traum …

»Warst du jemals in diesen Bergen?«, fragte er Staubfinger irgendwann. Die meiste Zeit ritt er schweigend an seiner Seite. Manchmal glaubte Mo seine Gedanken hören zu können. *Roxane,* flüsterten sie. Und Staubfingers Augen wanderten immer wieder zu seiner Tochter, die an Violantes Seite ritt und ihren Vater keines Blickes würdigte.

»Nein, ich glaube nicht«, antwortete Staubfinger, und wie jedes Mal, wenn Mo ihn ansprach, schien es, als riefe er ihn zurück von dem Ort, für den es keine Worte gab. Staubfinger erzählte nicht von dort und Mo fragte nicht. Er wusste, was der andere fühlte. Die Weißen Frauen hatten sie beide berührt und in ihren Herzen die Sehnsucht nach diesem Ort gesät, eine stetige, wortlose Sehnsucht, süß und bitter zugleich.

Staubfinger blickte über die Schulter, als suchte er mit den Augen nach einem vertrauten Anblick. »Ich bin früher nie nach Norden geritten. Die Berge machten mir Angst«, sagte er und lächelte, als lächelte er über sein altes Ich, das so wenig von der Welt gewusst hatte, dass ihm ein paar Berge Angst machen konnten. »Mich hat es immer ans Meer gezogen, ans Meer und in den Süden.«

Dann schwieg er wieder. Staubfinger war noch nie sehr gesprächig gewesen und seine Reise in den Tod hatte daran nichts geändert. Also überließ Mo ihn seinem Schweigen und fragte sich zum unzähligsten Mal, ob der Schwarze Prinz inzwischen von Farid erfahren hatte, dass er nicht mehr in Ombra war, und wie Meggie und Resa diese Nachricht aufgenommen hatten. Es fiel so schwer, sie immer weiter zurückzulassen, weiter und weiter mit jedem Schritt, den sein Pferd tat, auch wenn er es in der Überzeugung tat, dass sie nur fern von ihm in Sicherheit waren. Denk nicht an sie!, befahl er sich. Frag dich nicht, wann und ob du sie wiedersiehst. Rede dir ein, dass der Eichelhäher nie eine Frau oder Tochter hatte. Nur für eine Weile …

Violante wandte sich im Sattel um, als wollte sie sichergehen, dass der Eichelhäher ihr nicht abhandengekommen war. Brianna flüsterte ihr etwas zu und Violante lächelte. Die Hässliche hatte ein schönes Lächeln, auch wenn man es selten zu sehen bekam. Es verriet, wie jung sie noch war.

Sie ritten einen dicht bewaldeten Hang hinauf. Sonnenlicht fiel durch die fast kahlen Bäume, und trotz des Schnees, der weiter oben Moos und Wurzeln bedeckte, roch es immer noch nach Herbst, nach faulenden Blättern und den letzten welkenden Blüten. Feen schwirrten durch das froststarre gelbe Gras, schläfrig vom nahenden Winter, Koboldspuren kreuzten den Weg, und unter den Büschen, die am Hang über ihnen wuchsen, glaubte Mo das Huschen wilder Glasleute zu hören. Einer von Violantes Soldaten begann leise zu singen, und der Klang der jungen Stimme gab Mo das Gefühl, als verblasste all das, was er zurückgelassen hatte, die Sorge um Resa und Meggie, der Schwarze Prinz, die bedrohten Kinder, selbst sein Handel mit dem Tod. Es gab nur noch den Pfad, den endlosen Pfad, der sich hinauf in die fremden Berge wand, und die unbezähmbare Lust in seinem Herzen weiterzureiten, immer tiefer hinein in diese verwirrende Welt. Wie sah sie aus, die Burg, zu der Violante sie führte? Und gab es wirklich Riesen in den Bergen? Wo endete dieser Pfad? Hatte er ein Ende? Nicht für den Eichelhäher, flüsterte es in ihm, und für einen Moment schlug sein Herz wieder so furchtlos und frisch wie das eines zehnjährigen Jungen …

Er spürte Staubfingers Blick. »Meine Welt gefällt dir.«

»Ja. Ja, das tut sie.« Mo hörte selbst, dass er schuldbewusst klang.

Staubfinger lachte so laut, wie Mo ihn selten hatte lachen hören. Er sah so anders aus ohne die Narben – als hätten die Weißen Frauen nicht nur sein Gesicht, sondern auch sein Herz geheilt. »Du schämst dich dafür!«, sagte er. »Warum? Weil du immer noch glaubst, dass all das hier nur aus Worten besteht? Es ist schon seltsam. Wenn man dich so sieht, könnte man tatsächlich glauben, dass du ebenso hierher gehörst wie ich. Bist du sicher, dass dich nicht auch nur jemand in die andere Welt hinübergelesen hatte?«

Mo wusste nicht, ob ihm der Gedanke gefiel oder nicht. »Ziemlich sicher.«

Der Wind wehte ihm ein Blatt vor die Brust. Winzige Gliedmaßen hingen daran, ein erschrocken dreinblickendes Gesicht, blassbraun wie das Blatt selbst. Orpheus' Blättermänner hatten sich offenbar schnell verbreitet. Das seltsame Geschöpf biss Mo in den Finger, als er danach griff, und der nächste Windstoß trieb es weiter.

»Hast du sie gestern Nacht auch gesehen?« Staubfinger wandte sich im Sattel um. Der Soldat hinter ihm wich seinem Blick aus. Es gibt kein fremderes Land als das des Todes.

»Wen?«

Staubfinger antwortete ihm mit einem spöttischen Blick.

Es waren zwei gewesen. Zwei Weiße Frauen. Kurz vor Tagesanbruch hatten sie zwischen den Bäumen gestanden.

»Was denkst du, warum sie uns folgen? Um uns daran zu erinnern, dass wir immer noch ihnen gehören?«

Staubfinger zuckte nur die Achseln, als wäre die Antwort nicht wichtig und die Frage die falsche. »Ich sehe sie jedes Mal, wenn ich die Augen schließe. Staubfinger!, flüstern sie. Wir vermissen dich. Schmerzt dein Herz schon wieder? Spürst du die Last der Zeit? Sollen wir sie von dir nehmen? Sollen wir dich wieder vergessen lassen? Nein!, sag ich zu ihnen. Lasst mich all das noch eine Weile fühlen. Wer weiß, vielleicht holt ihr mich ja ohnehin bald zurück. Mich –«, er sah Mo an, »– und den Eichelhäher.«

Über ihnen zogen dunkle Wolken auf, als hätten sie hinter den

Bergen gewartet, und die Pferde wurden unruhig, aber Staubfinger beruhigte sie mit ein paar leisen Worten.

»Was flüstern sie dir zu?«, fragte er Mo – und sah ihn an, als wüsste er es bereits.

»Oh!« Es war schwer, über die Weißen Frauen zu sprechen. So schwer, als hielten sie einem die Zunge fest, sobald man es versuchte. »Meist stehen sie einfach nur da, als warteten sie auf mich. Und wenn sie etwas sagen, dann immer bloß das eine: Unsterblich macht dich nur der Tod, Eichelhäher.«

Niemandem hatte er das bislang erzählt, weder dem Schwarzen Prinzen noch Resa oder Meggie. Wozu? Die Worte hätten ihnen nur Angst gemacht.

Doch Staubfinger kannte die Weißen Frauen – und die, der sie dienten. »Unsterblich«, wiederholte er. »O ja, solche Dinge sagen sie gern, und vermutlich stimmt es. Doch was ist mit dir? Hast du es eilig mit der Unsterblichkeit?«

Mo kam nicht dazu, ihm zu antworten.

Violante trieb ihr Pferd auf sie zu. Der Pfad hatte sie auf den Kamm eines Berges geführt. Tief unter ihnen lag ein See, auf dessen Wasser sich eine Burg spiegelte. Wie eine steinerne Frucht trieb sie auf den Wellen, fernab vom Ufer ... Ihre Mauern waren dunkler als die Tannen, die an den umliegenden Berghängen wuchsen, und eine schier endlose Brücke, schmal wie ein Band aus Stein, führte, getragen von unzähligen Pfeilern, über das Wasser an Land, wo zwei eingefallene Wachtürme zwischen ein paar verlassenen Hütten standen. »Die Uneinnehmbare Brücke!«, flüsterte einer der Soldaten, und aus seinem Flüstern klangen all die Geschichten, die er über diesen Ort gehört hatte.

Es begann wieder zu schneien, winzige nasse Flocken, die in

dem dunklen See verschwanden, als fräße er sie, und Violantes junge Soldaten starrten mit bedrücktem Schweigen auf das wenig einladende Ziel ihrer Reise. Das Gesicht ihrer Herrin jedoch leuchtete wie das eines jungen Mädchens.

»Was sagst du, Eichelhäher?«, fragte sie Mo, während sie sich die goldgefasste Brille auf die Nase setzte. »Sieh sie dir an. Meine Mutter hat mir diese Burg so oft beschrieben, dass es mir vorkommt, als wäre ich selbst hier groß geworden! Ich wünschte nur, diese Gläser wären noch besser«, fügte sie ungeduldig hinzu. »Aber wie schön sie ist, kann ich selbst von hier erkennen!«

Schön? Mo hätte die Burg eher finster genannt, doch vielleicht war das für die Tochter des Natternkopfes ein und dasselbe.

»Siehst du nun, warum ich dich hierhergebracht habe?«, fragte Violante. »Keiner kann diese Burg einnehmen. Selbst die Riesen konnten ihr nichts anhaben, als sie noch in dieses Tal kamen. Der See ist zu tief, und die Brücke ist gerade breit genug für einen Reiter!«

Der Pfad, der sie zum Ufer hinabführte, war so steil, dass sie ihre Pferde führen mussten. Unter den dicht stehenden Tannen war es so dunkel, als fräßen ihre Nadeln das Tageslicht, und Mo spürte, wie ihm das Herz wieder schwer wurde. Violante aber schritt so ungeduldig voran, dass sie alle ihr zwischen den eng stehenden Bäumen kaum folgen konnten.

»Nachtmahre!«, flüsterte Staubfinger, als die Stille zwischen den Bäumen so dunkel wurde wie die Nadeln, die den Boden bedeckten. »Schwarzelben, Rotkappen ... Hier gibt es alles, was Farid zum Zittern bringen würde. Lasst uns hoffen, dass diese Burg wirklich unbewohnt ist.«

Als sie endlich am Ufer des Sees standen, hing Nebel über dem

Wasser, und die Burg und die Brücke erhoben sich aus dem weißen Dunst, als wären sie gerade erst daraus geboren worden – Steingewächse aus den Tiefen des Wassers. Die Hütten am Ufer sahen sehr viel wirklicher aus, auch wenn man ihnen ansah, wie lange sie schon unbewohnt waren. Mo führte sein Pferd auf einen der Wachtürme zu. Die Tür war verbrannt, das Innere schwarz von Ruß.

Violante trat an seine Seite. »Ein Neffe meines Großvaters war der Letzte, der versucht hat, diese Burg zu erobern. Er ist nie über den See gekommen. Mein Großvater hat Raubfische darin gezüchtet. Sie sollen größer als Pferde sein und sehr erpicht auf Menschenfleisch. Der See bewacht diese Burg besser, als jede Armee es könnte. Es gab nie viele Soldaten auf der Burg, aber mein Großvater hat immer dafür gesorgt, dass genug Proviant für eine Belagerung vorhanden war. Es gab Vieh, und auf einigen der Innenhöfe hat er Gemüse anbauen und Obstbäume pflanzen lassen. Meine Mutter hat mir allerdings erzählt, dass sie trotzdem allzu oft Fisch essen musste.«

Violante lachte. Mo aber blickte voll Unbehagen über das dunkle Wasser. Ihm schien, als sähe er all die toten Soldaten zwischen den Nebelschwaden treiben, die versucht hatten über die Uneinnehmbare Brücke zu kommen. Der See schien ein Abbild der Tintenwelt, schön und schrecklich zugleich. Die Oberfläche war glatt wie Glas, aber der Ufersaum war sumpfig, und Schwärme schwirrender Insekten, denen der Winter offenbar nichts anhaben konnte, hingen zwischen dem frostweißen Schilf.

»Warum lebte Euer Großvater an einem so abgelegenen Ort?«

»Weil er der Menschen überdrüssig war. Ist das verwunderlich?« Violante blickte immer noch so verzaubert drein, als könnte sie nicht glauben, dass ihre Augen endlich sahen, was sie bislang nur aus Worten gekannt hatte. So oft erzählen uns zuerst Worte oder Bilder von dem, was wir ersehnen.

»Die Kammern meiner Mutter lagen im linken Turm. Als mein Großvater die Burg bauen ließ, kamen die Riesen noch hierher.« Violantes Stimme klang, als spräche sie im Schlaf. »Dieser See war damals der einzige Ort außerhalb der Städte, an dem man vor ihnen sicher war, weil selbst sie ihn nicht überqueren konnten. Aber sie liebten es, sich in seinem Wasser zu betrachten, weshalb man ihn auch den ›Spiegel der Riesen‹ nannte. Meine Mutter hatte Angst vor ihnen. Sie hat sich unter dem Bett versteckt, wenn sie ihre Schritte hörte, aber sie hat sich trotzdem immer gefragt, wie groß sie wohl wären, wenn sie nicht am fernen Ufer, sondern direkt vor ihr stünden, und einmal, als sie etwa fünf Jahre alt war und ein Riese mit seinem Kind am Ufer erschien, wollte sie zu ihnen laufen, aber eins ihrer Kindermädchen hat sie schon am Anfang der Brücke eingeholt, und mein Großvater hat sie zur Strafe drei Tage und Nächte in den Turm dort sperren lassen.« Violante wies zu einem Turm, der wie eine Nadel zwischen den anderen emporragte. »Dieser Turm war der einzige Ort auf der Burg, von dem meine Mutter nicht gern erzählte. Er hatte Bilder an den Wänden von Nachtmahren und Seeungeheuern, von Wölfen und Schlangen, von Räubern, die Reisende erschlagen ... Mein Großvater hat die Bilder malen lassen, um seinen Töchtern zu zeigen, wie gefährlich die Welt jenseits des Sees ist. Die Riesen holten sich oft Menschen als Spielzeug. Besonders Kinder. Hast du davon gehört?«

»Ich habe davon gelesen«, antwortete Mo.

Das Glück in ihrer Stimme rührte ihn, und er fragte sich nicht zum ersten Mal, wie es sein konnte, dass dasselbe Buch, das ihm so viel über Feuerelfen und Riesen erzählt hatte, so wenig über die

Tochter des Natternkopfes sagte. Für Fenoglio war Violante eben nur eine Nebenfigur gewesen, ein hässliches, unglückliches Mädchen, nicht mehr. Vielleicht konnte man das von ihr lernen. Dass man aus kleinen Rollen große machen kann, wenn man sie nur auf seine Weise spielt.

Violante schien vergessen zu haben, dass er neben ihr stand. Sie schien alles vergessen zu haben, selbst dass sie hergekommen war, um ihren Vater zu töten. Sie blickte so sehnsüchtig zu der Burg, als hoffte sie, im nächsten Moment ihre Mutter über die Zinnen blicken zu sehen. Doch schließlich drehte sie sich abrupt um.

»Vier von euch bleiben bei den Wachtürmen!«, befahl sie ihren Soldaten. »Der Rest kommt mit mir. Aber reitet langsam, wenn ihr nicht wollt, dass der Hufschlag eurer Pferde die Fische herbeilockt. Meine Mutter hat mir erzählt, dass sie schon Dutzende von Männern von der Brücke gerissen haben.«

Unter ihren Soldaten erhob sich ein beunruhigtes Murmeln. Sie waren wirklich fast noch Kinder.

Aber Violante beachtete sie nicht. Sie raffte ihr Kleid, schwarz wie alles, was Mo sie je hatte tragen sehen, und ließ sich von Brianna aufs Pferd helfen. »Ihr werdet sehen«, sagte sie. »Ich kenne diese Burg besser, als hätte ich hier gelebt. Ich habe alle Bücher studiert, die es über sie gibt. Ich kenne ihren Grundriss und all ihre Geheimnisse.«

»War Euer Vater je hier?« Staubfinger stellte die Frage, sobald Mo sie dachte.

Violante nahm die Zügel auf. »Nur ein einziges Mal!«, sagte sie, ohne Staubfinger anzusehen. »Als er um meine Mutter freite. Aber das ist lange her. Trotzdem wird er sich ganz bestimmt daran erinnern, dass diese Burg uneinnehmbar ist.«

Sie wendete ihr Pferd. »Komm, Brianna!«, sagte sie und ritt auf die Brücke zu. Aber ihr Pferd scheute, als es den steinernen Weg übers Wasser sah.

Ohne ein Wort trieb Staubfinger sein Pferd an Violantes Seite, nahm ihr die Zügel aus der Hand und führte ihr Pferd hinter dem seinen auf die Brücke. Der Klang der Hufe hallte über das Wasser, als Violantes Männer ihm folgten.

Mo ritt als Letzter auf die Brücke. Die ganze Welt schien plötzlich aus Wasser zu bestehen. Nebel trieb ihm ins Gesicht, und die Burg schwamm vor ihm auf dem See wie ein dunkler Traum: Türme, Zinnen, Brücken, Erker, fensterlose Mauern, von Wind und Wasser zerfressen. Die Brücke nahm kein Ende, und das Tor, auf das sie zuführte, schien unerreichbar, doch schließlich begann es zu wachsen, mit jedem Schritt, den sein Pferd tat. Die Türme und Mauern füllten den Himmel wie ein bedrohliches Lied, und Mo sah dunkle Schatten durch das Wasser gleiten, wie Wachhunde, die ihr Kommen witterten.

Wie sah die Burg aus, Mo?, hörte er Meggie fragen. Beschreib sie mir!

Was würde er antworten? Er sah hinauf zu den Türmen, so zahllos, als wüchse jedes Jahr ein neuer, zu dem Labyrinth aus Erkern und Brücken und dem steinernen Greif über dem Tor. »Sie sah nicht nach einem glücklichen Ende aus, Meggie«, hörte er sich antworten. »Sie sah aus wie ein Ort, von dem man nicht zurückkehrt.«

Die Rolle der Frauen

Was soll mir ein Buch?
In den Bäumen blättert der Wind;
und ich weiß, was dorten für Worte sind,
und wiederhole sie manchmal leis.
Und der Tod, der Augen wie Blumen bricht,
findet meine Augen nicht ...
Rainer Maria Rilke, Die Blinde

Männerkleider. Resa hatte sie dem schlafenden Elfenschreck gestohlen, ein Paar Hosen und ein langes warmes Hemd. Vermutlich waren sie sein ganzer Stolz. Die wenigsten Räuber besaßen mehr als das, was sie auf dem Leib trugen, aber in den nächsten Tagen würde sie die Kleider nötiger brauchen als der Elfenschreck.

Es war lange her, dass die Tintenwelt Resa gezwungen hatte, Männerkleider zu tragen, und doch kam die Erinnerung sofort zurück, als sie in die rauen Hosen stieg, so deutlich, als wäre es erst gestern gewesen. Sie erinnerte sich, wie oft das Messer ihr die Kopfhaut geritzt hatte, als sie sich das Haar kurz geschoren hatte, und daran, wie ihre Kehle geschmerzt hatte von dem ständigen Versuch, ihre Stimme tiefer klingen zu lassen. Diesmal würde sie das Haar nur hochstecken und vermutlich nicht vorgeben müssen, ein Mann zu sein, aber Hosen waren so viel praktischer auf wilden Wegen als ein Kleid, und wilde Wege würde sie gehen müssen, wenn sie Mo folgen wollte.

»Versprich es mir!« Er hatte sie nie eindringlicher um etwas gebeten. »Versprich mir, dass ihr euch versteckt haltet, gleichgültig, was geschieht, gleichgültig, was ihr hört. Und falls alles misslingt (was für eine geschickte Umschreibung für: falls ich sterben sollte), dann muss Meggie versuchen, euch zurückzulesen.«

Zurück. Wohin? In Elinors Haus, wo sie jeder Winkel an ihn erinnerte und im Garten seine Werkstatt stand? Ganz abgesehen davon, dass Elinor nun auch auf dieser Seite der Buchstaben war. Doch davon wusste Mo ebenso wenig wie davon, dass sie Orpheus' Worte verbrannt hatte.

Nein. Ohne ihn gab es kein Zurück. Falls Mo in der Tintenwelt starb, würde auch sie in ihr sterben – und darauf hoffen, dass die Weißen Frauen sie an denselben Ort bringen würden wie ihn.

Finstere Gedanken, Resa!, dachte sie und legte die Hand auf ihren Bauch. Es war so lange her, dass Meggie dort herangewachsen war, aber ihre Finger erinnerten sich noch – an all die Tage, an denen sie vergebens über ihren Leib gestrichen hatte, und an den Moment, an dem sie den kleinen Körper plötzlich unter ihrer Haut gespürt hatte. Kein anderer Moment war wie dieser, und sie konnte nicht erwarten, wieder zu spüren, wie die winzigen Füße ihr unter die Rippen stießen und das Kind sich in ihrem Innern drehte und streckte. Lange konnte es nicht mehr dauern. Wenn sie nur nicht so viel Angst um seinen Vater hätte haben müssen.

»Komm. Lass uns ihn suchen und vor der Elster und dem Schnapper warnen!«, flüsterte sie ihrem ungeborenen Kind zu. »Wir haben lange genug nur zugesehen. Von nun an werden wir mitspielen, auch wenn Fenoglio uns keine Rolle geschrieben hat.«

Nur Roxane wusste, was sie vorhatte, niemand sonst. Nicht Elinor, nicht Meggie. Sie hätten nur beide mitgewollt. Aber sie musste allein gehen, auch wenn das Meggie schon wieder zornig auf sie machen würde. Sie hatte ihr den Ritt zu Orpheus und die

Nacht auf dem Friedhof immer noch nicht ganz verziehen. Meggie verzieh nicht leicht, wenn es um ihren Vater ging. Nur ihm verzieh sie immer.

Resa zog Fenoglios Buch unter der Decke hervor, unter der sie schlief. Sie hatte Baptista gebeten, ihr einen Lederbeutel dafür zu nähen, natürlich ohne ihm zu sagen, dass er selbst vermutlich auf den Seiten dieses Buches geboren worden war. »Das ist ein seltsames Buch«, hatte er festgestellt. »Welcher Schreiber schreibt solche hässlichen Buchstaben? Und was ist das für ein Einband? War dem Buchbinder das Leder ausgegangen?«

Sie war nicht sicher, was Staubfinger zu dem gesagt hätte, was sie vorhatte. Es rührte sie immer noch, dass er ihr das Buch anvertraut hatte. Aber nun musste sie damit tun, was sie für richtig hielt.

Sie blickte zu ihrer Tochter hinüber. Meggie schlief neben Farid, aber kaum einen Meter weiter schlief Doria, das Gesicht Meggie zugewandt. Orpheus' ehemaliger Glasmann lag neben ihm, die Hand des Jungen über sich wie eine Decke. Wie jung Meggie im Schlaf noch aussah! Fast hätte sie sich hinabgebeugt und ihr das Haar aus der Stirn gestrichen. Es tat immer noch weh, an all die Jahre zu denken, die sie fern von ihr zugebracht hatte, so weh. Beeil dich, Resa! Draußen dämmert es schon. Bald würden sie alle aufwachen und sie nicht mehr fortlassen.

Elinor murmelte etwas im Schlaf, als sie an ihr vorbeischlich, und die Wache am Höhleneingang sah herüber, als Resa hinter die Mauer trat, die Fenoglio errichtet hatte, als wollte er die Welt fernhalten, die er selbst erschaffen hatte. Er und sein Glasmann schnarchten um die Wette, wie ein Bär und eine Grille. Rosenquarz' winzige Finger waren schwarz von Tinte, und das Blatt, neben dem er schlief, war bedeckt mit frisch geschriebenen Worten, doch sie waren fast alle durchgestrichen.

Resa legte den Beutel mit dem Buch gleich neben den Weinschlauch, zu dem Fenoglio immer noch gerne griff, auch wenn Elinor keine Gelegenheit ausließ, ihn dafür zu tadeln. Den Brief, den sie ihm geschrieben hatte, steckte sie so zwischen die Seiten, dass er aus dem Beutel ragte, unübersehbar, wie eine weiße Hand.

Fenoglio – sie hatte lange gebraucht, um die richtigen Worte zu finden, und sie war immer noch nicht sicher, ob sie sie gefunden hatte –, *ich gebe* Tintenherz *dem zurück, der es geschrieben hat. Vielleicht kann ja dein eigenes Buch dir verraten, wie diese Geschichte enden soll, und dir Worte zuflüstern, die Meggies Vater schützen. Ich werde währenddessen versuchen, auf meine Weise dazu beizutragen, dass das Lied vom Eichelhäher nicht traurig endet. Resa*

Der Himmel rötete sich, als sie aus der Höhle trat, und es war bitterkalt. Unter den Bäumen stand der Holzfuß Wache. Er sah ihr misstrauisch nach, als sie sich nach Norden wandte. Vielleicht hatte er sie nicht einmal erkannt in den Männerkleidern. Etwas Brot und ein Beutel Wasser, ein Messer und der Kompass, den Elinor mit in diese Welt gebracht hatte – das war alles, was sie dabeihatte. Es war nicht das erste Mal, dass sie in dieser Welt allein zurechtkommen musste. Aber sie war noch nicht weit gekommen, als sie hinter sich schwere Schritte hörte.

»Resa!« Der Starke Mann klang gekränkt wie ein Kind, das seine Schwester beim Fortlaufen ertappt hatte. »Wo willst du hin?«

Als ob sie ihm das sagen musste.

»Du kannst ihm nicht folgen! Ich hab ihm versprochen, dass ich auf dich aufpasse, auf dich und deine Tochter.« Er hielt sie fest, und was der Starke Mann festhielt, kam nicht los.

»Lass mich gehen!«, fuhr sie ihn an. »Er weiß nichts vom Schnapper. Ich muss ihm nach! Du kannst auf Meggie aufpassen.«

»Doria wird sie beschützen. Er hat noch keinem Mädchen so hinterhergeschaut wie ihr. Und Baptista ist auch noch da.« Er hielt sie immer noch fest. »Es ist ein weiter Weg zu der Burg im See. Sehr weit und sehr gefährlich.«

»Roxane hat ihn mir erklärt.«

»Und? Hat sie dir auch von den Nachtmahren erzählt? Von den Rotkappen und Schwarzelben?«

»Die hat es bei Capricorns Festung auch gegeben. Und jeder seiner Männer war schlimmer. Also geh schon zurück. Ich kann selbst auf mich aufpassen.«

»Sicher. Du kannst es auch mit dem Schnapper und dem Pfeifer aufnehmen.« Ohne ein weiteres Wort nahm er ihr den Beutel ab. »Der Eichelhäher wird mich erschlagen, wenn er dich sieht!«

Der Eichelhäher. Was, wenn sie nicht ihren Mann, sondern nur ihn auf der Burg antraf? Vielleicht würde Mo verstehen, dass sie ihm gefolgt war, aber nicht der Eichelhäher …

»Lass uns gehen.«

Der Starke Mann stapfte davon. Er war ebenso dickköpfig wie stark. Nicht einmal der Schwarze Prinz konnte ihn umstimmen, wenn er sich etwas in den Kopf gesetzt hatte, und Resa versuchte es gar nicht erst. Es würde guttun, ihn zur Gesellschaft zu haben, sehr gut. Sie war nicht oft allein in den Tintenwäldern unterwegs gewesen, und sie erinnerte sich nicht gern daran.

»Starker Mann?«, fragte sie, als sie die Höhle, in der ihre Tochter schlief, bereits weit hinter sich gelassen hatten. »Mochtest du die Elster, die dem Gecko zugeflogen ist?«

»Das war keine Elster«, antwortete er. »Sie hatte die Stimme einer Frau. Aber ich hab nichts gesagt, weil die anderen mich nur wieder für verrückt erklärt hätten.«

Warten

We shall not cease from exploring
And the end of all our exploring
Will be to arrive where we started
And know the place for the first time.
Thomas S. Eliot, Little Gidding

Die Burg im See war eine Auster, die sich vor der Welt verschloss. Nicht ein Fenster öffnete sich zu den Bergen ringsum. Nicht eines blickte auf den See, der an den dunklen Mauern leckte. Hatte man das Tor erst hinter sich gelassen, gab es nur noch die Burg: ihre engen, dunklen Höfe, die übermauerten Brücken, die die Türme verbanden, und Wände, die bemalt waren mit Welten, die in nichts der Welt glichen, die außerhalb der fensterlosen Mauern lag. Gärten und sanfte Hügel sah man dort, bevölkert mit Einhörnern, Drachen und Pfauen, und über ihnen einen ewig blauen Himmel, an dem weiße Wolken trieben. Die Bilder waren überall, in den Kammern, auf den Gängen, auf den Mauern der Höfe. Aus jedem Fenster blickte man auf sie (und im Innern der Burg gab es viele Fenster). Gemalte Ausblicke auf eine Welt, die es nicht gab. Doch der feuchte Atem des Sees ließ die Farbe von den Steinen blättern, und so sah es an vielen Stellen aus, als hätte jemand versucht, die gemalten Lügen von den Wänden zu wischen.

Nur von den Türmen aus konnte man, unverstellt von Mauern, Erkern und Dächern, die Welt sehen, die die Burg tatsächlich umgab, den weiten See und die umliegenden Berge, und Mo zog es sofort hinauf zu den Zinnen, wo er den Himmel über sich spürte und die Welt betrachten konnte, die ihn so sehr betörte, dass er sich tiefer und tiefer in sie hineinbegab, auch wenn sie vielleicht nicht wirklicher war als die Bilder auf den Wänden. Violante dagegen wollte nur die Kammern sehen, in denen irgendwann ihre Mutter gespielt hatte.

Sie bewegte sich durch die Burg im See, als wäre sie nach Hause gekommen, strich voll Andacht über die staubgrauen Möbel, begutachtete jedes Stück Tongeschirr, das sich unter den Spinnweben fand, und betrachtete die Bilder an den Wänden so ausführlich, als erzählten sie von ihrer Mutter. »Dies war die Kammer, in der sie und ihre Schwestern unterrichtet wurden. Siehst du? Das waren ihre Schreibpulte. Der Lehrer war grässlich! Hier schlief meine Großmutter! Hier hielten sie die Hunde und dort die Tauben, die Botschaften für sie zustellten.«

Je länger Mo ihr folgte, desto mehr schien es ihm, dass diese gemalte Welt genau das war, was Violantes schwache Augen sehen wollten. Vielleicht fühlte sie sich geborgener in einer Welt, die Balbulus' Büchern ähnelte, erdacht und beherrschbar, zeitlos und unveränderbar, vertraut in jedem Winkel.

Hätte es Meggie gefallen, fragte er sich, gemalte Einhörner vor ihrem Fenster zu sehen, Hügel, die ewig grün waren, und immer die gleichen Wolken? Nein, gab er sich selbst die Antwort. Meggie wäre hinauf auf die Türme gestiegen wie er.

»Hat Eure Mutter Euch je erzählt, ob sie hier wirklich glücklich war?« Mo konnte nicht verhindern, dass Violante den Zweifel in seiner Stimme hörte, und sofort verschwand die mädchenhafte Weichheit, die ihr Gesicht so sehr veränderte, und die Tochter des Natternkopfes war zurück.

»Natürlich! Sie war sehr glücklich. Bis mein Vater meinen Großvater dazu zwang, sie ihm zur Frau zu geben, und sie mit auf die Nachtburg nahm!« Sie sah ihn so herausfordernd an, als könnte sie ihn nur mit ihrem Blick zwingen, ihr zu glauben – und diese Burg zu lieben.

Einen Ort gab es, der die Welt draußen auch hinter den Mauern nicht vergessen ließ. Mo fand ihn erst, als er allein umherstreifte, auf der Suche nach irgendeinem Winkel, an dem er nicht schon wieder das Gefühl hatte, ein Gefangener zu sein, auch wenn es diesmal ein schön bemalter Kerker war. Das Tageslicht blendete ihn, als er im Westflügel der Burg plötzlich in einen Saal trat, der so viele Fenster hatte, dass sie die Mauern in steinerne Spitze verwandelten. An der Decke tanzte das Licht, das vom Wasser des Sees reflektiert wurde, und die Berge schienen sich draußen aufzureihen, als wünschten sie nichts mehr, als durch all die Fenster betrachtet zu werden. Die Schönheit des Ausblicks nahm Mo den Atem, obwohl es eine finstere Schönheit war und seine Augen an den dunklen Berghängen unwillkürlich nach den Spuren von Menschen suchten. Er füllte sich die Lungen mit der kalten Luft, die der Wind hereintrug, und sah erst, dass er nicht allein war, als er sich nach Süden wandte, dorthin, wo irgendwo hinter den Bergen Ombra lag. Staubfinger saß in einem der Fenster, den Wind im Haar, das Gesicht der kalten Sonne zugewandt.

»Die Spielleute nennen ihn den Tausend-Fenster-Saal«, sagte er, ohne sich umzuwenden, und Mo fragte sich, wie lange er schon dort saß. »Man erzählt, dass Violantes Mutter und ihre Schwestern schwache Augen bekamen, weil ihr Vater sie nicht in die Ferne blicken ließ, aus Angst vor dem, was dort auf sie wartete. Das Tageslicht begann sie zu schmerzen. Selbst die Bilder an den

Wänden ihrer Kammern konnten sie nicht mehr klar erkennen, und ein Bader, der mit ein paar Spielleuten herkam, erklärte Violantes Großvater, dass seine Töchter erblinden würden, wenn er ihnen nicht erlaubte, ab und zu die wirkliche Welt zu sehen. Also ließ der Salzfürst – denn so nannte man ihn, weil er durch den Salzhandel reich geworden war – diese Fenster in die Mauern brechen und befahl seinen Töchtern, jeden Tag eine Stunde hinauszublicken. Doch während sie das taten, musste ihnen ein Spielmann von den Schrecken der Welt erzählen, von der Herzlosigkeit der Menschen und ihrer Grausamkeit, von Seuchen und dem Hunger der Wölfe, damit sie nie wünschten, hinauszugehen und ihren Vater zu verlassen.«

»Was für eine seltsame Geschichte«, sagte Mo. Als er an Staubfingers Seite trat, spürte er dessen Sehnsucht nach Roxane so stark, als wäre es seine eigene.

»Jetzt ist es nur noch eine Geschichte«, sagte Staubfinger. »Aber es ist alles wirklich geschehen, hier an diesem Ort.« Er blies sacht in die kühle Luft, und neben ihnen formten sich drei Mädchen aus Feuer. Dicht aneinandergedrängt standen sie da und starrten in die Ferne, wo die Berge blau wie die Sehnsucht selber waren.

»Man erzählt, dass sie mehrmals versuchten fortzulaufen, mit den Spielleuten, die ihr Vater nur deshalb auf der Burg duldete, weil sie ihm Neuigkeiten von den anderen Höfen brachten. Doch weder die Mädchen noch die Spielleute kamen je weiter als bis zu den ersten Bäumen. Ihr Vater ließ sie fangen und seine Töchter zurück auf die Burg bringen. Die Spielleute aber ließ er dort anbinden –«, Staubfinger wies auf einen Felsen am Seeufer, »– und die Mädchen mussten am Fenster stehen«, die feurigen Gestalten taten genau, was Staubfinger beschrieb, »frierend und zitternd vor Angst, bis die Riesen kamen und die Spielleute fortschleppten.«

Mo konnte den Blick nicht von den Feuermädchen wenden. Die Flammen malten ihre Angst und ihre Einsamkeit ebenso eindrucksvoll wie Balbulus' Pinsel. Nein. Violantes Mutter war nicht glücklich gewesen auf dieser Burg, was immer sie ihrer Tochter erzählt hatte.

»Was tut er da?«

Violante stand plötzlich hinter ihnen. Brianna und Tullio waren bei ihr.

Staubfinger schnippte mit den Fingern, und die Flammen verloren ihre menschliche Gestalt und rankten sich um die Fenster wie eine feurige Pflanze. »Keine Angst. Es wird nur etwas Ruß auf den Steinen zurückbleiben, und für den Moment«, setzte er mit einem Blick auf Brianna hinzu, die wie verzaubert in die Flammen starrte, »sieht es doch sehr schön aus, oder?«

Ja, das tat es. Das Feuer umrankte die Fenster mit roten Blättern und goldenen Blüten. Tullio machte unwillkürlich einen Schritt darauf zu, aber Violante zog ihn grob an ihre Seite zurück. »Mach es aus, Feuertänzer!«, fuhr sie Staubfinger an. »Auf der Stelle.«

Staubfinger gehorchte mit einem Schulterzucken. Ein Flüstern, und das Feuer erlosch. Violantes Zorn beeindruckte Staubfinger nicht, und der Tochter des Natternkopfes machte das Angst. Mo sah es in ihren Augen.

»Es sah wirklich schön aus, findet Ihr nicht?«, fragte er und fuhr mit dem Finger über den rußgeschwärzten Sims. Es war ihm, als sähe er immer noch die drei Mädchen am Fenster stehen.

»Feuer ist niemals schön«, erwiderte Violante verächtlich.

»Hast du jemals einen Menschen im Feuer sterben sehen? Sie brennen lange.«

Sie wusste offenbar, wovon sie sprach. Wie alt war sie gewesen, als sie den ersten Scheiterhaufen, wie alt, als sie den ersten Mann hatte hängen sehen? Wie viel Finsternis ertrug ein Kind, bevor diese Finsternis für immer Teil von ihm wurde?

»Komm mit, Eichelhäher!« Violante drehte sich abrupt um. »Ich will dir etwas zeigen. Nur dir! Brianna, hol Wasser und wisch den Ruß fort.«

Brianna huschte wortlos davon, nicht ohne ihrem Vater einen hastigen Blick zuzuwerfen. Staubfinger aber hielt Mo zurück, als er der Hässlichen folgen wollte.

»Hüte dich vor ihr!«, flüsterte er ihm zu. »Fürstentöchter haben eine Schwäche für Gaukler und Räuber.«

»Eichelhäher!« Violantes Stimme war scharf vor Ungeduld. »Wo bleibst du?«

Staubfinger malte ein Herz aus Feuer auf den schmutzigen Boden.

Violante wartete auf der dunklen Turmtreppe, als wäre sie vor den Fenstern geflohen. Vielleicht liebte sie die Schatten, weil sie immer noch das Mal auf der Wange spürte, dem sie ihren grausamen Beinamen verdankte. Wie anders hatten die Kosenamen geklungen, mit denen Meggie aufgewachsen war: Hübsche, Süße, Zuckerkind … Meggie war groß geworden in der Gewissheit, dass schon ihr Anblick ihn mit Liebe erfüllte. Violantes Mutter hatte ihrer Tochter vermutlich dieselbe Liebe gezeigt, aber alle anderen hatten sie mit Abscheu oder im besten Fall mit Mitleid betrachtet. Wo hatte das Kind, das sie einst gewesen war, sich vor all den missbilligenden Blicken verborgen, wo hatte sie sich versteckt vor all dem Schmerz? Hatte sie ihr Herz gelehrt, all die zu verachten, die der Welt ein hübsches Gesicht zeigen konnten? Arme Natterntochter, dachte Mo, als er sie an der dunklen Treppe stehen sah, so allein in ihrem finsteren Herzen ... Nein. Staubfinger irrte sich. Violante liebte nichts und niemanden, nicht einmal sich selbst.

Sie hastete die Treppe hinunter, als wollte sie ihrem eigenen Schatten davonlaufen. So schnell ging sie immer, voll Ungeduld, die langen Kleider gerafft, als verfluchte sie mit jedem Schritt die Tracht, die die Frauen in dieser Welt trugen.

»Komm mit, ich muss dir etwas zeigen. Meine Mutter hat mir immer erzählt, die Bibliothek dieser Burg sei im Nordflügel, bei den Einhornbildern. Ich weiß nicht, wann und warum sie verlegt wurde, aber sieh selbst ... der Raum der Turmwache, das Zimmer des Schreibers, das Frauenzimmer«, flüsterte sie beim Gehen, »die Brücke zum Nordturm, die Brücke zum Südturm, der Hof der Vögel, der Hof der Hunde ...« Sie bewegte sich tatsächlich durch die Burg, als hätte sie seit Jahren in ihr gelebt.

Wie oft hatte sie die Bücher studiert, die diese Burg beschrieben? Mo hörte den See, als sie ihn über einen Hof mit leeren Käfigen führte, riesige Käfige, so kunstvoll geschmiedet, als sollten die Gitter den Vögeln die Bäume ersetzen. Er hörte das Wasser an die Steine schlagen, aber die Mauern, die den Hof umgaben, waren mit Buchen und Eichen bemalt, in deren Zweigen Schwärme von Vögeln saßen: Sperlinge, Lerchen, wilde Tauben, Nachtigallen neben Falken, Kreuzschnäbeln und Rotkehlchen, Spechten und Kolibris, die Schnäbel in rote Blüten senkend. Der Eichelhäher saß neben einer Schwalbe.

»Meine Mutter und ihre Schwestern liebten Vögel. Mein Großvater ließ sie deshalb nicht nur an die Wände malen, er ließ lebende Vögel aus den fernsten Ländern herbringen und füllte diese Käfige mit ihnen. Im Winter ließ er sie zudecken, aber meine Mutter kroch unter die Decken. Manchmal saß sie stundenlang in einem der Käfige, bis die Kindermädchen sie fanden und ihr die Vogelfedern aus dem Haar zupften.«

Sie hastete weiter. Ein Tordurchgang, ein weiterer Hof. Hundezwinger, Jagdszenen an den Mauern und über allem der Wellenschlag des Sees, so fern und doch so nah. Natürlich liebte Violantes Mutter Vögel, dachte Mo. Sie wünschte sich Flügel wie sie. Vermutlich träumten sie und ihre Schwestern von nichts anderem als vom Fortfliegen, wenn sie in die Käfige kletterten und darauf warteten, dass ihre feinen Kleider sich mit Federn bedeckten.

Es machte ihm das Herz schwer, an die drei einsamen Mädchen zu denken, und trotzdem hätte er Meggie so gern die Käfige und gemalten Vögel gezeigt, die Einhörner und Drachen und den Tausend-Fenster-Saal, ja, selbst die Uneinnehmbare Brücke, die, wenn man von oben auf sie hinabblickte, über dem See zu schweben schien. Du wirst Meggie von alldem erzählen, sagte er sich, als könnten die Worte wahr werden, wenn er sie nur ohne Zweifel dachte.

Noch eine Treppe, noch eine übermauerte Brücke, wie ein schwebender Tunnel zwischen den Türmen. Die Tür, vor der Violante stehen blieb, war schwarz gebeizt wie alle Türen auf der Burg. Das Holz war aufgequollen, und sie musste die Schulter dagegenstemmen, um sie zu öffnen.

»Es ist furchtbar!«, sagte sie, und sie hatte recht. Mo konnte nicht viel erkennen in dem lang gestreckten Raum. Nur zwei schmale Fenster ließen etwas Licht und Luft herein, doch selbst wenn er nichts hätte sehen können, hätte er es gerochen. Die Bücher stapelten sich vor den feuchten Wänden wie Feuerholz, und die kalte Luft roch so stark nach Schimmel, dass er sich die Hand auf Mund und Nase presste.

»Sieh sie dir an!« Violante griff nach dem nächsten Buch und hielt es ihm hin, Tränen in den Augen. »So sehen sie alle aus!«

Mo nahm ihr das Buch aus der Hand und versuchte es zu öffnen, doch die Seiten waren verklebt zu einem modrig riechenden, schwärzlich verfärbten Klumpen. Schimmel bedeckte den Schnitt wie Schaum. Die Deckel waren zerfressen. Es war kein Buch mehr, was er hielt – es war der Leichnam eines Buches, und für einen Moment dachte Mo mit Übelkeit daran, dass er das Buch, das er dem Natternkopf gebunden hatte, zu dem gleichen Schicksal verdammt hatte. Ob es inzwischen ebenso furchtbar aussah wie dieses? Wohl kaum, sonst hätte es den Natternkopf längst getötet und die Weißen Frauen würden nicht die Hände nach Meggie ausstrecken.

»Ich hab mir schon so viele angesehen. Kaum eines sieht besser aus! Wie ist das möglich?«

Mo legte das zerstörte Buch zurück zu den anderen.

»Nun, wo immer die Bibliothek ursprünglich war, ich fürchte, auf dieser Burg gibt es keinen sicheren Ort für Bücher. Auch wenn Euer Großvater versucht hat den See draußen zu vergessen – er ist da. Die Luft ist so feucht, dass die Bücher zu rotten begannen, und da niemand wusste, wie man sie retten konnte, hat man sie wohl in diesen Raum gebracht, in der Hoffnung, dass sie hier eher trocknen als in der Bibliothek. Ein schlimmer Irrtum. Sie müssen ein Vermögen wert gewesen sein.«

Violante presste die Lippen aufeinander und strich mit der

Hand über die zerfressenen Deckel, als striche sie einem toten Tier ein letztes Mal übers Fell. »Meine Mutter hat sie mir noch deutlicher beschrieben als alles andere auf dieser Burg! Zum Glück hat sie etliche mit auf die Nachtburg genommen. Die meisten davon habe ich dann nach Ombra gebracht. Ich habe meinen Schwiegervater gleich nach meiner Ankunft gebeten, auch die anderen Bücher zu holen. Schließlich war diese Burg schon damals seit Jahren verlassen. Aber wer hört schon auf ein achtjähriges Mädchen? ›Vergiss die Bücher und die Burg, in der sie stehen‹, sagte er nur, jedes Mal, wenn ich ihn bat. ›Die Burg im See ist kein Ort, an den ich meine Männer schicke, nicht für die schönsten Bücher der Welt. Hast du nichts von den Fischen gehört, die dein Großvater in dem See hat züchten lassen, und dem ewigen Nebel? Von den Riesen ganz zu schweigen.‹ Als wären die Riesen damals nicht schon seit Jahren aus diesen Bergen verschwunden gewesen! Er war so ein Dummkopf! Ein gefräßiger, unwissender Dummkopf!« Die Wut nahm ihrer Stimme die Traurigkeit.

Mo blickte sich um. Die Vorstellung, welche Schätze sich einst zwischen all den zerstörten Deckeln verborgen hatten, verursachte ihm mehr Übelkeit als der Schimmelgestank.

»Du kannst nichts mehr für die Bücher tun, oder?«

Er schüttelte den Kopf. »Nein. Gegen Schimmel gibt es kein Heilmittel. Obwohl Ihr ja sagt, dass Euer Vater eines gefunden hat. Ihr wisst nicht, was es ist, oder?«

»O doch. Aber es wird dir nicht gefallen.« Violante nahm eins der zerstörten Bücher in die Hand. Dieses ließ sich noch öffnen, doch die Seiten zerfielen unter ihren Fingern. »Er hat das Leere Buch in Feenblut tauchen lassen. Man sagt, hätte das nicht gewirkt, hätte er es mit Menschenblut versucht.«

Mo war es, als sähe er, wie die leeren Seiten, die er auf der Nachtburg zugeschnitten hatte, das Blut aufsaugten. »Das ist abscheulich!«, sagte er.

Violante fand es sichtlich belustigend, dass ihn eine so lächerliche Grausamkeit erschüttern konnte. »Mein Vater soll das Feenblut mit dem Blut von Feuerelfen vermischt haben, damit es schneller trocknet«, fuhr sie ungerührt fort. »Ihr Blut ist sehr heiß, wusstest du das? Heiß wie flüssiges Feuer.«

»Tatsächlich?« Mos Stimme klang belegt vor Ekel. »Ich hoffe, Ihr habt nicht vor, es bei diesen Büchern mit demselben Rezept zu versuchen. Es würde ihnen nicht mehr helfen, glaubt mir.«

»Wenn du es sagst.«

Bildete er sich die Enttäuschung in ihrer Stimme ein?

Er wandte sich um. Er wollte die toten Bücher nicht mehr sehen. Ebenso wenig, wie er an blutgetränkte Seiten denken wollte.

Als er aus der Tür trat, löste Staubfinger sich von der bemalten Wand des Korridors. Es sah fast aus, als trete er erneut aus einem Buch. »Wir haben Besuch bekommen, Zauberzunge«, sagte er. »Allerdings nicht den, den wir erwarten.«

»Zauberzunge?« Violante erschien in der offenen Tür. »Warum nennst du ihn so?«

»Oh, das ist eine lange Geschichte.« Staubfinger schenkte ihr ein Lächeln, das sie nicht erwiderte. »Glaubt mir, der Name passt mindestens so gut zu ihm wie der, den Ihr ihm gebt. Und er trägt ihn schon wesentlich länger.«

»Tatsächlich?« Violante musterte ihn mit kaum verhohlener Abneigung. »Nennt man ihn auch bei den Toten so?«

Staubfinger wandte sich um und fuhr mit dem Finger über den Goldspötter, der in den gemalten Zweigen eines Rosenbusches saß. »Nein. Bei den Toten trägt man keine Namen. Dort sind alle gleich. Gaukler und Fürsten. Eines Tages werdet Ihr das auch erfahren.«

Violantes Gesicht wurde starr, und wieder glich es dem ihres Vaters. »Mein Mann ist auch einmal von den Toten zurückgekehrt. Aber er hat nichts davon erzählt, dass Gaukler dort so hoch in Ehren stehen.«

»Hat er Euch überhaupt etwas erzählt?«, entgegnete Staubfinger und blickte Violante so unverwandt an, dass sie blass wurde. »Ich könnte Euch eine lange Geschichte über Euren Mann erzählen. Ich könnte Euch sagen, dass ich ihn gleich zweimal bei den Toten gesehen habe. Doch ich denke, Ihr solltet jetzt Euren Besucher begrüßen. Es geht ihm nicht sonderlich gut.«

»Wer ist es?«

Staubfinger pflückte einen feurigen Pinsel aus der Luft.

»Balbulus?« Violante sah ihn ungläubig an.

»Ja«, erwiderte Staubfinger. »Und der Pfeifer hat ihm den Zorn Eures Vaters auf den Leib geschrieben.«

Neue und alte Herren

»Kein Problem!«, rief Aber der Wiedehopf. »Jede Geschichte, die was wert ist, kann ein bißchen Durchrütteln vertragen.«
Salman Rushdie, Haroun und das Meer der Geschichte

Oh, wie ihn der Hintern schmerzte! Als würde er nie mehr darauf sitzen können. Verfluchte Reiterei. Es war eine Sache, durch die Gassen von Ombra zu reiten, den Kopf hoch erhoben, und eifersüchtige Blicke zu ernten. Doch es war wirklich kein Spaß, in stockdunkler Nacht für Stunden der Kutsche des Natternkopfes zu folgen, auf holprigen Pfaden, auf denen man sich alle naselang fast den Hals brach.

Ja, Orpheus' neuer Herr reiste nur bei Nacht. Sobald es dämmerte, ließ er das schwarze Zelt aufschlagen, in dem er sich vor dem Tag versteckte, und erst wenn die Sonne unterging, trug er seinen faulenden Leib wieder in die bereitstehende Kutsche. Zwei Pferde zogen sie, schwarz wie der Samt, mit dem die Kutsche ausgeschlagen war. Orpheus hatte verstohlen einen Blick hineingeworfen, als sie das erste Mal rasteten. Auf die Kissen war mit Silberfäden das Wappen der Natter gestickt, und sie sahen so viel weicher aus als der Sattel, in dem er seit Tagen saß. Ja, eine solche Kutsche hätte ihm auch gefallen, doch er musste hinterherreiten, zusammen mit Jacopo, Violantes abscheulichem Balg, der in einem fort zu essen oder zu trinken verlangte und den Pfeifer so hündisch verehrte, dass er eine Nase aus Blech über der eigenen trug. Es erstaunte Orpheus immer noch, dass der Pfeifer nicht mit ihnen zog. Nun gut, er hatte den Häher davonfliegen lassen. Vermutlich hatte der Natternkopf ihn zur Strafe dafür zur Nachtburg zurückgeschickt. Doch warum, um alles in der Welt, hatte sein Herr nicht mehr als vier Dutzend Gepanzerte als Begleitschutz dabei? Zweimal hatte Orpheus sie gezählt, aber es wurden nicht mehr. Hielt der Natternkopf diese Handvoll für ausreichend gegen Violantes Kindersoldaten oder traute er seiner Tochter immer noch? Wenn ja, dann war der Silberfürst entweder wesentlich dümmer als sein Ruf oder die Fäulnis hatte sein Gehirn angegriffen, was leicht bedeuten konnte, dass Mortimer ein weiteres Mal der Held sein würde und er, Orpheus, auf das falsche Pferd gesetzt hatte. Ein abscheulicher Gedanke, weshalb er sich alle Mühe gab, ihn nicht allzu oft zu denken.

Durch die schwere Kutsche kamen sie so quälend langsam voran, dass Oss im Schritt neben den Pferden hertrottete. Cerberus hatten sie in Ombra zurücklassen müssen. Auch der Natternkopf hielt Hunde für ein Privileg des Adels ... Ja, es wurde wahrhaftig Zeit, dass die Regeln dieser Welt neu geschrieben wurden!

»Wie die Schnecken!«, knurrte einer der Gepanzerten hinter ihm. Zur Hölle, die Kerle stanken, als wollten sie den Ausdünstungen ihres Herrn Konkurrenz machen. »Ihr werdet sehen, wenn wir bei dieser verfluchten Burg ankommen, ist der Eichelhäher schon wieder fortgeflogen.« Gepanzerte Dummköpfe. Sie hatten immer noch nicht begriffen, dass der Eichelhäher mit einem Plan auf die Burg von Ombra geritten war und dass dieser Plan noch nicht ausgeführt war.

Da. Sie machten endlich halt. Oh, wie erleichtert seine armen Knochen waren! Der Himmel war noch pechschwarz, aber vermutlich hatte der Däumling eine Fee entdeckt, die trotz der Kälte schon unverdrossen den Morgen herbeitanzte.

Der Däumling …

Der neue Leibwächter des Natternkopfes konnte einen das Fürchten lehren. Er war so hager, als hätte der Tod ihn sich schon einmal geholt, und auf dem Kehlkopf trug er als Tätowierung das schuppige Wappentier seines Herrn, das sich, wenn er sprach, wand, als lebte es auf seiner Haut. Ein höchst beunruhigender Anblick, doch zum Glück sprach der Däumling nicht viel. Seine Größe hatte ihm seinen Namen nicht eingebracht. Der Däumling war sogar etwas größer als Orpheus, aber in dieser Welt kannte vermutlich eh niemand das Märchen gleichen Namens. Nein. Dieser Däumling hatte sich seinen Namen angeblich durch die Grausamkeiten verdient, die er mit seinen Daumen anzustellen wusste.

In Fenoglios Buch hatte Orpheus nichts über ihn gelesen, also war er vermutlich eine der Figuren, die, wenn man Fenoglio glaubte, von der Geschichte selbst ausgebrütet wurden, wie Mückenlarven in einem morastigen Teich. Der Däumling kleidete sich wie ein Bauer, doch sein Schwert war besser als das des Pfeifers, und es hieß, dass sein Geruchssinn ebenso tot war wie der des Silbernasigen, weshalb sie beide sich im Gegensatz zu allen anderen ohne Anfälle von Übelkeit in der Nähe des Natternkopfes aufhalten konnten.

Beneidenswert!, dachte Orpheus, während er mit einem erleichterten Stöhnen vom Pferd rutschte.

»Reib es trocken!«, fuhr er Oss schlecht gelaunt an. »Und dann bau mein Zelt auf, aber schnell.« Sein Leibwächter kam Orpheus unendlich tölpelhaft vor, seit er den Däumling gesehen hatte.

Orpheus' Zelt war nicht sonderlich groß. Es war kaum hoch genug zum Stehen und so eng, dass er es fast umwarf, wenn er sich darin umdrehte, doch etwas Besseres hatte er so schnell nicht herbeilesen können, auch wenn er all seine Bücher nach einer etwas prächtigeren Version durchsucht hatte. Seine Bücher ... nun ja, neuerdings die seinen. Ehemals im Besitz der Burgbibliothek von Ombra, doch keiner hatte Orpheus aufgehalten, als er sie davongetragen hatte.

Bücher.

Wie aufgeregt er gewesen war, als er in der Bibliothek des Speckfürsten gestanden hatte. Er war so sicher gewesen, dass er dort zumindest ein Buch mit Fenoglio-Worten finden würde. Gleich auf dem ersten Lesepult hatte er auch tatsächlich ein Buch mit Eichelhäher-Liedern entdeckt. Die Finger hatten ihm gezittert, als er den Einband von seiner Kette befreit hatte (die Schlösser waren leicht zu öffnen gewesen, auf so etwas verstand er sich). Jetzt hab ich dich, Mortimer!, hatte er gedacht. Wie Brotteig werd ich dich nun zurechtkneten. Du wirst nicht mehr wissen, wer und wo du bist, wenn ich erst deinen Räuber-Namen auf meine Zunge nehme! Aber wie umso schmerzhafter war die Enttäuschung gewesen, als er die ersten Sätze gelesen hatte! Oh, diese tönernen Klänge, diese schlecht gereimten Zeilen! Nein, Fenoglio hatte nicht eines der Lieder verfasst, die in diesem Buch gestanden hatten. Wo waren seine Lieder? Violante hat sie mitgenommen, du Dummkopf!, hatte er sich selbst beschimpft. Hättest du dir das nicht denken können?

Die Enttäuschung schmerzte noch immer. Aber wer sagte, dass in dieser Welt tatsächlich nur die Worte des alten Narren lebendig werden konnten? Waren nicht alle Bücher letztlich Verwandte? Schließlich füllten sie dieselben Buchstaben, nur in anderer Reihenfolge. Was hieß, dass in gewisser Weise jedes Buch in jedem anderen enthalten war!

Nun, wie auch immer. Was Orpheus bislang in den endlosen Stunden im Sattel gelesen hatte, war leider nicht sonderlich vielversprechend. Anscheinend gab es in dieser Welt keinen einzigen Erzähler, der etwas von seiner Kunst verstand, zumindest nicht in der Bibliothek des Speckfürsten. Was für eine erbärmliche Ansammlung schön geschriebener Langeweile, was für ein hölzernes Gebrabbel! Und die Figuren! Nicht einmal *seine* Stimme würde die lebendig machen können.

Orpheus hatte ursprünglich vorgehabt, den Natternkopf bei der nächsten Rast mit einer Probe seines Könnens zu beeindrucken, aber noch hatte er nichts gefunden, was seiner Zunge besser als trockenes Papier schmeckte. Verflucht!

Das Zelt für den Natternkopf war natürlich schon aufgebaut. Der Däumling schickte immer ein paar Diener voraus, damit sein Herr gleich von der Kutsche hineinstolpern konnte. Es war ein Palast aus Stoff, die schwarzen Bahnen bestickt mit Silberschlangen, die im Mondlicht schimmerten, als wären Tausende von Schnecken über den Stoff gekrochen.

Was, wenn er dich gleich rufen lässt, Orpheus? Hast du ihm nicht Unterhaltung versprochen? Er hatte die hämischen Worte des Hänflings noch allzu gut im Ohr: *Mein Schwager schätzt es gar nicht, wenn man seine Erwartungen enttäuscht.*

Orpheus fröstelte. Missmutig hockte er sich unter einen Baum und fischte ein weiteres Buch aus den Satteltaschen, während Oss weiter mit dem Zelt kämpfte.

Kindergeschichten! Auch das noch. Verdammt, verdammt, verdammt! Aber ... Moment mal! Das klang doch vertraut! Orpheus'

Herzschlag beschleunigte sich. Fenoglio, ja! Das waren seine Worte. Kein Zweifel.

»Das ist mein Buch!« Kurze Finger zerrten Orpheus das Buch aus den Händen. Jacopo stand vor ihm, die Lippen vorgestülpt, die Brauen über den Augen gerunzelt, wie er es wohl seinem Großvater abgeschaut hatte. Die Blechnase trug er nicht. Vermutlich war sie doch etwas lästig geworden.

Orpheus unterdrückte nur mühsam den Impuls, ihm das Buch auf der Stelle aus den schmalen Händen zu winden. Nicht klug. Sei nett zu dem kleinen Satansbraten, Orpheus!

»Jacopo!« Er schenkte ihm ein breites Lächeln, leicht unterwürfig, wie es der Sohn eines Fürsten zu schätzen weiß, auch wenn es ein toter Fürst ist. »Das ist Euer Buch? Dann wisst Ihr sicherlich, wer die Geschichten geschrieben hat, oder?«

Jacopo starrte ihn finster an. »Das Schildkrötengesicht.«

Das Schildkrötengesicht? Was für ein fabelhafter Name für Fenoglio.

»Gefallen Euch seine Geschichten?«

Jacopo zuckte die Schultern. »Die Lieder vom Eichelhäher gefallen mir besser, aber meine Mutter gibt sie mir nicht.«

»Aha. Das ist nicht nett.« Orpheus starrte auf das Buch, das Jacopo so besitzergreifend gegen die Brust drückte. Er spürte, wie seine Hände schweißnass vor Begierde wurden. Fenoglios Worte – was, wenn diese da tatsächlich ebenso wirkungsvoll waren wie die aus *Tintenherz* selbst?

»Wie wäre es, Prinz ...«, ach, er hätte diesem dummen Fürstenbalg so gern den stummelkurzen Hals umgedreht, »wie wäre es, wenn ich Euch ein paar Räubergeschichten erzähle und Ihr mir dafür das Buch leiht?«

»Du kannst Geschichten erzählen? Ich dachte, du verkaufst Einhörner und Zwerge?«

»Das auch!« Und dich werde ich von einem dieser Einhörner aufspießen lassen, wenn du mir nicht auf der Stelle dieses Buch gibst, dachte Orpheus – und verbarg seine dunklen Gedanken hinter einem noch breiteren Lächeln.

»Was willst du mit dem Buch? Es ist für Kinder. Nur für Kinder.«

Verfluchter kleiner Besserwisser. »Ich will mir die Bilder ansehen.«

Jacopo öffnete das Buch und blätterte durch die pergamentenen Seiten. »Sie sind langweilig. Nichts als Tiere und Feen und Kobolde. Ich kann Kobolde nicht ausstehen. Sie stinken und sehen aus wie Tullio.« Er sah Orpheus an. »Was gibst du mir, wenn ich es dir leihe? Hast du Silber?«

Silber. Der Apfel fiel nicht weit vom Stamm – auch wenn er seinem toten Vater inzwischen ähnlicher sah als seinem Großvater.

»Natürlich.« Orpheus griff in den Beutel an seinem Gürtel. Na warte, Prinzlein, dachte er. Wenn dieses Buch kann, was ich denke, werde ich mir ein paar böse Überraschungen für dich ausdenken.

Jacopo streckte ihm die Hand hin und Orpheus ließ eine Münze mit dem Bild seines Großvaters hineinfallen.

Die kleine Hand blieb auffordernd geöffnet. »Ich will drei.«

Orpheus ließ ein ärgerliches Knurren hören, und Jacopo drückte das Buch noch fester gegen die Brust.

Gieriger kleiner Bastard. Orpheus ließ zwei weitere Münzen in die Kinderhand fallen und Jacopo schloss hastig die Finger. »Das ist für einen Tag.«

»Einen Tag?«

Oss stapfte auf sie zu. Die Zehen ragten ihm aus den Stiefeln. Er brauchte ständig neue für seine Elefantenfüße. Ach was! Sollte er ruhig für eine Weile barfuß gehen.

»Herr? Euer Zelt ist fertig.«

Jacopo stopfte die Münzen in den Beutel an seinem Gürtel und hielt Orpheus mit gönnerhafter Miene das Buch hin.

»Drei Münzen, drei Tage!«, sagte Orpheus, während er das Buch entgegennahm. »Und nun verschwindet. Bevor ich es mir anders überlege.«

Jacopo zog den Kopf ein, doch im nächsten Moment erinnerte er sich daran, wessen Enkel er war.

»Wie redest du mit mir, Doppelauge?«, schrie er mit schriller Stimme und trat Orpheus so fest auf den Fuß, dass er aufschrie. Die Soldaten, die frierend unter den Bäumen hockten, lachten höhnisch, und Jacopo schritt davon wie ein geschrumpftes Abbild des Natternkopfes.

Orpheus spürte, wie ihm das Blut in den Kopf schoss. »Was für ein Leibwächter bist du?«, fuhr er Oss an. »Kannst du mich nicht einmal vor einem Sechsjährigen beschützen?«

Dann machte er sich humpelnd auf zu seinem Zelt.

Oss hatte eine Öllampe angezündet und ein Bärenfell auf den kalten Waldboden gelegt, aber Orpheus vermisste sein Haus, sobald er sich durch den engen Eingang schob. »Alles nur Mortimer und seiner dummen Räuberspiele wegen!«, schimpfte er, während er sich schlecht gelaunt auf das Fell hockte. »In die Hölle werd ich ihn schreiben und Staubfinger gleich mit ihm. Die zwei scheinen neuerdings ja eh unzertrennlich zu sein, nach dem, was man so hört.

Und sollte es in dieser Welt keine Hölle geben, nun, dann schreibst du sie eben dazu, Orpheus. An der Art Feuer wird nicht mal Staubfinger Gefallen finden!«

Schreiben. Begierig schlug er das Buch auf, das er dem geldgierigen kleinen Teufel abgehandelt hatte. Bären, Kobolde, Feen ... Der Kleine hatte recht, es waren Geschichten für Kinder. Es würde nicht leicht sein, daraus etwas Verlockendes für den Natternkopf herzulesen, und bestimmt würde der bald nach ihm rufen lassen. Wer sonst sollte ihm die schlaflose Nacht vertreiben?

Da, noch mehr Kobolde. Der Alte schien eine Schwäche für sie zu haben. Eine reichlich sentimentale Geschichte über eine verliebte Glasfrau ... eine Nymphe, die sich in einen Prinzen vernarrte, Teufel, das interessierte doch vermutlich nicht einmal Jacopo. War wenigstens einmal die Rede von einem Räuber? Oder krächzte zumindest irgendwo ein Eichelhäher? Ja, das wäre es: in das Zelt des Natternkopfes zu treten und ihm mit ein paar Worten den Feind herbeizulesen, den er nun schon so lange vergebens jagte. Aber stattdessen: Spechte, Nachtigallen, sogar ein sprechender Spatz, aber kein Häher. Verflucht, dreimal verflucht! Hoffentlich waren die drei Silbermünzen gut angelegt. *Nasenkneifer* ... hm, das hörte sich zumindest nach einem Geschöpf an, mit dem er sich an dem Jungen rächen konnte. Aber Moment mal! »*Dort, wo der Wald am schwärzesten war*«, Orpheus formte lautlos die Worte mit den Lippen, »*und nicht einmal die Kobolde nach Pilzen zu suchen wagten ...*«

»Dieses Lager ist wirklich kein angenehmer Aufenthaltsort, Meister!« Eisenglanz stand plötzlich neben ihm. Er machte ein ziemlich finsteres Gesicht. »Was denkt Ihr, wie lange wir auf Reisen sein werden?«

Der Glasmann färbte sich von Tag zu Tag grauer. Vielleicht fehlten ihm die Streitereien mit seinem Verräter-Bruder. Vielleicht lag es aber auch daran, dass er unentwegt Asseln und Maden fing und sie mit sichtlichem Genuss verspeiste.

»Stör mich nicht!«, fuhr Orpheus ihn an. »Siehst du nicht, dass ich lese? Und was ist das wieder für ein Bein, das da an deiner Jacke klebt? Habe ich dir nicht verboten, Insekten zu essen? Willst du, dass ich dich in den Wald zu deinen wilden Artgenossen jage?«

»Nein. Nein, wirklich nicht! Es kommt kein Wort mehr über meine Lippen, Euer Gnaden – und kein Insekt!« Eisenglanz verbeugte sich gleich dreimal hintereinander (ach, Orpheus liebte seine Unterwürfigkeit). »Nur eine Frage noch. Ist das das Buch, das Euch gestohlen wurde?«

»Nein, das ist leider nur sein kleiner Bruder!«, antwortete Orpheus, ohne aufzusehen. »Und jetzt sei endlich still!«

»*... und nicht einmal die Kobolde nach Pilzen zu suchen wagten*«, las er weiter, »*hauste der schwärzeste aller Schatten, der namenloseste aller Schrecken. Nachtmahre nannten sie seinesgleichen, aber einst hatte er einen Menschennamen getragen, denn Nachtmahre sind Menschenseelen, denen die Weißen Frauen die Bosheit nicht von den Herzen waschen konnten, weshalb sie sie zurückschicken ...*«

Orpheus hob den Kopf. »Sieh an, sieh an, was für eine finstere Geschichte!«, murmelte er. »Was hat der Alte sich denn dabei gedacht? Hatte der kleine Satansbraten ihn vielleicht so sehr geärgert, dass er ihm ein ganz besonderes Gute-Nacht-Lied singen wollte? Das klingt fast so, als könnte es Jacopos Großvater auch gefallen. Ja.« Erneut beugte er sich über die Seiten, auf die Balbulus einen Schatten gemalt hatte, der mit schwarzen Fingern zwischen die Buchstaben griff. »O ja, das ist fabelhaft!«, flüsterte er. »Eisenglanz, bring mir Feder und Papier, aber schnell, oder ich verfüttre dich an eins der Pferde.«

Der Glasmann gehorchte eilfertig und Orpheus machte sich an die Arbeit. Ein halber Satz hier gestohlen, ein paar Wörter dort, ein Satzschnipselchen als Bindemittel von der nächsten Seite gepflückt ... Fenoglio-Worte. Etwas leichtfüßiger gesetzt als in *Tintenherz* – man glaubte fast, den alten Mann kichern zu hören –, aber die Musik war dieselbe. Warum also sollten diese Worte seiner Geschichte nicht ebenso schmecken wie die aus dem anderen Buch, dem schmählich gestohlenen?

»Ja. Ja, so klingt es ganz nach ihm!«, flüsterte Orpheus, während das Papier die Tinte trank. »Aber es braucht noch etwas mehr Farbe ...«

Wieder blätterte er in den illuminierten Seiten, auf der Suche nach den richtigen Worten, als der Glasmann sich plötzlich mit einem spitzen Schrei hinter seiner Hand verbarg.

Eine Elster saß im Zelteingang.

Eisenglanz krallte besorgt die Finger in Orpheus' Ärmel (er war wirklich nur mutig, wenn er es mit kleineren Artgenossen zu tun hatte!), und Orpheus' Hoffnung, es könnte vielleicht doch nur eine gewöhnliche Elster sein, zerschlug sich, sobald sie den Schnabel auftat.

»Verschwinde!«, zischte sie den Glasmann an, und Eisenglanz lief auf seinen gläsernen Spinnenbeinen nach draußen, auch wenn die Männer des Natternkopfes dort Eicheln und Feennüsse nach ihm warfen.

Mortola. Natürlich hatte Orpheus gewusst, dass sie früher oder später wieder auftauchen würde. Aber hätte es nicht später sein können? Eine Elster!, dachte er, als sie auf ihn zuhüpfte. Könnte ich mich in ein Tier verwandeln, dann würde mir wahrlich Beeindruckenderes einfallen. Wie zerrupft sie aussah! Vermutlich hatte sie ein Marder gescheucht oder ein Fuchs. Zu schade, dass er sie nicht gefressen hatte.

»Was machst du hier?«, fuhr sie ihn an. »Habe ich irgendetwas davon gesagt, dass du dem Natternkopf deine Dienste anbieten sollst?«

Sie klang vollkommen verrückt, ganz abgesehen davon, dass ihre barsche Stimme allen Schrecken verlor, wenn sie aus einem gelben Schnabel kam. Deine Geschichte ist vorbei, Mortola!, dachte Orpheus. Vorbei. Während meine gerade erst beginnt ...

»Was sitzt du so da und starrst mich an? Hat er geglaubt, was du ihm über seine Tochter und den Eichelhäher erzählt hast? Nun sag schon!« Hektisch pickte sie nach einem Käfer, der sich ins Zelt verirrt hatte, und zerknackte ihn so geräuschvoll, dass Orpheus übel wurde.

»O ja. Ja!«, sagte er mit irritierter Stimme. »Natürlich hat er es geglaubt. Ich war sehr überzeugend.«

»Gut.« Die Elster flatterte auf die Bücher, die Orpheus aus der Burgbibliothek gestohlen hatte, und lugte von dem Stapel hinab auf das, was er geschrieben hatte.

»Was ist das? Hat der Natternkopf etwa auch ein Einhorn bei dir bestellt?«

»Oh. Nein, nein. Das ist nichts. Nur eine ... ähem ... Geschichte, die ich für seinen missratenen Enkel schreiben soll.« Orpheus legte wie zufällig seine Hand auf die Worte.

»Was ist mit dem Leeren Buch?« Mortola strich sich mit

dem Schnabel über die zerrupften Federn. »Hast du herausgefunden, wo der Natternkopf es versteckt hält? Er muss es dabeihaben!«

»Tod und Teufel, natürlich nicht! Glaubst du, der Natternkopf trägt es offen mit sich herum?« Diesmal versuchte Orpheus nicht, die Verachtung in seiner Stimme zu verbergen, und Mortola hackte so heftig nach seiner Hand, dass er aufschrie.

»Mir gefällt dein Ton nicht, Mondgesicht! Irgendwo muss er es haben, also such es, wenn du schon hier bist. Ich kann mich nicht um alles kümmern.«

»Ach, um was hast du dich denn bislang gekümmert?« Dreh ihr den dürren Hals um, Orpheus!, dachte er, während er sich das Blut vom Handrücken wischte. So wie dein Vater es früher mit Hühnern und Tauben gemacht hat.

»Wie redest du denn mit mir?« Die Elster hackte erneut nach seiner Hand, aber diesmal zog Orpheus sie rechtzeitig fort. »Denkst du, ich hätte müßig auf einem Ast gesessen? Ich habe den Schwarzen Prinzen aus dem Weg geschafft und dafür gesorgt, dass seine Männer von nun an mir und nicht dem Häher helfen werden.«

»Ach, tatsächlich? Der Prinz ist tot?« Orpheus gab sich alle Mühe, unbeeindruckt zu klingen. Das würde Fenoglio schmerzen. Der Alte war lächerlich stolz auf diese Figur. »Was ist mit den Kindern, die er gestohlen hat? Wo sind sie?«

»In einer Höhle, nordöstlich von Ombra. Die Moosweibchen nennen sie die Kammer der Riesen. Ein paar Räuber sind noch bei ihnen und ein paar Frauen. Es ist ein dummes Versteck, aber da der Natternkopf es für klug hielt, seinen Schwager nach ihnen suchen zu lassen, obwohl man dem nachsagt, dass ihn selbst die Kaninchen überlisten, sind die Kinder dort vermutlich für eine ganze Weile sicher.«

Interessant! Wenn das keine Neuigkeit war, mit der er den Natternkopf von seiner Nützlichkeit überzeugen konnte!

»Was ist mit der Frau und der Tochter des Eichelhähers? Sind sie auch dort?«

»Allerdings.« Mortola zischte, als steckte ihr ein Korn im Schlund. »Ich wollte die kleine Hexe dem Schwarzen Prinzen gleich nachschicken, aber ihre Mutter hat mich davongejagt. Sie weiß zu viel über mich, viel zu viel!«

Das wurde ja immer besser!

Aber Mortola las ihm die Gedanken von der Stirn. »Starr nicht so dummdreist selbstzufrieden drein! Kein Wort wirst du dem Natternkopf von alldem erzählen! Die beiden gehören mir. Ich werde sie dem Silberfürsten nicht noch einmal überlassen, nur damit er sie wieder laufen lässt. Verstanden?«

»Natürlich! Meine Lippen sind versiegelt!« Orpheus machte auf der Stelle sein unschuldigstes Gesicht. »Was ist mit den anderen – den Räubern, die dir helfen wollen?«

»Sie folgen euch. Sie werden der Natter einen Hinterhalt legen, morgen Nacht schon. Sie denken, es ist ihre Idee, aber ich hab sie ihnen in die dummen Köpfe gepflanzt! Wo kann ihnen das Buch schon leichter in die Hände fallen als mitten im Wald? Der Schnapper hat schon Hunderte solcher Überfälle gemacht, und er wird es nicht mit dem Pfeifer zu tun haben. Dumme Natter, lässt seinen besten Wachhund zurück, will ihn wohl dafür bestrafen, dass er den Häher hat entkommen lassen. Aber er wird sich nur ins eigene faulende Fleisch schneiden, und Mortola löst vielleicht schon morgen mit seiner Leiche ihren Sohn vom Tod aus. Nur schade, dass ich so nicht sehen werde, wie die Weißen Frauen den Buchbinder holen, aber was soll's. Holen werden sie ihn, und diesmal werden sie ihn nicht wieder gehen lassen! Wer weiß? Vielleicht wird der Tod ja sogar so glücklich darüber sein, dass er den Natternkopf und den Eichelhäher bekommt, dass er das Leere Buch vergisst, und Mortola kann den Namen ihres Sohnes hineinschreiben und wird niemals wieder um ihn zittern müssen!«

Wie sie redete, wie im Fieber, schneller mit jedem Satz, als würde sie ersticken an den Wörtern, wenn sie sie nicht rasch genug hervorkrächzte.

»Schlag dich in die Büsche, wenn sie angreifen!«, stieß sie hervor. »Ich will nicht, dass der Schnapper dich aus Versehen auch erschlägt. Vielleicht brauch ich dich noch, falls der Dummkopf versagt!«

Orpheus, sie traut dir tatsächlich immer noch! Fast hätte er laut aufgelacht. Was war mit Mortolas Verstand passiert? Dachte sie nur noch an Würmer und Käfer? Schlecht für sie, dachte Orpheus, und sehr gut für mich.

»Bestens. Allerbestens«, sagte er, während sein Hirn fieberhaft über die bestmögliche Verwendung all dieser Informationen nachdachte. Nur eines war vollkommen klar: Falls Mortola das Leere Buch in die Hände bekam, war das Spiel für ihn verloren. Der Tod würde sich den Natternkopf holen, Mortola würde den Namen ihres Sohnes in das Leere Buch schreiben, und er selbst würde nicht einmal das Buch zurückbekommen, das Staubfinger ihm gestohlen hatte, von der Ewigkeit ganz zu schweigen. Das Einzige, was ihm bleiben würde, waren Fenoglios Geschichten für ein verdorbenes Kind. Nein! Es half nichts. Er musste weiter auf den Natternkopf setzen.

»Was stehst du da und glotzt vor dich hin wie ein Mondkalb?« Mortolas Stimme klang mit jedem Wort mehr wie ein Krächzen.

»Herr!« Oss steckte besorgt den Kopf ins Zelt. »Der Natternkopf will Euch sehen. Er soll scheußliche Laune haben.«

»Ich komme.« Orpheus trat der Elster fast auf die Schwanzfedern, als er aus dem Zelt stolperte. Mit einem ärgerlichen Krächzen hüpfte sie zur Seite.

»Abscheuliches Vieh!«, knurrte Oss und stieß mit dem Stiefel nach ihr. »Ihr müsst sie fortscheuchen, Herr. Meine Mutter sagt, Elstern sind wiedergeborene Diebe.«

»Ja, ich mag sie auch nicht!«, flüsterte Orpheus ihm zu. »Weißt du was? Dreh ihr den Hals um, wenn ich fort bin.«

Oss verzog den Mund zu einem bösen Lächeln. Solche Aufträge gefielen ihm. Er war am Ende doch kein so schlechter Leibwächter. Nein, wirklich nicht.

Orpheus strich sich noch einmal übers Haar (Greisenhaar nannten sie es, niemand sonst in Ombra war so blassblond wie er) und schritt auf das Zelt des Natternkopfes zu. Er würde ihm nicht den Eichelhäher herlesen können, und was immer sich in Jacopos Buch verbarg, musste warten, bis seine Audienz beim Silberfürsten beendet war, doch dank Mortola hatte er ihm nun anderes zu bieten.

Das Zelt des Natternkopfes hockte so schwarz unter den Bäumen, als hätte die Nacht dort ein Stück von sich zurückgelassen. Und? Die Nacht war immer freundlicher zu dir als der Tag, Orpheus, dachte er, als der Däumling ihm mit ausdruckslosem Gesicht die dunklen Stoffbahnen zurückschlug. Machten Dunkelheit und Stille es nicht so viel leichter, sich die Welt nach eigenem Geschmack zurechtzuträumen? Ja. Vielleicht sollte er es in dieser

Welt immer Nacht sein lassen, wenn er *Tintenherz* erst einmal zurückhatte …

»Euer Hoheit!« Orpheus verbeugte sich tief, als das Gesicht des Natternkopfes aus der Dunkelheit auftauchte wie ein entstellter Mond. »Ich bringe Neuigkeiten, geradewegs dem Wind abgelauscht. Ich glaube, sie werden Euch erfreuen …«

Fauler alter Mann

Eines Tages meinte Gott, er sollte seiner Werkstatt einen Frühlingsputz gönnen. (...) Es war erstaunlich, was an zerlumpten Überresten unter der Werkbank zum Vorschein kam, als er den Boden fegte. Anfänge von Geschöpfen; Teile, die brauchbar aussahen, aber die falschen gewesen zu sein schienen; Ideen, die er verlegt und dann vergessen hatte. (...) Es fand sich sogar ein kleiner Klumpen Sonne.
Gott kratzte sich am Kopf. Was konnte man mit all diesem Abfall anfangen?
Ted Hughes, Leftovers

Da kam sie schon wieder! Elinor Loredan. Der Name klang fast, als hätte er sie erfunden. Mit einem Fluch zog Fenoglio sich die Decke übers Gesicht. Reichte es nicht, dass sie besserwisserisch, blaustrümpfig und stur wie ein Maulesel war? Musste sie auch noch eine Frühaufsteherin sein? Vermutlich dämmerte es draußen gerade erst.

»Hm, das sieht ja nicht sonderlich inspiriert aus!« Ihre Augen blieben an dem leeren Papier hängen, das neben ihm auf dem Boden lag.

Wie entsetzlich munter sie schon klang. »Sagt man nicht, dass die Musen frühmorgens am süßesten küssen? Ich glaube, ich habe mal so etwas gelesen!«

Pah. Als ob sie etwas vom Küssen verstände – und hatte er sich seinen Schlaf nicht verdient (wenn es schon keinen anständigen

Wein in dieser verfluchten Höhle gab)? Hatte er nicht eben erst den Schwarzen Prinzen gerettet? Gut, er war noch etwas schwach auf den Beinen und aß nicht viel, wie Minerva immer wieder besorgt bemerkte, aber er lebte.

Er ging sogar schon wieder auf die Jagd, obwohl Roxane es ihm verboten hatte, aber schließlich mussten all die Kinder gefüttert werden, was nicht leicht war zu dieser Jahreszeit, und die Kleinen waren ständig hungrig – wenn sie ihn und Darius nicht gerade um eine Geschichte anbettelten, Farid um ein paar Feuerspiele oder Meggie um ein paar Lieder über den Eichelhäher, die sie inzwischen besser sang als Baptista.

Ja, vielleicht sollte ich das zuerst einmal machen, dachte Fenoglio, während er Signora Loredan demonstrativ den Rücken zukehrte. Ein bisschen mehr Wild herbeischreiben, leicht zu jagen, fleischig und wohlschmeckend ...

»Fenoglio!« Sie zog ihm doch tatsächlich die Decke weg! Es war nicht zu fassen!

Rosenquarz steckte den Kopf aus der Tasche, in der er neuerdings schlief, und rieb sich verschlafen die Augen.

»Guten Morgen, Rosenquarz. Leg Papier bereit und spitz die Federn.«

Dieser Ton! Klangen Krankenschwestern nicht ganz ähnlich? Fenoglio setzte sich mit einem Stöhnen auf. Er war wirklich zu alt, um auf dem Boden einer feuchten Höhle zu schlafen! »Das ist *mein* Glasmann, und er tut nur, was *ich* ihm sage!«, grunzte er, aber bevor er es sich versah, huschte Rosenquarz auch schon an ihm vorbei, auf den blassrosa Lippen das sirupsüßeste Lächeln.

Was zum Tintenteufel bedeutete das? Dieser glasköpfige Verräter! Wie dienstbeflissen er tat, was sie sagte. Wenn er ihn dagegen um etwas bat, geschah das nicht halb so flink.

»Wunderbar!«, säuselte Signora Loredan. »Ich danke dir, Rosenquarz.«

Elinor. Ich hätte ihr einen anderen Vornamen gegeben, dachte Fenoglio, während er fröstelnd die Füße in die Stiefel zwängte. Irgendetwas Kriegerisches ... Penthesilea oder Bodicaea oder wie sonst all diese Amazonen hießen ... Himmel, es war kalt in dieser Höhle, auch das noch. Kannst du nicht etwas an dem Wetter ändern, Fenoglio? Konnte er?

Als er sich in die kalten Hände hauchte, hielt seine ungebetene Besucherin ihm einen dampfenden Becher hin. »Da. Nicht besonders wohlschmeckend, aber warm. Baumrindenkaffee. Ach, Rosenquarz ist wirklich ein ganz entzückender Glasmann!«, flüsterte sie ihm vertraulich zu. »Jaspis ist auch sehr nett, aber er ist so schüchtern. Und dieses rosenfarbene Haar!«

Rosenquarz fuhr sich geschmeichelt mit der Hand darüber. O ja, Glasmännerohren waren scharf wie die einer Eule (deshalb eigneten sie sich auch so vorzüglich zum Spionieren, trotz ihrer zerbrechlichen Glieder), und Fenoglio hätte den eitlen Knirps am liebsten in seinen leeren Weinbeutel gestopft.

Er nahm einen Schluck von dem heißen Gebräu – bah, das schmeckte wahrlich abscheulich –, stand auf und tauchte das Gesicht in die Schale Wasser, die Minerva ihm abends hinstellte. Bildete er sich es ein, oder war darauf tatsächlich eine dünne Schicht Eis?

»Du verstehst wirklich nicht das Geringste vom Schreiben, Loredan!«, knurrte er. Ja, Loredan – so würde er sie von nun an nennen! Das passte viel besser als das blumige »Elinor«. »Erstens ist der frühe Morgen die allerschlechteste Zeit, weil das Hirn einem feuchten Schwamm gleicht. Und zweitens besteht das wahre Schreiben erst einmal darin, vor sich hin zu starren und auf die richtigen Gedanken zu warten.«

»Nun, das tust du sicherlich in aller Gründlichkeit!« O ja, diese Zunge war spitz. »Als Nächstes erzählst du mir noch, dass es den Gedankenfluss fördert, Branntwein und Met in sich hineinzuschütten.«

Hatte Rosenquarz da eben zustimmend genickt? Er würde ihn in den Wald jagen, wo er von seinen wilden Vettern lernen konnte, Schnecken und Käfer zu essen.

»Nun, Loredan, sicher weißt du längst, wie diese Geschichte ausgehen soll! Lass mich raten: Vermutlich hat dir ein verfrorener Spatz das Ende zugekrächzt, als du gestern vor der Höhle gesessen und entzückte Löcher in meinen Wald und meine Feen gestarrt hast!« Verflucht, in seinen Hosen war schon wieder ein Riss! Und Baptista hatte kaum noch Garn zum Flicken.

»Tintenweber?« Despina trat hinter der Mauer hervor, die ihn für kostbare Momente vergessen ließ, wo er war. »Willst du Frühstück?«

Ach, gute Minerva. Sie sorgte immer noch für ihn, als wären sie in ihrem Haus in Ombra. Fenoglio seufzte. Alte Zeiten, gute Zeiten ...

»Nein, danke, Despina«, antwortete er mit einem Seitenblick auf seine andere Besucherin. »Richte deiner Mutter aus, dass man mir leider schon zu früher Stunde den Appetit verdorben hat.«

Despina tauschte einen Blick mit Elinor, den man nur als wortlose, einträchtige Verhöhnung seiner Person interpretieren konnte.

Himmel! Waren Minervas Kinder jetzt etwa auch schon auf Loredans Seite?

»Zwei Tage ist Resa nun schon fort, ganz zu schweigen von dem Schnapper, aber wozu hat sie dir das Buch dagelassen, wenn du nur den Tag verschläfst oder mit Baptista schlechten Wein trinkst?«

Gott, wie schön war diese Welt gewesen, als er diese Stimme noch nicht ständig im Ohr gehabt hatte!

»Du schuldest es Mortimer, ihm ein paar Worte zur Seite zu stellen! Wer sonst soll ihm helfen? Der Schwarze Prinz ist zu schwach, und Mortimers arme Tochter wartet nur darauf, dass du ihr endlich etwas zu lesen gibst. Aber nein. *Es ist zu kalt, der Wein ist schlecht, die Kinder sind zu laut, wie soll man da schreiben?* Wenn's ums Jammern geht, dann fehlen dir nicht die Worte!«

Da! Rosenquarz nickte schon wieder! Ich werde ihm Suppe in seinen Sand rühren, dachte Fenoglio, so viel Suppe, dass er sich ebenso in Krämpfen windet wie der Schwarze Prinz – aber ihm werde ich nicht ein gottverdammtes rettendes Wort schreiben!

»Fenoglio! Hörst du mir überhaupt zu?« Wie sie ihn ansah, vorwurfsvoll wie eine Lehrerin, die fehlende Hausaufgaben einforderte!

Das Buch, ja. Resa hatte es ihm dagelassen. Und? Was sollte das helfen? Es erinnerte ihn nur daran, wie leicht ihm das Erzählen gefallen war, bevor er jedes Wort mit der Gewissheit aufs Papier gesetzt hatte, dass es Wirklichkeit werden konnte!

»Es kann doch nicht so schwer sein! Mortimer hat dir doch schon fast die ganze Arbeit abgenommen! Er wird dem Natternkopf vormachen, dass er das Buch heilen kann, Violante wird ihren Vater ablenken und Mortimer wird die drei Wörter hineinschreiben. Vielleicht gibt es noch ein Duell mit dem Pfeifer – so etwas liest sich ja immer sehr gut –, der Feuertänzer sollte vermutlich auch noch seinen Auftritt haben (obwohl ich ihn immer noch nicht mag) und, ja! Resa könntest du auch eine Rolle spielen lassen. Sie könnte diesen abscheulichen Schnapper aufhalten, ich weiß nicht wie, aber irgendetwas wird dir doch dazu wohl einfallen ...«

»Still!«, donnerte Fenoglio, so laut, dass Rosenquarz sich erschrocken hinter das Tintenfass duckte. »Was für ein hanebüchener Unsinn! Aber das ist typisch. Leser und ihre Ideen! O ja, Mortimers Plan hört sich wirklich gut an, schlicht und einfach, aber gut. Er überlistet den Natternkopf mit Violantes Hilfe, schreibt die drei Wörter, Natternkopf tot, Eichelhäher gerettet, Violante Herrscherin von Ombra – wunderbar. Ich habe es gestern Nacht versucht zu schreiben. Es funktioniert nicht! Tote Worte! Diese Geschichte mag die einfachen Wege nicht. Sie hat etwas anderes vor, ich rieche es. Aber was? Ich habe den Pfeifer eingebaut, ich habe Staubfinger nicht zu kurz kommen lassen, aber dann ... irgendetwas fehlt! Irgendjemand fehlt! Jemand, der Mortimers schönen Plan gründlich unterwandern wird. Der Schnapper? Nein, der ist zu dumm. Aber wer dann? Der Rußvogel?«

Wie erschrocken sie ihn ansah. Na bitte. Endlich begriff sie. Doch schon im nächsten Moment war der Trotz zurück. Es war ein Wunder, dass sie nicht wie ein Kind mit dem Fuß aufstampfte. Sie war ein Kind, verkleidet als etwas zu dicke, mittelalte Frau.

»Aber das ist doch alles Unsinn! Du bist der Verfasser. Niemand sonst!«

»Ach ja? Und warum ist Cosimo dann tot? Habe ich geschrieben, dass Mortimer das Buch so bindet, dass es den Natternkopf bei lebendigem Leib faulen lässt? Nein. War es meine Idee, dass der Schnapper eifersüchtig auf ihn ist und die Hässliche plötzlich ihren Vater töten will? Keineswegs. Ich habe diese Geschichte nur gepflanzt, aber sie wächst, wie sie will, und alle verlangen, dass ich voraussehe, welche Blüten sie treiben wird!«

Gott. Dieser ungläubige Blick. Als ob er ihr vom Weihnachtsmann erzählt hätte. Doch schließlich schob sie das Kinn vor (ein ziemlich beachtliches Kinn), und das bedeutete nie etwas Gutes.

»Ausreden! Nichts als Ausreden! Dir fällt nichts ein, und Resa ist auf dem Weg zu dieser Burg. Was, wenn der Natternkopf lange vor ihr dort ankommt? Was, wenn er seiner Tochter nicht traut und Mortimer tot ist, bevor ...«

»Was, wenn Mortola zurück ist, wie Resa behauptet?«, unterbrach Fenoglio sie barsch. »Was, wenn der Schnapper Mortimer erschlägt, weil er eifersüchtig auf den Eichelhäher ist? Was, wenn Violante Mortimer doch ihrem Vater ausliefert, weil sie es nicht erträgt, schon wieder von einem Mann abgewiesen zu werden? Was ist mit dem Pfeifer, was mit Violantes verzogenem Sohn, was, was, was ...?« Seine Stimme wurde so laut, dass Rosenquarz sich unter seiner Decke versteckte.

»Nun hör schon auf, so herumzuschreien!« Signora Loredan klang mit einem Mal ungewöhnlich kleinlaut. »Dem armen Rosenquarz wird noch der Kopf zerspringen.«

»Nein, wird er nicht, weil sein Kopf leer wie ein ausgeschlürftes Schneckenhaus ist. Meiner dagegen muss sich mit schwierigen Fragen beschäftigen, mit Fragen, an denen Leben und Tod hängen, aber mein Glasmann wird bemitleidet, und ich werde aus dem Bett geholt, obwohl ich die halbe Nacht wach gelegen habe, um dieser Geschichte endlich abzulauschen, wo sie hinwill!«

Sie schwieg. Sie schwieg tatsächlich. Schwieg, kaute auf ihrer erstaunlich fraulichen Unterlippe und klaubte gedankenverloren ein paar Kletten von dem Kleid, das Minerva ihr gegeben hatte. Ihr Kleid hing ständig voller Laub, Kletten und Hasenkötel, kein Wunder, sie strich unentwegt im Wald herum. Elinor Loredan liebte seine Welt, ja, das tat sie, auch wenn sie es natürlich nie zugegeben hätte – und sie verstand sie fast ebenso gut wie er.

»Wie ... wie wäre es dann, wenn du uns wenigstens etwas Zeit gewinnst?« Ihre Stimme klang immer noch deutlich unsicherer als sonst. »Zeit zum Denken, Zeit zum Schreiben! Zeit, in der Resa vielleicht tatsächlich eine Chance hat, Mortimer vor dieser Elster und dem Schnapper zu warnen. Vielleicht könnte dem Natternkopf ein Rad an seiner Kutsche brechen. Es heißt doch, dass er in einer Kutsche reist, oder?«

Verflixt. Das war nicht dumm. Warum war er darauf nicht gekommen?

»Ich kann es versuchen«, knurrte er.

»Na wunderbar.« Sie lächelte erleichtert – und blickte schon wieder sehr viel selbstbewusster drein. »Ich werde Minerva bitten, dir einen etwas schmackhafteren Tee zu kochen«, sagte sie noch über die Schulter. »Tee ist beim Denken mit Sicherheit hilfreicher als Wein. Und sei nett zu Rosenquarz.«

Der Glasmann lächelte ihr auf die abscheulichste Weise nach und Fenoglio gab ihm einen sachten Stoß mit dem Fuß, der ihn auf den Rücken warf.

»Rühr die Tinte, du schleimzüngiger Verräter!«, sagte er, während der Glasmann sich mit beleidigter Miene aufrappelte.

Minerva brachte tatsächlich Tee. Es war sogar etwas Zitrone hineingerührt, und vor der Höhle lachten die Kinder, als wäre die Welt in schönster Ordnung.

Bring sie in Ordung, Fenoglio!, dachte er. Loredan hat recht. Du bist immer noch der Verfasser dieser Geschichte. Der Natternkopf ist auf dem Weg zur Burg im See und Mortimer wartet dort auf ihn. Der Eichelhäher macht sich bereit für sein schönstes Lied. Schreib es ihm! Schreib Mortimer die Rolle zu Ende, die er mit solcher Überzeugung spielt, als wäre er mit dem Namen geboren worden, den du ihm gegeben hast. Die Worte gehorchen dir wieder. Du hast das Buch. Orpheus ist vergessen. Es ist immer noch deine Geschichte. Gib ihr ein gutes Ende!

Ja. Es würde ihm gelingen. Und Signora Loredan würde endlich sprachlos sein und ihm den Respekt zollen, den sie ihm schuldete. Doch zuerst galt es, den Natternkopf aufzuhalten (und zu vergessen, dass das ihre Idee gewesen war).

Draußen lärmten die Kinder. Rosenquarz tuschelte mit Jaspis, der zwischen den frisch gespitzten Federn hockte und ihn mit großen Augen ansah. Minerva brachte Suppe, und Elinor lugte über die Mauer, als könnte er sie dort nicht sehen. Aber Fenoglio bemerkte das alles schon bald nicht mehr. Die Worte nahmen ihn mit, so wie sie es früher getan hatten, ließen ihn reiten auf ihrem tintenschwarzen Rücken, machten ihn blind und taub für das, was ihn umgab, bis er nur noch das Knirschen von Kutschenrädern auf gefrorener Erde hörte und das Spleißen von schwarz lackiertem Holz. Bald tauchten ihm beide Glasmänner die Federn in die Tinte, so rasch kamen die Worte. Prächtige Worte. Fenoglio-Worte. Ach, er hatte ganz vergessen, wie stark Buchstaben berauschen konnten. Kein Wein hielt da mit …

»Tintenweber!« Fenoglio hob irritiert den Kopf. Er war schon tief in den Bergen, auf dem Weg zur Burg im See, spürte das aufgedunsene Fleisch des Natternkopfes, als wäre es sein eigenes ...

Baptista stand vor ihm, mit besorgtem Gesicht, und die Berge verschwanden. Fenoglio war zurück in der Höhle, umgeben von Räubern und hungrigen Kindern. Was war los? Es ging dem Schwarzen Prinzen doch nicht etwa wieder schlechter?

»Doria ist von einem seiner Streifzüge zurück. Der Junge ist halb tot, er muss fast die ganze Nacht gerannt sein. Er sagt, der Hänfling ist auf dem Weg hierher und dass er von der Höhle weiß. Keiner kann sagen, von wem.« Baptista rieb sich die pockennarbigen Wangen. »Sie haben Hunde dabei. Doria sagt, heute Abend sind sie hier. Das heißt, wir müssen fort.«

»Fort? Aber wohin?«

Wohin mit all den Kindern, von denen manche schon jetzt halb verrückt vor Heimweh waren? Fenoglio sah in Baptistas Gesicht, dass auch die Räuber darauf keine Antwort wussten.

Na bitte! Was sagte die ach so kluge Madam Loredan nun? Wie sollte man unter solchen Umständen schreiben? »Sag dem Prinzen, ich komm gleich zu ihm.«

Baptista nickte. Als er sich umdrehte, schob Despina sich an ihm vorbei. Ihr kleines Gesicht war besorgt. Kinder spüren sofort, wenn etwas nicht stimmt. Sie sind es gewohnt, erraten zu müssen, was man ihnen nicht sagt.

»Komm her!« Fenoglio winkte sie zu sich, während Rosenquarz mit einem Ahornblatt die frisch geschriebenen Worte fächelte. Fenoglio zog Despina auf seinen Schoß und strich ihr über das helle Haar. Kinder ... Er vergab seinen Bösewichten so manches, aber seit der Pfeifer Kinder jagte, wollte er ihm nur noch ein Ende schreiben, und das war ein blutiges. Wenn er es nur schon erst geschrieben hätte! Aber das musste nun wohl warten, ebenso wie das Lied des Eichelhähers. Wohin mit den Kindern? Denk, Fenoglio. Denk!

Verzweifelt rieb er sich die faltige Stirn. Himmel, es war kein Wunder, dass das Denken einem solche Furchen ins Gesicht grub.

»Rosenquarz!«, fuhr er den Glasmann an. »Hol Meggie. Sag ihr, sie soll lesen, was ich geschrieben habe, auch wenn es nicht ganz fertig ist. Es muss reichen!«

Der Glasmann huschte so eilig davon, dass er den Wein umstieß, den Baptista gebracht hatte, und Fenoglios Bettdecke sich verfärbte, als schwämme sie in Blut. Das Buch! Besorgt zog er es unter der feuchten Decke hervor. *Tintenherz.* Der Titel gefiel ihm immer noch. Was würde passieren, wenn diese Seiten feucht wurden? Würde seine ganze Welt dann zu faulen beginnen? Doch das Papier war trocken. Nur eine Ecke des Einbands war etwas feucht. Fenoglio rieb mit dem Ärmel darüber.

»Was ist das?« Despina nahm ihm das Buch aus der Hand. Natürlich! Wo sollte sie je ein Buch gesehen haben? Sie war nicht auf einer Burg aufgewachsen oder im Haus eines reichen Händlers.

»Das ist ein Ding, das Geschichten aufbewahrt«, sagte Fenoglio.

Er hörte, wie der Elfenschreck die Kinder zusammenrief, hörte die aufgeregten Stimmen der Frauen, das erste Weinen. Despina lauschte besorgt, doch dann starrte sie wieder das Buch an.

»Geschichten?« Sie blätterte in den Seiten, als wartete sie darauf, dass die Wörter herausfielen. »Welche? Hast du sie uns schon erzählt?«

»Diese nicht.« Fenoglio nahm ihr das Buch sanft aus der Hand und starrte auf die Seite, die sie aufgeschlagen hatte. Seine eigenen Worte blickten ihm entgegen, vor so langer Zeit geschrieben, dass sie wie die Worte eines anderen klangen.

»Was für eine Geschichte ist das? Erzählst du sie mir?«

Fenoglio starrte auf seine alten Worte, geschrieben von einem Fenoglio, der er nicht mehr war, einem Fenoglio, dessen Herz noch so viel jünger gewesen war, so viel unbeschwerter – und weniger eitel, würde Signora Loredan vermutlich hinzusetzen: *Große Wunder lagen im Norden von Ombra. Kaum einer seiner Bewohner hatte sie je gesehen, doch die Lieder der Spielleute erzählten von ihnen, und wenn die Bauern für ein paar kostbare Augenblicke der Mühsal auf den Feldern entfliehen wollten, stellten sie sich vor, sie stünden am Ufer des Sees, von dem es hieß, dass die Riesen ihn als Spiegel benutzten, und malten sich aus, wie die Nymphen, die angeblich darin lebten, aus dem Wasser auftauchten und sie mit sich nahmen, zu Schlössern aus Perlen und Perlmutt. Wenn der Schweiß ihnen über die Gesichter rann, sangen sie leise die Lieder, die von schneeweißen Bergen sprachen, und von den Nestern, die die Menschen in einen gewaltigen Baum gebaut hatten, als die Riesen begannen ihre Kinder zu stehlen.*

Nester ... gewaltiger Baum ... ihre Kinder zu stehlen ... Himmel, das war es!

Fenoglio griff nach Jaspis und setzte ihn Despina auf die Schulter. »Jaspis bringt dich zu deiner Mutter«, sagte er, bevor er sich an ihr vorbeidrängte. »Ich muss zum Prinzen.«

Signora Loredan hat recht, Fenoglio!, dachte er, während er sich hastig durch die aufgeregten Kinder drängte, die weinenden Mütter, die hilflos dastehenden Räuber. Du bist ein törichter alter Mann, der mit seinem weinvernebelten Hirn selbst die eigenen

Geschichten nicht mehr kennt! Vermutlich weiß Orpheus inzwischen mehr über deine Welt als du.

Doch sein eitles Selbst, das irgendwo zwischen seiner Stirn und dem Brustbein hauste, widersprach auf der Stelle. Wie sollst du sie auch alle behalten, Fenoglio?, raunte es. Es sind einfach zu viele Geschichten! Deine Vorstellungskraft ist unerschöpflich.

Ja. Ja, er war ein eitler alter Mann. Er gab es zu. Aber er hatte auch allen Grund, es zu sein.

Die falschen Helfer

Wir wissen niemals, dass wir gehn –
Wir scherzen und schließen die Tür;
Das Schicksal schiebt den Riegel zu –
Ins Schweigen sinken wir –
Emily Dickinson, XCIX

Mortola hockte in einer Gifteibe, umgeben von Nadeln, die fast ebenso schwarz waren wie ihr Gefieder. Ihr linker Flügel schmerzte. Die fleischigen Finger von Orpheus' Diener hatten ihn fast gebrochen, nur ihr Schnabel hatte sie gerettet. Die hässliche Nase hatte sie ihm damit blutig gehackt, aber sie wusste kaum noch, wie sie es geschafft hatte, aus dem Zelt zu flattern. Sie konnte nur noch kurze Strecken fliegen seither, doch was noch schlimmer war – sie konnte den Vogel nicht mehr abschütteln, obwohl sie schon lange keine Körner mehr geschluckt hatte. Wie lange war es her, dass sie ein Mensch gewesen war? Zwei, drei Tage? Die Elster zählte die Tage nicht, sie dachte nur an Käfer und Würmer (oh, fleischige, bleiche Würmer!), an Winter und Wind und die Flöhe in ihrem Gefieder.

Der Letzte, der sie als Mensch gesehen hatte, war der Schnapper gewesen. Und, ja, er würde tun, was sie ihm eingeflüstert hatte, und den Natternkopf schon im Wald überfallen, doch zum Dank für den guten Rat hatte er sie eine verfluchte Hexe genannt und versucht zu packen, damit seine Männer sie totschlagen konnten. In die Hand hatte sie ihn gebissen, sie alle angezischt, bis sie zurückstolperten, und im Gebüsch noch einmal die Körner geschluckt, um zu Orpheus zu fliegen – nur damit dessen Diener ihr fast die Flügel brach! Hack ihm die Augen aus! Hack sie ihnen allen aus! Schlag die Krallen in ihre dummen Gesichter!

Mortola stieß einen kläglichen Schrei aus, und die Räuber blickten zu ihr herauf, als verkündete sie ihren Tod. Sie begriffen nicht, dass die Elster die alte Frau war, die sie vor ein paar Tagen hatten erschlagen wollen. Sie begriffen gar nichts. Was wollten sie ohne ihre Hilfe mit dem Buch anfangen, falls sie es tatsächlich in die schmutzigen Finger bekamen? Sie waren so dumm wie die bleichen Würmer, die sie aus der Erde pickte. Glaubten sie, dass sie das Buch nur schütteln oder auf die faulenden Seiten schlagen mussten, damit das Gold herausregnete, das sie ihnen versprochen hatte? Nein. Vermutlich dachten sie gar nichts, während sie da unten zwischen den Bäumen hockten, darauf wartend, dass es dunkel wurde und sie zu dem Pfad schleichen würden, den die schwarze Kutsche herunterkommen würde. Ein paar Stunden nur noch und sie wollten sich mit der Natter anlegen, doch was taten sie? Tranken selbst gebrannten Schnaps, den sie irgendeinem Köhler gestohlen hatten, träumten von künftigen Reichtümern und prahlten, wie sie erst die Natter und dann den Häher töten würden. Was ist mit den drei Wörtern?, wollte die Elster zu ihnen hinunterkrächzen. Wer von euch Dummköpfen kann die in das Leere Buch hineinschreiben?

Aber offenbar hatte der Schnapper zumindest darüber nachgedacht.

»Und haben wir das Buch erst mal«, lallte er unter ihr, »dann fangen wir uns den Häher und zwingen ihn, die drei Wörter hineinzuschreiben, und wenn dann die Natter tot ist und wir im

Gold baden, töten wir ihn, denn ich bin es gründlich leid, mir all die dummen Lieder über ihn anzuhören.«

»Ja, die sollen sie künftig über uns singen!«, lallte der Gecko, während er der Krähe auf seiner Schulter ein Stück branntweingetränktes Brot in den Schnabel schob. Die Krähe war die Einzige, die immer wieder zu Mortola hinaufstarrte. »Wir werden berühmter als sie alle! Berühmter als der Eichelhäher, berühmter als der Schwarze Prinz, berühmter als der Brandfuchs und seine Brandstifter. Berühmter als … wie hieß sein alter Herr noch?«

»Capricorn.«

Wie eine heiße Nadel fuhr der Name Mortola ins Herz, und sie duckte sich zusammen auf dem Zweig, auf dem sie hockte, während die Sehnsucht nach ihrem Sohn sie schüttelte. Sein Gesicht nur noch einmal zu sehen, ihm noch einmal das Essen zu bringen, das blasse Haar zu schneiden …

Wieder schrie sie schrill, und ihr Schmerz und ihr Hass schallten durch das dunkle Tal, in dem die Räuber den Herrn der Nachtburg überfallen wollten.

Ihr Sohn. Ihr Sohn. Ihr wunderbar grausamer Sohn. Mortola rupfte sich die Federn aus der Brust, als könnte das den Schmerz in ihrem Herzen tilgen.

Tot. Verloren. Und sein Mörder spielte den edlen Räuber und wurde besungen von dem dummen Pack, das früher vor ihrem Sohn gezittert hatte! Sein Hemd hatte sich damals so rot gefärbt, das Leben war schon aus ihm herausgeflossen, aber die kleine Hexe hatte ihn gerettet. Ob sie auch jetzt wieder irgendwo flüsterte? Ich werd ihnen beiden das Gesicht zerhacken, so gründlich, dass die Verrätermagd sie nicht mehr erkennt … Resa … Sie hat dich gesehen, Mortola, ja, das hat sie, aber was soll sie schon tun?

Er ist allein gegangen, und sie spielt das Spiel, das alle Frauen in dieser Welt spielen, das Wartespie... Raupe!

Hektisch hackte sie nach dem haarigen Körper. Raupe, Raupe, schrie es in ihr. Verfluchtes Vogelhirn. Woran hatte sie gerade gedacht? Ans Totschlagen. Ja. An Rache. Das Gefühl kannte der Vogel auch. Sie spürte, wie sich ihr Gefieder sträubte, wie der Schnabel auf das Holz einhackte, auf dem sie saß, als wäre es das Fleisch des Hähers.

Ein kalter Wind fuhr durch den Baum und schüttelte die immergrünen Äste. Regen setzte sich auf Mortolas Federn. Zeit, hinunterzufliegen, unter die schwarzen Eiben, die sie vor den Räubern verbergen würden, und noch einmal zu versuchen den Vogel loszuwerden, um endlich wieder Menschenfleisch zu fühlen.

Aber der Vogel dachte: Nein! Zeit, den Schnabel zwischen die Federn zu stecken, Zeit, sich vom Rauschen der Zweige in den Schlaf singen zu lassen. Unsinn! Sie plusterte sich, schüttelte den dummen kleinen Kopf, rief sich ihren Namen ins Gedächtnis. Mortola. Mortola. Capricorns Mutter ...

Doch was war das? Die Krähe auf des Geckos Schulter ruckte mit dem Kopf und spreizte die Flügel. Der Schnapper kam unsicher auf die Beine, zog sein Schwert und schrie die anderen an, es ihm nachzutun. Aber da standen die Männer der Natter auch schon zwischen den Bäumen. Der Anführer war ein mageres Habichtsgesicht, die Augen ausdruckslos wie die eines Toten. Fast beiläufig stieß er dem ersten Räuber das Schwert in die Brust. Gleich drei Soldaten griffen den Schnapper an. Er schlitzte sie auf, obwohl seine Hand sicher noch von Mortolas Zähnen schmerzte, aber um ihn her starben seine Männer wie Fliegen.

O ja, man würde Lieder über sie singen, doch es würden Spottlieder sein über die Dummköpfe, die geglaubt hatten, sie könnten dem Natternkopf ebenso leicht auflauern wie irgendeinem reichen Händler.

Mortola stieß ein klägliches Krächzen aus, während unter ihr die Schwerter in die Leiber fuhren. Nein, diese Helfer hatten nichts getaugt. Nun blieb ihr nur noch Orpheus mit seinem Tintenzauber und seiner Samtstimme.

Das Habichtsgesicht rieb sein Schwert am Mantel eines Toten ab und sah sich um.

Mortola duckte sich unwillkürlich zusammen, aber die Elster starrte begierig nach unten, auf die glitzernden Waffen, auf Ringe und Gürtelschnallen. Wie gut würden die sich in ihrem Nest machen, ihr des Nachts mit ihrem Schimmern die Sterne vom Himmel holen.

Keiner der Räuber stand noch. Selbst der Schnapper lag inzwischen auf den Knien. Das Habichtsgesicht gab seinen Männern ein Zeichen, und sie schleiften ihn zu ihm. Nun stirbst du, Dummkopf!, dachte Mortola bitter. Und die alte Frau, die du erschlagen wolltest, sieht dir beim Sterben zu!

Das Habichtsgesicht fragte den Schnapper etwas, schlug ihm ins Gesicht, fragte noch mal. Mortola legte den Kopf schief, um besser lauschen zu können, flatterte ein paar Äste tiefer, im Schutz der Nadeln.

»Er lag im Sterben, als wir aufbrachen.« Die Stimme des Schnappers klang immer noch trotzig, aber sie war heiser vor Angst. Der Schwarze Prinz. Sie redeten von ihm. Ich war es, wollte Mortola krächzen. Ich, Mortola, hab ihn vergiftet! Fragt den Natternkopf, ob er sich an mich erinnert?

Sie flatterte noch etwas tiefer. Sprach der hagere Totschläger da von Kindern? Er wusste von der Höhle? Woher? Oh, wenn ihr dummer Kopf doch nur hätte denken können!

Einer der Soldaten zog das Schwert, doch der Habicht befahl ihm barsch, es wieder einzustecken. Er trat zurück und wies seine Männer an, dasselbe zu tun. Der Schnapper, immer noch auf den Knien zwischen seinen toten Männern, hob verblüfft den Kopf. Doch die Elster, die eben noch hatte hinunterflattern wollen, um Ringe von leblosen Fingern zu zupfen und nach silbernen Knöpfen zu picken, erstarrte auf ihrem Ast und schüttelte sich vor Angst, während es in dem dummen Vogelkopf Tod, Tod, Tod! schrie. Und da kam er, schimmeliges Schwarz zwischen den Bäumen, sein Atem keuchend wie der eines großen Hundes, gestaltlos und doch menschengleich – ein Nachtmahr. Und der Schnapper flehte, statt zu fluchen, und das Habichtsgesicht musterte ihn mit seinen toten Augen, während seine Männer tief zwischen die Bäume zurückwichen. Der Nachtmahr aber kam über den Schnapper, als öffnete die Nacht ein Maul mit tausend Zähnen, und brachte ihm den schlimmsten aller Tode.

Was soll's? Fort mit ihm!, dachte Mortola, während ihr gefiederter Körper zitterte wie Espenlaub. Fort mit dem Dummkopf! Nichts hat er mir genützt! Orpheus muss nun helfen. Ja. Orpheus …

Orpheus … Es schien, als nähme der Name Gestalt an, sobald sie ihn dachte.

Nein, das konnte nicht sein. Es konnte nicht Orpheus sein, der da plötzlich unter den Bäumen stand und vor dessen dummem Lächeln der Nachtmahr sich duckte wie ein Hund.

Wer hat dem Natternkopf von den Räubern erzählt, Mortola? Wer?

Orpheus musterte die Bäume mit seinen gläsernen Augen. Dann hob er die Hand, blass und rundlich, und zeigte auf die Elster, die sich duckte, als sein Finger auf sie wies.

Flieg, Mortola! Flieg! Der Pfeil traf sie in der Luft, und der Schmerz vertrieb den Vogel. Sie hatte keine Flügel mehr, als sie fiel, fiel und fiel, durch die kalte Luft. Es waren Menschenknochen, die brachen, als sie auf den Boden aufschlug. Und das Letzte, was sie sah, war Orpheus' Lächeln.

Die Toten im Wald

Den ganzen Nachmittag wars Abend,
Schnee fiel
Und noch mehr Schnee lag in der Luft.
Die Amsel saß
In Zedernarmen.
Wallace Stevens, Thirteen Ways of
Looking at a Blackbird

Weiter, weiter, immer weiter. Resa war wieder schlecht, doch sie sagte nichts. Und jedes Mal, wenn der Starke Mann sich besorgt zu ihr umdrehte, lächelte sie ihm zu, damit er nicht ihretwegen langsamer ging. Mehr als einen halben Tag hatte der Schnapper Vorsprung, und an die Elster versuchte sie gar nicht erst zu denken.

Lauf, Resa. Lauf. Es ist nur etwas Übelkeit. Kau die Blätter, die Roxane dir gegeben hat, und lauf. Der Wald, den sie seit Tagen durchquerten, war dunkler als der Weglose Wald. In diesem Teil der Tintenwelt war sie noch nicht gewesen. Es schien, als hätte sie ein neues Kapitel aufgeschlagen, neu und nie zuvor gelesen. »Die Spielleute nennen ihn den Wald, in dem die Nacht schläft«, hatte der Starke Mann ihr erklärt, als sie eine Schlucht durchquerten, die selbst bei Tag so dunkel war, dass sie kaum ihre Hand vor Augen sah. »Aber die Moosweibchen haben ihn den Bärtigen Wald getauft, wegen all der heilenden Flechten, die an den Bäumen wachsen.« Ja, der Name gefiel ihr besser. Durch den Frost sahen viele Bäume tatsächlich aus wie betagte Riesen.

Der Starke Mann war ein guter Spurenleser, aber selbst Resa hätte der Spur folgen können, die der Schnapper und seine Männer hinterlassen hatten. An manchen Stellen waren die Fußabdrücke gefroren, als wäre die Zeit stehen geblieben, an anderen waren sie verwischt vom Regen, als hätte er mit den Spuren auch die Männer fortgewischt, die sie hinterlassen hatten. Die Räuber hatten sich keine Mühe gegeben, unentdeckt zu bleiben. Warum auch? Sie waren die Verfolger.

Es regnete viel. In den Nächten wurde oft Hagel daraus, doch zum Glück gab es genug immergrüne Bäume, unter deren Ästen es halbwegs trocken blieb. Es wurde bitterkalt, wenn die Sonne unterging, und Resa war sehr dankbar für den mit Fell gefütterten Mantel, den der Starke Mann ihr überlassen hatte. Ihm verdankte sie, dass sie nachts trotz der Kälte schlafen konnte, dem Mantel und den Decken aus Moos, die der Starke Mann für sie beide von den Bäumen schnitt.

Geh weiter, Resa, immer weiter. Die Elster fliegt schnell und der Schnapper ist schnell mit dem Messer. Ein Vogel schrie heiser in den Bäumen über ihr und sie blickte beunruhigt nach oben, doch es war nur eine Krähe, keine Elster, die auf sie herabstarrte.

»Hark!« Der Starke Mann antwortete dem schwarzen Vogel mit einem Krächzen (selbst die Eulen unterhielten sich mit ihm) und blieb abrupt stehen. »Was zum Teufel soll das?«, murmelte er und kratzte sich den kahl geschorenen Kopf.

Resa blieb besorgt neben ihm stehen. »Was ist? Hast du dich verirrt?«

»Ich? Nicht in tausend Jahren und in keinem Wald der Welt! Schon gar nicht in diesem.« Der Starke Mann bückte sich und untersuchte die Spuren auf dem steif gefrorenen Laub. »Mein Vetter hat mir hier das Wildern beigebracht. Er war's, der mir gezeigt hat, wie man mit den Vögeln spricht und aus den Bärten der Bäume Decken macht. Er hat mir auch die Burg im See gezeigt. Nein, der Schnapper ist es, der vom Weg abkommt, nicht ich. Er hält sich viel zu weit nach Westen!«

»Dein Vetter?« Resa sah ihn neugierig an. »Ist er auch bei den Räubern?«

Der Starke Mann schüttelte den Kopf. »Er ist zu den Brandstiftern gegangen«, sagte er, ohne Resa anzusehen. »Ist verschwunden, als Capricorn verschwand, und nie wiedergekommen. Er war ein großer, hässlicher Kerl, aber ich war immer stärker, selbst als wir beide noch klein waren. Ich frag mich oft, wo er steckt. Er war ein verfluchter Brandstifter, aber er war auch mein Vetter, wenn du verstehst, was ich meine.«

Groß und hässlich ... Resa rief sich Capricorns Männer ins Gedächtnis. Flachnase? Mos Stimme hat ihm den Tod gebracht, Starker Mann, dachte sie. Würdest du ihn trotzdem weiter beschützen, wenn du davon wüsstest? Ja, vermutlich würde er das.

»Lass uns nachsehen, wofür er vom Weg abweicht«, sagte sie. »Lass uns dem Schnapper folgen.«

Sie fanden ihn und seine Männer schon bald, auf einer Lichtung, braun von welkem Laub. Die Toten lagen da, als hätten die Bäume sie ebenso abgeworfen wie ihre Blätter, und die Raben hackten schon nach ihrem Fleisch.

Resa scheuchte sie fort – und wich erschrocken zurück, als sie die Leiche des Schnappers sah.

»Was war das?«

»Nachtmahr!« Die Antwort des Starken Mannes war kaum hörbar.

»Nachtmahr? Aber die töten durch Angst, nichts weiter. Ich hab es gesehen!«

»Nur wenn sie gestört werden. Wenn man sie lässt, fressen sie auch.«

Mo hatte ihr einmal die Hülle einer geschlüpften Libelle geschenkt. Jedes Glied hatte sich noch unter der leeren Haut abgezeichnet. Vom Schnapper war nicht viel mehr übrig als das, und Resa übergab sich neben den Toten.

»Das gefällt mir nicht.« Der Starke Mann musterte das blutgetränkte Laub. »Sieht fast so aus, als hätten die Männer, die sie erschlagen haben, dem Nachtmahr beim Fressen zugesehen – als hätten sie ihn dabeigehabt wie der Prinz seinen Bären!« Er sah sich um, aber es regte sich nichts. Nur die Raben warteten in den Bäumen.

Der Starke Mann zog dem Gecko den Mantel über das tote Gesicht. »Ich werd den Spuren folgen. Herausfinden, woher die Totschläger kamen.«

»Das brauchst du nicht.« Resa beugte sich über einen der toten Räuber und hob seine linke Hand. Der Daumen fehlte. »Dein kleiner Bruder hat mir erzählt, dass der Natternkopf einen neuen Leibwächter hat. Sie nennen ihn den Däumling. Er soll einer der Folterer auf der Nachtburg gewesen sein, bis sein Herr ihn beförderte. Doria sagt, er ist berüchtigt dafür, dass er jedem Mann, den er tötet, den Daumen abschneidet und sich aus den Knochen kleine Pfeifen machen lässt, um den Pfeifer damit zu verspotten ... Seine Sammlung soll sehr groß sein.«

Resa begann zu zittern, auch wenn sie sich um den Schnapper nun keine Sorgen mehr machen musste. »Sie wird ihn nicht beschützen können«, flüsterte sie. »Nein, Violante kann Mo nicht beschützen. Sie werden ihn töten!«

Der Starke Mann zog sie auf die Füße und schloss sie unbeholfen in seine Arme. »Was sollen wir tun?«, fragte er. »Zurückgehen?«

Aber Resa schüttelte den Kopf. Sie hatten einen Nachtmahr dabei. Einen Nachtmahr ... Sie blickte sich um.

»Die Elster«, sagte sie. »Wo ist die Elster? Ruf sie.«

»Ich hab es dir doch gesagt: Sie spricht nicht wie ein Vogel!«, sagte der Starke Mann, aber dennoch ahmte er die Stimme einer Elster nach. Es kam keine Antwort, doch gerade als der Starke Mann es noch einmal versuchte, sah Resa die Tote.

Mortola lag etwas abseits von den anderen. Ein Pfeil ragte ihr aus der Brust. Resa hatte sich so oft ausgemalt, was sie fühlen würde, wenn sie die Frau, der sie so lange hatte dienen müssen, endlich tot sah. Sie hatte sich so oft gewünscht, Mortola selbst zu töten, doch nun fühlte sie gar nichts. Ein paar schwarze Federn lagen neben der Toten im Schnee, und die Fingernägel der linken Hand glichen immer noch Vogelkrallen. Resa bückte sich und griff nach dem Beutel an Mortolas Gürtel. Winzige schwarze Körner waren darin, die gleichen Körner, die Mortola noch an den blassen Lippen klebten.

»Wer ist das?« Der Starke Mann starrte ungläubig auf die alte Frau herab.

»Capricorns Giftmischerin. Du hast sicherlich von ihr gehört, oder?«

Der Starke Mann nickte und trat unwillkürlich einen Schritt zurück.

Resa band Mortolas Beutel an ihren Gürtel. »Als ich noch eine ihrer Mägde war –«, sie musste lächeln, als sie den verblüfften Blick des Starken Mannes sah, »– als ich noch ihre Magd war, hieß es, Mortola hätte eine Pflanze entdeckt, deren Samen die Gestalt verändern können. Den *Kleinen Tod* nannten die anderen Mägde sie und flüsterten, dass es wahnsinnig machte, wenn man sie zu oft benutzte. Sie haben mir die Pflanze gezeigt – man kann sie auch zum Töten benutzen –, aber die andere Wirkung habe ich immer für ein Märchen gehalten. Offenbar hatte ich unrecht.« Resa hob eine der schwarzen Federn auf und legte sie auf Mortolas zerschossene Brust. »Es hieß damals, Mortola hätte es aufgegeben, den *Kleinen Tod* zu benutzen, weil sie in Vogelgestalt fast von einem Fuchs getötet worden wäre. Aber als ich die Elster in der Höhle sah, hab ich mir gleich gedacht, dass sie es ist.«

Sie richtete sich auf.

Der Starke Mann wies auf den Beutel an ihrem Gürtel. »Das hört sich so an, als solltest du diese Körner besser hierlassen.«

»Sollte ich?«, antwortete Resa. »Ja, vielleicht. Komm, lass uns gehen. Es wird bald dunkel.«

Menschennester

Gib acht:
Frei von Melodie und Sinn
flohen sie in die Nacht, die Wörter.
Noch feucht und schwer von Schlaf,
schwimmen sie in einem schwierigen Strom
und verwandeln sich in Verachtung.
Carlos Drummond de Andrade,
Auf der Suche nach der Poesie

Meggies Füße waren so kalt, dass sie ihre Zehen kaum noch spürte, trotz der Stiefel, die sie immer noch aus der anderen Welt besaß. Erst auf dem endlosen Marsch der letzten Tage hatten sie alle begriffen, wie gut die Höhle sie vor dem nahenden Winter beschützt hatte – und wie dünn ihre Kleider waren. Nur der Regen war noch schlimmer als die Kälte. Er tropfte von den Bäumen und verwandelte die Erde in Schlamm, der abends gefror. Ein Mädchen hatte sich schon den Fuß verstaucht, Elinor trug es nun. Sie alle trugen eins der kleineren Kinder, aber sie waren nicht genug. Der Schnapper hatte viele Männer mitgenommen, und Resa und der Starke Mann waren ebenfalls fort.

Der Schwarze Prinz trug gleich drei Kinder, zwei im Arm, eins auf dem Rücken, obwohl er immer noch kaum aß und von Roxane immer wieder zum Rasten gezwungen wurde. Meggie presste das Gesicht in das Haar des Jungen, der sich an ihren Hals klammerte. Beppe. Er erinnerte sie an Fenoglios Enkel. Beppe wog nicht viel. Die Kinder aßen seit Tagen nicht genug, aber nach all den Stunden, die Meggie mit dem Kleinen durch den Morast gestapft war, schien er schwer wie ein Erwachsener. »Meggie, sing noch mal eins von den Liedern!«, sagte er immer wieder, und sie sang, mit leiser Stimme, dünn vor Müdigkeit, vom Eichelhäher natürlich. Inzwischen vergaß sie manchmal, dass sie damit auch von ihrem Vater sang. Wenn sie ab und zu vor Erschöpfung die Augen schloss, sah sie die Burg, die Farid ihr im Feuer gezeigt hatte: ein finsteres Steingewächs auf spiegelndem Wasser. Wie verzweifelt sie versucht hatte Mo irgendwo zwischen den dunklen Mauern zu entdecken, aber sie hatte ihn nicht gesehen.

Sie war allein. Seit Resa fort war, war sie es noch mehr. Trotz Elinor, trotz Fenoglio, trotz all der Kinder und ganz bestimmt trotz Farid. Aber aus diesem Gefühl der Verlassenheit, das nur Doria manchmal vertrieb, war ein anderes gewachsen – das Gefühl, die beschützen zu müssen, die genauso verlassen waren wie sie, ohne Vater, ohne Mutter, auf der Flucht in einer Welt, die ihnen ebenso fremd war wie ihr, obwohl die Kinder nie eine andere gekannt hatten.

Auch Fenoglio hatte nur von dieser Welt geschrieben, und doch waren seine Worte nun die einzigen Wegweiser, denen sie folgen konnten.

Er ging mit dem Schwarzen Prinzen voran. Despina hing auf seinem Rücken, auch wenn sie älter war als einige der Kinder, die selbst laufen mussten. Ihr Bruder lief mit den älteren Jungen voran. Sie sprangen zwischen den Bäumen umher, als spürten ihre Glieder keine Müdigkeit. Der Schwarze Prinz rief sie immer wieder zurück und befahl ihnen, die Kleineren zu tragen, so wie die älteren Mädchen es taten. Farid war mit Doria schon so weit voraus, dass Meggie sie seit fast einer Stunde nicht gesehen hatte, auf der Suche nach dem Baum, den Fenoglio dem Schwarzen Prinzen so eindringlich beschrieben hatte, dass er tatsächlich den Aufbruch befohlen hatte. Doch andererseits – welche Hoffnung hätten sie sonst gehabt?

»Wie weit ist es noch?«, hörte Meggie Despina nicht zum ersten Mal fragen.

»Nicht mehr weit, wirklich nicht«, antwortete Fenoglio; aber ob er es wirklich wusste?

Meggie war dabei gewesen, als er dem Schwarzen Prinzen von den Nestern erzählt hatte. *Sie sehen aus wie riesige Feennester, aber es haben Menschen darin gewohnt, Prinz! Viele Menschen. Sie haben die Nester gebaut, als die Riesen sich immer öfter ihre Kinder holten, in einen so hohen Baum, dass nicht einmal die größten Riesen heranreichten.*

»Was beweist, dass es recht praktisch ist, Riesen nicht allzu groß zu machen, wenn man sie schon in eine Geschichte hineinschreibt!«, hatte er Meggie zugeflüstert.

»Menschennester?«, hatte sie zurückgeflüstert. »Hast du dir das etwa gerade erst ausgedacht?«

»Unsinn. Wie das?«, hatte Fenoglio mit gekränkter Stimme erwidert. »Habe ich dich gebeten, sie herbeizulesen? Nein. Diese Welt ist so gut ausgestattet, dass man sehr wohl in ihr zurechtkommt, ohne pausenlos etwas dazu zu erfinden – auch wenn Orpheus, dieser Dummkopf, anderer Ansicht ist. Ich hoffe, er bettelt inzwischen auf den Straßen von Ombra als Strafe dafür, dass er meine Feen bunt gefärbt hat!«

»Beppe, lauf ein paar Schritte, ja?« Meggie setzte den widerstrebenden Jungen ab und nahm stattdessen ein Mädchen auf den Arm, das vor Müdigkeit kaum noch stehen konnte.

»Wie weit ist es noch?« Wie oft hatte sie Mo das auf den endlosen Autofahrten gefragt, an deren Ende ein paar kranke Bücher warteten. »Nicht mehr weit, Meggie!«, glaubte sie seine Stimme sagen zu hören, und für einen Moment gaukelte ihr die Müdigkeit vor, dass er ihr seine Jacke um die kalten Schultern legte, aber es war nur ein Ast, der ihren Rücken streifte. Sie rutschte aus auf dem regenfeuchten Laub, das den Boden wie ein Teppich bedeckte, und nur Roxanes Hand verhinderte, dass sie hinfiel.

»Vorsicht, Meggie«, sagte sie, und für einen Augenblick schien ihr Gesicht vertrauter als das ihrer Mutter.

»Wir haben den Baum gefunden!« Doria tauchte so plötzlich vor ihnen auf, dass einige der Kleineren erschraken. Er war nass vom Regen und zitterte vor Kälte, aber er sah glücklich aus, so glücklich wie seit vielen Tagen nicht.

»Farid ist dortgeblieben. Er will hinaufklettern und nachsehen, ob die Nester noch bewohnbar sind!« Doria breitete die Arme aus. »Sie sind riesig! Wir werden etwas bauen müssen, um die Kleinen hinaufzuziehen, aber ich hab da schon eine Idee!«

Meggie hatte ihn noch nie so schnell und so viel reden hören. Eins der Mädchen lief auf ihn zu, und Doria nahm es auf den Arm und drehte sich lachend mit ihm im Kreis. »Der Hänfling wird uns dort oben niemals finden!«, rief er. »Jetzt müssen wir nur noch fliegen lernen, und wir können so frei leben wie die Vögel!«

Die Kinder begannen aufgeregt durcheinanderzureden, bis der Schwarze Prinz die Hand hob. »Wo steht der Baum?«, fragte er. Seine Stimme war schwer vor Müdigkeit. Manchmal hatte Meggie Angst, dass das Gift etwas in ihm zerbrochen hatte, dass es einen Schatten auf das Licht geworfen hatte, das immer in ihm gewesen war.

»Gleich da vorn!« Doria wies zwischen die regennassen Bäume. Plötzlich konnten selbst die müdesten Füße wieder laufen.

»Still!«, mahnte der Schwarze Prinz, als die Kinder immer lauter durcheinanderriefen, aber sie waren zu aufgeregt, um zu gehorchen, und der Wald hallte wider von ihren hellen Stimmen.

»Na, hab ich es dir gesagt?« Fenoglio ging plötzlich neben Meggie, in den Augen den alten Stolz auf seine Welt, der so leicht zu wecken war.

»Ja, du hast es gesagt«, kam Elinor Meggie mit der Antwort zuvor, sichtlich schlecht gelaunt in ihren feuchten Kleidern. »Aber noch hab ich diese fabelhaften Nester nicht gesehen, und ich muss auch zugeben, dass die Aussicht, bei diesem Wetter hoch oben in einem Baum zu sitzen, nicht gerade verlockend klingt.«

Fenoglio strafte Elinor mit Verachtung. »Meggie«, raunte er ihr zu. »Wie heißt der Junge da noch mal? Du weißt schon, der Bruder vom Starken Mann.«

»Doria?«

Doria sah sich um, als sie seinen Namen aussprach, und Meggie lächelte ihm zu. Sie liebte es, wie er sie ansah. Sein Blick wärmte ihr das Herz, ganz anders, als Farid es getan hatte. So anders …

»Doria«, murmelte Fenoglio. »Doria. Kommt mir irgendwie bekannt vor.«

»Nun, das ist nicht weiter verwunderlich«, bemerkte Elinor spitz. »Die Doria waren eine recht berühmte italienische Adelsfamilie.«

Fenoglio warf ihr einen alles andere als freundlichen Blick zu, aber er kam nicht dazu, die Antwort auszusprechen, die er sicherlich schon auf der Zunge hatte.

»Da sind sie!«

Ivos Stimme klang so laut in der aufziehenden Dämmerung, dass Minerva ihm unwillkürlich die Hand auf den Mund presste.

Und da waren sie tatsächlich.

Menschennester.

Sie sahen genau so aus, wie Fenoglio sie in seinem Buch beschrieben hatte. Er hatte Meggie die Zeilen vorgelesen. *Riesige Nester in der Krone eines gewaltigen Baumes, dessen immergrüne Zweige so hoch in den Himmel griffen, dass seine Spitze sich in den Wolken zu verlieren schien.* Die Nester waren rund wie die der Feen, aber zwischen ihnen glaubte Meggie Brücken zu erkennen, Netze aus Ranken, Leitern. Die Kinder drängten sich um den Schwarzen Prinzen und starrten so verzückt hinauf, als hätte er sie zu einem Schloss in den Wolken geführt. Am glücklichsten aber sah Fenoglio aus.

»Sind sie nicht fabelhaft?«, rief er.

»Sie sind sehr hoch oben, so viel ist sicher!« Elinors Stimme klang alles andere als begeistert.

»Nun, das ist der Sinn der Sache!«, antwortete Fenoglio barsch.

Aber auch Minerva und die anderen Frauen blickten alles andere als glücklich drein.

»Wo sind die, die früher dort oben gewohnt haben?«, fragte Despina. »Sind sie runtergefallen?«

»Natürlich nicht!«, erwiderte Fenoglio unwirsch, aber Meggie sah ihm an, dass er nicht die geringste Ahnung hatte, was mit den ursprünglichen Bewohnern passiert war.

»O nein, ich nehme an, sie haben einfach Sehnsucht nach der Erde bekommen!«, sagte Jaspis' glasfeine Stimme.

Die beiden Glasmänner saßen in Darius' tiefen Manteltaschen. Er war der Einzige, der halbwegs winterfest gekleidet war, aber er teilte den Mantel jederzeit großzügig mit ein paar Kindern. Wie Küken unter die Flügel einer Henne ließ er sie unter den warmen Stoff schlüpfen.

Der Schwarze Prinz blickte hinauf zu den seltsamen Behausungen, musterte den Baum, den es zu ersteigen galt – und schwieg.

»Wir können die Kinder in Netzen hinaufziehen«, sagte Doria. »Wir können die Ranken da als Seile benutzen. Farid und ich haben sie ausprobiert. Sie werden halten.«

»Das ist das beste aller Verstecke!«

Es war Farids Stimme, die zu ihnen herunterschallte. Flink wie ein Eichhörnchen kam er den Stamm heruntergeklettert – als hätte er früher nicht in der Wüste, sondern auf Bäumen gelebt. »Selbst wenn die Hunde des Hänflings uns hier finden, von dort oben können wir uns verteidigen!«

»Nun, ich hoffe, dass sie uns dort oben gar nicht erst finden werden«, sagte der Schwarze Prinz. »Aber es bleibt keine Zeit, etwas unter der Erde zu bauen, und dort oben werden wir uns hoffentlich so lange halten können, bis ...«

Wie ihn alle ansahen. Bis – ja, bis wann?

»Bis der Eichelhäher den Natternkopf getötet hat!«, sagte eins der Kinder mit solcher Überzeugung, dass der Prinz lächeln musste.

»Ja, genau. Bis der Eichelhäher den Natternkopf getötet hat.«

»Und den Pfeifer!«, setzte einer der Jungen hinzu.

»O ja, den natürlich auch.« In dem Blick, den Baptista mit dem Schwarzen Prinzen wechselte, hielten sich Hoffnung und Sorge die Waage.

»Ja, er tötet sie beide, und dann heiratet er die Hässliche und sie regieren glücklich bis an ihr Lebensende!« Despina lächelte so entzückt, als sähe sie die Hochzeit schon vor sich.

»O nein, nein!« Fenoglio sah sie so entgeistert an, als könnten ihre Worte im nächsten Moment Wirklichkeit werden. »Der Eichelhäher hat doch schon eine Frau, Despina. Hast du Meggies Mutter vergessen?«

Despina sah Meggie erschrocken an und presste sich die Hand vor den Mund, aber Meggie strich ihr nur über das glatte Haar. »Es hört sich trotzdem nach einer guten Geschichte an«, flüsterte sie ihr zu.

»Fangt an, Seile den Baum hinauf zu spannen«, sagte der Schwarze Prinz zu Baptista, »und fragt Doria, wie er die Netze hinaufziehen will. Ihr anderen steigt in die Krone und prüft, welche Nester morsch sind.«

Meggie blickte hinauf in das Dickicht der Äste. Einen Baum wie diesen hatte sie noch nie gesehen. Die Rinde war rötlich braun, doch schartig wie die einer Eiche, und der Stamm verzweigte sich erst hoch oben, aber er wuchs so wulstig in die Höhe, dass sich überall Halt für Füße und Finger fand. An einigen Stellen formten riesige Baumpilze Plattformen. Höhlen klafften in dem endlos hohen Stamm, Spalten, verklebt mit Federn, die zeigten, dass nicht nur Menschen in diesem Baum genistet hatten. Vielleicht sollte ich Doria fragen, ob er mir wirklich Flügel bauen kann, dachte Meggie, und plötzlich fiel ihr die Elster wieder ein, die ihre Mutter so in Angst versetzt hatte.

Warum hatte Resa sie nicht mitgenommen? Weil sie dich immer noch für ein kleines Kind hält, Meggie!, dachte sie.

»Meggie?« Eins der Kinder schob die kalten Finger in ihre Hand. Die Feuerelfe hatte Elinor die Kleine getauft, wegen der roten Haare, so rot, als hätte Staubfinger Funken darin gesät. Wie alt war sie? Vier? Fünf? Viele der Kinder wussten ihr Alter nicht.

»Beppe sagt, da oben gibt es Vögel, die Kinder fressen.«

»Unsinn. Woher soll er das wissen? Denkst du, Beppe ist schon dort oben gewesen?«

Die Elfe lächelte erleichtert und warf Beppe einen strengen Blick zu. Aber ihre Miene wurde erneut besorgt, als sie, die Finger immer noch fest um Meggies Hand geklammert, gemeinsam mit ihr dem Bericht lauschte, den Farid dem Schwarzen Prinzen gab.

»Die Nester sind so groß, dass in jedem bestimmt fünf oder sogar sechs von uns schlafen können!« Wie aufgeregt er klang. Als hätte er für einen Moment tatsächlich vergessen, dass Staubfinger zurück und er trotzdem allein war. »Viele der Brücken sind morsch, aber da oben gibt es genug Ranken und Holz, um sie zu reparieren.«

»Wir haben kaum Werkzeug«, warf Doria ein. »Das müssen wir als Erstes bauen, aus unseren Messern und Schwertern.«

Die Räuber sahen besorgt auf ihre Waffengürtel.

»Die Krone ist so dicht, dass sie recht gut vor dem Wind schützt, aber an einigen Stellen sind Breschen hineingeschlagen«, fuhr Farid fort. »Vermutlich Aussichtspunkte für die Wachen. Wir werden die Nester polstern müssen, wie die Feen es tun.«

»Vielleicht sollten einige von uns besser hier unten bleiben«, warf der Elfenschreck ein. »Wir müssen jagen und …«

»Ihr könnt dort oben jagen!«, unterbrach Farid ihn. »Es gibt nicht nur Schwärme von Vögeln, ich hab auch große Eichhörnchen gesehen und Tiere mit Greiffingern, die wie Kaninchen aussehen. Allerdings gibt es dort oben auch wilde Katzen –«

Die Frauen sahen sich besorgt an.

»– und Fledermäuse und Kobolde mit ellenlangen Schwänzen«, fuhr Farid fort. »Das ist eine ganze Welt dort oben! Es gibt Höhlen, und viele Äste sind so breit, dass man auf ihnen spazieren gehen kann. Es wachsen Blumen darauf und Pilze! Es ist fabelhaft. Wunderbar!«

Fenoglio lächelte über das ganze faltige Gesicht, wie ein König, dessen Reich gelobt wird, und selbst Elinor blickte zum ersten Mal sehnsüchtig an dem buckligen Stamm empor. Einige der Kinder wollten auf der Stelle hinauf, aber die Frauen hielten sie zurück. »Ihr sammelt Blätter«, sagten sie zu ihnen, »und Moos und Vogelfedern – was immer ihr zum Polstern finden könnt.«

Die Sonne stand schon tief, als die Räuber damit begannen Seile zu spannen, Netze zu flechten und Plattformen aus Holz zu bauen, die man an dem hohen Stamm hinaufziehen konnte.

Baptista ging mit einigen Männern zurück, um noch einmal ihre Spuren zu verwischen, und Meggie sah, wie der Schwarze Prinz ratlos seinen Bären ansah. Wie würde er ihn auf den Baum hinaufbekommen? Was geschah mit den Lastpferden? So viele Fragen, und es war immer noch nicht gewiss, dass sie den Hänfling durch ihren schnellen Aufbruch tatsächlich abgeschüttelt hatten.

»Meggie?« Sie half Minerva gerade, ein Netz aus Ranken für die Vorräte zu knüpfen, als Fenoglio sie mit Verschwörermiene mit sich zog.

»Du wirst es nicht glauben!«, raunte er ihr zu, als sie zwischen den gewaltigen Wurzeln des Baumes stehen blieben. »Aber untersteh dich, Loredan davon zu erzählen. Die würde mich nur gleich wieder für größenwahnsinnig erklären!«

»Was soll ich ihr nicht erzählen?« Meggie sah ihn verständnislos an.

»Nun, dieser Junge, du weißt schon, der, der dich anstarrt und dir Blumen bringt und Farid ganz grün vor Eifersucht macht. Doria …«

Über ihnen färbte sich die Baumkrone rot im Licht der sinkenden Sonne und die Nester hingen zwischen den Zweigen wie schwarze Früchte.

Meggie wandte verlegen das Gesicht ab. »Was ist mit ihm?«

Fenoglio sah sich um, als fürchtete er, Elinor könnte im nächsten Moment hinter ihm stehen. »Meggie, ich glaube«, sagte er mit gesenkter Stimme, »ich hab ihn ebenso erfunden wie Staubfinger und den Schwarzen Prinzen!!«

»Unsinn. Was redest du da?«, flüsterte Meggie zurück. »Doria war vermutlich noch nicht mal geboren, als du dein Buch geschrieben hast!«

»Ja, ja, ich weiß! Das ist ja gerade das Verwirrende! All diese Kinder«, Fenoglio zeigte mit ausladender Geste auf die Kinder, die unter den Bäumen eifrig nach Moos und Federn suchten, »meine Geschichte legt sie wie Eier, ganz ohne meine Hilfe. Sie ist ein fruchtbares Ding. Aber dieser Junge –«, Fenoglio senkte die Stimme, als könnte Doria ihn hören, obwohl er weit entfernt mit Baptista auf dem Waldboden kniete und Messer in Macheten und Sägen verwandelte, »Meggie, jetzt wird es verrückt: Ich habe eine Geschichte über ihn geschrieben, aber die Figur mit seinem Namen war erwachsen! Und was noch seltsamer ist – diese Geschichte wurde nie gedruckt! Vermutlich liegt sie immer noch in einer Schublade meines alten Schreibtisches, oder meine Enkel haben Papierkugeln daraus gedreht, um die Katzen damit zu beschießen!«

»Aber das ist unmöglich. Dann kann es nicht derselbe sein!«

Meggie blickte unauffällig zu Doria hinüber. Sie sah ihn gern an, sehr gern. »Worum geht es in dieser Geschichte?«, fragte sie. »Was tut dieser erwachsene Doria?«

»Er baut Burgen und Stadtmauern. Er erfindet sogar eine Flugmaschine, eine Uhr, die die Zeit misst, und –«, er sah Meggie an, »– eine Druckmaschine für einen berühmten Buchbinder.«

»Tatsächlich?« Meggie wurde plötzlich warm, wie früher, wenn Mo ihr eine besonders schöne Geschichte erzählt hatte. Für einen berühmten Buchbinder. Für einen Moment hatte sie Doria vergessen und dachte nur noch an ihren Vater. Vielleicht hatte Fenoglio ja längst die Worte geschrieben, die Mo am Leben halten würden. O bitte, flehte sie Fenoglios Geschichte an. Lass den Buchbinder Mo sein.

»Doria den Zauberer habe ich ihn genannt«, raunte Fenoglio ihr zu. »Aber er zaubert mit den Händen wie dein Vater. Und nun hör zu, es wird noch besser! Dieser Doria hat eine Frau, von der es heißt, dass sie aus einem fernen Land stammt und ihn oft erst auf seine Ideen gebracht hat. Ist das nicht seltsam?«

»Was soll daran seltsam sein?« Meggie spürte, wie sie rot wurde. Und ausgerechnet in dem Moment sah Farid zu ihr herüber. »Hast du ihr einen Namen gegeben?«, fragte sie.

Fenoglio räusperte sich verlegen. »Nun, du weißt, dass ich mit meinen Frauenfiguren manchmal etwas nachlässig bin, und es fand sich einfach nicht der richtige Name für sie. Also hab ich sie damals einfach seine Frau genannt.«

Meggie musste lächeln. Ja, das klang sehr nach Fenoglio. »Doria hat zwei steife Finger an der linken Hand. Wie soll er da all das tun, was du sagst?«

»Aber die steifen Finger habe ich ihm geschrieben!«, rief Fenoglio, alle Vorsicht vergessend. Doria hob den Kopf und sah zu ihnen herüber, aber zum Glück trat der Schwarze Prinz in dem Moment zu ihm.

»Sein Vater hat sie ihm gebrochen«, fuhr Fenoglio mit leiser Stimme fort. »Als er betrunken war. Er wollte Dorias Schwester schlagen, und Doria hat versucht sie zu beschützen.«

Meggie lehnte den Rücken gegen den Stamm des Baumes. Ihr war, als hörte sie sein Herz hinter sich schlagen, ein riesiges, hölzernes Herz. Es war alles ein Traum, nur ein Traum. »Wie hieß diese Schwester?«, fragte sie. »Susa?«

»Was weiß ich?«, antwortete Fenoglio. »Ich kann mich nicht an alles erinnern, vielleicht hatte sie auch ebenso wenig einen Namen wie die Frau. Auf jeden Fall wird es ihn später nur umso berühmter machen, dass er trotz seiner steifen Finger solche Wunder bauen kann!«

»Ich verstehe«, murmelte Meggie – und ertappte sich dabei, dass sie versuchte sich vorzustellen, wie Doria aussehen würde, wenn er erwachsen war. »Das ist eine schöne Geschichte«, sagte sie.

»Ich weiß«, sagte Fenoglio und lehnte sich mit einem selbstzufriedenen Seufzer an den Stamm des Baumes, den er vor so vielen Jahren in einem Buch beschrieben hatte. »Aber natürlich darfst du dem Jungen kein Wort von alldem sagen.«

»Natürlich nicht. Hast du noch mehr solcher Geschichten in deinen Schubladen liegen? Weißt du auch, was aus Minervas Kindern werden wird oder aus Beppe und der Feuerelfe?«

Fenoglio kam nicht dazu zu antworten.

»Na, wunderbar!« Elinor stand vor ihnen, die Arme voll Moos. »Meggie, sag selbst! Ist das neben dir nicht der faulste Mann dieser und aller anderen Welten? Alle anderen arbeiten, aber er steht hier und starrt Löcher in die Luft!«

»Ach, und was ist mit Meggie?«, gab Fenoglio aufgebracht zurück. »Ganz abgesehen davon, dass ihr alle nichts zu tun hättet, wenn der faulste aller Männer diesen Baum und die Nester in seiner Krone nicht erfunden hätte!«

Elinor beeindruckte dieses Argument nicht im Geringsten. »In diesen verdammten Nestern werden wir uns vermutlich alle den Hals brechen«, sagte sie nur. »Und ich bin nicht sicher, ob das so viel besser als die Minen ist.«

»Nun, sei beruhigt, Loredan. Dich würde der Pfeifer ohnehin nicht mit in die Minen nehmen!«, erwiderte Fenoglio. »Weil du nämlich schon im ersten Tunnel stecken bleiben würdest!«

Meggie ließ die beiden streiten. Zwischen den Bäumen begannen Lichter zu tanzen. Meggie hielt sie zunächst für Glühwürmchen, doch als einige auf ihrem Ärmel landeten, sah sie, dass es winzige Falter waren, die leuchteten, als wäre Mondlicht an ihnen haften geblieben.

Ein neues Kapitel, dachte sie und blickte zu den Nestern hinauf. Ein neuer Ort. Und Fenoglio kann mir etwas über Dorias Zukunft sagen, aber was seine Geschichte gerade über meinen Vater erzählt, weiß er nicht. Warum hatte Resa sie nur nicht mitgenommen?

Weil deine Mutter klug ist!, hatte Fenoglio zu ihr gesagt. Wer außer dir soll denn meine Worte lesen, falls ich doch noch die richtigen finde? Darius? Nein, Meggie, du bist die Erzählerin dieser Geschichte. Wenn du deinem Vater wirklich helfen willst, bist du nur hier an meiner Seite genau am richtigen Ort. Und Mortimer würde das sicherlich ganz genauso sehen!

Ja, das würde er wohl.

Eine der Motten setzte sich ihr auf die Hand, leuchtend wie ein Ring an ihrem Finger. *Dieser Doria hat eine Frau, von der es heißt, dass sie aus einem fernen Land stammt und ihn oft erst auf seine Ideen gebracht hat.* Ja. Das war wirklich seltsam.

Das weiße Flüstern

Hätt ich des Himmels bestickte Kleider,
Durchwirkt mit goldnem und silbernem Licht,
Die blauen, matten und dunklen Kleider
Der Nacht, des Tags und des halben Lichts,
Ich legte sie zu deinen Füßen aus:
Doch ich bin arm, hab nur meine Träume,
Die legte ich zu deinen Füßen aus,
Tritt sanft, du trittst ja auf meine Träume.
William Butler Yeats, Er wünscht sich die Kleider des Himmels

Staubfinger blickte von den Turmzinnen hinab auf den nachtschwarzen See, wo das Spiegelbild der Burg zwischen den Sternen schwamm. Der Wind, der ihm über das narbenlose Gesicht strich, war kalt vom Schnee der umliegenden Berge, und Staubfinger schmeckte das Leben, als kostete er es zum ersten Mal. Die Sehnsucht, die es brachte, und die Lust. All das Bittre, all das Süße, alles, auch wenn es nur auf Zeit war, immer nur auf Zeit, gewonnen und verloren, verloren und erneut gefunden.

Selbst das Schwarz der Bäume machte ihn betrunken vor Glück. Die Nacht färbte sie so schwarz, als wollte sie endgültig beweisen, dass diese Welt nur aus Tinte bestand. Sah der Schnee auf den Berggipfeln nicht aus wie Papier?

Und wenn schon …

Über ihm brannte der Mond ein silbernes Loch in die Nacht, und die Sterne umringten ihn wie Feuerelfen. Staubfinger versuchte sich zu erinnern, ob er den Mond auch im Reich der Toten gesehen hatte. Vielleicht. Warum schmeckte das Leben so viel süßer durch den Tod? Warum konnte das Herz nur lieben, was es auch verlieren konnte? Warum? Warum …

Die Weißen Frauen wussten ein paar Antworten, doch sie hatten ihm nicht alle gesagt. Später, hatten sie geflüstert, als sie ihn hatten gehen lassen. Ein andermal. Du wirst noch oft kommen. Und oft gehen.

Gwin saß neben ihm auf den Zinnen und lauschte beunruhigt dem Lecken und Schlecken des Wassers. Der Marder mochte die Burg nicht. Hinter ihnen regte sich Zauberzunge im Schlaf. Sie hatten beide ohne ein Wort beschlossen, hier oben hinter den Turmzinnen zu schlafen, auch wenn es kalt war. Staubfinger schlief nicht gern in geschlossenen Räumen, und Zauberzunge schien es ebenso zu gehen. Vielleicht schlief er aber auch hier oben, weil Violante Tag und Nacht durch die bemalten Räume strich – so rastlos, als suchte sie nach ihrer toten Mutter oder könnte so die Ankunft ihres Vaters beschleunigen. Hatte je eine Tochter mit solcher Ungeduld darauf gewartet, ihren Vater zu töten?

Violante war nicht die Einzige, die keinen Schlaf fand. Der Buchmaler saß in der Kammer mit den toten Büchern und versuchte seine linke Hand zu lehren, was seine rechte einst so meisterhaft beherrscht hatte. Stunde um Stunde saß er da, an einem Pult, das Brianna für ihn vom Staub befreit hatte, und zwang die ungeübten Finger, Blätter und Ranken zu zeichnen, Vögel und winzige Gesichter, während der nutzlose Armstumpf das Pergament hielt, das er vorsorglich mitgebracht hatte. »Soll ich dir im Wald einen Glasmann suchen?«, hatte Staubfinger ihn gefragt, aber Balbulus hatte nur den Kopf geschüttelt. »Ich arbeite nicht mit Glasmännern«, hatte er mürrisch geantwortet. »Sie hinterlassen allzu gern ihre Fußabdrücke auf meinen Bildern!«

Zauberzunge schlief unruhig. Der Schlaf brachte ihm keinen Frieden, und in dieser Nacht schien es schlimmer als in den Nächten zuvor. Vermutlich waren sie wieder bei ihm. Wenn die Weißen Frauen sich in die Träume schlichen, sah man sie nicht. Zu Zauberzunge kamen sie öfter als zu ihm – als wollten sie sichergehen, dass der Eichelhäher sie nicht vergaß, sie und den Handel, den er mit ihrer Herrin geschlossen hatte, der Großen Wandlerin, die welken und blühen ließ, gedeihen und verderben.

O ja, sie setzten ihm zu, strichen ihm übers Herz mit ihren kühlen Fingern. Staubfinger spürte es, als wäre es sein eigenes. Eichelhäher!, glaubte er sie flüstern zu hören und fröstelte und sehnte sich zugleich. Lasst ihn schlafen, dachte er. Lasst ihn ausruhen von der Angst, die der Tag ihm bringt, Angst um sich selbst, Angst um seine Tochter, Angst, das Falsche getan zu haben ... Lasst ihn.

Er trat auf Zauberzunge zu und legte ihm die Hand aufs Herz. Mit bleichem Gesicht fuhr er aus dem Schlaf. Ja, sie waren bei ihm gewesen.

Staubfinger ließ das Feuer auf den Fingern tanzen. Er kannte die Kälte, die diese Besucherinnen hinterließen. Frisch und klar, rein wie Schnee war sie, aber das Herz fror. Und brannte zugleich.

»Was haben sie diesmal geflüstert? Eichelhäher, die Unsterblichkeit ist ganz nah?«

Zauberzunge schob das Fell zur Seite, unter dem er schlief. Seine Hände zitterten, als hätte er sie zu lange in kaltes Wasser getaucht.

Staubfinger ließ das Feuer wachsen und presste ihm noch einmal sacht die Hand aufs Herz. »Besser?«

Zauberzunge nickte. Er stieß seine Hand nicht zur Seite, auch wenn sie immer noch heißer war als Menschenhaut. »Haben sie dir das Feuer in die Adern gegossen, um dich wieder lebendig zu machen?«, hatte Farid Staubfinger gefragt. »Vielleicht«, hatte er geantwortet. Der Gedanke gefiel ihm.

»Himmel, sie müssen dich wirklich lieben«, sagte er, als Zauberzunge schlaftrunken auf die Füße kam. »Leider vergessen sie manchmal, dass ihre Liebe unweigerlich zum Tode führt.«

»O ja, das vergessen sie. Danke fürs Wecken.« Zauberzunge trat zu den Zinnen und blickte hinaus in die Nacht. »Er kommt, Eichelhäher. Das haben sie diesmal geflüstert. Er kommt. Doch –«, er drehte sich um und sah Staubfinger an, »– der Pfeifer bahnt ihm den Weg. Was wollen sie damit sagen?«

»Nun, was immer das heißt –«, Staubfinger ließ das Feuer verlöschen und trat an seine Seite, »– der Pfeifer muss ebenso über die Brücke wie sein Herr, also werden wir ihn rechtzeitig kommen sehen.« Es kam Staubfinger immer noch seltsam vor, dass er den Namen des Pfeifers aussprechen konnte, ohne Furcht zu empfinden. Aber die hatte er wohl tatsächlich für alle Zeit bei den Toten gelassen.

Der Wind kräuselte das Wasser des Sees. Auf der Brücke gingen Violantes Soldaten auf und ab, und Staubfinger glaubte die rastlosen Schritte ihrer Herrin bis hinauf zu den Zinnen zu hören. Violantes Schritte – und das Kratzen von Balbulus' Feder.

Zauberzunge sah ihn an. »Zeig mir Resa. So, wie du Violantes Mutter und ihre Schwestern hast aus dem Feuer kommen lassen.«

Staubfinger zögerte.

»Nun komm schon«, sagte Zauberzunge. »Ich weiß, dass dir ihr Gesicht fast ebenso vertraut ist wie mir.«

Ich habe Mo alles erzählt. So hatte Resa es ihm zugeflüstert in den Kerkern der Nachtburg. Offenbar hatte sie nicht gelogen. Natürlich nicht, Staubfinger. Sie versteht vom Lügen ebenso wenig wie der Mann, den sie liebt.

Er zeichnete eine Gestalt in die Nacht und ließ sie von den Flammen ausmalen.

Zauberzunge streckte unwillkürlich die Hand aus, doch seine Finger zuckten zurück, als das Feuer sie biss.

»Was ist mit Meggie?« Wie deutlich die Liebe sich auf sein Gesicht schrieb. Nein, er hatte sich nicht verändert, was immer die anderen sagten. Wie ein offenes Buch war er, mit seinem brennenden Herzen und einer Stimme, die herbeirufen konnte, was immer er wollte – so wie das Feuer es für Staubfinger tat.

Die Flammen malten Meggie in die Nacht und erfüllten sie mit warmem Leben, so echt, dass ihr Vater sich abrupt umwandte, weil seine Hände wieder nach dem Feuer griffen.

»Nun du.« Staubfinger ließ die feurigen Gestalten hinter den Zinnen stehen.

»Ich?«

»Ja. Erzähl mir von Roxane. Mach deinem Namen Ehre, Zauberzunge.«

Der Häher lächelte und lehnte den Rücken gegen die Zinnen. »Roxane? Das ist leicht«, sagte er leise. »Fenoglio hat wunderbare Dinge über sie geschrieben.«

Seine Stimme griff Staubfinger wie eine Hand ans Herz, als er zu sprechen begann. Er spürte die Worte auf der Haut, als wären es Roxanes Hände: »*Nie zuvor hatte Staubfinger eine schönere Frau gesehen. Ihr Haar war so schwarz wie die Nacht, die er liebte. In ihren Augen war die Dunkelheit unter den Bäumen, das Gefieder*

der Raben, der Atem des Feuers. Ihre Haut erinnerte ihn an das Mondlicht auf den Flügeln der Feen …«

Staubfinger schloss die Augen und hörte Roxane neben sich atmen. Er wollte, dass Zauberzunge so lange weitersprach, bis aus den Worten Fleisch und Blut wurde, doch Fenoglios Worte waren bald aufgebraucht und Roxane verschwand.

»Was ist mit Brianna?« Zauberzunge sprach ihren Namen aus, und schon glaubte Staubfinger seine Tochter in der Nacht stehen zu sehen, das Gesicht abgewandt, wie sie es meistens tat, wenn er in ihre Nähe kam. »Deine Tochter ist hier, doch du wagst es kaum, sie anzusehen. Soll ich dir auch Brianna zeigen?«

»Ja«, sagte Staubfinger leise. »Ja, zeig sie mir.«

Zauberzunge räusperte sich, als wollte er sichergehen, dass seine Stimme ihre volle Kraft entfaltete. »Über deine Tochter steht in Fenoglios Buch nichts geschrieben außer ihrem Namen und ein paar Worten über ein kleines Kind, das sie längst nicht mehr ist. Also kann ich über sie nur sagen, was jeder sieht.«

Staubfingers Herz zog sich zusammen, als schreckte es zurück vor den Worten, die nun kommen würden. Seine Tochter, seine fremde Tochter.

»Brianna hat die Schönheit ihrer Mutter geerbt, doch jeder, der sie sieht, denkt sofort auch an dich.« Zauberzunge setzte die Worte behutsam, als pflückte er jedes einzelne aus der Nacht, als setzte er Briannas Gesicht aus den Sternen zusammen. »Das Feuer ist auf ihrem Haar und in ihrem Herzen, und wenn sie in den Spiegel blickt, denkt sie an ihren Vater –«

Dem sie es übel nimmt, dass er von den Toten zurückgekommen ist, ohne Cosimo mitzubringen, dachte Staubfinger. Sei still, wollte er zu Zauberzunge sagen, vergiss meine Tochter. Sprich lieber wieder von Roxane. Doch er schwieg und Zauberzunge sprach weiter.

»Brianna ist so viel erwachsener als Meggie, aber manchmal blickt sie drein wie ein verlorenes Kind, dem die eigene Schönheit unheimlich ist. Sie hat die Anmut ihrer Mutter und ihre schöne Stimme – selbst der Bär des Prinzen hört zu, wenn Brianna singt –, aber all ihre Lieder sind traurig und erzählen davon, dass die, die man liebt, irgendwann verloren gehen.«

Staubfinger spürte Tränen auf dem Gesicht. Er hatte vergessen, wie sie sich anfühlten, so kühl auf der eigenen Haut. Er strich sie mit seinen heißen Fingern fort.

Zauberzunge aber sprach weiter, die Stimme so sanft, als spräche er über seine eigene Tochter. »Sie sieht dich an, wenn sie glaubt, dass du es nicht bemerkst. Sie folgt dir mit den Augen, als suchte sie sich selbst in deinem Gesicht. Und vermutlich will sie von uns beiden erfahren, wie es bei den Toten ist und ob wir Cosimo dort gesehen haben.«

»Ich habe ihn gleich zweimal gesehen«, sagte Staubfinger leise. »Und vermutlich würde sie mich allzu gern für jeden der beiden eintauschen.«

Er wandte sich um und blickte hinunter zum See.

»Was ist?«, fragte Zauberzunge.

Staubfinger zeigte wortlos nach unten. Eine Schlange aus Feuer kroch durch die Nacht. Fackeln.

Das Warten hatte ein Ende.

Die Wächter auf der Brücke gerieten in Bewegung. Einer lief zurück zur Burg, um Violante die Nachricht zu bringen.

Der Natternkopf kam.

Zur falschen Zeit

»Ist das deine neueste Schöpfung?«, fragte Mann. »Schwer zu sagen«, antwortete Gott und sah in die Augen des Molchs. »Er könnte schon eine Weile hier gesteckt haben. Manche Dinge brauchen schrecklich viel Zeit. Aber andere – die scheinen irgendwie einfach aufzutauchen. Alles fix und fertig. Sehr merkwürdig.«
Ted Hughes, The Playmate

Staubfinger sah die Fackeln unten im Wald. Natürlich. Der Natternkopf fürchtete den Tag.« Verflucht, die Tinte war schon wieder zu dick.

»Rosenquarz!« Fenoglio streifte die Feder an seinem Ärmel ab und sah sich suchend um. Wände aus kunstvoll verflochtenen Zweigen, sein Schreibbrett, von Doria maßgefertigt, sein Bett aus Laub und Moos, die Kerze, die Farid ihm jedes Mal aufs Neue anzündete, wenn der Wind sie ausblies – aber kein Rosenquarz.

Vermutlich hatten er und Jaspis die Hoffnung noch nicht aufgegeben, dass es auch hier oben Glasfrauen gab. Schließlich war Farid so dumm gewesen, ihnen zu erzählen, dass er mindestens zwei gesehen hatte. »– schön wie Feen«, hatte der Dummkopf auch noch hinzugesetzt! Und seither kletterten die beiden Glasmänner so eifrig in den Ästen herum, dass es nur eine Frage der Zeit war, wann sie sich die dünnen Hälse brechen würden. Dumme Geschöpfe.

Nun, egal. Fenoglio tunkte die Feder erneut in die zu dicke

Tinte. Dann musste es eben so gehen. Er liebte seinen neuen Schreibplatz, so hoch über seiner Welt, dass sie ihm wahrlich zu Füßen lag, auch wenn ihm hier der Glasmann ständig abhandenkam und es nachts ganz abscheulich kalt wurde. Nie zuvor hatte er an einem Ort so sehr das Gefühl gehabt, dass die Worte wie von selbst zu ihm kamen.

Ja. Hier oben würde er dem Eichelhäher sein bestes Lied schreiben, genau hier, in der Krone eines Baumes. Welchen passenderen Ort konnte es geben? Das letzte Bild, das die Flammen Farid gezeigt hatten, war beruhigend gewesen: Staubfinger hinter den Zinnen der Burg, Mortimer schlafend ... Das konnte nur bedeuten, dass der Natternkopf die Burg noch nicht erreicht hatte. Nun, wie auch, Fenoglio?, dachte er zufrieden. Du hast ihm ein Rad brechen lassen mitten im finstersten Wald. Das dürfte den Silberfürsten mindestens zwei Tage aufhalten, wenn nicht mehr. Reichlich Zeit zum Schreiben, nun, wo die Worte ihn wieder liebten!

»Rosenquarz!«

Wenn ich ihn noch einmal rufen muss, dachte Fenoglio, dann werf ich ihn höchstpersönlich von diesem Baum.

»Ich bin nicht schwerhörig, im Gegenteil, ich höre besser als du.« Der Glasmann tauchte so plötzlich aus der Dunkelheit auf, dass Fenoglio einen dicken Tintenklecks auf das Papier machte, genau auf den Namen des Natternkopfes. Nun, hoffentlich war das ein gutes Zeichen. Rosenquarz tauchte einen dünnen Zweig in die Tinte und begann zu rühren, ohne ein Wort der Entschuldigung, ohne ein Wort der Erklärung, wo er gewesen war. Konzentrier dich, Fenoglio. Vergiss den Glasmann. Schreib.

Und die Worte kamen. Sie kamen ganz leicht. Der Natternkopf

kehrte zurück auf die Burg, auf der er einst um Violantes Mutter gefreit hatte, und er trug schwer an seiner Unsterblichkeit. Er hielt das Leere Buch in den verquollenen Händen, das ihn quälte, wie seine Folterknechte es nicht besser hätten tun können. Aber bald würde das ein Ende haben, weil seine Tochter ihm den Mann übergeben würde, der ihm all das angetan hatte. Ah, wie süß die Rache schmecken würde, wenn der Häher das Buch und sein faulendes Fleisch erst einmal geheilt hatte ... Ja, träum von deiner Rache, Silberfürst!, dachte Fenoglio, während er des Natternkopfes finstere Gedanken niederschrieb. Denk nur an deine Rache – und nicht daran, dass du deiner Tochter nie getraut hast!

»Na immerhin, er schreibt!« Die Worte waren nur geflüstert, aber das Gesicht des Natternkopfes, eben noch so deutlich, dass Fenoglio danach hätte greifen können, verschwamm und verwandelte sich in das Gesicht von Signora Loredan. Meggie war bei ihr. Warum schlief sie nicht? Es überraschte Fenoglio keineswegs, dass ihre verrückte Tante nachts in den Ästen herumstieg und vermutlich jeder schimmernden Motte nachstellte, aber Meggie – sie war doch zu Tode erschöpft gewesen, nachdem sie es sich nicht hatte nehmen lassen, mit Doria den Stamm hinaufzusteigen, statt sich wie die Kinder ziehen zu lassen!

»Ja, er schreibt«, knurrte er. »Und er wäre vermutlich längst fertig, wenn er nicht ständig gestört würde!«

»Was heißt hier ständig?«, entgegnete Loredan. Wie angriffslustig sie schon wieder klang und wie albern sie aussah in den drei Kleidern, die sie übereinandertrug. Ein Wunder, dass sich so viele in ihrer beachtlichen Größe gefunden hatten. Aus dem Monstrum von einem Kleid, mit dem sie in seine Welt gestolpert war, hatte Baptista inzwischen Jacken für die Kinder genäht.

»Elinor –« Meggie versuchte ihr ins Wort zu fallen, aber niemandem gelang es, dieses Mundwerk zu stoppen. So viel hatte Fenoglio inzwischen gelernt.

»Ständig, sagt er!« Nun tropfte sie ihm mit ihrer Kerze auch noch Wachs aufs Papier! »Sorgt er etwa Tag und Nacht dafür, dass die Kinder nicht aus diesen verdammten Nestern fallen, oder klettert den verfluchten Baum rauf und runter, um etwas zu essen hinaufzuschaffen? Bessert er die Wände aus, damit uns alle der Wind nicht umbringt, oder steht Wache? Nein, aber er wird *ständig* gestört.«

Klatsch. Noch ein Tropfen Wachs. Und wie ungeniert sie sich über seine frisch geschriebenen Worte beugte! »Das hört sich nicht schlecht an«, sagte sie zu Meggie, als hätte er selbst sich vor ihren Augen in nichts als kalte Waldluft aufgelöst. »Nein, wirklich.«

Es war nicht zu fassen.

Und nun beugte Rosenquarz sich auch noch über seine Zeilen und runzelte die gläserne Stirn dabei so sehr, dass sie aussah, als hätte Wasser Falten geschlagen.

»Ah! Willst du dein Urteil vielleicht auch noch abgeben, bevor ich weiterschreibe?«, fuhr Fenoglio ihn an. »Irgendwelche Wünsche? Dass ich einen heldenhaften Glasmann vorkommen lasse oder eine dicke Frau, die alles besser weiß und den Natternkopf so sehr in den Wahnsinn treibt, dass er sich den Weißen Frauen freiwillig übergibt? Das wäre doch eine Lösung, oder?«

Meggie trat an seine Seite und legte ihm die Hand auf die Schulter. »Du weißt nicht, wie lange du noch brauchen wirst, oder?« Ihre Stimme klang so verzagt. Wahrlich nicht wie eine Stimme, die diese Welt schon ein paar Mal verändert hatte.

»Es wird nicht mehr lange dauern!« Fenoglio gab sich alle Mühe, zuversichtlich zu klingen. »Die Worte kommen. Sie ...«

Er verstummte.

Von draußen drang der heisere, lang gezogene Schrei eines Falken herein. Wieder und wieder. Das Alarmsignal der Wachen. O nein.

Das Nest, in dem Fenoglio sich häuslich niedergelassen hatte, hing über einem Ast, der breiter als sämtliche Gassen in Ombra war. Trotzdem wurde ihm jedes Mal schwindelig, wenn er die Leiter hinunterstieg, die Doria ihm gebaut hatte, damit er sich nicht an einem der schwankenden Seile herunterlassen musste. Der Schwarze Prinz hatte überall Seile spannen lassen, die die Räuber aus Ranken und Rinde geflochten hatten. Außerdem ließ der Baum selbst so viele Luftwurzeln und Zweige herabhängen, dass die Hände immer etwas zum Festhalten fanden. Doch die Tiefe, die unter den schlüpfrigen Ästen gähnte, konnte all das nicht vergessen machen. Nun, du bist eben kein Eichhörnchen, Fenoglio!, dachte er, während er sich fest an ein paar holzige Ranken klammerte und nach unten spähte. Aber für einen alten Mann machst du deine Sache hier oben gar nicht so schlecht.

»Sie holen die Seile ein!« Signora Loredan bewegte sich im Gegensatz zu ihm erstaunlich gewandt auf den hölzernen Luftwegen.

»Das seh ich auch!«, knurrte Fenoglio. Sie holten alle Seile ein, die zum Fuß des Baumes hinunterführten. Das konnte nichts Gutes bedeuten.

Farid kam zu ihnen herabgeklettert. Er hockte oft bei den Wachen, die der Schwarze Prinz in den obersten Ästen des Baumes postiert hatte. Himmel, wie konnte ein menschliches Wesen nur so geschickt klettern? Der Junge war fast ebenso gut wie sein Marder. »Da sind Fackeln. Sie kommen näher!«, stieß er atemlos hervor. »Und hört ihr das Hundegebell?« Anklagend sah er Fenoglio an. »Hast du nicht gesagt, niemand kennt diesen Baum? Dass er und die Nester vergessen sind?«

Vorwürfe. Natürlich. Geht etwas schief, gebt Fenoglio die Schuld!

»Und? Hunde finden auch vergessene Orte!«, fuhr er den Jungen an. »Frag lieber, wer unsere Spuren verwischt hat! Wo ist der Schwarze Prinz?«

»Unten. Bei seinem Bären. Er will ihn verstecken. Das dumme Biest will sich einfach nicht heraufziehen lassen!«

Fenoglio lauschte. Tatsächlich. Er hörte Hunde. Verflucht, dreimal verflucht!

»Was soll's!« Signora Loredan tat natürlich, als könnte sie das Ganze überhaupt nicht erschüttern. »Sie können uns nicht herunterholen, oder? So ein Baum muss doch leicht zu verteidigen sein!«

»Aber sie können uns aushungern.«

Farid verstand mehr von Situationen wie dieser, und Elinor Loredan sah plötzlich doch etwas beunruhigt aus. Und wen starrte sie an?

»Ach, jetzt bin ich wieder die letzte Rettung, nicht wahr?« Fenoglio ahmte ihre Stimme nach: »Nun schreib doch etwas, Fenoglio! Das kann doch nicht so schwer sein!«

Die Kinder kletterten aus den Nestern, in denen sie schliefen. Sie liefen über die Äste, als wären es Feldwege, und lugten erschrocken nach unten. Wie hübsche Käfer sahen sie aus in dem riesigen Baum. Arme, kleine Dinger.

Despina lief auf Fenoglio zu. »Sie können nicht herauf, oder?«

Ihr Bruder sah ihn nur an.

»Natürlich nicht«, sagte Fenoglio, auch wenn Ivos Augen ihn Lügen straften. Ivo war immer öfter mit Roxanes Sohn Jehan zusammen. Die zwei verstanden sich gut. Sie wussten beide zu viel über die Welt für ihr Alter.

Farid griff nach Meggies Arm. »Baptista sagt, wir sollen die Kinder in die obersten Nester bringen. Hilfst du mir?«

Natürlich nickte sie – sie mochte den Jungen immer noch viel zu gern –, aber Fenoglio hielt sie zurück. »Meggie bleibt hier. Es könnte sein, dass ich sie brauche.«

Farid wusste natürlich sofort, wovon er redete. Fenoglio sah in seinen schwarzen Augen den wiedergeborenen Cosimo durch Ombras Gassen reiten und die Toten, die zwischen den Bäumen im Weglosen Wald lagen.

»Wir brauchen deine Worte nicht!«, sagte der Junge. »Ich werd das Feuer auf sie regnen lassen, wenn sie versuchen heraufzukommen!«

Feuer? Das war ein beunruhigendes Wort in einem Wald.

»Nun, da fällt mir vielleicht doch was Besseres ein«, sagte Fenoglio – und spürte Meggies verzweifelten Blick. Was ist mit meinem Vater?, fragten ihre Augen. Ja, was? Welche Worte waren nun dringender? Verdammt, verdammt, verdammt!

Ein paar Kinder begannen zu weinen, und Fenoglio sah unter sich die Fackeln, von denen Farid berichtet hatte. Wie Feuerelfen leuchteten sie in der Nacht, nur sehr viel bedrohlicher.

Farid zog Despina und Ivo mit sich. Die anderen Kinder folgten ihm. Darius kam auf sie zugelaufen, das dünne Haar zerwühlt vom Schlaf, und griff nach den kleinen Händen, die sich ihm Hilfe suchend entgegenstreckten. Besorgt blickte er zu Elinor herüber, aber die stand nur da und starrte mit finsterer Miene in die Tiefe, die Hände zu Fäusten geballt.

»Sie sollen nur kommen!«, stieß sie mit bebender Stimme hervor. »Ich hoffe, der Bär frisst sie alle. Ich hoffe, sie hacken sie in Stücke, diese Kinderjäger!«

Verrücktes Weib. Aber sie sprach Fenoglio aus der Seele.

Meggie blickte ihn immer noch an.

»Was siehst du mich so an? Was soll ich tun, Meggie?«, fragte er. »Die Geschichte erzählt sich wieder mal an zwei Orten. Welcher braucht die Worte dringender? Soll ich mir einen zweiten Kopf wachsen la...«

Er verstummte abrupt.

Signora Loredan schickte immer noch eine Flut von Verwünschungen nach unten. »Kinderschinder! Ungeziefer! Gepanzerte Kakerlaken!!! Zertreten sollte man euch!«

»Was hast du da gerade gesagt?« Fenoglio klang barscher, als er beabsichtigt hatte.

Elinor sah ihn verständnislos an.

Zertreten ...! Fenoglio starrte auf die Fackeln in der Tiefe. »Ja!«, flüsterte er. »Ja. Etwas gefährlich. Aber was soll's ...«

Er drehte sich um und stieg hastig wieder die Leiter zu seinem Nest hinauf. Das Nest, aus dem die Worte schlüpften. Ja, nur dort war nun sein Platz.

Aber natürlich kam Loredan ihm nach.

»Du hast eine Idee?«

Ja. Und er würde ihr bestimmt nicht verraten, dass es schon wieder sie gewesen war, die ihn darauf gebracht hatte. »Allerdings, die habe ich. Meggie, halte dich bereit.«

Rosenquarz reichte ihm die Feder. Er hatte Angst. Fenoglio sah es seinem Glasgesicht an. Es war rötlicher als sonst. Oder hatte er nur wieder von seinem Wein genascht? Die beiden Glasmänner ernährten sich zurzeit von zerriebener Baumrinde, wie ihre wilden Artgenossen, und in Rosenquarz' leichtes Rosa hatte sich dadurch schon etwas Grün gemischt. Keine sehr vorteilhafte Kombination.

Fenoglio legte ein leeres Blatt auf das Brett, das Doria ihm so meisterhaft zurechtgeschnitzt hatte. Zum Teufel, er hatte es noch nie gemocht, an zwei Geschichten gleichzeitig zu schreiben!

»Fenoglio! Was ist mit meinem Vater?« Meggie kniete sich neben ihn. Wie verzweifelt sie aussah!

»Der hat noch Zeit.« Fenoglio tauchte die Feder ein. »Lass Farid ins Feuer sehen, wenn du dir Sorgen machst, aber glaub mir: So ein Kutschenrad repariert sich nicht leicht. Der Natternkopf wird frühestens in ein, zwei Tagen auf der Burg sein! Und ich versprech dir, sobald ich das hier fertig habe, mache ich mich wieder an die Worte für den Eichelhäher. Nun schau nicht so bedrückt drein! Wie willst du ihm helfen, wenn der Hänfling uns alle von diesem Baum herunterschießt? Und jetzt gib mir das Buch, du weißt schon, welches!«

Er wusste genau, wo er suchen musste. Gleich am Anfang hatte er sie beschrieben. Im dritten oder vierten Kapitel.

»Nun rück schon raus mit der Sprache!« Loredans Stimme bebte vor Ungeduld. »Was hast du vor?« Sie trat näher, um einen Blick auf das Buch zu erhaschen, doch Fenoglio schlug es ihr vor der Nase zu.

»Ruhe!«, donnerte er, auch wenn das an dem Lärm, der von draußen hereindrang, nichts änderte. War der Hänfling etwa schon da?

Schreib, Fenoglio.

Er schloss die Augen. Er sah ihn schon vor sich. Ganz deutlich. Wie aufregend. Bei einer solchen Aufgabe machte das Schreiben doch gleich doppelt Spaß!

»Also, das …«

»Elinor, sei still!«, hörte er Meggie sagen.

Und dann kamen die Worte. O ja, dieses Nest war ein guter Ort zum Schreiben.

Feuer und Dunkelheit

Was war Recht, was war Unrecht? Was unterschied Tun von Nicht-Tun? Hätte ich meine Zeit noch einmal zu leben, dachte der alte König, würde ich mich in ein Kloster begeben – aus Angst vor einem Tun, das vielleicht zu Leid und Weh führen könnte.
T. H. White, Der König auf Camelot, Viertes Buch

»Wie viele habt ihr gezählt?«

»Knapp fünfzig.« Sie gaben sich Mühe, gelassen zu klingen, aber Violantes Kindersoldaten hatten Angst, und Mo fragte sich nicht zum ersten Mal, ob sie je zuvor wirklich gekämpft hatten – oder ob sie vom Krieg nur durch den Tod ihrer Brüder und Väter wussten.

»Nur fünfzig? Dann traut er mir tatsächlich!« Der Triumph in Violantes Stimme war nicht zu überhören. Die Tochter des Natternkopfes hielt nichts von Angst. Es war eins der Gefühle, die sie mit Meisterschaft verbarg, eins von vielen, und Mo sah die Verachtung in ihren Augen, als sie die Angst ihrer jungen Soldaten sah. Aber auf Briannas Gesicht war sie auch zu entdecken, selbst auf Tullios pelzigen Zügen.

»Ist der Hänfling bei ihm?«

Die Jungen schüttelten den Kopf. Mo konnte sie immer noch nicht anders nennen.

»Was ist mit dem Pfeifer? Ihn hat er doch bestimmt mitgebracht, oder?«

Erneutes Kopfschütteln. Mo wechselte einen überraschten Blick mit Staubfinger.

»An eure Plätze!«, befahl Violante. »Wir haben es oft genug besprochen. Ihr lasst meinen Vater nicht einmal auf die Brücke. Er kann einen Abgesandten schicken, mehr nicht. Wir lassen ihn warten, zwei, vielleicht drei Tage. So macht er es auch mit seinen Feinden.«

»Das wird ihm nicht gefallen!« Staubfinger sprach leise, fast beiläufig.

»Das soll es auch nicht. Geht jetzt alle. Ich will mit dem Eichelhäher allein sprechen.« Violante warf Staubfinger einen auffordernden Blick zu. »Ganz allein.«

Staubfinger rührte sich nicht.

Erst als Mo ihm zunickte, drehte er sich um und ging, so lautlos, als wäre er tatsächlich sein Schatten.

Violante trat ans Fenster. Sie standen in der Kammer, in der ihre Mutter gewohnt hatte. An den Wänden grasten Einhörner friedlich zwischen den gescheckten Katzen, die Mo oft im Wilden Wald gesehen hatte, und durch das Fenster blickte man hinaus auf den Hof der Vögel, auf die leeren Käfige und die gemalten Nachtigallen, verblasst vom Tageslicht. Der Natternkopf schien weit, weit fort, in einer anderen Welt.

»Er hat den Pfeifer also nicht mitgebracht«, sagte Violante. »Nun, umso besser. Vermutlich hat er ihn zur Nachtburg zurückgeschickt, zur Strafe dafür, dass er dich hat entkommen lassen.«

»Glaubt Ihr das wirklich?« Mo musterte die friedlich grasenden Einhörner an den Wänden. Sie erinnerten ihn an andere Bilder, Jagdbilder, auf denen ihr weißes Fell von Lanzen durchbohrt war. »Die Weißen Frauen haben mir etwas anderes erzählt.«

Er hörte sie immer noch flüstern: *Der Pfeifer bahnt ihm den Weg.*

»Tatsächlich? Nun, wie auch immer ... Sollte er doch hier sein, müssen wir ihn ebenfalls töten. Die anderen können wir entkommen lassen, aber nicht den Pfeifer.«

War sie sich ihrer Sache tatsächlich so sicher?

Violante kehrte ihm immer noch den Rücken zu. »Ich werde dich fesseln lassen müssen. Mein Vater wird sonst kaum glauben, dass du wirklich mein Gefangener bist.«

»Ich weiß. Lasst es Staubfinger tun. Er weiß so zu fesseln, dass man sich leicht befreien kann.« Er hat es von einem Jungen gelernt, in den meine Tochter verliebt ist, setzte Mo in Gedanken hinzu. Wo war Meggie jetzt? Bei ihrer Mutter, gab er sich selbst die Antwort. Und beim Schwarzen Prinzen. In Sicherheit.

»Wenn mein Vater tot ist –«, Violante sprach das Wort mit Vorsicht aus, vielleicht war sie sich doch nicht so sicher, wie sie vorgab, »– wird der Hänfling mir den Thron von Ombra bestimmt nicht kampflos überlassen. Wahrscheinlich holt er sich auf der Nachtburg Unterstützung von seiner Schwester. Ich hoffe, wir sind auch dann noch Verbündete?« Zum ersten Mal sah sie ihn an.

Was sollte er ihr antworten? Nein. Wenn Euer Vater tot ist, werde ich fortgehen? Würde er das?

Violante drehte ihm erneut den Rücken zu, bevor sie die nächste Frage stellte: »Hast du eigentlich eine Frau?«

»Ja.«

Fürstentöchter haben eine Schwäche für Räuber und Gaukler.

»Schick sie fort. Ich mache dich zum Fürsten von Ombra.«

Mo glaubte, Staubfinger lachen zu hören. »Ich bin kein Fürst, Euer Hoheit«, antwortete er. »Ich bin ein Räuber – und ein Buchbinder. Zwei Rollen sind mehr als genug für einen Mann.«

Sie wandte sich um und musterte ihn, als könnte sie nicht glauben, dass er seine Antwort ernst meinte. Wenn er nur besser in ihrem Gesicht hätte lesen können. Aber die Maske, die Violante trug, war undurchdringlicher als die Masken, die Baptista für seine Possenspiele nähte.

»Du willst nicht einmal über mein Angebot nachdenken?«

»Wie ich schon sagte: Zwei Rollen sind genug«, wiederholte Mo, und für einen Moment glich Violantes Gesicht so sehr dem ihres Vaters, dass sich ihm das Herz zusammenzog.

»Gut. Wie du meinst«, sagte sie. »Aber ich werde dich noch einmal fragen. Wenn dies alles vorbei ist.«

Sie blickte wieder aus dem Fenster. »Ich habe meinen Soldaten befohlen, dich in den Turm zu sperren, den man die Nadel nennt. Ich will dir nicht die Löcher zumuten, die mein Großvater als Kerker genutzt hat. Sie sind so angelegt, dass der See sie gerade so weit mit Wasser füllt, dass der Gefangene nicht darin ertrinkt.« Sie blickte ihn an, als wollte sie sehen, ob die Vorstellung ihm Angst machte. Ja, das tut sie, dachte Mo. Und?

»Ich werde meinen Vater im Tausend-Fenster-Saal empfangen«, fuhr Violante fort. »Dort hat er auch um meine Mutter gefreit. Ich werde dich holen lassen, sobald ich sicher bin, dass er das Leere Buch bei sich hat.«

Wie sie die Hände zusammenlegte. Wie ein Schulmädchen beim Vorsprechen. Er mochte sie immer noch. Sie rührte ihn. Er wollte sie beschützen vor all dem vergangenen Schmerz und vor der Dunkelheit in ihrem Herzen, auch wenn er wusste, dass niemand das konnte. Violantes Herz war eine verschlossene Kammer, mit finsteren Bildern an den Wänden.

»Du wirst vorgeben, das Leere Buch heilen zu können, wie wir es besprochen haben. Ich werde alles dafür vorbereiten lassen – Balbulus hat mir gesagt, was du brauchst –, und wenn du dich scheinbar an die Arbeit machst, werde ich meinen Vater ablenken, sodass du die drei Wörter schreiben kannst. Ich werde ihn verärgern. Gewöhnlich funktioniert das als Ablenkung am besten. Er hat ein böses Temperament. Wenn wir Glück haben, bemerkt er nicht einmal, dass du die Feder aufs Papier setzt. Er soll einen neuen Leibwächter haben, das könnte ein Problem sein. Aber meine Männer werden sich schon um ihn kümmern.«

Meine Männer. Es sind Kinder, dachte Mo, aber zum Glück war Staubfinger ja auch noch da. Er hatte seinen Namen kaum gedacht, als Staubfinger sich durch die Tür schob.

»Was willst du?«, fuhr Violante ihn an.

Staubfinger beachtete sie nicht. »Es ist sehr still da draußen«, raunte er Mo zu. »Der Natternkopf nimmt die Nachricht, dass man ihn warten lässt, erstaunlich gelassen auf. Das gefällt mir nicht.« Er ging zurück zur Tür und blickte den Gang hinunter. »Wo sind die Wachen?«, fragte er Violante.

»Wo sollen sie sein? Ich hab sie hinunter an die Brücke geschickt. Aber zwei meiner Männer stehen unten im Hof. Es wird Zeit, dass du den Gefangenen spielst, Eichelhäher. Noch eine Rolle. Siehst du? Manchmal sind es mehr als zwei.« Sie trat ans Fenster und rief nach den Wachen, aber nur Stille antwortete ihr.

Mo spürte es im selben Moment. Er spürte, wie die Geschichte erneut eine Wendung nahm. Die Zeit schien plötzlich schwerer zu wiegen und eine seltsame Unruhe überkam ihn. Als stünde er auf einer Bühne und hätte seinen Auftritt verpasst.

»Wo sind sie?« Violante drehte sich um, und für einen Moment sah sie fast ebenso jung und verschreckt aus wie ihre Soldaten. Sie lief zur Tür und rief noch einmal nach ihnen. Doch niemand antwortete. Nur die Stille.

»Bleib dicht an meiner Seite!«, raunte Staubfinger Mo zu. »Was immer auch geschieht. Das Feuer ist manchmal ein besserer Beschützer als das Schwert.«

Violante lauschte immer noch nach draußen. Es näherten sich Schritte, stolpernde, ungleichmäßige Schritte. Violante wich von der Tür zurück, als hätte sie Angst vor dem, was da kam. Der Soldat, der vor ihren Füßen zusammenbrach, war mit Blut bedeckt, seinem eigenen Blut. Es war der Junge, der Mo aus dem Sarkophag befreit hatte. Wusste er nun mehr über das Töten?

Er stammelte Worte, die Mo erst verstand, als er sich über ihn beugte: »Der Pfeifer ... sie sind überall.« Der Junge flüsterte noch mehr, doch Mo verstand ihn nicht. Er starb, die unverständlichen Worte noch auf den Lippen, zusammen mit dem eigenen Blut.

»Gibt es einen anderen Eingang, von dem Ihr uns nichts erzählt habt?« Staubfinger fasste grob nach Violantes Arm.

»Nein!«, stammelte sie. »Nein!« Und riss sich von ihm los, als hätte er den Jungen zu ihren Füßen getötet.

Mo griff nach ihrer Hand und zerrte sie mit sich, hinaus auf den Korridor, fort von den Stimmen, die plötzlich von überall her durch die stille Burg schallten. Aber schon auf der nächsten Treppe war ihre Flucht zu Ende. Staubfinger scheuchte den Marder fort, als sich ihnen Soldaten in den Weg stellten, blutbefleckt, schon lange keine Jungen mehr. Sie richteten ihre Armbrüste auf sie und trieben sie zu dem Saal, in dem Violantes Mutter und ihre Schwestern vor einem Dutzend Silberspiegeln das Tanzen gelernt hatten. Nun spiegelte sich der Pfeifer in ihnen.

»Sieh an, der Gefangene trägt keine Ketten? Welch ein Leichtsinn, Euer Hässlichkeit.« Der Silbernasige hielt sich wie immer aufrecht wie ein Gockel. Doch von seinem Anblick war Mo weit weniger überrascht als von dem Mann an seiner Seite. Orpheus. Mit ihm hatte er hier nicht gerechnet. Er hatte ihn vergessen, sobald Staubfinger ihm erzählt hatte, dass er ihm das Buch und damit all seine Wörter gestohlen hatte. Du bist ein Narr, Mortimer. Sein Gesicht verriet offenbar, wie so oft, seine Gedanken, und Orpheus weidete sich an seiner Überraschung.

»Wie bist du auf die Burg gekommen?« Violante stieß die Männer fort, die sie festhielten, und trat auf den Pfeifer zu, als wäre er nicht mehr als ein ungeladener Gast. Seine Soldaten wichen vor ihr zurück, als hätten sie vergessen, wer ihr Herr war. Die Tochter des Natternkopfes – ein mächtiger Titel, auch wenn man die hässliche Tochter war.

Den Pfeifer jedoch beeindruckte er nicht. »Euer Vater wusste von einem bequemeren Weg als der zugigen Brücke«, antwortete er mit gelangweilter Stimme. »Er hat sich gedacht, dass Ihr ihn nicht kennt und er daher unbewacht sein wird. Offenbar war er das bestgehütete Geheimnis Eures Großvaters, aber Eure Mutter hat ihn Eurem Vater gezeigt, als sie sich mit ihm heimlich aus dieser Burg geschlichen hat. Eine romantische Geschichte, nicht wahr?«

»Du lügst!« Violante blickte sich um wie ein gehetztes Tier, doch alles, was sie sah, war ihr eigenes Spiegelbild neben dem des Pfeifers.

»Ach ja? Eure Männer wissen es besser. Ich habe sie nicht alle töten lassen. Jungen wie sie geben hervorragende Soldaten ab, denn sie halten sich noch für unsterblich.« Er machte einen Schritt auf Mo zu.

»Ich konnte es kaum erwarten, dich wiederzusehen, Eichelhäher. ›Schickt mich voran‹, hab ich den Natternkopf gebeten. ›Damit ich Euch den Vogel einfangen kann, der mir davongeflogen ist. Wie eine Katze werde ich mich an ihn heranschleichen, auf verborgenen Wegen, ihn packen, während er noch nach Euch Ausschau hält.‹«

Mo hörte ihm nicht zu. Er las Staubfingers Gedanken in seinem Herzen. Jetzt, Eichelhäher!, flüsterten sie, und als dem Soldaten rechts von ihm eine feurige Schlange die Beine hinaufkroch, stieß er dem hinter sich den Ellbogen gegen die Brust. Feuer leckte aus dem Boden. Es bleckte Flammenzähne und setzte die Kleider ihrer Wächter in Brand. Schreiend stolperten sie zurück, während das Feuer einen schützenden Ring um ihre beiden Gefangenen zog. Zwei Soldaten hoben die Armbrüste, aber der Pfeifer fiel ihnen in den Arm. Er wusste, dass sein Herr es nicht verzeihen würde, wenn er ihm den Eichelhäher tot brachte. Sein Gesicht war blass vor Wut. Aber Orpheus lächelte.

»Sehr beeindruckend! Ja, wirklich!« Er trat auf das Feuer zu und betrachtete die Flammen so ausführlich, als wollte er herausfinden, bei welchem Namen Staubfinger sie rief. Doch dann heftete sein Blick sich auf Staubfinger selbst.

»Vermutlich könntest du den Buchbinder tatsächlich ganz allein retten«, sagte er mit sanfter Stimme. »Aber zu seinem Unglück hast du mich zu deinem Feind gemacht. Was für ein Fehler. Ich bin nicht mit dem Pfeifer hergekommen. Ich diene jetzt seinem Herrn. Er wartet noch auf die Nacht, bevor er dem Eichelhäher seine Aufwartung macht, und hat mich vorausgeschickt, um alles für seine Ankunft bereit zu machen. Wozu unter anderem auch die traurige Aufgabe gehört, den Feuertänzer endgültig in den Tod zu schicken.«

Das Bedauern in seiner Stimme klang fast echt, und Mo erinnerte sich an den Tag in Elinors Bibliothek, an dem Orpheus mit Mortola um Staubfingers Leben gefeilscht hatte.

»Rede nicht. Schaff ihn aus dem Weg, Doppelauge!«, rief der Pfeifer ungeduldig, während seine Männer sich weiter die brennenden Kleider vom Leib rissen. »Ich will mir endlich den Eichelhäher greifen!«

»Ja, ja, den wirst du schon bekommen!«, antwortete Orpheus mit gereizter Stimme. »Aber zuerst will ich meinen Teil!«

Er trat so nah an das Feuer heran, dass sein Schein ihm das blasse Gesicht rötete.

»Wem hast du Fenoglios Buch gegeben?«, fragte er Staubfinger durch die Flammen. »Ihm?« Er nickte nur in Mos Richtung.

»Vielleicht«, antwortete Staubfinger – und lächelte.

Orpheus biss sich auf die Lippen, wie ein Kind, das die Tränen zurückhalten muss. »Ja, lächle nur!«, sagte er mit belegter Stimme. »Verspotte mich! Aber du wirst schon bald bereuen, was du mir angetan hast.«

»Wie das?«, erwiderte Staubfinger so ungerührt, als gäbe es die Soldaten nicht, die immer noch ihre Armbrüste auf sie richteten. »Wie willst du einem Mann Angst machen, der schon einmal gestorben ist?«

Diesmal war es Orpheus, der lächelte, und Mo wünschte sich ein Schwert, auch wenn er spürte, dass es ihm nicht helfen würde.

»Pfeifer, was tut dieser Mann hier? Seit wann dient er meinem Va…« Violantes Stimme versiegte, als Orpheus' Schatten sich regte wie ein erwachendes Tier.

Eine Gestalt wuchs daraus empor, hechelnd wie ein großer Hund. Kein Gesicht war zu erkennen in dem Schwarz, das pulsierte und verschwamm, nur Augen, dumpf und zornig. Mo spürte Staubfingers Angst, und das Feuer duckte sich, als nähme die dunkle Gestalt ihm den Atem.

»Ich muss dir wohl nicht erklären, was ein Nachtmahr ist«, sagte Orpheus mit samtener Stimme. »Die Spielleute sagen, dass sie Tote sind, die die Weißen Frauen zurückschicken, weil sie ihnen die finsteren Flecken nicht von den Seelen waschen konnten. So verdammen sie sie dazu, körperlos umherzuirren, getrieben von der eigenen Dunkelheit, in einer Welt, die nicht mehr die ihre ist, bis sie schließlich verlöschen, gefressen von der Luft, die sie nicht atmen können, verbrannt von der Sonne, vor der kein Körper sie länger schützt. Doch bis das geschieht, sind sie hungrig, sehr hungrig.«

Er machte einen Schritt zurück. »Greif ihn dir!«, sagte er zu dem Schatten. »Fass ihn, mein braver Hund. Fass dir den Feuertänzer, denn er hat mir das Herz gebrochen.«

Mo trat dichter an Staubfingers Seite, doch der stieß ihn zurück. »Fort mit dir, Eichelhäher!«, fuhr er ihn an. »Das hier ist schlimmer als der Tod!« Die Flammen um sie her erstarben, und der Nachtmahr trat schwer atmend in den Kreis aus Ruß. Staubfinger wich ihm nicht aus. Er blieb einfach stehen, als die formlosen Hände nach ihm griffen, und erlosch. Wie die Flammen.

Mo war es, als bliebe sein eigenes Herz stehen, als der andere fiel. Der Nachtmahr aber beugte sich schnuppernd wie ein enttäuschter Hund über Staubfingers reglosen Körper, und Mo erinnerte sich an etwas, das Baptista ihm einst erzählt hatte: dass Nachtmahre nur an lebendem Fleisch interessiert waren und die Toten mieden, weil sie fürchteten, von ihnen mit in das Reich genommen zu werden, dem sie für kurze Zeit entkommen waren.

»Oh, was war das?«, rief Orpheus. Er klang wie ein enttäuschtes Kind. »Wieso ging denn das so schnell? Etwas länger wollte ich ihm schon beim Sterben zusehen!«

»Greift euch den Eichelhäher!«, hörte Mo den Pfeifer rufen. »Na, macht schon!« Doch seine Soldaten starrten nur den Nachtmahr an. Er hatte sich umgewandt und seinen dumpfen Blick auf Mo gerichtet.

»Orpheus! Ruf ihn zurück!« Die Stimme des Pfeifers überschlug sich fast. »Den Häher brauchen wir noch!«

Der Nachtmahr stöhnte, als suchte sein Mund nach Worten – falls er einen Mund hatte. Für einen Augenblick glaubte Mo ein Gesicht in dem Schwarz zu erkennen. Bosheit sickerte ihm durch die Haut und bedeckte ihm das Herz wie Schimmel. Die Beine gaben ihm nach und er rang verzweifelt nach Atem. Ja, Staubfinger hatte recht gehabt, das hier war schlimmer als der Tod.

»Zurück, Hund!« Orpheus' Stimme ließ den Nachtmahr erstarren. »Den da bekommst du erst später.«

Mo fiel auf die Knie, neben Staubfingers reglosem Körper. Er wollte sich neben ihn legen, wie er aufhören zu atmen, aufhören zu fühlen, aber die Soldaten rissen ihn hoch und fesselten ihm die Hände. Er spürte es kaum. Er konnte immer noch kaum atmen.

Als der Pfeifer auf ihn zutrat, sah Mo ihn wie durch einen Schleier. »Irgendwo auf dieser Burg soll es einen Hof mit Vogelkäfigen geben. Steckt ihn in einen von denen.« Er stieß ihm den Ellbogen in den Magen, aber Mo fühlte nur eins: dass er wieder atmen konnte, als der Nachtmahr mit Orpheus' Schatten verschmolz.

»Halt! Der Eichelhäher ist immer noch mein Gefangener!« Violante trat den Soldaten in den Weg, als sie Mo mit sich zerrten.

Aber der Pfeifer zog sie unsanft zur Seite. »Er war nie Euer Gefangener«, sagte er. »Für wie dumm haltet Ihr Euren Vater?«

»Bringt sie in ihre Kammer!«, befahl er einem der Soldaten. »Und den Feuertänzer werft ihr vor den Käfig, in den ihr den Eichelhäher sperrt. Schließlich soll man den Schatten nicht von seinem Herrn trennen, nicht wahr?«

Vor der Tür lag ein weiterer von Violantes Soldaten, das junge Gesicht so erschrocken im Angesicht des Todes. Sie lagen überall. Die Burg im See gehörte dem Natternkopf und mit ihr der Eichelhäher. So endete das Lied also.

»Was für ein abscheuliches Ende!«, glaubte Mo Meggies Stimme sagen zu hören. »Das Buch will ich nicht, Mo. Hast du nicht ein anderes?«

Zu spät?

»Ich für meinen Teil«, widersprach der Maulwurf, »kann jetzt nicht einfach schlafen gehen und gar nichts unternehmen, obwohl ich nicht weiß, was zu unternehmen ist.«
Kenneth Grahame, Der Wind in den Weiden

Der See. Resa wollte loslaufen, als sie am Fuß des Hangs das Wasser zwischen den Bäumen schimmern sah, aber der Starke Mann hielt sie zurück und zeigte wortlos auf die Zelte, die das Ufer säumten. Das schwarze Zelt konnte nur einem gehören, und Resa lehnte sich an einen der Bäume, die die steilen Hänge bewuchsen, und spürte, wie all ihre Kraft versiegte. Sie kamen zu spät. Der Natternkopf war schneller gewesen. Was nun?

Sie blickte zu der Burg, die in der Mitte des Sees lag wie eine schwarze Frucht, die der Silberfürst sich pflücken wollte. Die dunklen Mauern sahen bedrohlich aus – und unerreichbar. War Mo wirklich dort? Und wennschon. Der Natternkopf war es ebenfalls. Und die Brücke, die über den See dorthin führte, wurde von einem Dutzend Soldaten bewacht. Was nun, Resa?

»Über die Brücke können wir nicht, so viel steht fest«, raunte der Starke Mann ihr zu. »Ich seh mich mal um. Du wartest hier. Vielleicht liegt ja irgendwo ein Boot.«

Aber Resa war nicht zum Warten hergekommen. Es war mühsam, sich einen Weg an den steilen Uferhängen zu suchen, und überall zwischen den Bäumen standen Soldaten, doch sie sahen zur Burg hinüber. Der Starke Mann führte sie fort von den Zelten, zum Ostufer des Sees, wo die Bäume bis ans Wasser wuchsen. Vielleicht konnten sie im Schutz der Dunkelheit versuchen über den See zu schwimmen? Aber es würde kalt sein, so kalt, und es gab dunkle Geschichten über das Wasser dieses Sees und dessen Bewohner. Resas Hand tastete nach dem Kind, während sie dem Starken Mann folgte. Ihr war, als hätte es sich tief in ihr versteckt.

Plötzlich griff der Starke Mann nach ihrem Arm und wies auf ein paar Felsen, die auf den See hinausragten. Zwei Soldaten tauchten so unvermittelt zwischen ihnen auf, als wären sie aus dem Wasser gestiegen. Als sie ans Ufer kletterten, sah Resa, dass nur ein paar Schritte entfernt von den Felsen Pferde unter den Tannen warteten.

»Was bedeutet das?«, flüsterte der Starke Mann, als noch mehr Soldaten zwischen den Felsen hervorkamen. »Gibt es etwa noch einen anderen Weg in die Burg? Ich seh mir das mal an. Aber diesmal kommst du nicht mit. Bitte! Ich hab es dem Eichelhäher versprochen. Er würde mir schon jetzt die Nase blutig schlagen, wenn er wüsste, dass du hier bist.«

»Nein, das würde er nicht«, flüsterte Resa zurück, aber sie blieb, und der Starke Mann schlich davon, während sie unter den Bäumen stand und ihm frierend nachsah. Das Wasser des Sees schwappte ihr bis vor die Stiefel, und unter der spiegelnden Oberfläche glaubte sie Gesichter zu sehen, flach gedrückt, wie Muster auf dem Rücken eines Rochens. Schaudernd wich sie zurück – und hörte Schritte hinter sich.

»He, du da.«

Sie fuhr herum. Ein Soldat stand zwischen den Bäumen, das Schwert schon in der Hand. Renn, Resa!

Sie war schneller als er mit seinen Waffen und dem schweren Kettenhemd, aber er rief einen anderen herbei, und der hatte eine Armbrust. Schneller, Resa! Von Baum zu Baum, verstecken und laufen, wie die Kinder es machen. Wie sie es mit Meggie gespielt hätte, wäre sie bei ihr gewesen, als sie noch klein war. All die versäumten Jahre …

Ein Pfeil fuhr in den Baum neben ihr. Ein anderer grub sich vor ihr in die Erde. *Folg mir nicht, Resa! Bitte! Ich muss wissen, dass du da bist, wenn ich zurückkomme.* Ach, Mo. Es ist so viel schwerer zu warten, immer nur zu warten.

Sie duckte sich hinter einen Baum und zog ihr Messer. Sie kamen näher, oder? Lauf weiter, Resa. Aber die Beine gaben ihr nach vor Angst. Schwer atmend taumelte sie hinter den nächsten Baum – und spürte eine große Hand auf dem Mund.

»Ruf ihnen zu, dass du dich ergibst!«, flüsterte der Starke Mann. »Aber geh nicht auf sie zu. Lass sie zu dir kommen.«

Resa nickte und steckte das Messer weg. Die zwei Soldaten riefen sich etwas zu. Ihr war übel vor Angst, als sie den Arm hinter dem Baum hervorstreckte und sie mit zitternder Stimme bat, nicht zu schießen. Sie wartete, bis der Starke Mann davongekrochen war – erstaunlich behände für seine Größe –, bevor sie hinter dem Baum hervortrat, die Arme hoch in die Luft. Die Augen unter den Helmen weiteten sich überrascht, als sie erkannten, dass sie eine Frau war. Ihr Lächeln verhieß nichts Gutes, auch wenn sie die Waffen sinken ließen, aber bevor einer der beiden sie packen konnte, war der Starke Mann schon hinter ihnen und schlang jedem einen Arm um den Hals. Resa wandte sich ab, als er sie tötete, und übergab sich im feuchten Gras, die Hand auf den Leib gepresst, voll Furcht, dass das Kind ihre Angst gespürt hatte.

»Sie sind überall!« Der Starke Mann zog sie auf die Füße. Er blutete an der Schulter, so heftig, dass sein Hemd sich rot färbte. »Der eine hatte ein Messer. Pass auf, wenn sie ein Messer haben, Lazaro!, sagt Doria immer. Der Kleine ist so viel schlauer als ich.« Er wankte so sehr, dass Resa ihn stützen musste. Zusammen stolperten sie weiter, tiefer unter die Bäume.

»Der Pfeifer ist auch hier«, raunte der Starke Mann ihr zu. »Es sind seine Männer, die wir bei den Felsen gesehen haben. Scheint, es gibt dort einen Gang zur Burg, der unter dem See hindurchführt. Und leider gibt es noch mehr schlechte Nachrichten.«

Er sah sich um. Stimmen drangen vom Ufer des Sees herauf. Was, wenn sie die Toten fanden? Der Starke Mann zog sie weiter, zu einem Erdloch, das nach Kobold roch.

Resa hörte das Schluchzen, sobald sie sich hineinzwängte. Der Starke Mann stöhnte, als er ihr nachkroch. Ein pelziges Etwas hockte in der Dunkelheit. Zuerst dachte Resa, es sei tatsächlich ein Kobold, doch dann erinnerte sie sich an die Beschreibung, die Meggie ihr von Violantes Diener gegeben hatte. Wie hieß er noch? Tullio.

Sie griff nach der pelzigen Hand. Violantes Diener starrte sie mit schreckgeweiteten Augen an.

»Was ist passiert? Ich bin die Frau des Eichelhähers! Bitte! Lebt er noch?«

Er starrte sie an mit seinen schwarzen Augen, rund wie die eines Tieres. »Sie sind alle tot«, flüsterte er. Resas Herz begann zu stolpern, als hätte es vergessen, wie es schlagen musste. »Alles ist voll Blut! Sie haben Violante in ihre Kammer gesperrt und den Eichelhäher –«

Was ist mit ihm? Nein, sie wollte es nicht hören. Resa schloss die

Augen, als könnte sie auf die Art zurückkehren in Elinors Haus, in den friedlichen Garten, hinübergehen zu Mos Werkstatt …

»Der Pfeifer hat ihn in einen Käfig gesperrt.«

»Heißt das, er lebt noch?«

Das hastige Nicken ließ ihr Herz wieder etwas langsamer schlagen.

»Sie brauchen ihn noch!«

Natürlich. Wie hatte sie das vergessen können?

»Aber den Feuertänzer hat der Nachtmahr gefressen!«

Nein. Das konnte nicht sein. Resa presste sich die Hände vors Gesicht.

»Ist der Natternkopf schon auf der Burg?«, fragte der Starke Mann.

Tullio schüttelte den Kopf und begann erneut zu schluchzen.

Der Starke Mann sah Resa an. »Dann wird er heute Nacht hinüberreiten. Und der Eichelhäher wird ihn töten.« Es klang wie eine Beschwörung.

»Wie?« Resa schnitt ihm mit dem Messer einen Streifen Stoff vom Kittel und verband ihm die immer noch heftig blutende Wunde. »Wie soll er die Wörter schreiben, wenn Violante ihm nicht mehr helfen kann und Staubfinger …« Sie sprach das Wort »tot« nicht aus, als könnte sie ihm dadurch die Wahrheit nehmen.

Von draußen waren Schritte zu hören. Aber sie entfernten sich wieder. Resa löste Mortolas Beutel von ihrem Gürtel.

»Nein, Lazaro!«, sagte sie leise – es war das erste Mal, dass sie seinen Namen benutzte. »Der Eichelhäher wird den Natternkopf nicht töten. Sie werden *ihn* töten, sobald der Natternkopf herausfindet, dass Mo das Leere Buch nicht heilen kann. Und das wird sehr bald sein.«

Sie streute sich ein paar der winzigen Samen in die Hand. Körner, die die Seele lehrten, was sonst nur der Tod vermochte: sich in eine andere Gestalt zu kleiden.

»Was tust du da?« Der Starke Mann versuchte ihr den Beutel fortzunehmen, doch Resa umschloss ihn fest mit beiden Händen.

»Man muss sie unter die Zunge legen«, flüsterte sie, »und aufpassen, dass man sie nicht verschluckt. Wenn das zu oft geschieht, wird das Tier irgendwann zu stark und man vergisst, wer man vorher war. Capricorn besaß einen Hund, von dem es hieß, dass er einst einer seiner Männer gewesen sei, bis Mortola an ihm die Wirkung dieser Samen ausprobierte. Irgendwann hat der Hund sie angefallen, und sie haben ihn getötet. Ich dachte damals, es wäre nur eine Geschichte, um den Mägden Angst zu machen.«

Sie schüttelte die Samen bis auf vier zurück in den Beutel. Vier winzige Körner, fast rund, wie die Samen von Mohn, aber heller. »Nimm Tullio und kehr zu der Höhle zurück!«, sagte sie zu dem Starken Mann. »Berichte dem Schwarzen Prinzen, was wir gesehen haben. Erzähl ihm auch vom Schnapper. Und pass auf Meggie auf!«

Wie unglücklich er sie ansah.

»Du kannst mir hier nicht helfen, Lazaro!«, flüsterte sie. »Weder mir noch dem Eichelhäher. Geh und beschütz unsere Tochter. Und tröste Roxane. Oder nein, vielleicht sagst du ihr besser noch nichts. Ich werde das tun.«

Sie leckte die Körner von ihrer Hand. »Man weiß nie, welches Tier man wird«, flüsterte sie. »Aber ich hoffe, es wird Flügel haben.«

Hilfe aus fernen Bergen

> Er denkt an die alten Zeiten, da alles erschaffen wurde. Wie lange das her ist! Damals erschlugen er und seine Brüder den ungeheuren Riesen Ymer und erschufen aus dem Leichnam die ganze Welt. Aus seinem Blut wurde das Meer, aus seinem Fleisch das Land, aus seinen Knochen entstanden Berge und Klippen, aus seinem Haar wuchsen die Bäume und das Gras.
> *Tor Age Bringsværd, Die wilden Götter*

Meggie wartete ... Während die Schreie ihr die Ohren füllten. Während Farid das schwarze Feuer des Rußvogels mit weißen Flammen löschte. Während Darius die Kinder mit Geschichten beruhigte, die sanfte Stimme lauter als sonst, damit sie den Kampflärm übertönte, und Elinor half, die Seile zu zerschneiden, die der Hänfling mit Pfeilen in den Baum schießen ließ.

Ja, Meggie wartete und sang mit leiser Stimme die Lieder, die Baptista sie gelehrt hatte, all die Lieder voll Hoffnung und Licht, Trotz und Mut, während am Fuß des Baumes die Räuber um ihr Leben und das der Kinder kämpften und jeder Schrei Meggie an den Kampf im Wald erinnerte, in dem Farid gestorben war. Diesmal jedoch hatte sie um zwei Jungen Angst.

Ihre Augen wussten nicht, wen sie zuerst suchen sollten, Farid oder Doria, schwarzes oder braunes Haar. Manchmal fand sie keinen von beiden, so schnell bewegten sie sich in den Ästen, beide dem Feuer folgend, das der Rußvogel wie brennenden Teer in den riesigen Baum spuckte. Doria schlug es mit Tüchern und Matten aus, während Farid den Rußvogel von oben herab verhöhnte und seine Flammen wie Tauben auf dem tötenden Feuer nisten ließ, bis sie es mit ihrem feurigen Gefieder erstickten. Wie viel er von Staubfinger gelernt hatte. Farid war längst kein Lehrling mehr, und Meggie sah, wie die Eifersucht das lederne Gesicht des Rußvogels verzerrte, während der Hänfling auf seinem Pferd zwischen den Bäumen saß und die Kämpfenden mit so ausdruckslosem Gesicht beobachtete, als sähe er seinen Hunden dabei zu, wie sie einen Hirsch zerrissen.

Noch verteidigten die Räuber den Baum, auch wenn sie hoffnungslos unterlegen waren. Aber wie lange noch?

Wo blieb er nur? Wo blieb der, den sie und Fenoglio zu Hilfe gerufen hatten? Bei Cosimo war es doch so schnell gegangen!

Niemand wusste, was Meggie vor ein paar Stunden gelesen hatte, außer Fenoglio und den beiden Glasmännern, die ihr mit offenem Mund gelauscht hatten. Sie hatten nicht einmal Gelegenheit gehabt, es Elinor zu erzählen, so heftig war der Angriff des Hänflings gewesen.

»Du musst ihm schon etwas Zeit geben!«, hatte Fenoglio zu Meggie gesagt, als sie das Blatt mit seinen Worten zur Seite gelegt hatte. »Er kommt von weit her. Anders war es nicht zu machen!«

Nun, solange er nicht erst kam, wenn sie schon alle tot waren ...

Der Schwarze Prinz blutete schon an der Schulter. Fast alle Räuber waren inzwischen verwundet. Es würde zu spät sein. Zu spät.

Meggie sah, wie Doria nur knapp einem Pfeil auswich, wie Roxane die weinenden Kinder tröstete und Elinor mit Minerva verzweifelt versuchte ein weiteres Seil zu zerhacken, bevor die Männer des Hänflings daran emporkletterten. Wann würde er kommen? Wann?

Und plötzlich fühlte sie es, genau wie Fenoglio es beschrieben hatte: ein Beben, spürbar bis in die höchsten Äste des Baumes. Alle spürten es. Die Kämpfenden hielten inne und sahen sich erschrocken um. *Die Erde bebte unter seinen Schritten.* So hatte Fenoglio es geschrieben.

»Und du bist wirklich sicher, dass er friedlich sein wird?«, hatte Meggie besorgt gefragt.

»Natürlich!«, hatte Fenoglio ärgerlich erwidert. Aber Meggie hatte an Cosimo denken müssen, der auch nicht so geraten war, wie Fenoglio es sich vorgestellt hatte. Oder vielleicht doch? Wer konnte schon sagen, was genau in dem Kopf des alten Mannes vorging? Elinor erriet es vielleicht noch am ehesten.

Das Beben wurde stärker. Zweige brachen, Äste, junge Bäume. Vogelschwärme flogen aus dem Dickicht auf, und aus den Schreien unter dem Baum wurden Schreckensschreie, als der Riese sich aus dem Unterholz schob.

Nein, er war nicht so groß wie der Baum.

»Natürlich nicht!«, hatte Fenoglio gesagt. »Natürlich sind sie nicht soo groß! Wie albern würde das sein? Und außerdem – hab ich euch nicht erzählt, dass diese Nester nur erbaut wurden, um ihre Bewohner vor den Riesen in Sicherheit zu bringen? Na bitte! Er wird nicht an sie heranreichen, an keines von ihnen, aber der Hänfling wird rennen, sobald er ihn sieht, so viel ist sicher. So schnell ihn seine dünnen Beine tragen!«

Ja, das tat der Hänfling. Auch wenn er seinem Pferd das Rennen überließ. Er war der Allererste, der floh. Der Rußvogel verbrannte sich vor Schreck an den eigenen Flammen, und auch die Räuber blieben nur stehen, weil der Schwarze Prinz sie dazu brachte. Es war Elinor, die den Männern den ersten Strick hinunterließ und die anderen Frauen anfuhr, als sie wie gelähmt dastanden und den Riesen anstarrten. »Werft Seile!«, hörte Meggie sie schreien. »Nun macht schon. Oder wollt ihr, dass er sie zertritt?«

Tapfere Elinor.

Die Räuber begannen zu klettern, während die Schreie der Soldaten aus immer größerer Ferne durch den Wald hallten. Der Riese aber war stehen geblieben und blickte hinauf zu den Kindern, die auf ihn hinunterstarrten, Entzücken und Entsetzen zu gleichen Teilen auf den kleinen Gesichtern.

»Sie lieben Menschenkinder, das ist das Problem«, hatte Fenoglio Meggie zugeraunt, bevor sie zu lesen begann. »Sie fingen irgendwann an, sie zu fangen, wie Schmetterlinge oder Hamster. Aber ich habe versucht einen herbeizuschreiben, der schlichtweg zu träge ist, um so etwas zu tun. Auch wenn er dadurch vermutlich kein allzu kluges Exemplar sein wird!«

Sah der Riese klug aus? Meggie konnte es nicht sagen. Sie hatte ihn sich so anders vorgestellt. Seine gewaltigen Glieder waren keineswegs plump. Nein. Er bewegte sich kaum behäbiger als der Starke Mann, und für einen Moment, als er so zwischen den Bäumen stand, schien es Meggie, dass er und nicht die Räuber die richtige Größe für diesen Wald hatte. Seine Augen waren unheimlich. Sie waren runder als Menschenaugen und glichen denen eines Chamäleons. Dasselbe galt für seine Haut. Der Riese war nackt wie die Feen und Elfen, und seine Haut wechselte die Farbe mit jeder Bewegung, die er machte. Zunächst war sie blassbraun wie Baumrinde gewesen, doch nun scheckte sie sich rot wie die letzten Beeren, die auf der Höhe seiner Knie noch in einem fast kahlen Rotdornbaum hingen. Selbst sein Haar veränderte sich, war mal grün, dann plötzlich fahl wie der Himmel. Auf die Art war er fast unsichtbar zwischen den Bäumen. Als bewegte sich die Luft. Als hätte der Wind Gestalt angenommen oder der Geist dieses Waldes.

»Aah! Da ist er endlich! Fabelhaft!« Fenoglio stand so plötzlich hinter Meggie, dass sie fast von dem Ast stolperte, auf dem sie stand. »Ja, wir zwei verstehen unser Handwerk! Nichts gegen deinen Vater, aber ich glaube, dass du die wahre Meisterin bist. Du bist noch genug Kind, um die Bilder hinter den Worten so deutlich zu sehen, wie eben nur Kinder es tun. Was wohl auch der Grund dafür ist, dass dieser Riese ganz anders aussieht, als ich ihn mir vorgestellt hatte.«

»Aber ich hab ihn mir auch anders vorgestellt«, flüsterte Meggie, als könnte jedes laute Wort die Aufmerksamkeit des Riesen auf sie lenken.

»Tatsächlich? Hm.« Fenoglio tat einen vorsichtigen Schritt nach vorn. »Nun, wie auch immer. Ich bin gespannt, was Signora Loredan von ihm hält. Ja, wirklich.«

Meggie sah, was Doria von dem Riesen hielt. Er hockte in der Baumkrone und konnte den Blick nicht von ihm wenden. Farid blickte so verzaubert drein, wie er es sonst nur tat, wenn Staubfinger ihm ein neues Kunststück zeigte, während Schleicher auf seinem Schoß saß und besorgt die Zähne bleckte.

»Hast du inzwischen auch die Worte für meinen Vater fertig?« Sie hatte es wieder getan! Hatte mit ihrer Stimme und Fenoglios Worten die Geschichte weitererzählt. Und wie all die anderen Male war sie erschöpft und stolz zugleich – und hatte Angst vor dem, was sie gerufen hatte.

»Die Worte für deinen Vater? Nein. Aber ich arbeite daran!« Fenoglio rieb sich die faltige Stirn, als müsste er ein paar Gedanken dort erst noch aus dem Schlaf wecken. »Leider würde ein Riese deinem Vater wohl kaum helfen. Aber vertrau mir. Heute Nacht werde ich auch das zu Ende bringen. Wenn der Natternkopf die Burg erreicht, wird Violante ihn mit meinen Worten empfangen, und wir zwei werden dieser Geschichte endgültig ein gutes Ende geben. Ach, er ist wirklich prächtig!« Fenoglio beugte sich vor, um einen besseren Blick auf sein Geschöpf zu haben. »Auch wenn ich mich frage, woher er diese Chamäleonaugen hat. Darüber hab ich doch nun wirklich kein Wort geschrieben! Nun, was soll's. Es sieht ... interessant aus. Ja, doch. Vielleicht sollte ich noch ein paar mehr seinesgleichen herschreiben. Es ist eine Schande, dass sie sich nur noch in den Bergen verstecken!«

Die Räuber schienen das nicht so zu sehen. Sie kletterten immer noch so hastig die Seile hinauf, als folgten ihnen die Männer des Hänflings. Nur der Schwarze Prinz stand weiter mit dem Bären am Fuß des Baumes.

»Was tut der Prinz denn noch da unten?« Fenoglio beugte sich so weit vor, dass Meggie unwillkürlich nach seinem Kittel griff. »Um Himmels willen, er soll den verdammten Bären allein lassen. Diese Riesen können nicht besonders gut sehen. Er wird ihn zertreten, wenn er auch nur einmal stolpert!«

Meggie versuchte den alten Mann zurückzuzerren. »Der Schwarze Prinz würde den Bären nie alleinlassen! Das weißt du!«

»Aber das muss er!« Sie hatte Fenoglio selten so besorgt gesehen. Offenbar liebte er den Prinzen tatsächlich mehr als die meisten seiner Figuren.

»Nun komm schon!«, rief er zu ihm herunter. »Prinz!«

Aber der Schwarze Prinz redete weiter auf den Bären ein, als wäre er ein trotziges Kind, während der Riese dastand und zu den Kindern hinaufstarrte. Einige Frauen schrien auf, als er die Hand ausstreckte. Sie zerrten die Kinder zurück, aber die gewaltigen Finger erreichten die Nester nicht, wie Fenoglio es vorausgesagt hatte, sosehr der Riese sich auch streckte.

»Maßarbeit!«, flüsterte Fenoglio. »Siehst du das, Meggie?« Ja. Diesmal hatte er offenbar tatsächlich an alles gedacht.

Der Riese sah enttäuscht aus. Er streckte sich noch einmal und tat einen Schritt zur Seite. Seine Ferse verfehlte den Schwarzen Prinzen nur um eines Zweiges Breite. Der Bär brüllte auf und erhob sich auf die Hinterbeine – und der Riese richtete überrascht den Blick auf das, was sich da zwischen seinen Füßen regte.

»O nein!«, stammelte Fenoglio. »Nein! Nein! Nein!«, brüllte er zu seinem Geschöpf hinunter. »Den nicht! Lass den Prinzen in Frieden. Dafür bist du nicht hier! Lauf dem Hänfling nach! Pflück dir seine Männer. Nun geh schon!«

Der Riese hob den Kopf und suchte nach dem Urheber des Geschreis, doch dann bückte er sich und griff sich den Prinzen und den Bären, so unsanft, wie Elinor es mit den Raupen tat, die ihre Rosen fraßen.

»Nein!«, stammelte Fenoglio. »Was passiert nun? Was war diesmal falsch? Er wird ihm alle Knochen brechen!«

Die Räuber hingen wie erstarrt an ihren Seilen. Einer warf dem Riesen sein Messer in die Hand. Er zupfte es mit den Lippen heraus wie einen Dorn und ließ den Schwarzen Prinzen fallen wie ein abgelegtes Spielzeug. Meggie fuhr zusammen, als er auf dem Boden aufschlug und reglos liegen blieb. Sie hörte Elinor aufschreien. Der Riese aber schlug nach den Männern an den Seilen, als wären es Wespen, die ihn stechen wollten.

Alles schrie durcheinander. Baptista rannte zu einem der Seile, um dem Prinzen zu Hilfe zu kommen. Farid und Doria folgten ihm, selbst Elinor lief ihm nach, während Roxane mit entsetztem Gesicht dastand und die Arme um zwei weinende Kinder schlang. Fenoglio aber stand da und rüttelte in hilfloser Wut an den Halteseilen.

»Nein!«, schrie er noch einmal in die Tiefe. »Nein, das darf einfach nicht sein!«

Und plötzlich riss eines der Seile und er stürzte in die Tiefe. Meggie versuchte nach ihm zu greifen, aber sie kam zu spät. Fenoglio fiel, Erstaunen auf dem faltigen Gesicht, und der Riese fing ihn aus der Luft wie eine reife Frucht.

Die Kinder schrien nicht mehr. Auch die Frauen und die Räuber gaben keinen Laut von sich, als der Riese sich an den Fuß des Baumes setzte und betrachtete, was er da gefangen hatte. Den Bären setzte er achtlos auf die Erde, doch als sein Blick dabei auf den bewusstlosen Prinzen fiel, griff er ihn sich erneut. Der Bär kam seinem Herrn brüllend zu Hilfe, doch der Riese stieß ihn nur mit der Hand zurück. Dann stand er auf, blickte ein letztes Mal zu den Kindern hinauf und schritt davon, Fenoglio in der rechten, den Schwarzen Prinzen in der linken Hand.

Die Engel des Hähers

Ich frage dich: Was würdest du tun, wenn du an meiner Stelle wärst? Sag's mir. Bitte sag's mir.
Aber du bist von alledem weit entfernt. Deine Finger blättern die Seiten um, eine nach der anderen, die mein Leben irgendwie mit deinem verbinden. Deine Augen sind in Sicherheit. Diese Geschichte ist lediglich ein weiteres Kapitel in deinem Gehirn. Für mich aber ist es das Hier und Jetzt.
Markus Zusak, Der Joker

Orpheus hatte Violante zum ersten Mal auf einem Fest des Hänflings gesehen und sich schon damals vorgestellt, wie es wohl sein würde, an ihrer Seite über Ombra zu herrschen. All seine Mägde waren schöner als die Tochter des Natternkopfes, aber Violante hatte etwas, das sie nicht besaßen: Hochmut, Ehrgeiz, Machtlust. All das gefiel Orpheus, und als der Pfeifer sie in den Saal der tausend Fenster führte, ließ es Orpheus' Herz schneller schlagen, wie hoch sie den Kopf immer noch trug – obwohl sie doch alles auf eine Karte gesetzt und verloren hatte.

Ihr Blick streifte sie alle, als wären sie die Verlierer – ihren Vater, den Däumling, den Pfeifer. Für Orpheus hatte sie nur einen flüchtigen Blick. Wie sollte sie auch wissen, welch herausragende Rolle er inzwischen spielte. Der Natternkopf würde immer noch mit einem gebrochenen Rad im Schlamm stecken, hätte er ihm nicht sogleich vier neue herbeigelesen. Wie sie ihn alle angestarrt hatten. Selbst den Däumling hatte das Respekt gelehrt.

Der Tausend-Fenster-Saal hatte keine Fenster mehr. Der Däumling hatte sie mit schwarzem Tuch verhängen lassen, und nur ein halbes Dutzend Fackeln erhellten die Dunkelheit, gerade genug, um ihm das Gesicht seines ärgsten Feindes zu zeigen.

Als sie Mortimer hereinstießen, bekam Violantes hochmütige Maske einen Riss, aber sie fasste sich schnell. Orpheus stellte mit Genugtuung fest, dass sie den Eichelhäher nicht sonderlich gut behandelt hatten, aber stehen konnte er noch, und der Pfeifer hatte bestimmt sichergestellt, dass seine Hände unversehrt waren. Die Zunge hätten sie ihm ruhig schon herausschneiden können, dachte Orpheus, damit es endlich ein Ende hat mit all den Lobgesängen über seine Stimme. Bis ihm einfiel, dass Mortimer ihm ja noch sagen musste, wo Fenoglios Buch war, nachdem Staubfinger es nicht verraten hatte.

Das Licht der Fackeln fiel nur auf Mortimer. Der Natternkopf saß im Dunkeln. Offenbar wollte er seinem Gefangenen nicht die Genugtuung geben, seinen aufgequollenen Körper zu sehen. Aber riechen tat man ihn.

»Nun, Eichelhäher? Hat meine Tochter dir unsere zweite Begegnung anders ausgemalt? Vermutlich.« Der Atem des Natternkopfes ging rasselnd wie der eines alten Mannes. »Ich war sehr erfreut, als Violante mir diese Burg als Treffpunkt vorschlug, obwohl der Weg hierher recht beschwerlich war. Diese Burg hat mir schon einmal Glück gebracht, wenn auch nur für begrenzte Zeit. Außerdem war ich sicher, dass ihre Mutter ihr nichts von dem geheimen Gang gesagt hat. Sie hat ihr viel über diese Burg erzählt, doch fast nichts davon hatte mit der Wirklichkeit zu tun.«

Violantes Gesicht blieb ausdruckslos. »Ich weiß nicht, wovon du redest, Vater«, sagte sie.

Welch eine Mühe sie sich gab, nicht zu Mortimer hinüberzusehen. Rührend.

»Nein, du weißt gar nichts. Das ist es ja gerade.« Der Natternkopf lachte. »Ich habe oft genug belauschen lassen, was deine Mutter dir in der alten Kammer erzählt hat. All die Geschichten über ihre glücklichen Kindertage, all die süßen Lügen, um ihre hässliche kleine Tochter von einem Ort träumen zu lassen, der so anders war als die Burg, auf der sie wirklich aufwuchs. Die Wirklichkeit unterscheidet sich meist von dem, was wir über sie erzählen, aber du hast schon immer die Worte mit der Wahrheit verwechselt. Genau wie deine Mutter hast du das, was du dir wünschst, nie von dem unterscheiden können, was wirklich ist, oder?«

Violante antwortete nicht. Sie stand nur da, aufrecht wie immer, und starrte in die Dunkelheit, in der ihr Vater sich verbarg.

»Als ich deine Mutter in diesem Saal zum ersten Mal traf«, fuhr der Natternkopf mit heiserer Stimme fort, »wollte sie nur fort von hier. Sie hätte versucht zu fliehen, wenn ihr Vater ihr die Gelegenheit gegeben hätte. Hat sie dir erzählt, dass sich eine ihrer Schwestern zu Tode gestürzt hat, als sie aus einem dieser Fenster geklettert ist? Nein? Oder dass sie selbst fast von den Nixen ertränkt worden wäre, als sie versucht hat durch den See zu schwimmen? Vermutlich nicht. Stattdessen hat sie dir weisgemacht, dass ich ihren Vater gezwungen habe, sie mir zur Frau zu geben, und sie gegen ihren Willen von hier fortgebracht habe. Wer weiß, vielleicht hat sie diese Geschichte am Ende selbst geglaubt.«

»Du lügst.« Violante gab sich alle Mühe, gefasst zu klingen. »Ich will nichts mehr hören.«

»Aber du wirst es hören«, sagte der Natternkopf ungerührt. »Es wird Zeit, dass du dich nicht länger hinter schönen Geschichten vor der Wirklichkeit versteckst. Dein Großvater ließ die Verehrer seiner Töchter allzu gern verschwinden. Deshalb hat deine Mutter mir den Tunnel gezeigt, durch den der Pfeifer so wunderbar unbemerkt in die Burg kommen konnte. Sie war damals sehr verliebt in mich, auch wenn sie dir etwas anderes erzählt hat.«

»Wozu erzählst du mir diese Lügen?« Violante hielt den Kopf immer noch hoch, aber ihre Stimme zitterte. »Nicht meine Mutter hat dir den Tunnel gezeigt. Es wird einer deiner Spione gewesen sein. Und sie hat dich auch nie geliebt.«

»Glaub, was du willst. Ich nehme an, du weißt eh nicht viel über die Liebe.« Der Natternkopf hustete und erhob sich ächzend von dem Stuhl, auf dem er saß. Violante wich zurück, als er in das Licht der Fackeln trat.

»Ja, sieh dir an, was dein edler Räuber mir angetan hat«, sagte der Natternkopf, während er langsam auf Mortimer zuging. Das Gehen schmerzte ihn immer mehr. Orpheus hatte es oft genug gesehen, auf der endlosen Reise zu dieser trostlosen Burg, aber der Silberfürst hielt sich immer noch ebenso gerade wie seine Tochter.

»Aber reden wir nicht weiter über die Vergangenheit«, sagte er, als er so dicht vor Mortimer stand, dass sein Gefangener in den vollen Genuss seiner Ausdünstungen kam, »oder darüber, wie meine Tochter sich diesen Handel vielleicht vorgestellt hat. Überzeug mich davon, dass es tatsächlich Sinn macht, dir nicht auf der Stelle die Haut vom Leibe zu ziehen und dasselbe mit deiner Frau und deiner Tochter zu tun. Vermutlich glaubst du, dass sie diesmal vor mir sicher sind. Schließlich hast du sie beim Schwarzen Prinzen gelassen, aber ich weiß von der Höhle, in der sie sich versteckt halten. Mein nutzloser Schwager hat sie vermutlich schon eingefangen und bringt sie nach Ombra.«

O ja, das traf Mortimer. Rate, wer dem Natternkopf von der Höhle erzählt hat, edler Räuber!, dachte Orpheus und verzog den Mund zu einem breiten Lächeln, als Mortimer zu ihm herübersah.

»Also –« Der Natternkopf stieß seinem Gefangenen die behandschuhte Faust gegen die Brust, genau dorthin, wo Mortola ihn verwundet hatte. »Wie sieht es aus? Kannst du deine eigene Hinterlist rückgängig machen? Kannst du das Buch heilen, mit dem du mich so heimtückisch hintergangen hast?«

Mortimer zögerte nur einen Moment. »Sicher«, antwortete er. »Wenn du es mir gibst.«

Nun gut. Seine Stimme klang immer noch eindrucksvoll, selbst in dieser verzweifelten Lage, Orpheus musste es zugeben (auch wenn die seine eindeutig besser klang). Doch der Natternkopf ließ sich nicht noch einmal betören. Er schlug Mortimer so heftig ins Gesicht, dass er auf die Knie fiel.

»Du denkst also tatsächlich, du kannst mich noch einmal zum Narren halten!«, fuhr er ihn an. »Für wie dumm hältst du mich? Niemand kann dieses Buch heilen! Für diese Auskunft sind Dutzende deiner Zunftgenossen gestorben. Es ist verloren, was heißt, dass mein Fleisch in alle Ewigkeit rotten wird und ich selbst jeden Tag in Versuchung bin, die drei Wörter zu schreiben, die alldem ein Ende machen. Aber mir ist eine bessere Lösung eingefallen, eine, für die ich deine Dienste doch noch einmal brauche, weshalb ich meiner Tochter wirklich dankbar bin, dass sie so überaus fürsorglich über dich gewacht hat. Schließlich weiß ich –«, setzte er mit einem Blick auf den Pfeifer hinzu, »– welch heißes Blut mein Herold hat.«

Der Pfeifer wollte etwas erwidern, aber der Natternkopf hob nur ungeduldig die Hand und wandte sich wieder Mortimer zu.

»Was für eine Lösung?« Die berühmte Stimme klang heiser.

Bekam der Eichelhäher es nun doch mit der Angst zu tun? Orpheus fühlte sich wie ein Junge, der mit äußerstem Vergnügen eine besonders spannende Stelle in einem Buch las. Ich hoffe, er hat Angst, dachte er. Und ich hoffe, dies ist eins der letzten Kapitel, in denen er vorkommt.

Mortimer verzog das Gesicht, als der Pfeifer ihm das Messer in die Seite drückte. Ja, du hast dir eindeutig die falschen Feinde in dieser Geschichte gemacht, dachte Orpheus. Und die falschen Freunde. Aber so waren sie, die guten Helden. Dumm.

»Was für eine Lösung?« Der Natternkopf kratzte sich das juckende Fleisch. »Du bindest mir ein neues Buch, was sonst? Doch diesmal wirst du dabei keinen Augenblick unbeobachtet sein. Und wenn dieses Buch mich dann wieder mit makellos weißen Seiten vor dem Tod beschützt, werden wir in das andere deinen Namen schreiben – damit du eine Weile spürst, wie es sich anfühlt, bei lebendigem Leibe zu verrotten. Danach werde ich es in Stücke reißen, Seite für Seite, und zusehen, wie du dein Fleisch reißen spürst und die Weißen Frauen anflehst, dich zu holen. Hört sich das nicht nach einer alle zufriedenstellenden Lösung an?«

Aha. Ein neues Buch. Nicht dumm, dachte Orpheus. Aber mein Name würde sich so viel besser auf seinen nagelneuen leeren Seiten machen! Hör auf zu träumen, Orpheus!

Der Pfeifer hielt Mortimer das Messer an die Kehle. »Nun, wo bleibt deine Antwort, Eichelhäher? Soll ich sie dir mit dem Messer buchstabieren?«

Mortimer schwieg.

»Antworte!«, fuhr der Pfeifer ihn an. »Oder soll ich es für dich tun? Es gibt ohnehin nur eine Antwort.«

Mortimer schwieg weiter, doch Violante machte sich zu seiner Stimme. »Warum sollte er dir helfen, wenn du ohnehin vorhast, ihn zu töten?«, fragte sie ihren Vater.

Der Natternkopf zuckte die schweren Schultern. »Ich könnte ihn etwas weniger schmerzhaft sterben lassen oder seine Frau und seine Tochter nur in die Minen schicken, statt sie zu töten. Um die zwei haben wir schließlich schon einmal gehandelt.«

»Aber diesmal habt Ihr sie nicht in Eurer Gewalt.« Mortimers Stimme klang, als wäre er weit, weit fort. Er wird Nein sagen!, dachte Orpheus überrascht. Was für ein Narr.

»Noch nicht, aber bald.« Der Pfeifer ließ das Messer zu Mortimers Brust wandern und zeichnete mit der Klingenspitze ein Herz dorthin, wo es schlug. »Orpheus hat uns wirklich sehr genau beschrieben, wo sie sich versteckt halten. Du hast es gehört. Vermutlich bringt der Hänfling sie gerade jetzt nach Ombra.«

Es war das zweite Mal, dass Mortimer Orpheus ansah, und der Hass in seinen Augen schmeckte süßer als die kleinen Kuchen, die Oss jeden Freitag für ihn auf dem Markt von Ombra kaufen musste. Nun, künftig würde das nicht mehr Oss tun. Den hatte bedauerlicherweise der Nachtmahr gefressen, als er aus Fenoglios Worten geschlüpft war – es hatte eine Weile gedauert, ihn in den Griff zu bekommen –, aber ein neuer Leibwächter ließ sich immer finden.

»Du kannst dich gleich an die Arbeit machen. Deine noble Beschützerin hat ja praktischerweise schon alles, was du brauchst, herbeigeschafft!«, zischte der Pfeifer, und diesmal floss Blut, als er Mortimer das Messer gegen den Hals presste. »Offenbar wollte sie uns bis in die letzte Einzelheit vorspielen, dass du tatsächlich nur noch am Leben bist, um das Buch zu heilen. Was für ein Possenspiel. Nun, sie hatte schon immer eine Schwäche für die Spielleute.«

Mortimer ignorierte den Pfeifer, als wäre er unsichtbar. Er sah nur den Natternkopf an. »Nein«, sagte er. Das Wort wog schwer in dem dunklen Saal. »Ich werde dir kein zweites Buch binden. Noch einmal würde der Tod mir das nicht verzeihen.«

Violante machte unwillkürlich einen Schritt auf Mortimer zu, aber er beachtete sie nicht.

»Hör nicht auf ihn!«, sagte sie zu ihrem Vater. »Er wird es tun! Lass ihm nur etwas Zeit.«

Oh, sie hing also tatsächlich an dem Häher. Orpheus runzelte die Stirn. Noch ein Grund mehr, ihn zum Teufel zu wünschen.

Der Natternkopf blickte seine Tochter nachdenklich an. »Was liegt dir daran, dass er es tut?«

»Nun, du –« Zum ersten Mal verriet Violantes Stimme Unsicherheit. »Es wird dich gesund machen.«

»Und?« Der Atem des Silberfürsten ging schwer. »Du willst mich tot sehen. Bestreite es nicht. Es gefällt mir! Es beweist, dass mein Blut in deinen Adern fließt. Manchmal denke ich, dass ich dich tatsächlich auf den Thron von Ombra setzen sollte. Du würdest deine Sache bestimmt besser machen als mein silberbestäubter Schwager.«

»Natürlich würde ich es besser machen! Ich würde dir die sechsfache Menge Silber zur Nachtburg schicken, weil ich es nicht mit Festen und Jagdgesellschaften verprasse. Doch dafür überlässt du mir den Eichelhäher – nachdem er getan hat, was du von ihm verlangst.«

Beeindruckend. Sie stellte tatsächlich immer noch Bedingungen. O ja, sie gefällt mir, dachte Orpheus. Sie gefällt mir sehr. Nur ihre Vorliebe für gesetzlose Buchbinder muss man ihr noch austreiben. Aber dann ... welche Möglichkeiten!

Auch dem Natternkopf gefiel seine Tochter ganz offensichtlich immer besser. Er lachte so laut, wie Orpheus es noch nicht von ihm gehört hatte. »Seht sie euch an!«, rief er. »Sie handelt mit mir, obwohl sie mit leeren Händen dasteht! Bring sie in ihre Kammer«, befahl er einem seiner Soldaten. »Aber pass gut auf sie auf. Und schick Jacopo zu ihr. Ein Sohn sollte bei seiner Mutter sein. Du aber«, sagte er zu Mortimer, »sagst endlich Ja zu meinem Handel, oder ich lasse dieses Ja von meinem Leibwächter aus dir herausquälen.«

Der Pfeifer ließ irritiert das Messer sinken, als der Däumling aus der Dunkelheit trat. Violante warf ihm einen beunruhigten Blick zu und sträubte sich, als der Soldat sie mit sich zerrte – doch Mortimer schwieg immer noch.

»Euer Gnaden!« Orpheus trat einen respektvollen Schritt vor (zumindest hoffte er, dass es so aussah). »Lasst mich das Ja aus ihm herauslocken!«

Ein Flüstern, ein Name (man muss sie nur beim richtigen Namen rufen, wie einen Hund), und der Nachtmahr schälte sich aus Orpheus' Schatten.

»Unsinn!«, fuhr der Pfeifer ihn an. »Damit der Häher gleich genauso tot ist wie der Feuertänzer? Nein.« Er ließ Mortimer wieder auf die Füße zerren.

»Hast du nicht gehört? Ich übernehme das, Pfeifer.« Der Däumling zog die schwarzen Handschuhe aus.

Orpheus schmeckte die Enttäuschung wie Bittermandeln auf der Zunge. Was für eine Gelegenheit, sich dem Natternkopf als nützlich zu erweisen. Wenn er doch nur das Buch gehabt hätte, um den Pfeifer aus dieser Welt zu schreiben! Und diesen Däumling gleich dazu.

»Herr! Bitte, hört mich an!« Er trat dem Natternkopf in den Weg. »Dürfte ich darum bitten, dass dem Gefangenen im Laufe dieser für ihn sicherlich nicht angenehmen Prozedur noch eine andere Antwort entlockt wird? Ihr erinnert Euch an das Buch, von dem ich Euch erzählt habe, das Buch, das diese Welt auf jede von Euch gewünschte Weise ändern kann! Entlockt ihm bitte, wo es ist!«

Doch der Natternkopf wandte ihm nur den Rücken zu. »Später«, sagte er und ließ sich mit einem Stöhnen wieder in den Stuhl fallen, auf dem ihn die Schatten verbargen. »Jetzt geht es nur um ein Buch, und das hat weiße Seiten. Fang an, Däumling!«, kam seine Stimme keuchend aus der Dunkelheit. »Aber gib acht auf seine Hände.«

Als Orpheus die plötzliche Kälte auf dem Gesicht spürte, dachte er zunächst, der Nachtwind führe durch die verhängten Fenster. Doch da standen sie auch schon neben dem Häher, ebenso weiß und furchtbar wie auf dem Friedhof der Spielleute. Sie umgaben Mortimer wie flügellose Engel, die Glieder aus Nebel, die Gesichter weiß wie gebleichte Knochen. Der Pfeifer stolperte so hastig zurück, dass er hinfiel und sich an seinem eigenen Messer schnitt. Selbst das Gesicht des Däumlings verlor seine Gleichgültigkeit. Und die Soldaten, die an Mortimers Seite gestanden hatten, wichen zurück wie erschrockene Kinder.

Es konnte nicht sein! Warum schützten sie ihn? Zum Dank dafür, dass er sie schon mehrmals genarrt hatte? Dass er ihnen Staubfinger entrissen hatte? Orpheus spürte, wie der Nachtmahr sich hinter ihm duckte wie ein geprügelter Hund. Was? Er fürchtete sie auch? Nein. Nein, verdammt noch mal. Diese Welt musste wahrlich neu geschrieben werden! Und er würde es tun. O ja. Er würde schon einen Weg finden.

Was flüsterten sie?

Das bleiche Licht, das die Töchter des Todes verbreiteten, vertrieb die Schatten, in denen der Natternkopf sich verbarg, und Orpheus sah, wie der Silberfürst in seiner dunklen Ecke nach Atem rang und zitternd die Hände auf die Augen presste. Er fürchtete die Weißen Frauen also immer noch, auch wenn er auf der Nachtburg so viele Männer getötet hatte, um das Gegenteil zu beweisen. Nichts als Lüge. Der Natternkopf keuchte vor Angst in seinem unsterblichen Fleisch.

Mortimer aber stand zwischen Fenoglios Todesengeln, als wären sie ein Teil von ihm – und lächelte.

Mutter und Sohn

Der Geruch von feuchter Erde und neuem Wachstum schlägt über mir zusammen, wässrig, schlüpfrig, mit einem an Säure gemahnenden Geschmack, wie Baumrinde. Es riecht nach Jugend; es riecht nach Herzschmerz.
Margaret Atwood, Der blinde Mörder

Natürlich ließ der Natternkopf Violante in die ehemalige Kammer ihrer Mutter sperren. Er wusste genau, dass sie dort all die Lügen, die sie ihr erzählt hatte, nur umso lauter hören würde. Es konnte nicht sein. Ihre Mutter hatte nie gelogen. Mutter und Vater – das hatte immer Gut und Böse geheißen, Wahrheit und Lüge, Liebe und Hass. Es war so einfach gewesen! Doch auch das hatte der Vater ihr nun genommen. Violante suchte in ihrem Innern nach ihrem Stolz und der Stärke, die sie immer aufrecht gehalten hatten, doch alles, was sie fand, war ein hässliches kleines Mädchen, das im Staub seiner Hoffnungen saß, im Herzen das zerschlagene Bild seiner Mutter.

Sie lehnte die Stirn gegen die verriegelte Tür und lauschte nach den Schreien des Eichelhähers, aber alles, was sie hörte, waren die Stimmen der Wachen vor ihrer Tür. Warum nur hatte er nicht Ja gesagt? Weil er glaubte, dass sie ihn doch noch würde beschützen können? Der Däumling würde ihn eines Besseren belehren. Sie musste an den Spielmann denken, den ihr Vater hatte vierteilen lassen, weil er für ihre Mutter gesungen hatte, an den Diener, der ihnen Bücher gebracht hatte und dafür in einem Käfig vor ihrem Fenster verhungert war. Pergament hatten sie ihm zu essen gegeben. Wie hatte sie dem Eichelhäher nur Schutz versprechen können, wenn es bislang jedem den Tod gebracht hatte, auf ihrer Seite zu sein?

»Der Däumling wird ihm die Haut in Streifen schneiden!« Jacopos Stimme drang kaum zu ihr. »Sie sagen, er ist so geschickt dabei, dass man nicht davon stirbt. Er soll es an Toten geübt haben!«

»Sei still!« Sie wollte ihn schlagen, mitten in sein blasses Gesicht. Mit jedem Tag glich er Cosimo mehr. Dabei wäre es ihm doch so viel lieber gewesen, seinem Großvater zu ähneln.

»Du kannst nichts hören von hier. Sie werden ihn runterbringen, in den Keller bei den Löchern. Ich bin dort gewesen. Es ist alles noch da, ganz verrostet, aber noch gut zu gebrauchen: Ketten, Messer, Schrauben und die Eisenstacheln –«

Violante sah ihn an und er verstummte. Sie trat ans Fenster, aber der Käfig, in den sie den Häher zuerst gesperrt hatten, war leer. Nur der Feuertänzer lag tot davor. Seltsam, dass ihn die Raben nicht anrührten. Als hätten sie Angst vor ihm.

Jacopo nahm den Teller, den ihm eine der Mägde gebracht hatte, und stocherte schmollend darauf herum. Wie alt war er? Sie hatte es vergessen. Wenigstens trug er die Blechnase nicht mehr, seit der Pfeifer ihn dafür ausgelacht hatte.

»Du magst ihn.«

»Wen?«

»Den Eichelhäher.«

»Er ist besser als sie alle.« Noch einmal lauschte sie an der Tür. Warum hatte er nicht Ja gesagt? Vielleicht hätte sie ihn dann doch noch retten können.

»Wenn der Eichelhäher noch ein Buch macht – wird Großvater

dann trotzdem weiter so abscheulich stinken? Ich glaub schon. Ich glaub, er wird irgendwann einfach tot umfallen. Eigentlich sieht er jetzt schon ziemlich tot aus.« Wie gleichgültig er klang. Vor ein paar Monaten hatte Jacopo ihren Vater noch angebetet. Waren alle Kinder so? Woher sollte sie die Antwort kennen? Sie hatte nur das eine. Kinder ... Violante sah sie immer noch aus dem Burgtor von Ombra laufen, in die Arme ihrer Mütter. Waren sie es wirklich wert, dass der Eichelhäher für sie starb?

»Ich mag Großvater nicht mehr ansehen!« Jacopo presste sich schaudernd die Hände vor die Augen. »Wenn er stirbt, werde ich König, oder?« Die Kälte seiner hellen Stimme beeindruckte Violante – und machte ihr Angst zugleich.

»Nein, wirst du nicht. Nicht, nachdem dein Vater ihn angegriffen hat. Sein eigener Sohn wird König werden. König auf der Nachtburg und in Ombra.«

»Aber der ist nur ein Baby.«

»Und? Dann regiert seine Mutter eben für ihn. Und der Hänfling.« Außerdem ist dein Großvater immer noch unsterblich, setzte Violante in Gedanken hinzu, und daran scheint niemand etwas ändern zu können. In alle Ewigkeit nicht.

Jacopo schob den Teller zur Seite und schlenderte auf Brianna zu. Sie stickte an dem Bild eines Reiters, der Cosimo verdächtig ähnlich sah, auch wenn Brianna behauptete, es sei der Held eines alten Märchens. Es tat gut, sie wieder bei sich zu haben, auch wenn sie, seit der Nachtmahr ihren Vater getötet hatte, noch schweigsamer war als gewöhnlich. Vielleicht hatte sie ihn doch geliebt. Die meisten Töchter liebten ihre Väter.

»Brianna!« Jacopo griff ihr in das wunderschöne Haar. »Lies mir vor. Los. Mir ist langweilig.«

»Du kannst selber lesen, sehr gut sogar.« Brianna löste seine Finger aus ihrem Haar und stickte weiter.

»Ich hol den Nachtmahr her!« Jacopos Stimme wurde schrill, wie immer, wenn etwas nicht nach seinem Willen ging. »Damit er dich frisst wie deinen Vater. Ach, nein, er hat ihn ja gar nicht gefressen. Er liegt tot draußen auf dem Hof und die Raben fressen an ihm.«

Brianna hob nicht einmal den Kopf, aber Violante sah, dass ihre Hände so zitterten, dass sie sich in den Finger stach.

»Jacopo!«

Ihr Sohn wandte sich zu ihr um, und für einen Augenblick war es Violante, als flehten sie seine Augen an, mehr zu sagen. Schüttle mich! Schlag mich! Bestraf mich!, sagten sie. Oder nimm mich in den Arm. Ich hab Angst. Ich hasse diese Burg. Ich will fort.

Sie hatte kein Kind gewollt. Sie wusste nicht viel mit ihnen anzufangen. Aber Cosimos Vater hatte um einen Enkel gebettelt. Was sollte sie mit einem Kind? Sie hatte genug damit zu tun, ihr eigenes schmerzendes Herz zusammenzuhalten. Wenn es wenigstens ein Mädchen geworden wäre. Der Eichelhäher hatte eine Tochter. Alle sagten, dass er sie sehr liebte. Für sie würde er vielleicht doch noch nachgeben und ihrem Vater ein zweites Buch binden. Falls der Hänfling seine Tochter tatsächlich fing. Und dann? An seine Frau wollte sie nicht denken. Vielleicht starb sie ja. Der Hänfling war gern grausam mit dem, was er jagte.

»Lies! Lies mir vor!« Jacopo stand immer noch vor Brianna. Mit einem schnellen Griff riss er ihr die Stickerei vom Schoß, so grob, dass sie sich noch einmal in die Hand stach.

»Das sieht aus wie mein Vater.«

»Tut es nicht!« Brianna warf Violante einen schnellen Blick zu.

»Tut es doch! Warum fragst du den Eichelhäher nicht, ob er ihn von den Toten zurückholt? So wie er es mit deinem Vater getan hat?«

Früher hätte Brianna ihn geschlagen, aber Cosimos Tod hatte etwas in ihr zerbrochen. Sie war weich geworden wie das Innere einer Muschel, weich und voller Schmerz. Trotzdem war ihre Gesellschaft immer noch besser als keine, und Violante schlief so viel leichter ein, wenn Brianna abends für sie sang.

Draußen schob jemand die Riegel zurück.

Was bedeutete das? Kamen sie, um ihr zu sagen, dass der Pfeifer den Eichelhäher doch getötet hatte? Dass der Däumling ihn zerbrochen hatte wie so viele Männer vor ihm? Und wenn, Violante?, dachte sie. Was soll das schon ausmachen? Dein Herz ist ohnehin in Scherben.

Aber es war das Doppelauge, das hereintrat. Orpheus oder das Mondgesicht, wie der Pfeifer ihn verächtlich nannte. Violante konnte immer noch nicht fassen, wie schnell er sich an ihres Vaters Seite geschmeichelt hatte. Vielleicht war es seine Stimme. Sie war fast so schön wie die des Eichelhähers, aber etwas in ihr ließ Violante schaudern.

»Euer Hoheit!« Ihr Besucher verbeugte sich so tief, dass es an Spott grenzte.

»Hat der Eichelhäher meinem Vater doch noch die richtige Antwort gegeben?«

»Nein, bedauerlicherweise nicht. Aber er lebt noch, falls Ihr das wissen wolltet.« Seine Augen blickten so unschuldig durch die runden Gläser, Gläser, die sie ihm abgeschaut hatte, nur dass Violante die ihren im Gegensatz zu ihm nicht immer trug. Manchmal wollte sie die Welt lieber durch einen Schleier sehen.

»Wo ist er?«

»Ah, Ihr habt den leeren Käfig gesehen. Nun, ich habe dem Natternkopf eine andere Unterbringung für den Eichelhäher vorgeschlagen. Ihr wisst vermutlich von den Löchern, in die Euer Großvater seine Gefangenen zu werfen pflegte. Ich bin sicher, dass unser edler Räuber dort unten seinen Widerstand gegen die Wünsche Eures Vaters schon sehr bald aufgeben wird. Doch kommen wir zum Anlass meines Besuches.«

Sein Lächeln war süß wie Sirup. Was wollte er von ihr?

»Eure Hoheit.« Seine Stimme strich Violante über die Haut wie eine der Hasenpfoten, mit denen Balbulus Pergament glättete. »Ich bin wie Ihr ein großer Bücherfreund. Leider habe ich erfahren, dass die Bibliothek dieser Burg in schrecklichem Zustand ist, aber mir ist zu Ohren gekommen, dass Ihr immer ein paar Bücher bei Euch habt. Wäre es möglich, eins oder gar zwei dieser Bücher auszuleihen? Ich würde mich dafür natürlich in jeder mir möglichen Weise erkenntlich zeigen.«

»Was ist mit meinem Buch?« Jacopo schob sich vor Violante, die Arme verschränkt, wie sein Großvater es gern getan hatte, bevor seine geschwollenen Arme selbst diese Geste nicht mehr schmerzlos hatten verrichten können. »Du hast es mir immer noch nicht zurückgegeben. Du schuldest mir –«, er zählte es an den kurzen Fingern ab, »– zwölf Silbermünzen.«

Der Blick, den Orpheus Jacopo zuwarf, war weder warm noch süß. Doch seine Stimme war es immer noch. »Aber natürlich! Gut, dass Ihr mich daran erinnert, Prinz. Kommt zu meiner Kammer, und ich gebe Euch die Münzen und das Buch. Doch nun lasst mich mit Eurer Mutter sprechen, ja?« Mit einem entschuldigenden Lächeln wandte er sich wieder Violante zu.

»Also, wie ist es?«, fragte er mit vertraulich gesenkter Stimme. »Würdet Ihr mir eines leihen, Euer Hoheit? Ich habe Wunderdinge über Eure Bücher gehört, und glaubt mir, ich werde sie mit äußerster Sorgfalt behandeln.«

»Sie hat nur zwei dabei.« Jacopo zeigte auf die Truhe neben dem Bett. »Und sie sind beide über den Ei…«

Violante presste ihm die Hand auf den Mund, aber Orpheus machte bereits einen Schritt auf die Truhe zu.

»Es tut mir leid«, sagte sie und trat ihm in den Weg. »Ich hänge zu sehr an diesen Büchern, um sie aus der Hand zu geben. Und wie Ihr sicherlich gehört habt, hat mein Vater dafür gesorgt, dass Balbulus mir kein weiteres wird anfertigen können.«

Orpheus schien kaum zuzuhören. Er starrte wie gebannt auf die Truhe. »Kann ich wenigstens einen Blick auf sie werfen?«

»Gebt sie ihm nicht!«

Orpheus hatte Brianna offenbar noch gar nicht bemerkt. Sein Gesicht wurde starr, als er ihre Stimme hinter sich hörte, und seine feisten Finger ballten sich zur Faust.

Brianna richtete sich auf und erwiderte seinen feindseligen Blick mit Gleichmut. »Er tut seltsame Dinge mit Büchern«, sagte sie. »Mit Büchern und den Wörtern darin. Und er hasst den Eichelhäher. Mein Vater hat erzählt, dass er ihn an den Tod verkaufen wollte.«

»Verwirrtes Ding!«, stammelte Orpheus und rückte sich sichtlich nervös die Brille zurecht. »Sie war meine Magd, wie Ihr vermutlich wisst, und ich habe sie beim Stehlen erwischt. Wahrscheinlich sagt sie deshalb solche Dinge über mich.«

Brianna wurde rot, als hätte er ihr heißes Wasser ins Gesicht geschüttet, doch Violante trat beschützend an ihre Seite. »Brianna würde niemals stehlen«, sagte sie. »Und nun geht. Ich kann Euch die Bücher nicht geben.«

»Ach, sie würde niemals stehlen?« Orpheus gab sich sichtlich Mühe, seiner Stimme den alten samtigen Klang zu geben. »Nun, soweit ich weiß, hat sie Euch Euren Mann gestohlen, oder?«

»Hier!«

Bevor Violante reagieren konnte, stand Jacopo vor Orpheus, mit ihren Büchern in der Hand. »Welches willst du? Das dickere liest sie am liebsten. Aber diesmal musst du mehr als für mein Buch bezahlen!«

Violante versuchte ihm die Bücher aus den Fingern zu winden, doch Jacopo war erstaunlich stark, und Orpheus öffnete hastig die Tür.

»Schnell. Nimm diese Bücher in Verwahrung!«, befahl er dem Soldaten, der draußen Wache stand.

Der Soldat hatte keine Mühe, Jacopo die Bücher abzunehmen. Orpheus schlug sie auf, las ein paar Zeilen, erst in dem einen, dann in dem anderen – und schenkte Violante ein triumphierendes Lächeln.

»Ja. Das ist genau der Lesestoff, den ich brauche«, sagte er. »Ihr bekommt die Bücher zurück, sobald sie ihren Zweck erfüllt haben. Aber diese«, raunte er Jacopo zu und kniff ihn dabei grob in die Wange, »bekomme ich ganz umsonst, Ihr gieriger Spross eines toten Fürsten! Und die Bezahlung für dein anderes Buch vergessen wir auch besser, oder wollt Ihr die Bekanntschaft meines Nachtmahrs machen? Ihr habt doch sicher schon von ihm gehört?«

Jacopo starrte ihn nur an, mit einer Mischung aus Furcht und Hass auf dem schmalen Gesicht.

Orpheus jedoch schob sich mit einer Verbeugung aus der Tür.

»Ich kann Euch wirklich nicht genug danken, Euer Hoheit«, sagte er zum Abschied. »Ihr glaubt nicht, wie glücklich mich diese Bücher machen. Nun wird der Eichelhäher Eurem Vater ganz bestimmt bald die richtige Antwort geben.«

Jacopo kaute hektisch auf den Lippen, als die Wache draußen wieder den Riegel vorschob, wie immer, wenn etwas nicht in seinem Sinne verlaufen war. Violante schlug ihm so heftig ins Gesicht, dass er gegen ihr Bett stolperte und hinfiel. Er begann zu weinen, lautlos, die Augen auf ihr wie ein Hund, den man bestraft hatte.

Brianna half ihm auf die Füße und wischte ihm mit ihrem Kleid die Tränen ab.

»Was hat das Doppelauge mit den Büchern vor?« Violante zitterte. Sie zitterte am ganzen Leib. Sie hatte einen neuen Feind.

»Ich weiß es nicht«, antwortete Brianna. »Ich weiß nur, dass mein Vater ihm eines gestohlen hat, weil er großes Unheil damit angerichtet hat.«

Großes Unheil.

Nun wird der Eichelhäher Eurem Vater bestimmt bald die richtige Antwort geben.

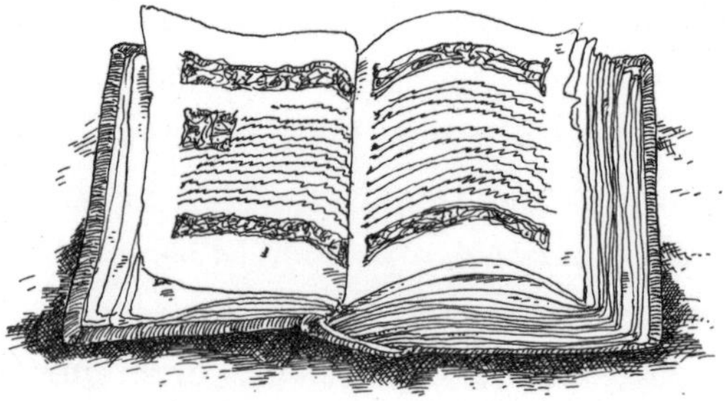

Abgelegte Kleider

Archimedes verspeiste seinen Spatzen, wischte sich den Schnabel sittsam am Gezweig ab und richtete seine Augen auf Wart. Diese großen runden Augen trugen, wie ein berühmter Schriftsteller es ausdrückte, eine Licht-Blüte, einen Glanz-Fleck, ähnlich dem Purpurhauch auf einer Traube.
»Jetzt hast du fliegen gelernt«, sagte er, »und Merlin meint, nun solltest du's mit den Wildgänsen versuchen.«
T. H. White, Der König auf Camelot, Erstes Buch

Es war leicht zu fliegen, so leicht. Das Können kam mit dem Körper, mit jeder Feder und jedem feinen Knochen. Ja, die Körner hatten Resa in einen Vogel verwandelt, mit schmerzhaften Krämpfen, die den Starken Mann zu Tode erschreckt hatten, aber sie war keine Elster geworden wie Mortola. »Eine Schwalbe!«, hatte Lazaro geflüstert, als sie ihm auf die Hand geflattert war, schwindelig davon, dass plötzlich alles so viel größer war.

»Schwalben sind nette Vögel, sehr nett. Das passt zu dir.« Er hatte ihr mit dem Zeigefinger ganz sacht über die Flügel gestrichen, und sie hatte es als so seltsam empfunden, dass sie ihm mit ihrem Schnabel nicht länger zulächeln konnte. Doch sprechen konnte sie, mit ihrer Menschenstimme, was den armen Tullio nur noch mehr verschreckt hatte.

Die Federn wärmten gut, und die Wachen am Seeufer sahen nicht einmal hoch, als sie über ihre Köpfe flog. Offenbar hatten sie die Männer, die Lazaro getötet hatte, noch nicht gefunden. Das Wappen auf ihren grauen Umhängen erinnerte Resa an die Kerker der Nachtburg. Vergiss sie, dachte sie, während sich ihre Flügel auf den Wind legten. Sie sind vergangen. Doch das, was kommen wird, kannst du vielleicht noch ändern. Oder war das Leben am Ende doch nur ein Netz aus Schicksalsfäden, aus dem es kein Entkommen gab? Denk nicht, Resa, flieg!

Wo war er? Wo war Mo?

Der Pfeifer hat ihn in einen Käfig gesperrt. Tullio hatte ihr nicht beschreiben können, wo dieser Käfig stand. Auf einem Hof, hatte er gestammelt, auf einem Hof mit gemalten Vögeln. Resa hatte von den bemalten Mauern der Burg gehört. Von außen dagegen waren sie fast schwarz, gefügt aus dem dunklen Stein, der sich auch am Ufer ringsum fand. Sie war froh, dass sie nicht über die Brücke musste. Dort wimmelte es von Soldaten. Es regnete, und unter ihr malten die Tropfen endlose Kreise auf das Wasser. Aber ihr Körper wog leicht, und es war ein wunderbares Gefühl zu fliegen. Sie sah ihr Spiegelbild unter sich. Wie ein Pfeil schoss es über die Wellen, und schließlich ragten ihr die Türme entgegen, die bewehrten Mauern, die schiefergrauen Dächer, und zwischen ihnen Höfe, dunkel wie klaffende Löcher in dem Muster aus Stein. Kahle Bäume, Hundezwinger, ein Brunnen, ein erfrorener Garten, und Soldaten überall. Käfige …

Sie fand sie schon bald. Doch zuerst sah sie Staubfinger, hingeworfen auf das graue Pflaster wie ein Bündel alter Kleider. O Gott. Sie hatte ihn nie wieder so sehen wollen. Ein Kind stand neben ihm. Es starrte den reglosen Körper an, als wartete es darauf, dass er sich erneut regen würde – so wie er es schon einmal getan hatte, wenn die Lieder der Spielleute nicht logen. Sie lügen nicht, wollte sie hinunterrufen. Ich habe seine warmen Hände gespürt. Ich hab ihn wieder lächeln und seine Frau küssen sehen. Doch als sie ihn so daliegen sah, war es, als hätte er sich nicht gerührt, seit er in der Mine gestorben war. Die Käfige sah sie erst, als sie sich tiefer sinken ließ und unter eins der schiefergedeckten Dächer tauchte. Sie waren alle leer. Kein Mo. Leere Käfige und ein leerer Körper ... Sie wollte sich fallen lassen wie ein Stein, auf dem Pflaster aufschlagen und ebenso reglos daliegen wie Staubfinger.

Das Kind drehte sich um. Es war der Junge, den sie zuletzt hinter den Zinnen in Ombra hatte stehen sehen. Violantes Sohn. Selbst Meggie, die sonst jedes Kind mit solcher Zärtlichkeit auf ihren Schoß zog, sprach nur voll Abscheu von ihm. Jacopo. Für einen Moment starrte er zu Resa hinauf, als sähe er die Frau hinter den Federn, doch dann beugte er sich wieder über den Toten, berührte das starre Gesicht – und richtete sich auf, als jemand seinen Namen rief.

Die gepresste Stimme war unverkennbar.

Der Pfeifer.

Resa flatterte auf einen Dachfirst.

»Komm schon, dein Großvater will dich sehen!« Der Pfeifer packte den Jungen am Nacken und stieß ihn grob auf die nächste Treppe zu.

»Warum?« Jacopos Stimme klang wie ein lächerlicher Abklatsch seines Großvaters, doch zugleich war es auch die Stimme eines kleinen Jungen, verloren zwischen all den Großen, vaterlos – und mutterlos, nach dem, was Roxane über Violantes Lieblosigkeit erzählt hatte.

»Na, was wohl? Er verzehrt sich bestimmt nicht nach deiner nörgelnden Gesellschaft.« Der Pfeifer stieß Jacopo die Faust in den

Rücken. »Er will wissen, was deine Mutter dir erzählt, wenn du allein mit ihr in ihrer Kammer bist.«

»Sie redet nicht mit mir.«

»Oh, das ist nicht gut. Was sollen wir mit dir machen, wenn du als Spion nichts taugst? Vielleicht sollten wir dich an den Nachtmahr verfüttern! Er hat schon lange nichts mehr gefressen, und wenn es nach deinem Großvater geht, wird er den Eichelhäher wohl auch nicht so bald zu kosten bekommen.«

Nachtmahr.

Tullio hatte also nicht gelogen. Sobald die Stimmen verklangen, flatterte Resa hinunter zu Staubfinger. Aber die Schwalbe konnte ebenso wenig weinen wie lächeln. Flieg dem Pfeifer nach, Resa, dachte sie, während sie auf den regennassen Steinen hockte, such nach Mo. Für den Feuertänzer kannst du nichts mehr tun, ebenso wenig wie damals. Sie war nur dankbar, dass der Nachtmahr ihn nicht verschlungen hatte wie den Schnapper. Seine Wange war so kalt, als sie den gefiederten Kopf dagegenpresste.

»Wie kommst du denn an das hübsche Federkleid, Resa?«

Das Flüstern kam aus dem Nichts, aus dem Regen, der feuchten Luft, dem bemalten Stein, nicht von den kalten Lippen. Aber es war Staubfingers Stimme, rau und weich zugleich, vertraut für immer. Resa drehte hektisch den Vogelkopf – und hörte ihn leise lachen.

»Hast du dich nicht schon einmal so nach mir umgesehen, damals, in den Kerkern der Nachtburg? Da war ich auch unsichtbar, soweit ich mich erinnere, doch es macht entschieden mehr Spaß ohne Körper. Auch wenn man den Spaß nicht zu lange haben kann. Ich fürchte, wenn ich ihn noch länger so unbewohnt daliegen lasse, wird er mir bald nicht mehr passen, und dann kann mich wohl nicht einmal die Stimme deines Mannes zurückbringen. Ganz abgesehen davon, dass man ohne die Hilfe des Fleisches schnell vergisst, wer man ist. Ich gebe zu, ich hatte es schon fast vergessen – bis ich dich sah.«

Es sah aus, als erwachte ein Schläfer, als der Tote sich regte. Staubfinger strich sich das feuchte Haar aus dem Gesicht und sah an sich herab, als müsste er sich davon überzeugen, dass sein Körper ihm noch passte. Genau so hatte Resa es in der Nacht nach seinem Tod geträumt, aber damals war er nicht wieder aufgewacht. Bis Mo ihn geweckt hatte.

Mo. Sie flatterte Staubfinger auf den Arm, doch er legte warnend den Finger an die Lippen, als sie den Schnabel öffnete. Mit einem leisen Pfiff rief er Gwin zu sich, dann blickte er zu der Treppe, die der Pfeifer mit Jacopo hinaufgestiegen war, zu den Fenstern zu ihrer Linken und hinauf zu dem Erkerturm, der seinen Schatten auf sie warf. »Die Feen erzählen von einer Pflanze, die aus Menschen Tiere und aus Tieren Menschen macht!«, flüsterte er. »Aber sie sagen auch, dass es sehr gefährlich ist, sie zu benutzen. Wie lange trägst du deine Federn schon?«

»Zwei Stunden vielleicht.«

»Dann wird es Zeit, dass du sie wieder ablegst. Zum Glück hat diese Burg viele vergessene Kammern, und ich habe sie alle erkundet, bevor der Pfeifer kam.« Er streckte die Hand aus, und Resa krallte die Füße in seine nun wieder warme Haut. Er lebte! Oder?

»Ich habe mir ein paar sehr nützliche Eigenschaften vom Tod mitgebracht!«, flüsterte Staubfinger, während er sie einen Gang hinuntertrug, der mit Fischen und Nymphen bemalt war, als hätte der See sie verschluckt. »Ich kann diesen Körper ablegen wie ein Kleid, dem Feuer eine Seele geben und das Herz deines Mannes besser lesen als die Buchstaben, die du mir mit so viel Mühe beigebracht hast.«

Er stieß eine Tür auf. Kein Fenster erhellte die Kammer dahinter, aber Staubfinger flüsterte und die Wände bedeckten sich mit Funken, als wüchse ihnen ein feuriges Fell.

Als Resa die Samen ausspuckte, die sie unter die Zunge geschoben hatte, fehlten zwei, und für einen schrecklichen Moment fürchtete sie, von nun an für alle Zeit ein Vogel zu sein, doch ihr Körper erinnerte sich noch. Als sie wieder Menschenglieder hatte, strich sie sich unwillkürlich über den Leib und fragte sich, ob auch das Kind in ihrem Innern sich durch die Samen verwandelte. Der Gedanke machte ihr solche Angst, dass sie sich fast übergeben musste.

Staubfinger hob eine Schwalbenfeder auf, die zu ihren Füßen lag, und betrachtete sie nachdenklich.

»Roxane geht es gut«, sagte Resa.

Er lächelte. »Ich weiß.«

Er schien alles zu wissen. Also erzählte sie weder vom Schnapper noch von Mortola oder davon, dass der Schwarze Prinz fast gestorben war. Und Staubfinger fragte sie nicht, warum sie Mo gefolgt war.

»Was ist mit dem Nachtmahr?« Schon das Wort auszusprechen machte ihr Angst.

»Ich bin ihm noch gerade rechtzeitig durch die schwarzen Finger geschlüpft.« Er fuhr sich übers Gesicht, als wollte er einen Schatten fortwischen. »Zum Glück ist seinesgleichen nicht an Toten interessiert.«

»Wo kommt er her?«

»Orpheus hat ihn mitgebracht. Er folgt ihm wie ein Hund.«

»Orpheus?« Aber das konnte nicht sein! Orpheus saß in Ombra

und ertränkte sich in Wein und Selbstmitleid, seit Staubfinger ihm das Buch gestohlen hatte!

»Ja, Orpheus. Ich weiß nicht, wie er es angestellt hat, aber er dient jetzt der Natter. Und er hat deinen Mann gerade in eins der Kerkerlöcher unter der Burg werfen lassen.«

Über ihnen wurden Schritte hörbar, doch sie verklangen wieder.

»Bring mich zu ihm!«

»Du kannst nicht zu ihm. Die Löcher sind tief und gut bewacht. Vielleicht schaff ich es allein, aber zu zweit würden wir allzu leicht auffallen. Die Burg wird von Soldaten wimmeln, wenn sie erst einmal entdecken, dass der Feuertänzer schon wieder von den Toten zurück ist.«

Du kannst nicht zu ihm ... Warte hier, Resa ... Es ist zu gefährlich. Sie konnte es nicht mehr hören. »Wie geht es ihm?«, fragte sie. »Du sagst doch, du kannst sein Herz lesen.«

Sie las die Antwort in Staubfingers Augen.

»Ein Vogel fällt weniger auf als du«, sagte sie und schob sich die Samen in den Mund, bevor er sie aufhalten konnte.

Schwarz

Du bist der Vogel, dessen Flügel kamen,
wenn ich erwachte in der Nacht und rief.
Nur mit den Armen rief ich, denn dein Namen
ist wie ein Abgrund, tausend Nächte tief.
Rainer Maria Rilke, Der Schutzengel

Das Loch, in das sie Mo warfen, war schlimmer als der Turm der Nachtburg und das Verlies in Ombra. Sie hatten ihn an einer Kette heruntergelassen, die Hände gefesselt, tiefer und tiefer hinab, bis die Finsternis sich wie Blindheit auf seine Augen legte. Und der Pfeifer hatte oben gestanden und ihm mit näselnder Stimme ausgemalt, wie er Meggie und Resa herbringen und sie vor seinen Augen töten würde. Als ob das noch einen Unterschied machte. Meggie war verloren. Der Tod würde sie ebenso holen wie ihn. Aber vielleicht würde die Große Wandlerin wenigstens Resa und das ungeborene Kind verschonen, wenn er sich weigerte, dem Natternkopf ein weiteres Buch zu binden. Tinte, Mortimer, schwarze Tinte, das ist es, was dich umgibt. Es fiel schwer zu atmen in diesem feuchten Nichts. Aber es erfüllte ihn mit seltsamer Gelassenheit, dass es nun nicht mehr an ihm lag, diese Geschichte weiterzuerzählen, weiter und immer weiter. Er war es so leid …

Er ließ sich auf die Knie sinken. Der feuchte Stein fühlte sich an wie der Grund eines Brunnens. Als Kind hatte er immer Angst gehabt, in einen Brunnen zu fallen und dann dort unten zu verhungern, hilflos und allein. Er schauderte und wünschte sich Staubfingers Feuer, sein Licht und die Wärme. Aber Staubfinger war tot. Ausgelöscht von Orpheus' Nachtmahr. Mo glaubte ihn neben sich atmen zu hören, so deutlich, dass er in all dem Schwarz nach den roten Augen suchte. Aber da war nichts, oder?

Er hörte Schritte und blickte nach oben.

»Nun, wie gefällt es dir dort unten?«

Orpheus stand am Rand des Loches. Das Licht seiner Fackel fiel nicht bis auf den Grund, dazu war das Loch zu tief, und Mo wich unwillkürlich zurück, damit die Dunkelheit ihn verbarg. Wie ein gefangenes Tier, Mortimer.

»Oh, du redest nicht mehr mit mir? Verständlich.« Orpheus lächelte selbstzufrieden, und Mos Hand wanderte dorthin, wo das Messer verborgen gewesen war, das Messer, das Baptista so sorgsam versteckt und der Däumling dennoch gefunden hatte. Er stellte sich vor, es Orpheus in den schwammigen Leib zu stoßen. Immer wieder. Die Bilder, die sein hilfloser Hass heraufbeschwor, waren so blutig, dass ihm übel wurde.

»Ich bin hier, um dir zu erzählen, wie diese Geschichte weitergehen wird. Denn vielleicht glaubst du ja immer noch, dass du eine Hauptrolle darin spielst.«

Mo schloss die Augen und lehnte den Rücken gegen die feuchte Wand. Lass ihn reden, Mortimer. Denk an Resa, denk an Meggie. Oder besser nicht? Wie hatte Orpheus nur von der Höhle erfahren?

Es ist alles verloren, flüsterte es in ihm. Alles. Die Gelassenheit war fort, die ihn umgeben hatte, seit die Weißen Frauen erschienen waren. Kommt zurück, wollte er flüstern. Bitte! Beschützt mich! Aber sie kamen nicht. Stattdessen fraßen sich Worte in sein

Herz wie bleiche Maden. Woher kamen sie? Es ist alles verloren. Hör auf, Mortimer! Aber die Worte fraßen weiter und er krümmte sich wie von körperlichem Schmerz.

»Du bist ja so still! Spürst du sie schon?« Orpheus lachte, zufrieden wie ein Kind. »Ich wusste, es wirkt. Ich wusste es, als ich das erste Lied las. Ja, ich habe wieder ein Buch, Mortimer. Ich habe sogar drei, alle gefüllt bis an den Rand mit Fenoglio-Worten, und zwei davon handeln nur vom Eichelhäher. Violante hat sie mit auf diese Burg gebracht. War das nicht nett von ihr? Ich musste natürlich etwas umstellen, ein paar Worte hierhin, ein paar andere nach dort. Fenoglio geht sehr nett mit dem Eichelhäher um, aber das konnte ich korrigieren.«

Fenoglios Eichelhäher-Lieder. Alle von Balbulus säuberlich niedergeschrieben. Mo schloss die Augen.

»Für das Wasser bin ich übrigens nicht verantwortlich!«, rief Orpheus zu ihm herunter. »Der Natternkopf hat die Schleusen zum See öffnen lassen. Du wirst nicht ertrinken, so hoch wird es nicht steigen, doch angenehm wird es nicht.«

Mo spürte das Wasser im selben Moment. Es stieg an seinen Beinen empor, als hätte die Dunkelheit sich verflüssigt, so kalt und schwarz, dass er nach Atem rang.

»Nein, das Wasser ist nicht meine Idee«, fuhr Orpheus mit gelangweilter Stimme fort. »Ich kenne dich inzwischen zu gut, um zu glauben, dass dich diese Art Angst umstimmen würde. Vermutlich hoffst du, mit deinem Starrsinn den Tod doch noch zu besänftigen, nun, wo du deinen Handel mit ihm nicht erfüllt hast. Ja, ich weiß von dem Handel, ich weiß alles ... Wie auch immer – ich werde dir den Starrsinn austreiben. Ich werde dich deinen Edelmut und deine Tugendhaftigkeit vergessen lassen. Ich werde dich alles vergessen lassen außer der Angst, denn vor meinen Worten werden die Weißen Frauen dich nicht schützen können.«

Mo wollte ihn erschlagen. Mit seinen bloßen Händen. Aber deine Hände sind gefesselt, Mortimer.

»Zuerst wollte ich etwas über deine Frau und deine Tochter schreiben, doch dann sagte ich mir: Nein, Orpheus, so wird er die Worte ja nicht selber spüren!«

Wie das Mondgesicht jedes einzelne Wort genoss. Als hätte er von diesem Moment geträumt. Er dort oben und ich in einem schwarzen Loch, dachte Mo, hilflos wie eine Ratte, die er im nächsten Moment töten kann.

»Nein!«, fuhr Orpheus fort. »Nein, sagte ich mir. Lass ihn am eigenen Leib erfahren, wie mächtig deine Worte sind. Zeig ihm, dass du von nun an mit dem Eichelhäher spielen kannst wie eine Katze mit der Maus. Nur dass deine Krallen aus Buchstaben gemacht sind!«

Und Mo spürte die Krallen. Es war, als sickerte ihm das Wasser plötzlich durch die Haut und geradewegs ins Herz. So schwarz. Dann kam der Schmerz. So heftig, als hätte Mortola ein zweites Mal geschossen, so wirklich, dass er sich die Hände gegen die Brust presste und glaubte, sein eigenes Blut zwischen den Fingern zu spüren. Er sah es, obwohl die Dunkelheit ihn blind machte, so rot, auf seinem Hemd und seinen Händen, und spürte, wie die Kraft ihm schwand, wie damals. Er konnte sich kaum aufrecht halten, musste den Rücken gegen die Wand stemmen, damit er nicht in das Wasser glitt, das ihm schon bis zur Hüfte reichte. Resa. O Gott. Resa, hilf mir.

Die Verzweiflung schüttelte ihn wie ein Kind. Verzweiflung und hilfloser Zorn.

»Ich war zuerst nicht sicher, was am besten wirkt.« Orpheus' Stimme drang durch den Schmerz wie ein stumpfes Messer. »Sollte ich dir ein paar unangenehme Besucher aus dem Wasser schicken? Ich habe da dieses Buch, das Fenoglio für Jacopo geschrieben hat. Darin kommen ein paar ziemlich abscheuliche Geschöpfe vor. Aber ich entschied mich für einen anderen, unendlich interessanteren Weg! Ich beschloss, dich in den Wahnsinn zu treiben, mit Spukgestalten aus deinem eigenen Kopf, mit alter Angst, altem Zorn und altem Schmerz, aufgestaut in deinem Heldenherzen, fortgesperrt, doch nicht vergessen. Hol es alles zurück, Orpheus!, sagte ich mir, angereichert mit den Bildern, vor denen er sich schon immer gefürchtet hat: Eine tote Frau. Ein totes Kind. Schick ihm all das hinunter in die Dunkelheit, schick es ihm in die Stille. Schick ihm den Zorn, lass ihn vom Töten träumen, lass ihn ertrinken in der eigenen Wut. Wie fühlt sich ein Held, der vor Furcht zittert, wissend, dass die Furcht nur aus ihm selber kommt? Wie fühlt sich der Eichelhäher, wenn er vom blutigen Schlachten träumt? Wie fühlt es sich an, am eigenen Verstand zu zweifeln? Ja, Orpheus, sagte ich mir, wenn du ihn brechen willst, dann so. Lass ihn sich selbst verlieren, lass den Eichelhäher heulen wie einen tollen Hund, lass ihn sich fangen in seiner eigenen Furcht. Lass die Furien los, die ihn so meisterhaft töten lassen.«

Mo fühlte, was Orpheus beschrieb, noch während der andere sprach, und er begriff, dass all die Worte längst gelesen waren, mit Orpheus' Zunge, die ebenso mächtig war wie die seine.

O ja, es gab ein neues Lied über den Eichelhäher: wie er in einem feuchten, schwarzen Loch den Verstand verlor und sich in seiner Verzweiflung fast selbst ertränkte, und wie er schließlich um Gnade flehte und dem Natternkopf noch einmal ein Leeres Buch band, die Hände immer noch zittrig von den Stunden in der Dunkelheit.

Das Wasser stieg nicht mehr, aber Mo spürte etwas an seinen Beinen entlangstreichen. Atme, Mortimer, atme ganz ruhig. Sperr die Worte aus, lass sie nicht herein. Du kannst es. Aber wie, wenn seine Brust erneut zerschossen war, wenn sein Blut sich mit dem Wasser mischte und alles in ihm nach Rache schrie? Ihm wurde heiß, wie damals, heiß und so kalt. Er biss sich auf die Lippen, damit Orpheus ihn nicht stöhnen hörte, presste sich die Hand aufs Herz. Fühl es, da ist kein Blut. Und Meggie ist nicht tot, auch wenn du es siehst, so deutlich, wie Orpheus das Bild nur schreiben konnte. Nein, nein, nein! Aber die Worte flüsterten: Ja! Und es war ihm, als zerbreche er in tausend tönerne Scherben.

»Wächter, wirf deine Fackel hinunter! Ich will ihn sehen.«

Die Fackel fiel. Sie blendete Mo und trieb einen Moment vor ihm auf dem dunklen Wasser, bevor sie erlosch.

»Na bitte, du spürst sie! Du spürst jedes einzelne Wort, nicht wahr?« Orpheus blickte auf ihn herab wie ein Kind auf einen Wurm, den es auf einen Haken gespießt hatte und nun fasziniert dabei beobachtete, wie er sich wand. Oh, er wollte seinen Kopf in das Wasser drücken, so lange, bis er nicht mehr atmete. Hör auf, Mortimer. Was tut er mit dir? Wehr dich. Aber wie? Er wollte sich in das Wasser sinken lassen, nur um den Worten zu entkommen, aber er wusste, dass sie selbst dort auf ihn warteten.

»Ich komme in einer Stunde wieder!«, rief Orpheus herunter. »Natürlich konnte ich nicht widerstehen, dir wenigstens ein paar ganz und gar abscheuliche Wesen in das Wasser zu lesen, aber sie werden dich nicht töten, keine Sorge. Wer weiß, vielleicht empfindest du sie sogar als angenehme Ablenkung von dem, was dein

Verstand dir vorgaukeln wird. Eichelhäher ... Ja, man sollte sich die Rolle sorgsam aussuchen, die man spielt. Lass mich rufen, sobald du einsiehst, dass dein Edelmut fehl am Platze ist. Dann schreib ich dir auf der Stelle ein paar erlösende Worte. So etwas wie ... *doch der Morgen kam, und der Wahnsinn wich von dem Häher* ...«

Orpheus lachte. Und ging. Ließ ihn allein mit dem Wasser und der Dunkelheit und den Worten.

Binde dem Natternkopf das Buch. Der Satz formte sich in Mos Kopf wie mit Schönschrift geschrieben. Binde ihm noch ein Leeres Buch, und alles wird gut.

Wieder zerriss ihm der Schmerz die Brust, so heftig, dass er aufschrie. Er sah den Däumling Zangen an seine Finger setzen, sah, wie der Hänfling Meggie an den Haaren aus einer Höhle zerrte, sah die Hunde nach Resa schnappen, zitterte vom Fieber – oder war es die Kälte? Es ist alles nur in deinem Kopf, Mortimer! Er schlug die Stirn gegen den Stein. Wenn er doch nur etwas hätte sehen können, irgendetwas außer Orpheus' Bildern. Wenn er doch nur irgendetwas hätte fühlen können außer den Worten. Press die Hände auf den Stein, na los, tauch das Gesicht ins Wasser, schlag dir die Fäuste gegen das eigene Fleisch, nur das ist wirklich, nichts sonst. Ach ja?

Mo schluchzte auf und presste die gefesselten Hände gegen die Stirn. Er hörte ein Flattern über sich. Funken flammten auf im Schwarz. Die Dunkelheit wich, als nehme ihm jemand eine Binde von den Augen. Staubfinger? Nein. Staubfinger war tot. Auch wenn sein Herz es nicht glauben wollte.

Der Eichelhäher stirbt, flüsterte es in ihm, der Eichelhäher wird wahnsinnig. Und wieder hörte er ein Flattern. Natürlich. Der Tod kam ihn besuchen, und diesmal schickte sie nicht die Weißen Frauen, um ihn zu beschützen. Diesmal kam sie selbst, um ihn zu holen, weil er versagt hatte. Erst ihn und dann Meggie ... Aber vielleicht war selbst das besser als Orpheus' Worte.

Alles war schwarz, so schwarz, trotz der Funken. Ja, er sah sie immer noch. Wo kamen sie her? Wieder hörte er das Flattern, und plötzlich spürte er jemanden neben sich. Eine Hand legte sich ihm auf die Stirn und strich ihm übers Gesicht. So vertraut.

»Was ist mit dir? Mo!«

Resa. Das konnte nicht sein. Gaukelte Orpheus ihm ihr Gesicht vor, um sie dann vor seinen Augen zu ertränken? Sie sah so wirklich aus! Er hatte nicht gewusst, dass Orpheus so gut schreiben konnte. Und wie warm ihre Hände waren.

»Was ist mit ihm?«

Staubfingers Stimme. Mo blickte nach oben und sah ihn an derselben Stelle, an der Orpheus gestanden hatte. Wahnsinn. Er war in einem Traum gefangen, so lange, bis Orpheus ihn daraus entließ.

»Mo!« Resa nahm sein Gesicht zwischen ihre Hände. Nichts als ein Traum. Aber was machte das schon? Es tat so gut, sie zu sehen. Er schluchzte auf vor Erleichterung und sie hielt ihn fest. »Du musst fort von hier!«

Sie konnte nicht wirklich sein.

»Mo, hör mir zu! Du musst fort von hier.«

»Du kannst nicht hier sein.« Wie schwer seine Zunge war. Wie damals im Fieber.

»Doch, ich kann.«

»Staubfinger ist tot.« Resa ... Sie sah so anders aus mit dem hochgesteckten Haar.

Etwas schwamm zwischen ihnen hindurch. Stacheln ragten aus dem Wasser, und Resa wich erschrocken zurück. Er zog sie an sich und schlug nach dem, was da schwamm. Wie im Traum. Staubfinger warf ein Seil herunter. Es reichte nicht tief genug herab, aber auf ein Flüstern von ihm begann es zu wachsen, weitergeknüpft mit feurigen Fasern.

Mo griff danach und ließ es wieder los.

»Ich kann nicht fort.« Das Wasser, das das Loch füllte, schien rot wie Blut, seit die Funken sich darin spiegelten. »Ich kann nicht.«

»Was redest du da?« Resa drückte ihm das Feuerseil in die feuchten Hände.

»Der Tod. Meggie.« Die Worte waren ihm auch verloren gegangen in all der Dunkelheit. »Ich muss das Buch finden, Resa.«

Sie legte das Seil noch einmal in seine Hände. Es war heiß. Sie würden schnell klettern müssen, damit es ihnen die Haut nicht verbrannte. Er begann zu klettern, aber es schien, als haftete die Dunkelheit an ihm wie ein schwarzes Tuch. Staubfinger half ihm über den Rand. Zwei Wachen lagen neben dem Loch, tot oder bewusstlos.

Staubfinger blickte ihn an. Er sah ihm ins Herz, sah alles darin.

»Das sind schlimme Bilder«, sagte er.

»Tintenschwarz.« Wie heiser seine Stimme klang. »Grüße von Orpheus.«

Die Worte waren immer noch da. Schmerz. Verzweiflung. Hass. Wut. Sein Herz schien sich bei jedem Atemzug damit zu füllen. Als hätte er das dunkle Loch nun in seinem Innern.

Er nahm einem der Wächter das Schwert ab und zog Resa an sich. Er spürte, wie sie zitterte unter den fremden Kleidern. Vielleicht war sie tatsächlich gekommen. Aber wie? Und warum lag Staubfinger nicht mehr tot vor den Käfigen? Was, wenn es doch nur Orpheus' Bilder sind?, dachte er, während er Staubfinger folgte. Was, wenn er sie mir nur vorgaukelt, um mich dann umso tiefer in die Dunkelheit zu ziehen? Orpheus. Erschlag ihn, Mortimer, ihn und seine Worte. Der eigene Hass machte ihm fast noch mehr Angst als die Schwärze, so unbeherrscht kam er, so blutig.

Staubfinger ging so schnell voran, als führte er sie auf vertrauten Wegen. Treppen, Torwege, endlose Gänge, ohne ein Zögern, als verrieten ihm die Steine den Weg, und wo er ging, leckten Funken aus den Mauern, breiteten sich aus und färbten die Schwärze golden. Dreimal begegneten sie Soldaten. Mo tötete sie mit solcher Lust, als tötete er Orpheus. Staubfinger musste ihn weiterziehen, und er sah die Angst auf Resas Gesicht. Er griff nach ihrer Hand wie ein Ertrinkender. Und spürte in sich die Dunkelheit.

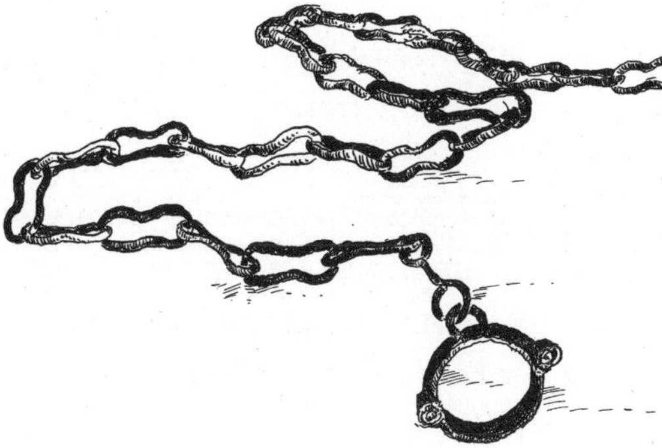

Ach, Fenoglio!

Hier endlich schließt des Dichters Testament,
und so, wie er von dieser Welt sich trennt,
trennt euch von ihm mit einem Gottseidank,
den sind wir los, der nächste bitte,
damit das Dutzend wieder voll wird auf der Bank
nach der von altersher geübten Sitte.
  Im Leben wie im Sterben einerlei;
  Um einen Nichtsnutz macht man kein Geschrei.
François Villon, Eine Ballade, mit welcher Villon das Testament abschließt

In der Hand eines Riesen. Seines Riesen! Nicht schlecht, nein. Kein Grund, unglücklich zu sein. Wenn nur der Schwarze Prinz etwas lebendiger ausgesehen hätte! Wenn, wenn, wenn, Fenoglio!, dachte er. Wenn du nur die Worte für Mortimer zu Ende gebracht hättest! Wenn du nur irgendeine Idee hättest, wie es von hier aus weitergehen soll ...

Die riesigen Finger hielten ihn fest und behutsam zugleich, als wären sie es gewohnt, Menschlein herumzutragen. Kein unbedingt beruhigender Gedanke. Fenoglio wollte wahrlich nicht als Spielzeug irgendeines Riesenkindes enden. Ohne Zweifel wäre das unter die ganz und gar schlechten Enden zu rechnen. Aber würde ihn jemand nach seiner Meinung dazu fragen? Nein.

Womit wir wieder bei der Einen Frage wären, dachte Fenoglio, während sein Magen sich von all dem Geschaukel langsam, aber sicher so anfühlte, als hätte er zu viele von Minervas gefüllten Schweinepfoten gegessen. Ja, die Eine Frage.

Gab es noch jemanden, der an dieser Geschichte schrieb?

Saß irgendwo in den Hügeln, die er selbst so anschaulich beschrieben hatte, ein Schreiberling, der ihn in die Hand dieses Riesen gestürzt hatte? Oder saß der Übeltäter gar in der anderen Welt, der ungeschriebenen, so wie er selbst es einst getan hatte, als er *Tintenherz* zu Papier gebracht hatte?

Ach was! Zu was würde dich das machen, Fenoglio?, dachte er verärgert und zutiefst verunsichert zugleich, wie jedes Mal, wenn er über diese Frage nachdachte. Nein, er hing nicht an Fäden wie diese dumme Puppe, mit der Baptista manchmal auf den Märkten auftrat (auch wenn sie ihm etwas ähnlich sah). Nein, nein, nein. Keine Fäden für Fenoglio, ob Wort- oder Schicksalsfäden. Er hatte sein Leben gern in den eigenen Händen und verwahrte sich gegen jede Einmischung – auch wenn er zugab, dass er selbst sehr gern der Puppenspieler war. Es blieb dabei: Seine Geschichte war einfach etwas aus dem Ruder gelaufen. Niemand schrieb sie. Sie schrieb sich selbst! Und nun war sie eben auf diesen dummen Einfall mit dem Riesen gekommen!

Fenoglio warf erneut einen Blick in die Tiefe, auch wenn sein Magen sich sträubte. Das war fürwahr tief, aber was schreckte ihn das noch, nachdem er wie eine überreife Frucht vom Baum gefallen war? Der Anblick des Schwarzen Prinzen gab wesentlich mehr Anlass zur Sorge. Er sah wirklich furchtbar leblos aus, wie er da in der anderen Hand des Riesen hing.

Was für eine Schande. All die Mühe, die er sich gegeben hatte, um ihn am Leben zu halten, all die Worte, die Kräuter im Schnee, Roxanes Pflege, umsonst! O verdammt! Der Fluch kam Fenoglio so laut über die Lippen, dass der Riese ihn sich vor die Augen hob. Auch das noch!

Half es, ihn anzulächeln? Konnte man mit ihm reden? Nun, wenn du die Antwort nicht weißt, Fenoglio, wer soll sie dann wissen, du alter Hohlkopf?

Der Riese blieb stehen. Er starrte ihn immer noch an. Er hatte die Finger leicht geöffnet, und Fenoglio nahm die Gelegenheit wahr, seine alten Glieder zu strecken.

Wörter, es waren wieder einmal Wörter gefragt, und natürlich wie immer genau die richtigen. Vielleicht war es doch ein Segen, einfach stumm zu sein und sich auf Worte gar nicht erst zu verlassen!

»Ähem –« Was für ein jämmerlicher Anfang, Fenoglio. »Ähem. Wie ist dein Name?« Um Himmels willen!

Der Riese blies ihm ins Gesicht und sagte etwas. Ja, es waren ohne Zweifel Wörter, die ihm über die Lippen kamen, doch Fenoglio verstand sie nicht. Wie war das nun wieder möglich?

Wie er ihn ansah! So hatte Fenoglios ältester Enkel dreingeblickt, als er den großen schwarzen Käfer in seiner Küche gefunden hatte. Entzückt und beunruhigt zugleich. Und dann hatte der Käfer zu zappeln begonnen, und Pippo hatte ihn erschrocken fallen lassen und zertreten. Also, halte die Glieder still, Fenoglio! Kein Zappeln, nicht das allerkleinste, und wenn dich die alten Knochen noch so schmerzen. Gott, diese Finger. Jeder einzelne war so lang wie seine Arme!

Aber offenbar hatte der Riese für einen Moment das Interesse an ihm verloren. Er studierte mit sichtlicher Besorgnis seine andere Beute. Schließlich schüttelte er den Schwarzen Prinzen wie eine abgelaufene Uhr und seufzte, als der sich daraufhin immer noch nicht regte. Mit einem weiteren tiefen Seufzer ließ er sich auf die Knie sinken – ganz erstaunlich sacht für seine Größe –, betrachtete mit betrübter Miene das schwarze Gesicht und legte den Prinzen schließlich vorsichtig auf das dichte Moos, das unter den Bäumen wuchs. Genau so hatten Fenoglios Enkel es mit den toten Vögeln gemacht, die sie ihrer Katze abgenommen hatten. Sie hatten auch ebenso dreingeblickt, wenn sie die kleinen Körper zwischen seine Rosen betteten.

Der Riese baute dem Schwarzen Prinzen kein Kreuz aus Zweigen, wie Pippo es für jedes tote Tier getan hatte. Er grub ihn auch nicht ein. Er bedeckte ihn nur mit trockenem Laub, ganz behutsam, als wollte er seinen Schlaf nicht stören. Dann richtete er sich wieder auf, betrachtete Fenoglio, als wollte er sichergehen, dass wenigstens er noch atmete, und ging weiter, jeder Schritt lang wie ein Dutzend Menschenschritte, vielleicht mehr. Wohin? Fort von allen, Fenoglio, weit fort!

Er fühlte, wie die gewaltigen Finger sich wieder fester um ihn schlossen, und dann – er traute seinen Ohren nicht! – begann der Riese zu summen, dasselbe Lied, das Roxane abends den Kindern vorsang. Sangen Riesen Menschenlieder? Wie auch immer ... Offenbar war er höchst zufrieden mit sich und der Welt, trotz des zerbrochenen schwarzgesichtigen Spielzeugs. Womöglich malte er sich gerade aus, wie er das andere seltsame Geschöpf, das ihm so unvermittelt in die Hand gefallen war, seinem Sohn in die Finger drückte. Oje. Fenoglio schauderte. Was, wenn der Kleine ihn auseinanderrupfte, wie Kinder es manchmal mit Insekten tun?

Du Narr!, dachte er. Du vermessener alter Narr! Loredan hat recht. Größenwahn ist dein hervorstechendster Charakterzug! Wie konntest du glauben, dass es Worte gibt, die einen Riesen kontrollieren? Noch ein Schritt und noch einer ... Adieu, Ombra. Vermutlich würde er nun nie erfahren, was aus den Kindern geworden war ... oder aus Mortimer.

Fenoglio schloss die Augen. Und plötzlich glaubte er die feinen, sehr beharrlichen Stimmen seiner Enkel zu hören: Großvater, spiel Toter Mann für uns. Natürlich! Nichts leichter als das. Wie oft hatte er auf seinem Sofa gelegen und sich nicht geregt, auch wenn sie ihm ihre kleinen Finger in den Bauch und in die faltigen Wangen gebohrt hatten. Toter Mann.

Fenoglio ließ ein lautes Stöhnen hören, ließ die Glieder erschlaffen und machte den Blick starr.

Da. Der Riese blieb stehen. Bestürzt starrte er ihn an. Ganz flach atmen, Fenoglio, am besten gar nicht. Aber dann platzt dir vermutlich dein dummer alter Kopf!

Der Riese blies ihm ins Gesicht. Fast hätte er geniest. Aber auch seine Enkel hatten ihm ins Gesicht geblasen, allerdings mit deutlich kleineren Mündern und einem nicht ganz so streng riechenden Atem. Ganz still, Fenoglio!

Still.

Das gewaltige Gesicht wurde eine Maske der Enttäuschung. Erneut entrang sich der breiten Brust ein Seufzen. Ein vorsichtiger Stups mit dem Zeigefinger, ein paar unverständliche Worte, und der Riese kniete sich hin. Fenoglio wurde schwindelig, als es in die Tiefe ging, aber er spielte weiter: Toter Mann. Der Riese sah sich Hilfe suchend um, als könnte irgendjemand aus den Bäumen herabflattern, um sein Spielzeug wieder zum Leben zu erwecken. Ein paar Flocken wehten vom grauen Himmel herab – es wurde wieder kälter – und setzten sich auf die gewaltigen Arme. Grün wie das Moos ringsum waren sie, grau wie die Rinde der Bäume und weiß, als der Schnee dichter zu fallen begann. Der Riese seufzte und murmelte vor sich hin. Offenbar war er wirklich sehr enttäuscht. Dann legte er Fenoglio ebenso vorsichtig ab, wie er es mit dem Schwarzen Prinzen getan hatte, stieß ihn ein letztes Mal versuchsweise mit dem Finger an – keine Regung, Fenoglio! – und streute ihm eine Handvoll trockenes Eichenlaub aufs Gesicht, durchsetzt mit Kellerasseln und anderen vielbeinigen Waldbewohnern, die sich erschrocken ein neues Versteck in Fenoglios Kleidern suchten. Toter Mann, Fenoglio! Hat Pippo dir nicht auch mal eine Raupe aufs Gesicht gesetzt, und du hast dich trotzdem nicht geregt – zu seiner großen Enttäuschung?

Nein, er rührte sich nicht, nicht einmal, als ihm etwas sehr Haariges über die Nase kroch. Er wartete, dass sich die Schritte entfernten, dass die Erde unter ihm nicht mehr bebte wie eine Trommel. Der Helfer, den er gerufen hatte – da ging er und ließ sie wieder allein mit all den anderen Geschöpfen. Was nun?

Es wurde still. Das Beben war nur noch eine Ahnung in der Ferne, und Fenoglio schob sich die welken Blätter von Gesicht und Brust und setzte sich ächzend auf. Seine Beine fühlten sich an, als hätte jemand darauf gesessen, aber sie trugen ihn noch. Nur wohin? Nun, natürlich den Schritten des Riesen nach, Fenoglio! Die müssten dich schließlich geradewegs zu den Nestern zurückführen. Die Fährte wirst doch wohl selbst du lesen können.

Da. Da war der letzte Fußabdruck. Wie ihn die Rippen schmerzten! Ob eine gebrochen war? Nun, in dem Fall würde auch er endlich einmal Roxanes Pflege in Anspruch nehmen können. Das war keine schlechte Aussicht, oder?

Etwas anderes erwartete ihn allerdings auch bei seiner Rückkehr: Signora Loredans scharfe Zunge. O ja, sie würde bestimmt so einiges zu seinem Experiment mit dem Riesen zu sagen haben. Und der Hänfling ...

Fenoglio ging unwillkürlich schneller, trotz seiner schmerzenden Rippen. Was, wenn sie zurückgekommen waren und sie alle längst von dem Baum heruntergeholt hatten, Loredan und die Kinder, Meggie und Minerva, Roxane und all die anderen ... Ach, warum hatte er dem Hänfling und seinen Männern nicht einfach die Pest an den Hals geschrieben? Das war das Kreuz beim Schreiben – dass es so unendlich viele Wege gab. Wie sollte man wissen, welches der richtige war? Nun, gib es zu, Fenoglio, ein Riese klang einfach großartiger! Ganz abgesehen davon, dass die Pest wohl kaum unter dem Baum haltgemacht hätte.

Für einen Moment blieb er lauschend stehen, voll Angst, das Ungeheuer könnte zurückkommen. Ungeheuer, Fenoglio? Was hat dieser Riese denn schon groß getan? Hat er dir den Kopf abgebissen oder ein Bein ausgerupft? Na bitte.

Selbst das mit dem Schwarzen Prinzen war ein Unfall gewesen. Wo war nur die Stelle, wo er ihn abgelegt hatte? Es sah alles so gleich aus unter den Bäumen, und die Schritte des Riesen waren so lang, dass man sich zwischen seinen Fußabdrücken verirren konnte. Fenoglio blickte zum Himmel hinauf.

Schneeflocken setzten sich auf seine Stirn. Es wurde schon dunkel! Auch das noch! Auf der Stelle fiel ihm jedes Geschöpf ein, mit dem er die Nacht in dieser Welt bevölkert hatte. Nicht einem davon wollte er begegnen.

Da! Was war das? Schritte! Er stolperte zurück, gegen den nächsten Baum.

»Tintenweber!«

Ein Mann kam auf ihn zu. Baptista? Fenoglio war so glücklich, sein pockennarbiges Gesicht zu sehen! Es schien kein schöneres auf der Welt zu geben.

»Du lebst?«, rief Baptista ihm entgegen. »Wir dachten schon, der Riese hätte dich gefressen!«

»Der Schwarze Prinz ...« Fenoglio war wirklich überrascht, wie sehr ihn das Herz seinetwegen schmerzte.

Baptista zog ihn mit sich. »Ich weiß. Der Bär hat ihn gefunden.«

»Er ist ...?«

Baptista lächelte. »Nein, er ist ebenso lebendig wie du. Obwohl ich nicht sicher bin, ob all seine Knochen noch heil sind. Es scheint, dass er dem Tod einfach nicht schmeckt! Erst das Gift, nun ein Riese – vielleicht ist den Weißen Frauen sein Gesicht zu schwarz! Aber jetzt sollten wir schleunigst machen, dass wir wieder zu den Nestern kommen. Ich fürchte, der Hänfling wird zurückkehren. Er hat vor seinem Schwager bestimmt ebenso viel Angst wie vor dem Riesen!«

Der Schwarze Prinz saß unter dem Baum, zwischen dessen Wurzeln der Riese ihn begraben hatte, den Rücken gegen den Stamm gelehnt, während der Bär ihm zärtlich das Gesicht leckte. An seinen Kleidern und im Haar hafteten noch die Blätter, mit denen der Riese ihn so fürsorglich bedeckt hatte. Er lebte! Fenoglio spürte irritiert, dass ihm eine Träne die Nase herunterrann. Er wäre ihm tatsächlich fast um den schwarzen Hals gefallen!

»Tintenweber! Wie bist du davongekommen?« Seine Stimme klang nach Schmerz, und Baptista hielt ihn sacht zurück, als er sich weiter aufrichten wollte.

»Oh, du hast mir vorgemacht, wie, Prinz!«, antwortete Fenoglio heiser. »Dieser Riese hatte ganz offenbar nur Interesse an lebendigem Spielzeug.«

»Gut für uns, oder?«, antwortete der Prinz und schloss die Augen. Er verdient Besseres, dachte Fenoglio, Besseres als all den Schmerz und all die Kämpfe.

Etwas raschelte im Unterholz. Fenoglio fuhr erschrocken herum, doch es waren nur zwei weitere Räuber und Farid, mit einer Trage aus Zweigen. Der Junge nickte ihm zu, doch ganz offenbar war er nicht halb so erfreut wie die anderen, ihn zu sehen. Wie die schwarzen Augen ihn musterten. Ja, Farid wusste allzu viel über Fenoglio und die Rolle, die er in dieser Welt spielte. Sieh mich nicht so vorwurfsvoll an!, wollte er ihn anfahren. Was sollten wir sonst tun? Meggie hielt es auch für eine gute Idee (nun ja, wenn er ehrlich war – ein paar Zweifel hatte sie schon geäußert).

»Ich versteh nicht, wo dieser Riese so plötzlich hergekommen ist!«, sagte Baptista. »Schon als ich noch ein Kind war, waren die Riesen kaum mehr als ein Märchen. Ich kenne keinen Spielmann, der je einen zu Gesicht bekommen hat, außer Staubfinger, und der traute sich schon immer weiter als wir alle in die Berge hinein!«

Farid wandte Fenoglio wortlos den Rücken zu und schnitt noch ein paar Zweige für die Tragbahre. Der Bär hätte seinen Herrn vermutlich allzu gern auf seinem pelzigen Rücken getragen. Baptista konnte ihn nur mühsam überzeugen, aus dem Weg zu gehen, als sie den Schwarzen Prinzen auf die Trage hoben, und erst als sein Herr mit leiser Stimme auf ihn einsprach, beruhigte er sich und trottete niedergedrückt neben der Trage her.

Nun! Worauf wartest du, Fenoglio? Hinterher mit dir!, dachte er, während er Baptista mit schmerzenden Beinen folgte. Dich wird niemand tragen. Und bete, zu wem auch immer, dass der Hänfling nicht zurück ist!

Licht

All das aber waren nur Schrecken der Nacht,
Phantome des Geistes, die im Dunklen wandeln.
Washington Irving, The Legend of Sleepy Hollow

Das Feuer war überall. Es fraß sich die Wände entlang und leckte von der Decke, kroch aus dem Stein und brachte so viel Licht, als wäre die Sonne selbst in der verdunkelten Burg aufgegangen, um ihm das aufgedunsene Fleisch zu versengen.

Der Natternkopf schrie den Pfeifer an, bis er heiser war. Er stieß ihm die Fäuste vor die knochige Brust und wollte ihm die Silbernase ins Gesicht rammen, tief hinein in sein gesundes Fleisch, um das er ihn so sehr beneidete.

Der Feuertänzer war zum zweiten Mal von den Toten zurück, und der Eichelhäher war aus einem der Löcher entkommen, von denen sein Schwiegervater immer behauptet hatte, dass kein Gefangener sie lebend verließ. »Geflogen!«, flüsterten seine Soldaten. »Er ist davongeflogen, und nun streift er durch die Burg wie ein hungriger Wolf und wird uns alle töten!«

Er hatte die zwei, die das Loch bewacht hatten, zur Strafe dem Däumling übergeben, aber der Häher hatte schon sechs weitere erschlagen, und das Flüstern wurde lauter mit jedem Toten, den sie fanden! Sie rannten fort, seine Soldaten, über die Brücke, durch den Gang unterm See, nur fort aus der verhexten Burg, die nun dem Eichelhäher und dem Feuertänzer gehörte. Einige waren sogar in den See gesprungen und nie wieder herausgestiegen. Der

Rest schlotterte wie eine Herde verängstigter Kinder, während die bemalten Wände brannten und das Licht ihm das Hirn und die Haut versengte.

»Bringt mir das Doppelauge!«, schrie er, und der Däumling schleifte Orpheus in seine Kammer. Jacopo schob sich mit durch die Tür wie ein Wurm, der sich aus feuchtem Erdreich gegraben hatte.

»Lösch das Feuer!« Wie seine Kehle schmerzte! Als steckten die Funken auch dort. »Lösch es auf der Stelle und bring mir den Eichelhäher zurück, oder ich schneide dir deine schleimende Zunge heraus! Hast du mich deshalb überredet, ihn in das Loch zu werfen? Damit er davonfliegen kann?«

Die blassblauen Augen schwammen hinter den Gläsern – Gläsern, wie auch seine Tochter sie nun trug – und die schmeichelnde Stimme klang, als hätte sie in kostbarem Öl gebadet. Auch wenn die Angst darin unüberhörbar war.

»Ich habe dem Pfeifer gesagt, dass er mehr als zwei Wachen an dem Loch aufstellen soll.« Verschlagene kleine Schlange, so viel klüger als die Silbernase, so viel gespielte Unschuld, undurchschaubar selbst für ihn … »Nur ein paar Stunden mehr, und der Häher hätte Euch angefleht, ihn das Buch binden zu lassen. Fragt die Wächter. Sie haben gehört, dass er sich dort unten gewunden hat wie ein Wurm am Haken, dass er gestöhnt und geseufzt hat –«

»Die Wächter sind tot. Ich hab sie dem Däumling übergeben und ihm gesagt, dass man ihre Schreie in der ganzen Burg hören soll.«

Der Däumling zupfte sich die schwarzen Handschuhe zurecht. »Das Doppelauge spricht die Wahrheit. Die Wächter wurden es nicht müde, zu stammeln, dass es dem Häher in dem Loch alles andere als gut ging. Sie haben ihn aufschreien hören und stöhnen und sich wohl ein paar Mal vergewissert, dass er noch lebt. Ich wüsste gern, wie du das gemacht hast.« Für einen Augenblick ruhte sein Habichtblick auf Orpheus. »Wie auch immer, der Häher soll einen Namen geflüstert haben, immer wieder ...«

Der Natternkopf presste sich die Hände vor die brennenden Augen. »Was für einen Namen? Etwa den meiner Tochter?«

»Nein. Es war ein anderer«, antwortete der Däumling.

»Resa. Der seiner Frau, Euer Hoheit.« Orpheus schenkte ihm ein Lächeln. Der Natternkopf war nicht sicher, ob es unterwürfig oder doch eher selbstgefällig war.

Der Pfeifer warf Orpheus einen hasserfüllten Blick zu. »Meine Männer werden seine Frau bald gefangen haben. Und seine Tochter auch!«

»Und was soll mir das jetzt noch nützen?« Der Natternkopf drückte die Fäuste in die Augen, doch das Feuer sah er trotzdem noch. Der Schmerz schnitt ihn in Scheiben, in stinkende Scheiben, und der, dem er all das verdankte, hatte ihn nun schon zum zweiten Mal zum Narren gehalten. Er brauchte das Buch! Ein neues Buch, das sein Fleisch heilte. Wie Schlamm hing es ihm auf den Knochen, schwerer, feuchter, stinkender Schlamm.

Eichelhäher.

»Bringt zwei von denen, die versucht haben fortzulaufen, auf die Brücke, wo sie jeder sehen kann«, stieß er hervor. »Und du hol deinen Hund!«, fuhr er Orpheus an. »Er wird hungrig sein.«

Die Männer schrien wie Vieh, als der schwarze Schatten sie fraß, und der Natternkopf stellte sich vor, dass die Schreie, die bis in seine Kammer schallten, die des Eichelhähers wären. Er schuldete ihm viele Schreie.

Orpheus lauschte mit einem Lächeln, und der Nachtmahr kehrte zu ihm zurück, wie ein treuer Hund es nach der Mahlzeit tut. Hechelnd verschmolz er mit Orpheus' Schatten und seine Dunkelheit ließ selbst den Natternkopf schaudern. Orpheus jedoch rückte sich mit selbstzufriedener Miene die Brille zurecht. Die runden Gläser schimmerten gelb im Licht der Funken. Doppelauge.

»Ich werde Euch den Eichelhäher zurückbringen«, sagte er, und der Natternkopf spürte, wie ihn die Zuversicht in der samtenen Stimme gegen seinen Willen erneut besänftigte. »Er ist Euch nicht entkommen, auch wenn es so scheint. Ich habe ihn mit unsichtbaren Ketten gebunden. Ich selbst habe sie geschmiedet mit meiner Schwarzen Kunst, und wo immer er sich versteckt, diese Ketten zerren an ihm und bringen ihm alte Schmerzen. Er weiß, dass ich es bin, der ihm die Schmerzen schickt, und dass sie nicht enden werden, solange ich lebe. Also wird er versuchen, mich zu töten. Lasst den Däumling meine Kammer bewachen, und der Eichelhäher wird ihm in die Arme stolpern. Er ist nicht mehr unser Problem. Der Feuertänzer ist es!«

Den Natternkopf überraschte der Hass auf dem blassen Gesicht. Hass, wie er so stark gewöhnlich nur auf Liebe folgt.

»Gut. Er ist schon wieder von den Toten zurück!« Orpheus' Hass klebte an jedem Wort und machte ihm die geschmeidige Zunge schwer. »Und er gebärdet sich wie der Herr dieser Burg, doch folgt meinem Rat und sein Feuer wird bald verlöschen!«

»Und was für ein Rat wäre das?«

Der Natternkopf spürte den Blick der verglasten Augen wie Münzen auf dem Gesicht.

»Schickt den Däumling zu Eurer Tochter. Lasst sie in eins der

Löcher werfen und verbreiten, dass sie dem Eichelhäher zur Flucht verholfen hat, damit sie aufhören, all den Unsinn über ihn zu erzählen, der Eure Soldaten vor Angst schlottern lässt. Ihre schöne Dienerin aber lasst in den Käfig sperren, in dem auch der Eichelhäher schon saß. Sagt dem Däumling, er muss nicht allzu sanft mit ihr umgehen.«

Das Feuer spiegelte sich in den Gläsern vor Orpheus' Augen, und der Natternkopf spürte für einen Augenblick, was er noch nie gespürt hatte – Angst vor einem anderen Mann. Es war ein interessantes Gefühl. Wie ein Prickeln im Genick, ein leichter Druck im Magen ...

»Genau das hatte ich vor«, sagte er – und las in den blassen Augen, dass Orpheus wusste, dass er log. Ich werde ihn töten müssen, dachte der Natternkopf. Sobald das neue Buch gebunden ist.

Kein Mann durfte schlauer sein als sein Herr. Schon gar nicht, wenn er einem so gefährlichen Hund befahl.

Sichtbar gemacht

Es war zwecklos. Das Gehirn hatte seine eigene Nahrung, an der es sich mästete, und die Phantasie, grotesk verzerrt durch das Entsetzen, wand und krümmte sich vor Schmerz wie ein lebendes Wesen, tanzte wie eine widerwärtige Marionette und grinste durch wechselnde Masken.

Oscar Wilde, Das Bildnis des Dorian Gray

»Du musst fort! Auf dieser Burg bist du nirgendwo sicher!« Staubfinger sagte es immer wieder, und Mo schüttelte immer wieder den Kopf.

»Ich muss das Leere Buch finden.«

»Lass es mich suchen. Ich schreib die drei Wörter hinein. Dafür versteh selbst ich genug vom Schreiben!«

»Nein! So lautet der Handel nicht. Was, wenn sie sich Meggie trotzdem holt? Ich hab das Buch gebunden, ich muss es auch aus der Welt schaffen. Außerdem will die Natter dich ebenso tot sehen wie mich.«

»Ich schlüpf einfach noch einmal aus meiner Haut.«

»Du hast schon beim letzten Mal kaum wieder hineingefunden.«

Wie vertraut die beiden plötzlich miteinander waren. Wie zwei Seiten einer Münze, wie zwei Gesichter des gleichen Mannes.

»Von was für einem Handel redet ihr?«

Sie blickten Resa an, als wünschten sie beide sie weit, weit fort.

Mo war so blass, aber seine Augen waren dunkel vor Zorn, und immer wieder fuhr seine Hand zu der alten Wunde. Was hatten sie ihm angetan dort unten in dem furchtbaren Loch?

In der Kammer, in der sie sich versteckt hielten, lag der Staub wie Schnee. Der Putz der Decke war so feucht, dass er an einigen Stellen heruntergebrochen war. Die Burg im See war krank. Vielleicht lag sie schon im Sterben, doch auf den Wänden schliefen immer noch Lämmer neben Wölfen und träumten von einer Welt, die es nicht gab. Die Kammer hatte zwei schmale Fenster. Auf dem Hof darunter stand ein toter Baum.

Mauern, Wehrgänge, Erkertürme, Brücken ... Eine Falle aus Stein – und Resa wünschte sich ihre Flügel zurück. Wie ihre Haut juckte. Als warteten die Federkiele darauf, sich hindurchzubohren.

»Mo, was für ein Handel?« Sie drängte sich zwischen die beiden Männer, verlangte Zutritt zu ihrer Vertrautheit.

Sie begann zu weinen, als er es ihr sagte. Nun erst verstand sie. Er war des Todes, ob er blieb oder floh. Gefangen in einer Falle aus Stein und Tinte. Und ihre Tochter war es ebenso.

Er nahm sie in den Arm, aber er war nicht bei ihr. Er war immer noch in dem Loch, ertrinkend in Hass und Angst. Sein Herz schlug so heftig, dass sie Angst hatte, es könnte ihm in der Brust zerspringen.

»Ich bring ihn um«, hörte sie ihn sagen, während sie an seiner Schulter weinte. »Ich hätte ihn längst erschlagen sollen. Und danach such ich das Buch.«

Sie wusste zu gut, von wem er sprach. Orpheus. Er schob sie von sich und griff nach seinem Schwert. Es war voller Blut, aber er wischte die Klinge mit dem Ärmel blank. Er trug immer noch die schwarzen Buchbinderkleider, auch wenn es schon so lange nicht mehr seine Zunft war. Entschlossen ging er auf die Tür zu, aber Staubfinger stellte sich ihm in den Weg.

»Was soll das?«, sagte er. »Gut. Orpheus hat die Worte gelesen, aber du machst sie wahr!« Er hob die Hände, und das Feuer schrieb die Worte in die Luft, schreckliche Worte, die alle nur von einem sprachen. Vom Eichelhäher.

Mo streckte die Hand aus, als wollte er sie fortwischen, doch sie versengten ihm die Finger, so wie sie ihm das Herz verbrannten.

»Orpheus erwartet, dass du zu ihm kommst!«, sagte Staubfinger. »Er will dich dem Natternkopf auf einem Tablett aus Tinte servieren. Wehr dich! Es ist kein schönes Gefühl, wenn man die Worte liest, die einen lenken. Niemand weiß das besser als ich, aber bei mir sind sie auch nicht wahr geworden. Sie haben nur die Macht, die du ihnen gibst. Ich werde zu Orpheus gehen, nicht du. Ich verstehe nichts vom Töten. Das hat mich selbst das Sterben nicht gelehrt, aber ich kann ihm die Bücher stehlen, aus denen er die Wörter nimmt. Und wenn du wieder klar denken kannst, suchen wir gemeinsam nach dem Leeren Buch.«

»Was, wenn die Soldaten Mo vorher hier finden?« Resa starrte immer noch die brennenden Worte an. Sie las sie wieder und wieder.

Staubfinger strich über das Bild, das an den Wänden der Kammer verblasste, und der gemalte Wolf begann sich zu regen. »Ich lass euch einen Wachhund hier, nicht ganz so wild wie der von Orpheus, aber er wird heulen, wenn die Soldaten kommen, und sie hoffentlich lange genug aufhalten, um euch Zeit zu geben, nach einem neuen Versteck zu suchen. Das Feuer wird die Männer der Natter lehren, jeden Schatten zu fürchten.«

Der Wolf sprang mit brennendem Pelz von der Wand und folgte

Staubfinger nach draußen. Doch die Worte blieben, und Resa las sie ein weiteres Mal:

Doch als der Häher sich dem Natternkopf nicht beugen wollte, wusste nur einer Rat, ein Fremder, der von weit her gekommen war. Er verstand, dass der Eichelhäher nur von einem Mann gebrochen werden konnte, und das war er selbst. Also weckte er all das, was der Häher vor sich selbst verbarg: die Furcht, die ihn furchtlos, und den Zorn, der ihn unbesiegbar machte. Er ließ ihn in die Dunkelheit werfen und dort kämpfen mit sich selbst – mit dem Schmerz, der immer noch in ihm lebte, unvergessen, unverheilt, mit all der Angst, die Fesseln und Ketten in ihm geboren hatten, und der Wut, die die Angst gesät hatte. Er malte schreckliche Bilder in sein Herz, Bilder von ...

Resa las nicht weiter. Die Worte waren zu furchtbar. Aber die letzten Sätze hatte das Feuer ihr ins Gedächtnis gebrannt:

Und der Eichelhäher zerbrach an der eigenen Dunkelheit und flehte den Natternkopf an, ihm ein zweites Buch binden zu dürfen, schöner noch als das erste. Der Silberfürst aber ließ ihn, sobald er das Buch in Händen hielt, den langsamsten aller Tode sterben, und die Spielleute sangen des Eichelhähers letztes Lied.

Mo hatte den Worten den Rücken zugekehrt. Er stand da, den Staub zahlloser Jahre um sich wie grauen Schnee, und blickte auf seine Hände, als wäre er nicht sicher, ob sie noch taten, was er ihnen befahl, oder den Worten gehorchten, die hinter ihm brannten.

»Mo?« Resa küsste ihn. Sie wusste, dass ihm nicht gefallen würde, was sie nun tun würde. Er sah sie abwesend an, die Augen voll Dunkelheit.

»Ich werde das Leere Buch suchen. Ich werde es finden und die drei Wörter für dich hineinschreiben.« Damit der Natternkopf stirbt, bevor Orpheus' Worte wahr werden, setzte sie in Gedanken hinzu, und bevor der Name, den Fenoglio dir gegeben hat, dich tötet.

Als er begriff, was sie gesagt hatte, schob sie die Körner schon an den Mund. Mo wollte sie ihr aus der Hand schlagen, aber sie hatte sie bereits unter der Zunge.

»Nein, Resa!«

Sie flog durch die Buchstaben aus Feuer. Die Hitze versengte ihr die Brust.

»Resa!«

Nein. Diesmal würde er es sein, der warten musste. Bleib, wo du bist, dachte sie. Bitte, Mo.

Liebe, gekleidet als Hass

Woher kommt diese Liebe? Ich weiß es nicht. Sie kam zu mir wie ein Dieb in der Nacht (...) ich konnte nur hoffen, dass meine Verbrechen so ungeheuerlich waren, dass die Liebe in ihrem Schatten wie ein Senfkorn verborgen blieb. Ich wünschte, ich hätte noch größere Verbrechen begangen, die meine Liebe noch besser verbergen würden. Doch das Senfkorn schlug Wurzeln und wuchs und der grüne Schößling spaltete mein Herz und öffnete es weit.
Philip Pullman, Das Bernstein-Teleskop

Der Natternkopf wollte Feenblut, eine ganze Wanne voll, um die juckende Haut darin zu baden. Orpheus schrieb gerade die Feennester in die kahlen Kirschbäume, die unter seinem Fenster wuchsen, als er die leisen Schritte hinter sich hörte. Er legte die Feder so abrupt ab, dass sie Eisenglanz die grauen Füße in Tinte tränkte. Der Eichelhäher!

Orpheus glaubte das Schwert schon zwischen den Schulterblättern zu spüren: Schließlich hatte er selbst in ihm die Blutlust geschürt und ihn in Zorn und hilfloser Wut ertränkt. Wie war er an den Wachen vorbeigekommen? Es standen doch gleich drei vor der Tür, und nebenan lauerte der Däumling. Aber als Orpheus sich umwandte, stand da nicht Mortimer, sondern Staubfinger.

Was tat der denn hier? Warum war er nicht vor dem Käfig, in dem seine schluchzende Tochter saß, und ließ sich von dem Nachtmahr fressen?

Staubfinger.

Noch vor kaum einem Jahr hätte Orpheus allein der Gedanke, ihn vor sich stehen zu sehen, betrunken vor Glück gemacht – in dem trostlosen Zimmer, in dem er damals gehaust hatte, umgeben von Büchern, die von der Sehnsucht in seinem Herzen erzählten, ohne sie stillen zu können, Sehnsucht nach einer Welt, die vor ihm den Rücken beugte, Sehnsucht, dem falschen, grau getönten Leben endlich zu entkommen, der Orpheus zu sein, der in ihm schlief, den die nicht sahen, die ihn verspotteten ... Vermutlich war Sehnsucht das falsche Wort. Es klang allzu zahm, allzu sanft und schicksalsergeben. Begierde war es, die ihn trieb, Begierde nach all dem, was er nicht besaß.

O ja. Damals hätte ihn Staubfingers Anblick sehr glücklich gemacht. Doch nun schlug sein Herz aus anderen Gründen schneller. Der Hass, den er fühlte, schmeckte immer noch nach Liebe, aber das machte ihn nicht zahmer. Und plötzlich sah Orpheus in diesem Buch die Gelegenheit für eine so vollkommene Rache, dass er unwillkürlich lächelte.

»Sieh an, mein Freund aus Kindertagen. Mein treuloser Freund.« Orpheus schob Violantes Eichelhäher-Buch unter das Pergament, auf dem er schrieb. Eisenglanz duckte sich verängstigt hinter das Tintenfass. Angst. Nicht unbedingt ein schlechtes Gefühl. Manchmal konnte es sehr anregend wirken. »Ich nehme an, du bist hier, um mir noch ein paar weitere Bücher zu stehlen?«, fuhr er fort. »Das wird dem Eichelhäher nichts nützen. Die Worte sind gelesen, und er wird ihnen folgen. Das ist der Preis, den man zahlt, wenn man eine Geschichte zu der seinen macht. Doch was ist mit dir? Hast du in letzter Zeit nach deiner Tochter gesehen?«

Er wusste es tatsächlich noch nicht! Ah. Die Liebe. Ja, gegen sie war selbst das furchtlose Herz machtlos, das Staubfinger sich von den Toten mitgebracht hatte.

»Du solltest wirklich zu ihr gehen. Sie schluchzt ganz herzzerreißend und zerrauft sich das schöne Haar.«

Wie er ihn ansah. Ja! Ich hab dich!, dachte Orpheus. Ich hab euch beide am Haken, dich und den Eichelhäher.

»Mein schwarzer Hund bewacht deine Tochter«, fuhr er fort, und jedes Wort schmeckte wie gewürzter Wein. »Vermutlich macht ihr das solche Angst. Aber ich habe ihm befohlen, sich einstweilen nicht an ihrem süßen Fleisch und ihrer Seele satt zu fressen.«

Da – die Angst konnte Staubfinger also doch noch beißen. Wie blass sein narbenloses Gesicht plötzlich war. Er sah auf Orpheus' Schatten, doch der Nachtmahr wuchs nicht daraus empor. Nein, der stand vor dem Käfig, in dem Brianna weinte und nach ihrem Vater rief. »Ich töte dich, wenn er sie auch nur berührt. Ich verstehe nichts vom Töten, doch für dich würde ich es lernen!« Staubfingers Gesicht schien so viel verletzlicher ohne die Narben. Funken bedeckten seine Kleider und sein Haar.

Orpheus musste es zugeben – er war immer noch seine Lieblingsfigur. Was immer er ihm antat, wie oft er ihn auch verraten würde, es würde nichts daran ändern. Sein Herz liebte ihn wie ein Hund. Umso mehr Grund, den Feuertänzer endlich aus dieser Geschichte zu löschen – auch wenn es nach wie vor ein Jammer war. Es war kaum zu glauben, dass er tatsächlich nur zu ihm gekommen war, um den Eichelhäher zu schützen. So viel Edelmut passte doch gar nicht zu ihm! Nein. Es wurde Zeit, dass der Feuertänzer wieder eine Rolle spielte, die ihm mehr entsprach.

»Du kannst deine Tochter freikaufen!« Orpheus ließ sich jedes Wort auf der Zunge zergehen.

O süße Rache. Der Marder auf Staubfingers Schulter bleckte die Zähne. Abscheuliches Biest.

Staubfinger strich ihm über das braune Fell. »Und wie?«

Orpheus erhob sich. »Nun ... zunächst einmal löschst du die Beleuchtung, die du so kunstfertig in dieser Burg vorgenommen hast, und zwar sofort.«

Die Funken an den Wänden flammten auf, als wollten sie nach ihm greifen, doch dann erloschen sie. Nur auf Staubfingers Haar und Kleidern leuchteten sie weiter. Was für eine furchtbare Waffe die Liebe doch sein konnte. Gab es ein schärferes Messer? Zeit, es noch tiefer in sein treuloses Herz zu stoßen.

»Deine Tochter weint in demselben Käfig, in dem der Eichelhäher saß«, fuhr Orpheus fort. »Natürlich sieht sie sehr viel schöner darin aus mit ihrem Feuerhaar. Wie ein kostbarer Vogel ...«

Die Funken hüllten Staubfinger ein wie roter Nebel.

»Bring uns den Vogel, der eigentlich in diesen Käfig gehört. Bring uns den Eichelhäher, und deine schöne Tochter ist frei. Tust du es nicht, werde ich meinen schwarzen Hund mit ihrem Fleisch und ihrer Seele füttern. Sieh mich nicht so an! Soweit ich weiß, hast du die Rolle des Verräters doch schon einmal gespielt. Ich wollte dir eine bessere Rolle schreiben, doch du wolltest nichts davon hören!«

Staubfinger schwieg und sah ihn nur an.

»Du hast mir das Buch gestohlen!« Orpheus versagte fast die Stimme. Die Worte schmeckten immer noch so bitter. »Du hast dich auf die Seite des Buchbinders gestellt, obwohl er dich aus deiner Geschichte gerissen hat, statt zu mir zu halten, zu dem Mann, der dich nach Hause zurückgebracht hat! Das war grausam, sehr grausam.« Tränen stiegen ihm in die Augen. »Was hast du gedacht? Dass ich diesen Betrug einfach hinnehme? Nein. Eigentlich hatte ich nur vor, dich zurück zu den Toten zu schicken, ohne Seele, hohl wie ein ausgesaugtes Insekt, aber diese Rache gefällt mir noch besser. Ich werde wieder einen Verräter aus dir machen. Wie dem Buchbinder das sein edles Herz zerreißen wird!«

Die Flammen loderten erneut aus den Wänden. Sie leckten aus dem Boden und versengten Orpheus die Stiefel. Eisenglanz stöhnte auf vor Angst und vergrub den Kopf in den gläsernen Armen. Staubfingers Zorn war in den Flammen, er brannte auf seinem Gesicht und regnete in Funken von der Decke.

»Halte dein Feuer von mir fern!«, fuhr Orpheus ihn an. »Ich bin der Einzige, der dem Nachtmahr befehlen kann, und deine Tochter wird das Erste sein, was er frisst, wenn er hungrig wird. Was bald sein wird. Ich will eine Spur aus Feuer, dorthin, wo der Eichelhäher sich versteckt hält, und ich werde der Mann sein, der sie dem Natternkopf zeigt. Verstanden?«

Die Flammen an den Wänden erloschen zum zweiten Mal. Selbst die Kerzen auf dem Schreibpult erstarben, und in Orpheus' Kammer wurde es dunkel. Nur Staubfinger selbst war immer noch in Funken gehüllt, als wäre das Feuer in ihm.

Warum erfüllte sein Blick ihn mit solcher Scham? Warum fühlte sein Herz immer noch Liebe? Orpheus schloss die Augen, und als er sie wieder öffnete, war Staubfinger fort.

Als Orpheus aus seiner Tür trat, kamen die Wächter, die seine Kammer bewachen sollten, mit angstverzerrten Gesichtern den Korridor heruntergestolpert. »Der Eichelhäher war hier!«, stammelten sie. »Er bestand nur aus Feuer, und dann hat er sich plötzlich in Rauch aufgelöst. Der Däumling ist fort, um es dem Natternkopf zu melden.«

Dummköpfe. Er würde sie alle an den Nachtmahr verfüttern.

Ärgere dich nicht, Orpheus. Bald bringst du dem Natternkopf den wirklichen Eichelhäher. Und den Feuertänzer wird auch dein Nachtmahr fressen.

»Meldet dem Silberfürsten, dass er ein paar Männer in den Hof unter mein Fenster schicken soll«, fuhr er die Wachen an. »Sie werden dort genug Feennester finden, um ihm eine Wanne mit Blut zu füllen.«

Dann kehrte er in seine Kammer zurück und las die Nester herbei. Doch durch die Buchstaben sah ihn Staubfingers Gesicht an, als lebte er hinter allen Buchstaben. Als sprächen sie alle nur von ihm.

Der andere Name

Ich schreibe Deinen Namen. Zwei Silben. Zwei Vokale. Dein Name lässt Dich wachsen, ist größer als Du. Du ruhst in einer Ecke, schläfst; Dein Name weckt Dich. Ich schreibe ihn. Du könntest gar nicht anders heißen. Dein Name, der bist ganz Du, so schmeckst Du, so riechst Du. Mit einem andren Namen gerufen, entschwindest Du. Ich schreibe ihn. Deinen Namen.
Susan Sontag, Die Briefszene

Die Burg im See war erbaut worden, um ein paar unglückliche Kinder vor der Welt zu schützen, doch je länger Mo durch die Korridore irrte, desto mehr schien es ihm, als hätte sie nur darauf gewartet, ihn zwischen ihren bemalten Wänden in der eigenen Dunkelheit zu ertränken. Staubfingers Feuerwolf lief voraus, als wüsste er den Weg, und Mo folgte ihm. Er tötete vier weitere Soldaten. Die Burg gehörte dem Feuertänzer und dem Eichelhäher, er las es in ihren Gesichtern, und der Zorn, den Orpheus in ihm schürte, ließ ihn so oft zustoßen, dass ihm ihr Blut die schwarzen Kleider tränkte. Schwarz. Das Herz war ihm schwarz geworden von Orpheus' Worten.

Du hättest sie nach dem Weg fragen sollen, statt sie zu töten!, dachte er bitter, als er sich unter einen Torbogen duckte. Ein Schwarm Tauben flatterte auf. Keine Schwalben. Nicht eine. Wo war Resa? Nun, wo sollte sie schon sein? In der Kammer des Natternkopfes, auf der Suche nach dem Buch, das er einst gebunden hatte, um sie zu retten. Eine Schwalbe flog schnell, so schnell, und seine Schritte waren bleischwer von Orpheus' Worten.

Dort. War das der Turm, in dem die Natter sich verkrochen hatte? Staubfinger hatte ihn so beschrieben. Zwei weitere Soldaten ... Entsetzt stolperten sie zurück, als sie ihn sahen. Töte sie schnell, Mo, bevor sie schreien. Blut. Blut, rot wie das Feuer. War Rot nicht früher seine Lieblingsfarbe gewesen? Jetzt wurde ihm schlecht bei ihrem Anblick. Er stieg über die Toten, stahl dem einen den silbergrauen Umhang, setzte sich den Helm des anderen auf. Vielleicht würde er so um das Töten herumkommen, wenn er noch mehr von ihnen begegnete.

Der nächste Korridor sah vertraut aus, aber es waren keine Wachen zu sehen. Der Wolf lief weiter, doch Mo blieb vor einer Tür stehen und stieß sie auf.

Die toten Bücher. Die Verlorene Bibliothek.

Er ließ das Schwert sinken und trat ein. Staubfingers Funken glommen auch hier. Sie hatten den Geruch von Schimmel und Fäulnis aus der Luft gebrannt.

Bücher. Er lehnte das blutige Schwert an die Wand, strich über die fleckigen Rücken und spürte, wie die Last der Worte auf seinen Schultern leichter wurde. Nicht Eichelhäher, nicht Zauberzunge, nur Mortimer. Über ihn hatte Orpheus nichts geschrieben. Mortimer Folchart. Buchbinder.

Mo nahm ein Buch in die Hand. Armes Ding. Es war verloren. Er griff nach einem anderen, nach einem weiteren – und hörte ein Rascheln. Sofort suchte seine Hand nach dem Schwert, und Orpheus' Worte griffen wieder nach seinem Herzen.

Ein paar Stapel Bücher fielen um. Ein Arm schob sich hervor zwischen all den gedruckten Leichen. Ein zweiter folgte, handlos.

Balbulus. »Ach so, nach dir suchen sie!« Er richtete sich auf, Tinte an den Fingern der linken Hand. »Seit ich mich hier vor dem Pfeifer verkrochen habe, ist kein Soldat durch diese Tür gekommen. Vermutlich hält der Gestank sie fern. Aber heute waren es schon zwei. Wie bist du ihnen entkommen? Sie haben dich doch sicher besser bewacht als mich!«

»Mit Feuer und Federn«, antwortete Mo und lehnte das Schwert an die Wand. Er wollte sich nicht erinnern. Er wollte den Häher vergessen, nur für ein paar Augenblicke, und zwischen Pergament und lederbezogenen Deckeln Glück statt Unglück finden.

Balbulus folgte seinem Blick. Vermutlich sah er die Sehnsucht darin. »Ich habe ein paar Bücher gefunden, die noch zu gebrauchen sind. Willst du sie sehen?«

Mo lauschte nach draußen. Der Wolf war still, aber er glaubte, Stimmen zu hören. Nein. Sie verklangen wieder.

Nur ein paar Augenblicke.

Balbulus gab ihm ein Buch, das kaum größer war als seine Hand. Es hatte ein paar Fraßlöcher, aber vom Schimmel war es offenbar verschont geblieben. Der Einband war sehr gut gemacht. Wie sehr seine Finger es vermisst hatten, in beschriebenen Seiten zu blättern. Wie sehr seine Augen nach Worten hungerten, die ihn fortbrachten, statt ihn einzufangen und zu lenken. Wie sehr seine Hände sich nach einem Messer sehnten, das Papier statt Fleisch zerschnitt.

»Was ist das?«, flüsterte Balbulus.

Es war dunkel geworden. Das Feuer an den Wänden war erloschen und Mo konnte das Buch in seinen Händen nicht mehr sehen.

»Zauberzunge?«

Er wandte sich um.

Staubfinger stand in der Tür, ein Schatten mit feurigem Saum.

»Ich war bei Orpheus.« Seine Stimme klang anders. Die Gelassenheit war fort, die der Tod darin hinterlassen hatte. Die alte Verzweiflung war zurück, die sie beide schon fast vergessen hatten. Staubfinger, der Verlorene ...

»Was ist passiert?«

Staubfinger lockte das Feuer zurück aus der Dunkelheit und ließ es einen Käfig zwischen die Bücher stellen, einen Käfig mit einem weinenden Mädchen.

Brianna. Mo sah auf Staubfingers Gesicht dieselbe Angst, die auch er schon so oft gespürt hatte. Fleisch von seinem Fleisch. Kind. So ein mächtiges Wort. Das mächtigste von allen.

Staubfinger musste ihn nur ansehen, und Mo las in seinen Augen von dem Nachtmahr, der sein Kind bewachte, und dem Preis, mit dem er es freikaufen konnte.

»Und?« Mo lauschte nach draußen. »Stehen die Soldaten schon draußen?«

»Ich habe die Spur noch nicht gelegt.«

Mo spürte Staubfingers Angst, als wäre Meggie das Mädchen in dem Käfig, als wäre es ihr Weinen, das aus dem Feuer kam.

»Worauf wartest du? Führ sie her!«, sagte er. »Es wird Zeit, dass meine Hände wieder ein Buch binden – auch wenn es niemals fertig werden darf. Lass sie den Buchbinder fangen, nicht den Eichelhäher. Sie werden den Unterschied nicht merken. Und ich schick den Eichelhäher fort, weit fort, lass ihn schlafen, tief unten in dem Kerkerloch, mit Orpheus' Worten.«

Staubfinger hauchte in die Dunkelheit, und statt des Käfigs formte das Feuer das Zeichen, das Mo auf den Einband so vieler

Bücher geprägt hatte: den Kopf eines Einhorns. »Wenn du es so willst«, sagte er leise, »doch wenn du erneut den Buchbinder spielst, welche Rolle ist dann die meine?«

»Retter deiner Tochter«, antwortete Mo. »Beschützer meiner Frau. Resa ist fort, um das Leere Buch zu suchen. Hilf ihr, es zu finden, und bring es mir.«

Damit ich das Ende hineinschreiben kann, dachte er. Drei Wörter braucht es nur dafür. Und plötzlich kam ihm ein Gedanke, der ihn lächeln ließ in all der Dunkelheit. Über Resa hatte Orpheus nichts geschrieben, kein einziges bindendes Wort. Wen hatte er noch vergessen?

Zurück

So manchmal sumseln tausend Instrumente
Mir schwirrend um die Ohrn; und manchmal Stimmen,
Die mich, wenn ich nach langem Schlaf erwach,
Aufs neu ins Schlafen lullen; dann, im Träumen,
War mir, die Wolken tun sich auf und zeigen Schätze,
Die mich beregnen wollen, daß ich beim Erwachen
Nach neuen Träumen schrie.
William Shakespeare, Der Sturm

Roxane sang wieder. Für die Kinder, die die Angst vor dem Hänfling nicht schlafen ließ. Und es war alles wahr, was Meggie je über ihre Stimme gehört hatte. Selbst der Baum schien ihr zu lauschen, die Vögel in seinen fernsten Zweigen, die Tiere, die zwischen seinen Wurzeln hausten, und die Sterne am dunklen Himmel. Es war so viel Trost in Roxanes Stimme, obwohl das, was sie sang, oft traurig war und Meggie die Sehnsucht nach Staubfinger aus jedem Wort hörte.

Es tröstet, von der Sehnsucht zu hören, wenn sie einem das Herz bis an den Rand füllt. Sehnsucht nach angstfreiem Schlaf und sorglosen Tagen, nach festem Boden unter den Füßen, einem vollen Magen, den Gassen von Ombra, nach Müttern … und nach Vätern.

Meggie saß hoch oben vor dem Nest, in dem Fenoglio geschrieben hatte, und wusste nicht, um wen sie sich zuerst sorgen sollte: um Fenoglio und den Schwarzen Prinzen, um Farid, der dem Riesen mit Baptista gefolgt war, oder um Doria, der schon wieder hinuntergestiegen war, obwohl die Räuber es ihm verboten hatten, um herauszufinden, ob der Hänfling wirklich fort war. An ihre Eltern versuchte sie gar nicht erst zu denken, doch plötzlich stimmte Roxane das Lied an, das Meggie von allen Liedern über den Eichelhäher am meisten liebte, weil es davon erzählte, wie er mit seiner Tochter auf der Nachtburg gefangen gewesen war. Es gab heldenhaftere Lieder, aber nur dieses erzählte auch von ihrem Vater, und es war ihr Vater, den sie vermisste. »Mo?«, hätte sie zu gern zu ihm gesagt und dabei den Kopf an seine Schulter gelehnt. »Denkst du, der Riese wird Fenoglio zu seinen Kindern bringen? Glaubst du, er wird Farid und Baptista zertreten, wenn sie versuchen, den Prinzen zu retten? Glaubst du, man kann mit einem Herzen zwei Jungen lieben? Hast du Resa gesehen? Und wie geht es dir, Mo? Wie geht es dir?«

»Hat der Eichelhäher den Natternkopf schon getötet?«, hatte erst gestern eins der Kinder Elinor gefragt. »Kommt er bald, um uns vor dem Hänfling zu retten?«

»Bestimmt!«, hatte Elinor geantwortet und Meggie dabei einen raschen Blick zugeworfen. Bestimmt ...

»Der Junge ist immer noch nicht zurück!«, hörte sie unter sich den Elfenschreck zum Holzfuß sagen. »Soll ich nachsehen, wo er bleibt?«

»Wozu?«, antwortete der Holzfuß mit gedämpfter Stimme. »Er kommt zurück, wenn er kann. Und wenn nicht, haben sie ihn gefangen. Ich bin sicher, dass sie irgendwo da unten sind. Ich hoffe nur, Baptista nimmt sich vor ihnen in Acht, wenn er zurückkommt.«

»Wie soll er sich in Acht nehmen?«, fragte der Elfenschreck zurück und lachte grimmig. »Der Riese hinter ihm, der Hänfling vor ihm und der Prinz vermutlich tot. Wir werden bald unser letztes

Lied anstimmen, und es wird nicht halb so schön klingen wie die, die Roxane singt.«

Meggie vergrub das Gesicht in den Armen. Nicht nachdenken, Meggie. Denk einfach nicht nach. Hör Roxane zu. Träum, dass alles gut wird. Dass sie alle wieder heil zurückkommen: Mo, Resa, Fenoglio, der Schwarze Prinz, Farid – und Doria. Was tat der Hänfling mit Gefangenen? Nein, Meggie, nicht denken, nicht fragen.

Von unten drangen Stimmen herauf. Sie beugte sich vor und versuchte etwas zu erkennen in der Dunkelheit. War das Baptistas Stimme? Sie sah Feuer, nur eine kleine Flamme, aber sie leuchtete hell. Da war Fenoglio! Und neben ihm der Schwarze Prinz, auf einer Trage.

»Farid?«, rief sie hinunter.

»Still!«, zischte der Elfenschreck, und Meggie presste sich die Hand auf den Mund. Die Räuber ließen Seile hinunter und ein Netz für den Prinzen.

»Schnell! Baptista!« Roxanes Stimme klang so anders, wenn sie nicht sang. »Sie kommen!«

Mehr musste sie nicht sagen. Pferde schnaubten zwischen den Bäumen, Äste brachen unter vielen Stiefeln. Die Räuber warfen mehr Seile hinab, einige ließen sich den Stamm hinunter. Pfeile kamen aus der Dunkelheit. Männer wimmelten zwischen den Bäumen hervor wie Silberkäfer. »Ihr werdet sehen, sie warten, dass Baptista zurückkommt! Mit dem Prinzen!« Hatte Doria es ihnen nicht so gesagt? War er nicht deshalb wieder hinuntergestiegen? Und nicht zurückgekommen.

Farid ließ das Feuer aufflammen. Er und Baptista stellten sich schützend vor den Schwarzen Prinzen. Der Bär war auch bei ihm.

»Was ist? Was ist nun schon wieder?« Elinor kniete sich neben

Meggie, das Haar wirr, als wäre ihr die Angst hineingefahren. »Ich bin doch tatsächlich eingeschlafen. Kann man das fassen?«

Meggie antwortete nicht. Was konnte sie tun? Was konnte sie nur tun? Sie richtete sich auf, balancierte zu der Astgabel, auf der Roxane und die anderen Frauen knieten. Nur zwei der Räuber waren bei ihnen. Alle anderen ließen sich schon am Stamm hinunter, doch der Stamm war hoch, so furchtbar hoch, und die Pfeile kamen von unten wie Regen, der nach oben fällt. Zwei Männer stürzten schreiend in die Tiefe, und die Frauen hielten den Kindern Augen und Ohren zu.

»Wo ist er?« Elinor beugte sich so weit vor, dass Roxane sie unsanft zurückzerrte. »Wo ist er?«, rief sie noch einmal. »Nun sagt schon. Ist der alte Narr noch am Leben?«

Fenoglio blickte zu ihnen hinauf, als hätte er ihre Stimme gehört, das faltige Gesicht voll Angst, um sich die kämpfenden Männer. Ein Toter fiel ihm vor die Füße, und er griff sich das Schwert.

»Nun sieh dir das an!«, schrie Elinor. »Was denkt er nun? Dass er in seiner eigenen verfluchten Geschichte den Helden spielen kann?«

Ich muss hinunter, dachte Meggie, Farid beistehen und nach Doria suchen! Wo war er? Lag er irgendwo tot zwischen den Bäumen? Nein, Meggie. Fenoglio hat über ihn geschrieben! Wunderbare Dinge. Er kann nicht tot sein. Trotzdem. Sie lief zu den Seilen, aber der Elfenschreck hielt sie zurück.

»Nach oben mit dir!«, fuhr er sie an. »Alle Frauen und Kinder nach oben, so weit nach oben, wie es eben geht!«

»Ach ja, und was sollen wir da oben?«, fuhr Elinor ihn an. »Darauf warten, dass sie uns herunterpflücken?«

Es gab keine Antwort auf diese Frage.

»Sie haben den Prinzen!« Minervas Stimme klang so verzweifelt, dass alle herumfuhren. Einige Frauen begannen zu schluchzen. Ja, sie hatten den Schwarzen Prinzen. Sie zerrten ihn von der Trage, auf der er lag. Der Bär lag reglos neben ihm, einen Pfeil im Pelz. Baptista war ebenfalls gefangen. Wo war Farid?

Wo das Feuer war.

Farid ließ es beißen und brennen, aber der Rußvogel war auch da, sein ledernes Gesicht ein heller Fleck über den rot-schwarzen Kleidern. Feuer fraß Feuer, die Flammen leckten den Stamm hinauf. Meggie glaubte den Baum stöhnen zu hören. Ein paar kleinere Bäume hatten schon Feuer gefangen. Die Kinder weinten, sie weinten so heftig, dass es einem das Herz zerriss.

Ach, Fenoglio, dachte Meggie, wir haben kein Glück mit unseren Rettern. Erst Cosimo und nun der Riese.

Der Riese.

Sein Gesicht erschien so plötzlich zwischen den Bäumen, als hätte ihn das Wort gerufen. Seine Haut hatte sich dunkel gefärbt wie die Nacht, und auf der Stirn trug er das Spiegelbild der Sterne. Ein Fuß trat das Feuer aus, das zwischen den Wurzeln des Nesterbaumes fraß. Der andere verfehlte Farid und den Rußvogel so knapp, dass Meggie ihr eigener Schrei in den Ohren hallte.

»Ja, ja! Er ist zurück!«, hörte sie Fenoglio schreien. Er stolperte auf die gewaltigen Füße zu und kletterte auf einen der Zehen wie auf ein rettendes Schiff.

Der Riese aber blickte hinauf zu den weinenden Kindern, suchend, als wäre er wegen etwas gekommen, das er nun nicht finden konnte.

Die Männer des Hänflings ließen ihre Gefangenen zurück und rannten erneut wie die Hasen, ihren Herrn an der Spitze, auf seinem schneeweißen Pferd. Nur der Rußvogel blieb stehen mit einer kleinen Schar und ließ sein Feuer auf den Riesen zulecken. Der starrte verwirrt auf die Flammen und stolperte zurück, als sie ihn in die Zehen bissen.

»Nein, bitte!«, rief Meggie hinunter. »Bitte, geh nicht wieder fort. Hilf uns!«

Und plötzlich stand Farid auf der Schulter des Riesen und ließ Feuerflocken aus der Nacht regnen. Wie brennende Kletten setzten sie sich dem Rußvogel und seinen Männern in die Kleider, bis sie sich auf den Waldboden warfen und auf den trocknen Blättern wälzten. Der Riese aber warf Farid einen erstaunten Blick zu, pflückte ihn von seiner Schulter wie einen Falter und stellte ihn sich in die erhobene Hand. Wie groß seine Finger waren. So entsetzlich groß. Und wie klein Farid zwischen ihnen erschien.

Der Rußvogel und seine Männer schlugen immer noch auf ihre brennenden Kleider ein. Der Riese starrte irritiert auf sie hinab. Er rieb sich das Ohr, als schmerzten ihn ihre Schreie, schloss die Hand um Farid wie um kostbare Beute und wischte mit der anderen die schreienden Männer in den Wald, so wie ein Kind eine Spinne von seinen Kleidern wischt. Dann fasste er sich wieder ans Ohr und blickte suchend hinauf in den Baum. Als wäre ihm plötzlich eingefallen, warum er zurückgekommen war.

»Roxane!«

Es war Darius' Stimme, die Meggie durch den Baum hallen hörte, zaghaft und bestimmt zugleich. »Roxane! Ich glaube, er ist deinetwegen zurückgekommen! Sing!«

In der Kammer des Natternkopfes

Und es gibt so viele Geschichten zu erzählen, zu viele, solch ein Übermaß an ineinander verwobenen Leben, Ereignissen, Wundern, Orten, Gerüchten, solch ein unentwirrbares Gemisch aus Unwahrscheinlichem und Alltäglichem!
Salman Rushdie, Mitternachtskinder

Resa flog einem der Diener nach, die Eimer mit blutigem Wasser in die Kammer des Natternkopfes trugen. Rot bis zum Hals saß er da, in einer Wanne aus Silber, keuchend und fluchend, und sah so furchtbar aus, dass Resa nur noch mehr Angst um Mo bekam. Welche Rache machte solches Leiden wett?

Der Däumling sah sich um, als sie auf den Schrank neben der Tür flog, aber sie duckte sich rechtzeitig. Es konnte praktisch sein, klein zu sein. Staubfingers Funken brannten an den Wänden. Drei Soldaten schlugen mit feuchten Tüchern darauf, während der Natternkopf sich die blutbefleckte Hand vor die schmerzenden Augen presste. Neben der Wanne stand sein Enkel, die Arme vor der Brust verschränkt, als könnte er sich auf die Art vor der schlimmen Laune seines Großvaters schützen. Was für ein magerer, kleiner Kerl er war, schön wie sein Vater und zart wie seine Mutter. Doch im Gegensatz zu Violante hatte Jacopo keinerlei Ähnlichkeit mit seinem Großvater, obwohl er ihn mit jeder Geste nachahmte.

»Hat sie nicht.« Er schob das Kinn vor. Das hatte er seiner Mutter abgeschaut, auch wenn er es vermutlich nicht wusste.

»Ach ja? Und wer sonst hat dem Eichelhäher geholfen, wenn nicht deine Mutter?« Ein Diener goss dem Natternkopf den Eimer über den Rücken. Resa wurde übel, als sie das Blut über den bleichen Nacken rinnen sah. Auch Jacopo musterte seinen Großvater mit einer Mischung aus Schrecken und Ekel – und wendete rasch den Blick ab, als der Natternkopf ihn dabei ertappte.

»Ja. Sieh mich an!«, fuhr er seinen Enkel an. »Deine Mutter hat dem Mann geholfen, der mir das angetan hat.«

»Hat sie nicht. Der Eichelhäher ist fortgeflogen! Alle sagen, er kann fliegen. Und dass er unverwundbar ist.«

Der Natternkopf lachte. Sein Atem pfiff. »Unverwundbar? Ich werde dir zeigen, wie unverwundbar er ist, wenn ich ihn wieder eingefangen habe. Ich werde dir ein Messer geben, und du kannst es selbst ausprobieren.«

»Aber du wirst ihn nicht fangen.«

Der Natternkopf schlug mit der Hand in das blutige Bad, und Jacopos heller Kittel färbte sich rot. »Pass auf. Du wirst deiner Mutter immer ähnlicher.«

Jacopo schien darüber nachzudenken, ob das etwas Gutes oder Schlechtes war.

Wo war das Leere Buch? Resa sah sich um. Truhen, abgeworfene Kleider auf einem Stuhl, das Bett zerwühlt. Der Natternkopf schlief schlecht. Wo versteckte er es? Sein Leben hing an dem Buch, sein unsterbliches Leben. Resa suchte nach einer Schatulle, vielleicht kostbarem Tuch, in das es eingeschlagen war, auch wenn es stank und rottete … Doch plötzlich wurde es dunkel in der Kammer, so dunkel, dass nur die Geräusche blieben: das Plätschern des blutigen Wassers, das Atmen der Soldaten, Jacopos erschrockene Stimme.

»Was ist das?«

Staubfingers Funken waren erloschen, so plötzlich, wie sie aus den Wänden gezüngelt waren, als er sie und Mo von den Kerkerlöchern fortgeführt hatte. Resa spürte, wie das Vogelherz in ihrer Brust noch schneller als gewöhnlich schlug. Was war geschehen? Etwas musste geschehen sein, und es konnte nichts Gutes sein.

Einer der Soldaten zündete eine Fackel an und hielt die Hand schützend vor die Flamme, damit sein Herr nicht geblendet wurde.

»Na endlich!« Die Stimme des Natternkopfes klang erleichtert und überrascht zugleich. Er winkte den Dienern und sie begossen ihm erneut die juckende Haut. Wo hatten sie nur all die Feen gefangen? Sie schliefen doch.

Die Tür ging auf, als wollte die Geschichte selbst die Antwort geben, und Orpheus trat herein. »Nun?«, fragte er mit einer tiefen Verbeugung. »Waren es genug Feen, Euer Hoheit? Oder soll ich Euch noch mehr herbeischaffen?«

»Fürs Erste reicht es.« Der Natternkopf füllte sich die Hände mit dem roten Wasser und tauchte das Gesicht hinein. »Hast du etwas damit zu tun, dass das Feuer aus ist?«

»Ob ich etwas damit zu tun habe?« Orpheus lächelte so selbstzufrieden, dass Resa hinabfliegen und ihm mit dem Schnabel das blasse Gesicht zerhacken wollte. »Allerdings«, fuhr er fort. »Ich habe den Feuertänzer überzeugt, die Seiten zu wechseln.«

Nein. Das konnte nicht sein. Er log.

Der Vogel in ihr hackte nach einer Fliege, und Jacopo sah zu ihr hinauf. Zieh den Kopf ein, Resa, auch wenn es dunkel ist. Wenn die Federn an ihrer Brust und Kehle nur nicht so weiß gewesen wären!

»Gut. Aber ich hoffe, du hast ihm dafür keine Belohnung versprochen!« Der Natternkopf tauchte tief in das blutige Wasser. »Zum Gespött meiner Männer hat er mich gemacht. Ich will ihn tot sehen, und diesmal unwiderruflich. Doch das hat Zeit. Was ist mit dem Eichelhäher?«

»Der Feuertänzer wird uns zu ihm führen. Ganz ohne Belohnung.« Die Worte waren furchtbar genug, aber die Schönheit von Orpheus' Stimme machte sie noch furchtbarer. »Er wird eine Spur aus Flammen legen. Deine Soldaten müssen ihr nur folgen.«

Nein. Nein. Resa begann zu zittern. Er hatte ihn nicht schon wieder verraten. Nein.

Ein unterdrückter Schrei entrang sich ihrer Vogelbrust, und Jacopo blickte erneut zu ihr herauf. Aber selbst wenn er sie sah – er sah nur eine zitternde Schwalbe, die sich in die finstere Welt der Menschen verirrt hatte.

»Ist alles vorbereitet, damit der Eichelhäher sich gleich an die Arbeit machen kann?«, fragte Orpheus. »Je eher er fertig ist, desto eher könnt Ihr ihn umbringen.«

O Meggie, wen hast du da hergelesen?, dachte Resa verzweifelt. Orpheus erschien ihr wie ein Dämon mit seinen schimmernden Brillengläsern und der schmeichelnd schönen Stimme.

Der Natternkopf stemmte sich stöhnend aus seinem Bad. Blutig wie ein Kind nach der Geburt stand er da. Jacopo wich unwillkürlich zurück, doch sein Großvater winkte ihn zu sich.

»Herr, Ihr müsst länger baden, damit das Blut wirkt!«, sagte einer der Diener.

»Später!«, erwiderte der Natternkopf ungeduldig. »Denkst du, ich will in der Wanne sitzen, wenn sie mir meinen ärgsten Feind bringen? Gib mir die Tücher dort!«, fuhr er Jacopo an. »Nun mach schon, oder soll ich dich zu deiner Mutter in das dunkle Loch werfen? Hab ich gesagt, du wirst ihr ähnlicher? Nein. Es ist dein Vater, dem du immer ähnlicher siehst.«

Jacopo reichte ihm mit finsterem Blick die Tücher, die neben der Wanne bereitlagen.

»Kleider!«

Die Diener hasteten zu den Truhen, und Resa verbarg sich wieder in der Dunkelheit, doch Orpheus' Stimme folgte ihr wie ein tödlicher Duft.

»Euer Gnaden, ich, ähm –«, er räusperte sich, »– ich habe mein Versprechen gehalten. Der Eichelhäher wird schon bald wieder Euer Gefangener sein und Euch ein neues Buch binden. Ich denke, ich habe mir eine Belohnung verdient.«

»Hast du das?« Die Diener streiften dem Natternkopf schwarze Kleider über die immer noch blutrote Haut. »Und an was hast du da gedacht?«

»Nun. Erinnert Ihr Euch an das Buch, von dem ich Euch erzählt habe? Ich würde es immer noch sehr gern zurückhaben, und ich bin sicher, dass Ihr es für mich finden könnt. Sollte das allerdings nicht gleich möglich sein –«, wie selbstverliebt er sich das blassblonde Haar glatt strich, »– nun, in dem Fall würde ich als Belohnung auch die Hand Eurer Tochter akzeptieren.«

Orpheus.

Resa dachte an den Tag, an dem sie ihn zum ersten Mal gesehen hatte, in Elinors Haus, mit Mortola und Basta. Damals war ihr nur aufgefallen, dass er anders war als die Männer, mit denen Mortola sich sonst gern umgab. Seltsam harmlos, fast unschuldig mit seinem Kindergesicht. Wie dumm sie gewesen war. Er war schlimmer als sie alle, so viel schlimmer.

»Euer Hoheit.« Das war die Stimme des Pfeifers. Resa hatte ihn nicht hereinkommen hören. »Wir haben den Eichelhäher gefangen. Ihn und den Buchmaler. Sollen wir den Häher gleich zu Euch bringen?«

»Willst du uns nicht erzählen, wie du ihn gefangen hast?«, schnurrte Orpheus. »Hast du ihn mit deiner Silbernase gewittert?«

Der Pfeifer antwortete mit so stockender Stimme, als bisse jedes Wort ihn in die Zunge: »Der Feuertänzer hat ihn verraten. Mit einer Spur aus Flammen.«

Resa wollte die Körner ausspucken, damit ihre Augen weinen konnten.

Orpheus aber lachte auf, zufrieden wie ein Kind. »Und wer hat dir von der Spur erzählt? Nun sag es schon!«

Der Pfeifer brauchte lange für seine Antwort. »Du, wer sonst?«, sagte er schließlich heiser. »Und irgendwann finde ich heraus, mit welcher Teufelei du das geschafft hast.«

»Nun, er hat es geschafft!«, sagte der Natternkopf. »Nachdem du den Häher zweimal hast entkommen lassen. Schaff ihn in den Tausend-Fenster-Saal. Lass ihn an den Tisch ketten, an dem er das Buch binden soll, und jeden seiner Handgriffe bewachen. Wenn dieses Buch mich ebenfalls krank macht, werde ich dir eigenhändig das Herz herausschneiden, Pfeifer, und glaub mir, das lässt sich nicht so leicht ersetzen wie eine Nase.«

Vogelgedanken vernebelten Resas Verstand. Es machte ihr Angst, aber wie sollte sie ohne Flügel zu Mo kommen? Und selbst, wenn du zu ihm fliegst, Resa, was dann? Willst du dem Pfeifer die Augen aushacken, damit er den Eichelhäher nicht fliehen sieht? Flieg fort, Resa, es ist alles verloren. Rette dein ungeborenes Kind, wenn du schon seinen Vater nicht retten kannst. Kehr zurück zu Meggie. Vogelangst erfüllte sie, Vogelangst und Menschenschmerz – oder war es umgekehrt? Wurde sie schon verrückt? Verrückt wie Mortola?

Zitternd hockte sie da, wartend, dass die Kammer sich leerte, dass der Natternkopf ging, um seinen Gefangenen zu sehen. Warum hat er ihn nur verraten?, dachte sie. Warum? Was hat Orpheus ihm versprochen? Was kann wertvoller sein als das Leben, das Mo ihm zurückgegeben hat?

Der Natternkopf, Orpheus, der Pfeifer, die Soldaten, zwei Diener mit den Kissen, die ihrem Herrn das schmerzende Fleisch stützten – Resa sah sie alle gehen, doch als sie den Kopf über den Schrankrand schob, weil sie glaubte, allein zu sein, stand Jacopo da und starrte zu ihr herauf.

Einer der Diener kam zurück, um dem Natternkopf seinen Mantel zu holen.

»Siehst du den Vogel da oben?«, fragte Jacopo. »Fang ihn mir!«

Aber der Diener zog ihn unsanft zur Tür. »Du hast hier gar nichts zu sagen! Geh deine Mutter besuchen. Da, wo sie ist, kann sie bestimmt Gesellschaft brauchen!«

Jacopo sträubte sich, doch der Diener stieß ihn unsanft zur Tür hinaus. Dann schloss er die Tür – und kam auf den Schrank zu. Resa wich zurück. Sie hörte, wie er etwas vor den Schrank schob. Flattre ihm ins Gesicht, Resa! Doch wohin dann? Die Tür war verschlossen, die Fenster verhängt. Der Diener warf den schwarzen Mantel nach ihr. Sie flatterte gegen die Tür, gegen die Wände, hörte ihn fluchen. Wohin? Sie flog auf den Leuchter unter der Decke zu, doch etwas traf sie am Flügel. Ein Schuh. Es tat weh, so weh, und sie fiel.

»Na warte, den Hals dreh ich dir um! Wer weiß, vielleicht

schmeckst du gar nicht schlecht. Bestimmt besser als das, was unser feiner Herr uns zu essen gibt.« Hände griffen nach ihr. Sie versuchte davonzuflattern, aber ihr Flügel schmerzte und die Finger hielten sie fest. Verzweifelt hackte sie mit dem Schnabel nach ihnen.

»Lass sie los.«

Der Diener drehte sich verwirrt um. Staubfinger schlug ihn zu Boden, Feuer hinter sich. Verräterfeuer. Gwin starrte hungrig auf die Schwalbe, aber Staubfinger scheuchte ihn fort. Resa wollte nach seinen Händen hacken, als er nach ihr griff, aber sie hatte keine Kraft mehr, und er hob sie behutsam vom Boden auf und strich ihr über die Federn.

»Was ist mit dem Flügel? Kannst du ihn bewegen?«

Der Vogel in ihr traute ihm, wie alle wilden Geschöpfe, aber ihr Menschenherz erinnerte sich an die Worte des Pfeifers. »Warum hast du Mo verraten?«

»Weil er es so wollte. Spuck die Körner aus, Resa! Oder hast du schon vergessen, dass du ein Mensch bist?«

Vielleicht will ich es vergessen, dachte sie, doch sie spuckte ihm die Samenkörnchen gehorsam in die Hand. Diesmal fehlte keines, aber sie spürte den Vogel trotzdem immer stärker in sich. Klein und groß, groß und klein, Haut und Federn, Haut ohne Federn … Sie strich sich über die Arme, spürte ihre Finger wieder, krallenlos, spürte Tränen in den Augen, Menschentränen.

»Hast du gesehen, wo das Leere Buch versteckt ist?«

Sie schüttelte den Kopf. Ihr Herz war so froh, dass es ihn weiter lieben durfte.

»Wir müssen es finden, Resa«, flüsterte Staubfinger. »Dein Mann wird der Natter ein neues Buch binden, damit er dabei den

Eichelhäher vergisst und Orpheus' Worte ihm nichts mehr anhaben können, aber dieses Buch darf niemals fertig werden. Verstehst du?«

Ja, sie verstand. Sie suchten überall, im Licht des Feuers, tasteten über feuchte Tücher, Kleider und Stiefel, Schwerter, Krüge, Silberteller und bestickte Kissen. Selbst in das blutige Wasser griffen sie. Als sie draußen Schritte hörten, zerrte Staubfinger den bewusstlosen Diener mit sich, und sie verbargen sich hinter dem Schrank, auf dem Resa gehockt hatte. Für den Vogel war die Kammer groß wie eine ganze Welt gewesen, doch nun schien sie zu eng zum Atmen. Staubfinger stellte sich schützend vor Resa, aber die Diener, die hereinkamen, waren zu beschäftigt damit, das blutige Bad ihres Herrn zu leeren. Sie fluchten, während sie die feuchten Tücher forträumten, und ertränkten den Ekel vor dem faulenden Fleisch ihres Herrn in Spott. Dann trugen sie die Wanne hinaus und ließen sie wieder allein.

Suchen … in jedem Winkel, in jeder Truhe, in dem zerwühlten Bett und darunter. Suchen.

Brennende Worte

Es kochte in ihr, während sie die Seiten anschaute,
die bis zum Erbrechen voll waren mit Absätzen und
Worten.
Ihr Mistkerle, dachte sie.
Ihr geliebten Mistkerle.
Macht mich nicht glücklich. Bitte erfüllt mich nicht.
Lasst mich nicht glauben, dass aus all dem etwas
Gutes entstehen kann.
Markus Zusak, Die Bücherdiebin

Farid fand Doria. Als sie ihn auf den Baum zutrugen, dachte Meggie zuerst, der Riese hätte ihn zertreten, so wie die Männer des Hänflings, die wie zerbrochene Puppen unten im froststarren Gras lagen.

»Nein, das war nicht der Riese«, sagte Roxane, als sie Doria zu den anderen Verwundeten legten, dem Schwarzen Prinzen und dem Holzfuß, dem Seidenspinner und dem Igel. »Das ist Menschenwerk.«

Roxane hatte eins der untersten Nester zum Krankenzimmer erklärt. Zum Glück gab es unter den Räubern nur zwei Tote. Der Hänfling dagegen hatte viele Männer verloren. Ein weiteres Mal würde ihn nun wohl selbst die Angst vor seinem Schwager nicht zurückbringen.

Auch der Rußvogel war tot. Er lag mit gebrochenem Genick unten im Gras und starrte mit leeren Augen in den Himmel. Zwischen den Bäumen lauerten die Wölfe, angelockt vom Geruch des Blutes.

Aber sie trauten sich nicht näher, weil der Riese zusammengerollt wie ein Kind unter dem Nesterbaum schlief, so tief, als hätte Roxanes Gesang ihn für immer ins Reich der Träume geschickt.

Doria wachte nicht auf, als Minerva ihm den blutigen Kopf verband, und Meggie setzte sich neben ihn, während Roxane sich um die anderen Verwundeten kümmerte. Dem Igel ging es sehr schlecht, aber die Wunden der anderen würden heilen. Der Schwarze Prinz hatte zum Glück nur ein paar gebrochene Rippen. Er wollte hinunter zu seinem Bären, aber Roxane hatte es ihm verboten, und Baptista musste ihm immer wieder versichern, dass der Bär schon wieder Schneehasen jagte, nachdem Roxane den Pfeil entfernt hatte, der ihm die pelzige Schulter durchbohrt hatte. Doria aber rührte sich nicht. Er lag nur da, das braune Haar voll Blut.

»Was meinst du? Wird er jemals wieder aufwachen?«, fragte Meggie, als Roxane sich über ihn beugte.

»Ich weiß es nicht«, antwortete Roxane. »Sprich mit ihm. Manchmal ruft sie das zurück.«

Sprich mit ihm. Was sollte sie Doria erzählen? *Farid sagt, es gibt dort Kutschen, die ohne Pferde fahren, und Musik, die aus einem winzigen schwarzen Zauberkasten kommt.* Er hatte sie immer wieder nach der anderen Welt gefragt, und so begann Meggie mit leiser Stimme von pferdelosen Kutschen und fliegenden Maschinen zu erzählen, von segellosen Schiffen und Apparaten, die Stimmen von einem Teil der Erde zum anderen trugen. Elinor kam, um nach ihr zu sehen, Fenoglio setzte sich eine Weile an ihre Seite, selbst Farid kam und hielt ihre Hand, während sie die von Doria hielt, und zum ersten Mal war Meggie ihm wieder so nah wie damals, als sie zusammen mit Staubfinger ihren gefangenen Eltern gefolgt waren. Kann das Herz zwei Jungen lieben?

»Farid«, sagte Fenoglio irgendwann, »lass uns nachsehen, was das Feuer über den Eichelhäher erzählen kann, und dann wird diese Geschichte zu Ende gebracht, zu einem guten Ende.«

»Vielleicht sollten wir den Riesen zum Eichelhäher schicken!«, sagte der Seidenspinner. Roxane hatte ihm einen Pfeil aus dem Arm geschnitten, und seine Zunge war schwer vom Wein, den sie ihm zu trinken gegeben hatte, um den Schmerz zu lindern. Der Hänfling hatte etliche Schläuche Wein hinterlassen, Proviant und Decken, Waffen und reiterlose Pferde.

»Hast du vergessen, wo der Eichelhäher ist?«, fragte der Schwarze Prinz. Meggie war so froh, dass er am Leben war. »Kein Riese kann durch den Schwarzen See waten. Auch wenn sie sich früher gern darin gespiegelt haben.«

Nein, so einfach würde es nicht sein.

»Komm, Meggie, lass uns das Feuer fragen«, sagte Farid, aber Meggie zögerte, Dorias Hand loszulassen.

»Geh nur. Ich bleibe bei ihm«, sagte Minerva, und Fenoglio flüsterte: »Nun schau nicht so besorgt! Natürlich wird der Junge wieder aufwachen! Hast du vergessen, was ich dir erzählt habe? Seine Geschichte fängt gerade erst an!«

Aber Dorias blasses Gesicht machte es schwer, das zu glauben.

Der Ast, auf den Farid sich kniete, um das Feuer zu rufen, war so breit wie die Straße vor Elinors Gartentor. Während Meggie sich neben ihn hockte, blickte Fenoglio misstrauisch zu den Kindern hinauf, die über ihnen in den Zweigen saßen und den schlafenden Riesen beobachteten.

»Untersteht euch!«, rief er und wies auf die Tannenzapfen in ihren kleinen Händen. »Der Erste, der einen von den Zapfen auf den Riesen wirft, fliegt hinterher. Ich schwöre es euch!«

»Irgendwann werden sie einen werfen, und was dann?«, fragte Farid, während er behutsam etwas Asche auf die hölzerne Haut des Baumes streute. Es war nicht mehr viel übrig, so sorgfältig er sie auch jedes Mal wieder zusammenstrich. »Was wird der Riese tun, wenn er wieder wach wird?«

»Was weiß ich?«, brummte Fenoglio und warf einen leicht beunruhigten Blick nach unten. »Ich hoffe nicht, dass die arme Roxane ihn für den Rest ihres Lebens in den Schlaf singen muss.«

Der Schwarze Prinz kam auch zu ihnen. Baptista musste ihn stützen. Wortlos setzten sie sich neben Meggie. Das Feuer schien schläfrig an diesem Tag. Sosehr Farid auch lockte und schmeichelte, es dauerte endlos lange, bis die Flammen aus der Asche züngelten. Der Riese begann im Schlaf vor sich hin zu summen. Schleicher sprang auf Farids Knie, einen toten Vogel im Maul, und plötzlich kamen die Bilder: Staubfinger in einem Hof, umgeben von großen Käfigen. In einem davon weinte ein Mädchen. Brianna. Eine schwarze Gestalt stand zwischen ihr und ihrem Vater.

»Nachtmahr!«, flüsterte Baptista. Meggie sah ihn erschrocken an. Das Bild löste sich auf in gräulichen Rauch und ein anderes erschien im Herzen der Flammen. Farid griff nach Meggies Hand und Baptista stieß einen leisen Fluch aus. Mo. Er war an einen Tisch gekettet. Der Pfeifer war bei ihm. Und der Natternkopf. Sein aufgequollenes Gesicht sah noch furchtbarer aus, als Meggie es in ihren schlimmsten Träumen gesehen hatte. Auf dem Tisch lagen Leder und unbeschriebenes Papier.

»Er bindet ihm noch ein Leeres Buch!«, flüsterte Meggie. »Was hat das zu bedeuten?« Erschrocken sah sie Fenoglio an.

»Meggie!« Farid lenkte ihre Aufmerksamkeit noch einmal auf das Feuer.

Aus den Flammen stiegen – Buchstaben, brennende Buchstaben, die sich zu Wörtern formten.

»Was zum Teufel ist das?«, stieß Fenoglio hervor. »Wer hat die geschrieben?«

Die Worte wehten davon und verglühten zwischen den Zweigen, bevor einer von ihnen sie lesen konnte. Aber das Feuer gab Fenoglio die Antwort auf seine Frage. Ein blasses, rundes Gesicht erschien in den Flammen, die Brillengläser rund wie ein zweites Paar Augen.

»Orpheus!«, flüsterte Farid.

Die Flammen sanken in sich zusammen. Sie schlüpften zurück in die Asche, als wäre sie ihr Nest, aber ein paar feurige Worte trieben immer noch in der Luft. *Eichelhäher … Angst … zerbrach … sterben …*

»Was bedeutet das?«, fragte der Schwarze Prinz.

»Das ist eine lange Geschichte, Prinz!«, antwortete Fenoglio mit müder Stimme. »Und ich fürchte, der falsche Mann hat ihr Ende geschrieben.«

Der Buchbinder

Keine von uns war die wirkliche Autorin: eine Faust ist mehr als die Summe ihrer Finger.
Margaret Atwood, Der blinde Mörder

Falzen. Schneiden. Das Papier war gut, besser als beim letzten Mal. Mos Fingerspitzen ertasteten die Fasern im gebleichten Weiß, fuhren die Ränder entlang, nach Erinnerungen suchend. Und sie kamen, füllten ihm Herz und Hirn mit tausend Bildern, tausend und mehr vergessenen Tagen. Der Geruch des Leims brachte ihn zurück an all die Orte, an denen er allein gewesen war mit einem kranken Buch, und die vertrauten Handgriffe ließen ihn erneut die Genugtuung fühlen, die ihn jedes Mal erfüllt hatte, wenn er einem Buch neues Leben gegeben und seine Schönheit wenigstens für eine Weile vor den scharfen Zähnen der Zeit gerettet hatte. Er hatte tatsächlich vergessen, welchen Frieden es brachte, wenn die Hände ihre Arbeit taten. Falzen, schneiden, den Faden durch das Papier ziehen. Mortimer. Da war er wieder: Mortimer, der Buchbinder, für den ein Messer nicht deshalb scharf sein musste, weil es so besser tötete, und den die Worte nicht bedrohten, weil er ihnen nur neue Kleider zuschneiderte.

»Du lässt dir Zeit, Eichelhäher.«

Die Stimme des Pfeifers brachte ihn zurück in den Tausend-Fenster-Saal.

Erlaub es nicht, Mortimer. Stell dir einfach vor, dass der Silbernasige immer noch in seinem Buch steckt, dass er nichts ist als eine

Stimme, die aus den Buchstaben dringt. Der Eichelhäher ist nicht hier. Orpheus' Worte müssen an einem anderen Ort nach ihm suchen.

»Du weißt, dass du sterben wirst, wenn du fertig bist. Das macht dich so langsam, nicht wahr?« Der Pfeifer stieß ihm die behandschuhte Faust so derb in den Rücken, dass er sich fast in die Hände schnitt, und der Eichelhäher kam zurück und stellte sich vor, wie die Klinge, die das Papier schnitt, dem Pfeifer in die Brust fuhr.

Mo zwang sich, das Messer zur Seite zu legen, und griff nach einem weiteren Bogen, Frieden suchend in all dem geleimten Weiß.

Der Pfeifer hatte recht. Er ließ sich Zeit, aber nicht, weil er Angst vorm Sterben hatte, sondern weil dieses Buch niemals fertig werden durfte und jeder Handgriff nur dazu diente, den zurückzubringen, den Orpheus' Worte nicht binden konnten. Mo spürte sie kaum noch. All die Verzweiflung, die ihm in dem dunklen Loch ins Herz gesickert war, all die Wut und Hoffnungslosigkeit ... Sie waren verblasst, als hätten seine Hände sie ihm vom Herzen gewaschen.

Doch was geschah, wenn Staubfinger und Resa das andere Leere Buch nicht fanden? Was, wenn der Nachtmahr Brianna und ihren Vater verschlang? Würde er dann ewig in diesem Saal stehen und leere Seiten binden? Nicht ewig, Mo. Du bist nicht unsterblich. Zum Glück.

Der Pfeifer würde ihn töten. Er wartete darauf, seit sie sich zum ersten Mal auf der Nachtburg begegnet waren. Und die Spielleute würden den Tod des Eichelhähers besingen, nicht den von Mortimer Folchart. Aber was würde aus Resa und dem ungeborenen Kind werden? Und was aus Meggie? Denk nicht, Mortimer.

Schneide, falze, hefte, verschaff dir Zeit – auch wenn du noch nicht weißt, wozu sie gut sein wird. Resa kann davonfliegen, wenn du tot bist, und Meggie finden. Meggie …

Bitte! Lasst meine Tochter leben!, flehte sein Herz die Weißen Frauen an. Ich komme ja mit euch, aber lasst Meggie noch hier. Ihr Leben fängt doch gerade erst an, auch wenn sie noch nicht weiß, in welcher Welt sie es leben will.

Schneiden, Falzen, Heften – er glaubte Meggies Gesicht auf dem leeren Papier zu sehen. Fast glaubte er, sie neben sich zu spüren, wie damals in der Kammer der Nachtburg, derselben Kammer, in der Violantes Mutter gelebt hatte. Violante … Sie hatten sie in eins der Löcher geworfen. Mo wusste genau, was ihr dort unten am meisten Angst machen würde: dass ihr die Dunkelheit auch noch das wenige nehmen würde, was sie sehen konnte. Sie rührte ihn immer noch, die Natterntochter, und er hätte ihr so gern geholfen, doch der Eichelhäher musste schlafen.

Vier Fackeln hatten sie ihm angezündet. Viel Licht war das nicht, aber besser als nichts. Die Ketten machten das Arbeiten auch nicht gerade leichter. Ihr Klirren erinnerte ihn bei jeder Bewegung daran, dass er nicht in seiner Werkstatt in Elinors Garten stand.

Die Tür ging auf.

»Na bitte«, hallte Orpheus' Stimme durch den leeren Saal. »Die Rolle steht dir doch viel besser! Wie ist dieser Narr Fenoglio nur darauf gekommen, aus einem Buchbinder einen Räuber zu machen?«

Mit triumphierendem Lächeln blieb er vor ihm stehen, gerade so weit entfernt, dass das Messer ihn nicht würde erreichen können. O ja, an so etwas dachte Orpheus. Sein Atem roch wie immer etwas süßlich.

»Du hättest wissen müssen, dass Staubfinger dich irgendwann verrät. Er verrät jeden. Glaub mir, ich weiß, wovon ich rede. Es ist die Rolle, die er am besten spielt. Aber vermutlich konntest du dir deine Helfer nicht aussuchen.«

Mo griff nach dem Leder, das für den Einband gedacht war. Es war leicht rötlich, wie das des ersten Buches.

»Oh, du redest nicht mehr mit mir! Nun, das ist verständlich.« Orpheus hatte nie glücklicher ausgesehen.

»Lass ihn arbeiten, Doppelauge! Oder soll ich dem Natternkopf erzählen, dass er noch etwas länger in seiner juckenden Haut stecken muss, weil dir nach einem Schwätzchen war?« Die Stimme des Pfeifers klang noch gepresster als üblich. Orpheus machte sich keine Freunde.

»Vergiss nicht, dass dein Herr es mir verdankt, dass er diese Haut sehr bald los sein wird, Pfeifer!«, erwiderte er mit gelangweilter Stimme. »Deine Überzeugungskünste haben unseren buchbindenden Freund wenig beeindruckt, wenn ich mich recht erinnere.«

Ah, die beiden stritten um den besten Platz neben der Natter. Zurzeit hatte Orpheus vermutlich die besseren Karten, aber vielleicht ließ sich das ja ändern.

»Was redest du da, Orpheus?«, sagte Mo, ohne von der Arbeit aufzusehen. Er schmeckte die Rache schon süß auf der Zunge. »Der Natternkopf muss nur dem Pfeifer dankbar sein. Es waren seine Männer, die mich gefangen haben. Ich war unvorsichtig. Ich bin ihnen geradewegs in die Arme gelaufen. Du hattest damit nicht das Geringste zu tun.«

»Was?« Orpheus' Finger fuhren irritiert an seine Brille.

»Genau so werde ich es dem Natternkopf erzählen. Sobald er ausgeschlafen hat.« Mo schnitt durch das Leder und stellte sich vor, er zerschnitte das Netz, das Orpheus um ihn gesponnen hatte.

Der Pfeifer kniff die Augen zusammen, als könnte er so klarer sehen, welches Spiel der Eichelhäher spielte. Der Eichelhäher ist nicht hier, Pfeifer, dachte Mo. Aber wie sollst du das verstehen?

»Hüte dich, Buchbinder!« Orpheus machte einen unbeholfenen Schritt auf ihn zu. Seine Stimme überschlug sich fast. »Solltest du deine Zauberzunge benutzen, um Lügen über mich zu verbreiten, lass ich sie auf der Stelle herausschneiden!«

»Ach ja? Von wem?«

Mo sah den Pfeifer an.

»Ich will meine Tochter nicht auf dieser Burg sehen«, sagte er leise. »Ich will, dass niemand nach ihr sucht, wenn der Eichelhäher tot ist.«

Der Pfeifer erwiderte seinen Blick – und lächelte. »Versprochen. Der Eichelhäher hat gar keine Tochter«, sagte er. »Und seine Zunge wird er auch behalten. Solange sie die richtigen Worte spricht.«

Orpheus biss sich so fest auf die Lippen, dass sie blass wurden wie seine Haut. Dann trat er dicht an Mos Seite.

»Ich werde neue Worte schreiben!«, zischte er ihm ins Ohr. »Worte, bei denen du dich krümmen wirst wie ein Wurm am Haken!«

»Schreib, was du willst!«, erwiderte Mo und schnitt noch einmal durch das Leder.

Der Buchbinder würde die Worte nicht spüren.

So viele Tränen

(…) seit Anbeginn der Zeit,
als Kind, dachte ich,
Schmerz hieße,
nicht geliebt zu werden.
Schmerz hieß ich liebte.
Louise Glück, First Memory

Sie weinte! Jacopo hatte seine Mutter noch nie weinen hören. Nicht einmal, als sie seinen Vater tot aus dem Wald zurückgebracht hatten. Er selbst hatte damals auch nicht geweint, aber das war etwas anderes.

Sollte er zu ihr hinunterrufen? Er kniete sich an den Rand des Loches und starrte in die Dunkelheit hinab. Er konnte sie nicht sehen, nur hören. Das Weinen klang schrecklich. Es machte ihm Angst. Seine Mutter weinte nicht. Seine Mutter war immer stark, immer stolz. Sie nahm ihn nicht in den Arm wie Brianna. Brianna umarmte ihn sogar, wenn er grausam zu ihr gewesen war. »Weil du deinem Vater ähnlich siehst!«, sagten die Mägde in der Küche. »Brianna war verliebt in deinen Vater!« Sie war immer noch verliebt in ihn. Sie hatte eine Münze mit seinem Bild in dem Beutel an ihrem Gürtel, die sie manchmal heimlich küsste, und sie schrieb seinen Namen an die Mauern. Sie schrieb ihn in die Luft und in den Staub. Sie war so dumm.

Das Schluchzen in der Tiefe wurde nur noch heftiger, und Jacopo presste sich die Hände auf die Ohren. Es klang, als zerbräche seine Mutter dort unten in kleine Stücke, so winzige Stücke, dass man sie nie mehr würde zusammenfügen können. Aber er wollte sie behalten!

»Dein Großvater wird dich mitnehmen«, sagten die Diener. »Mit auf die Nachtburg. Damit du dort mit seinem Sohn spielen kannst.« Aber Jacopo wollte nicht auf die Nachtburg. Er wollte nach Ombra zurück. Dort war seine Burg. Außerdem machte sein Großvater ihm Angst. Er stank und keuchte und seine Haut war so schwammig, dass man Sorge hatte, mit den Fingern Löcher hineinzudrücken!

Da unten war bestimmt schon alles nass von Tränen. Es klang, als würde sie bald in ihnen ertrinken! Kein Wunder, dass sie so traurig war. Sie konnte keine Bücher lesen in der Dunkelheit, und seine Mutter war unglücklich ohne Bücher. Sie liebte nichts so sehr. Sie liebte sie viel mehr als ihn, aber das war egal. Das Doppelauge sollte sie trotzdem nicht heiraten. Jacopo hasste das Doppelauge. Seine Stimme war wie geschmolzener Zucker auf der Haut.

Den Eichelhäher mochte er. Und den Feuertänzer. Aber die würden nun beide bald tot sein. Den Feuertänzer würde Orpheus an den Nachtmahr verfüttern, und dem Eichelhäher würden sie die Haut abziehen, sobald er das neue Buch fertig hatte. Sein Großvater hatte ihn einmal zusehen lassen, als sie einem Mann die Haut abgezogen hatten. Jacopo hatte sich vor seinen Schreien im verborgensten Winkel seines Herzens versteckt, aber er hatte sie auch dort noch gehört.

Es war still. Seine Mutter weinte nicht mehr. Ob sie sich totgeweint hatte?

Die Wächter beachteten ihn nicht, als er sich tief in das schwarze Loch hinabbeugte. »Mutter?«

Das Wort kam ihm nicht leicht über die Lippen. Eigentlich nannte er sie nie so. Er nannte sie die Hässliche. Aber nun hatte sie geweint.

»Jacopo?«

Sie lebte noch.

»Ist der Eichelhäher tot?«

»Noch nicht. Er bindet das Buch.«

»Wo ist Brianna?«

»Im Käfig.« Er war eifersüchtig auf Brianna. Sie mochte sie lieber als ihn. Brianna durfte bei seiner Mutter schlafen und sie sprach mit ihr viel öfter als mit ihm. Aber Brianna tröstete ihn auch, wenn er sich wehgetan hatte oder wenn die Männer des Hänflings ihn aufzogen mit seinem toten Vater. Und sie war sehr schön.

»Weißt du, was sie mit mir machen wollen?« Die Stimme seiner Mutter klang anders. Sie hatte Angst! Er hatte noch nie gehört, dass sie Angst hatte.

Wenn er sie doch nur hätte heraufholen können, so wie der Feuertänzer es mit dem Eichelhäher getan hatte.

»Orpheus –«, begann er, aber einer der Wächter packte ihn am Nacken und zerrte ihn hoch.

»Genug mit dem Geschwätz!«, sagte er. »Verschwinde.«

Jacopo versuchte sich zu befreien, aber vergebens.

»Lasst sie raus!«, schrie er den Soldaten an. Er schlug ihm die Fäuste gegen die gepanzerte Brust. »Lasst sie raus! Sofort!«

Aber der Soldat lachte nur.

»Hör dir den an!«, sagte er zu dem anderen Wächter. »Pass auf, dass du nicht selbst bald in dem Loch steckst, du Zwerg. Dein Großvater hat jetzt einen Sohn. Da zählt der Enkel nicht viel, schon gar nicht, wenn er das Balg von Cosimo ist und seine Mutter sich mit dem Eichelhäher zusammengetan hat.«

Er stieß Jacopo so grob fort, dass er hinfiel, und Jacopo wünschte sich, er könnte Flammen aus seinen Händen kommen lassen wie der Feuertänzer oder sie alle mit einem Schwert erschlagen, wie der Eichelhäher es mit so vielen von ihnen getan hatte.

»Jacopo?«, hörte er seine Mutter aus der Tiefe rufen, aber als er zurück zum Rand des Loches laufen wollte, stellten sich die Soldaten ihm in den Weg.

»Verschwinde endlich!«, fuhr ihn der eine an. »Oder ich sag dem Doppelauge, er soll dich an den Nachtmahr verfüttern. Du bist sicher nicht halb so zäh wie der Buchmaler, den sie für ihn reserviert haben.«

Jacopo trat ihm gegen das Knie, so fest er konnte, und entkam, bevor der andere Wächter ihn packen konnte.

Die Gänge, durch die er stolperte, waren so dunkel, dass er tausend Ungeheuer in den Schatten sah. Es war viel besser gewesen, als das Feuer überall an den Wänden gebrannt hatte, so viel besser. Wohin? Wohin sollte er gehen? In die Kammer, in die sie ihn mit seiner Mutter gesperrt hatten? Nein, dort waren die Käfer, die einem in die Nase und die Ohren krochen. Orpheus hatte sie ihm geschickt. Er hatte es ihm selbst gesagt und dabei gelacht. Dreimal schon hatte Jacopo die Kleider gewechselt, um sie loszuwerden, aber er spürte sie immer noch, überall.

Vielleicht sollte er zu dem Käfig laufen, in dem Brianna steckte? Aber nein, da stand der Nachtmahr davor. Jacopo hockte sich auf den steinernen Boden und vergrub das Gesicht in den Händen. Er wünschte sie alle zum Teufel, Orpheus und den Pfeifer und seinen Großvater. Er wollte werden wie der Eichelhäher und der

Schwarze Prinz – und sie dann alle töten. Alle. Damit ihnen das Lachen verging. Und dann würde er auf dem Thron von Ombra sitzen und die Nachtburg angreifen, wie sein Vater es getan hatte. Doch er würde sie erobern und all das Silber nach Ombra schaffen, und die Spielleute würden Lieder über ihn singen. Er würde sie jeden Tag auf der Burg ihre Kunststücke vorführen lassen, nur für ihn, und der Feuertänzer würde seinen Namen an den Himmel schreiben, und seine Mutter würde sich vor ihm verneigen, und er würde eine Frau heiraten, die genauso schön wie Brianna war ...

Er sah es alles ganz deutlich vor sich, während er dasaß in der Dunkelheit, die seines Großvaters Augen schützte, genauso deutlich wie die Bilder, die Balbulus für ihn gemalt hatte.

Ein Buch über ihn. Jacopo. Ein Buch, ebenso prächtig wie die über den Eichelhäher. Nicht leer und verfault wie ...

Jacopo hob den Kopf.

... das Leere Buch.

Ja. Warum nicht? So würde ihnen das Lachen bestimmt vergehen.

Jacopo richtete sich auf. Es würde ganz leicht sein. Sein Großvater durfte nur nicht gleich merken, dass es fort war. Besser, er tauschte es gegen ein anderes aus. Nur welches?

Er presste die Hände auf seine zitternden Knie.

Seine Bücher hatte Orpheus ihm abnehmen lassen, und die seiner Mutter waren auch alle fort. Aber es gab noch mehr Bücher in dieser Burg, kranke Bücher, krank wie das Buch seines Großvaters, in der Kammer, in der sie den Eichelhäher gefangen hatten.

Es war ein weiter Weg dorthin, und Jacopo verlief sich ein paar Mal, aber schließlich wies der Schimmelgeruch ihm den Weg – derselbe Geruch, der seinen Großvater umgab – und die rußige

Spur, kaum sichtbar im Licht seiner Fackel, mit der der Feuertänzer den Eichelhäher verraten hatte. Warum hatte er das getan? Für Silber, wie der Rußvogel? Was wollte er sich dafür kaufen? Ein Schloss? Eine Frau? Ein Pferd?

»Trau deinen Freunden noch weniger als deinen Feinden, Jacopo!« So hatte sein Großvater es ihm beigebracht. »So etwas wie Freunde gibt es nicht. Nicht für einen Fürsten.« Früher hatte sein Großvater oft mit ihm geredet, doch das war lange her. *Er hat jetzt einen Sohn, Jacopo.*

Er nahm sich ein Buch, das nicht allzu groß war – das Leere Buch war auch nicht sehr groß –, und schob es sich unter den Kittel.

Vor der Kammer seines Großvaters standen zwei Wachen. Er war also zurück vom Eichelhäher. Vielleicht hatte er ihn doch schon getötet? Nein. Das neue Buch war bestimmt noch nicht fertig. So etwas dauerte lange, das wusste er von Balbulus. Aber wenn es fertig war, würde sein Großvater den Eichelhäher zum Schreien bringen und seine Mutter an das Doppelauge verheiraten oder in dem Loch lassen, bis sie in kleine Stücke zerfallen war. Und ihn würden sie mit auf die Nachtburg nehmen.

Jacopo ordnete seine Kleider und wischte sich die Tränen aus den Augen. Er hatte sie gar nicht bemerkt. Sie ließen alles verschwimmen, die Wächter und das Feuer ihrer Fackeln. Dumm. Tränen waren dumm.

»Ich will zu meinem Großvater!«

Wie sie sich zugrinsten. Der Eichelhäher würde sie alle töten. Alle.

»Er schläft. Verschwinde.«

»Er kann nicht schlafen, du Dummkopf!« Jacopos Stimme

wurde schrill. Noch vor ein paar Monaten hätte er mit dem Fuß aufgestampft, aber er hatte gelernt, dass das nicht sonderlich wirksam war. »Der Däumling schickt mich. Ich soll ihm seine Schlafmedizin bringen.«

Die Wächter wechselten einen unsicheren Blick. Zum Glück war er klüger als sie alle. Sehr viel klüger.

»Na gut, geh rein!«, knurrte der eine. »Aber wehe, du willst ihm nur die Ohren vollheulen wegen deiner Mutter. Dann werf ich dich eigenhändig zu ihr in das Loch, verstanden?«

Du bist tot!, dachte Jacopo, als er an ihm vorbeiging. Tot. Tot. Tot. Weißt du das noch nicht? O ja. Das tat gut.

»Was willst du?« Sein Großvater saß auf dem Bett, zwei Diener neben sich, die ihm das Feenblut von den Beinen wischten. Seine Lider waren schwer von dem Mohnsaft, den er nahm, wenn er schlafen wollte. Und warum sollte er nicht schlafen? Der Eichelhäher war gefangen und band ihm den Tod erneut in ein Buch.

»Was machst du mit dem Eichelhäher, wenn er fertig ist?« Jacopo wusste genau, welche Geschichten sein Großvater gern erzählte.

Der Natternkopf lachte und winkte die Diener ungeduldig fort. Mit tausend Verbeugungen duckten sie sich ihren Weg zur Tür.

»Vielleicht gerätst du doch nach mir, auch wenn du wie dein Vater aussiehst.« Der Natternkopf ließ sich ächzend auf die Seite fallen. »Was würdest du zuerst mit ihm machen?« Seine Zunge war schon so schwer wie seine Lider.

»Ich weiß nicht. Die Fingernägel herausreißen?«

Jacopo trat an das Bett. Da war es, das Kissen, das der Natternkopf immer mit sich trug. Um sein krankes Fleisch zu stützen, sagten sie. Aber Jacopo wusste es besser. Er hatte schon oft gesehen, wie sein Großvater die Hand unter den schweren Stoff schob, um mit den Fingern über das Leder zu fahren. Einmal hatte er sogar einen Blick auf den blutgetränkten Einband erhascht. Keiner achtete auf das, was ein Kind sah. Nicht einmal der Natternkopf, der keinem traute außer sich selbst.

»Die Fingernägel? Oh. Das ist schmerzhaft, ja. Ich hoffe, mein Sohn wird ähnliche Einfälle haben, wenn er erst einmal so alt ist wie du. Obwohl – wozu braucht man einen Sohn, wenn man unsterblich ist? Das frage ich mich immer öfter. Wozu braucht man eine Frau? Oder Töchter ...«

Die letzten Worte waren kaum noch verständlich. Der Natternkopf öffnete den Mund und ließ ein Schnarchen hören. Die Echsenlider schlossen sich, und die linke Hand krallte sich in das Kissen, in dem sein Tod steckte. Aber Jacopo hatte kleine schmale Hände. Sie glichen so gar nicht den Händen seines Großvaters. Vorsichtig öffnete er die Bänder, die den Stoff verschlossen, schob die Finger in das Kisseninnere und zog das Buch hervor, das Leere Buch – obwohl man es eigentlich das Rote nennen musste. Sein Großvater drehte den Kopf und röchelte im Schlaf. Jacopo zog das Buch, das er aus der Kammer der kranken Bücher geholt hatte, unter dem Kittel hervor, und vertauschte es mit seinem roten Zwilling.

»Mein Großvater schläft«, sagte er zu den Wächtern, als er aus der Kammer trat. »Und wehe, ihr weckt ihn, dann lässt er euch die Fingernägel ausreißen.«

Der Nachtmahr

Was soll der fürchten, der den Tod nicht fürchtet?
Friedrich Schiller, Die Räuber

Resa war fortgeflogen, zum Tausend-Fenster-Saal, zu Zauberzunge. »Resa! Der Vogel wird dich nie wieder verlassen!«, hatte Staubfinger sie gewarnt, aber sie hatte sich die Körner trotzdem in den Mund geschoben.

Er hatte Mühe gehabt, sie aus der Kammer zu zerren, bevor der Silberfürst zurückkam. Die Verzweiflung in ihrem Gesicht hatte ihm das Herz zerschnitten. Sie hatten das Leere Buch nicht gefunden, und sie wussten beide, was das bedeutete: Nicht der Natternkopf, sondern der Eichelhäher würde sterben, durch die Hand des Pfeifers oder des Däumlings oder durch die Weißen Frauen, weil er den Preis, den der Tod für sein Leben verlangte, nicht hatte bezahlen können.

Resa war nur zu ihm geflogen, damit Zauberzunge nicht allein beim Sterben war. Oder hoffte sie doch noch, dass ihn ein Wunder retten würde? Vielleicht. Staubfinger hatte ihr nicht erzählt, dass der Tod sich nun auch ihn erneut holen würde – und danach ihre Tochter.

»Solltest du das Buch nicht finden«, hatte Zauberzunge ihm zugeflüstert, bevor er ihn fortgeschickt hatte, um die Feuerspur für den Pfeifer zu legen, »dann lass uns wenigstens versuchen, unsere Töchter zu retten.«

Unsere Töchter … Wo er Brianna finden würde, wusste Staubfinger, doch wie sollte er Meggie vor dem Pfeifer schützen oder gar vor den Weißen Frauen?

Natürlich hatten die Männer des Pfeifers versucht ihn festzuhalten, nachdem er sie zum Eichelhäher geführt hatte, aber es war leicht gewesen, ihnen zu entkommen. Sie suchten immer noch nach ihm, doch die Dunkelheit in der Burg tat nicht nur den Augen des Natternkopfes gut, sie verbarg auch seine Feinde.

Orpheus schien sehr sicher zu sein, dass sein schwarzer Hund als Wächter für Brianna ausreichte. Zwei Fackeln brannten neben dem Käfig, in dem sie saß, so zusammengekauert, dass sie wirklich einem gefangenen Vogel glich. Aber kein Soldat bewachte sie. Der wahre Wächter lauerte irgendwo in den Schatten, dort, wo das Licht der Fackeln nicht hindrang.

Wie war es Orpheus nur gelungen, ihn zu zähmen?

»Vergiss nicht, er hat ihn aus einem Buch gelesen«, hatte Zauberzunge gesagt. »Und es ist eins für Kinder gewesen, wobei ich nicht sicher bin, dass Fenoglio den Nachtmahr deshalb harmloser gemacht hat. Aber er ist aus Worten erschaffen, und ich bin sicher, dass Orpheus auch Worte benutzt hat, um ihn gefügig zu machen. Nur ein paar umgestellte Wörter, ein paar leicht verdrehte Sätze, und schon ist der Schrecken der Nacht ein gehorsamer Hund.«

Aber Zauberzunge!, hatte Staubfinger gedacht. Hast du vergessen, dass in dieser Welt angeblich alles aus Worten besteht? Er wusste nur eins: Dieser Nachtmahr war nicht harmloser, sondern finsterer als die, denen man im Weglosen Wald begegnete. Er würde sich nicht wie seine Artgenossen durch Feenstaub und Feuer vertreiben lassen. Orpheus' Hund war aus dunklerem Stoff gewebt. Wie schade, dass du die Weißen Frauen nicht nach seinem Namen gefragt hast, Staubfinger!, dachte er, während er sich langsam an die Käfige heranschlich. Heißt es nicht in den Liedern, dass das die einzige Art ist, einen Nachtmahr zu töten? Denn das war es, was er tun musste: Er musste ihn auslöschen, damit Orpheus ihn nicht zurückrufen konnte. Vergiss die Lieder, Staubfinger, dachte er, während er sich umsah. Schreib dir dein eigenes, so wie der Eichelhäher es nun auch tun muss.

Auf sein Flüstern loderten die Fackeln auf, als wollten sie ihn begrüßen, der Dunkelheit müde, die sie umgab. Und Brianna hob den Kopf.

Wie schön sie war, so schön wie ihre Mutter.

Staubfinger sah sich erneut um, darauf wartend, dass die Dunkelheit sich zu regen begann. Wo war er?

Er hörte ein Schnauben, spürte kalten Atem, hechelnd wie den eines großen Hundes. Links von ihm wuchsen die Schatten und wurden schwärzer als schwarz. Sein Herz begann schmerzhaft schnell zu schlagen. Ah. Die Angst war also doch noch da, auch wenn er sie selten spürte.

Brianna kam auf die Füße und stolperte zurück, bis ihr Rücken gegen die Stäbe stieß. Hinter ihr schlug ein gemalter Pfau sein Rad auf der grauen Mauer. »Geh!«, flüsterte sie. »Bitte! Er wird dich fressen!«

Geh. Ein verlockender Gedanke. Aber er hatte zwei Töchter gehabt. Nun gab es nur noch die eine, und er würde sie behalten, nicht für immer, aber vielleicht noch für ein paar Jahre. Kostbare Zeit. Zeit – was immer das auch war.

Es wurde kalt hinter ihm, schrecklich kalt. Staubfinger rief die Flammen und hüllte sich in ihre Wärme, aber das Feuer duckte sich vor der Kälte, erlosch und ließ ihn allein mit dem Schatten.

»Bitte! Bitte, geh!«, drängte Briannas Stimme, und die Liebe darin, die sie sonst so gut verbarg, wärmte ihn besser, als das Feuer es vermocht hatte. Noch einmal rief er die Flammen, strenger als sonst, erinnerte sie daran, dass sie Brüder waren, unzertrennlich. Sie leckten zögernd aus dem Boden, zitternd, als führe ein kalter Wind in sie, doch sie brannten, und der Nachtmahr wich zurück und starrte ihn an.

Ja, es war wahr, was die Lieder über ihn und seinesgleichen sagten. Es musste wahr sein. Dass sie aus nichts als Seelenschwärze bestanden, aus Bosheit, für die es kein Vergessen und Vergeben gab, bis sie erloschen, sich selbst verzehrend, alles mit sich nehmend, was sie je gewesen waren.

Die Augen hielten ihn fest, rote Augen in all dem Schwarz, wild und dumpf zugleich, verloren in sich selbst, ohne Gestern oder Morgen, ohne Licht und Wärme, gefangen in der eigenen Kälte, frierende Bosheit.

Staubfinger fühlte das Feuer um sich wie einen wärmenden Pelz. Es verbrannte ihm fast die Haut, aber es war sein einziger Schutz gegen die dumpfen Augen und den hungrigen Mund, der sich auftat und so schrie, dass Brianna auf die Knie sank und sich die Hände auf die Ohren presste.

Der Nachtmahr streckte eine schwarze Hand gegen das Feuer aus, tauchte sie hinein, dass sie zischte, und Staubfinger glaubte in all dem Schwarz ein Gesicht zu erkennen. Ein nie vergessenes Gesicht.

War das möglich? Hatte Orpheus es auch gesehen und seinen finsteren Hund so gezähmt – indem er ihn bei seinem vergessenen Namen gerufen hatte? Oder hatte er ihm diesen Namen erst gegeben, hatte mit dem Nachtmahr den zurückgebracht, den Zauberzunge zu den Toten geschickt hatte?

Brianna weinte hinter ihm. Staubfinger spürte ihr Zittern durch die Stäbe, aber er selbst fühlte die Angst nicht mehr. Er war nur noch dankbar. Dankbar für diesen Augenblick. Dankbar für diese erneute Begegnung. Hoffentlich würde es die letzte sein.

»Sieh an! Wen haben wir denn da?«, sagte er leise, während Briannas Weinen hinter ihm verstummte. »Erinnerst du dich in all deiner Dunkelheit? Erinnerst du dich an das Messer und an den Rücken des Jungen, so schmal, so ungeschützt? Erinnerst du dich an das Geräusch, das mein Herz machte, als es brach?«

Der Nachtmahr starrte ihn an, und Staubfinger machte einen Schritt auf ihn zu, immer noch in Flammen gekleidet, Flammen, die heißer und heißer brannten, genährt von all dem Schmerz, den er zurückrief, von all der Verzweiflung.

»Fort mit dir, Basta!«, sagte er und sprach den Namen so laut aus, dass er bis in das Herz all der Dunkelheit drang. »Fort mit dir, für alle Ewigkeit.«

Das Gesicht wurde deutlicher – das schmale Fuchsgesicht, das er einst so gefürchtet hatte – und Staubfinger ließ die Flammen in die Kälte beißen, ließ sie in die Schwärze fahren wie Schwerter, die alle Bastas Namen schrieben, und der Nachtmahr schrie erneut, die Augen plötzlich voll Erinnern. Er schrie und schrie, während seine Gestalt zerlief wie Tinte.

Er zerrann in den Schatten, verging wie Rauch. Nur die Kälte blieb, aber auch sie fraß das Feuer, und Staubfinger fiel auf die Knie und spürte, wie ihn der Schmerz verließ, der Schmerz, der selbst den Tod überdauert hatte, und er wünschte sich Farid an seine Seite. Er wünschte es so sehr, dass er ein paar Atemzüge lang vergaß, wo er war.

»Vater?« Briannas Flüstern kam zu ihm durch das Feuer.

Hatte sie ihn jemals so genannt? Ja, früher. Aber war er damals derselbe gewesen?

Die Stangen des Käfigs bogen sich unter seinen heißen Händen. Er wagte Brianna nicht zu berühren, so sehr spürte er das Feuer in sich. Schritte kamen näher, schwere, hastige Schritte. Die Schreie des Nachtmahrs hatten sie herbeigerufen. Aber die Dunkelheit verschluckte Staubfinger und Brianna, bevor die Soldaten die Käfige erreichten – und dort vergebens nach dem schwarzen Wächter suchten.

Die andere Seite

Sie zerrte eine Seite aus dem Buch und riss sie entzwei.
Dann ein Kapitel.
Schon bald lagen zwischen ihren Beinen und um sie
herum Wortfetzen ... Wozu waren die Worte gut?
Dann sagte sie es laut, in dem orange glühenden Raum.
»Wozu waren die Worte gut?«
Markus Zusak, Die Bücherdiebin

Der Schwarze Prinz war noch bei Roxane. Sie sollte ihm das verletzte Bein so schienen, dass er laufen konnte. Laufen bis zur Burg im See. »Wir haben Zeit«, hatte Meggie zu ihm gesagt, auch wenn ihr Herz es eilig hatte. Mo würde für dieses Leere Buch bestimmt ebenso lange brauchen wie auf der Nachtburg.

Der Schwarze Prinz wollte mit fast all seinen Männern aufbrechen, um dem Eichelhäher beizustehen. Aber ohne Elinor und ohne Meggie. »Ich musste deinem Vater versprechen, dass du und deine Mutter an einem sicheren Ort bleiben«, hatte er zu ihr gesagt, »bei deiner Mutter konnte ich mein Versprechen schon nicht halten. Also will ich es wenigstens bei dir tun. Hast du ihm nicht dasselbe Versprechen gegeben?«

Nein. Das hatte sie nicht. Und deshalb würde sie gehen. Auch wenn es ihr fast das Herz brach, Doria alleinzulassen. Er war immer noch nicht aufgewacht, aber Darius würde mit ihm reden. Und Elinor. Und sie würde zurückkommen. Oder?

Farid würde mit ihr gehen. Er würde das Feuer rufen können, wenn es auf dem Weg zu kalt wurde, und sie hatte etwas von dem getrockneten Fleisch gestohlen und eine von Baptistas Lederflaschen mit Wasser gefüllt. Wie konnte der Schwarze Prinz glauben, dass sie bleiben würde, nachdem sie die Worte aus Feuer gesehen hatte? Wie konnte er glauben, dass sie ihren Vater sterben lassen würde, als wäre das eine andere, ganz andere Geschichte?

»Aber Meggie! Der Schwarze Prinz weiß nichts von den Worten!«, hatte Fenoglio zu ihr gesagt. »Und er weiß ebenso wenig, was Orpheus treibt!« Doch Fenoglio wusste es, und trotzdem wollte er genau wie der Prinz nicht, dass sie ging. »Willst du, dass es dir wie deiner Mutter geht? Keiner weiß, wo sie ist! Nein, du musst bleiben. Wir werden deinem Vater auf unsere Art helfen. Ich werde Tag und Nacht schreiben, ich versprech es dir. Aber wenn du nicht hierbleibst, um zu lesen, was soll das dann nützen?«

Hierbleiben. Warten. Nein. Sie war es leid. Sie würde heimlich gehen, wie Resa, und sie würde nicht verloren gehen … Sie hatte schon viel zu lange gewartet. Darius würde lesen, falls Fenoglio doch noch etwas einfiel – er hätte bestimmt auch den Riesen herbeilesen können –, und die Kinder hatten Baptista und Elinor, Roxane und Fenoglio, um auf sie aufzupassen. Aber Mo war allein, so allein. Er brauchte sie. Er hatte sie immer gebraucht.

Elinor schnarchte leise. Darius schlief neben ihr, zwischen Minervas Kindern. Meggie bewegte sich so leise, wie das Flechtwerk des Nestes es zuließ, sammelte ihre Jacke ein, ihre Schuhe, ihren Rucksack, der sie immer noch an die andere Welt erinnerte.

»Bist du fertig?« Farid stand in der runden Tür. »Es wird schon bald hell!«

Meggie nickte – und wandte sich um, als Farid an ihr vorbeistarrte, die Augen groß wie die eines Kindes.

Eine Weiße Frau stand neben den Schlafenden. Sie sah Meggie an.

Sie hatte einen Stift in der Hand, einen kurzen, abgegriffenen Kreidegriffel, und hielt Farid auffordernd eine der Kerzen hin, die Elinor aus Ombra mitgebracht hatte. Farid trat auf sie zu wie ein Schlafwandler und entzündete den Docht mit einem Flüstern. Die Weiße Frau tauchte den Griffel in die Flamme und begann zu schreiben, auf ein Blatt Papier, auf dem Meggie, nachdem der Riese Fenoglio mitgenommen hatte, vergebens versucht hatte ein gutes Ende für ihren Vater zu schreiben ... Die Weiße Frau schrieb und schrieb. Während Minerva im Schlaf den Namen ihres Mannes flüsterte und Elinor sich auf die andere Seite drehte, während Despina den Arm um ihren Bruder schlang und der Wind durch das Flechtwerk des Nestes fuhr und fast die Kerze löschte. Dann richtete sie sich auf, sah Meggie noch einmal an und verschwand, als hätte der Wind sie mit sich genommen.

Farid atmete erleichtert auf, als sie fort war, und presste sein Gesicht in Meggies Haar. Meggie aber schob ihn sacht zur Seite und beugte sich über das Blatt, auf das die Weiße Frau geschrieben hatte.

»Kannst du es lesen?«, flüsterte Farid.

Meggie nickte.

»Geh zum Schwarzen Prinzen und sag ihm, er kann sein Bein schonen«, sagte sie leise. »Wir bleiben alle hier. Das Lied über den Eichelhäher ist geschrieben.«

Das Buch

»Na gut«, sagte die Lady und wandte sich Abby zu.
»Morgen bringst du das Buch.«
»Welches?«
»Wieso? Gibt es denn mehr als ein Buch?«
Alan Armstrong, Whittington

Es war nicht leicht, den eigenen Händen zu befehlen, langsam zu arbeiten, wenn sie so sehr liebten, was sie taten. Die Augen brannten Mo von dem schlechten Licht. Seine Knöchel waren wund von den schweren Ketten, und doch war er auf seltsamste Weise glücklich – als bände er nicht den Tod des Natternkopfes, sondern die Zeit selbst in ein Buch und mit ihr all die Sorgen um die Zukunft, all den Schmerz aus der Vergangenheit, bis es nur noch das Jetzt gab, diesen Moment, in dem Papier und Leder seine Hände liebkosten.

»Ich werd dir mit dem Feuer zu Hilfe kommen, sobald ich Brianna befreit habe.« So hatte Staubfinger es versprochen, bevor er ihn allein gelassen hatte, um noch einmal den Verräter zu spielen. »Und das Leere Buch«, hatte er hinzugesetzt, »werde ich auch mitbringen!«

Aber nicht Staubfinger, sondern Resa war gekommen. Das Herz war Mo fast stehen geblieben, als die Schwalbe durch die Tür geflattert war. Einer der Wächter hatte die Armbrust auf sie gerichtet, doch sie war dem Pfeil davongeflogen und Mo hatte sich eine braune Feder von der Schulter gepflückt. Sie haben das Buch nicht gefunden. Das war sein erster Gedanke, als die Schwalbe sich auf einem Balken über ihm niederließ. Wie auch immer – er war froh, dass sie da war.

Der Pfeifer lehnte an einer Säule und verfolgte jede Handbewegung mit den Augen. Wollte er versuchen, zwei Wochen ohne Schlaf auszukommen? Oder glaubte er, dieses Buch ließe sich in einem Tag binden?

Mo legte das Messer zur Seite und rieb sich die müden Augen. Die Schwalbe spreizte die Flügel, als winkte sie ihm zu, und Mo senkte rasch den Kopf, damit der Pfeifer nicht auf sie aufmerksam wurde. Aber er blickte wieder auf, als der Silbernasige einen Fluch ausstieß.

Feuer leckte aus den Wänden.

Das konnte nur eines heißen: Brianna war frei.

»Was lächelst du so, Eichelhäher?« Der Pfeifer kam auf ihn zu. Er stieß ihm die Faust in den Magen, dass er sich krümmte und die Schwalbe über ihnen aufschrie.

»Glaubst du, dein feuriger Freund wird kommen und wiedergutmachen, dass er dich verraten hat?«, raunte der Silbernasige ihm zu. »Freu dich nicht zu früh! Diesmal werde ich ihm den Kopf abschlagen. Mal sehen, ob er auch ohne den von den Toten zurückkommt.«

Der Eichelhäher wollte ihm so gern das Buchbindermesser in die herzlose Brust stoßen, aber Mo schickte ihn ein weiteres Mal fort. Worauf wartest du noch?, fragte der Häher. Auf das Leere Buch? Ihr werdet es niemals finden! – Nun, warum soll ich dann noch kämpfen?, fragte Mo zurück. Ohne das Buch bin ich tot und meine Tochter mit mir.

Meggie. Nur in der Angst um sie waren der Buchbinder und der

Eichelhäher eins. Die Tür ging auf, und eine schmale Gestalt schob sich in den vom Feuer erleuchteten Saal. Jacopo.

Mit kurzen Schritten kam er auf Mo zu. Wollte er dem Eichelhäher von seiner Mutter berichten? Oder kam er im Auftrag seines Großvaters, um nachzusehen, wie weit das neue Buch gediehen war?

Violantes Sohn blieb dicht neben Mo stehen, aber anblicken tat er den Pfeifer.

»Ist er bald fertig?«, fragte er.

»Wenn du ihn nicht von der Arbeit abhältst«, antwortete der Silbernasige und schlenderte hinüber zu dem Tisch, auf den die Mägde ihm Wein und eine Platte mit kaltem Fleisch gestellt hatten.

Jacopo griff unter seinen Kittel und zog ein Buch hervor. Er hatte es in buntes Tuch eingeschlagen. »Ich will, dass der Eichelhäher mir das Buch hier heil macht. Es ist mein Lieblingsbuch.«

Er schlug es auf und Mo vergaß zu atmen. Blutgetränkte Seiten.

Jacopo sah ihn an.

»Dein Lieblingsbuch? Es gibt nur ein Buch, um das er sich kümmern soll. Und nun verschwinde!« Der Pfeifer füllte sich einen Krug mit Wein. »Sag in der Küche Bescheid, dass sie mehr Fleisch und Wein hochschicken sollen.«

»Er soll nur einen Blick darauf werfen!« Jacopos Stimme klang trotzig wie immer. »Großvater hat es mir erlaubt. Frag ihn, wenn du willst!« Er schob Mo einen Stift hin, einen kurzen, abgegriffenen Kreidegriffel, der sich leicht in der Hand verbergen ließ. Das war besser als das Messer, so viel besser.

Der Pfeifer schob sich ein Stück Fleisch in den Mund und spülte es mit Wein hinunter. »Du lügst«, sagte er. »Hat dein Großvater dir erzählt, was ich mit Lügnern mache?«

»Nein, was?« Jacopo schob das Kinn vor, so wie seine Mutter es tat, und machte einen Schritt auf den Silbernasigen zu.

Der Pfeifer wischte sich mit einem blütenweißen Tuch das Fett von den Händen und lächelte.

Mo umschloss den Griffel mit den Fingern und öffnete das Leere Buch.

»Zuerst schneide ich ihnen die Zunge heraus«, sagte der Pfeifer.

Jacopo machte noch einen Schritt auf ihn zu.

»Ach ja?«

Herz.

Mos Finger zitterten bei jedem Buchstaben.

»Ja, ohne Zunge lässt es sich schließlich schlecht lügen«, sagte der Pfeifer. »Obwohl – warte, ich kannte mal einen stummen Bettler, der mich ziemlich dreist belogen hat. Er sprach mit den Fingern.«

»Und?«

Der Pfeifer lachte. »Ich hab sie ihm abgeschnitten, einen nach dem anderen.«

Sieh hoch, Mo, sonst merkt er, dass du schreibst.

Blut.

Ein Wort nur noch. Ein einziges.

Der Pfeifer sah zu ihm herüber. Er blickte auf das offene Buch. Mo verbarg den Griffel in der geschlossenen Hand.

Die Schwalbe spreizte die Flügel. Sie wollte ihm helfen. Nein, Resa! Aber der Vogel stieß sich ab und flog dem Pfeifer über den Kopf.

»Den Vogel hab ich schon mal gesehen!«, sagte Jacopo. »In der Kammer meines Großvaters.«

»Tatsächlich?« Der Pfeifer blickte zu dem Sims, auf dem die

Schwalbe sich niedergelassen hatte, und nahm einem der Soldaten die Armbrust aus der Hand.

Nein! Resa, flieg!

Ein Wort nur noch, aber Mo sah nichts als den kleinen Vogel.

Der Pfeifer schoss, und die Schwalbe flatterte auf. Der Pfeil verfehlte sie, und sie flog dem Pfeifer geradewegs ins Gesicht.

Schreib, Mo! Er presste den Griffel auf das blutgetränkte Papier.

Der Pfeifer schlug nach der Schwalbe. Die Silbernase verrutschte ihm dabei.

Tod.

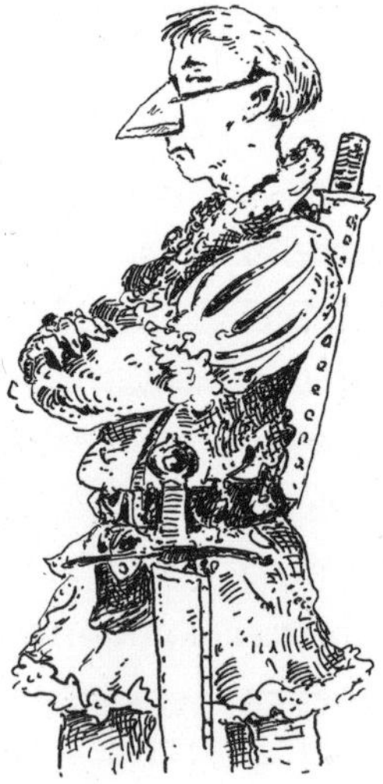

Weiße Nacht

Der arme Kaiser konnte kaum atmen, es war, als säße etwas auf seiner Brust; er schlug die Augen auf und da sah er, dass es der Tod war. Und ringsum aus den Falten der Bettvorhänge sahen wunderliche Köpfe hervor, manche ganz schrecklich, andere so lieblich und mild: Es waren alle bösen und guten Taten des Kaisers, die auf ihn niederblickten, jetzt, da der Tod auf seinem Herzen saß.
Hans Christian Andersen, Die Nachtigall

Der Natternkopf fror. Er fror selbst im Schlaf, obwohl er sich das Kissen fest gegen die wunde Brust presste, das Kissen, in dem das Buch steckte, das ihn vor der ewigen Kälte schützte. Selbst seine mohnsaftschweren Träume konnten ihn nicht mehr wärmen, Träume von den Qualen, die er dem Eichelhäher zufügen wollte. Einst hatte er in dieser Burg von nichts als Liebe geträumt. Aber passte das nicht bestens zusammen? Hatte die Liebe, die er in dieser Burg gefunden hatte, ihn schließlich nicht genauso gequält wie sein faulendes Fleisch?

Oh, wie er fror. Selbst seine Träume schienen mit Raureif bedeckt. Folterträume. Liebesträume. Er öffnete die Augen, und die bemalten Wände starrten ihn an mit den Augen von Violantes Mutter. Verfluchter Mohnsaft. Verfluchte Burg. Und warum war das Feuer zurück? Der Natternkopf stöhnte auf und presste die Hände auf die Augen, aber die Funken schienen selbst unter seinen Lidern zu brennen.

Rot. Rot und Gold. Licht scharf wie Messerklingen, und aus dem Feuer kam das Flüstern, das Flüstern, das er gefürchtet hatte, seit er es zum ersten Mal an der Seite eines sterbenden Mannes gehört hatte. Zitternd schielte er durch seine aufgequollenen Finger. Nein. Nein, das konnte nicht sein. Es war der Mohn, der sie ihm vorgaukelte, nichts weiter. Gleich vier sah er um sein Bett herumstehen, weiß wie Schnee, nein, weißer, und sie flüsterten den Namen, mit dem er geboren worden war. Wieder und wieder, als wollten sie ihn daran erinnern, dass er nicht immer die Haut einer Schlange getragen hatte.

Es war der Mohnsaft, nur der Mohnsaft.

Der Natternkopf schob eine bebende Hand in das Kissen, wollte das Buch herausziehen, es ihnen entgegenhalten, doch da griffen sie ihm auch schon mit ihren weißen Fingern in die Brust.

Wie sie ihn ansahen! Mit den Augen all der Toten, die er zu ihnen geschickt hatte.

Und dann flüsterten sie noch einmal seinen Namen.

Und sein Herz stand still.

Zu Ende

»Ich hab es geschafft!«, rief Gott. Und er blickte herab auf Spatz und wies mit dem Finger auf das verschwindende Wunder. »Ich hab es geschafft! Ich hab eine Schwalbe gemacht!«
Ted Hughes, How Sparrow saved the Birds

Die Weiße Frau erschien, sobald Mo das blutgetränkte Buch wieder schloss. Der Pfeifer vergaß die Schwalbe bei ihrem Anblick, und Violantes Sohn versteckte sich unter dem Tisch, an den Mo gekettet war. Doch diese Tochter des Todes war nicht gekommen, um den Eichelhäher zu holen. Sie kam, um ihn freizugeben, und Resa sah die Erleichterung auf Mos Gesicht.

Er vergaß alles in diesem Moment. Auch das sah Resa. Vielleicht hoffte er einen Atemzug lang, die Geschichte sei endlich zu Ende erzählt. Doch der Pfeifer war nicht mit seinem Herrn gestorben. Für ein paar kostbare Augenblicke fesselte ihn die Angst, doch als die Weiße Frau verschwand, nahm sie die Angst mit sich, und Resa breitete noch einmal die Flügel aus. Sie spuckte die Körner aus, während sie auf den Pfeifer zuflog, um wieder Hände zu haben, die helfen, Füße, die laufen konnten. Doch der Vogel wollte nicht weichen, und es waren Krallen, mit denen sie auf den Steinfliesen landete, gleich neben den beiden Männern.

Mo sah erschrocken auf sie herab, und bevor sie begriff, in welche Gefahr sie ihn brachte, hatte der Pfeifer sich schon die Ketten um die Hand geschlungen, die Mo an den Tisch fesselten. Er fiel auf die Knie, als der Pfeifer daran zog, das Messer in der Hand, mit dem er das Papier geschnitten hatte. Doch was konnte das Messer eines Buchbinders schon ausrichten gegen ein Schwert oder eine Armbrust?

Resa flatterte verzweifelt auf den Tisch. Sie würgte, in der verzweifelten Hoffnung, dass vielleicht doch noch ein Korn unter ihrer Zunge steckte, aber ihr fedriges Gefängnis gab sie nicht frei, und der Pfeifer riss ein weiteres Mal an Mos Ketten.

»Dein bleicher Engel hat sich diesmal schnell wieder verabschiedet!«, höhnte er. »Warum hat er dir nicht die Ketten aufgeschlossen? Aber keine Sorge. Wir werden dir beim Sterben so viel Zeit lassen, dass deine Weißen Freundinnen schon bald zurückkommen werden. Und jetzt mach dich wieder an die Arbeit!«

Mo richtete sich mühsam auf. »Warum sollte ich?«, fragte er und schob dem Pfeifer das Leere Buch hin. »Dein Herr wird kein zweites Buch brauchen. Nur deshalb war die Weiße Frau hier. Ich habe die drei Wörter hineingeschrieben. Sieh selbst nach. Der Natternkopf ist tot.«

Der Pfeifer starrte auf den blutigen Einband. Dann warf er einen Blick unter den Tisch, wo Jacopo hockte wie ein kleines verschrecktes Tier.

»Tatsächlich?«, sagte er und zog das Schwert. »Nun, wenn das so ist ... Ich habe auch nichts gegen Unsterblichkeit! Also, wie ich schon sagte: Mach dich wieder an die Arbeit!«

Seine Soldaten begannen zu flüstern.

»Seid still!«, fuhr der Pfeifer sie an und wies mit der behandschuhten Hand auf einen von ihnen. »Du. Geh zum Natternkopf und sag ihm, der Eichelhäher behauptet, dass er tot ist.«

Der Soldat hastete davon. Die anderen sahen ihm mit erschrockenen Augen nach. Der Pfeifer aber setzte Mo die Spitze seines Schwertes auf die Brust. »Du arbeitest ja immer noch nicht!«

Mo wich zurück, so weit die Ketten es zuließen, das Messer in der Hand. »Es wird kein weiteres Buch geben. Keines mit leeren Seiten. Jacopo! Mach, dass du fortkommst. Lauf zu deiner Mutter. Sag ihr, es wird alles gut.«

Jacopo kroch unter dem Tisch hervor und rannte davon. Der Pfeifer sah ihm nicht einmal nach. »Als der Natternkopf seinen Sohn bekam, habe ich ihm geraten, Cosimos kleinen Bastard umzubringen«, sagte er und blickte auf das Leere Buch. »Aber er wollte nichts davon hören. Dumm.«

Der Soldat, den er zum Natternkopf geschickt hatte, kam atemlos in den dunklen Saal zurückgestolpert.

»Der Häher sagt die Wahrheit!«, keuchte er. »Der Natternkopf ist tot. Die Weißen Frauen sind überall.«

Die anderen Soldaten ließen die Armbrüste sinken.

»Lasst uns nach Ombra zurückkehren, Herr!«, stammelte einer. »Diese Burg ist verhext. Wir können den Eichelhäher ja mitnehmen!«

»Eine gute Idee«, sagte der Pfeifer. Und lächelte.

Nein.

Resa flatterte ihm noch einmal ins Gesicht und hackte ihm das Lächeln von den Lippen. Es war der Vogel, der das tat – oder war sie es? Sie hörte, wie Mo aufschrie, als der Pfeifer mit dem Schwert nach ihr schlug. Die Klinge schnitt ihr tief in den Flügel. Sie fiel, und plötzlich hatte sie wieder Menschenglieder, als hätte der Pfeifer den Vogel aus ihr herausgeschnitten. Der Pfeifer starrte sie ungläubig an, doch als er das Schwert hob, stieß Mo ihm das Messer in die Brust, tief hinein, durch den kostbaren Stoff, in den der Silbernasige sich so gern kleidete. Wie erstaunt er Mo ansah, als er starb.

Doch seine Soldaten waren noch da. Mo nahm dem Pfeifer das Schwert ab und trieb sie zurück, fort von der Schwalbe. Doch es waren viele, und Mo war immer noch an den Tisch gekettet. Schon bald war überall Blut, auf seiner Brust, auf seinen Händen und Armen. War es seins?

Sie würden ihn töten, und sie würde wieder nur zusehen können, zusehen, wie sie es schon so oft in dieser Geschichte getan hatte. Doch plötzlich fraß Feuer die Ketten, und Staubfinger stand schützend über ihr, auf der Schulter den Marder. Neben ihm stand Jacopo, dessen Gesicht so sehr den Statuen seines toten Vaters ähnelte.

»Ist sie auch tot?«, hörte sie ihn fragen, während die Soldaten schreiend vor dem Feuer flohen.

»Nein«, hörte sie Staubfinger antworten. »Nur ihr Arm ist verletzt.«

»Aber sie war ein Vogel!«, sagte Jacopo.

»Ja.« Das war Mos Stimme. »Klingt das nicht nach einer guten Geschichte?«

Es war plötzlich so still in dem großen Saal. Keine Kämpfe mehr, keine Schreie, nur das Feuer knisterte und sprach mit Staubfinger.

Mo kniete sich neben sie, Blut überall, doch er lebte, und sie hatte wieder eine Hand, um nach der seinen zu greifen. Und alles war gut.

Die falsche Karte

Wie Orpheus spiel ich
auf den Saiten des Lebens den Tod
Ingeborg Bachmann, Dunkles zu sagen

Orpheus las wie im Fieber. Er hörte es selbst. Er las zu laut und viel zu schnell. Als wollte seine Zunge dem Buchbinder die Worte wie Klingen in den Leib stoßen. Höllenqualen hatte er ihm geschrieben, als Rache für das spöttische Lächeln des Pfeifers, das ihm immer noch nachging. Wie klein es ihn gemacht hatte, wo er sich doch gerade so groß gefühlt hatte! Aber wenigstens dem Eichelhäher würde das Lächeln bald vergehen.

Eisenglanz rührte die Tinte und sah ihn besorgt an. Offenbar stand ihm die Wut auf die Stirn geschrieben, in kleinen Schweißperlen vermutlich.

Orpheus, konzentrier dich! Er versuchte es noch einmal. Einige Wörter waren kaum zu entziffern, so sehr taumelten die Buchstaben ineinander, betrunken von seiner Wut. Warum schien es ihm bloß, als spräche er die Worte ins Nichts? Warum schmeckten sie wie Kiesel, die er in einen Brunnen warf, wo ihr Echo sich in der Dunkelheit verlor? Irgendetwas stimmte nicht. So hatte er sich beim Lesen noch nie gefühlt.

»Eisenglanz!«, fuhr er den Glasmann an. »Lauf zum Tausend-Fenster-Saal und sieh nach, wie es dem Eichelhäher geht. Eigentlich müsste er sich inzwischen krümmen wie ein vergifteter Hund!«

Der Glasmann ließ den Zweig sinken, mit dem er die Tinte umrührte, und sah ihn erschrocken an. »Aber … aber, Meister! Ich weiß den Weg nicht.«

»Stell dich nicht so dumm an, oder soll ich den Nachtmahr fragen, ob er zur Abwechslung einen Glasmann fressen will? Du gehst erst rechts und dann immer geradeaus. Frag die Wachen auf dem Weg!«

Mit unglücklicher Miene machte Eisenglanz sich davon. Albernes Geschöpf! Fenoglio hätte sich wahrlich etwas weniger lachhafte Helfer für die Schreiber einfallen lassen können. Aber das war das Problem dieser Welt – dass sie im Herzen kindisch war. Warum hatte er dieses Buch so sehr geliebt, als er ein Kind gewesen war? Genau darum! Doch nun war er erwachsen, und es wurde Zeit, dass diese Welt es auch wurde.

Noch ein Satz – und wieder dieses seltsame Gefühl, dass die Worte verhallten, noch bevor er sie ausgesprochen hatte. Verdammt!

Schwindelig vor Wut griff er nach dem Tintenfass, um es gegen die bemalte Wand zu werfen, als von draußen plötzlich lautes Geschrei in seine Kammer drang. Orpheus stellte das Fass zurück auf den Tisch und lauschte. Was war das? Er öffnete die Tür und blickte den Gang hinunter. Vor der Kammer des Natternkopfes standen keine Wachen mehr, und zwei Diener liefen so aufgeregt an ihm vorbei wie Hühner ohne Kopf! Bei allen Teufeln, was bedeutete das nun schon wieder? Und warum brannte Staubfingers Feuer wieder an den Wänden?

Orpheus hastete hinaus auf den Gang und blieb vor der Kammer des Natternkopfes stehen.

Die Tür stand offen und der Silberfürst lag tot auf seinem Bett, die Augen so weit aufgerissen, dass man unschwer erraten konnte, wen er zuletzt gesehen hatte.

Orpheus sah sich unwillkürlich um, bevor er auf das Bett zutrat, aber natürlich waren die Weißen Frauen längst fort. Sie hatten bekommen, worauf sie so lange gewartet hatten. Aber wie? Wie?

»Ja. Du musst dir einen neuen Herrn suchen, Doppelauge!« Der Däumling trat hinter dem Vorhang des Bettes hervor und schenkte ihm ein Habichtlächeln. An seiner hageren Hand sah Orpheus den Ring, mit dem der Natternkopf seine Todesurteile besiegelt hatte. Sein Schwert trug der Däumling auch.

»Ich hoffe, der Gestank lässt sich herauswaschen!«, raunte er Orpheus vertraulich zu, während er sich den schweren Samtmantel seines Herrn über die Schultern warf. Dann schritt er davon, den Korridor hinunter, an dessen Wänden Staubfingers Feuer flüsterte.

Orpheus aber stand da und spürte, wie ihm die Tränen die Nase hinunterrannen. Alles verloren! Er hatte auf die falsche Karte gesetzt, hatte umsonst den Gestank des faulenden Fürsten ertragen, umsonst den Nacken vor ihm gebeugt und seine Zeit in dieser dunklen Burg vergeudet! Nicht er, sondern Fenoglio hatte das letzte Lied geschrieben. Wer sonst sollte es gewesen sein? Und vermutlich war der Eichelhäher wieder der Held und er der Schurke. Nein, schlimmer! Er war der Verlierer, die lächerliche Figur!

Er spuckte dem Natternkopf in das starre Gesicht und stolperte zurück in seine Kammer, wo die nutzlosen Worte noch auf seinem Tisch lagen. Zitternd vor Wut nahm er das Tintenfass und goss es aus über dem, was er geschrieben hatte.

»Meister! Meister! Habt ihr schon gehört?« Der Glasmann stand atemlos in der Tür. Er war schnell mit seinen Spinnenbeinen. Das musste man ihm lassen.

»Ja, der Natternkopf ist tot, ich weiß! Was ist mit dem Eichelhäher?«

»Sie kämpfen! Der Pfeifer und er.«

»Aha. Nun, vielleicht spießt die Silbernase ihn ja doch noch auf. Das wäre wenigstens etwas.« Orpheus raffte seine Sachen zusammen und stopfte sie in die feinen Lederbeutel, die er aus Ombra mitgebracht hatte: Federn, Pergament, selbst das leere Tintenfass, den Silberleuchter, den der Natternkopf ihm überlassen hatte, und natürlich die drei Bücher. Das von Jacopo und die zwei über den Eichelhäher. Noch gab er nicht auf. O nein.

Er griff nach dem Glasmann und schob ihn in seine Gürteltasche.

»Was habt Ihr vor, Meister?«, fragte Eisenglanz besorgt.

»Wir rufen den Nachtmahr her und verschwinden aus dieser Burg!«

»Der Nachtmahr ist fort, Meister! Sie sagen, der Feuertänzer hat ihn in Rauch aufgelöst!«

Verdammt. Verdammt. Verdammt. Natürlich. Deshalb brannte das Feuer wieder an den Wänden! Staubfinger hatte den Nachtmahr erkannt. Er hatte entdeckt, wer im Herzen der Dunkelheit atmete! Na und, Orpheus? Du wirst einen neuen Nachtmahr aus Jacopos Buch herauslesen. Allzu schwer war das ja nicht. Du musst ihm diesmal nur einen Namen geben, den Staubfinger nicht kennt!

Er lauschte den Gang hinunter. Nichts. Die Ratten verließen das sinkende Schiff. Der Natternkopf war allein im Tod. Orpheus lief noch einmal in die Kammer, in der der aufgequollene Leichnam lag, und stahl, was sich an Silber dort fand. Viel hatte der Däumling allerdings nicht übersehen. Dann hastete er mit dem jammernden Glasmann zu dem Tunnel, durch den der Pfeifer in die Burg gekommen war. Das Wasser lief an den steinernen Wänden herunter, als steckte der Gang wie ein Dorn im feuchten Fleisch des Sees.

Die Wachen, die den Ausgang am Seeufer bewacht hatten, waren fort, aber zwischen den Felsen lagen ein paar tote Soldaten. Offenbar hatten sie sich am Ende in ihrer Panik gegenseitig erschlagen. Orpheus nahm einem der Toten das Schwert ab, doch als er merkte, wie schwer es war, warf er es wieder fort. Stattdessen zog er einem Toten das Messer aus dem Gürtel und warf sich seinen groben Umhang über die Schultern. Das Ding sah zwar abscheulich aus, aber es wärmte.

»Wo wollt Ihr denn nun hin, Meister?«, fragte Eisenglanz mit verzagter Stimme. »Zurück nach Ombra?«

»Was sollen wir denn da?«, antwortete Orpheus nur, während er die dunklen Hänge hinaufblickte, die den Weg nach Norden verstellten.

Nach Norden ... Er hatte keine Ahnung, was ihn dort erwartete. Fenoglio hatte sich darüber ausgeschwiegen, wie über so vieles in seiner Welt, und genau deshalb würde er nach Norden gehen. Die Berge sahen wenig verlockend aus mit ihren verschneiten Köpfen und menschenleeren Hängen. Aber es war der beste Weg, nun, wo Ombra wohl demnächst bald Violante und dem Eichelhäher gehören würde. Zur Hölle mit dem verfluchten Buchbinder, in die heißeste Hölle, die ein Mensch ersinnen konnte. Und Staubfinger sollte im ewigen Eis frieren, bis ihm die verräterischen Finger abbrachen!

Orpheus sah ein letztes Mal zu der Brücke hinüber, bevor er auf die Bäume zustapfte. Da rannten sie, die Soldaten des Silberfürsten. Und wovor rannten sie davon? Vor zwei Männern und ihren weißen Schutzengeln. Und vor der aufgedunsenen Leiche ihres Herrn.

»Meister, Meister, könnt Ihr mich nicht auf die Schulter setzen? Was, wenn ich Euch aus der Tasche falle?«, zeterte der Glasmann.

»Dann brauch ich einen neuen Glasmann!«, erwiderte Orpheus.

Nach Norden. Ins unbeschriebene Land. Ja!, dachte er, während seine Füße sich mühsam einen Weg den steilen Hang hinauf suchten. Vielleicht ist das der Ort in dieser Welt, der meinen Worten folgen wird.

Aufbruch

»Erzähl mir eine Geschichte«, sagt Alba, die an mir klebt wie ein Berg kalter Nudeln.
Ich lege meinen Arm um sie. »Was denn für eine Geschichte?«
»Eine schöne. Eine Geschichte von dir und Mama, als sie noch klein war.«
»Hmm. Gut. Es war einmal …«
»Wann war das?«
»Alle Zeiten auf einmal. Vor langer Zeit und in diesem Augenblick.«
Audrey Niffenegger, Die Frau des Zeitreisenden

Das Schwert des Pfeifers hatte tief in Resas Arm geschnitten, doch Brianna hatte viel von ihrer Mutter gelernt, auch wenn sie lieber der Hässlichen vorsang, statt auf steinigen Feldern Kräuter zu pflanzen. »Der Arm wird heilen«, sagte sie, während sie die Wunde verband. Aber der Vogel würde Resa nie mehr verlassen. Zauberzunge wusste das ebenso wie Staubfinger.

Der Pfeifer hatte sein Bestes versucht, den Eichelhäher seinem Herrn in den Tod nachzuschicken. Er hatte ihn an der Schulter und am linken Arm verwundet, aber schließlich war nur er selbst dem Natternkopf gefolgt, und Staubfinger ließ seine Leiche ebenso vom Feuer fressen wie die seines Herrn.

Violante stand mit bleichem Gesicht an Zauberzunges Seite, als der Natternkopf und der Pfeifer zu Asche wurden. Sie sah so jung aus, als hätte sie ein paar Jahre in dem Loch verloren, in das ihr Vater sie hatte werfen lassen, immer noch verloren wie ein Kind, und als sie dem Feuer, das ihren Vater verschlang, schließlich den Rücken zukehrte, sah Staubfinger sie zum ersten Mal den Arm um ihren Sohn legen – ihren seltsamen Sohn, den immer noch keiner mochte, obwohl er sie alle gerettet hatte. Nicht einmal Zauberzunge mit seinem weichen Herzen ging es anders (Staubfinger las es auf seinem Gesicht), auch wenn er sich dafür schämte.

Von Violantes Kindersoldaten lebte noch ein Dutzend. Sie fanden sie in den Kerkerlöchern, aber die Soldaten des Natternkopfes waren alle fort, ebenso wie die Weißen Frauen. Nur die verlassenen Zelte standen noch am Seeufer, die schwarze Kutsche und ein paar reiterlose Pferde. Jacopo behauptete, die menschenfressenden Fische seines Urgroßvaters wären aus dem See aufgetaucht und hätten ein paar der Männer gefressen, die über die Brücke geflohen waren. Weder Zauberzunge noch Violante glaubten ihm das, aber Staubfinger ging hinaus auf die Brücke und fand dort ein paar schillernde Schuppen auf den feuchten Steinen, groß wie Lindenblätter. Also verließen sie die Burg im See durch den Tunnel, durch den der Pfeifer gekommen war.

Es schneite, als sie am Seeufer ins Freie traten, und hinter ihnen verschwand die Burg zwischen den wirbelnden Flocken, als löste sie sich auf im Weiß. Die Welt um sie her war so still, als hätte sie alle Worte aufgebraucht, als wäre nun alles erzählt, was es in dieser Welt zu erzählen gab. Staubfinger fand Orpheus' Spuren im gefrorenen Uferschlamm, und Zauberzunge blickte zu den Bäumen, zwischen denen sie verschwanden, als hörte er Orpheus' Stimme immer noch in seinem Innern.

»Ich wünschte, er wäre tot«, sagte er leise.

»Ein kluger Wunsch«, erwiderte Staubfinger. »Aber es ist leider zu spät, ihn wahr zu machen.« Er hatte nach Orpheus gesucht, als der Pfeifer tot war, aber seine Kammer war leer gewesen, ebenso wie die des Däumlings. Die Welt sah so hell aus an diesem kalten Morgen. Das Herz wog ihnen allen so leicht. Aber die Dunkelheit blieb und würde weiter ihren Teil der Geschichte erzählen.

Sie fingen einige der Pferde, die die Männer des Natternkopfes zurückgelassen hatten. Zauberzunge hatte es eilig, auch wenn seine Wunden ihn schwächten. *Lass uns wenigstens unsere Töchter retten.*

»Der Schwarze Prinz wird auf Meggie aufgepasst haben«, sagte Staubfinger zu ihm, aber die Sorge wich nicht von seinem Gesicht, während sie weiter und weiter nach Süden ritten.

Sie waren eine stille Gesellschaft, jeder gefangen in Gedanken und Erinnerungen. Nur Jacopo erhob manchmal die helle Stimme, fordernd wie immer: »Ich bin hungrig.« – »Ich hab Durst.« – »Wann sind wir da?« – »Glaubst du, der Hänfling hat die Kinder und die Räuber erschlagen?« Seine Mutter antwortete ihm jedes Mal, wenn auch oft mit abwesender Stimme. Die Burg im See hatte ein Band zwischen den beiden gesponnen, aus gemeinsamer Angst und dunklen Erinnerungen, und die festeste Faser war vielleicht die, dass Jacopo das getan hatte, wofür seine Mutter zu der Burg geritten war. Der Natternkopf war tot. Aber Staubfinger war sicher, dass Violante ihren Vater trotzdem bis ans Ende ihres Lebens wie einen Schatten hinter sich spüren würde – und vermutlich wusste die Hässliche das inzwischen ebenfalls.

Auch Zauberzunge nahm den Eichelhäher mit sich. Es schien, als ritte er neben ihm, und Staubfinger fragte sich nicht zum ersten Mal, ob die beiden nicht doch nur zwei Seiten desselben Mannes waren. Was immer die Antwort war – der Buchbinder liebte diese Welt ebenso wie der Räuber.

In der ersten Nacht, in der sie Rast machten, unter einem Baum, der pelzig gelbe Blüten von kahlen Zweigen regnen ließ, kam die Schwalbe zurück, obwohl Resa die letzten Körner in den See gestreut hatte. Sie verwandelte sich im Schlaf und flog hinauf in die blühenden Zweige, wo das Mondlicht ihre Federn silbern färbte. Staubfinger weckte Zauberzunge, als er sie dort oben sitzen sah, und sie warteten gemeinsam unter dem Baum, bis die Schwalbe mit dem Morgen wieder herabgeflogen kam und sich zwischen ihnen erneut in eine Frau verwandelte.

»Was wird aus dem Kind werden?«, fragte sie voll Angst.

Und Zauberzunge antwortete: »Es wird vom Fliegen träumen.«

So wie der Buchbinder weiter den Räuber träumte und der Räuber den Buchbinder und der Feuertänzer für alle Zeit von den Flammen und der Spielfrau, die tanzen konnte wie sie. Vielleicht war diese Welt am Ende doch aus Träumen gemacht, und ein alter Mann hatte nur die Worte für sie gefunden.

Resa weinte, als sie zu der Höhle kamen und sie leer vorfanden, doch Staubfinger entdeckte draußen vor dem Eingang das Zeichen des Starken Mannes, einen Vogel, mit Ruß auf die Felsen gemalt, und darunter vergraben eine Nachricht, die Doria offenbar seinem großen Bruder hinterlassen hatte. Staubfinger hatte schon von dem Nesterbaum gehört, den Doria in seiner Nachricht beschrieb, doch er hatte ihn nie mit eigenen Augen gesehen.

Sie brauchten zwei Tage, bis sie den Baum fanden, und Staubfinger sah den Riesen zuerst. Er griff Zauberzunge in die Zügel, und Resa presste erschrocken die Hand auf die Lippen. Violante aber starrte den Riesen an wie ein verzaubertes Kind.

Er hielt Roxane in der Hand, als wäre auch sie ein Vogel geworden. Brianna wurde blass, als sie ihre Mutter zwischen den gewaltigen Fingern sah, aber Staubfinger stieg vom Pferd und ging auf den Riesen zu.

Der Schwarze Prinz stand zwischen den mächtigen Beinen, den Bären neben sich. Er hinkte, als er Staubfinger entgegenkam, aber er sah so glücklich aus wie seit Langem nicht mehr.

»Wo ist Meggie?«, fragte Zauberzunge, als der Prinz auch ihn umarmte, und Baptista zeigte hinauf in den Baum. Staubfinger hatte nie zuvor einen solchen Baum gesehen, nicht einmal im wilden Herzen des Weglosen Waldes, und er wollte auf der Stelle hinaufklettern zu den Nestern und den mit Eisblüten bedeckten Zweigen, auf denen Frauen und Kinder wie Vögel saßen.

Meggies Stimme rief den Namen ihres Vaters, und Zauberzunge lief ihr entgegen, als sie sich an einem Seil den Stamm herunterließ, so selbstverständlich, als hätte sie immer schon in den Bäumen gelebt. Staubfinger aber wandte sich um und sah zu Roxane hinauf. Sie flüsterte dem Riesen etwas zu, und er setzte sie so behutsam auf der Erde ab, als könnte sie dabei zerbrechen. Er wollte ihren Namen nie wieder vergessen. Er würde das Feuer bitten, ihm die Buchstaben ins Herz zu brennen, damit nicht einmal die Weißen Frauen sie fortwaschen konnten. Roxane. Staubfinger hielt sie fest, und der Riese sah auf sie herab mit Augen, die alle Farben der Welt zu spiegeln schienen.

»Sieh dich um«, flüsterte Roxane ihm zu, und Staubfinger sah, wie Zauberzunge seine Tochter umarmte und ihr die Tränen vom Gesicht wischte. Er sah die Bücherfresserin auf Resa zulaufen – wo in aller Feen Namen kam sie her? –, Tullio, der das pelzige Gesicht in Violantes Rock vergrub, den Starken Mann, der Zauberzunge fast in seiner Umarmung erstickte … und …

Farid.

Er stand da und grub die Zehen in den frisch gefallenen Schnee. Er trug immer noch keine Schuhe, und er war größer geworden, oder?

Staubfinger trat auf ihn zu. »Ich sehe, du hast gut auf Roxane aufgepasst«, sagte er. »Hat das Feuer dir gehorcht, während ich fort war?«

»Es gehorcht mir immer!« O ja, er war älter geworden. »Ich hab mit dem Rußvogel gekämpft.«

»Sieh an.«

»Mein Feuer hat sein Feuer gefressen.«

»Tatsächlich?«

»Ja! Ich bin auf den Riesen gestiegen und hab das Feuer auf ihn hinabregnen lassen. Und dann hat der Riese ihm den Hals gebrochen.«

Staubfinger musste lächeln, und Farid gab ihm das Lächeln zurück. »Musst du … musst du nun wieder fort?« Er sah sich so besorgt um, als fürchtete er, die Weißen Frauen warteten schon.

»Nein«, antwortete Staubfinger und lächelte erneut. »Nein, für eine Weile wohl nicht.«

Farid. Er würde das Feuer bitten, ihm auch seinen Namen ins Herz zu schreiben. Roxane. Brianna. Farid. Und Gwin natürlich.

Ombra

Was, wenn der Weg, der keine Überraschung barg
So viele Jahre, sich entschlösse, nicht
Nach Haus zu führen; sondern Zickzack liefe
Wie eines Kinderdrachens Schwanz, so schlicht
Und umstandslos! Wenn seine Haut aus Teer
Ein langer Ballen Stoff nur wär,
Der ausgerollt wird und der Form sich fügt
Dessen, was unter ihm begraben liegt?
Wenn er sich selbst in neue Bahnen legte,
Um unbekannte Ecken, über Berge,
Die man dann aufs Geratewohl erklimmt;
Wer sehnte sich da nicht zu gehen, unbedingt?
Wer möcht' nicht wissen, wie ein Märchen endet
Oder wohin ein Weg zum Schluss sich wendet?
Sheenagh Pugh, What If This Road

Als der Schwarze Prinz die Kinder nach Ombra zurückbrachte, waren die Zinnen der Stadtmauer verschneit, aber die Frauen bewarfen ihn mit Blüten, die sie aus dem Stoff alter Kleider genäht hatten. Das Wappen des Löwen wehte wieder von den Türmen der Stadt, doch nun setzte er seine Pranke auf ein Buch mit leeren Seiten, und seine Mähne bestand aus Feuer. Der Hänfling war fort. Er war vor dem Riesen nicht nach Ombra geflohen, sondern geradewegs zur Nachtburg, in die Arme seiner Schwester, und Violante war im Schutz der Nacht zurückgekehrt, um die Stadt in Besitz zu nehmen und sie bereit zu machen für die Rückkehr ihrer Kinder.

Meggie stand mit Elinor, Darius und Fenoglio auf dem Platz vor dem Burgtor, als die Mütter ihre Söhne und Töchter in die Arme schlossen und Violante von den Zinnen herab dem Schwarzen Prinzen und dem Eichelhäher für ihre Rettung dankte.

»Weißt du was, Meggie?«, flüsterte Fenoglio ihr zu, während Violante die Vorräte der Burgküche an die Frauen verteilen ließ. »Vielleicht verliebt die Hässliche sich ja eines Tages in den Schwarzen Prinzen? Schließlich ist er noch vor deinem Vater der Eichelhäher gewesen, und Violante war doch sowieso mehr in die Rolle als in den Mann verliebt!«

Ach, Fenoglio. Er war schon wieder ganz der Alte. Der Riese hatte sein Selbstvertrauen vollständig wiederhergestellt, auch wenn er längst in seine Berge zurückgekehrt war.

Der Eichelhäher war nicht mit nach Ombra gekommen. Mo war mit Resa auf dem Hof geblieben, auf dem sie schon einmal gelebt hatten. »Der Eichelhäher kehrt dorthin zurück, von wo er gekommen ist«, hatte er zum Prinzen gesagt, »in die Lieder der Spielleute.« Sie sangen sie bereits überall: wie der Häher und der Feuertänzer ganz allein den Natternkopf und den Pfeifer besiegt hatten, mitsamt all ihren Männern …

»Bitte, Baptista«, hatte Mo gesagt, »schreib wenigstens du ein Lied, das die wahre Geschichte erzählt. Eins, das von den Helfern berichtet, die der Häher und der Feuertänzer hatten. Von der Schwalbe – und dem Jungen!«

Baptista hatte Mo versprochen ein solches Lied zu schreiben, aber Fenoglio hatte nur den Kopf geschüttelt. »Nein, Meggie, dieses Lied wird niemand singen. Die Menschen haben es nicht gern, wenn ihre Helden Hilfe brauchen, und Frauen und Kinder sind besonders ungern in dieser Rolle gesehen.«

Vermutlich hatte er recht. Vielleicht würde auch Violante es deshalb schwer haben auf dem Thron von Ombra, obwohl ihr an diesem Tag alle Bewohner zujubelten. Jacopo stand neben seiner Mutter. Er sah mit jedem Tag mehr wie ein kleines Abbild seines Vaters aus, aber Meggie erinnerte er trotzdem immer noch mehr an seinen finsteren Großvater. Ihr Herz schauderte bei dem Gedanken, wie bereitwillig er ihn dem Tod ausgeliefert hatte – auch wenn das Mos Rettung gewesen war.

Auf der anderen Seite des Waldes herrschte nun ebenfalls eine Witwe, und auch sie hatte einen Sohn, für den sie den Thron hütete. Meggie wusste, dass Violante ein Krieg erwartete, doch daran wollte an diesem Tag niemand denken. Dieser Tag gehörte den heimgekehrten Kindern. Nicht eines fehlte, und die Spielleute sangen von Farids Feuer, dem Nesterbaum und dem Riesen, der auf so rätselhafte Weise gerade zum richtigen Zeitpunkt aus den Bergen gekommen war.

»Ich werde ihn vermissen«, hatte Elinor geflüstert, als er zwischen den Bäumen verschwunden war, und Meggie ging es genauso. Sie würde nie vergessen, wie die Tintenwelt sich auf seiner Haut gespiegelt hatte und wie leichtfüßig er davongeschritten war, so viel Sanftmut in einem so großen Körper.

»Meggie!« Farid drängte sich durch die Frauen und Kinder. »Wo ist Zauberzunge?«

»Bei meiner Mutter«, antwortete sie – und spürte überrascht, dass ihr Herz bei seinem Anblick nicht schneller schlug. Wann war das passiert?

Farid runzelte die Stirn. »Ja, ja«, sagte er. »Staubfinger ist auch wieder bei seiner Spielfrau. Er küsst sie so oft, dass man denken könnte, ihre Lippen schmecken nach Honig.«

O Farid. Er war immer noch eifersüchtig auf Roxane.

»Ich glaub, ich werd eine Weile fortgehen«, sagte er.

»Fortgehen? Wohin?«

Hinter Meggie begannen Elinor und Fenoglio zu streiten, über irgendetwas, das Elinor am Aussehen der Burg bemängelt hatte. Die beiden liebten es, miteinander zu streiten, und sie hatten reichlich Gelegenheit dazu, denn sie waren inzwischen Nachbarn geworden. Die Tasche, in die Elinor allerlei Nützlichkeiten für die Tintenwelt gepackt hatte, einschließlich ihres Silberbestecks, stand immer noch in ihrem Haus in der anderen Welt (»Nun ja, ich war eben sehr aufgeregt, da vergisst man so etwas!«), aber zum Glück hatte sie den loredanschen Familienschmuck getragen, als Darius sie beide hinüberlas, und Rosenquarz hatte ihn mit so viel Geschick für sie verkauft (»Meggie, du ahnst ja nicht, was für ein ausgekochter Geschäftsmann dieser Glasmann ist!«), dass sie nun stolze Hausbesitzerin in derselben Gasse war, in der auch Minerva lebte.

»Wohin?« Farid ließ eine Blüte aus Feuer zwischen seinen Fingern wachsen und steckte sie Meggie ans Kleid. »Ich denke, ich werd von einem Dorf zum andern ziehen, so wie Staubfinger es früher gemacht hat.«

Meggie blickte auf die brennende Blüte. Die Flammen welkten wie wirkliche Blütenblätter, und nur ein kleiner Fleck Asche blieb auf ihrem Kleid zurück. Farid. Schon sein Name hatte ihr Herz schneller schlagen lassen, doch nun hörte sie ihm kaum zu, als er ihr von seinen Plänen erzählte, von all den Marktplätzen, auf denen er auftreten wollte, den Dörfern in den Bergen und hinterm Weglosen Wald. Ihr Herz tat erst einen Satz, als sie den Starken Mann plötzlich zwischen den Frauen stehen sah. Ein paar der Kinder waren ihm auf die Schultern geklettert, so wie sie es oft in der

Höhle getan hatten, aber das Gesicht, nach dem sie suchte, konnte sie nicht neben ihm entdecken. Enttäuscht ließ sie den Blick weiterwandern und errötete, als Doria plötzlich direkt vor ihr stand. Farid verstummte abrupt und musterte den anderen Jungen, so wie er sonst nur Roxane musterte.

Die Narbe auf Dorias Stirn war lang wie Meggies Mittelfinger. »Ein Schlag mit einem Morgenstern, nicht sonderlich gut gezielt«, hatte Roxane gesagt. »Weil Kopfwunden stark bluten, haben sie wohl gedacht, dass er tot ist.« Roxane hatte ihn viele Nächte lang gepflegt, aber Fenoglio war immer noch der Ansicht, dass Doria nur dank der Geschichte lebte, die er vor langer Zeit über seine Zukunft geschrieben hatte. »Und abgesehen davon – selbst wenn du seine Heilung Roxane zuschreiben willst –, wer hat die erfunden, hm?«, hatte er hinzugesetzt. Ja, er war tatsächlich wieder ganz der Alte.

»Doria! Wie geht es dir?« Meggie streckte unwillkürlich die Hand aus und strich über die Narbe auf seiner Stirn. Farid warf ihr einen seltsamen Blick zu.

»Gut. Mein Kopf ist wie neu.« Doria zog etwas hinter dem Rücken hervor. »Sehen sie so aus?«

Meggie starrte auf das winzige Flugzeug, das er aus Holz gebaut hatte.

»So hast du sie doch beschrieben, oder? Die Flugmaschinen.«

»Aber du warst bewusstlos!«

Er lächelte und legte die Hand an die Stirn. »Die Worte sind trotzdem alle hier. Ich kann sie immer noch hören. Aber ich weiß nicht, wie das mit der Musik funktionieren soll. Du weißt schon, diese kleine Schachtel, aus der Musik kommt ...«

Meggie musste lächeln. »O ja, ein Radio. Nein, das kann hier nicht funktionieren. Ich weiß nicht, wie ich dir das erklären soll …«

Farid sah sie immer noch an. Dann griff er plötzlich nach ihrer Hand. »Wir sind gleich zurück«, sagte er zu Doria und zog Meggie mit sich in den nächsten Hauseingang. »Weiß Zauberzunge, wie du ihn ansiehst?«

»Wen?«

»Wen!« Er fuhr sich mit dem Finger über die Stirn, als malte er Dorias Narbe nach. »Hör zu!«, sagte er und strich ihr das Haar zurück. »Wie wär's, wenn du mit mir kommst? Wir könnten zusammen über die Dörfer ziehen. So wie damals, als wir mit Staubfinger deinem Vater und deiner Mutter gefolgt sind. Weißt du noch?«

Wie konnte er das fragen?

Meggie blickte über seine Schulter. Doria stand neben Fenoglio und Elinor. Fenoglio sah sich das Flugzeug an.

»Es tut mir leid, Farid«, sagte sie und schob seine Hand sacht von ihrer Schulter. »Aber ich will nicht fort.«

»Wieso nicht?« Er versuchte sie zu küssen, aber Meggie wandte das Gesicht ab. Auch wenn sie spürte, dass ihr dabei Tränen in die Augen traten. *Weißt du noch?*

»Ich wünsch dir Glück!«, sagte sie und küsste ihn auf die Wange. Er hatte immer noch die schönsten Augen, die sie je bei einem Jungen gesehen hatte. Aber ihr Herz schlug nun so viel schneller bei einem anderen.

Später

Fast fünf Monate später wird ein Kind geboren werden, auf dem einsamen Hof, auf dem der Schwarze Prinz einst den Eichelhäher versteckt hat. Es wird ein Junge sein, dunkelhaarig wie sein Vater, aber mit den Augen seiner Mutter und seiner Schwester. Er wird glauben, dass jeder Wald voller Feen ist, dass auf jedem Tisch ein Glasmann schläft – wenn nur etwas Pergament darauf liegt –, dass Bücher mit der Hand geschrieben werden und der berühmteste Buchmaler seine Bilder mit der Linken malt, weil seine Rechte aus Leder ist. Er wird glauben, dass auf jedem Marktplatz Spielleute Feuer spucken und derbe Späße reißen, dass Frauen lange Kleider tragen und vor jedem Stadttor Soldaten stehen.

Und er wird eine Tante namens Elinor haben, die ihm erzählen wird, dass es eine Welt gibt, in der das keineswegs so ist. Eine Welt, in der es weder Feen noch Glasmänner gibt, aber Tiere, die ihre Jungen in einem Beutel vor dem Bauch tragen, und Vögel, deren Flügel so schnell schlagen, dass es klingt wie das Summen einer Hummel, Wagen, die ganz ohne Pferde fahren, und Bilder, die sich bewegen. Elinor wird ihm erzählen, wie vor langer Zeit ein schrecklicher Mann namens Orpheus seine Eltern von dort herüber in diese Welt gezaubert hat und dass dieser Orpheus schließlich vor seinem Vater und dem Feuertänzer in die Berge im Norden fliehen musste, wo er hoffentlich erfroren ist. Sie wird ihm erzählen, dass in der anderen Welt nicht einmal die mächtigsten Männer ein Schwert tragen, aber dass es dort noch viel, viel furchtbarere Waffen gibt (sein Vater besitzt ein sehr schönes

Schwert, es ist in seiner Werkstatt, eingeschlagen in ein Tuch. Er versteckt es vor ihm, aber manchmal wickelt der Junge es heimlich aus und streicht mit den Fingern über die blanke Klinge). Ja, Elinor wird ihm unglaubliche Dinge von dieser anderen Welt erzählen, sie wird sogar behaupten, dass die Menschen dort Kutschen gebaut haben, die fliegen können, aber das glaubt er nun wirklich nicht, obwohl Doria seiner Schwester Flügel gebaut hat, mit denen Meggie tatsächlich von der Stadtmauer bis zum Fluss hinuntergeschwebt ist.

Er hat sie trotzdem ausgelacht, denn vom Fliegen versteht er mehr als Meggie. Weil ihm nachts manchmal Flügel wachsen und er mit seiner Mutter hinauf in die Bäume fliegt. Aber vielleicht träumt er das auch nur. Er träumt es fast jede Nacht, aber die fliegenden Kutschen würde er trotzdem gern sehen und die Tiere mit den Beuteln, die beweglichen Bilder und das Haus, von dem Elinor immer erzählt, voll mit Büchern, die keine Hand geschrieben hat, und die traurig sind, weil sie auf Elinor warten.

»Irgendwann besuchen wir sie zusammen«, sagt Elinor oft, und Darius nickt dazu, Darius, der auch ganz wunderbare Geschichten erzählen kann, von fliegenden Teppichen und Geistern in Flaschen. »Irgendwann gehen wir drei zurück, und dann werde ich dir all das zeigen.«

Und der Junge läuft in die Werkstatt, in der sein Vater Büchern lederne Kleider schneidert, Bücher, für die oft der berühmte Balbulus selbst die Bilder gemalt hat, und sagt: »Mo!« Er nennt seinen Vater immer Mo, er weiß selbst nicht, warum, vielleicht weil seine Schwester ihn so nennt. »Wann gehen wir in die andere Welt, die, aus der du gekommen bist?«

Und sein Vater zieht ihn auf seinen Schoß und fährt ihm durch das dunkle Haar und sagt, wie Elinor: »Irgendwann bestimmt. Aber wir brauchen Worte dafür, genau die richtigen Worte, denn nur die schließen die Türen auf zwischen den Welten, und der, der sie uns schreiben könnte, ist ein fauler alter Mann. Außerdem ist es leider so, dass er von Tag zu Tag vergesslicher wird.«

Und dann erzählt er ihm vom Schwarzen Prinzen und seinem Bären, von den Riesen, die sie noch sehen wollen, und von den neuen Kunststücken, die der Feuertänzer den Flammen beigebracht hat. Und der Junge wird in den Augen seines Vaters lesen, dass er sehr glücklich ist und kein Heimweh hat nach der anderen Welt. Ebenso wenig wie seine Schwester. Oder seine Mutter.

Und er wird denken, dass er vielleicht eines Tages allein gehen muss, wenn er diese andere Welt sehen will. Oder mit Elinor. Und dass er herausfinden muss, welchen alten Mann sein Vater meint, denn es gibt einige davon in Ombra. Vielleicht meint er den, der zwei Glasmänner besitzt und Lieder für die Spielleute und für Violante schreibt, die alle die Gütige nennen und so viel lieber mögen als ihren Sohn. Baptista nennt ihn den Tintenweber, und Meggie geht ihn manchmal besuchen. Vielleicht geht er beim nächsten Mal mit ihr, damit er ihn nach den Worten fragen kann, die die Türen aufschließen. Denn sie muss aufregend sein, die andere Welt, so viel aufregender als die seine …

Die Burg im See
Staubfingers Totenlager
Der Baum mit den Nestern
Der einsame Hof von Mo und Resa
Die Höhle der Kinder
Ombra
Roxanes Hof
Galgenhügel
Friedhof der Spielleute
Die Tintenwelt

Wer ist wer?

Alle Namen und Orte der Tintenwelt-Trilogie

Anselmo	Torwächter auf der Burg von Ombra
Balbulus	Illuminator auf der Burg von Ombra
Baptista	Spielmann; Schauspieler; Maskenmacher
Bär	ständiger Begleiter des Schwarzen Prinzen
Basta	Messerstecher und Handlanger von Capricorn
Bella	Heilerin im Siechenhaus des Schleierkauzes
Benedicta	Spielfrau
Brandfuchs	einer von Capricorns Männern; Capricorns Nachfolger; Herold des Natternkopfes
Brianna	Tochter von Staubfinger und Roxane; Dienerin bei Violante; Magd bei Orpheus
Buntes Volk	die Spielleute der Tintenwelt: Gaukler, Zauberer, Seiltänzer, Feuerspucker, Messerwerfer …
Burg im See	Heimat von Violantes Mutter; Ort der letzten, großen Entscheidung
Capricorn	Anführer einer Bande von Brandstiftern und Erpressern; Vernichter der »Tintenherz«-Ausgaben
Capricorns Dorf	verlassenes Nest in Ligurien; Ort der ersten Entscheidung

Capricorns Festung	Versteck der Räuber und Brandschatzer Capricorns im Weglosen Wald; hier betreten Mo und Resa die Tintenwelt; und hier verwundet Mortola Mo
Carla	Helferin im Siechenhaus des Schleierkauzes
Cerberus	Hund von Orpheus
Cockerell	einer von Capricorns Männern
Cosimo	Cosimo der Schöne: Sohn des Speckfürsten; Ehemann von Violante
Dachsbau	Unterschlupf der Räuber
Darius	Capricorns ehemaliger Vorleser; Elinors Bibliothekar
Däumling	Leibwächter des Natternkopfes
Despina	Tochter von Minerva
Doppelauge	siehe *Orpheus*
Doria	Räuber; jüngerer Bruder des Starken Mannes; Freund von Luc
Eichelhäher	legendärer Räuber, erfunden von Fenoglio; Name und Rolle von Mo
Eisenglanz	Glasmann von Orpheus
Elfenschreck	Räuber
Elinor	Elinor Loredan: Tante von Resa, Großtante von Meggie
Elster	siehe *Mortola*
Farid	versehentlich aus 1001 Nacht herausgelesen; Schüler von Staubfinger

Fenoglio	Erfinder der Tintenwelt, Autor des Buches »Tintenherz«
Feuertänzer	siehe *Staubfinger*
Flachnase	Gehilfe von Capricorn
Fleischberg	siehe *Oss*
Folchart	Familienname von Mo, Meggie und Resa
Friedhof der Spielleute	hier ruft Mo die Weißen Frauen
Fulvio	Gehilfe von Capricorn
Fürst der Seufzer	siehe *Speckfürst*
Gecko	Räuber
Geheimes Lager	Räuberlager; hier wird Mo gesund gepflegt
Gwin	gehörnter Marder von Staubfinger
Hänfling	Schwager des Natternkopfes; Statthalter von Ombra
Hässliche	siehe *Violante*
Holzfuß	Räuber
Hohle Bäume	hier ruht Staubfinger, bewacht von den Weißen Frauen
Igel	Räuber
Ivo	Sohn von Minerva
Jacopo	Sohn von Violante und Cosimo; Enkel des Natternkopfes
Jaspis	Glasmann von Orpheus
Jehan	Sohn von Roxane

Kalbskopf	siehe *Orpheus*
Käsekopf	siehe *Orpheus*
Köhler	Räuber
Lazaro	Vorname des Starken Mannes
Leeres Buch	wird von Mo für den Natternkopf gebunden; verspricht Unsterblichkeit
Loredan	siehe *Elinor*
Luc	Räuber; Freund von Doria
Mäusemühle	Ort, an dem Fenoglios Worte über Staubfingers Tod fast wahr werden
Meggie	Tochter von Mo und Resa; Vorleserin
Mina	Spielfrau
Minerva	Wirtin von Fenoglio, Mutter von Despina und Ivo
Mo	Mortimer Folchart: Buchbinder; Ehemann von Resa, Vater von Meggie; auch Zauberzunge genannt; zeitweilig der »Eichelhäher«
Mondgesicht	siehe *Orpheus*
Moosweibchen	Heilerinnen
Mortimer	siehe *Mo*
Mortola	Mutter von Capricorn; zeitweilig die Herrin von Resa
Nachtburg	Burg des Natternkopfes
Natter	siehe *Natternkopf*

Natternkopf	der grausamste Fürst der Tintenwelt; Vater von Violante
Nessel	Heilerin
Ombra	Burg und Stadt Ombra: einer der Hauptorte der Handlung
Orpheus	Dichter und Vorleser
Oss	Leibwächter von Orpheus
Paula	Enkelin von Fenoglio
Pfeifer	Capricorns Spielmann; Herold des Natternkopfes
Pippo	Enkel von Fenoglio
Prinz	siehe *Schwarzer Prinz*
Resa	Theresa Folchart: Ehefrau von Mo; Mutter von Meggie
Rico	Enkel von Fenoglio
Rosanna	jüngste Tochter von Staubfinger und Roxane
Rosenquarz	Glasmann von Fenoglio
Roxane	Ehefrau von Staubfinger; früher Spielfrau; Heilerin
Rußvogel	Spielmann; Feuerspucker
Salzfürst	Violantes Großvater mütterlicherseits
Schleicher	gehörnter Marder von Staubfinger und Farid
Schleierkauz	Bader; Gründer des Siechenhauses im Schatten der Nachtburg und später in Ombra
Schlitzer	Spießgeselle von Capricorn und Natternkopf

Schnapper	Räuber
Schrank	siehe *Zucker*
Schwarzbart	Räuber
Schwarzer Prinz	König der Spielleute; Anführer der Räuber; Besitzer des Bären
Seidenspinner	Räuber
Siechenhaus	Kranken- und Pflegehaus des Schleierkauzes im Schatten der Nachtburg; Ort der Zuflucht
Silberfürst	siehe *Natternkopf*
Silbernase	siehe *Pfeifer*
Speckfürst	Herr über Burg und Land von Ombra; Vater von Cosimo dem Schönen; Schwiegervater von Violante
Starker Mann	Spielmann und Räuber; einer der treuesten Begleiter des Schwarzen Prinzen
Staubfinger	Spielmann; Feuerspucker; Wanderer zwischen den Welten
Stolperzunge	siehe *Darius*
Streuner	Räuber
Taddeo	Bibliothekar auf der Nachtburg
Täuscher	Räuber
Theresa	siehe *Resa*
»Tintenherz«	Buch von Fenoglio; die letzten Exemplare sind die begehrte Beute von Capricorn und Orpheus
Tintenweber	siehe *Fenoglio*

Tullio	Page des Speckfürsten und von Violante
Violante	Violante die Hässliche: Tochter des Natternkopfes; Witwe von Cosimo; Mutter von Jacopo
Vito	einer von Violantes Soldaten
Wegloser Wald	Wald südlich von Ombra; Ankunftsort in der Tintenwelt von Meggie und Farid
Weiße Frauen	Dienerinnen des Todes
Wolkentänzer	Spielmann; ehemaliger Seiltänzer; Freund von Staubfinger
Zauberzunge	siehe *Mo*
Zucker	Diener von Mortola; Diener von Orpheus
Zweifinger	Räuber

Inhalt

Quellenverzeichnis

ANDRADE, Carlos Drummond de: *Auf der Suche nach der Poesie,* Seiten 139 und 541
aus: ders., *Gedichte. Portugiesisch und Deutsch,* hrsg. von Curt Meyer-Clason
Aus dem Portugiesischen von Curt Meyer-Clason
© der deutschen Ausgabe: by Suhrkamp Verlag Frankfurt am Main 1982

ANONYMUS: *I Shall Not Pass This Way Again,* Seite 340
zitiert nach: *A Child's Anthology of Poetry,* New York 1995
© der Übersetzung aus dem Englischen: Thomas Eichhorn, Leipzig 2007

ARMSTRONG, Alan: *Whittington,* Seite 708
aus: ders., *Whittington,* Random House, New York 2005
Originalcopyright © 2005 by Alan Armstrong
© der Übersetzung aus dem Englischen: Cornelia Funke, Los Angeles 2007

ATWOOD, Margaret: *Der blinde Mörder,* Seiten 610 und 686
Aus dem Englischen von Brigitte Walitzek
© für die deutsche Ausgabe: 2000 Berlin Verlag, Berlin

BACHMANN, Ingeborg: *Dunkles zu sagen,* Seite 719
aus: dies., *Dass noch tausend und ein Morgen wird*
© 1983 Piper Verlag GmbH, München

BELLOW, Saul: *Der Regenkönig,* Seite 267
Deutsch von Herbert A. Frenzel
© 1960, 1997 by Verlag Kiepenheuer & Witsch, Köln

BERRY, Wendell: *The Peace of Wild Things,* Seite 220
aus: *The Selected Poems of Wendell Berry,* Counterpoint, USA 1998
zitiert nach: *Being Alive,* New York 2004
© der deutschen Übersetzung: Thomas Eichhorn, Leipzig 2007

BRADBURY, Ray: *Die Mars-Chroniken*, Seite 378
Aus dem Amerikanischen von Thomas Schlück
© by Diogenes Verlag AG, Zürich 1981

BRECHT, Bertolt: *Die Maske des Bösen*, Seite 441
aus: Bertolt Brecht, *Werke*. Große kommentierte Berliner und Frankfurter Ausgabe, Band 12: Gedichte 2
© Suhrkamp Verlag Frankfurt am Main 1988

BRINGSVÆRD, Tor Age: *Die wilden Götter*, Seiten 242 und 591
Deutsche Fassung von Tanaquil und Hans Magnus Enzensberger
© Eichborn AG, Frankfurt am Main, August 2001

CAUSLEY, Charles: *I Am The Song*, Seite 7
aus: Charles Causley, *Collected Poems 1951–2000*
zitiert nach: *Staying Alive – Real Poems for Unreal Times*, New York 2003
© der Übersetzung aus dem Englischen: Thomas Eichhorn, Leipzig 2007
by permission of David Higham Ass. Ltd., London

CHAUCER, Geoffrey: *The Canterbury Tales*, Seite 86
aus: ders., *Canterbury Tales*
© der teilweisen Neuübertragung: Cornelia Funke, Los Angeles 2007

COLLINS, Billy: *On Turning Ten*, Seite 41
aus: *The Art of Drowning* by Billy Collins, © 1995
Translated and published by permission of the University of Pittsburgh Press
© der Übersetzung aus dem Englischen: Andreas Steinhöfel, Berlin 2007

DICKINSON, Emily: *Lost*, Seite 133, und *XCIX*, Seite 528
aus: dies., *Collected Poems*, New York 1982
© der Übersetzung aus dem Englischen: Thomas Eichhorn, Leipzig 2007

ELIOT, Thomas S.: *Little Gidding*, Seite 486
zitiert nach: ders., *The Complete Poems and Plays 1909–1950*, New York 1971

ENDE, Michael: *Jim Knopf und die Wilde 13*, Seite 234
© 1962 by Thienemann Verlag (Thienemann Verlag GmbH), Stuttgart–Wien

FENOGLIO: *Die Eichelhäher-Lieder*, Seiten 271 und 338 f.
aus: ders., *Die Eichelhäher-Lieder*, illuminiert von Balbulus, Ombra 2007
© beim Autor
© der Übersetzung ins Deutsche: Cornelia Funke, Los Angeles 2007

GLÜCK, Louise: *Lament*, Seite 124
aus: dies., *Vita Nova*, New York 2001
© 1999 by Louise Glück
© der Übersetzung aus dem Englischen: Andreas Steinhöfel, Berlin 2007

GLÜCK, Louise: *Child Crying Out*, Seite 320, und *First Memory*, Seite 691
aus: dies., *Ararat*, New York 1992
© 1991 by Louise Glück
© der Übersetzung aus dem Englischen: Andreas Steinhöfel, Berlin 2007

GOLDMAN, William: *Die Brautprinzessin*, Seite 395
aus: *Die Brautprinzessin. S. Morgensterns klassische Erzählung von wahrer Liebe und edlen Abenteuern. Die Ausgabe der »spannenden Teile«. Gekürzt und bearb. von William Goldman*
Aus dem Amerikanischen von Wolfgang Krege
© 1973 bei William Goldman
Klett-Cotta, Stuttgart 1977

GOWDY, Barbara: *Der weiße Knochen*, Seite 264
Aus dem Englischen von Ulrike Becker und Claus Varrelmann
© der deutschen Ausgabe: Verlag Antje Kunstmann GmbH, München 1999
© der Originalausgabe: Barbara Gowdy 1998

GRAHAME, Kenneth: *Der Wind in den Weiden*, Seite 585
aus: ders., *Der Wind in den Weiden*, übersetzt von Harry Rowohlt, illustriert von E. H. Shepard
Copyright © 2004 by KEIN & ABER AG, Zürich

GREENE, Graham: Seite 175
zitiert nach: *Advice to Writers*, ed. by Jon Winokur, New York 1999
© der Übersetzung aus dem Englischen: Cornelia Funke, Los Angeles 2007

HAAVIKKO, Paavo: *Nur leicht atmen die Bäume*, Seite 192
aus: ders., *Nur leicht atmen die Bäume*
Aus dem Finnischen von Gisbert Jänicke
Volk + Welt, Berlin 1991

HUGHES, Ted: *The Secret of Man's Wife*, Seite 351, *Leftovers*, Seite 515, *The Playmate*, Seite 563, *How Sparrow saved the Birds*, Seite 715
aus: ders., *Dreamfighter*, Faber & Faber, London 2003
Originalcopyright © 2002 by Ted Hughes
© der Übersetzungen aus dem Englischen: Uwe Michael Gutzschhahn und Cornelia Funke, München und Los Angeles 2007

IRVING, John: *Gottes Werk und Teufels Beitrag*, Seiten 228 und 302
Aus dem Englischen von Thomas Lindquist
© der deutschsprachigen Ausgabe: Diogenes Verlag AG, Zürich 1998

IRVING, Washington: *The Legend of Sleepy Hollow*, Seite 645
zitiert nach: ders., *The Legend of Sleepy Hollow*, New York 1990
© der deutschen Neuübersetzung: Cornelia Funke, Los Angeles 2007

LALIĆ, Ivan V.: *Places We Love*, Seite 169
aus: *A Rusty Needle*
Ins Englische übertragen von Francis R. Jones
Anvil Press Poetry, London 1996
© der deutschen Fassung: Andreas Steinhöfel, Berlin 2007
übersetzt nach der Übertragung von Francis R. Jones

LANAGAN, Margo: *Black Juice*, Seite 332
Originalcopyright © 2004 by Margo Lanagan
© der deutschen Übersetzung: Cornelia Funke, Los Angeles 2007
Der Verlag bedankt sich beim Heyne Verlag in München für die Genehmigung, das Zitat vorab übersetzen zu lassen. Die deutsche Ausgabe des Buches von Margo Lanagan wird voraussichtlich 2008 erscheinen

MAHON, Derek: *Lives*, Seite 277
aus: ders., *Collected Poems*, 1999
zitiert nach *Being Alive*, New York 2004
© der Übersetzung aus dem Englischen: Andreas Steinhöfel, Berlin 2007

MUÑOZ MOLINA, Antonio: *The Power of the PEN*, Seite 418
aus: *PEN America 7: World Voices*, New York 2006
© der Übersetzung aus dem Englischen: Cornelia Funke, Los Angeles 2007

NIFFENEGGER, Audrey: *Die Frau des Zeitreisenden*, Seiten 251 und 725
Deutsch von Brigitte Jakobeit
Originalcopyright © 2003 by Audrey Niffenegger
© S. Fischer Verlag GmbH, Frankfurt am Main 2004

NIX, Garth: *Sabriel*, Seite 213
aus: ders., *Das alte Königreich (Sabriel)*
Aus dem Englischen von Lore Strassl
© 2005 Verlagsgruppe Lübbe GmbH & Co. KG, Bergisch Gladbach
zitiert nach der Ausgabe des Carlsen Verlages, Hamburg

NOYCE, Alfred: *The Highwayman*, Seite 14 und 309
zitiert nach: *Once upon a Poem*, Frome / Somerset 2004

PEAKE, Mervyn: *Gormenghast. Erstes Buch. Der junge Titus*, Seite 105
Aus dem Englischen von Annette Charpentier
© J. G. Cotta'sche Buchhandlung Nachfolger GmbH, Verlag Klett-Cotta, Stuttgart 1982

PUGH, Sheenagh: *What If This Road*, Seite 731
aus: dies., *Id's Hospit*, Bridgend / Wales 1997
zitiert nach *Being Alive*, New York 2004
Originalcopyright © by Sheenagh Pugh
© der Übersetzung aus dem Englischen: Cornelia Funke, Los Angeles 2007

PULLMAN, Philip: *Das Bernstein-Teleskop*, Seite 655
Aus dem Englischen von Wolfram Ströle und Reinhard Tiffert
© Carlsen Verlag GmbH, Hamburg 1996

RILKE, Rainer Maria: *Larenopfer*, Seite 9
zitiert nach: ders., *Erste Gedichte (Vigilien III)*, Frankfurt am Main 1955

RILKE, Rainer Maria: *Improvisationen aus dem Capreser Winter (III)*, Seite 155
zitiert nach: ders., *Werke in drei Bänden, Band II: Gedichte, Übertragungen*, Frankfurt am Main 1966

RILKE, Rainer Maria: *Schluszstück*, Seite 446, *Die Blinde*, Seite 480
aus: ders., *Das Buch der Bilder / Des zweiten Buches zweiter Teil*
zitiert nach: ders., *Werke in drei Bänden, Band I: Gedicht-Zyklen*, Frankfurt am Main 1966

RILKE, Rainer Maria: *Der Schutzengel*, Seite 626
aus: ders., *Das Buch der Bilder / Des ersten Buches erster Teil*
zitiert nach: ders., *Werke in drei Bänden, Band I: Gedicht-Zyklen*, Frankfurt am Main 1966

RIMBAUD, Arthur: *Der Dichter von sieben Jahren*, Seiten 26 und 200
aus: ders., *Sämtliche Dichtungen*, Aachen 1991
Aus dem Französischen von Thomas Eichhorn
© 1991 by Rimbaud Verlagsges.mbH, Aachen

ROWLING, Joanne K.: *Harry Potter und der Feuerkelch*, Seiten 53 und 406
Aus dem Englischen von Klaus Fritz
Originalcopyright: © Joanne K. Rowling 2000
© Alle deutschen Rechte bei Carlsen Verlag GmbH, Hamburg 2000

RUSHDIE, Salman: *Haroun und das Meer der Geschichte*, Seite 498
Aus dem Englischen von Gisela Stege
© der deutschsprachigen Ausgabe: Kindler Verlag, München 1991

RUSHDIE, Salman: *Mitternachtskinder*, Seite 672
Aus dem Englischen von Karin Graf
© der deutschsprachigen Ausgabe: Kindler Verlag, München 1997

RUSSELL, Norman H.: *The Message of the Rain*, Seite 387
zitiert nach: *A Child's Anthology of Poetry*
© by Norman H. Russell
© der Übersetzung aus dem Englischen: Andreas Steinhöfel, Berlin 2007

SHAKESPEARE, William: *Der Sturm*, Seite 666
Aus dem Englischen von Frank Günther
© der Übersetzung: Hartmann & Stauffacher GmbH, Verlag für Bühne, Film, Funk und Fernsehen, Köln

SINGER, Isaac Bashevis: Seite 458
aus: *Advice to Writers*, ed. by Jon Winokur, New York 1999
© der Übersetzung aus dem Englischen: Cornelia Funke, Los Angeles 2007

SONTAG, Susan: *Die Briefszene*, Seite 661
aus: *Telling Tales*, hrsg. von Nadine Gordimer
Aus dem Englischen von Reinhard Kaiser
© Berlin Verlag, Berlin 1999

STEINBECK, John: *Meine Reise mit Charley*, Seite 469
Aus dem Englischen von Iris und Rolf Helmut Foerster
© der deutschsprachigen Ausgabe bei Iris Foerster

STEVENS, Wallace: *Thirteen Ways of Looking at a Blackbird*, Seite 535
zitiert nach: *A Child's Anthology of Poetry*, New York 1995
Originalcopyright © 1923 und 1951 by Wallace Stevens
© der Übersetzung aus dem Englischen: Andreas Steinhöfel, Berlin 2007
mit Genehmigung des Verlages Alfred A. Knopf, New York

STEVENSON, Robert Louis: *The Land of Story Books*, Seite 313
zitiert nach: *A Child's Anthology of Poetry*, New York 1995
© der Übersetzung aus dem Englischen: Andreas Steinhöfel, Berlin 2007

STEWART, Paul: *Twig im Auge des Sturms*, Seite 102
aus: Chris Riddell / Paul Stewart, *Twig im Auge des Sturms*
Aus dem Englischen von Wolfram Ströle
© 2002 Patmos Verlag GmbH & Co. KG / Sauerländer Verlag, Düsseldorf

VILLON, François: *Eine Ballade, mit welcher Villon das Testament abschließt*, Seite 636
aus: ders., *Die lasterhaften Balladen und Lieder des François Villon*, Nachdichtung von Paul Zech
© Paul Zech Rechtsnachfolger Bernd Kasties, Stolberg 1946

WERFEL, Franz: *Beschwörungen 1918–1921*, Seite 361
aus: ders., *Gedichte aus den Jahren 1918–1945*
© S. Fischer Verlag GmbH, Frankfurt a. M. 1953

Der Verlag bedankt sich bei allen Inhabern von Rechten für die Abdruckgenehmigungen. Diejenigen, die wir leider nicht auffinden konnten, bitten wir, sich bei uns zu melden.

Inhalt und Reihenfolge der Copyright-Angaben in diesem Verzeichnis wurden nach den Vorgaben der Rechteinhaber gestaltet.

Die Rechtschreibung der Zitate folgt den Originalausgaben.

Danksagung

Ich habe meiner Danksagung für *Tintenblut* eigentlich nicht viel hinzuzufügen! Es sind immer noch dieselben Menschen, die geholfen haben, aus einem Manuskript ein Buch zu machen: Ursula Heckel, meine Lektorin, die sich wieder mit Sorgfalt durch all meine Seiten gearbeitet hat, Martina Petersen, die Herstellerin des Cecilie Dressler Verlages, die auch diesem Buch ein wunderschönes Kleid geschneidert hat, und Anke Metz, die Buchbinderin, die wieder so lieb war, Korrektur zu lesen, damit Mo beim Buchbinden keine entscheidenden Fehler macht.

Mein Dankeschön gilt auch Katja Muissus, deren Werbemittel für mein Buch wieder so wunderschön geworden sind, den Korrekturlesern Jutta Kirchner und Udo Bender – und diesmal auch Jutta Hävecker, die mir und Ursula Heckel bei der Lektoratsarbeit zur Seite gestanden hat (und geholfen hat, verlorene E-Mails zu finden!).

Ein besonderes Dankeschön aber geht nach England, an Anthea Bell, meine wunderbare Übersetzerin, die meine Geschichte schon in der zweiten Fassung las und damit diesmal meine allererste Leserin war (mit Erlaubnis meiner Tochter Anna, die bis zum Scheitel in Schullektüre steckte). Jeden Abend ging ein poliertes Kapitel nach Cambridge, und am nächsten Morgen war Antheas Reaktion in der E-Mail. Sie war meine Begleiterin durch viele, viele Wochen, die erste, die mit mir durch diese Geschichte ging und ungeduldig darauf wartete, mehr zu hören. Ich hoffe, sie wird mir diesen unschätzbaren Dienst auch beim nächsten Buch erweisen!

Natürlich danke ich auch wieder allen Buchbindern, Druckern, den Vertretern des Cecilie Dressler Verlages und last, but not least den Buchhändlern! Jedes Wort meiner *Tintenblut*-Danksagung gilt auch für *Tintentod*. Es braucht die Arbeit vieler Menschen, um ein Buch in die Hände von Lesern zu bringen, und meine Arbeit ist dabei nur der erste Schritt.

Mit herzlichen Grüßen aus Los Angeles
Cornelia Funke

Cornelia Funke ist die international erfolgreichste und bekannteste deutsche Kinderbuchautorin. Heute lebt sie in Los Angeles, Kalifornien, doch ihre Karriere als Autorin und Illustratorin begann in Hamburg. Nach einer Ausbildung zur Diplom-Pädagogin und einem anschließenden Grafik-Studium arbeitete sie als freischaffende Kinderbuchillustratorin. Da ihr die Geschichten, die sie bebilderte nicht immer gefielen, fing sie selbst an zu schreiben.

Zu ihren großen Erfolgen zählen *Drachenreiter*, die Reihe *Die Wilden Hühner* und *Herr der Diebe*, mit dem sich Cornelia Funke international durchsetzte. Ihre *Tintenwelt*-Trilogie stand weltweit auf den Bestsellerlisten. Im Herbst 2010 erschien *Reckless – Steinernes Fleisch*, der Auftakt zu einer neuen Bestseller-Serie. Mit *Geisterritter* bietet Cornelia Funke auch jüngeren Lesern ab 10 Jahren wieder spannendes Lesefutter.

Über 50 Bücher hat Cornelia Funke mittlerweile geschrieben, die in mehr als 40 Sprachen erschienen sind. Zahlreiche Titel wie z.B. *Hände weg von Mississippi, Herr der Diebe* und *Tintenherz* wurden verfilmt. Aber auch in Preisen und zahlreichen Auszeichnungen spiegeln sich ihre Beliebtheit und ihr Einfluss wider.

Mehr Infos über die Autorin unter www.corneliafunkefans.com

Pure Abenteuermagie:
das Hörbuch zum Roman

Cornelia Funke
Geisterritter
Ungekürzte Lesung mit Musik.
Gelesen von Rainer Strecker.
5 CD. Laufzeit ca. 325 Minuten.
Ab 10 Jahren.
ISBN 978-3-8373-0517-3

Zauberzunge Rainer Strecker liest Cornelia Funkes hinreißendes Ritterspektakel und entführt die Hörer in die abenteuerliche, magische und wilde Welt von Jon, Ella und den Geistern von Lord Stourton und dem Ritter Longspee.

»Rainer Strecker vermag die Welt von Cornelia Funke scheinbar mühelos zum Leben zu erwecken.« *[NDR Kultur]*

Oetinger ▸ audio

Weitere Informationen unter: ***www.oetinger-audio.de***